W0284189

L'ombre pourpre

ERICA SPINDLER

L'ombre pourpre

Jade

Titre original :
FORTUNE
publié par MIRA®

Traduction française de JEAN ESCH

Jade® est une marque déposée par le groupe Harlequin

Photos de couverture
Œuf Fabergé : © DAVID MUIR / MASTERFILE
Porte en vitrail : © MIN ROMAN / MASTERFILE
Papillon : © AARON JONES STUDIO / GETTY IMAGES

© 1997, Erica Spindler.
© 2005, Harlequin S.A.
83-85, boulevard Vincent-Auriol 75646 PARIS CEDEX 13.
ISBN 2-280-09370-7

Pour trois femmes que j'ai l'incroyable chance d'appeler amies :
Jan Hamilton Powell, Terry Richards McGee
et
Karen Young Stone.

PREMIÈRE PARTIE

Les papillons

1

Chicago, Illinois, 1971

Les rayons de soleil se déversaient à travers le vitrail de l'immense fenêtre de la nursery, peignant sur le plancher une constellation de rubis, d'émeraudes et de saphirs. Cette fenêtre avait été installée en 1909, afin d'annoncer la venue au monde du premier bébé de la famille Monarch dans la grande maison d'Astor Street. Elle représentait un ange au visage béat, aux ailes d'or déployées, veillant sur les enfants qui dormaient en dessous.

Malheureusement, depuis ce premier bébé né Monarch, l'ange avait protégé fort peu d'enfants. Les tragédies successives s'étaient abattues sur les Monarch qui semblaient condamnés à regarder les autres familles s'agrandir autour d'eux, sans pouvoir en faire autant. La naissance de filles chez les autres les rendaient particulièrement amers.

Mais depuis quinze jours, tout cela avait changé. Voilà deux semaines, en effet, que Grace Elizabeth Monarch était née dans cette maison, dans cette nursery, où l'attendaient l'ange et une famille impatiente. Elle avait bouleversé la vie de tous, à jamais.

Surtout celle de sa mère.

Madeline Monarch entra à pas feutrés dans la nursery et s'approcha du berceau où dormait sa fille. Tandis qu'elle la contemplait, un sentiment d'amour et d'émerveillement la submergea. Timidement, elle approcha la main pour caresser la joue veloutée de l'enfant, qui remua et tourna la tête vers le doigt de Madeline, tétant dans son sommeil un sein imaginaire.

Une boule se forma dans la gorge de Madeline. Sa fille était si belle, si incroyablement… parfaite. Elle avait encore du mal à croire que Grace était son enfant. Se penchant en avant, elle respira la douce odeur du bébé et, enivrée par ce parfum délicieux, ferma les yeux.

Qu'avait-elle fait pour mériter cette enfant ? se demanda-t-elle. Pourquoi l'avait-on choisie pour recevoir un tel bonheur ? La naissance de Grace elle-même constituait une sorte de miracle. Le bébé avait été propulsé dans le monde avec une aisance, une rapidité qui avaient pris au dépourvu l'obstétricien lui-même, un praticien pourtant chevronné. Moins d'une heure après avoir perdu les eaux, elle accouchait de Grace, enfant hurlante et congestionnée, mais déjà incroyablement parfaite.

Madeline secoua la tête, incrédule, comme chaque fois qu'elle repensait à cette chance soudaine. Comment ne pas s'en étonner ? Elle n'avait jamais rien réussi de bien, ni sans peine. Assurément, elle faisait partie de ces gens condamnés à commettre des erreurs, à faire les mauvais choix, et à souffrir, encore et encore.

A vrai dire, juste avant que la sage-femme ne dépose Grace dans ses bras, Madeline restait convaincue que rien ne serait jamais facile dans sa vie, ni exempt de douleur et de déceptions. Elle ne se jugeait pas digne d'un véritable amour, d'une dévotion authentique ; elle était persuadée de traverser la vie en quête d'un idéal insaisissable, et de s'en revenir toujours bredouille.

Une minute plus tard, pourtant, rien n'était plus pareil. Grace avait tout changé. L'amour que Madeline portait à sa fille était presque trop fort, douloureux même. Et Grace l'aimait en retour, avec la même intensité. De manière absolue. Inconditionnelle.

Madeline enfouit ses doigts dans les cheveux bruns et soyeux de sa fille. Grace avait besoin d'elle. Grace l'aimait. Cette vérité avait, pour Madeline, quelque chose d'enivrant et de déstabilisant, mais c'était sans aucun doute, se disait-elle, le plus beau sentiment au monde. Désormais, elle savait qu'elle ferait n'importe quoi, combattrait n'importe qui, contrerait n'importe quel fléau, pour protéger sa fille.

S'il le fallait, même, elle donnerait sa propre vie.

Entendant un bruit à la porte de la nursery, Madeline se retourna. Son beau-fils de six ans, Griffen, se tenait à l'entrée de la pièce, les yeux fixés sur le berceau, avec une étrange expression, mélange de fascination et de méfiance, d'attirance et de répulsion. Madeline inspira profondément, refoulant le ressentiment qu'elle éprouvait face à cette intrusion. Luttant contre cette répugnance instinctive qui lui donnait envie de boire un grand verre d'eau pure et fraîche.

Elle se morigéna, à la fois pour ses pensées et pour sa réaction. Griffen avait besoin d'elle, lui aussi. Elle ne devait pas l'oublier.

Pourtant, alors même qu'elle se faisait cette réflexion, elle se dit qu'il y avait chez le fils de son mari quelque chose qui la mettait mal à l'aise, comme le contact d'une main glacée dans son dos. Et ce, depuis le début.

Cette impression ne venait pas de son aspect physique, ni de sa conduite. Griffen était au contraire un enfant d'une beauté peu commune. En outre, il était intelligent, poli, et parfois même adorable. D'ailleurs, Madeline semblait être la seule à ressentir un désir de rejet en sa présence. La seule, lorsqu'elle le regardait dans les yeux, à réprimer un frisson…

Et cela ne l'étonnait guère. De tout temps, elle avait été différente ; elle voyait les choses autrement que les autres. Toute sa vie, elle avait été assaillie par des « sensations », des « visions » d'une précision inquiétante, concernant des personnes, des événements à venir ou des événements du passé. Aussi loin qu'elle s'en souvienne, elle avait toujours souffert de ce don. Malgré tout, elle avait appris à domestiquer ses visions en les ignorant. Et, au fil du temps, celles-ci étaient devenues moins fréquentes, moins précises.

Du moins jusqu'à ce jour. Car comme tout le reste dans sa vie, la grossesse et la maternité avaient changé cette situation. Et Grace avait achevé de tout changer. Désormais, son sixième sens, si elle pouvait appeler cela ainsi, refusait de se taire et d'être ignoré : on aurait dit que les hormones qui se déchaînaient dans son corps avaient mis en branle un mécanisme qu'elle ne pouvait arrêter.

Et ce sixième sens l'avertissait qu'il y avait un problème chez Griffen Monarch. Un problème d'une extrême gravité.

Madeline se morigéna encore une fois. Peut-être que le problème venait d'elle, après tout, comme l'affirmaient son mari et Adam Monarch, son beau-père ; peut-être que toutes ces hormones affectaient son jugement, son sens de la réalité et son équilibre mental.

Tiraillée par la culpabilité, elle observa Griffen. La mère du jeune garçon était morte trois ans auparavant, victime d'une overdose « accidentelle » de somnifères, qu'elle avait malencontreusement mélangés à de l'alcool. Madeline comprenait que cela n'avait sans doute pas été facile pour lui de grandir entre un grand-père obsédé par l'idée d'avoir une héritière, une grand-mère conduite à la folie par sept fausses couches, et un père qui n'avait pas la patience ni la compréhension nécessaires pour élever un jeune enfant. Et puis, comme si cela ne suffisait pas, voilà qu'on l'avait introduite dans le tableau.

Et maintenant, Griffen devait affronter l'arrivée d'une demi-sœur ; une demi-sœur qui lui avait volé le peu d'attention et d'affection que cette maison austère avait à offrir.

« Pauvre enfant », pensa-t-elle avec détermination. Désormais, elle se promettait de faire un effort. Elle serait une bonne belle-mère. Elle apprendrait à l'aimer.

Madeline sourit et lui fit signe d'entrer.

— Approche, Griffen. Mais ne fais pas de bruit. Grace dort.

Le garçon hocha la tête et, sans un mot, pénétra dans la nursery sur la pointe des pieds. Il vint se placer près de Madeline, devant le berceau, et regarda en silence sa demi-sœur.

Madeline l'observa quelques instants, à la dérobée, avant de reporter son attention sur sa fille. Au cours des dix-huit derniers mois, elle avait pu constater l'ampleur des tensions qui régnaient à l'intérieur de cette famille dans laquelle elle était entrée. A vrai dire, elle redoutait d'avoir commis une erreur de plus en se mariant avec Pierce Monarch. Celui-ci ne ressemblait pas à l'homme qu'elle avait cru épouser ; il était renfermé, intraitable et, avait-elle découvert, malveillant. A tel point qu'elle se demandait comment elle avait pu ne pas s'en apercevoir avant.

Madeline fronça les sourcils. Non, elle n'était pas honnête avec elle-même. En fait, elle savait très bien pourquoi elle ne s'en était pas aperçue. Elle était aveuglée par le nom des Monarch, s'avoua-t-elle. Par leur fortune, leur renommée à Chicago. Elle était émerveillée et intimidée par l'Atelier et la Maison Monarch, la prestigieuse joaillerie fondée en 1887 par Anna et Marcus Monarch, avec l'argent hérité de leurs parents. En l'espace de quelques années seulement, le frère et la sœur avaient monté une maison dont les créations pouvaient rivaliser en beauté, en qualité et en originalité, avec celles de chez Tiffany.

Madeline n'avait pas oublié les innombrables fois où, avant de faire la connaissance de Pierce Monarch, elle s'était promenée dans la boutique Monarch de Michigan Avenue, en rêvant de posséder un de ces incroyables bijoux, extravagants et fabuleux ; une broche, un collier ou une bague. Juste un bijou, n'importe lequel.

Et son rêve s'était réalisé.

Oh oui ! elle s'était laissé aveugler par tout ce que possédaient et représentaient les Monarch. Après tout, elle n'était qu'une femme sans famille ni origines, une pauvre femme que Pierce avait ramassée à l'étage des soldes dans un grand magasin pour la transporter ici, dans cette vieille demeure de pierre, au cœur du quartier le plus chic de la ville.

Mais le rêve avait tourné au cauchemar.

Elle secoua la tête. Tout cela était terminé désormais, se dit-elle. Grace était arrivée, accueillie comme une sorte de bienfaitrice par le clan Monarch ; déjà, Madeline sentait une légère détente dans l'atmosphère de la maison, une ambiance de fête qui affectait tout le monde, y compris les membres du personnel.

— La petite Grace est très jolie.

Arrachée brutalement à ses pensées, Madeline posa son regard sur le garçon, et sentit son cœur fondre en découvrant l'expression de l'enfant, où l'admiration se mêlait à la timidité. Au lieu d'être jaloux de sa petite sœur, il semblait fasciné par elle. Il semblait l'adorer.

Comment pouvait-elle nourrir d'aussi affreuses pensées au sujet de son beau-fils, se dit-elle, quand celui-ci regardait Grace avec autant d'amour ?

Elle sourit.

— Oui, je suis d'accord avec toi.

— Grand-père Monarch dit que bébé Grace a le don.

Le sourire de Madeline se figea.

— Le don ?

— Celui que possèdent toutes les filles de la famille Monarch. Celui que mon arrière-arrière-grand-père a deviné chez sa sœur, et dont il s'est servi pour bâtir notre fortune. C'est pour ça que Grace est si spéciale. C'est pour ça qu'elle doit toujours rester proche de la famille.

Même si Griffen ne faisait que répéter des paroles qu'il avait sans doute entendues de nombreuses fois, il y avait dans son regard une sorte de fièvre qui glaça Madeline.

— Grace est spéciale parce qu'elle existe, Griffen. Et pas à cause d'un… don. En outre, si seules les filles de cette famille ont été des artistes jusqu'à présent, rien ne prouve qu'un des garçons ne le deviendra pas lui aussi, un jour.

Elle sourit et lui tapota le bout du nez avec son index.

— Toi, peut-être, dit-elle.

— Non.

Il fronça les sourcils et secoua la tête, en prenant un air adulte, comme agacé par cette remarque qu'il jugeait stupide.

— Grand-père dit que c'est seulement les filles. Ça a toujours été le cas. C'est pourquoi Grace est si importante.

Seulement les filles. Parcourue d'un frisson, Madeline se frictionna les bras.

— Mon chéri, Grace n'est encore qu'un bébé. Peut-être n'aura-t-elle pas… ce don.

— Si, elle l'a. Grand-père l'a dit.

Elle grimaça.

— Et ton grand-père sait tout, hein ?

— C'est l'homme le plus intelligent de la terre ! Quand je serai grand, je serai comme lui !

Griffen reporta son regard sur Grace.

— Je peux la toucher ?

Madeline hésita, puis acquiesça, à contrecœur.

— Oui, mais doucement. Comme ça.

Avec la plus grande délicatesse, elle caressa les cheveux bruns et soyeux de l'enfant.

Griffen la regarda faire, attentivement, avant de l'imiter. Au bout d'un moment, il retira sa main.

— Elle a la peau si douce, dit-il en levant des yeux étonnés vers Madeline. Comment ça se fait ?

— C'est parce qu'elle vient de naître, répondit-elle en berçant doucement sa fille. Quand elle sera un peu plus grande, je te laisserai la tenir dans les bras.

De nouveau, le garçon imita les gestes de Madeline, agitant lui aussi le berceau.

— Plus grande comment ?

— Un peu plus grande. Les nouveau-nés sont très fragiles, tu sais. On peut leur faire mal sans le vouloir.

Pendant plusieurs minutes, ils restèrent muets, debout côte à côte devant le berceau, à contempler Grace. Puis, Griffen leva de nouveau les yeux vers Madeline.

— Plus tard, dit-il, je me marierai avec elle.

— Avec qui, mon cœur ?

— Grace.

Madeline pouffa et ébouriffa les cheveux bruns du jeune garçon.

— Impossible, voyons. Grace est ta sœur.

Griffen ne répondit pas. Le silence se prolongea ; finalement, il plissa les yeux, et l'intensité de son regard stupéfia Madeline.

— Je l'épouserai quand même, déclara-t-il, sans élever le ton, mais avec détermination. Je le ferai si j'ai envie.

L'espace d'un instant, la vue de Madeline se brouilla.

Elle vit une forêt profonde, blanche, et du sang qui se répandait sur un parquet lustré. Elle entendit une voix muette qui criait à l'aide, et vit des petits bras s'agiter dans des bras plus grands.

Un cri d'effroi s'échappa des lèvres de Madeline. Elle cligna des yeux et se trouva de nouveau dans la nursery ensoleillée, face au regard glacé et furieux de son beau-fils.

La peur l'étouffa. Elle tenta de la repousser, de chasser cette prémonition accompagnée de son image terrifiante. Se dressant de toute sa hauteur, elle toisa le garçon en fronçant les sourcils.

— Non, tu ne peux pas, déclara-t-elle d'un ton sévère, bien que sa voix tremblât. Un frère ne peut pas épouser sa sœur. En aucun cas.

La rage crispa le visage de Griffen.

— Je le ferai quand même ! répliqua-t-il en saisissant le bord du berceau. Tu peux bien dire ce que tu veux !

Et il poussa de toutes ses forces. Le berceau se balança violemment, manquant chavirer. Madeline jeta un grand cri et s'élança, mais il était trop tard. Grace fut projetée contre la paroi du berceau, sa tête heurta les lattes en bois. Le bébé se mit à hurler.

Madeline serra dans ses bras sa fille qui braillait et la berça en gazouillant à son oreille, essayant de la réconforter tant bien que mal. Tremblant de tous ses membres, Madeline avait du mal à rester debout. Grace n'avait rien, se disait-elle. Elle avait juste eu peur ; ce n'était qu'un bleu.

Mais cela aurait pu être plus grave. Beaucoup plus grave.

Du sang qui se répandait sur un parquet lustré. Une voix muette qui criait à l'aide.

Elle leva la tête. Griffen avait battu en retraite et s'était arrêté sur le seuil de la nursery. Il la regardait d'un air satisfait. Content de lui.

Lorsque leurs yeux se croisèrent, il sourit.

Madeline sentit ses genoux se dérober. Elle s'effondra sur le sol, en plaquant Grace sur son sein. Elle tremblait, mais pas de peur. Non, elle tremblait à cause de l'effroyable vérité.

Griffen voulait faire du mal à sa sœur.

Grace ne serait jamais en sécurité dans cette maison. Jamais.

2

1976

Madeline se tenait devant la fenêtre de sa chambre, le cœur battant, la gorge nouée par l'angoisse. Elle observait Pierce et Adam qui bavardaient dans l'allée, juste en dessous. Les deux hommes étaient habillés pour partir travailler, mais voilà plus de dix minutes qu'ils discutaient devant la maison, pendant que les moteurs de leurs voitures tournaient au ralenti.

Pour la centième fois, Madeline consulta sa montre, étouffa un juron, puis reporta son regard sur son mari et sur son beau-père. Fermant les yeux de toutes ses forces, elle exhorta mentalement les deux hommes à achever leur discussion et à s'en aller.

Hélas ! ses prières muettes demeurèrent sans effet, et elle fit craquer ses doigts nerveusement, remplie de frustration. Et rongée par la peur. Pourquoi avaient-ils justement choisi ce moment pour avoir cette discussion interminable ? Pourquoi aujourd'hui, se demandait-elle, alors que chaque minute comptait ? Chaque seconde.

Elle avait tout organisé. Adam partait en voyage d'affaires ; dans quelques instants, Pierce se rendrait à son travail. Ce soir, il devait participer à un cocktail, et disputer ensuite une partie de squash. Le mercredi, la gouvernante faisait le marché, et c'était le jour de congé de la nurse. Quant à la grand-mère Monarch, très malade, elle sortait rarement de ses appartements. Griffen était à l'école.

C'était le jour idéal pour s'enfuir.

Elle sentit son estomac se nouer. La nervosité. Les désillusions. Elle était déçue, par elle-même tout d'abord. Par son mari ensuite. Celui-ci refusait de reconnaître la vérité au sujet de Griffen, et des sentiments que son fils vouait à Grace. Au cours des cinq années écoulées depuis l'incident survenu dans la nursery, Madeline avait très souvent fait part à son mari et à son beau-père de ses craintes, de ses tristes prémonitions concernant Griffen. Les deux hommes l'accusaient d'être trop angoissée. Elle dramatisait, disaient-ils. C'était une mère hystérique, névrosée. Ils avaient même laissé entendre qu'elle était jalouse du jeune garçon.

Jalouse ! De Griffen ? Du temps qu'il passait avec Grace ? Ce n'était pas seulement ridicule, c'était insultant.

Privée du soutien de sa famille, elle avait été obligée de voir se développer l'étrange attachement que Griffen manifestait à sa demi-sœur. Il devenait d'une jalousie inquiétante lorsque celle-ci l'ignorait, préférait jouer avec un autre enfant, ou même un jouet, ou un animal. Il suivait Grace à chaque instant ; il accaparait son temps, son attention. Madeline l'avait surpris en train de jeter des regards haineux aux autres enfants, à la nurse, et même à elle !

Mais tout cela n'était rien, comparé à ce qui s'était passé ensuite.

Les jouets préférés de Grace détruits, parfois mutilés. Ses chatons tués à coups de bâton.

Griffen allongé sur Grace, la clouant au sol, une main plaquée sur sa bouche, l'autre glissée sous sa robe.

Aujourd'hui encore, des mois plus tard, l'horreur de cette scène qu'elle avait découverte lui soulevait le cœur. Il ne s'agissait pas d'un jeu d'enfants innocent. Ils n'étaient pas en train de chahuter, comme Griffen l'avait affirmé avec un joli sourire ingénu.

Madeline était aussitôt allée trouver son mari et son beau-père ; elle leur avait raconté ce qu'elle venait de surprendre. Elle les avait suppliés de la croire. Pas seulement pour Grace, mais aussi dans l'intérêt de Griffen. Cet enfant avait besoin de se faire soigner.

Non seulement ils ne l'avaient pas crue, mais son beau-père l'avait menacée. Si elle ne mettait pas fin à cette folie, l'avait prévenue Adam, il lui enlèverait sa fille. Il l'avait traitée de déséquilibrée. Sa fixation sur Griffen, ses soi-disant visions étaient malsaines et dangereuses pour son enfant. N'importe quel juge en conviendrait.

Sur ce, Adam l'avait carrément giflée, et avec violence. La force du coup l'avait projetée en arrière, contre le mur. Pierce avait assisté au geste odieux de son père, sans même un murmure de protestation.

A ce souvenir, Madeline porta une main à son visage, en réprimant un petit cri de douleur. Les dernières traces d'affection, de tendresse, qu'elle éprouvait encore pour son mari étaient mortes à cet instant-là. La haine leur avait succédé. Une haine si farouche, si profonde, qu'elle en avait senti le goût amer dans sa bouche.

C'était le goût de l'acide. Et cette haine l'avait rongée comme un acide.

Aujourd'hui encore, elle continuait de la ronger.

Mais durant tous ces mois, elle avait contrôlé ses sentiments. Car elle savait qu'elle ne pouvait se permettre une nouvelle « erreur » ; elle savait que, cette fois, c'était la vie même de Grace qui était en jeu.

Avec le pouvoir, l'argent et les relations que possédaient les Monarch, Adam pouvait aisément mettre à exécution sa menace et lui retirer Grace. Il lui suffisait pour cela de lever le petit doigt.

Sa fille n'aurait alors plus personne pour la protéger. Plus personne qui accepte de voir la vérité au sujet de Griffen.

Madeline décida donc de poursuivre cette comédie sinistre et délicate, qui consistait à faire semblant d'être éperdument amoureuse de son mari, à jouer le rôle de l'épouse aimante et dévouée, de la parfaite belle-fille de la famille Monarch. Devant le père et le fils, elle avait feint une sorte de révélation, affirmant qu'ils avaient raison depuis le début : elle avait dramatisé la situation au sujet de Griffen.

Elle ignorait ce qui lui était passé par la tête, leur avait-elle déclaré. Elle ne comprenait pas d'où lui venaient ces angoisses. Elle était sincèrement désolée, et elle avait honte de s'être comportée ainsi.

Pierce était tombé dans le panneau immédiatement ; il avait fallu plus longtemps pour convaincre Adam.

En même temps, elle avait commencé à préparer sa fuite et celle de sa fille.

Pierce leva les yeux tout à coup, et vit son épouse qui l'observait à la fenêtre de la chambre. Il plissa le front, l'air soupçonneux, comme s'il venait de comprendre. Madeline sentit son cœur cesser de battre un instant, puis repartir en cognant dans sa poitrine, jusqu'à ce qu'elle parvienne à reprendre son souffle. *Il savait*, se dit-elle, en proie à la plus grande épouvante. Mon Dieu… il l'avait percée à jour.

Qu'allait-elle faire à présent ?

Madeline lutta contre la panique. Non, il ne savait pas. C'était impossible. Il n'avait même pas de soupçons. Elle avait toujours été prudente. Ce matin, pour mettre toutes les chances de son côté, elle s'était même soumise aux caresses et aux baisers de son mari, elle s'était livrée à toutes ses exigences, malgré le dégoût qu'il lui inspirait. Elle avait gémi, soupiré, elle s'était contorsionnée sous lui, sachant qu'il partirait au travail satisfait et fier. Sachant qu'il ne penserait plus à elle de toute la journée. Et pendant tout ce temps, elle avait eu envie de vomir, parcourue de frissons qui ne devaient rien au plaisir charnel.

Mais elle était prête à tout pour protéger sa fille. Il fallait que son plan fonctionne. Il le fallait.

Plaquant un sourire béat sur ses lèvres, elle adressa un petit signe de la main à son mari. Puis, pour faire bonne mesure, elle lui envoya un baiser. Il lui sourit en retour, et dans ce rictus se lisait une assurance qui confinait à l'arrogance ; après quoi, il reprit sa conversation avec son père.

Madeline s'éloigna de la fenêtre, envahie par un immense soulagement. Pierce ne se doutait de rien, se dit-elle. Adam non plus. Grace et elle n'avaient rien à craindre.

Pour le moment.

Madeline pivota sur elle-même, en repensant aux derniers mois écoulés. Elle avait vécu dans une peur permanente ; à chaque instant, elle marchait sur la corde raide, partagée entre la nécessité de faire comme si tout allait bien et son désir de protéger Grace. Elle s'obligeait à paraître détendue, alors que l'angoisse l'empêchait de dormir, car elle craignait que Griffen ne profite de son sommeil pour se glisser dans la chambre de Grace et la violer.

Cette tension avait laissé des traces. Elle était épuisée, à bout de nerfs. Elle avait maigri, à tel point que les gens dans son entourage avaient commencé à émettre des commentaires. Plusieurs fois, alors qu'elle faisait les cent pas dans sa chambre, en plein milieu de la nuit, elle s'était demandé si elle n'était pas effectivement en train de perdre la tête. Si elle ne délirait pas, comme l'avait affirmé Pierce.

Mais ces instants de doute étaient rares, et ne duraient jamais longtemps. Elle revoyait l'expression de Griffen quand il regardait Grace, elle repensait à la froideur de ses yeux, à son sourire narquois, et elle savait alors qu'elle n'était pas folle.

Tous les autres étaient aveugles.

Madeline marcha vers le lit et se pencha pour regarder en dessous ; ses valises étaient bien là, à l'endroit où elle les avait cachées ; elles attendaient. La sienne étant déjà bouclée, il n'y avait que celle de Grace à préparer. Dès que Pierce serait parti, elle s'y mettrait.

Elle se releva et balaya la pièce du regard, passant mentalement en revue les différentes options qui se présentaient à elle, comme pour réexaminer sa décision. Elle n'avait pas de famille vers qui se tourner, et elle avait perdu le contact avec ses anciennes connaissances. Même sa meilleure amie d'autrefois, Susan, dont elle s'était crue si proche et qu'elle considérait comme son âme sœur, avait disparu de sa vie. Elle n'avait pas d'économies et aucun moyen de subvenir aux besoins de Grace et aux siens. Pierce avait fait en sorte de la priver de toute indépendance financière ; tout ce qu'elle possédait lui venait de son mari.

La sœur d'Adam, Dorothy, était la plus compréhensive de la famille, mais jusqu'à un certain point seulement. Sa loyauté pencherait toujours, et avant tout, du côté de la famille Monarch et de l'entreprise familiale. En outre, Dorothy, comme les autres, était obsédée par l'idée que Grace lui succéderait un jour en tant que génie artistique de la maison Monarch.

N'ayant pas d'autre choix, Madeline avait gagé sa bague de fiançailles, en faisant croire à Pierce qu'elle l'avait portée à nettoyer, et elle avait utilisé cet argent pour acquérir une voiture d'occasion. Une vieille Chevrolet, véritable épave à côté de la Mercedes qu'elle conduisait habituellement. Mais cette voiture affichait peu de kilomètres au compteur, et la femme à qui elle l'avait achetée lui avait juré qu'elle était d'une fiabilité à toute épreuve.

Madeline l'avait garée à une dizaine de pâtés de maisons de là, dans un quartier moins huppé que le sien, où un tel véhicule ne risquait pas de faire tache. Tout était en place.

Elle regarda encore une fois sa montre et se tordit nerveusement les doigts. Bon sang, allaient-ils enfin se décider à partir ? Chaque seconde comptait. Car chaque seconde constituait un moment de répit supplémentaire, avant que Pierce et Adam ne découvrent son geste.

Comme en réponse à sa prière muette, Madeline entendit soudain claquer les portières des voitures. Elle se précipita à la fenêtre, juste à temps pour voir son mari et son beau-père s'en aller.

Enfin ! La gorge nouée, elle courut jusqu'à la porte, enfila le couloir et dévala l'escalier. Arrivée dans le hall, elle s'arrêta et s'obligea à adopter un air calme, au cas où quelqu'un croiserait son chemin, ce qui était peu probable. Elle marcha ainsi jusqu'au bureau, entra et referma la porte à clé derrière elle.

Adossée contre le battant, elle laissa échapper un long soupir, et s'aperçut alors qu'elle retenait son souffle depuis un moment.

Elle inspira profondément. Sur le mur d'en face était accroché un ravissant petit tableau représentant un paysage. Et derrière ce tableau, elle le savait, un coffre-fort était encastré.

Les yeux fixés sur le tableau, elle rassembla son courage. Pendant quatre mois elle avait saisi tous les prétextes pour se trouver dans le bureau lorsque Pierce ouvrait le coffre, allant jusqu'à feindre un désir sexuel insatiable, tout cela pour tenter de découvrir la combinaison secrète. Elle avait observé, écouté, compté et prié.

Et elle l'avait mémorisée, avec une patience douloureuse, chiffre par chiffre. Du moins, le croyait-elle.

Mon Dieu, je vous en supplie, faites que j'aie les bons chiffres ! Faites que je ne me sois pas trompée !

Elle marcha jusqu'au tableau, qu'elle décolla du mur. Ses mains tremblaient ; elles étaient moites, glissantes de sueur. Elle fit tourner la molette du coffre et s'arrêta sur le premier chiffre, puis répéta l'opération avec le second chiffre, et ainsi de suite… Enfin, saisissant la poignée, elle tira.

Le coffre refusa de s'ouvrir.

Elle faillit pousser un gémissement de désespoir, et se mordit la lèvre pour l'étouffer. Sans argent, elle ne pouvait même pas aller jusqu'au coin de la rue. Sans argent, impossible d'arracher Grace à cette maison, impossible de la cacher et de la protéger.

Reste calme, Madeline. Respire à fond et essaye encore une fois.

Ce qu'elle fit.

Et le coffre s'ouvrit.

Etourdie de frayeur et de soulagement, elle glissa une main à l'intérieur. Ecartant une bourse de velours noir frappée du M de la famille Monarch, elle compta cinq mille dollars en liquide — de quoi, pensa-t-elle, partir loin d'ici avec Grace et s'installer quelque part, en attendant de trouver un travail.

Après avoir fourré les billets dans une des profondes poches de son cardigan, elle remit la bourse en place et entreprit de refermer le coffre. C'est alors que son regard se posa sur le petit sac de velours noir.

Que contenait-il ?

Obéissant à une impulsion, elle l'ouvrit et y plongea la main. Quelques secondes plus tard, elle en ressortait une poignée de pierres précieuses scintillantes. Des diamants, des rubis et des saphirs. Elle retint son souffle, abasourdie par cette découverte. Par la beauté des pierres. Leur chaleur. Car si elles étaient froides dans sa main, leur éclat ne les rendait pas moins brûlantes.

Pourquoi ces pierres se trouvaient-elles ici ? se demanda-t-elle en choisissant un diamant particulièrement brillant pour l'examiner à la lumière. Pourquoi n'étaient-elles pas dans le coffre de la joaillerie, comme l'aurait voulu la logique ? Elles y auraient été plus en sécurité, et couvertes par les assurances, de surcroît. Ce n'était pas normal. Adam et Pierce étaient avant tout des commerçants et des hommes d'affaires avisés.

Prends-les.

Cette pensée traversa son esprit en un éclair, accompagnée d'un sentiment puissant, impérieux : elle aurait besoin de ces pierres, Grace en aurait besoin. Madeline secoua la tête, comme pour chasser cette idée, nier ce sentiment. Elle était surmenée et anxieuse, se dit-elle, son esprit lui jouait des tours. Si elle emportait ces pierres précieuses, Pierce et Adam seraient encore plus déterminés à la retrouver. Et ce vol constituerait un motif d'inculpation supplémentaire devant un tribunal.

Madeline repoussa la porte du coffre, vérifia qu'il était bien fermé, et pivota sur ses talons pour ressortir du bureau. Arrivée au milieu de la pièce, elle s'arrêta, pétrifiée, aveuglée par une image floue mais terrifiante. *Elle vit une forêt profonde, blanche, et du sang qui se répandait sur un parquet lustré. Elle vit le scintillement des pierres précieuses et les reflets de l'étendue glacée.* Sa bouche devint sèche ; des gouttes de sueur perlèrent sur sa lèvre supérieure. *Elle vit une eau noire qui aspirait quelqu'un vers le fond, jusqu'à l'engloutir entièrement.*

Soudain, elle fut saisie de tremblements. *Prends les pierres. Emporte-les maintenant.*

Etouffant un cri de terreur pure, Madeline retourna vers le coffre, le rouvrit et s'empara de la bourse. Elle claqua la porte et, le plus vite possible, fit tourner la molette et remit délicatement le tableau en place.

Plus question de faire demi-tour.

Tenant la bourse contre sa poitrine, elle quitta le bureau en courant. L'hystérie menaçait de l'emporter ; elle résista. Elle devait rester calme, se dit-elle. Si elle voulait protéger Grace. Aujourd'hui, elle accomplissait le premier pas, mais désormais, chaque nouveau jour constituerait un défi.

Il n'y avait personne dans les parages. Madeline supposa que la gouvernante était déjà partie faire les courses. Elle regagna la nursery et se dirigea droit vers le lit de Grace.

— Mon bébé, murmura-t-elle en secouant doucement sa fille endormie, c'est l'heure de se lever, ma chérie.

Grace gémit et se retourna, écrasant son ours préféré contre sa poitrine. Sa mère la secoua de nouveau.

— Lève-toi, ma chérie, on part en voyage. C'est l'heure de te réveiller.

Grace bâilla. Elle entrouvrit les yeux ; un petit sourire retroussa ses lèvres.

— Bonjour, maman.

Madeline sentit son cœur chavirer ; jamais elle ne pourrait se lasser d'entendre sa fille adorée l'appeler maman, se lasser de sa douce voix d'enfant, ou de la façon dont la fillette la regardait, comme si sa mère était la personne la plus importante au monde.

L'ampleur de son amour pour Grace la terrifiait parfois. Elle espérait ne pas se tromper en agissant ainsi.

— Il faut que tu t'habilles, mon ange. Tes vêtements sont là, dit-elle en désignant le rocking-chair sur lequel elle avait disposé les habits de sa fille.

Elle constata que sa main tremblait.

— Tu peux faire ça pour moi ?

Grace acquiesça et se leva dans son lit. Elle se mit à sucer son pouce — une habitude que ne supportait pas Pierce —, et regarda sa mère.

— Tu es en colère, maman ?

— Non, mon cœur. Je suis pressée.

— Où on va ?

Madeline hésita. Que dire à sa fille ? Qu'elle avait l'intention de conduire jusqu'à épuisement, avec pour seul objectif de mettre la plus grande distance possible entre elle et les Monarch ? Impensable. Alors, elle tapota le petit nez de Grace.

— Tu verras, on va bien s'amuser. Toutes les deux.

— Sans papa ?

Madeline secoua la tête.

— Il doit travailler.

Grace accepta cette explication sans poser de questions ni protester. En vérité, Grace et son père n'avaient jamais été très proches l'un de l'autre ; Pierce était toujours très occupé, et quand parfois il avait un peu de temps à consacrer à sa fille, il ne cessait de la critiquer : elle faisait trop de bruit, trop de désordre, elle prononçait mal les mots. Très rarement il la serrait dans ses bras et l'embrassait ; il parlait d'elle, non pas en termes d'amour, mais d'intérêt. Pour la famille. Pour les affaires.

— Sans grand-père et sans grand-mère ?

Madeline secoua la tête encore une fois.

— Non, personne.

— Sans mon frère ?

— Sans ton frère, répondit sèchement Madeline.

Surtout pas lui.

— Tu verras, on va bien s'amuser, rien que toi et moi.

— D'accord, fit Grace dans un nouveau bâillement, et elle descendit de son lit. Je mets ces vêtements, là-bas ?

— Oui, ma chérie.

Madeline se dirigea vers la porte de la nursery et s'arrêta avant de sortir.

— Habille-toi. Je reviens tout de suite ; je t'aiderai à mettre tes chaussettes et tes chaussures.

— Merci, maman.

Madeline s'accroupit, les bras tendus.

— Je crois que j'ai besoin d'un gros câlin.

Grace trottina vers sa mère. Elle noua ses petits bras potelés autour de son cou et serra de toutes ses forces. Madeline l'étreignit à son tour.

— Je t'aime, mon cœur. Plus que tout. Je t'aimerai toujours.

— Moi aussi. Plus que tout.

Madeline l'embrassa et se releva.

— Je reviens tout de suite. Habille-toi.

Elle se faufila dans le couloir, en jetant un coup d'œil à sa montre. Le temps filait à toute vitesse.

Elle courut dans la chambre qu'elle partageait avec son mari. Se précipitant vers le lit, elle se mit à genoux et récupéra les valises cachées en dessous. Les mains tremblantes, elle ouvrit la sienne, vérifia que rien n'avait été dérangé ; après quoi, elle glissa le petit sac de pierres précieuses sous ses vêtements. Enfin, elle referma la valise, se releva et saisit les bagages.

Pierce savait.

Cette pensée la frappa subitement, accompagnée d'un sentiment de terreur paralysant. Une terrible prémonition. Elle jeta un regard par-dessus son épaule, s'attendant presque à le découvrir derrière elle, avec dans les yeux une lueur meurtrière.

Non. Il n'y avait personne sur le seuil de la chambre.

Malgré tout, un frisson lui parcourut l'échine. *Il savait. Seigneur, il savait !*

Mais comment pouvait-il savoir ? Elle secoua la tête. S'il savait, il aurait fouillé dans sa valise. Il l'aurait confrontée aux faits.

Il fallait qu'elle se ressaisisse, se dit-elle. Elle devait garder les idées claires, pour la sauvegarde de Grace. Et la sienne. Si Pierce la surprenait, Dieu sait ce dont il était capable.

Peut-être même pourrait-il la tuer.

Madeline s'obligea à inspirer profondément, pour se calmer. Dans vingt minutes, Grace et elle seraient parties, en route vers une nouvelle vie, enfin libérées de cette famille malheureuse et perverse. Tout se déroulait selon son plan.

Après avoir risqué un œil dans le couloir pour s'assurer qu'il n'y avait personne, elle retourna dans la nursery. Grace traînassait dans la salle de bains.

— Je me suis bien lavé les dents, maman. Longtemps, et j'en ai oublié aucune.

Madeline respira à fond une nouvelle fois. Il ne servait à rien de perdre son calme, songea-t-elle, Grace n'irait pas plus vite.

— Bravo, dit-elle, je suis fière de toi. Il faut te dépêcher, maintenant.

Grace revint dans la pièce en trottinant.

— Pourquoi ?

Madeline lui tendit son pull.

— Pourquoi quoi ?

— Pourquoi il faut se dépêcher ?

— Parce que !

Madeline avait élevé la voix sans le vouloir ; elle sentait percer l'hystérie. Elle se ressaisit et sourit à sa fille.

— Je vais t'aider à t'habiller.

En quelques minutes, Grace fut prête. Madeline la fit asseoir sur le tapis, à côté du bagage déjà plein, lui donna son jouet favori, et entreprit de faire la valise de sa fille. Elle y jeta en vrac quelques vêtements et affaires de toilette, sans oublier les jouets, choisis parmi ses préférés.

Soudain, on frappa à la porte de la nursery. Madeline tourna vivement la tête, le cœur battant à tout rompre. On cogna de nouveau.

— Madame Monarch ? Je pars au marché, avez-vous besoin de quelque chose de spécial ?

La gouvernante. Elle n'était pas encore partie.

Comme si elle lisait dans ses pensées, celle-ci ajouta :

— J'ai été retenue au téléphone avec le plombier. Ils ont promis de nous dépanner cet après-midi. Avez-vous besoin de quelque chose ?

Madeline s'efforça de recouvrer sa voix. Elle ouvrit la bouche, mais aucun son n'en sortit.

— Madame Monarch ? Ça ne va pas ?

Madeline perçut l'inquiétude contenue dans cette question. La panique l'envahit ; si elle ne répondait pas, la gouvernante allait entrer dans la nursery.

— Euh… non… tout va bien, Alice. Je n'ai besoin de rien, je vous remercie. Vous… vous pouvez y aller.

— Bien, madame. Oh ! le bureau de M. Monarch vient d'appeler ; ils cherchent à le joindre. Apparemment, il a oublié des affaires en partant et il va revenir les chercher.

Pierce ? Il allait revenir ici ?

Madeline avait du mal à respirer. Après avoir remercié la gouvernante, elle lui rappela qu'elle passait tout l'après-midi au zoo avec Grace, puis attendit d'être sûre qu'Alice était repartie pour agir.

Combien de temps lui restait-il ? se demanda-t-elle, complètement paniquée. Combien de temps avant que Pierce ne franchisse cette porte ? Reportant son attention sur la valise de Grace, elle se livra à un rapide inventaire. Tant pis pour le reste, elles se débrouilleraient. Il n'y avait plus de temps à perdre. Plus de…

— Maman ! s'exclama joyeusement la fillette. Regarde !

Madeline se retourna, juste à temps pour voir Grace vider le sac de pierres précieuses sur ses genoux.

Sans pouvoir retenir un cri, elle bondit vers l'enfant.

— Non ! Vilaine fille !

Elle lui arracha violemment la bourse des mains et les pierres s'éparpillèrent sur le parquet. Grace regarda sa mère d'un air hébété, sans comprendre. Puis elle éclata en sanglots.

Madeline élevait rarement la voix avec Grace. Elle pouvait compter sur les doigts d'une seule main toutes les fois où elle l'avait grondée.

— Pardonne-moi, ma chérie. Papa veut qu'on emporte ces jolies pierres pour notre voyage. Mais elles ont beaucoup de valeur, tu sais, on ne doit pas jouer avec.

Elle étreignit sa fille.

— Ce n'est pas grave, ma chérie. Aide-moi à les ramasser. Tu en es capable ?

Sans cesser de gémir, Grace hocha la tête. Ensemble, elles ramassèrent les pierres éparpillées sur le plancher, pour les remettre dans la bourse. Puis elles rangèrent le tout dans la valise. Chaque seconde qui passait était une souffrance pour Madeline. Elle ferma la valise, à clé cette fois. Elle fit de même avec celle de Grace.

— Viens, mon cœur. C'est l'heure de partir.

Au même moment, la porte de la nursery s'ouvrit. Madeline se retourna vivement, et se figea. Ce n'était pas Pierce qui revenait chercher des affaires à la maison, découvrit-elle avec effroi. Il s'agissait de l'autre M. Monarch. C'était pire, bien pire.

Découvrant la scène, Adam comprit aussitôt ce qui se passait. Son bref étonnement céda la place à la fureur.

— Vous partez, ma chère Madeline ? En voyage, peut-être ?

Madeline humecta de la langue ses lèvres sèches.

— Ce n'est pas ce que vous pensez. En fait…

— On part en voyage, chantonna Grace en jouant avec sa poupée. Mais papa peut pas venir avec nous. Il a du travail.

— Vous mentez, espèce de sale conspiratrice !

Adam s'avança, une lueur terrible dans le regard.

— Voilà donc ce que vous maniganciez ! rugit-il. Je comprends maintenant pourquoi vous jouiez la parfaite petite épouse. Si docile, si serviable. En réalité, vous projetiez de kidnapper ma petite-fille.

Madeline recula d'un pas, le cœur battant à tout rompre.

— C'est ma fille, Adam ! *Ma fille !*

— Papa nous a donné plein de jolies pierres pour notre voyage, dit Grace.

Adam se tourna vers la fillette en fronçant les sourcils, avant de reporter son attention sur Madeline.

— Vous ne l'emmènerez nulle part.

— Vous ne pouvez pas m'en empêcher, rétorqua Madeline en redressant les épaules et le menton. Mon devoir est de protéger ma fille. J'ai essayé à maintes reprises de vous prévenir au sujet de Griffen. J'ai essayé de…

— Griffen est son frère !

La rage marbrait le visage d'Adam.

— C'est mon petit-fils ! Un Monarch, nom d'un chien !

— Peut-être, mais c'est aussi un malade ! Il est dangereux ! Ouvrez les yeux. Vous devez me croire !

— Je devrais croire les élucubrations d'une femme qui se targue de deviner l'avenir ? Allons, soyons sérieux !

— Je vous ai raconté ce dont j'avais été témoin. Je n'ai rien imaginé. Il l'avait couchée par terre, et il avait sa main sous…

— Taisez-vous ! hurla-t-il, le visage violacé. C'est vous qui êtes malade. C'est vous qui avez besoin d'être soignée.

Sur ce, il avança vers elle, en faisant craquer ses doigts.

— Que les choses soient bien claires, dit-il. Peu m'importe que vous foutiez le camp, espèce de détraquée, mais vous m'emmènerez pas ma petite-fille.

— Je dois la protéger. Vous ne pourrez pas m'en empêcher.

— Oh ! que si. Et je le ferai. Sa place est ici. Elle appartient à la famille Monarch.

— Ce n'est pas un objet ! s'écria Madeline en venant se placer entre son beau-père et Grace. Elle n'appartient pas à l'entreprise familiale. C'est un être humain !

Adam secoua la tête ; il avait brutalement recouvré son calme, mais dans ses yeux brillait une lueur fanatique.

— Grace possède le don, Madeline. Vous savez que je ne peux pas la laisser partir. Et vous savez que je ne vous laisserai pas faire.

Effrayée par ce ton froid et menaçant, Madeline recula encore d'un pas.

— Allons, Adam, dit-elle, essayant malgré tout de le raisonner, soyez réaliste. Comment savez-vous qu'elle a le don ? Elle n'a que cinq ans. Comment pouvez-vous être sûr de…

Parce qu'il était fou, songea-t-elle tout à coup. Obsédé par le destin des Monarch. Obsédé par cette idée qu'un « don » se transmettait d'une génération de Monarch à une autre, uniquement chez les filles. Miné par l'idée que, privé de Grace qui détenait le don, le règne des Monarch s'effondrerait.

Mon Dieu ! il est aussi fou que Griffen !

Cédant à la panique, Madeline le repoussa, voulut s'emparer de sa fille et se précipiter vers la porte, mais il la saisit par le bras et l'obligea à se retourner vers lui ; son visage était un masque de fureur et de haine.

— Vous n'irez nulle part, Madeline.

Elle se libéra d'un geste brusque.

— Détrompez-vous ! Vous aurez des nouvelles de mon avo…

Adam la frappa. Son poing s'abattit sur sa joue, et des étoiles jaillirent dans la tête de Madeline. Elle tomba à la renverse en poussant un cri de douleur. Dans sa chute, elle heurta le coin de la commode ; la lampe de ma mère l'Oye posée dessus bascula et se brisa sur le sol.

— Maman !

Adam saisit Grace sous son bras et se dirigea vers la porte de la nursery. La fillette se mit à hurler, tout en donnant des coups de pied dans le vide.

— Maman ! Je veux ma maman !

Madeline se releva péniblement, avec l'impression que sa tête allait exploser.

— Non ! hurla-t-elle. Vous ne me prendrez pas ma fille !

Elle sauta sur le dos de son beau-père, toutes griffes dehors, plantant ses ongles dans son cou.

Avec un grognement de douleur, Adam lâcha Grace, qui tomba lourdement sur le plancher. Il se retourna et frappa de nouveau Madeline. Projetée en arrière, celle-ci se cogna contre le lit, et bascula par-dessus. Alors qu'elle essayait de se relever, elle vit Adam foncer vers elle.

Il allait la tuer.

Laissant échapper un petit cri, elle se remit debout. Il la repoussa sur le lit et se jeta sur elle ; ses mains se refermèrent sur le cou de Madeline.

— Espèce de folle ! Tu croyais vraiment pouvoir nous berner ? Tu croyais pouvoir nous voler notre fille, sale chienne ?

Madeline lui griffait les mains, pour tenter de se libérer. Elle se débattait, se contorsionnait, essayait de donner des coups de pied ; rien à faire, il était trop fort. Elle entendait les sanglots hystériques de Grace, et les grognements d'épuisement de son beau-père. Elle entendait ses propres appels au secours… muets.

Elle avait les poumons en feu ; sa vue commençait à s'obscurcir à la périphérie. Au-dessus d'elle, le visage béat de l'ange du vitrail la contemplait. L'ange qui protégeait les enfants. L'ange qui n'avait pas su défendre sa fille.

Madeline agitait les bras. Soudain, sa main droite rencontra le vase en verre taillé qui trônait sur la table de chevet. Cadeau de naissance d'un ami de la famille, dans lequel elle aimait mettre des roses thé. Ses doigts se refermèrent autour, et elle le souleva. Le vase s'abattit sur la tempe d'Adam. Celui-ci poussa un rugissement de douleur et relâcha aussitôt sa pression autour du cou de Madeline.

Elle sentit l'oxygène envahir ses poumons enflammés ; elle aspira l'air à grandes bouffées. Et elle frappa de nouveau avec le vase. Cette fois, il y eut un craquement écœurant. Le sang jaillit. Grace hurla.

Adam se leva. Le sang ruisselait sur son visage et sur sa belle chemise blanche. Il porta une main à sa tête, et son regard croisa celui de Madeline ; il paraissait stupéfait. Puis, comme au ralenti, il tomba à la renverse et heurta le plancher avec un bruit sourd. Le sang éclaboussa Grace, qui continuait de hurler ; ses cris stridents s'enchaînaient, telle une alarme folle.

Quand elle parvint à se relever, Madeline avança vers le corps immobile. Le visage livide, Adam reposait dans une mare de sang qui collait ses cheveux bruns. Elle l'avait tué. Oh ! mon Dieu ! elle venait de tuer Adam Monarch !

Timidement, elle tendit la main, pour sentir son pouls, puis se figea, frappée par une pensée aussi violente qu'un coup de poing. Sa vision ! Celle qu'elle avait eue dans le bureau tout à l'heure, et aussi cinq ans plus tôt. *Le sang qui se répandait sur un parquet lustré.* Madeline porta ses mains à sa bouche. *Les reflets de l'étendue glacée. Une eau noire qui aspirait quelqu'un vers le fond, jusqu'à l'engloutir entièrement.*

Ce n'était pas terminé.

Dans un cri, elle retira vivement sa main. Il fallait fuir, maintenant, avant que quelqu'un ne découvre ce qu'elle avait fait. Avant qu'on ne lui prenne Grace.

Saisissant sa fille dans ses bras, elle ramassa les valises et partit en courant.

DEUXIÈME PARTIE

Les forains

3

Comté de Lancaster, Pennsylvanie 1983

Au cœur de cette campagne verdoyante et fertile, délicatement vallonnée, se nichaient des maisons et des fermes du XIXe siècle ; des silos à blé et des moulins à vent parsemaient le paysage, et l'on voyait passer sur les routes des voitures… tirées par des chevaux.

C'était éminemment pittoresque. A la fois désuet et beau. Chaque jour, des hordes de touristes envahissaient le comté de Lancaster pour s'imprégner de cette ambiance et revivre — ne serait-ce qu'une heure ou deux — dans l'atmosphère d'un siècle passé.

Chance McCord, à dix-sept ans, en avait cependant marre de l'atmosphère et du mode de vie du XIXe siècle. Le charme désuet et pittoresque lui donnait envie de vomir. S'il passait un jour de plus dans cet enfer de fraternité et de simplicité austère, il allait devenir complètement dingue, c'était sûr.

D'un pas décidé, Chance traversa sa chambre meublée avec une sobriété spartiate et se planta devant sa fenêtre ouverte pour regarder tomber la nuit. Il avait envie d'enfiler son blue-jean. Il avait envie d'écouter du rock et de regarder la télé. Il avait envie de traîner avec ses amis, ou même n'importe qui d'autre qui partageait ses désirs… et ses frustrations. Bon sang, il en venait même à se languir de l'école ! Les Amish ne croyaient pas aux vertus de l'école pour les jeunes de son âge. Dès seize ans, les enfants amish remplissaient leurs devoirs envers leur famille et leur communauté en travaillant à la ferme. Voilà déjà un an que Chance remplissait les siens, et il détestait les vaches, nom de Dieu !

Prenant appui sur le rebord de la fenêtre, il inspira à pleins poumons l'air doux du soir. Un an plus tôt, jamais il n'aurait cru qu'il regretterait un jour ce grand lycée du nord de Los Angeles, où pourtant il s'était toujours senti prisonnier. Il n'aurait jamais cru qu'il rêverait de se retrouver en cours d'anglais, à écouter le vieux Waterson radoter au sujet d'un quelconque poète, mort bien avant l'invention de la guitare électrique.

Désormais, Chance connaissait réellement la sensation d'être prisonnier.

S'il ne trouvait pas le moyen de s'échapper, il allait dépérir et mourir.

Non pas que sa tante Rebecca — la sœur de sa mère — et Jacob, son mari, fussent de mauvaises gens. Bien au contraire, ils étaient extrêmement bons, à l'excès. Ils avaient recueilli Chance quand sa mère était morte et quand son riche père — si on pouvait appeler ainsi cet homme qui n'avait jamais reconnu son existence — avait refusé de le prendre sous son aile. Ils lui avaient fait une place dans leur maison, et cela n'avait pas été facile, car ils avaient déjà quatre enfants.

On ne pouvait pas dire non plus qu'ils le détestaient, même si, parfois, on pouvait avoir cette impression. Non, simplement ils avaient des croyances, des croyances absolues. Et ils attendaient de Chance qu'il partage leur foi et leur mode de vie.

Mais il en était incapable. Ce n'était pas dans sa nature.

Il se mit à faire les cent pas dans sa chambre, comme un lion en cage. Aujourd'hui, il s'était rendu à la ville, en carriole, avec oncle Jacob et son fils Samuel âgé de dix ans. Et là, Chance l'avait vue. Une fête foraine itinérante ! Avec grande roue et diseuse de bonne aventure. Une troupe de forains qui voyageaient de ville en ville. Chance croyait que cela n'existait plus.

Une occasion formidable, avait-il pensé aussitôt. Peut-être.

Pendant que Jacob vaquait à ses affaires, Chance était allé voir les forains, en emmenant Samuel. Quand Jacob les avait retrouvés, il s'était mis en colère ; et s'il n'avait pas haussé la voix, les paroles qu'il avait dites à Chance lui avaient quand même fait beaucoup de mal. Quant à ce qu'il ne lui avait pas dit et qui était passé dans son regard, Chance l'avait reçu comme un coup de poignard dans le cœur.

Plus tard, le garçon avait entendu sa tante Rebecca se disputer avec son mari.

Retournant vers la fenêtre, il contempla la ville au loin. Il apercevait les lumières diffuses des néons de la fête foraine, et la frustration formait une boule dans son estomac. Une boule enrobée d'amertume. Il avait fait naître la tension dans cette maison, il avait provoqué un différend entre sa tante et son mari, entre les enfants et leurs parents, entre la famille et une communauté qui n'aimait pas les gens de l'extérieur, les étrangers.

Et pour eux, il était un étranger, pensa-t-il.

Il le serait toujours.

Le front appuyé contre l'encadrement de la fenêtre, il rêvait de liberté ; il s'imaginait voyageant de ville en ville, sans personne pour lui dicter ce qu'il devait penser, comment il devait se comporter.

Une fête foraine itinérante. Une occasion en or. Une échappatoire.

Son cœur s'emballa tout à coup. Il n'était pas à sa place ici, il ne le serait jamais. Oh ! ce sentiment n'était pas nouveau ; il ne s'était jamais senti intégré, il avait toujours été un marginal, même avec sa mère, quand il vivait à Los Angeles. Mais il avait de grands projets, des rêves qu'il avait bien l'intention de concrétiser.

Sa mère. Comme chaque fois qu'il pensait à elle, l'image de sa mère envahit son esprit. Il revoyait son joli visage et son adorable sourire, son regard si souvent absent, aussi ; il repensait à cette façon qu'elle avait de regarder au loin, par-dessus son épaule droite. A cette évocation, il eut un pincement au cœur, une douleur fulgurante. Il appuya ses poings contre la vitre lisse et froide. Connie

McCord avait fait tant de rêves, des rêves que la vie avait toujours tenus hors de sa portée, des rêves dont la mort l'avait privée pour toujours.

Chance s'était juré que ces rêves-là ne lui resteraient pas inaccessibles, à lui. Il savait ce qu'il voulait, ce dont il avait besoin et ce qu'il méritait. Et il le saisirait à deux mains. Il ne finirait pas comme sa mère, déçu et frustré, condamné à regarder.

Il ne mourrait pas sans avoir obtenu tout ce qu'il désirait.

Il se détourna brutalement de la fenêtre. Sa décision était prise, il transformerait ses rêves en réalité. A partir de maintenant, de cet instant même. Il trouverait un moyen.

Une fête foraine itinérante. La chance, l'occasion qu'il attendait.

Le moment était venu de s'en aller.

4

La troupe foraine d'Abner Marvel avait connu des jours meilleurs, assurément. En fait, elle appartenait à une race en voie de disparition. Quarante ans plus tôt, avant la prolifération des parcs de loisirs sophistiqués et coûteux, Marvel avait eu son heure de gloire. Moitié fête foraine, moitié cirque, la troupe voyageait de ville en ville durant les mois d'été, s'installait pour quelques jours ou une semaine, puis repartait.

Depuis de nombreuses années, ce genre de divertissements ne comptait plus beaucoup d'amateurs. Par conséquent, la troupe ne fréquentait plus que les zones rurales les plus isolées ; des endroits éloignés des superbes parcs d'attractions, des endroits où les gens, jeunes et vieux, rongés par l'ennui, guettaient la moindre occasion d'occuper leurs interminables soirées d'été.

Marvel leur offrait grandement de quoi se divertir, de quoi s'esbaudir. Les cracheurs de feu et les charmeurs de serpents fascinaient les enfants les plus jeunes ; les adolescents, eux, gravitaient autour des manèges et des jeux d'adresse ou de hasard. Quant aux adultes, ils s'intéressaient surtout aux acrobates et aux contorsionnistes, sans oublier les stands de restauration. Mais tout le monde adorait la diseuse de bonne aventure, surtout cet été-là, car le directeur de la troupe avait réussi à dénicher une perle rare.

Claire Dearborn, surnommée Madame Claire, possédait un véritable don ; il ne s'agissait pas là d'une escroquerie, d'un vulgaire attrape-nigaud, comme on en rencontrait la plupart du temps dans les fêtes foraines. Du reste, si Abner Marvel avait nourri quelques doutes en engageant Claire Dearborn, ceux-ci s'étaient vite dissipés, à mesure que la notoriété de la voyante grandissait et que la queue devant son stand s'allongeait.

Très vite, Abner Marvel, un des derniers forains nés et élevés dans cet univers, avait offert à Claire et à sa fille leur propre caravane et augmenté le tarif de la consultation, qui était passé de deux à cinq dollars les cinq minutes. Ceux qui le souhaitaient pouvaient prolonger l'entretien, évidemment. En payant le prix fort.

De l'avis de Skye Dearborn, douze ans, sa mère aurait pu gagner beaucoup plus d'argent grâce à son don unique, en quittant cette troupe miteuse de troisième zone, mais la seule fois où elle lui avait suggéré de travailler ailleurs, sa mère lui avait répondu qu'elle aimait voyager, et qu'en outre, l'argent ne faisait pas le bonheur.

Skye se disait qu'elle aimait bien voyager, elle aussi, mais elle ne partageait pas l'avis de sa mère concernant l'argent et le bonheur. D'après ce qu'elle avait pu voir dans sa jeune vie, les riches paraissaient beaucoup plus heureux que les pauvres.

Skye se glissa hors de la caravane, dans laquelle elle vivait avec sa mère, pour se mêler à la fête. Les quartiers des membres de la troupe étaient installés à l'extrémité nord du terrain, le plus loin possible des stands et des manèges. Cependant, malgré la distance qui les séparait, elle entendait déjà la musique des chevaux de bois et les cris de terreur amusée qui s'échappaient du « Démon Hurlant », les modestes montagnes russes.

Skye et sa mère voyageaient avec la troupe Marvel en été seulement ; à l'automne, elles s'installaient quelque part, dans une petite ville où sa mère trouvait un travail, dans un restaurant ou un drugstore, et où elle pouvait aller à l'école. A cette pensée, Skye fit la grimace. L'école, c'était nul. Elle détestait tout ce qu'on y faisait, à part les cours de dessin. Mais certaines écoles qu'elle avait fréquentées étaient tellement petites, tellement isolées, qu'il n'y avait même pas de cours de dessin. Dans ces cas-là, l'école devenait un enfer.

Enfin, jamais très longtemps. En vérité, l'absence de cours de dessin n'avait pas tant d'importance, car sa mère et elle ne s'attardaient jamais dans un endroit. Le temps que Skye établisse sa réputation d'enquiquineuse qui n'avait pas sa langue dans sa poche, elles repartaient. Au cours des deux dernières années, Skye avait ainsi fréquenté plus d'une douzaine d'écoles.

Aussi loin qu'elle s'en souvienne, sa mère et elle avaient toujours voyagé ainsi. Sa mère disait qu'elles étaient des aventurières nomades. Skye pensait plutôt qu'elles ressemblaient à des criminelles en fuite. A quoi bon voyager sans cesse ? se demandait-elle.

De dépit, Skye donna un coup de pied dans une boîte de Coca qui traînait par terre. La boîte était encore à moitié pleine et la boisson éclaboussa son short et son T-shirt. Elle laissa échapper un juron. Si seulement sa mère voulait bien lui dire la vérité ! Mais les rares fois où Skye l'avait interrogée ouvertement, sa mère avait prétendu ne rien lui cacher ; elle avait nié avoir des secrets.

Elle mentait, Skye en était convaincue. Sa mère cherchait à fuir, elle regardait constamment par-dessus son épaule, comme quelqu'un qui vit dans la peur.

Et cette peur déteignait sur Skye. Sa mère était tout ce qu'elle avait au monde.

Elle enjamba la corde qui délimitait le périmètre de la foire et servait à établir une limite entre les visiteurs et les membres de la troupe. Droit devant, avec ses lumières vives et ses éclats de rire, son mélange frénétique de musique, de jeux et de friandises, s'étendait l'allée centrale. Celle-ci était bordée de manèges. Les stands et les tentes des autres attractions, dont celle de sa mère, étaient situés tout au bout.

Skye n'avait pas de tâche définie au sein de la troupe, mais elle donnait un coup de main ici et là, remplaçant une personne malade, participant à l'installation et au démontage, mais surtout, elle faisait office de « rabatteur » ; c'est-à-dire qu'elle était chargée de rameuter les clients pour les jeux de hasard et d'adresse.

Du moins était-elle un « rabatteur » innocent, car chez Marvel, il n'y avait pas d'entourloupes, on n'essayait pas d'arnaquer le client, et les jeux n'étaient pas truqués. Skye procédait de la manière suivante : comme elle y avait joué des centaines de fois, et connaissait toutes les astuces qui permettaient de gagner, elle avait une fonction incitative, car à la voir, les gens avaient l'impression qu'il était facile de gagner. Si facile que, tandis qu'elle repartait les bras chargés de lots, les gens se précipitaient pour faire la queue devant le stand, impatients de remporter eux aussi une des grosses peluches proposées.

Alors que Skye s'engageait dans l'allée centrale, l'odeur du pop-corn frôla ses narines et la mit en appétit. Il était presque 20 heures, la fête battait son plein, et les gens se pressaient autour des stands.

Tous sauf un, constata Skye. Celui du lancer de pièces.

Elle avança d'un pas nonchalant, s'arrêtant devant le stand comme si elle le découvrait pour la première fois, et plongea la main dans sa poche pour prendre une pièce de vingt-cinq *cents*.

— Qu'est-ce que je dois faire ? demanda-t-elle à Danny, un garçon ignoble et boutonneux qui semblait n'avoir pour but sur terre que de la harceler.

Mais les affaires avant tout, se dit-elle. Dans l'intérêt de la troupe, elle était obligée de le supporter.

— Tu vois ces planches ? demanda-t-il en s'approchant d'elle.

Il désigna trois planches de bois superposées, sur lesquelles étaient disposées des sortes de gros palets ronds en verre lisse. Skye acquiesça.

— Tu lances ta pièce. Si elle tombe et qu'elle reste sur l'étagère du bas, tu gagnes un petit prix ; sur l'étagère du milieu, tu gagnes un prix moyen, et sur l'étagère du haut, un magnifique prix.

— C'est tout ?

— Oui, c'est tout, répondit Danny avec un sourire en coin. Un jeu d'enfant !

Skye tenta sa chance, en commençant par manquer son coup deux fois de suite, pour faire plus vrai. A la troisième tentative, elle lança d'une pichenette experte sa pièce, qui retomba à plat sur un des palets en verre.

Elle frappa dans ses mains.

— J'ai gagné ! J'ai gagné !

Folle de joie, comme si elle n'en revenait pas, elle se retourna vers les badauds regroupés derrière elle dans l'allée.

— J'ai gagné ! Ça alors, c'est incroyable !

— Voilà pour toi, petite, dit Danny en lui remettant un perroquet en peluche. Tu n'as pas envie de tenter ta chance encore une fois, par hasard ? Pour essayer de remporter le gros lot ? Tu m'as l'air rudement douée.

Une poignée de pièces plus tard, Skye s'éloignait du stand désormais pris d'assaut, les bras chargés de jouets en peluche. Elle alla les déposer dans le camion qui servait de réserve (elle ne gardait jamais ce qu'elle gagnait, ce ne serait pas juste), puis s'empressa de retourner vers les stands pour s'amuser.

Une certaine agitation en provenance du stand de restauration attira soudain son attention. En tête de file, un adolescent se tenait le ventre d'une main, tout en brandissant de l'autre un hot-dog entamé.

— Ce truc m'a rendu malade, déclara-t-il d'une voix tonitruante. C'est immangeable !

Skye s'approcha, et vit Marta, une grosse femme aux cheveux gris acier, dotée d'un caractère assorti, qui regardait l'adolescent d'un œil soupçonneux.

— Comment ça, il t'a rendu malade ?

— Malade, quoi !

Sur ce, il se remit à geindre, plié en deux comme s'il souffrait de crampes d'estomac. Les gens qui se trouvaient derrière lui s'écartèrent et reculèrent. Il haussa encore le ton.

— C'est pas interdit par la loi de vendre de la viande pourrie ?

— On ne sert pas de viande avariée ici, mon garçon, déclara Marta d'une voix stridente. On fait très attention.

— Sentez-moi ça, dit-il en tendant son hot-dog. Ça pue !

Marta détourna la tête, avec une grimace de dégoût.

— Je ne veux pas sentir. S'il y a un problème, je te rembourse. Ou je te donne un autre hot-dog.

— Un autre hot…

Il poussa un gémissement.

— Je veux parler au directeur, au gérant ou je ne sais qui. C'est un scandale !

Il se plia en deux de nouveau, avec force lamentations.

— Si je meurs, ce sera votre faute.

De nouveaux remous parcoururent la foule des curieux ; certains firent demi-tour et s'en allèrent. Quelqu'un lâcha une remarque insultante au sujet des fêtes foraines. Skye, elle, observait le garçon en plissant le front. Il avait quelque chose de bizarre, se disait-elle. Son jean était troué et trop court, ses cheveux étaient taillés de manière irrégulière, comme s'il les avait coupés lui-même, avec des ciseaux de cuisine. Son T-shirt portait le nom d'un groupe de rock qui avait sombré dans l'oubli depuis au moins un an, et à la place des baskets, il avait une paire de gros godillots.

Oui, bizarre, songea-t-elle. Ce gars était louche. Il cherchait à arnaquer Marta, sans aucun doute. Elle avait vu un petit sourire sur ses lèvres quand il s'était penché pour la deuxième fois. Mais pourquoi ? se demandait-elle, à la fois intriguée et indignée. Qu'espérait-il obtenir en provoquant un esclandre ?

De l'argent, certainement. Elle croisa les bras sur sa poitrine, révoltée par cette comédie. Franchement, pensa-t-elle, certaines personnes étaient prêtes à tout pour de l'argent.

— Le propriétaire est Abner Marvel, dit Marta, visiblement impatiente de se débarrasser du garçon avant que celui-ci ne vomisse devant le stand. Si tu le cherches, tu le trouveras certainement dans la grande tente principale, tout au bout de l'allée.

Elle lui indiqua la direction.

— S'il n'y est pas, ajouta-t-elle, essaye donc à la caisse, juste à l'entrée.

Sans lâcher son hot-dog, ni son estomac, l'adolescent pivota sur ses talons et partit dans la direction que Marta lui avait indiquée.

Skye le regarda s'éloigner en fronçant les sourcils. Elle se targuait d'être au courant de tout ce qui se passait au sein de la troupe de Marvel. Elle savait ce que faisait chacun des membres, et avec qui. Nul ne pouvait éternuer sans qu'elle l'apprenne.

Et elle avait bien l'intention d'éclaircir cette histoire. Tant qu'elle serait là, personne ne pourrait tirer profit indûment de la fête foraine.

C'est pourquoi elle se lança à la poursuite du garçon, veillant à ne pas le perdre de vue, sans le serrer de près. Au bout d'un moment, il se redressa, lança un coup d'œil par-dessus son épaule en direction de Marta et du stand, et sourit. Finalement, il jeta le hot-dog dans une poubelle et repartit, d'un pas énergique cette fois, droit comme un i.

Skye poussa un petit cri de triomphe. Elle le savait, ce sale type mijotait un coup tordu…

— Hé ! Morveuse !

Skye se figea et adressa un regard noir à Rick, le garçon qui tenait le stand de tir, un individu particulièrement odieux. Quand elle avait rejoint cette troupe avec sa mère, Rick et une bande de copains aussi répugnants que lui avaient tenté de l'effrayer en l'enfermant à l'intérieur du train fantôme après la fermeture. Au lieu de l'effrayer, cela l'avait mise en colère. Quand un des employés de maintenance l'avait découverte et libérée, elle était allée trouver immédiatement Rick pour lui coller son poing sur la figure, le faisant saigner du nez. Il ne lui avait jamais pardonné ce geste. Mais il n'avait plus jamais essayé de l'effrayer.

Les poings sur les hanches, elle demanda :

— Qu'est-ce que tu veux ?

— Faut que je fasse une pause.

— Et alors ?

— Marvel a envoyé Benny s'occuper des montagnes russes. Si je vais pas aux chiottes, je vais finir par pisser sur un des clients. Faut que tu me remplaces.

Skye regarda à regret s'éloigner le dos du mystérieux adolescent, puis elle revint sur Rick.

— Pourquoi es-tu toujours aussi malpoli ? Tu me dégoûtes. Trouve-toi quelqu'un d'autre.

— Si tu te grouilles pas de me remplacer, je te massacre.

— Oh ! je tremble de peur ! ironisa-t-elle en redressant la tête. Pas mal ta ruse pour faire le mur l'autre nuit, quand tu es allé retrouver cette fille. Personne ne t'a vu partir. Sauf moi. A ton avis, il en penserait quoi, Marvel ?

Rick devint rouge comme une betterave. Il la foudroya du regard et enfonça ses mains dans les poches arrière de son jean.

— Tu es vraiment une sale petite teigne. Je voudrais te voir disparaître de la surface de la terre.

— Et toi, tu n'es qu'un crétin sans cervelle.

— Tu es jalouse, voilà tout, car aucun garçon voudra jamais faire le mur pour te rejoindre. D'ailleurs, je parie que t'es gouine. Tu te conduis comme un gars !

Pendant un moment, Skye eut le souffle coupé. Ses yeux la brûlèrent, une violente douleur lui comprima la poitrine. Horrifiée, elle chercha une réplique cinglante, tout en essayant de se ressaisir, pour que Rick ne voie pas combien cette remarque lui faisait mal.

Elle redressa le menton de nouveau, autant par défi que pour l'empêcher de trembler. Quelle importance si Rick la trouvait laide et indigne d'être aimée ? songeait-elle. Quelle importance s'il pensait qu'elle était… gouine. C'était un garçon stupide et vulgaire ; elle le détestait.

— Je te conseille de faire gaffe à toi, dit-elle, sinon, je demande à ma mère de te jeter un sort.

Rick répondit par un ricanement moqueur, après un moment d'hésitation toutefois. Les forains avaient la réputation d'être des gens superstitieux. Ils croyaient au mauvais œil, aux grigris et aux sorcières. De fait, les dons de la mère de Skye les effrayaient. D'une certaine façon, ils étaient convaincus que, puisque Madame Claire pouvait voir leur avenir, elle pouvait également modifier cet avenir. Pour le meilleur… et pour le pire.

Voilà pourquoi ils l'évitaient, autant que possible. Skye sourit. Ce n'étaient que des petits voyous idiots et superstitieux. Ça ne se passait pas ainsi, évidemment.

Mais s'ils voulaient le croire, tant mieux, se disait-elle, ça l'arrangeait. Sa mère ne voulait pas faire partie de leur monde, et Skye aimait bien pouvoir les mener à la baguette de temps en temps. Parfois, une fille avait besoin de faire peser une petite menace sur la tête d'un abruti ; c'était une façon de rétablir un peu l'équilibre.

Skye savait qu'elle ne suscitait guère la sympathie en utilisant ainsi la peur qu'inspirait sa mère, mais tant pis. De toute façon, elle avait l'habitude de ne pas être aimée, de ne pas avoir d'amis. Comme ça, quand sa mère et elle repartaient, Skye ne laissait personne derrière elle. Les adieux, c'était vraiment pénible.

Mais qu'importe son mépris envers Rick, elle faisait partie de la troupe. Et il avait besoin de son aide.

Skye jeta un dernier regard dans la direction où avait disparu l'autre adolescent ; elle soupira et se retourna vers Rick.

— D'accord, vas-y, dit-elle. Mais dépêche-toi de revenir. J'ai des trucs à faire.

5

Chance avait lancé un dernier coup d'œil par-dessus son épaule — et vu que la femme du stand de sandwichs semblait l'avoir totalement oublié. Alors il jeta le reste de son hot-dog, parfaitement comestible, dans une poubelle.

Il fallait que ça marche. Abner Marvel devait impérativement lui donner un travail.

Car il n'avait pas de plan de rechange.

Chance essuya ses paumes moites sur les jambes de son jean tout juste ressuscité. Il l'avait ressorti du fond d'un placard, avec son T-shirt et toutes ses affaires datant de l'époque pré-Lancaster County ; puis il avait bouclé sa valise et écrit un mot destiné à son oncle et sa tante. Après quoi, il était parti dans la nuit pour faire du stop.

Depuis, il improvisait. Ce petit numéro du hot-dog empoisonné n'était en fait qu'une ultime tentative, désespérée, pour approcher le propriétaire de cette fête foraine. Car avant d'inventer ce subterfuge, il avait demandé à une demi-douzaine d'employés qui était le patron, et où on pouvait le trouver ; et chaque fois, ses questions avaient été reçues avec agressivité et méfiance. Tous lui avaient donné la même réponse : pas d'embauche.

Chance avait alors compris son erreur. Il s'était trompé de tactique : pour accéder au directeur, la vérité ne suffisait pas, il avait besoin d'une astuce.

S'il y avait une chose que les gens n'aimaient pas, c'étaient les complications. Son père lui avait au moins appris cela. Aux yeux de ce salopard, Chance, représentait un problème, une gêne. Et rien d'autre.

D'où le coup du hot-dog avarié.

Chance sentit la détermination grandir en lui. Et avec elle, une confiance renouvelée. Il remonta la lanière de son sac marin sur son épaule et pressa le pas, impatient de s'offrir un avenir.

Il parcourut la grande allée centrale, bondée. Autour de lui, les gens défilaient, en riant et en le poussant. Des néons criards, roses, verts et jaunes, illuminaient la nuit sans lune. La délicieuse odeur du pop-corn lui mettait l'eau à la bouche. De tous les côtés, de la musique rock hurlait dans les haut-parleurs, chaque attraction diffusait sa propre chanson. Des employés s'interpellaient ou s'invectivaient ; dans les manèges étourdissants, les filles hurlaient. Et tous ces bruits se mélangeaient, créant un étrange brouet sonore, à la fois repoussant et alléchant.

Une bande d'adolescents chahuteurs le bouscula en passant. Une des filles du groupe ricana et se retourna vers lui, mais pas pour l'admirer, Chance le savait bien. Il avait beaucoup grandi durant cette année d'emprisonnement chez sa tante, il s'était étoffé. Résultat, son jean était trop court, son T-shirt trop moulant ; il n'avait même pas réussi à enfiler sa vieille paire de Nike, si bien qu'il avait été obligé de mettre ses godillots de fermier. Bref, il offrait l'image du parfait crétin.

Il se raidit et redressa les épaules. « Plus pour très longtemps », se jura-t-il. Il voyagerait, il irait loin. Un jour, ces filles le regarderaient passer en souhaitant, en suppliant même, qu'il leur accorde un regard.

Droit devant lui, il aperçut le grand chapiteau que lui avait indiqué la femme des sandwichs. En fait, plusieurs tentes, de différentes tailles, étaient plantées là, tout au bout de l'allée. Chance décida de commencer par celle qui se trouvait en plein milieu. Elle était vide, à l'exception d'un homme qui balayait les ordures des premiers rangs des gradins. Chance marqua un temps d'hésitation ; il observa cet homme à l'impressionnante carrure. Il était peu probable qu'il s'agisse du propriétaire, mais peut-être savait-il où se trouvait Abner Marvel.

Chance pénétra plus avant sous le chapiteau. Il se racla la gorge.

— Hmm… excusez-moi. Je…

— Le prochain spectacle commence dans une heure, dit l'homme sans même tourner la tête. Faut revenir plus tard.

Chance avança vers l'homme en se dandinant.

— Je ne viens pas pour le spectacle. Je cherche le directeur.

— Ah oui ? Le directeur ?

Cette fois, Chance eut droit à un rapide coup d'œil. Un seul adjectif pouvait décrire le visage de cet homme : cabossé. On aurait dit que sa tête avait servi à jouer au base-ball, et il en avait conservé un faciès tout écrasé.

— Vous savez où je peux le trouver ?

L'homme l'observa de la tête aux pieds. Il ressemblait à un gorille, épais et puissant, et regardait Chance comme s'il avait envie de l'aplatir. D'ailleurs, il avait certainement aplati beaucoup de jeunes crétins dans sa vie, et avec plaisir sans doute.

— C'est fait, tu l'as trouvé.

— Vous êtes Abner Marvel ?

Face à l'incrédulité évidente du jeune garçon, l'homme grimaça.

— Lui-même. A qui ai-je l'honneur ?

— Chance McCord.

Chance tendit la main, mais l'homme l'ignora, et se remit à balayer.

— Que puis-je pour toi, Chance McCord ?

— Je cherche un travail.

— Je m'en doutais. Quel genre de travail ?

— N'importe lequel.

— Je m'en doutais aussi.

L'homme observa Chance de nouveau, pour le jauger, sans chercher à dissimuler sa perplexité. Il haussa les sourcils et demanda :

— T'as dix-huit ans ?

— Oui, depuis un mois, mentit Chance.

Il n'aurait dix-huit ans qu'en octobre.

— C'est curieux, j'aurais parié que t'étais plus jeune que ça.

Chance gonfla le torse et dressa le menton.

— Eh bien, non. Et je travaille dur.

— Tes parents savent que tu es ici ? Ils savent que tu veux t'enfuir en te faisant engager par des forains ?

— Je n'ai pas de parents. Je vis avec ma tante.

L'homme se racla la gorge, tourna la tête et cracha des glaires dans la sciure, puis se retourna vers le jeune garçon.

— Elle est au courant ?

— Pas la peine, j'ai dix-huit ans.

— Ah oui, j'oubliais, dit M. Marvel. Et qu'est-ce qui te fait croire que t'es capable de travailler pour moi ? Tous mes gars ont été élevés à la dure. C'est pas des mauviettes.

— Moi aussi j'ai été élevé à la dure.

— Je vois.

M. Marvel cracha de nouveau, de manière plus théâtrale cette fois.

— T'es un Amish ?

— Ma tante l'est. Pas moi.

— Et je suppose que t'as aucune expérience de la fête foraine ?

— Non, monsieur.

L'homme secoua la tête en soupirant.

— Ecoute, gamin, j'en ai bavé depuis le temps que je fais ce boulot. C'est pas toujours rose, loin de là. Je suis dans ce métier depuis si longtemps que j'ai oublié depuis quand. Mon père était forain, et son père avant lui. J'ai hérité de tout ce bordel. Et j'ai ça dans le sang. Sinon, tu peux me croire, y a longtemps que j'aurais tout plaqué.

Il regarda Chance droit dans les yeux et ajouta :

— Un jeune gars comme toi peut faire un tas d'autres choses dans la vie. Pour commencer, tu peux déjà rentrer chez toi. Allez, retourne dans ta ferme. J'ai besoin de personne.

— Il me faut un travail, dit Chance en avançant d'un pas vers l'homme, prêt à supplier en cas de besoin. Il le faut ! Je travaillerai dur, vous verrez.

— Tout le monde travaille dur ici. Désolé, fiston.

L'homme cracha un autre jet de glaires, directement dans le tas d'ordures qu'il avait balayées.

— L'année prochaine, peut-être, dit-il.

Sur ce, il tourna les talons et s'éloigna. Chance lui emboîta le pas, abasourdi, refusant d'y croire. Tous ses plans s'écroulaient déjà. *Retourne à la ferme, fiston. Va retrouver l'enfer sur terre.*

— Hé ! attendez ! Je ferai n'importe quoi, même les boulots les plus répugnants, les plus humiliants. Donnez-moi juste une chance.

Le visage hideux d'Abner Marvel parut s'adoucir, un court instant.

— Ecoute, gamin, j'ai rien pour toi. J'ai pas de boulot. Je suis désolé.

— Mais… imaginez que quelqu'un s'en aille ce soir, insista Chance en se raccrochant à de faux espoirs. Ou que quelqu'un se fasse renvoyer. C'est toujours bien d'avoir quelqu'un sous la main, au cas où.

— J'ai pas les moyens de me payer ce luxe.

La compassion passagère que Chance avait cru percevoir sur le visage de l'homme céda la place à l'agacement.

— Je vais te dire un truc : personne ne s'en va en milieu de saison. Les gens sains d'esprit, du moins. Tous on quitte nos quartiers d'hiver en Floride pour monter jusqu'ici, loin de tout, et aucun de mes gars n'a envie de se retrouver bloqué dans la région, sans billet de retour. Et les seuls motifs de renvoi, c'est la boisson, la bagarre et le fricotage avec les mineures du coin. Mes gars le savent et ils se tiennent à carreau, à ma connaissance en tout cas. Ils sont pas idiots. Voilà, c'est assez clair ?

Il désigna la sortie avec son pouce.

— Allez, fiche le camp maintenant. J'ai à faire.

Cette fois, Chance ne suivit pas Abner Marvel. Celui-ci avait été on ne peut plus clair, en effet : il ne lui donnerait pas de travail.

A moins qu'une place se libère tout à coup. A moins qu'un miracle ne se produise.

Un miracle.

Chance plissa le front. Il y avait forcément un moyen. Il ne serait pas comme sa mère qui avait passé sa vie à rêver de choses qu'elle n'avait pas, à regretter les occasions qui ne s'étaient jamais présentées.

Parfois, dans la vie, il fallait savoir provoquer les occasions. Et les miracles.

Sa mère n'avait pas compris ça. Lui, si.

Chance rebroussa chemin pour rejoindre les attractions. Dépité, il erra dans la grande allée centrale, conscient de chaque minute qui passait. C'était le dernier soir. Demain, la fête foraine s'en irait, et il serait trop tard.

Alors qu'il approchait du stand de tir, Chance crut entendre des éclats de voix. Il reporta son attention sur les deux jeunes garçons chargés de tenir le stand. Apparemment, l'un des deux se vantait de ses exploits sexuels avec une fille que l'autre désirait aussi.

— Tu vois ça, connard ? dit le plus laid des deux en brandissant un sachet en plastique qu'il avait sorti de sa poche arrière de pantalon. Quand Marlene aura vu ce truc, tu peux dire adieu à tes chances ! J'espère que t'en as bien profité, car t'auras plus jamais l'occasion de la toucher.

L'autre garçon s'esclaffa.

— Ouais, c'est ça ! Comme si un pauvre petit joint allait l'impressionner !

A ce moment-là, plusieurs personnes s'approchèrent du stand pour s'amuser à tirer, et le premier garçon s'empressa de cacher le sachet d'herbe derrière le comptoir de bois. Chance observa les deux garçons qui, tout en s'occupant des clients, échangeaient des petits coups en douce, ou des insultes, chaque fois qu'ils se croisaient sur le stand.

Et soudain, une idée lui traversa l'esprit. Ces deux-là avaient bu, se dit-il, aucun doute. Ils étaient irritables, l'alcool avait levé leurs inhibitions. Si le sachet contenant l'herbe disparaissait, le premier garçon accuserait le second, et cela dégénérerait à coup sûr en bagarre.

Certes, s'il se faisait prendre, ils lui fileraient une sacrée raclée, avant de le jeter dehors. Mais s'il ne faisait rien…

C'était peut-être son unique chance. Il devait la saisir.

Il observa. Il attendit. L'occasion qu'il espérait se présenta enfin, sous la forme de l'objet du conflit : Marlene en personne. En ce qui le concernait, exception faite d'une impressionnante paire de seins que recouvrait un pull chaussette tendu à craquer, Chance ne voyait pas de raison de faire tant d'histoires.

Alors que les deux garçons, rendus fous de désir, tentaient, chacun à leur manière, d'attirer l'attention de la fille, délaissant totalement les clients qui se pressaient au stand, Chance glissa la main par-dessus le comptoir et s'empara du sachet en plastique. Le cœur battant à tout rompre, il le fourra dans sa poche de chemise et s'éloigna du stand le plus vite possible.

Mais pas trop loin. Il voulait assister au feu d'artifice.

Il n'eut pas à attendre longtemps. Dès que Marlene fut repartie, les deux garçons se chamaillèrent de nouveau, chacun prétendant qu'il était le préféré de la fille. Quelques secondes plus tard, Chance entendit un hurlement de rage, accompagné d'une injure.

— Enculé ! Où il est ?

— Quoi ?

— Mon sachet, salopard !

Fou furieux, il marcha vers l'autre garçon, les poings serrés.

— Allez, rends-le-moi !

— Je l'ai pas, ton misérable sachet d'herbe ! Je te rappelle que j'ai pas besoin de ça, *moi.*

Il adressa un sourire moqueur à son rival et se retourna en murmurant :

— Pauvre con.

Avec un cri de fureur, le premier garçon sauta sur le dos de l'autre.

— Rends-le-moi ou je te casse la gueule !

— Lâche-moi, fils de pute !

L'agressé éjecta son agresseur, fit volte-face et lui décocha un coup de poing. L'autre bascula à la renverse, mais se redressa aussitôt et chargea comme un taureau, tête baissée. Il percuta son rival en plein dans les côtes et les deux garçons se retrouvèrent projetés contre le mur en bois du stand. Le mur se renversa. Une femme poussa un cri. Un enfant fondit en larmes. Les deux garçons roulèrent au sol, accrochés l'un à l'autre dans une étreinte sauvage, hurlant des injures tout en échangeant des coups.

— Ça suffit !

L'ordre tonitruant émanait d'Abner Marvel, qui fonçait vers le stand en traversant l'allée centrale, une batte de base-ball à la main. Il était accompagné de deux autres types, aussi grands et costauds que lui, armés également de battes. La manière dont le vieux forain contrôlait ses troupes était évidente, se dit Chance en reculant d'un pas, instinctivement.

— Levez-vous !

Les deux garçons se séparèrent et se relevèrent immédiatement. L'un des deux saignait du nez ; quant à l'autre, il avait déjà l'œil droit enflé et violacé. A voir la façon dont ils tremblaient de peur, Chance en déduisit qu'Abner Marvel n'aurait pas hésité à se servir de sa batte.

Sans doute avait-il appris cette méthode avec son père.

— Ce type est un voleur ! s'écria le premier garçon en pointant un doigt accusateur vers le second. Il m'a piqué mon…

— J'ai rien volé du tout ! Il est jaloux à cause de Marlene…

— Fermez-la ! rugit Abner Marvel, le visage écarlate. Allez faire vos valises. J'en ai marre de vous deux, vous êtes virés !

Les deux adolescents se décomposèrent, et, à l'unisson, ils se mirent à supplier pour garder leur travail, mais le vieux forain demeura intraitable.

— Vous êtes virés, répéta-t-il, calmement cette fois. Vous savez qu'il est interdit de se battre. Foutez-moi le camp avant que je décide d'utiliser ce truc-là.

Il frappa de la batte la paume de sa main.

— Passez chercher votre paye dans ma caravane et disparaissez !

Chance n'attendit même pas que les deux adolescents renvoyés se soient éclipsés pour se précipiter.

— Monsieur Marvel ! Attendez…

Abner Marvel se retourna ; la colère n'avait pas quitté son visage renfrogné.

— Je n'ai pas pu m'empêcher d'écouter ce qui vient de se passer, dit Chance en regardant avec inquiétude le poing énorme du forain refermé autour de la batte de base-ball. Et j'ai l'impression que vous allez avoir besoin… je veux dire, il semblerait que… une place se soit soudain libérée.

— Exact, répondit Marvel en plissant les yeux. Et alors ?

Chance soutint le regard pénétrant de l'homme, sans ciller ni baisser les yeux.

— Alors, dit-il, je suis votre homme !

Marvel sortit de sa poche de chemise un cigare. D'un coup de dents, il en coupa l'extrémité, puis l'alluma. A travers un nuage de fumée malodorante, il observa Chance.

— Dans le monde des forains, déclara-t-il finalement, après un long silence, il y a ceux qui en font partie, et il y a les autres. Les gens des villes. Les péquenauds. Les crétins. On a une expression dans notre métier : le Premier Mai. Tu sais ce que ça veut dire ?

Chance essaya de trouver une réponse intelligente.

— Euh… c'est le début de la saison pour les fêtes foraines ?

— Non, ça désigne un nouveau, un bleu. Un débutant, quoi. Ça veut dire que tu dois faire tes preuves avant d'être accepté. D'ici là, tu feras pas partie de ce milieu. Et l'initiation peut être… brutale.

Chance gonfla le torse.

— Ce ne sera pas la première fois que je devrai faire mes preuves.

— Je serai pas là pour te protéger, fiston, reprit Abner en tirant sur son cigare. Les gars vont te bouffer tout cru.

— Vous n'arriverez pas à m'effrayer, répondit l'adolescent en avançant d'un pas. J'ai besoin de ce boulot. Terriblement besoin. Si vous m'engagez, je me crèverai le cul pour vous. Je ferai le boulot de ces deux minables. Vous verrez.

Marvel partit d'un grand éclat de rire, profond et rocailleux.

— Fichtre ! T'es un sacré numéro, toi, hein ?

Il ôta son chapeau et s'essuya le front.

— Le boulot des deux, tu dis ? Je demande à voir, en effet !

— Engagez-moi et vous verrez.

— Si on te surprend en train de boire, tu es viré. Si je te vois en train de te battre ou de faire le mariole avec des clients, tu es viré. Et pas touche aux mineures. T'auras pas de deuxième chance.

— Je n'en aurai pas besoin.

— Faudra que tu couches dans une caravane avec cinq autres types. Si tu tiens pas le coup, c'est pas mon problème, tu es viré.

— Je tiendrai le coup.

— C'est comment ton nom, déjà ?

— Chance McCord.

— Je vais te dire un truc, Chance McCord. Tu manques pas de cran.

Marvel le jaugea du regard une dernière fois, et un soupçon de sourire effleura ses lèvres.

— Alors, qu'est-ce que t'attends ? s'exclama-t-il. Au boulot ! Pour commencer, tu vas me remettre de l'ordre dans tout ce bordel.

6

Skye était assise en tailleur sur le lit de sa mère, son carnet de croquis posé à plat sur ses genoux. Elle aimait la sensation du fusain qui glissait sur la feuille, le doux raclement de la pointe du crayon sur le papier.

Elle sourit intérieurement, car elle appréciait ce moment de calme, de solitude avec son art. Leur vie de forains n'offrait pas souvent de tels instants d'intimité. Même si la caravane qu'elle partageait avec sa mère était plus luxueuse que celles de la plupart des autres membres de la troupe, elle possédait en tout et pour tout deux portes intérieures : celle du minuscule cabinet de toilette et celle de la chambre, au fond de la caravane. A l'avant se trouvait la kitchenette avec un petit coin repas, et une banquette qui se dépliait pour se transformer en lit.

Généralement, la fillette dormait sur la banquette. Mais pas toujours. Parfois, elle partageait le lit de sa mère, ou bien sa mère lui proposait de dormir sur le canapé.

Skye regrettait de ne pas avoir sa chambre. Non pas qu'elle ait été habituée aux palaces, ni rien. Mais jamais encore elles n'avaient vécu dans un endroit si exigu ; jamais elles n'avaient été obligées de voyager avec si peu d'affaires. A l'intérieur de la caravane, les capacités de rangement se limitaient à deux étroites penderies, une commode encastrée et quelques casiers.

Cet été, sa grosse boîte de matériel de dessin constituait un luxe.

La tête penchée sur le côté, Skye observa l'image qui prenait forme devant ses yeux : un papillon royal. Le fusain continuait de courir sur la feuille, avec aisance et rapidité, comme si sa main était animée d'une volonté propre. Et le dessin se modifiait peu à peu. En quelques instants, elle avait transformé une des ailes du papillon en une jolie lettre aux courbes raffinées et sophistiquées.

La lettre M.

Skye regarda fixement ce dessin, la lettre, et sentit son cœur cogner violemment dans sa poitrine, comme les ailes d'un papillon battant contre les parois d'un bocal de verre. Elle reconnaissait le M, qu'elle avait dessiné des centaines de fois depuis trois ans. Elle se souvenait de la première fois comme si c'était hier. C'était en cours de dessin, à l'école ; son professeur lui avait même fait à ce propos une remarque élogieuse. Skye, elle, avait eu l'impression d'étouffer, elle était comme abasourdie. Elle se souvenait d'avoir regardé fixement ce M, le trouvant à la fois beau et laid, partagée entre l'attirance et la répulsion.

Exactement comme maintenant.

Elle prit une inspiration tremblante. Depuis ce jour, elle n'avait cessé de reproduire ce même dessin, allant parfois jusqu'à en couvrir une page entière de son carnet de croquis.

Pourquoi ? Que signifiait-il ?

— Skye ? Chérie ?… Ça ne va pas ?

Surprise par la voix de sa mère et les coups frappés à la porte de la chambre, Skye sursauta.

— Maman ?

Sa mère ouvrit la porte et passa la tête à l'intérieur.

— Voilà cinq minutes que je t'appelle. Le déjeuner est bientôt prêt.

— Pardon, je ne t'avais pas entendue.

Skye reporta son regard sur le dessin.

— J'ai bientôt fini, dit-elle. J'arrive dans une seconde.

Mais au lieu de retourner dans la cuisine, sa mère s'approcha du lit. Sans rien dire, elle contempla la feuille du carnet, le somptueux papillon, et Skye se raidit. Elle n'avait pas besoin de lever les yeux pour savoir que le visage de sa mère était figé par la peur.

Comme chaque fois qu'elle dessinait le M.

La fillette déglutit avec peine, luttant contre le sentiment de panique qui prenait naissance dans son ventre, essayant de repousser les premiers assauts d'une migraine qui lui écrasait les tempes.

Elle fit glisser son fusain sur la feuille pour s'attaquer à la deuxième aile. En quelques instants, le dessin fut achevé.

Sa mère ne bougeait pas ; elle ne disait rien.

Et ce silence rongeait Skye. Il lui faisait mal. Un millier de fois déjà elle avait interrogé sa mère au sujet de ce mystérieux M. Et la réponse était toujours la même : elle ne pouvait expliquer d'où venait une telle obsession pour cette lettre.

Skye porta sa main à sa tempe. *Dans ce cas, pourquoi sa mère réagissait-elle toujours de façon aussi étrange ?*

Celle-ci lui caressa tendrement les cheveux.

— Que se passe-t-il, ma chérie ?

La fillette renversa la tête et croisa le regard de sa mère.

— J'essaye encore de me souvenir où j'ai vu ce M. Il y a forcément une raison pour que je le dessine tout le temps. C'est obligé.

— Franchement, je ne vois pas, ma chérie.

Sa mère lui sourit, mais le mouvement de ses lèvres avait quelque chose de forcé.

— Ça ne s'explique pas, dit-elle.

— Hmm, bien sûr.

Le front plissé, Skye reporta son attention sur le carnet de croquis.

— Mais ça n'a pas de sens.

— Allons, répondit Claire en haussant les épaules, tu as vu ce monogramme quelque part, et ta mémoire l'a enregistré.

— Oui, mais où ?

Frustrée, Skye serra rageusement les poings ; elle détestait ce vide dans sa mémoire et le sentiment d'impuissance qu'elle éprouvait chaque fois qu'elle essayait de faire surgir ce souvenir.

Le front barré par une ride de profonde concentration, elle fouilla sa mémoire pour la énième fois, à la recherche d'un souvenir antérieur à l'école maternelle, de la vision fugitive de l'endroit où elle était née, ou du visage de son père. L'un et l'autre étaient liés au M, elle en était persuadée.

Mais de quelle manière ?

Elle enfouit son visage dans ses mains, le cœur battant.

Pourquoi était-elle incapable de se souvenir ? Pourquoi ?

— Je t'en prie, mon cœur…

Sa mère s'assit au bord du lit et prit les mains de sa fille entre les siennes.

— Cela n'a pas d'importance, dit-elle. N'y pense plus.

C'était très important, au contraire, Skye le savait. Sinon, elle ne passerait pas son temps à dessiner cette lettre, irrésistiblement.

— Je ne peux pas, répondit-elle, les larmes aux yeux. Je voudrais pourtant l'oublier. Sincèrement. Mais… c'est plus fort que moi.

Sa mère l'enlaça et l'attira contre elle.

— Je suis désolée, vraiment désolée.

— Tu n'y es pour rien, dit Skye en frottant son visage contre l'épaule de sa mère, tandis qu'elle sentait enfler la douleur derrière ses yeux. Tu es fière de moi, maman ? Tu es heureuse que… je sois comme je suis ?

Sa mère lui souleva le menton pour la regarder droit dans les yeux.

— Comment oses-tu poser cette question ? Tu ne peux même pas imaginer comme je suis fière de toi, mon amour.

Mais elle n'était pas fière de ses talents artistiques, songea Skye en scrutant le regard de sa mère. Celle-ci aurait sans doute préféré que sa fille soit moins amoureuse de l'art, moins douée aussi. Elle aurait voulu que sa fille ne touche plus jamais à un crayon.

Pourquoi ?

Skye porta sa main à son front en gémissant.

— Tu as encore mal à la tête, c'est ça ? demanda Claire en s'écartant délicatement pour pouvoir se lever. Je vais te chercher tes médicaments.

Peu de temps après, elle revint avec deux comprimés blancs et un verre d'eau. Skye avala les cachets et rendit le verre d'eau à moitié plein à sa mère. L'expérience leur avait enseigné que Skye pouvait neutraliser son mal de tête à condition de s'y attaquer suffisamment tôt. Dans le cas contraire, la douleur devenait insoutenable.

— Merci, maman.

Claire se pencha pour déposer un baiser sur le front de la fillette.

— Allonge-toi une minute, le temps que je finisse de préparer le déjeuner. On verra comment tu te sens ensuite.

Skye prit la main de sa mère.

— Tu veux bien rester un peu ? Et me masser le front.

— Bien sûr, ma chérie. Fais-moi une place.

Claire s'assit au bord du lit et entreprit de lui masser doucement le front. A chaque caresse de sa mère, Skye sentait la souffrance s'atténuer. Mais chaque fois qu'elle s'arrêtait, la douleur resurgissait, aussi vivace. Et avec elle, la question qui hantait Skye.

— Tu te sens mieux ? s'enquit sa mère.

— Un peu. Dis, maman ?

— Oui, mon cœur ?

— Papa ne voulait pas de moi, hein ?

Sa mère tressaillit.

— Pourquoi me demandes-tu ça ? Bien sûr qu'il voulait de toi !

— Tu n'es pas obligée de me mentir. Je sais comment ça se passe. Je parie que tu n'as même jamais su qui était mon père.

— C'est faux ! Evidemment que je sais qui…

— Alors, pourquoi on n'a pas de photos de lui ? s'exclama la fillette en agrippant la main de sa mère, désespérée, aveuglée par la douleur. Et pourquoi tu ne me parles jamais de lui ?

Elle resserra l'étau de ses doigts.

— Je t'en supplie, maman ! Dis-le-moi. Je ne pleurerai pas. Je ne suis plus une enfant.

Sa mère demeura muette un long moment ; elle regardait fixement le plancher, comme désorientée. Enfin, elle croisa de nouveau le regard de Skye.

— Ton père t'a toujours désirée, ma chérie. Tu peux me croire. Mais nous en reparlerons une autre fois. Il faut que tu te reposes…

— Non ! Je veux en parler maintenant. S'il te plaît ! insista la fillette en serrant la main de sa mère encore plus fort. S'il m'aimait vraiment, où est-il ? Que lui est-il arrivé ?

— Ce qui lui est arrivé ? répéta Claire d'une voix tendue.

Elle libéra sa main, se leva et recula d'un pas, vers la porte.

— Je t'ai déjà expliqué. Il est mort.

— Oui, je sais, mais… comment ? Que s'est-il passé ?

— C'était un accident. Ça aussi je te l'ai déjà raconté.

Sa mère avait atteint la porte.

— Quel genre d'accident ? Un accident de voiture ? Un incendie ?

Appuyée sur un coude, Skye jeta un regard suppliant à sa mère.

Elle vit son hésitation, et elle insista.

— Ça s'est passé où ? J'étais là ? Et toi ?

Après un moment de silence, Claire se racla la gorge et dit :

— C'était affreux. Je n'ai pas envie d'en parler. Un jour peut-être.

Sa mère lui mentait, elle lui cachait quelque chose, c'était certain. Mais quoi ? Et pourquoi ? La gorge nouée, Skye baissa les yeux sur son carnet de croquis où s'étalait le M majestueux.

Pourquoi sa mère ne voulait-elle pas lui dire la vérité ? Que pouvait-il y avoir de si affreux pour que…

— Il a été tué, c'est ça ? demanda-t-elle, les yeux écarquillés. C'est ça ? Il a été… *assassiné* ?

Sa mère laissa échapper un petit son aigu ; elle détourna vivement la tête, comme si elle se sentait coupable, et Skye sentit son cœur s'emballer.

— Par des gangsters ? On est poursuivies par des gangsters nous aussi ?

— Ne dis pas de bêtises, voyons, répondit Claire avec un sourire crispé. C'était un accident et rien…

— C'est pour ça qu'on voyage tout le temps, hein ?

Excitée, Skye se redressa et écarta ses cheveux de son visage.

— Comme dans les films, on est pourchassées par des gangsters !

— Ça suffit, Skye ! Je ne veux plus entendre ces idioties. Tu as bien compris ? C'est fini !

Les larmes envahirent les yeux de la fillette ; elle se laissa retomber sur le lit et roula sur le côté, tournant le dos à sa mère.

— Laisse-moi, dit-elle. Va-t'en. Tu as raison, il faut que je me repose.

Claire soupira.

— Ton père n'était pas gentil, ma chérie. Et sa famille…

Sa phrase demeura en suspens. Elle prit sa respiration, puis ajouta :

— Disons simplement que je suis heureuse de ne plus les voir. C'est pour ça que je n'aime pas parler d'eux.

Skye se retourna vers sa mère.

— Pourquoi dis-tu qu'il n'était pas gentil ? Tu veux dire que… il te battait ?

Sa mère parut hésiter de nouveau.

— Oui.

— Oh…

Skye se mordit la lèvre inférieure ; la douleur dans sa tête était presque insoutenable.

— Et moi, demanda-t-elle, il… me frappait aussi ?

— Non. Mais…

Claire s'approcha et se pencha vers sa fille pour prendre son visage entre ses mains.

— Quand nous étions avec lui, j'avais toujours peur pour toi.

Skye déglutit avec peine.

— C'est pour ça que tu ne veux même pas me dire où je suis née ?

— Oui. Je…

Avec un nouveau soupir, Claire appuya son front contre celui de sa fille.

— Il faut me croire, ma chérie. Quand tu seras plus grande, je t'en dirai davantage.

— C'est promis ?

Sa mère acquiesça, et sourit.

— La soupe a dû bouillir. Je ferais bien d'aller voir.

Skye lui attrapa la main.

— Maman ? Tu n'as pas envie, des fois, d'avoir… une vraie famille ? Et de vivre toujours au même endroit, sans…

La fillette s'interrompit en voyant la tristesse contenue dans les yeux de sa mère.

— Si, répondit Claire. Parfois, j'en rêve. Ce n'est pas cette vie que je souhaitais pour toi. Ce n'est pas ainsi que je voulais que tu grandisses. Je n'ai pas…

Ses yeux étaient remplis de larmes. Les mots restèrent coincés ; elle dut se racler la gorge pour les faire sortir.

— Je n'ai pas eu de véritable enfance, et j'imaginais comme ce devait être merveilleux.

Skye savait que sa mère était orpheline, et c'était une chose qu'elle ne pouvait concevoir. Elle ne pouvait envisager de ne pas avoir de mère. Elle mourrait, sans elle. Honteuse d'avoir abordé ce sujet, elle la serra dans ses bras.

— Pardonne-moi, maman. Je suis désolée de t'avoir embêtée avec… avec ça.

Claire lui caressa les cheveux.

— Parfois, la vérité est douloureuse, mon cœur. Parfois, il vaut mieux ne pas la connaître.

Skye se renversa pour regarder sa mère. Une expression dans son regard, sombre et terrifiante, la fit frissonner.

— Qu'y a-t-il, maman ? Que vois-tu ?

Claire déposa un baiser sur son front.

— Rien, uniquement le passé. Et le passé ne peut pas nous faire du mal tant qu'on l'oblige à rester à sa place. Tu es prête à m'aider ?

Skye acquiesça, effrayée tout à coup. Elle avait peur de se retrouver seule. Elle avait peur du passé, et de l'avenir. Elle étreignit sa mère.

— Ne m'abandonne jamais. Je ne sais pas ce que…

— Chut, ne dis pas de bêtises, répondit Claire en l'embrassant encore une fois. Comment pourrais-je t'abandonner ? Tu es tout ce que j'ai sur terre. Tu ne le sais pas ?

Skye sourit ; elle repensait à un jeu auquel elles jouaient quand elle était petite, quand elle croyait encore aux monstres, aux croquemitaines et aux choses qui respirent fort dans le noir.

Chaque soir, avant de se coucher, elle posait la même question à sa mère : *Tu te battrais contre des monstres pour me défendre ?* Et chaque soir, Claire partait détruire les créatures maléfiques. Alors seulement, Skye parvenait à s'endormir. Alors seulement, ses cauchemars s'évanouissaient.

Le visage levé vers sa mère, elle sourit.

— Tu te battrais contre des monstres pour me défendre ?

— Les plus gros et les plus horribles. Toujours, répondit Claire avec un sourire tendre. Je t'aime, ma chérie.

Skye la serra de toutes ses forces, en nichant sa tête dans son cou, consciente d'être trop vieille désormais pour faire ça. Et soudain, comme par miracle, sa migraine disparut.

— Moi aussi, je t'aime, maman. Plus que tout.

7

Claire referma la porte de la chambre derrière elle et s'y adossa, les jambes flageolantes. Elle porta une main tremblante à ses lèvres, ébranlée et soulagée tout à la fois. Apeurée.

Combien de temps encore pourrait-elle cacher le passé à sa fille ? Combien de temps avant que Skye n'exige simplement de tout savoir ? Aujourd'hui, les folles suppositions de la fillette s'étaient approchées dangereusement de la vérité.

Claire ferma les yeux et inspira à fond, par le nez. Viendrait un jour où elle ne pourrait plus s'en tirer avec des réponses évasives et de vagues promesses. L'épisode d'aujourd'hui indiquait d'ailleurs que ce jour n'était plus très loin.

Elle secoua la tête, parcourue de frissons. *Les monstres.* Ce que Skye ignorait, ce qu'elle ne devait jamais savoir, c'était que sa mère avait déjà combattu les monstres pour la défendre, qu'elle avait regardé le Mal au fond des yeux et vu l'avenir. L'avenir de Skye. Le sien aussi.

Alors, elle avait fui. Aussi vite et aussi loin qu'elle le pouvait.

Mais pas suffisamment loin pour retenir la curiosité de sa fille. Pas assez loin pour être enfin libérée de la peur.

Elle pressa ses paumes contre ses yeux. Des cauchemars la tourmentaient sans cesse, peuplés de gigantesques oiseaux noirs et difformes, qui poursuivaient sa fille. Parfois, la nuit, elle se réveillait inondée de sueur, le cœur battant à tout rompre, s'attendant à surprendre Pierce penché au-dessus d'elle. Ou pire : à découvrir que Pierce et Adam lui avaient volé sa fille pendant son sommeil.

Car Adam était bien vivant.

Et il les recherchait, Skye et elle. Sept ans après, il n'avait toujours pas renoncé.

Il ne renoncerait jamais, elle le savait.

S'éloignant de la porte, elle se dirigea vers la kitchenette de la caravane, et la soupe qu'elle avait oubliée sur le feu. Une odeur de brûlé flottait dans l'air. La soupe à la tomate avait débordé et éclaboussé violemment le dessus émaillé de la cuisinière.

Claire contempla ces taches écarlates, et son esprit la transporta en arrière, malgré elle, jusqu'à ce jour fatidique où elle s'était enfuie avec Skye ; elle revoyait le sang d'Adam répandu sur le plancher, les gouttes rouges sur la robe de sa fille.

Et les cris de frayeur de l'enfant.

Mais elle avait alors constaté que Grace n'avait conservé aucun souvenir, non seulement des événements affreux survenus dans la nursery, mais aussi des premières années de sa vie en tant qu'héritière des Monarch, et elle avait remercié le ciel. Sa fille s'était endormie et puis réveillée avec une mémoire vide. Tout d'abord, Madeline n'avait pas compris.

Non, au début, elle avait cru que sa fille se trouvait encore en état de choc, mais lorsque plusieurs jours passèrent sans que celle-ci fît allusion au drame, ni à sa vie d'avant, Madeline avait commencé à suspecter la vérité.

Craignant d'être repérée si elle allait voir un médecin au sujet de sa fille, Claire avait effectué des recherches dans les bibliothèques, dans toutes les villes où elles passaient.

Ainsi, elle avait appris que, parfois, dans le cas d'un événement trop affreux, trop douloureux, le cerveau décidait tout simplement de l'oublier, de rejeter le souvenir désagréable, et de faire comme si rien ne s'était passé. Dans les ouvrages théoriques, on qualifiait ce souvenir de refoulé. Bien que n'étant pas qualifiée pour émettre un diagnostic, Claire était persuadée que cela s'était produit avec sa fille. Grace avait choisi, à un niveau inconscient, de tout oublier.

D'abord soulagée, Claire avait fini par s'inquiéter de ce phénomène. Elle craignait le pire. Mais Skye semblait si heureuse, elle se comportait de manière si… normale. On aurait dit qu'elle n'avait pas le moindre souci.

Hélas ! la situation avait changé ces dernières années. Avec l'apparition de ce satané M. De fait, l'inconscient de Skye avait laissé émerger cette image dans son esprit.

Souviens-toi, Skye, semblait-il lui dire. Souviens-toi.

Avec le M avaient surgi aussi les questions de Skye. Son rejet des réponses évasives de sa mère. Et ses violentes migraines.

Claire porta une main à sa gorge. *Mon Dieu, que devait-elle faire ? Comment pouvait-elle continuer à dissimuler la vérité ?*

Le crépitement de la soupe qui bouillonnait sur le feu l'arracha en sursaut à ses pensées. Elle se jeta sur la casserole et éteignit dessous.

La soupe avait maculé toute la cuisinière et les brûleurs. Claire se tourna vers l'évier, prit une éponge qu'elle mouilla, afin de nettoyer ce désastre, tout en pensant à Skye et à son avenir.

Elle ne pouvait pas lui avouer la vérité, même si elle détestait mentir. Pas pour l'instant, du moins. C'était impossible, pour la sécurité même de sa fille. Quand celle-ci serait plus âgée, quand elle serait en mesure de comprendre quel genre d'individus étaient les Monarch, quel genre d'enfant était Griffen, alors elle lui dirait tout. Peut-être.

Aujourd'hui, songea-t-elle en continuant d'éponger la soupe, Skye lui avait pourtant offert une porte de sortie. Pourquoi ne pas s'y être engouffrée ? Si elle avait répondu à sa fille qu'elle ignorait, en effet, qui était son père, que Skye était le résultat d'une seule nuit d'amour, cela aurait mis fin aux questions.

Pourquoi ne pas avoir profité de cette échappatoire ? Pourquoi ?

Claire soupira. Parce qu'elle ne supportait plus de mentir, voilà pourquoi. Elle avait dû débiter tant de mensonges au cours de ces sept années écoulées : à sa fille, aux directeurs d'école, à ses employeurs, à ses collègues. Toutes ces inventions la rendaient malade, profondément. Elle avait honte.

Aujourd'hui, quelque chose l'avait cependant empêchée de raconter ce mensonge supplémentaire à sa fille. Même si une voix l'incitait à profiter de cette porte de sortie, elle n'avait pu s'y résoudre. Il s'agissait d'un énorme mensonge, irréversible, aux conséquences imprévisibles.

Sans doute, songea-t-elle, aurait-elle voulu avoir le beurre et l'argent du beurre.

Toujours est-il que son incapacité à choisir entre la vérité et le mensonge n'avait pas dissipé les interrogations de sa fille. Ni ses élucubrations, dont certaines étaient aussi folles que romantiques. Bientôt, il faudrait qu'elle lui apporte une réponse ; à elle d'inventer une explication sans danger. Une explication capable de satisfaire pour toujours la curiosité de Skye.

Cette simple idée lui brisait le cœur. Claire détestait manquer de franchise envers sa fille, mais elle redoutait encore plus la vérité. Cette vérité avait un nom. Elle avait un visage. Et des intentions maléfiques.

Fermant les yeux, Claire imagina Adam tel qu'elle l'avait vu pour la dernière fois, fou de rage, les yeux exorbités, tandis qu'il essayait de la tuer. Elle revit également Griffen, la façon dont il suivait Grace partout, cet air possessif dont il regardait sa sœur ; elle l'imagina en train de plaquer sa pauvre fille sur le sol pour la violer.

Les monstrueux oiseaux noirs planaient au-dessus d'elle.

Claire ouvrit brutalement les yeux et s'aperçut qu'elle haletait sans s'en rendre compte. Ils étaient à ses trousses, tante Dorothy le lui avait dit. D'ailleurs, même si on ne le lui avait pas dit, Claire l'aurait su, grâce à ses cauchemars, ses prémonitions et ses visions.

Abandonnant le nettoyage de la cuisinière, elle fit les cent pas dans l'espace restreint. C'était Dorothy qui lui avait appris qu'Adam était en vie. Trois mois après qu'elle eut pris la fuite avec Grace, les prémonitions étaient apparues. Alors, elle avait appelé tante Dot. Claire lui avait juste dit qu'elles allaient bien, sans donner le nouveau nom qu'elles avaient choisi, ni l'endroit où elles se trouvaient. Evidemment, Dorothy l'avait suppliée de revenir. Elle avait évoqué la fureur de Pierce et d'Adam, les efforts qu'ils déployaient pour la retrouver. Curieusement, elle n'avait pas mentionné les pierres précieuses dérobées dans le coffre. Ni ce jour-là ni dans aucune de leurs conversations ultérieures.

Claire avait trouvé cela étrange. Aujourd'hui encore, elle s'interrogeait.

Les pierres. Très souvent, Skye et elle avaient dû tirer le diable par la queue, mais Claire avait peur de vendre les pierres. Elle ignorait tout de ce genre de transactions, les lieux aussi bien que les modalités. Mais surtout, elle craignait que Pierce ne puisse ainsi retrouver sa trace.

Elle s'approcha des casiers dissimulés sous la banquette du coin repas. Elle en sortit un carton contenant des ustensiles de cuisine et fouilla soigneusement à l'intérieur, jusqu'à ce qu'elle trouve ce qu'elle y avait caché : une petite boîte ancienne en cerisier, munie d'une serrure.

Après avoir jeté un coup d'œil par-dessus son épaule, elle l'ouvrit grâce à la clé qu'elle portait autour du cou. A l'intérieur se trouvait la bourse de velours noir renfermant les pierres précieuses. Elle n'avait aucune raison de penser qu'elles aient pu disparaître ; malgré tout, elle poussa un soupir de soulagement en les découvrant à leur place. Ces pierres constituaient sa police d'assurance, sans qu'elle sache exactement contre quel fléau.

Ouvrant la bourse, elle glissa la main à l'intérieur et agita les doigts au milieu des gemmes lisses et glacées. A cet instant, elle fut frappée par la certitude que ces pierres possédaient une importance capitale, et qu'un jour, elles lui viendraient en aide, d'une manière ou d'une autre. Elles viendraient en aide à sa fille.

Elle referma ses doigts sur les pierres, comme pour absorber leur chaleur, leurs vibrations. Des images l'assaillirent, sombres et froides. Des images de glace et d'oiseaux de proie qui rôdent, qui rôdent…

Laissant échapper un petit cri d'effroi, elle lâcha les gemmes. Celles-ci lui échappèrent, en même temps que les visions terrifiantes. Elle referma la bourse, la rangea dans la boîte, et ferma celle-ci à clé.

Un jour, se répéta-t-elle, un jour, d'une manière ou d'une autre, ces pierres sauveraient la vie de Skye.

8

Chance regarda vers le ciel sans nuages, obligé de plisser les yeux à cause du soleil. La sueur perlait sur sa lèvre supérieure et coulait le long de sa nuque, jusque dans son dos déjà luisant de transpiration. Il n'était pas encore 8 heures, et déjà la chaleur l'étouffait. Logique, se dit-il, puisque ses deux premières journées chez Marvel avaient été un enfer.

Le lendemain de son engagement, toute la troupe s'était rendue à Zachary, une petite ville située à environ cent cinquante kilomètres à l'est de Lancaster County. Si tant est que l'on puisse qualifier de ville ce trou perdu de Pennsylvanie, songea Chance. Ce n'était certainement pas là qu'il trouverait les opportunités qu'il attendait pour réussir dans la vie, mais enfin, les habitants du coin constituaient le public idéal pour une fête foraine.

A peine les camions et les caravanes avaient-ils pris position sur le terrain que des trombes d'eau s'étaient déversées du ciel. Qu'importe. Prévoyant le retour du soleil et la venue d'une foule importante pour le premier soir, tout le monde s'était mis au travail. Il fallait monter les manèges, les inspecter et les tester ensuite, dresser les stands et les chapiteaux.

Chance n'avait eu d'autre choix que de s'acclimater, et vite. La pluie diluvienne avait transformé le terrain en une immense étendue de boue visqueuse, épaisse et noire. Par endroits, elle était si profonde qu'elle s'infiltrait dans ses godillots. Ensuite, chaque fois qu'il faisait un pas, la boue remontait entre ses orteils.

Une fois le gros de l'averse passé, Chance avait commencé à décharger et à installer les balles de paille. A force, il avait les muscles en feu et son dos ployait sous le poids des balles mouillées. Il continua malgré tout, sans s'arrêter. Il avait promis à Marvel de faire le travail de deux personnes, et il avait l'intention de tenir parole.

Finalement, le ciel s'était éclairci, les gens étaient venus, et la nuit avec eux. Alors, l'initiation de Chance à la vie de forain avait débuté pour de bon. Marvel l'avait prévenu, les garçons étaient frustes, hargneux et brutaux. D'une brutalité à laquelle Chance n'avait jamais été confronté. En outre, ils étaient d'une fidélité aveugle. Fidèles les uns envers les autres, envers la troupe. Et même envers Marvel, bien que celui-ci fasse régner la discipline à coups de batte de base-ball.

Ils tenaient Chance pour responsable du renvoi de leurs deux camarades, et pourtant, ils ignoraient quel rôle déterminant il avait joué dans cette histoire. Pour eux, il était le gars de la ville, l'étranger. Celui qui avait pris la place de leurs camarades en qui ils avaient confiance.

Durant ces deux jours, Chance n'avait cessé d'être harcelé, et menacé. Instinctivement, il porta sa main à son œil tuméfié. Un petit sourire amer lui arracha une grimace de douleur. Sans doute devait-il encore s'estimer heureux, pensa-t-il, car le garçon qui lui avait collé cet œil au beurre noir avait promis également de lui trancher la gorge. Or, Chance était toujours vivant, la gorge intacte.

Il ôta le bandana noué autour de son cou et le plongea dans un des tonneaux remplis d'eau fraîche, que Marvel remplissait en permanence pour permettre à ses employés de se rafraîchir. Il imbiba le foulard. Il savait qu'il lui faudrait gagner le respect des autres. Malheureusement, il ne voyait qu'un seul moyen d'y parvenir : flanquer une raclée mémorable à un type costaud. Finalement, ces garçons n'étaient pas différents de ceux de Los Angeles ; la violence était la seule chose qu'ils comprenaient et respectaient.

Chance pressa le foulard mouillé contre sa nuque, faisant ruisseler l'eau fraîche sur ses épaules et dans son dos. Il tiendrait bon, il surmonterait toutes les épreuves. Car malgré la chaleur, la boue, le travail épuisant et l'hostilité des autres garçons, il savait que Marvel constituait sa seule échappatoire.

Et personne ne le priverait de cette chance. Personne.

— J'ai vu ce que tu as fait.

Chance se retourna brusquement. Une fillette toute dépenaillée se tenait derrière lui, les bras croisés, et elle l'observait, la tête penchée sur le côté. Ses cheveux bruns étaient attachés grossièrement sur son crâne ; ses yeux étaient d'un bleu presque étrange.

Il fronça les sourcils.

— Tu peux répéter ?

— J'ai vu ce que tu as fait, répondit la gamine, visiblement satisfaite d'elle-même. L'autre soir, au stand de hot-dogs. J'ai entendu ce que tu as dit.

— Ah oui ? fit Chance en feignant l'indifférence. Et alors ?

— Tu as joué un sale tour à Marta, hein, pour avoir ce boulot ?

Cette gamine était trop maligne. Trop maligne pour qu'il songe à essayer de nier. Il haussa les épaules.

— Et après ? dit-il.

— Tu n'as pas peur que j'aille tout raconter à M. Marvel ?

— Pourquoi j'aurais peur ? Tu n'es qu'une petite morveuse. Et puis, quel drame pour un simple hot-dog !

La fillette prit un air froissé.

— Je ne suis pas une morveuse, grommela-t-elle. J'ai douze ans !

— Douze ans ? Oh ! tant que ça ?

Amusé, Chance lui tourna le dos. Il se pencha au-dessus du tonneau pour s'asperger le visage d'eau, puis se redressa et noua le bandana autour de son cou.

— C'est vrai, dit-elle, tu as raison. M. Marvel se fiche pas mal de cette histoire. C'était plutôt astucieux, d'ailleurs. Par contre, je suis sûre qu'il serait vraiment furieux s'il apprenait l'autre histoire.

L'autre histoire ? Chance fit immédiatement volte-face, et la fixa en fronçant les sourcils de plus belle.

— Qu'est-ce que tu racontes ?

— Tu le sais bien. Benny et Rick. Le stand de tir, ta petite ruse, la bagarre…

Elle leva le menton, comme pour le mettre au défi de la traiter de menteuse.

— S'il savait ça, ajouta-t-elle, M. Marvel te renverrait sur-le-champ.

Chance étouffa un juron.

— Très intéressant ton conte de fées, petite. Malheureusement, j'ai pas le temps d'écouter des balivernes de gosse.

Il passa devant elle.

— A la prochaine !

Elle lui emboîta le pas, puis le dépassa en sautillant et pivota sur elle-même pour lui faire face.

— Ce n'est pas un conte de fées, et tu le sais bien.

Chance s'arrêta.

— Ah bon ? Et on peut savoir ce qui te permet de dire ça ?

— Je sais tout ce qui se passe ici, figure-toi !

— Oh ! et je suis sûr que ta mère est très fière de toi ! Bon, tu veux bien me laisser tranquille, j'ai du travail.

Chance s'apprêtait à repartir, mais elle l'obligea à s'arrêter de nouveau.

— Quand je t'ai vu faire ton numéro avec le hot-dog, j'ai deviné que tu manigançais quelque chose, alors je t'ai suivi. Et j'ai tout vu.

— Ah oui ? Donc, c'est ma parole contre la tienne, petite. Et je ne sais pas de quoi tu parles.

La fillette éclata de rire.

— Allons, ne prends pas cet air inquiet. Je détestais ces deux garçons, de toute façon. C'étaient des vrais porcs. Je suis bien contente qu'ils ne soient plus là.

Se penchant vers lui avec des airs de conspiratrice, elle murmura :

— Je garderai ton secret.

Voilà qu'il se retrouvait de mèche avec une enquiquineuse de douze ans ! Il ne manquait plus que ça, se dit-il.

— Ecoute, petite, fiche-moi la paix, O.K. ? Je te le répète, j'ai du boulot.

Il repartit dans la direction opposée, et elle le suivit.

— Je m'appelle Skye.

— Tant mieux.

— Ma mère, c'est Madame Claire.

Voyant qu'il ne réagissait pas, elle haussa les sourcils.

— Tu sais bien, dit-elle, la voyante !

— Et alors, qu'est-ce que ça change ?

— Rien, si tu n'as pas peur qu'on te jette un sort.

— Oh ! je tremble !

— Elle en est capable, tu sais. Elle a fait tomber tous les cheveux d'un gamin.

Chance éclata de rire.

— Et je parie qu'elle en a transformé un autre en crapaud.

— Vas-y, rigole. Tu verras !

— Tu me fais mourir de peur. Allez, à un de ces jours.

Il pivota sur ses talons pour se diriger vers la tente du matériel.

Skye s'empressa de le rejoindre. Il murmura un juron.

Bon sang, que lui voulait cette fille ? Comment se débarrasser d'elle ?

— Si je demande à ma mère de te jeter un sort, elle le fera.

Chance s'arrêta et se retourna.

— Tu es en train de me dire que ta mère est une sorcière ?

— Non. Elle est voyante.

— Une voyante gitane ?

— Non !

Les poings sur les hanches, la fillette inspira profondément, d'un air horrifié.

— C'est une voyante !

Amusé, Chance imita la réaction de Skye. Poussant un soupir de frustration outré, il mit ses mains sur les hanches.

— Les sorcières jettent des sorts, dit-il. Les voyantes prédisent l'avenir. Les gitanes font les deux, dans les films du moins. Evidemment, je ne crois pas à ces sornettes. Pour moi, c'est du baratin tout ça. Alors sois gentille, fiche le camp.

Elle demanda :

— D'où vient cet œil au beurre noir ?

— Ça ne te regarde pas.

Sur ce, il repartit une fois de plus.

— Je parie que c'est un des garçons qui t'a fait ça, dit-elle, le front plissé, comme si elle réfléchissait intensément. Je pencherais pour Max ou Len… Plutôt Len. C'est vraiment un connard.

Oui, on pouvait le qualifier ainsi, songea Chance. Len était l'abruti qui avait menacé de lui trancher la gorge.

— Ils sont tous furieux après toi, reprit-elle, parce que tu as pris la place de Rick et de Benny.

— Ouais, tant pis pour eux. Ça leur passera.

Elle sourit.

— Heureusement qu'ils ne savent pas ce que je sais.

Chance la foudroya du regard, et elle sourit de nouveau.

— Ne t'inquiète pas, je t'ai promis que je n'en parlerais à personne. Tu peux me croire.

C'était de mieux en mieux. Il accéléra le pas pour tenter de la distancer.

— Je vais t'expliquer ce que tu dois faire avec ces crétins, dit-elle en s'empressant de le rejoindre. Faut leur coller une bonne raclée ! Ensuite, ils te respecteront, tu verras.

Chance grimaça, agacé d'entendre cette morveuse formuler à voix haute ce qu'il pensait quelques minutes plus tôt.

— Qu'est-ce que tu en sais ? répondit-il. Tu n'es qu'une gamine. Une fille !

— Et alors ? Les filles peuvent en savoir autant que les garçons.

— Tu parles !

— Parfaitement ! s'écria-t-elle, tremblante d'indignation, du haut de ses douze ans. J'ai pas mal vécu, je te signale. Et je n'ai pas d'œil au beurre noir, moi.

Chance s'arrêta si brusquement que Skye, qui marchait juste derrière lui, lui rentra dedans. Exaspéré, il se retourna.

— Pourrais-je comprendre pour quelle raison tu m'as choisi, moi, pour me torturer ?

— Parce que je t'aime bien, Chance, répondit-elle avec un grand sourire. Tu me fais rire.

Il faisait rire une gamine de douze ans. Formidable ! Encore une belle réussite dans la vie.

— Je t'accompagne, dit-elle.

— Je ne préfère pas.

Elle ignora sa réponse.

— Franchement, Chance, tu ne dois pas te laisser faire par ces types.

Elle glissa derrière son oreille une mèche qui s'était échappée de sa queue-de-cheval.

— J'ai connu un tas d'abrutis de ce genre, à l'école. Des petits durs comme eux.

— Je n'en doute pas.

— Je suis toujours la petite nouvelle, tu imagines ce que ça signifie.

Il s'arrêta encore une fois et se tourna vers elle.

— Tu meurs d'envie de m'en parler, on dirait.

— Oui.

— Alors, vas-y, miss Je-sais-tout. Et ensuite, fiche-moi la paix.

— Pas la peine d'être aussi grognon ! Tu as intérêt à te montrer plus malin et plus coriace. Si ces types t'embêtent, venge-toi doublement. Moi, c'est ce que je fais.

— Et tu es très populaire, je parie.

Elle haussa les épaules.

— Je m'en fous.

— Je vais réfléchir à ton conseil.

Chance vit alors deux de ses camarades de chambrée marcher dans leur direction, et il fit la moue, car il ne voulait pas qu'ils le voient en train de bavarder avec une gamine.

— Pour la dernière fois, s'écria-t-il, fiche-moi la paix !

Cette fois, lorsqu'il s'éloigna, Skye ne le suivit pas et ne l'appela pas. Soulagé, Chance jeta un coup d'œil par-dessus son épaule, pour être sûr. La fillette était immobile, seule ; elle semblait déplacée au milieu de toute cette agitation, abandonnée.

L'espace d'un instant, il éprouva presque un sentiment de pitié pour elle, avant de se ressaisir. Cette gamine était seule parce que c'était une petite peste. Sa mère, la sorcière-voyante, n'avait qu'à s'occuper d'elle, ce n'était pas *son* problème. Un léger sourire retroussa ses lèvres à l'idée d'être responsable d'une gamine comme ça, une vraie calamité, synonyme d'ennuis avec un E majuscule.

Mieux valait garder ses distances.

9

Hélas ! la gamine n'offrit pas à Chance l'occasion de garder ses distances. Au cours des jours qui suivirent, elle lui colla au train comme un petit chien. Matin, midi et soir, où qu'il soit, quoi qu'il fasse, il n'avait qu'à se retourner ou à lever la tête pour être sûr de découvrir la petite peste qui lui souriait. Elle avait toujours quelque chose à dire, une question à poser, une réponse à donner. Quelle que soit l'activité de Chance, elle lui proposait un coup de main.

Le garçon n'aurait su dire pourquoi elle s'intéressait autant à lui, et en vérité, il s'en fichait. Non contente de lui casser les pieds, cette calamité lui compliquait encore la vie, comme s'il avait besoin de ça ! Il avait déjà bien du mal à s'imposer devant les autres garçons ; à cause de cette fille qui s'accrochait à lui, pour Dieu sait quelle raison, il devait supporter leurs sarcasmes, par-dessus le marché. Plusieurs fois il avait entendu leurs plaisanteries vulgaires, leurs ricanements et leurs rires gras en passant devant eux, et la chanson qu'ils entonnaient quand ils étaient sûrs qu'il entendait.

« Skye et Chance, assis dans un arbre, se bécotent. D'abord, c'est l'amour, puis le mariage, et pour finir… une petite Skye se promène dans le landau ! »

Ils trouvaient ça très drôle. A mourir de rire. Chance, lui, ne trouvait pas ça drôle du tout, ni les moqueries des garçons, ni cet incompréhensible béguin de gamine. Il fallait que tout cela cesse, décréta-t-il. Et vite.

La petite peste en question se laissa tomber sur le banc de la table de pique-nique où Chance était assis, et elle lui sourit.

— Salut, Chance.

Il garda les yeux baissés.

— Va-t'en.

— Qu'est-ce que tu fais ?

Chance lança sa fourchette dans son assiette.

— Je *prenais* mon petit déjeuner.

— Ne t'arrête pas à cause de moi, surtout.

Elle ramena ses genoux contre sa poitrine et y appuya ses coudes.

— Moi, dit-elle, j'ai mangé dans notre caravane aujourd'hui.

Le garçon s'essuya la bouche avec sa serviette et se leva.

— Tant mieux pour toi.

Elle se leva à son tour, d'un bond.

— Je t'accompagne.

A l'autre bout de la tente servant de réfectoire, Chance remarqua deux jeunes forains qui les observaient, sans chercher à cacher leur amusement. L'un d'eux lui adressa un clin d'œil et articula quelques paroles muettes. Chance n'avait pas besoin d'entendre les mots pour deviner leur sens.

« Skye et Chance, assis dans un arbre… »

Il serra les dents.

— Qu'est-ce que tu veux, petite ?

— Je suis venue t'aider. Je me suis dit que…

— Va aider quelqu'un d'autre.

Il prit son plateau et l'emporta jusqu'aux cuisines.

Skye lui emboîta le pas immédiatement.

— Attends ! On est samedi, et j'ai pensé que tu aurais peut-être…

— Non !

Lui tournant le dos, il vida le reste de ses œufs au bacon dans la poubelle, puis déposa son assiette et ses couverts dans un grand bac à vaisselle, et son plateau à côté. Après quoi, sans même jeter un coup d'œil par-dessus son épaule, il s'empressa de quitter la tente pour émerger dans le soleil éclatant.

Skye eut tôt fait de le rattraper, et elle le tira par la manche. Quand Chance la regarda enfin, elle tendit le bras vers sa joue tuméfiée.

— Je vois que ces abrutis t'ont encore pris pour cible.

— C'est rien.

Elle secoua la tête, le visage déformé par une grimace de dégoût.

— Ces types m'écœurent.

— La vie n'est pas facile.

Elle se mit à gambader à son côté.

— J'ai déjà essayé de t'expliquer ; si tu leur files une bonne raclée, ils te laisseront tranquille ensuite. Ou bien, tu pourrais aller te plaindre à M. Marvel.

— Fous-moi la paix.

— Je t'assure, tu devrais m'écouter.

Exaspéré, Chance s'arrêta et la foudroya du regard.

— Ça t'amuse, petite ? Tu trouves ça drôle de me gâcher la vie ? De me ridiculiser devant les autres ? Combien de fois et de quelle façon dois-je te demander de me foutre la paix pour que tu comprennes enfin ?

— Je ne cherche pas à te gâcher la vie, répondit la fillette, visiblement meurtrie. On est amis, toi et moi, et je voulais juste t'aider à…

— Tu ne m'aides pas. Et on n'est pas amis.

— On pourrait l'être.

— Non, impossible !

Trop, c'était trop ! Il avait essayé de rester aimable, mais ça ne pouvait plus durer. Les poings sur les hanches, Chance regarda Skye droit dans les yeux.

— Je suis un adulte, et toi une gamine. Nous n'avons rien en commun. Pour être franc, je ne t'aime pas. Tu es une enquiquineuse qui croit tout savoir. J'ai une proposition à te faire : je te file cinq dollars et tu vas gâcher la vie de quelqu'un d'autre.

Les yeux de la fillette s'emplirent de larmes et elle recula d'un pas. Elle ouvrit la bouche comme pour parler, puis la referma.

Chance marmonna un juron, avec le sentiment d'être le dernier des crétins. Bon sang, se dit-il, ce n'était qu'une enfant !

— Euh, écoute... je suis désolé. Je suis sûr que tu es une fille sympa et tout ça, mais c'est juste que...

— Tiens, tiens, regardez qui est là, les gars ! Le bouseux et sa petite chérie.

Merde ! Len et sa bande de branleurs. Chance se retourna lentement. Le groupe de garçons venait d'apparaître à quelques mètres de là ; ils affichaient des airs moqueurs et menaçants.

Len croisa les bras, les jambes écartées.

— Regardez-les tous les deux ! L'un près de l'autre. Comme c'est émouvant.

Les autres s'esclaffèrent. Chance fit un pas en avant, les poings serrés.

— Allez vous faire voir, connards !

Toute la bande le hua en chœur. Len éclata de rire.

— Je trouve qu'ils font un couple charmant. Tu les aimes très jeunes, hein, le péquenaud ?

Skye avança de plusieurs pas.

— C'est ignoble ! Vous m'écœurez, tous autant que vous êtes. Vous devriez avoir honte de...

— La ferme, Skye !

Chance la saisit par le bras et la tira vers lui. Il n'avait certainement pas besoin de son aide ; jamais il ne se le pardonnerait. Les yeux plissés, il fit face au petit groupe.

— Barrez-vous de notre chemin.

Les garçons s'écartèrent, pour les encercler, bloquant le passage de tous les côtés. Len eut un sourire sournois.

— Vas-y, l'enjoignit-il, essaye de passer.

Chance sentit un picotement prendre naissance dans sa nuque et remonter. Au diable le règlement de Marvel, décida-t-il. Il ne supporterait pas plus longtemps le harcèlement de ces minables. Cette fois, ils reculeraient, ou bien il tuerait quelqu'un.

— Barrez-vous, j'ai dit.

Il y eut de nouveaux sifflets, accompagnés d'insultes. Len pencha la tête sur le côté, l'air moqueur.

— Hé ! le bouseux, c'est tout ce que t'as trouvé comme gonzesse ?

Comme l'adrénaline montait en lui, Chance fit un pas de plus.

— Tu veux bien répéter ça ?

Len avança d'un pas, lui aussi.

— Et si je répète ? demanda-t-il. Qu'est-ce que tu comptes faire ? Tu vas demander à ta chérie de me filer une raclée ?

— Non. C'est *moi* qui te filerai une raclée.

Chance serra les dents, et invita Len à approcher.

— Allez, viens, dit-il. Je commence par toi.

Il soutint le regard mauvais de Len sans ciller. L'autre était plus âgé que lui, plus gros et plus sadique aussi, et il avait trois crapules avec lui pour le soutenir. Mais Chance s'en foutait. Il avait atteint le point de non-retour. Peut-être allait-il subir la correction de sa vie, mais pas avant d'avoir distribué, lui aussi, quelques coups douloureux.

Len semblait hésiter ; Chance lui fit signe d'approcher encore une fois.

— Viens, connard. Il va y avoir du sport. Si Marvel nous chope, on est virés tous les deux. Mais peu importe ! Je prends le risque.

Il voyait l'indécision dans le regard de son adversaire. Len était peut-être un gros bœuf stupide, mais il connaissait les règles du jeu. Si Marvel lui tombait dessus, il savait qu'il se retrouverait dans la merde, pour de bon.

Chance, lui, affichait un sourire menaçant. C'était presque gagné. Encore une minute et…

— Arrête d'embêter Chance !

Skye s'était élancée en hurlant, pour venir se placer entre les deux garçons. Les poings sur les hanches, elle gonfla le torse.

— Il ne t'a rien fait ! dit-elle. Tu es simplement jaloux de lui parce qu'il…

— Parce que tu es là pour le protéger ! s'écria l'un des garçons.

Les rires tonitruants de ses camarades masquèrent les bredouillements d'indignation de Skye. Chance se dit qu'il allait mourir de honte. Désespéré, il saisit la fillette par le bras.

— Skye, ne te…

Elle le repoussa.

— C'est dégueulasse, votre attitude ! cria-t-elle à Len et à sa bande. Vous me donnez envie de vomir.

Sa colère déclencha une nouvelle vague de rires. Deux des garçons étaient littéralement pliés en deux.

— Regardez ce caïd qui a besoin de sa petite copine pour le protéger ! Oh ! on tremble de peur !

Les garçons étaient secoués d'un rire hystérique. Ils firent des petits bruits avec leur langue pour provoquer Chance.

— Mauviette ! lui lança Len. La mauviette a besoin d'une gamine pour le défendre !

— C'est injuste, répliqua Skye. Vous devriez…

— Ferme-la !

Tremblant de rage et de honte, Chance agrippa le T-shirt de Skye et la tira violemment en arrière.

— Je suis capable de me défendre tout seul ! rugit-il.

— Alors, viens ! dit Len, tandis que le cercle des garçons se refermait autour de lui. On va s'amuser un peu !

A cet instant, Abner Marvel apparut au coin d'une tente, batte de base-ball à la main, le regard meurtrier. Tout le monde se figea.

— Qu'est-ce qui se passe ici, nom de Dieu ? beugla-t-il en frappant dans sa paume avec la batte. C'est le quart d'heure de repos ou quoi ? Vous oubliez que c'est samedi et qu'on ouvre dans moins d'une heure ? Alors, qu'est-ce que vous attendez ? demanda-t-il en faisant claquer sa batte une nouvelle fois.

Le petit groupe se dispersa sans un mot. Au moment où Chance passait devant Marvel, celui-ci le retint par le bras.

— Je t'ai à l'œil, McCord. Je t'observe de près, tu peux me croire.

Chance déglutit avec peine.

— Oui, monsieur.

— Tu as intérêt à apprendre vite, car tu n'as plus beaucoup de temps.

— C'est injuste ! s'exclama Skye. C'est pas Chance qui a…

Le visage de Marvel s'enflamma.

— Toi, miss, tu t'occupes de tes oignons, d'accord ? A force de te mêler de tout, tu vas causer un drame. C'est compris ? Je ne veux pas être obligé d'aller voir ta mère, mais je le ferai si tu m'y obliges.

Sur ce, sans rien ajouter, il repartit à grands pas.

Chance le suivit du regard, avant de se retourner vers Skye.

— Tu vas enfin me foutre la paix ! marmonna-t-il.

— Tu devrais me remercier pour…

— Te remercier ? Tu n'as donc pas compris ? Tu ne m'aides pas. Tu ne fais que compliquer la situation, au contraire ! A moi et à tout le monde !

— C'est faux ! Tu dis ça parce que…

— Parce que c'est vrai !

Il la saisit par les épaules pour l'obliger à le regarder droit dans les yeux.

— Si tu n'avais pas fourré ton grand nez dans cette histoire, j'aurais remporté le combat. Je l'avais presque, ce salopard !

— Il t'aurait fichu une raclée. Et tu le sais aussi bien que moi !

— Tu ne sais rien du tout. Fous le camp !

Il s'éloigna d'un pas décidé ; Skye le suivit.

— Au moins, je ne suis pas méchante, moi, dit-elle, obligée de courir pour ne pas être distancée. Au moins, je ne…

— Ecoute ! s'écria Chance en s'arrêtant brutalement. Tu me pollues la vie ! Je veux que tu te barres, tu comprends ? Tire-toi ! Fous le camp ! Je ne peux pas être plus clair.

— Oblige-moi à m'en aller.

Il la foudroya du regard.

— Quoi ? Que dis-tu ?

— Tu as très bien entendu. On est dans un pays libre ; si je veux te suivre, c'est mon droit, déclara-t-elle en croisant les bras sur la poitrine, menton dressé. Et ce n'est pas toi qui peux m'en empêcher !

— C'est ce qu'on va voir ! s'exclama-t-il, tellement furieux qu'il avait l'impression que son crâne allait exploser comme une Cocotte-Minute sous pression.

Sans lui laisser le temps de réagir, il souleva la fillette dans ses bras et la balança sur son épaule.

Skye poussa de grands cris.

— Qu'est-ce que tu fais ?

— Je me débarrasse de toi. Une bonne fois pour toutes.

— Qu'est-ce que ça veut dire ? Repose-moi immédiatement !

Elle essaya de donner des coups de pied, mais Chance lui tenait solidement les jambes.

— Lâche-moi, je t'ai dit !

Chance continua d'avancer. Skye lui martelait le dos avec ses poings, réussissant à lui décocher quelques coups dans les côtes.

— Aïe ! Ça fait mal ! s'écria-t-il. Arrête !

— J'arrêterai si tu me poses.

— Je t'ai demandé gentiment de me foutre la paix. Tu n'as pas écouté. Alors, je te ramène chez toi. Les bébés doivent rester près de leur mère.

Elle poussa un cri outragé, et soudain, Chance sentit les dents de la fillette s'enfoncer dans son dos. Elle l'avait mordu ! Ça alors, il n'en revenait pas.

— Tu n'es qu'une sale enfant gâtée.

Il lui donna une tape sur les fesses, violemment.

— Si tu me mords encore une fois, petite teigne, je te frappe de nouveau. Plus fort.

En la sentant se raidir, il devina qu'elle hésitait ; elle pesait le pour et le contre. Sans doute décida-t-elle de s'abstenir, ce qui ne l'empêcha pas de redoubler d'efforts pour tenter de se libérer en gesticulant.

Finalement, ils atteignirent la caravane que Skye partageait avec sa mère. Chance cogna à la porte. Quand Madame Claire vint ouvrir, il déposa à ses pieds sa fille au visage écarlate.

— Empêchez votre sale gamine de venir m'embêter. C'est bien compris ? Retenez-la !

Madame Claire, une jolie femme qui ne ressemblait en rien à la sorcière à l'œil maléfique que décrivaient les autres garçons, regarda alternativement sa fille et l'adolescent, étonnée.

— Je ne comprends pas ce que… Skye, as-tu embêté ce garçon ?

— Non, maman, je…

— Si, maman, déclara Chance en singeant la gamine. Skye a embêté ce garçon.

Il foudroya du regard la mère et la fille.

— Elle me suit partout ! dit-il. Aujourd'hui, elle a failli me faire tuer. Empêchez-la de m'approcher !

— Je voulais juste l'aider, intervint Skye en levant un regard implorant vers sa mère. Je t'assure, maman. Je ne voulais pas faire des histoires.

— C'est pourtant ce qui s'est passé, on dirait, répondit la mère en regardant sa fille d'un air sombre, visiblement furieuse. Entre ! Tout de suite.

— Mais, maman…

— Tout de suite, j'ai dit !

La fillette obéit, non sans prendre le temps de jeter un regard mauvais à sa mère. La voyante se tourna alors vers Chance.

— Je suis désolée. Skye possède un très fort caractère.

— Moi, je dirais plutôt que c'est une sale enfant gâtée. Et égoïste. Surveillez-la à l'avenir.

Il tourna les talons et s'éloigna. Mais la femme l'arrêta.

— Pourquoi voulait-elle t'aider ?

— Ça ne vous regarde pas.

— C'est un des garçons qui t'a fait cet œil au beurre noir, n'est-ce pas ?

— Et après ?

La femme esquissa un sourire.

— Skye prend toujours fait et cause pour les chiens battus. Elle ne supporte pas de voir des gens maltraités ; sans doute parce qu'elle a souvent souffert elle aussi.

— C'est son problème. Je n'ai pas besoin de son aide.

— Oui, je vois ça.

Mais le regard de cette femme semblait voir bien au-delà des traces de coups sur son visage ; à vrai dire, Chance avait l'impression qu'elle pénétrait jusqu'à son âme. Le garçon dansa d'un pied sur l'autre, mal à l'aise.

— Il n'y a aucune honte à avoir besoin d'aide, dit-elle.

— Je ne veux pas d'aide, répliqua-t-il en prenant son air le plus farouche. Surtout pas la sienne. Empêchez-la de m'approcher.

Chance recula d'un pas, puis, après avoir jeté un dernier regard noir, il tourna le dos pour repartir.

— Je peux te prédire l'avenir gratuitement, si tu veux, lui lança Madame Claire. Pour te dédommager de ces désagréments.

Il la regarda par-dessus son épaule.

— Non merci. Je connais déjà mon avenir. Je n'ai pas besoin qu'une voyante de foire me le raconte.

La femme haussa les sourcils. Chance devina, plus qu'il ne vit, son amusement.

— Vraiment ? dit-elle. Tu as des dons de voyance ?

— Pas besoin ! répondit-il en levant le menton, comme pour la mettre au défi, et le monde entier par la même occasion, d'affirmer le contraire. Je connais mon avenir, car il est entre mes mains. Et je sais que jamais je ne me laisserai tomber.

— Et tu ne compteras que sur toi-même, c'est ça ?

— Exact, dit-il en croisant les bras sur la poitrine. Mais je suppose que vous allez me dire que j'ai tort.

— Oh non ! pas moi. Je sais que la vie est cruelle.

Il y avait quelque chose d'agaçant dans cet air supérieur qu'elle affichait.

— Foutez-moi la paix, vous aussi !

De nouveau, il pivota sur ses talons pour s'en aller. Et une fois de plus, Madame Claire le retint ; elle parlait d'une voix si basse qu'il entendait à peine ce qu'elle disait. Et sans même le vouloir, il se retourna pour lui faire face.

— Hein ? Qu'avez-vous dit ?

— Il faut pardonner à l'homme à la longue barbe et aux manières frustes ; il a toujours cru faire pour le mieux.

Elle parlait de l'oncle Jacob. Des frissons lui parcoururent l'échine. *Comment connaissait-elle son existence ?*

C'est une ruse, se dit-il. Elle s'était renseignée sur lui ; elle connaissait sans doute les circonstances qui l'avaient conduit à se faire engager par Marvel, et elle en avait déduit son passé. Les gens comme elle, qui gagnaient leur vie en bernant les autres, s'y entendaient pour tirer des conclusions de manière convaincante.

Après tout, étant donné qu'ils se trouvaient en plein pays amish, ce n'était pas sorcier de deviner la vérité ! Et il lui en fit la remarque.

Madame Claire se contenta de sourire. Ce petit sourire entendu l'horripila, et il se raidit, furieux. Sur la défensive.

— Vous bernez les gens, vos prétendus pouvoirs ne sont qu'une supercherie ! Un truc pour épater les gogos ! Dans la vie, seul compte ce qu'on voit. Un point c'est tout.

Alors qu'il prononçait ces mots, l'image de sa mère envahit son esprit, accompagnée de toutes les choses qu'elle avait vues et désirées. De toutes les choses qu'elle n'avait jamais obtenues.

Et en regardant Madame Claire, il eut le sentiment — profond, déroutant — qu'elle savait exactement à quoi il pensait en cet instant. Et qu'elle pouvait même voir l'image de sa mère, aussi nettement que lui.

Ses poils se hérissèrent dans sa nuque, et il recula, instinctivement, comprenant désormais pourquoi tous les autres membres de la troupe évitaient Madame Claire. Il comprenait le pouvoir qu'elle exerçait sur eux.

— Fichez-moi la paix, dit-il simplement lorsqu'il eut recouvré sa voix. Et surtout, empêchez votre sale gamine de m'approcher.

10

Skye était assise en tailleur sur le lit, son carnet de croquis posé devant elle, ouvert sur un dessin en cours d'exécution. Celui-ci représentait un horrible crapaud, avec des pustules et un visage hideux. Il tremblait de peur devant une autre créature, une jolie grenouille à l'allure princière, avec des muscles saillants et une couronne en or sur la tête.

Skye choisit un crayon vert pour apporter soigneusement quelques touches finales à sa belle grenouille. Depuis plusieurs jours, elle travaillait à ce dessin. Il était destiné à Chance. En guise d'offrande de paix. Et d'excuse.

Le crapaud, c'était Len. La grenouille symbolisait Chance.

Et elle, c'était la petite mouche insupportable qui tournoyait autour de sa tête en bourdonnant.

Skye ne put s'empêcher de faire la moue en repensant à la manière dont elle s'était conduite, et aux propos cruels que Chance lui avait tenus. A vrai dire, depuis une semaine, elle ne pensait quasiment qu'à cela.

Tu es une enquiquineuse qui croit tout savoir. Tu me pollues la vie. Je veux que tu te barres !

On est dans un pays libre ! Si je veux te suivre, c'est mon droit. Voilà ce qu'elle lui avait répondu.

Elle sentit ses joues s'enflammer et laissa échapper un petit gémissement de désespoir. Comment avait-elle pu agir ainsi ? Comme une idiote. Comme une sale enfant gâtée, en effet.

Son regard revint se poser sur le dessin. Elle voulait juste se faire bien voir de Chance. Elle voulait juste être son amie.

D'ailleurs, elle n'avait pas changé d'avis.

Les larmes lui piquaient les yeux. Elle jeta le crayon de couleur dans la boîte. Elle s'en voulait d'attacher tant d'importance à l'opinion de ce garçon ! De désirer à ce point provoquer son amitié. Jusqu'à présent, Skye ne s'était jamais intéressée à l'opinion des autres, et elle haïssait cette impression de dépendance.

Elle se sentait détestable, semblable à une créature rampante sortie de terre. Laide et repoussante. Non, rectifia-t-elle : indigne d'être aimée.

Voilà ce qu'elle était : indigne d'être aimée. La seule personne qui l'ait jamais aimée sur cette terre, c'était sa mère. Son père lui-même, quoi qu'en dise Claire, ne l'avait pas aimée. Il ne l'avait pas désirée.

Skye ferma les yeux de toutes ses forces pour refouler les larmes. L'autre jour, après le départ de Chance, elle avait tout raconté à sa mère. Et celle-ci avait pris le parti du garçon !

Cela aussi lui avait fait mal. Sa mère s'était toujours rangée de son côté, jusqu'à présent ; elle avait toujours défendu sa fille chérie, même dans le bureau du directeur de l'école. Et Skye pensait qu'il en serait toujours ainsi.

En vérité, plus que les remontrances de sa mère, c'était ce changement de camp qui lui faisait comprendre combien elle avait mal agi.

Les genoux remontés contre la poitrine, elle y appuya son front. C'est vrai, elle s'était comportée comme une petite peste prétentieuse et arrogante. Une imbécile de première ! pensa-t-elle avec un pincement dans la poitrine.

Elle non plus ne s'aimait pas.

Mais ses sentiments pour Chance n'avaient pas changé ; elle voulait toujours devenir son amie.

Il n'était pas comme les autres garçons de la troupe. D'abord, il était plus intelligent. Il travaillait dur, il ne buvait pas d'alcool, il ne fumait pas de marijuana et ne courait pas après toutes les filles. Et il sentait toujours bon, même quand il travaillait. Elle n'avait pas encore élucidé ce mystère ; les autres garçons, eux, sentaient si mauvais parfois qu'elle avait envie de vomir.

Elle aimait son sourire, et sa façon de rire. Elle aimait la manière dont il avait tenu tête à Len et à ses camarades vulgaires et répugnants, comme le ferait un héros dans une belle histoire. Avec décontraction et intelligence. Comme s'il n'avait pas peur, pas le moins du monde.

Skye poussa un soupir. Aucun doute, c'était le garçon le plus « cool » qu'elle connaissait.

Redressant la tête, elle examina son dessin. Elle baptisa le crapaud, la grenouille et la mouche, puis, en ricanant, elle écrivit au bas de la page :

« La grenouille fait la loi, le crapaud a les foies. Crapaud un jour, crapaud pour toujours.

» Je promets de ne plus être aussi bête. »

Cela étant fait, elle roula le dessin et l'attacha avec un élastique, le front plissé par la réflexion. Et maintenant, se demanda-t-elle, comment le remettre à Chance ? Elle pouvait le glisser dans une de ses poches ou le déposer dans un endroit où il le trouverait à coup sûr. Comme ça, si le dessin ne lui plaisait pas, ou s'il était encore fâché contre elle, elle ne serait pas obligée d'affronter son rejet.

Non, se dit-elle en secouant la tête. Elle avait peut-être beaucoup de défauts, mais la lâcheté n'en faisait pas partie. Elle attendrait le moment propice pour l'aborder. Un moment où il serait seul, pas occupé, un moment où elle ne risquait pas de lui faire du tort. Un moment où il serait disposé à lui pardonner. Alors, elle lui offrirait le dessin, en espérant que tout se passerait bien.

L'occasion se présenta deux jours plus tard, un peu après 7 heures du matin. La fête foraine n'ouvrant ses portes qu'à midi, tout le monde ou presque en profitait pour dormir plus longtemps. Sauf

Chance. Quand elle le vit ressortir de la tente du réfectoire encore vide, Skye rassembla son courage pour le suivre.

— Chance ?

Il s'arrêta et se retourna. Il ne paraissait pas spécialement furieux de la voir, ni heureux d'ailleurs. La fillette sentit son visage s'enflammer, tandis qu'elle luttait contre le désir de baisser les yeux tant elle se sentait gênée.

Elle tendit le dessin enroulé.

— Tiens, c'est pour toi.

— C'est quoi ?

— Un dessin. Je…

Elle enfonçait la pointe de son pied dans la terre, regrettant presque de ne pas avoir choisi la méthode lâche.

— J'ai vraiment été… stupide. Je suis désolée.

Il déroula le dessin, l'observa un instant, puis leva les yeux vers elle.

— Je suis la grenouille, moi ?

Skye acquiesça, le cœur dans la gorge.

— Et le crapaud, c'est Len.

Un petit sourire retroussa les lèvres de Chance.

— C'est chouette comme dessin.

— Merci. Je… hmm… Je… Il faut que j'y aille.

Elle pivota sur ses talons et repartit d'un pas vif, avec l'impression d'être la plus grande crétine que la terre ait portée. Elle avait tout gâché, c'était certain.

— Hé ! Petite ! J'ai une question à te poser.

Elle s'arrêta et regarda par-dessus son épaule.

— Quoi ?

— Tu trouves vraiment que je ressemble à une grenouille ?

Elle ne savait pas quoi répondre. Elle pensait que c'était au contraire le plus beau et le plus génial de tous les garçons. Mais elle ne pouvait quand même pas lui dire *ça*. Alors, elle le regarda fixement, le visage en feu, incapable de prononcer un seul mot.

Chance sourit.

— Ne fais pas cette tête, je voulais te taquiner. J'aime bien ce dessin. Merci beaucoup, dit-il en le glissant dans sa poche arrière. A plus tard, petite.

11

Skye se réveilla en sursaut, le cœur cognant dans la poitrine, désorientée ; elle balaya du regard la chambre obscure. Quelque chose l'avait réveillée, un bruit. Comme quelqu'un qui se racle la gorge, ou un verrou que l'on ferme.

— Maman ? murmura-t-elle. C'est toi ?

Seul le silence lui répondit. Skye se rallongea, en remontant les couvertures sous son menton. Sans doute s'agissait-il d'un bruit venant de la route toute proche, se dit-elle ; à moins qu'elle n'ait été arrachée à son sommeil par un rêve déjà oublié. Ce ne serait pas la première fois que cela lui arrivait.

Elle se retourna pour regarder la fenêtre située au-dessus de sa tête, qu'elle avait ouverte afin de laisser entrer l'air inexistant, et constata que le ciel presque sans étoiles portait encore le manteau noir de la nuit. Du dehors lui parvenaient seulement les chants des grillons et des cigales. Il était tard, si tard que même les garçons les plus chahuteurs de la troupe étaient allés se coucher.

Elle se rallongea encore une fois. *Rendors-toi, Skye. Ce n'était rien.* Elle ferma les yeux et essaya de se détendre. Mais sa tête était à présent pleine de pensées dérangeantes : Chance, la nervosité de sa mère ces derniers temps et le sort qui les attendait à la fin de l'été.

Elle roula sur le flanc, puis revint sur le dos, en s'obligeant à ne penser qu'à Chance. Désormais, elle prenait soin de ne pas l'agacer. Elle passait toujours lui dire bonjour, mais elle ne lui traînait pas autour pour l'assommer de conseils. Quand il était occupé, elle lui fichait la paix. Et *jamais* plus elle ne le suivait comme un toutou, même si elle en avait très envie.

Peu à peu, leurs relations avaient changé. Chance ne prenait plus cet air exaspéré quand il la voyait, et il ne lui ordonnait plus de déguerpir. Il lui arrivait même de sourire, parfois.

Elle n'allait pas jusqu'à s'imaginer qu'il l'aimait bien, ou un truc comme ça, mais au moins, elle n'avait plus l'impression de l'ennuyer. Sans doute avait-il fini par s'habituer à elle, se disait-elle, un peu comme les autres garçons semblaient s'être habitués à lui.

Secrètement, elle espérait qu'il ne la considérait plus comme une sale enfant gâtée. Secrètement, elle espérait qu'il l'aimait un petit peu quand même. Ce serait la chose la plus géniale qui lui soit jamais arrivée, songeait-elle encore.

Se redressant dans le lit, elle alluma la lampe de chevet. Elle prit son carnet de croquis posé par terre et entreprit de le feuilleter, avant de s'arrêter sur le dessin représentant Chance, qu'elle avait fait une semaine plus tôt. Ce qu'elle aimait par-dessus tout, c'était s'asseoir et crayonner pendant qu'il tenait un stand de jeu. Skye avait de nombreux sujets d'inspiration, mais très souvent, elle dessinait Chance, et ce dessin de lui était son préféré.

On le voyait contempler le vide à l'horizon, mais la gravité de son expression laissait penser qu'il voyait quelque chose, une chose importante. Skye caressa doucement le dessin, du bout des doigts, en veillant à ne pas étaler le crayon. Son index suivit la ligne de la mâchoire carrée, puis remonta vers les pommettes saillantes.

Chance aimait ses dessins. Il trouvait qu'elle était douée. Très douée même. Il le lui avait dit. Et il n'avait pas ri quand elle avait déclaré qu'elle deviendrait une grande artiste plus tard, et qu'elle serait célèbre.

A l'évocation de ce souvenir, Skye sentit ses joues s'enflammer. Juste après cet aveu, elle aurait donné n'importe quoi pour retirer ses paroles, mais Chance avait réagi de manière extra. Il lui avait dit qu'elle devait continuer à croire en elle. Car un jour, avait-il ajouté, cette confiance en elle serait peut-être la seule chose à laquelle elle pourrait se raccrocher.

Skye plissa le front en repensant à l'expression de Chance quand il regardait au loin ; il avait paru si déterminé. Et si seul. Ravalant sa salive, elle replongea dans l'observation de son dessin. Que regardait-il ainsi ? se demanda-t-elle. Pourquoi contemplait-il le vide de cette façon, qu'y voyait-il ?

Elle ne le saurait jamais. A l'instar de sa mère, Chance avait des secrets.

Des frissons la parcoururent. Soudain, la caravane était trop calme, la nuit trop noire. Soudain, Skye avait peur. Elle balaya des yeux la pièce autour d'elle. Les ombres dans les coins semblaient plus profondes, plus denses, comme si elles cachaient quelqu'un. Ou quelque chose.

Quelque chose de froid. De maléfique. Qui l'observait.

Avec un petit cri d'effroi, la fillette repoussa le carnet de croquis, jaillit hors du lit et quitta la chambre précipitamment. Sa mère couchait sur la banquette convertible, ce soir. Claire la laisserait venir se blottir contre elle ; elle la protégerait des silhouettes obscures.

Mais sa mère n'était pas là !

Le cœur battant à tout rompre, Skye regardait la banquette vide.

— Maman… murmura-t-elle, pétrifiée. Maman ! répéta-t-elle, plus fort.

Sa voix résonna dans la caravane déserte. Sa mère avait disparu.

Elle se retrouvait seule.

Ce bruit qui l'avait réveillée, songea-t-elle, c'était celui de la porte qui se ferme. Le bruit de sa mère qui s'en va.

Sa mère était partie. Skye repensa à toutes ces fois où elles avaient fait leurs bagages en pleine nuit, pour partir. Elle repensa à tout ce qu'elles avaient dû abandonner chaque fois : les meubles, les jouets, les provisions dans le garde-manger ou le réfrigérateur.

Cette fois, sa mère avait peut-être décidé de partir sans elle. Peut-être avait-elle décidé d'abandonner Skye.

La fillette avait le souffle coupé. Elle noua ses bras autour de son torse, luttant contre les assauts de la panique. Que faire, maintenant ? Que…

Sa mère emportait toujours ses vêtements. Toujours. Le ventre noué par l'angoisse, elle se précipita dans la chambre. Avec de grands gestes nerveux, elle ouvrit d'abord la penderie, puis tous les tiroirs de la commode encastrée, fouillant frénétiquement dans le tas, au milieu des sous-vêtements de sa mère, son chemisier préféré, la blouse d'intérieur usée et presque transparente par endroits, à force d'être portée. Rien ne manquait.

Rien, à part sa mère.

Skye regagna la banquette-lit dépliée et se laissa tomber au bord. Il y eut alors une sorte de bruissement. Intriguée, elle se releva, glissa la main sous les couvertures froissées et en sortit une page de journal.

Elle alluma la lumière pour mieux voir. C'était la une du *Philadelphia Inquirer,* celui de l'avant-veille. Alors qu'elle regardait fixement ce journal, un souvenir vague titillait sa mémoire. Oui, ça y est, ça lui revenait maintenant. Sa mère avait récupéré ce journal à la laverie automatique l'autre jour. Skye se souvenait de l'avoir vue emporter un bout du journal en partant.

Et à partir de cet instant, songea-t-elle, sa mère avait commencé à avoir un comportement bizarre ; elle était devenue irritable.

Rapidement, elle passa en revue les gros titres à la une : *Reagan définit sa politique étrangère. Un train déraille en pleine campagne : quatre morts et des dizaines de blessés. Un grand joaillier organise une vente de charité. Un chef de la mafia… devant… un tribunal.*

Un chef de la mafia. Skye sentit ses jambes flageoler, et elle dut se rasseoir au bord du lit pour relire ce dernier titre, puis l'article qui l'accompagnait. Celui-ci évoquait l'ouverture d'une enquête menée par un grand jury et concernant des accusations dirigées contre le numéro un de la plus tristement célèbre « famille » de la côte Est.

Elle ne s'était pas trompée ! Sa mère fuyait pour échapper à la pègre !

Le bruit qu'elle avait entendu n'était peut-être pas celui de sa mère qui s'en allait, mais le bruit de l'enlèvement de sa mère !

Ils l'avaient enlevée !

Poussant un grand cri de terreur, Skye se leva d'un bond et courut dans la chambre pour s'habiller. Il fallait en parler à Chance. Lui saurait quoi faire ; lui pourrait l'aider. Elle enfila son short en jean et un T-shirt, plia la feuille de journal et la fourra dans sa poche, après quoi, elle se précipita dans la nuit.

Elle atteignit rapidement la caravane que Chance partageait avec les autres garçons, mais, ne voulant réveiller personne d'autre surtout, elle contourna le véhicule pour accéder à la fenêtre la plus proche de sa couchette.

Agrippant le mince rebord, elle se hissa sur la pointe des pieds.

— Chance ! Chance ! murmura-t-elle. Réveille-toi ! C'est moi, Skye.

Elle perçut, de l'autre côté de la cloison, un froissement de draps, accompagné d'un grognement.

— Réveille-toi, Chance ! C'est Skye. Je t'en supplie, réveille-toi !

Une minute plus tard, le visage du garçon apparut à la fenêtre ouverte ; il semblait encore endormi.

— Skye ?

Il se frotta les yeux en bâillant.

— Qu'est-ce que tu fous dehors en pleine nuit ?

— J'ai besoin de ton aide. Je ne sais pas quoi faire !

— De quoi tu parles ?

Il écarta entièrement le rideau pour pouvoir passer la tête au-dehors.

— Il est vachement tard. Ta mère sait que tu traînes dehors à…

— Elle a disparu ! Je me suis réveillée en sursaut… Je ne sais pas pourquoi, sans doute à cause d'un bruit. Mais tout était calme… et, soudain, j'ai eu comme un pressentiment et… j'ai eu très peur.

Elle commençait à claquer des dents, et se frictionna les bras pour lutter contre la fraîcheur de la nuit.

— Alors, reprit-elle, j'ai voulu aller me blottir contre elle, et elle… le lit était…

Skye éclata en sanglots.

— Chut ! Ne pleure pas.

Chance jeta un rapide coup d'œil par-dessus son épaule.

— Ne bouge pas, lui dit-il. J'arrive.

Deux minutes plus tard, le garçon émergeait de la caravane. Skye se précipita vers lui.

— Qu'est-ce que je vais faire, Chance ? Comment on va la retrouver ?

Le garçon passa un bras autour de ses épaules.

— Viens.

Il l'entraîna à l'écart de la caravane, vers un petit coin d'herbe, près d'un arbre rabougri. Ils s'assirent, face à face.

Chance prit les mains de la fillette et les frotta entre les siennes.

— Tu t'inquiètes sans raison. Elle est sans doute allée faire un tour.

— En pleine nuit ?

— Tu es bien dehors en pleine nuit, toi aussi ! Je parie qu'elle n'arrivait pas à dormir, et elle a pensé que ça la détendrait de prendre l'air.

Skye secoua la tête, en essuyant ses larmes d'un geste brusque.

— Mais elle n'a jamais fait ça !

— Comment le sais-tu ? Peut-être que les autres fois, tu ne t'es pas réveillée, voilà tout.

Skye se mordit la lèvre.

— D'abord, j'ai cru qu'elle m'avait abandonnée. Mais ses vêtements sont toujours là. Et maintenant, je crois… je crois qu'on l'a peut-être kidnappée.

— Kidnappée ? répéta Chance avec un petit sourire. Allons, Skye, tu ne crois pas que tu exagères un peu ?

— Non. Tiens, regarde.

Elle se pencha en avant pour sortir la feuille de journal pliée de sa poche. Elle la tendit à Chance. Celui-ci la déplia et releva la tête.

— Et alors ? Que suis-je censé lire ?

Skye lui montra l'article en question.

— Là, l'histoire du gangster.

Chance lut le passage et secoua la tête.

— Tu crois que cela a un rapport avec ta mère ?

Elle acquiesça, et les larmes revinrent assaillir ses yeux.

— J'ai trouvé ce journal dans son lit. Elle devait être en train de le lire, et maintenant… maintenant… elle a disparu !

Elle se remit à pleurer, mais sans bruit.

— Qu'est-ce que je vais devenir, Chance ? Je n'ai personne au monde à part elle.

Emu, le garçon se pencha pour la serrer dans ses bras, en lui tapotant le dos.

— Ecoute, petite. Ta maman ne t'a pas abandonnée et elle n'a pas été enlevée par la mafia. Elle est allée se promener. Ou retrouver quelqu'un.

— Non, elle ne ferait pas une chose pareille.

Skye appuya son visage contre le torse de Chance ; elle sentait venir une de ses terribles migraines.

— Tu… tu ne comprends pas ? dit-elle. Je crois qu'elle… enfin, que nous… je crois qu'on a de gros ennuis.

— Quel genre ?

Skye se massa les tempes.

— Je ne sais pas. Elle refuse de m'en parler. Mais… on passe notre vie à fuir. Des fois, on prépare nos valises en pleine nuit… et on part. Tu ne trouves pas ça bizarre ?

— Peu importe ce que je pense. Pose la question à ta mère.

— Je l'ai fait ! Elle me répond que nous sommes des aventurières nomades.

Chance ne put retenir un petit rire.

— Oui, c'est une bonne explication, déclara-t-il. Meilleure, en tout cas, que cette histoire de mafia qui vous poursuit.

— Ce n'est pas drôle ! Elle refuse de me dire où je suis née, et comment s'appelait mon père. Elle prétend qu'il est mort, mais ça aussi c'est bizarre. S'il est vraiment mort, pourquoi ne veut-elle pas me parler de lui ?

— Je ne sais pas, Skye. Elle a sans doute ses raisons.

Skye sentait la douleur s'amplifier dans sa tête. Elle pressa ses mains sur ses tempes et ferma les yeux, pour tenter de la repousser.

— Ça ne va pas ?

— J'ai des migraines, parfois. Très fortes. Mais ça va passer, dit-elle en inspirant profondément.

— Allez, viens, dit-il. Je te raccompagne. Il faut que tu prennes de l'aspirine ou je ne sais quoi.

— Attends !

Elle grimaça tandis qu'une terrible douleur lui vrillait le crâne, et, l'espace d'un instant, sa vue se troubla.

— Ta mère te cachait des trucs à toi aussi ? demanda-t-elle. Des trucs sur ton père ?

Cette fois, Chance éclata franchement de rire.

— Oh non ! Mais j'aurais préféré, crois-moi. Mon père était un vrai salaud.

Il se leva et l'aida à se remettre debout, en douceur.

— Viens. Je te ramène chez toi. Je parie que ta mère est rentrée et qu'elle t'attend. Elle doit être morte d'inquiétude.

12

Mais Claire n'était pas revenue. Immobile au milieu de la caravane visiblement désertée, Chance essayait de dissimuler son désarroi, tout en se demandant ce qu'il convenait de faire à présent. A son côté, Skye était dans tous ses états, proche de l'hystérie, assaillie par une migraine quasiment insupportable.

Pourtant, elle refusait de prendre ses médicaments contre les maux de tête, car, dit-elle, ceux-ci l'endormaient parfois. Et elle avait peur de s'endormir, confia-t-elle à Chance. Finalement, après que le garçon lui eut promis de ne pas s'en aller avant le retour de sa mère, elle accepta d'avaler deux cachets et de s'allonger.

Chance s'assit par terre près du lit, dans un espace si exigu qu'il pouvait à peine bouger. Il se força à sourire, douloureusement conscient du temps qui passait.

— Ne t'en fais pas, petite. Ta mère va franchir cette porte d'un instant à l'autre, et tu te sentiras toute bête, tu verras.

Elle le regarda droit dans les yeux, puis demanda :

— Et si elle ne revient pas ?

— Elle va revenir.

— Où elle est ta maman à toi ?

Le garçon eut un moment d'hésitation ; cette question était comme un coup de poing dans le ventre.

— Elle est morte.

— Oh ! fit Skye, l'air grave. Qu'est-ce qui s'est passé ? Elle a eu un accident ?

— Elle est tombée malade, expliqua Chance d'une voix enrouée. Et elle est morte ensuite.

— Oh…

Un silence gêné s'établit entre eux. Enfin, Skye se racla la gorge.

— Chance ?

— Oui ?

— Ça fait quoi de vivre sans mère ?

— Je n'y pense pas très souvent. Plus maintenant, en tout cas.

Les larmes envahirent les yeux de la fillette et Chance comprit qu'elle songeait à sa propre mère, persuadée qu'elle ne la reverrait plus jamais. Il se pencha vers elle.

— Arrête de t'inquiéter sans raison. Elle va arriver d'une minute à l'autre.

— Et si elle ne revient jamais, hein ?

Son élocution était plus lente ; il en déduisit que les médicaments commençaient à faire effet.

— Cesse de dire des bêtises.

Skye avait à présent du mal à garder les yeux ouverts.

— Ne… t'en va… pas. Tu as… promis.

— Oui, je sais. J'ai promis et je reste.

Bientôt, les yeux de la fillette se fermèrent et sa respiration devint plus régulière, plus profonde. Chance demeura assis près du lit malgré tout, et il la regarda dormir. Idiote et tendre Skye. Elle aimait jouer les dures à cuire, les filles invincibles, mais elle offrait une image bien différente à cet instant. Elle ressemblait à l'enfant qu'elle était encore. Fragile. Perdue. Du bout du doigt, il lui caressa la joue, puis retira brusquement sa main, surpris par cet assaut de tendresse qu'elle lui inspirait.

Il n'avait jamais eu ni frère ni sœur, bien que cette envie l'ait habité autrefois. Il aurait aimé avoir quelqu'un avec qui partager des moments, quelqu'un pour s'occuper de lui quand sa mère n'avait pas le temps, ni le désir, de s'intéresser à lui.

C'était il y a très longtemps. Tellement longtemps qu'il ne s'en souvenait presque plus. Sans doute avait-il souffert de la solitude, songea-t-il. Autrefois, il y a une éternité, quand il avait encore besoin des autres pour être heureux. Pour se sentir en sécurité.

S'extirpant de la tranchée où il était assis, il se dirigea vers la porte de la chambre. Là, il s'arrêta et se retourna vers Skye. Ce qu'elle lui avait raconté au sujet de leurs déménagements précipités, en pleine nuit parfois, l'intriguait. Mais de là à imaginer cette histoire de mafia ! On n'était pas au cinéma.

En vérité, se dit-il, Claire essayait certainement d'échapper à l'inspecteur des impôts. Et si elle refusait de parler avec Skye de son père, c'était parce qu'elle ignorait son identité.

C'était moche, mais vrai. Trop moche, pensa-t-il. Trop vrai pour être raconté à une enfant qui adorait sa mère.

Après un dernier regard à la fillette endormie, il alla attendre à l'avant de la caravane. Il s'assit. Se releva. Fit les cent pas. Cent fois il regarda sa montre. Le temps s'écoulait. Et toujours pas de Claire.

Elle devait avoir un amant dans les parages, conclut-il, et elle était partie s'envoyer en l'air.

Pourtant, alors même que cette pensée lui traversait l'esprit, il dut s'avouer qu'il n'y croyait pas. Sans trop savoir pourquoi. Il ne connaissait pas très bien cette femme, voire pas du tout. Claire était peut-être une véritable nymphomane.

Mais il avait vu la façon dont elle regardait sa fille. Il avait vu à quel point elle aimait Skye. Rien ne comptait plus pour elle que son enfant, et certainement pas un vulgaire amant de passage dans un coin paumé. Sans doute était-il trop naïf, mais il ne la croyait pas capable d'abandonner sa fille en pleine nuit pour une partie de jambes en l'air.

Dans ce cas, pourquoi était-elle partie, et où ?

Au moment même où il se posait la question, il vit la porte de la caravane s'ouvrir. L'instant d'après, Claire entrait dans la cuisine. En découvrant Chance, elle se figea.

— Bonsoir, dit-il.

Elle jeta un coup d'œil inquiet vers le fond de la caravane, là où dormait sa fille, puis reporta son regard sur le garçon.

— Que fais-tu ici ?

— Il me semble que la question serait plutôt : pourquoi *vous* n'étiez pas ici ?

— Je suis sortie faire un tour. Je n'arrivais pas à dormir et…

— En pleine nuit ? s'exclama-t-il en se levant d'un bond. Nom d'un chien, Claire ! Skye était morte d'inquiétude. Elle est venue me chercher tellement elle avait peur.

Claire blêmit. Elle porta une main à sa gorge, et Chance constata qu'elle tremblait.

— Je suis désolée. Comme je te le disais, je n'arrivais pas à dormir, et je…

Elle se tourna de nouveau vers la chambre.

— Elle dort ?

— Je crois. Elle a pris deux cachets contre la migraine, mais j'ai dû lui promettre de ne pas la quitter. Elle avait peur de rester seule.

Les larmes envahirent les yeux de Claire.

— Merci. Je… Il faut que j'aille la voir. Excuse-moi.

Chance voulut s'en aller, mais finalement, il se ravisa. Un truc ne collait pas dans les explications de Claire, se dit-il. Skye avait raison : sa mère paraissait tendue, nerveuse. Indubitablement, elle avait peur de quelque chose. Ou de quelqu'un.

Il s'assit dans le petit coin repas et attendit. De la chambre lui parvenaient des bruits de voix étouffés. Et des sanglots. Sans qu'il puisse déterminer si c'étaient ceux de la fille ou de la mère. Les deux peut-être.

Au bout de quelques minutes, Claire réapparut. Elle semblait ébranlée.

— Je ne peux pas croire… je ne pensais pas qu'elle se réveillerait. Elle a toujours eu un sommeil profond et…

Elle n'acheva pas sa phrase. Son regard croisa celui de Chance.

— J'ai besoin d'un verre, dit-elle. Tu veux une bière ?

— Avec plaisir.

Lorsqu'elle ouvrit la porte du miniréfrigérateur, un rayon de lumière jaillit dans la cuisine sombre, illuminant son visage creusé. Aucun doute, songea Chance, quelque chose la hantait.

Elle lui tendit une bouteille de bière.

— Tu veux un verre ?

Le garçon secoua la tête.

— Non, c'est très bien comme ça.

Sans rien ajouter, elle se glissa sur la banquette, en face de lui, de l'autre côté de la table. Elle but une gorgée de bière en le regardant, ou plutôt en fixant un point au-dessus de son épaule. Chance fut alors traversé par l'image vivace de sa mère, et il tressaillit.

Il repoussa ces pensées indésirables pour concentrer toute son attention sur Claire.

— Qu'est-ce qui se passe, nom de Dieu ?

Surprise, elle reporta son regard sur lui.

— Hein ? Comment ?

— Il y a un truc qui ne colle pas. Vous n'êtes pas à votre place ici. Skye non plus. Pourquoi vous voyagez avec cette troupe minable ?

— Et toi ?

— C'est mon issue de secours. Ça ne durera pas.

— Pour nous non plus, ça ne durera pas. C'est seulement pour l'été.

— Vous ne répondez pas à ma question.

Chance porta la bouteille à sa bouche, renversa la tête et but, sans quitter Claire des yeux.

Elle fut la première à détourner le regard.

— Quelle question, déjà ? demanda-t-elle.

Il reposa brutalement la bouteille sur la table.

— Je vous en prie, ne me prenez pas pour un idiot. Pourquoi êtes-vous ici ? Ce n'est pas votre monde. Vous êtes trop…

La tête penchée sur le côté, il l'observait, essayant de déceler ce qui, depuis le début, le troublait.

— Vous êtes trop raffinée. Ces gens sont des rustres ; ils forment un monde à part. Vous, vous avez d'autres possibilités.

— Peut-être que j'aime cette vie.

— Vous vous foutez de moi.

— Merci d'avoir tenu compagnie à Skye, dit-elle en quittant la banquette pour se diriger vers la porte. Bonne nuit, Chance.

Le garçon la considéra fixement, mais il ne se leva pas.

— Skye pense que vous voulez échapper à des gangsters.

Claire retint sa respiration.

— C'est ridicule !

— Ah oui ?

— Complètement.

— Elle m'a montré la une d'un journal. On y parle d'un roi de la pègre qui doit témoigner devant un tribunal après-demain à Philadelphie. Skye a trouvé ce journal dans votre lit, et elle en a tiré des conclusions. Alors, est-ce qu'elle a vu juste, Claire ?

— Non, répondit-elle en secouant la tête pour donner plus de poids à sa dénégation. Elle est loin de la vérité.

Il l'observa longuement, songeur et intrigué.

— Quelle vérité ?

— Occupe-toi donc de tes affaires, Chance. J'aimerais que tu t'en ailles, maintenant.

— Ce sont mes affaires, depuis ce soir. Depuis que vous êtes partie dans la nuit en laissant votre fille seule.

— D'accord, j'ai commis une erreur. Je n'aurais pas dû. Ça ne se reproduira plus.

Elle ouvrit la porte de la caravane.

— Merci quand même pour ta sollicitude.

Il se leva à son tour et marcha vers elle.

— Skye pense que vous avez des ennuis. Elle pense que vous cherchez à fuir quelque chose. Ou quelqu'un. Si ce n'est pas la pègre, Claire, c'est qui ? Le père de Skye ?

Elle ouvrit plus grand la porte et lui fit signe de sortir, en agitant sa bouteille de bière encore à moitié pleine.

— Laisse-nous maintenant.

— Parfait.

Au moment où il passait devant elle pour sortir, Claire le retint par le bras.

— J'aime ma fille, Chance. Plus que tout. Je remuerais ciel et terre pour elle, j'affronterais les menaces les plus terribles pour la protéger. Tu n'as pas besoin d'en savoir plus.

Quelque chose dans son expression indiquait qu'elle avait déjà affronté les pires menaces pour protéger son enfant, songea Chance. Mais cela ne changeait rien à ce qui s'était passé ce soir. Il la fixa droit dans les yeux.

— Je suis sûr que vous l'aimez, mais elle a cru que vous l'aviez abandonnée, ou alors qu'on vous avait enlevée. Et elle a eu vraiment très peur. Il faut que vous en soyez consciente. Pensez-y.

Elle lui lâcha le bras.

— Bonne nuit, Chance.

Il partit sans un mot, mais, arrivé au bas des marches, il se retourna.

— Vous savez, Claire, votre fille ne croit pas ce que vous lui avez raconté sur son père. Et elle ne croit pas que vous déménagez parfois en pleine nuit pour le plaisir. Et franchement, je n'y crois pas, moi non plus.

13

Les semaines passèrent. Juin céda la place à juillet. Puis les premières journées d'août apportèrent simultanément une chaleur torride et, aussi incroyable que cela puisse paraître, les premières teintes dorées de l'automne. La troupe de Marvel était montée jusque dans l'Ohio, en traversant la Pennsylvanie et la Virginie-Occidentale ; elle parcourait maintenant les petites villes de l'Indiana. De là, les forains entameraient leur descente, en serpentant à travers le Sud profond, afin de rejoindre leurs quartiers d'hiver en Floride.

Chance était certain qu'il serait parti bien avant. Tout comme Claire et Skye. La seule question était de savoir qui partirait en premier.

Mais cela importait peu finalement ; dans un cas comme dans l'autre, elles lui manqueraient.

Au cours de ces dernières semaines, tous les trois étaient devenus des amis ; ils formaient désormais une curieuse famille. Le fait d'avoir partagé cette étrange nuit, chargée d'émotions, les avait assurément rapprochés, pensait Chance, car leurs relations avaient pris depuis un aspect plus familial. Ils s'aidaient mutuellement, ils se tenaient compagnie, ils passaient ensemble toutes les heures creuses. Chance prenait souvent ses repas avec Claire et sa fille, et tous ses petits déjeuners, car c'était l'unique repas que les forains faisaient au même moment.

Le matin, il venait frapper à la porte de leur caravane, sous prétexte de dire bonjour, et Claire lui offrait alors du café et des œufs. Ce rituel était d'ailleurs devenu un sujet de plaisanterie entre eux, car les visites matinales de Chance s'achevaient immanquablement par un bon repas maison.

En vérité, il aimait venir les voir ainsi chaque matin pour vérifier qu'elles étaient toujours là, pour s'assurer que l'une des deux, ou les deux, n'avait pas disparu dans la nuit. Car, à mesure que les semaines passaient, Claire paraissait de plus en plus nerveuse, angoissée. Elle avait maigri ; elle promenait sur tout un regard traqué.

Et Chance en était venu à penser que Skye avait raison : sa mère avait de graves ennuis.

Il aurait aimé savoir ce qu'elle cherchait à fuir. Il se demandait d'où venait Claire, et ce qui était arrivé au père de Skye. Mais quand il se posait toutes ces questions, il se rappelait que Claire et Skye étaient là de manière temporaire uniquement, comme lui. Il se rappelait que la troupe de Marvel n'était qu'un moyen, pas une fin en soi, et que leur amitié n'était qu'une manière de passer le temps.

De fait, Chance était bien content de ne pas en savoir plus sur la mère et la fille, content que Claire ne soit pas aussi prodigue de ses confidences qu'elle l'était des œufs au bacon. Car alors, il serait obligé de se livrer lui aussi, et il se sentirait encore plus proche d'elles.

Il préférait son isolement. Il préférait garder une certaine distance. Il ne s'était jamais attaché, ni aux endroits ni aux gens. Il ne voulait pas être obligé, un jour, de dire au revoir.

Alors qu'il s'éloignait de sa caravane pour rejoindre celle de Claire et Skye, Chance leva les yeux vers le ciel gris et turbulent. L'orage qui s'annonçait masquait le soleil matinal. La météo prévoyait de la pluie dans toute la région durant les prochaines quarante-huit heures. Un vaste front d'orages, dont certains promettaient d'être violents, avançait lentement vers eux. La veille au soir, Marvel leur avait recommandé de bien s'accrocher au bastingage car ça risquait de souffler dur. Et pour la première fois depuis au moins dix ans, il avait ordonné un démontage anticipé. En fonction de l'évolution du temps, ils fermeraient les écoutilles en attendant que ça passe, ou bien, au contraire, ils plieraient bagage rapidement pour essayer de prendre les intempéries de vitesse.

Dans un cas comme dans l'autre, les prochaines heures promettaient d'être pénibles.

— Chance !

Skye se précipita vers lui, les yeux écarquillés.

— Hé ! tu as entendu la météo ? Une tornade s'est abattue sur Fulton !

Elle s'arrêta devant lui en dérapant et calqua son pas sur le sien.

— Je n'arrive pas à y croire !

Le garçon lui jeta un regard amusé, du coin de l'œil.

— Tu m'as l'air sacrément énervée ce matin.

— C'est superexcitant, cette histoire de tornade.

— Oui, tu as raison, ironisa-t-il, on serait tous tués en un clin d'œil. Très excitant, en effet.

Ignorant son ton sarcastique, elle se mit à sautiller devant lui.

— Dis, tu crois que Marvel va nous demander de lever le camp de bonne heure ?

Un grondement de tonnerre se fit entendre au loin, et Chance secoua la tête.

— Prendre la route avec toutes les caravanes ? Impossible. Je crois qu'on est bloqués ici.

Pendant qu'ils continuaient à marcher, Skye débitait un flot ininterrompu de paroles, sur un ton survolté. Sa mère avait préparé du pain perdu pour le petit déjeuner, disait-elle, c'était ce qu'elle préférait ; elle lui parla encore trois fois de cette foutue tornade, et lui fit part d'une rumeur qu'elle avait entendue concernant Len et une fille, là-bas en Floride. Enfin, elle ajouta que sa mère avait fait un cauchemar la nuit dernière.

— Un cauchemar ? répéta Chance. A quel sujet ?

— Je ne sais pas, mais elle a crié dans son sommeil. Et quand je me suis précipitée dans la chambre, elle était en sueur et essoufflée.

Skye fit la moue et ajouta :

— Maman fait souvent des cauchemars, mais ces derniers temps… ils sont plus affreux, on dirait.

Chance aurait voulu interroger la fillette pour en savoir plus, mais ils avaient atteint la caravane. Ils entrèrent au moment où Claire déposait une assiette remplie de pain perdu au milieu de la table.

— Bonjour, dit-elle en se retournant vers la cuisinière. Dépêchez-vous de manger pendant que c'est chaud.

Skye n'avait pas besoin de se faire prier ; elle s'empara d'une assiette, y empila plusieurs morceaux de pain perdu et dévora le tout. Chance, lui, prit son temps. Il se versa d'abord une tasse de café, un breuvage qu'il avait appris à aimer au cours des deux derniers mois, s'assit à table et remplit son assiette.

— Alors, lui demanda Claire, qu'en penses-tu ? On part ou on reste encore aujourd'hui ?

Le garçon versa du sirop d'érable sur son pain perdu.

— Skye m'a posé la même question. Je suis sûr qu'on va rester. Ce serait trop dangereux de prendre la route.

— Je suis d'accord, dit Claire en s'asseyant en face de lui. Mieux vaut prévenir que guérir.

Elle piqua un morceau de pain avec sa fourchette ; Chance remarqua que sa main tremblait. Il la dévisagea et ne put réprimer une grimace d'inquiétude. Elle avait une tête épouvantable.

Il lui en fit la remarque, et Claire étala sa serviette sur ses genoux.

— Je vais très bien, assura-t-elle. Je dors mal en ce moment, voilà tout.

— Je lui ai parlé de tes cauchemars, intervint Skye, la bouche pleine. Je lui ai dit que tu en avais eu un cette nuit.

— Pas de quoi en faire un plat. Vraiment.

Claire chercha le regard de Chance ; elle désigna Skye d'un geste discret et secoua la tête. Il acquiesça, comprenant qu'elle ne voulait pas évoquer ce sujet devant sa fille.

Vingt minutes plus tard, après avoir envoyé Skye se renseigner sur la météo, Claire se tourna vers Chance.

— J'aimerais que tu me rendes un service.

— Bien sûr. Lequel ?

— J'aimerais que tu surveilles Skye un petit moment. Ce soir, quand elle sera endormie.

— Quand elle sera endormie ? répéta-t-il en sentant se dresser les poils dans sa nuque. Que se passe-t-il ?

— Rien.

— A d'autres !

— Non, sincèrement. Ce n'est rien, juste…

Il lui prit la main et examina ses ongles. Ils étaient rongés jusqu'au sang. Il la fixa au fond des yeux.

— Vous sautez au plafond chaque fois que vous entendez quelqu'un parler. Vous passez votre temps à jeter des coups d'œil effrayés par-dessus votre épaule, et vous ne dormez plus. Pas besoin d'être voyant pour comprendre que vous avez un problème.

D'un geste brusque, elle libéra sa main.

— Tu n'es pas voyant !

— C'est exactement ce que je dis. Vous ne voulez pas m'apprendre ce qui se passe ? Je pourrais peut-être vous aider.

Pendant un instant, il crut qu'elle allait lui débiter les inepties habituelles. Elle ouvrit la bouche, puis la referma. Enfin, lui tournant le dos, elle s'approcha de l'évier et regarda par la petite fenêtre placée au-dessus.

— J'aimerais que tu puisses m'aider, murmura-t-elle. Hélas ! tu ne peux pas.

Elle se retourna brusquement vers Chance.

— Je suis obligée d'aller en ville. Il faut que… je téléphone, et je… je ne veux pas laisser Skye seule. Surtout avec cet orage.

— Pourquoi vous ne l'emmenez pas avec vous ? Qui allez-vous appeler, Claire ? Le père de Skye ?

— Non ! s'exclama-t-elle. Non, absolument pas.

— La dernière fois, la nuit où vous avez disparu, c'est là que vous êtes allée ? Téléphoner ?

Claire détourna la tête, et il eut la réponse à sa question. Il tendit la main.

— Je sais que vous avez des ennuis. Et je suis convaincu qu'ils ont un rapport avec le père de Skye.

— Eh bien, tu te trompes. Ça n'a rien à voir avec lui.

Elle lui donna sa main ; elle était glacée.

— J'ai besoin de ton aide. J'ai besoin que tu me rendes ce service. Tu veux bien ?

— Claire…

— Oui ou non ? C'est important, Chance.

Celui-ci hésita, ne sachant s'il avait raison d'accepter. Finalement, il hocha la tête.

— A quelle heure dois-je venir ?

14

Claire avait demandé à Chance de venir à 22 h 30. Jetant un coup d'œil à sa montre, elle s'aperçut avec soulagement qu'il était presque l'heure. Elle avait du mal à fixer ses pensées, oppressée qu'elle était par un terrible sentiment d'urgence, de désastre imminent. Il fallait qu'elle appelle Dorothy. Maintenant, ce soir. Le temps lui était compté, désormais, elle le sentait au plus profond d'elle-même, avec l'acuité que lui conféraient ses pouvoirs psychiques. Le sursis dont Skye et elle disposaient était achevé.

Parcourue d'un frisson, elle jeta un regard vers la porte fermée de la chambre, au fond de la caravane. Skye dormait depuis plus d'une demi-heure déjà. Malgré tout, Claire redoutait qu'elle ne se réveille car, dans ce cas, elle serait bien en peine de lui expliquer où elle allait.

Le vent violent faisait vibrer la caravane. A plusieurs reprises, des bourrasques particulièrement fortes avaient semblé la soulever de terre. Marchant jusqu'à la porte, Claire regarda au-dehors, essayant de percer le rideau de pluie, avec l'impression d'étouffer à l'intérieur de cette minuscule « maison ». Elle repensa à sa dernière conversation téléphonique avec Dorothy ; celle-ci lui avait paru distraite et nerveuse. Coupable même.

Claire se figea ; elle fouilla dans sa mémoire. Après avoir lu dans le journal que les Monarch avaient organisé une fête de charité à Philadelphie, elle avait appelé Dorothy, sur un coup de tête. Evidemment, elle n'avait rien dit qui puisse laisser deviner où

Skye et elle se cachaient. En tout cas, elle avait été aussi prudente qu'à son habitude.

Pour la centième fois, elle jeta un coup d'œil à sa montre. *22 h 30. Enfin.* Munie de son imperméable et de ses clés de voiture, elle alla attendre à la porte. Elle avait détaché la voiture de la caravane avant qu'il ne commence à pleuvoir ; puis, juste après le déjeuner, elle avait foncé en ville pour faire le plein. Elle en avait profité pour acheter une cargaison de denrées non périssables et plusieurs litres d'eau. Son gros sac marin et celui de Skye se trouvaient dans la caravane, rangés sous la banquette du coin repas. La bourse remplie de pierres précieuses était déjà dans son sac, au cas où. Elle ne pouvait prendre le risque de l'oublier.

Car il était fort possible qu'elles soient obligées de quitter la troupe de Marvel dès ce soir.

Tout dépendait de ce que dirait tante Dorothy. Tout dépendait de Pierce.

Claire prit une profonde inspiration tremblante. Même si Dorothy se montrait rassurante, elle déciderait peut-être de s'en aller malgré tout. La rentrée scolaire était proche, et si Skye et elle partaient maintenant, elles auraient plus de temps pour s'installer quelque part. Ce serait bénéfique pour Skye, et pour elle également.

Du reste, elle avait déjà préparé le terrain auprès de Marvel ; elle lui avait raconté qu'elles avaient des amis dans les environs, et que, s'il n'y voyait pas d'inconvénient, elles iraient attendre le passage de l'orage en leur compagnie. Elle avait ajouté qu'elle avait chargé Chance de veiller sur leur caravane en leur absence, à cause de l'orage justement. Marvel n'avait pas posé de questions ; il avait simplement hoché la tête et marmonné quelques mots pour dire qu'il aurait bien voulu attendre la fin de l'orage ailleurs lui aussi.

Frigorifiée, Claire se frictionna les bras. Elle ne pouvait pas continuer à vivre de cette façon, dans l'incertitude, incapable de trouver le sommeil à cause des cauchemars, de cet effroyable sentiment de malédiction qui planait au-dessus de sa tête et la suivait à chaque instant de sa vie.

La nuit passée, le cauchemar avait été particulièrement vivace. Le monstrueux oiseau noir avait bien failli tuer Skye ; ses longues serres aiguisées s'étaient refermées autour d'elle. Claire avait eu le temps de récupérer sa fille, juste avant qu'une des serres, la plus longue, ne transperce le cœur de Skye.

Elle s'était réveillée avec le souffle coupé, trempée de sueur. Et elle avait compris, comme toutes les fois précédentes, que Pierce était sur le point de les retrouver.

Il n'avait jamais été aussi près.

Chance arriva enfin. Ils échangèrent à peine quelques mots, bien que le silence entre eux fût chargé d'inquiétude et de questions non formulées. L'espace d'un instant, elle envisagea de lui dire la vérité, de lui faire partager ses peurs. Son désir de s'appuyer sur une épaule, d'avoir quelqu'un pour la soutenir, même un adolescent, était si puissant qu'il l'oppressait. Voilà si longtemps qu'elle n'avait eu quelqu'un sur qui se reposer, quelqu'un qui soit fort à sa place.

Mais au bout du compte, elle savait qu'elle ne pouvait compter que sur elle-même. Il en avait toujours été ainsi, et elle craignait qu'il en soit toujours ainsi.

Après avoir promis à Chance de revenir aussi vite que possible, elle sortit sous l'orage.

Le trajet jusqu'en ville lui prit trois fois plus de temps que d'habitude, à cause du vent et de la pluie battante. Elle avait prévu d'utiliser la cabine de la taverne ; elle n'avait pas imaginé qu'il y aurait autant de monde ce soir. Apparemment, toute la population de Ridely avait décidé d'attendre la fin de l'orage en se soûlant.

Claire se fraya un chemin au milieu de la foule, en direction du téléphone situé au fond du bar. Une femme marcha vers elle en trébuchant et l'agrippa par le bras, sans que Claire sache si elle voulait attirer son attention ou simplement s'accrocher pour ne pas tomber. La femme empestait l'alcool.

— Hé ! vous êtes la voyante, pas vrai ? La bonne femme de la fête foraine ?

Plusieurs personnes se retournèrent en entendant ces mots, et Claire détourna le regard. Elle n'avait vraiment pas besoin de se faire remarquer ; tous ces gens, si on les interrogeait, pourraient confirmer qu'elle était venue là.

— Je vous en prie, laissez-moi tranquille.

— Oh ! allons ! dit la femme en titubant. Prédisez-moi l'avenir. J'ai besoin de savoir si ce grand costaud là-bas va me ramener chez moi ce soir.

Elle éclata de rire et adressa un clin d'œil complice à Claire. Celle-ci se pencha vers la femme ivre.

— Ne restez pas ici, murmura-t-elle. Je vois qu'il va vous arriver une chose affreuse.

La femme blêmit.

— Ici ?

— Oui. Dépêchez-vous de partir. Et surtout, ne dites à personne que vous m'avez vue.

La femme recula, les yeux écarquillés.

— Et ne conduisez pas dans cet état, ajouta Claire, au cas où je me tromperais au sujet de l'endroit où le drame va se produire.

— J'habite au coin de la rue.

— Tant mieux. Partez vite !

La femme tourna les talons et s'enfuit aussi vite qu'elle le pouvait, trébuchant et se heurtant aux gens qui lui jetaient des regards amusés, teintés de mépris. Claire se dirigea vers le téléphone, éprouvant une sorte de pitié pour cette femme ; elle s'en voulait d'agir ainsi, mais elle ne pouvait courir le risque que cette enquiquineuse fasse une scène.

Un tabouret était placé devant le téléphone ; Claire le déplaça et, après avoir déposé une poignée de pièces devant l'appareil, elle composa le numéro. Dorothy répondit après la troisième sonnerie.

— Dorothy, c'est moi, Madeline.

— Madeline ? Dieu soit loué. J'espérais que tu m'appellerais, j'ai prié pour que tu m'appelles. Il faut que tu rentres. Absolument ! Si tu reviens, il sera plus indulgent avec toi. J'en suis sûre.

Claire eut l'impression que son estomac se soulevait. Elle connaissait déjà la réponse à sa question suivante, mais elle la posa quand même. Il le fallait.

— Que s'est-il passé ?

— Il t'a retrouvée.

Un petit cri de terreur lui échappa. Sentant ses jambes se dérober, Claire se laissa tomber sur le tabouret.

— Ce soir, expliqua Dorothy, on a tous dîné dans la maison d'Astor Street. Pierce semblait très fier de lui. Il nous a appris qu'un détective privé t'avait enfin retrouvée. Il nous a dit que, dans moins de vingt-quatre heures, Grace serait rendue à sa famille et au clan Monarch, où était sa place. Tu étais si proche, a-t-il ajouté, qu'il sentait ta puanteur.

Les yeux fermés, Claire essayait de recouvrer son souffle. Son pire cauchemar devenait réalité ; ses pires craintes prenaient forme.

— Ce n'est pas fini, ajouta Dorothy. Il nous a dit que tout était arrangé, et que tu allais payer pour ce que tu avais fait. Que tu méritais le sort qui t'attendait.

L'hystérie perçait dans la voix de Dot.

— Il a dit que tu ne reverrais jamais Grace. Jamais ! J'ai tenté de le raisonner, mais il n'a pas voulu m'écouter.

Claire baissa la tête, paralysée par ce qu'elle entendait.

L'oiseau noir monstrueux était presque sur elles. Elle ne s'était pas trompée. Elle aurait dû se fier à ses prémonitions et s'enfuir, depuis plusieurs semaines.

— C'est ma faute, Madeline. Entièrement ma faute. Je ne voulais pas vous faire de mal, à Grace et à toi. Sincèrement. Je voulais juste vous voir revenir à la maison toutes les deux, car là est votre place. Je croyais que Pierce vous ramènerait à la maison et que nous formerions de nouveau une famille. Je ne désirais rien de plus.

Le sens des paroles de Dorothy pénétra dans le cerveau de Claire, qui se raidit.

— Hein ? Qu'est-ce que tu racontes ? Tu ignorais où j'étais. Tu ne…

— Ton dernier appel, au sujet du journal. Etant donné que tu avais lu un article sur la fête de charité, j'en ai déduit que tu te trouvais quelque part dans la région de Philadelphie. Et pendant qu'on parlait, quelqu'un t'a crié dessus et je… je…

Claire s'en souvenait, maintenant. Pendant qu'elle était au téléphone, un homme avait voulu se servir de l'appareil. Il s'était montré grossier et insistant, traitant Claire de phénomène de foire. Comment avait-elle pu être aussi stupide ?

— Je pensais nous venir en aide à tous, reprit Dorothy. Je n'ai jamais cru que Pierce mettrait ses menaces à exécution. Après tout, tu es la mère de Grace. Elle a besoin de toi et je… je…

Sa phrase s'effilocha tristement.

— Rentre à la maison, Madeline. Je t'en prie.

— Comment as-tu pu, Dorothy ? murmura-t-elle. Tu sais pourquoi je me suis enfuie. Je t'ai parlé de Griffen. Je t'ai raconté ce qu'il… avait fait. Il veut nuire à Grace, il…

— Tu te trompes à son sujet, Madeline. Tu t'es toujours trompée. Il a grandi, tu sais ; dans quelques semaines, il va entrer à l'université. C'est un garçon responsable et très beau. Les filles sont folles de lui, Maddie. Si ce que tu affirmes était vrai, crois-tu que les filles s'agglutineraient autour de lui comme elles le font ? Je t'en supplie, reviens ! Il n'est pas trop tard. Je suis certaine que si tu rentrais de ton plein gré, Pierce et Adam te pardonneraient et oublieraient tout. La place de Grace est ici, au sein de sa famille. Parmi les Monarch.

Claire n'entendit que la moitié des mots ; son esprit fonctionnait à plein régime pour essayer de trouver une issue de secours, un moyen de s'échapper.

— Madeline ? Tu es toujours en…

— A-t-il des photos de Grace ? coupa-t-elle, traversée par une pensée soudaine.

— Hein ? Je ne…

— Sait-il à quoi ressemble Grace ? demanda Claire en serrant le combiné de toutes ses forces. Le sait-il ?

— Je ne crois pas. Car Griffen a posé la question lui aussi. Il voulait savoir à quoi ressemblait sa sœur, et Pierce a répondu qu'il l'ignorait. Mais pourquoi tu…

— Griffen, répéta Claire, envahie par une colère froide. Il assistait au dîner, lui aussi ?

— Evidemment.

La ligne grésilla.

— Il a même affirmé qu'il avait hâte de retrouver sa sœur. « Je l'attends avec impatience », a-t-il dit. Il l'adore, Madeline. Jamais il ne lui fera du mal, il…

Claire raccrocha, tandis que le monde s'écroulait autour d'elle. Elle n'aurait jamais dû se fier à Dorothy, car celle-ci cédait facilement à la sensiblerie et aux mauvais jugements. Et puis après tout, elle restait une Monarch. Pour elle, la famille et l'entreprise familiale comptaient plus que tout. *Absolument tout.*

Et Dorothy, comme tous les autres, ne l'avait pas crue. Elle n'avait jamais considéré l'obsession de Griffen comme dangereuse ; elle n'avait pas été témoin de la scène dans la salle de jeux, elle n'avait pas vu l'expression de Griffen pendant qu'il martyrisait Grace.

L'expression du mal lui-même.

Claire fut prise de tremblements. Pierce était tout près. Si près qu'il la « sentait », avait-il dit. On allait lui enlever Skye. Sans qu'elle puisse réagir. Peut-être irait-elle en prison. Très certainement, même.

Qui protégerait sa fille, alors ? Son esprit fut envahi par la vision du terrible spectacle qu'elle avait découvert des années plus tôt. Grace clouée au sol par Griffen, la main du garçon plaquée sur sa bouche pour étouffer ses appels au secours. Son autre main glissée sous la robe. Dans sa culotte. Pour la toucher, la violer.

Claire se mordit le poing pour retenir un cri d'effroi. Griffen n'avait pas changé ; elle le savait. Les paroles de Dorothy étaient suffisamment éloquentes : il avait hâte de retrouver sa sœur. Il l'attendait.

Elle devait fuir. Elles devaient fuir.

Mais ils continueraient à la traquer. Désespérée, Claire enfouit son visage dans ses mains. A l'exception de sa couleur et de sa coupe de cheveux, son apparence avait peu changé au cours des sept années écoulées depuis son départ. Et même si Skye, elle, avait énormément changé, ils les reconnaîtraient en les voyant ensemble, car ils cherchaient une mère et une fille, *elle* et sa fille.

A cause d'elle, ils reconnaîtraient Skye. Mais elles pouvaient se séparer et alors…

Oui, elle pouvait abandonner Skye, partir sans sa fille ; celle-ci courrait moins de danger.

Claire secoua la tête. Comment pouvait-elle envisager une chose pareille ? Jamais elle ne pourrait abandonner Skye. Comment pourrait-elle vivre sans son enfant chérie, ne serait-ce que quelques semaines ?

Mais si Pierce leur mettait la main dessus, elle ne reverrait plus jamais sa fille, se dit-elle.

Susan. L'image de sa plus vieille amie surgit tout à coup dans ses pensées. Aussi différentes l'une de l'autre que l'on pouvait l'être, elles avaient été comme deux sœurs. Dès l'époque de l'école primaire, elles avaient toujours tout partagé, les succès et les peines de cœur, les bouleversements de la jeunesse et les peurs enivrantes de l'adolescence.

Pierce avait mis fin à cette relation. Susan et Claire s'étaient disputées à cause de la décision qu'avait prise Claire d'épouser Pierce. Susan l'avait mise en garde contre cet homme, en portant contre lui des accusations épouvantables. Blessée et trahie, Claire s'était rebellée en reprochant à son amie sa jalousie et son amertume.

Evidemment, Susan avait vu juste. Claire aurait dû s'en douter. Susan avait toujours eu raison. Alors que Claire peinait dans ses études et enchaînait les choix malencontreux, Susan, elle, traversait sans accrocs sa scolarité et sa vie.

La fierté avait empêché Claire d'appeler son amie lorsqu'elle avait découvert la triste vérité au sujet de son mari et de son mariage ; la fierté lui avait également interdit d'appeler à l'aide quand elle s'était enfuie avec Skye.

Jusqu'à l'année précédente. Un matin, Claire s'était réveillée en comprenant que la fierté était une sottise, et qu'elle avait besoin de son amie, qu'elle avait envie de lui parler. Après avoir retrouvé Susan par le biais de ses parents, elle l'avait appelée. Ce fut comme s'il n'y avait jamais eu aucun différend entre elles. Toutes deux avaient pleuré, tellement elles étaient heureuses de se parler.

Claire lui avait tout confié. *Tout.* Les menaces et les injures de Pierce. L'obsession de Griffen pour sa demi-sœur, et l'horreur dont elle avait été témoin. Elle lui avait raconté qu'Adam avait failli l'étrangler, et comment elle s'était enfuie. Susan était la seule personne à savoir qui étaient réellement Claire et Skye Dearborn.

C'était si bon de lui parler de nouveau, si bon d'avoir quelqu'un avec qui partager ses peurs ! Depuis, elles s'étaient téléphoné plusieurs fois. Et chaque fois, Susan avait supplié Claire de venir vivre avec elle. Elle enseignait l'anglais au collège Ste. Marie, à Notre Dame dans l'Indiana. Elle promettait de la soutenir. Et si, par malheur, Pierce les retrouvait, elle aiderait Claire à l'affronter.

Claire avait toujours décliné ces invitations. Elle avait trop peur. Susan n'avait pas idée du pouvoir dont disposait la famille Monarch. Elle ignorait jusqu'où ils étaient prêts à aller pour récupérer Grace.

Et son amie ne comprenait pas l'ampleur de l'obsession perverse de Griffen pour sa sœur. Nul ne pouvait comprendre, à part elle, Claire.

— Dites, ma p'tite dame, vous avez loué ce tabouret ? J'voudrais bien téléphoner.

Elle regarda par-dessus son épaule l'homme au visage rougeaud, dégoulinant de pluie, qui se tenait derrière elle.

— Oh ! pardon, murmura-t-elle en descendant du tabouret. Allez-y, il est à vous.

Claire se dirigea tant bien que mal vers le bar, où elle commanda un verre de vin, avant de retourner près du téléphone. Comme l'homme n'avait pas terminé sa conversation, elle s'assit sur une banquette vide à proximité de l'appareil. Elle but une gorgée de son verre, du vin blanc légèrement acide ; sa main tremblait tellement qu'elle en renversa quelques gouttes sur la table. Elle but une seconde gorgée et se laissa aller contre le dossier en vinyle éraflé de la banquette. Ce qu'elle envisageait de faire était impossible, se dit-elle. Abandonner Skye ? Même quelques semaines seulement ? Comment pourrait-elle supporter de vivre sans elle ?

Mais quel autre choix avait-elle ?

Les yeux fermés, elle repensa à Susan. Susan était la seule personne qu'elle connaissait suffisamment bien, la seule à qui elle pouvait confier son enfant.

Susan l'aiderait. Si Claire lui demandait de venir chercher Skye, si elle lui demandait de la garder, de la cacher pour quelques jours, elle le ferait. Pendant ce temps, Claire entraînerait Pierce et son détective privé sur une fausse piste. Elle pouvait s'enfuir dès cette nuit, au plus fort de la tempête ; elle avait déjà préparé le terrain pour sa disparition et celle de Skye. Tout le monde penserait qu'elles étaient parties ensemble. Evidemment. Quand le détective privé engagé par Pierce viendrait poser des questions, Chance l'enverrait dans une fausse direction.

Elle enfouit de nouveau son visage dans ses mains. Si Pierce les rattrapait, il lui arracherait Skye. Il ramènerait la fillette dans cette maison obscure et sans joie, où elle serait à la merci de Griffen.

La monstrueuse bête noire était presque sur elles.

L'homme au visage rougeaud raccrocha et s'éloigna. Claire but une gorgée de vin, rassembla tout son courage, se leva et se dirigea vers le téléphone. Elle sortit des pièces de monnaie et composa le numéro de Susan, puis elle fit une prière muette pour que son amie soit chez elle.

La sonnerie retentit une première fois, une deuxième fois, une troisième fois… *Décroche, Susan ! Je t'en supplie, décroche !* Et finalement, Susan décrocha, la voix remplie de sommeil.

— Susan, c'est moi.

— Madeline ? Que se passe-t-il ?

Claire inspira à fond ; elle se sentait au bord des larmes.

— J'ai besoin de ton aide.

— Je te la donne.

Claire jeta un coup d'œil par-dessus son épaule, puis tourna le dos à la salle bondée.

— Pierce nous a retrouvées, chuchota-t-elle dans l'appareil. Il sera là… bientôt. Et il veut me prendre… il veut me…

Ses larmes jaillirent avec une violence qui lui coupa le souffle. Susan attendit que les sanglots s'atténuent, qu'elle se ressaisisse suffisamment pour pouvoir achever sa phrase.

— Il veut m'arracher Skye. Et il veut m'envoyer… en prison. Il a dit que je ne la reverrais plus jamais !

— Mon Dieu, Madeline, que puis-je faire ?

— Il faut que tu viennes chercher Skye. Il faut que tu la gardes pendant quelque temps. Je vais les entraîner sur une fausse piste. Je suis leur seul lien avec elle.

— J'arrive tout de suite, Maddie. Ne t'inquiète pas, ta fille sera en sûreté avec moi. Je préfère mourir plutôt que de laisser ce salaud poser ses mains sur elle.

15

Chance ouvrit les yeux. Claire se tenait devant lui, tremblante et dégoulinante de pluie. Il battit des paupières, en songeant qu'il avait dû s'endormir.

— Claire ? dit-il en balayant du regard l'intérieur de la caravane obscure, éclairée ponctuellement par les éclairs qui zébraient le ciel noir.

— Quelle heure est-il ?

Claire ignora sa question.

— J'ai besoin de ton aide, dit-elle en s'agenouillant devant lui et en prenant ses mains entre les siennes.

Les doigts de Claire étaient aussi humides et froids que la mort.

— Je t'en supplie, Chance.

Le garçon se redressa, parfaitement réveillé à présent. Il chercha à distinguer le regard de Claire, et sentit aussitôt son estomac se nouer. Quelque chose de terrible s'était produit, songea-t-il.

— Qu'y a-t-il ? Qu'est-ce qui ne va pas ?

— J'ai besoin de toi pour veiller sur Skye… un peu plus longtemps. Je t'en supplie, je…

Les larmes engloutirent ses paroles. Elle pencha la tête vers leurs mains jointes ; ses épaules étaient secouées par les sanglots.

— Mon Dieu, Claire, qu'est-ce…

Il dut reprendre sa respiration pour continuer.

— Bien sûr que je veillerai sur Skye. Faites ce que vous avez à faire. Je reste ici.

— Non, tu ne comprends pas, dit-elle en levant vers lui son visage ruisselant de larmes. Tu ne comprends pas ! Il approche ! Il est presque… Il faut que je parte.

Elle paraissait totalement désorientée. Abattue. Chance referma ses doigts autour des siens.

— De qui parlez-vous ? Où devez-vous aller ?

— Des gens nous pourchassent. Ils veulent nous nuire. Ils veulent nuire à Skye !

Chance était conscient des efforts qu'elle accomplissait pour se ressaisir.

— Et ce soir, ajouta-t-elle, j'ai appris qu'ils étaient tout proches.

— Je ne comprends pas, en effet. Pourquoi dites-vous qu'ils veulent faire du mal à Skye ? Et qui, d'abord ?

Il sentait monter la panique, lui aussi.

— Tout ça me paraît un peu dingue, Claire. Vous n'exagérez pas un peu ?

Elle secoua la tête, en claquant des dents.

— S'ils… nous retrouvent… je ne reverrai sans doute plus jamais Skye. Ils vont me la prendre. Et ils… Il y a quelqu'un qui lui fera du mal… Ça s'est déjà produit.

— Où sont ces gens ?

— Très près. Je ne sais pas ce que…

Les larmes l'étouffaient. Elle libéra ses mains, se leva et marcha jusqu'à la fenêtre. Au dehors, l'orage se déchaînait ; des éclairs éblouissants lacéraient le ciel. Claire se massa les bras, comme pour se réchauffer.

De nouveau, elle tourna vers Chance son visage ravagé par l'angoisse.

— Ils pourraient être là dès demain soir. J'espère que le mauvais temps les ralentira. Il faut que je mette le maximum de distance entre eux et moi.

— Bon sang, Claire ! s'exclama-t-il en la rejoignant. Qui sont ces gens ?

— Je ne peux pas te le dire.

Elle lui prit les mains encore une fois, dans un geste de supplication.

— Il vaut mieux pour toi que tu ne le saches pas. Et pour Skye aussi. Il faut que tu me fasses confiance. S'il te plaît !

Chance acquiesça et, après avoir pris une inspiration tremblante, elle poursuivit :

— Il faut que je parte. Maintenant. Cette nuit. Le plus vite et le plus loin possible. Et je…

Chance sentit les mains glacées de Claire serrer fortement les siennes.

— … je dois partir sans Skye.

— Sans Skye ? répéta-t-il. Je ne comprends pas comment…

Mais soudain, il comprit et, instinctivement, il recula d'un pas en secouant la tête.

— Oh non ! Vous n'allez pas me la laisser ! Pas question.

— C'est juste pour cette nuit et quelques heures demain matin. Une amie va venir la chercher. Une personne en qui j'ai une confiance absolue. Elle est déjà en route ; elle sera ici demain matin vers 10 heures. Peut-être même avant. Je t'en supplie, Chance. Tu es le seul vers qui je puisse me tourner.

— Je ne comprends toujours pas. Pourquoi vous n'emmenez pas Skye avec vous ? Ou mieux, pourquoi ne pas rejoindre votre amie à mi-chemin ?

— Ces gens ont des photos de moi. Mais pas de Skye. Et c'est elle qu'ils veulent. C'est à elle qu'ils feront du mal.

— Nom de Dieu ! Claire, je… C'est grave ce que vous me racontez. Je ne veux…

Il lui tourna le dos, incapable de réfléchir posément. Il aurait voulu être capable de faire abstraction du désespoir si flagrant de cette femme, capable d'oublier la façon suppliante dont elle le regardait.

— Vous ne parlez pas sérieusement, vous n'avez pas l'intention de partir… sans elle. C'est impossible.

— Je n'ai que Skye au monde. Et elle est en danger. Je dois la protéger, même si pour cela…

Sa gorge se resserra, étranglant ses derniers mots. Elle s'éclaircit la voix et avança d'un pas vers le garçon.

— Je t'en supplie, Chance. Je ne peux m'adresser à personne d'autre. Skye n'a personne d'autre. Ils vont bientôt arriver.

Chance se frotta les yeux avec ses paumes. Intérieurement, tout au fond de lui-même, cela lui paraissait inacceptable. Mais il ne savait pas quelle autre solution lui proposer. Il ne voyait pas quel autre choix elle avait.

Il poussa un soupir et se retourna vers Claire.

— Quel est votre plan ?

— Je pars dès maintenant, cette nuit. Je profite de l'orage pour m'éclipser. Demain, mon amie Susan vient chercher Skye. Je donnerai rendez-vous à ces gens plus tard, quand je saurai que ma fille est en sécurité. C'est l'affaire d'une ou deux semaines, tout au plus.

— Et si quelque chose se passe mal ? Si Susan ne vient pas ? Ou si ces gens arrivent avant elle ?

Une peur nouvelle envahit le regard de Claire. Elle secoua la tête, comme pour nier cette hypothèse.

— Non. C'est impossible. Et j'ai entièrement confiance en Susan. Je la connais depuis toujours, elle ne me laissera pas tomber.

Inspirant profondément, elle lui prit les mains une fois de plus.

— Tu veux bien faire ça pour moi, Chance ? Tu veux bien le faire pour Skye ?

Il la fixa droit dans les yeux, en sachant qu'il ne pouvait pas refuser ce qu'elle lui demandait. Elle avait besoin de lui ; elle n'avait personne d'autre. D'ailleurs, c'était juste pour quelques heures.

Il acquiesça, et Claire laissa échapper un petit sanglot de soulagement. Elle porta les mains du garçon à ses lèvres.

— Merci, Chance. Merci, je…

Elle s'écarta, en jetant tout à coup des regards affolés autour d'elle.

— Je dois préparer mes affaires. Il faut que je parte dès que… Il faut que je parte.

— Attendez ! dit-il en la retenant par le bras. Et Skye ? Quand allez-vous lui dire ?

Elle n'avait pas l'intention de lui dire. Ses yeux s'emplirent de larmes, tandis qu'elle secouait la tête.

— Vous ne pouvez pas faire ça. Vous ne pouvez pas partir sans le dire à Skye. Je ne vous laisserai pas.

— Il le faut. Si je la réveille, je ne pourrai plus partir sans elle… Elle m'en empêchera. Je n'ai pas le choix, Chance. Je dois m'en aller comme une voleuse. Pour le bien de Skye.

Il sentait combien elle était près de craquer. Encore quelques reproches et elle ne pourrait plus partir. Encore quelques reproches et elle emmènerait Skye avec elle.

Mais il n'avait pas le droit d'insister. Le désespoir de Claire était bien réel ; sa terreur aussi. Il avait peur pour Skye.

Avec un sentiment d'impuissance, il la regarda prendre un gros sac vide dans un placard au-dessus du coin repas, puis se diriger vers la penderie, située juste à côté de la porte de la chambre fermée. Rapidement, mais sans bruit, elle sortit ses effets, les plia et les déposa dans le sac. Elle se rendit ensuite dans la salle de bains pour récupérer sa trousse de toilette. En tout, il lui fallut moins de dix minutes pour faire sa valise.

— J'ai encore quelques affaires sous l'auvent à l'extérieur, dit-elle en bouclant son sac. Je les prendrai en partant.

Elle griffonna un nom et un numéro de téléphone sur un morceau de papier qu'elle lui tendit.

— C'est le numéro de Susan, en cas de… besoin, si tu veux la joindre. Elle saura toujours où je suis.

Elle porta son bagage jusqu'à l'entrée, le laissa tomber et se retourna vers Chance. Ses yeux étaient brillants de larmes, et quand elle s'exprima de nouveau, sa voix tremblait.

— Surtout, ne dis à personne ce qui s'est passé. A personne ! J'ai déjà informé Marvel que Skye et moi irions chez des amis pour attendre la fin de l'orage. Il fallait que je trouve une explication au fait que j'avais détaché la voiture. Je lui ai dit aussi que tu gardais notre caravane en notre absence.

Elle reprit sa respiration et poursuivit :

— Cache bien Skye jusqu'à l'arrivée de Susan. Si quelqu'un d'autre vient pour nous chercher, raconte un mensonge. Répète-lui ce que j'ai débité à Marvel. Dis-lui que Skye et moi sommes parties ensemble. Dis-lui tout ce que tu veux, sauf la vérité… Quand Skye sera partie avec Susan, ajouta-t-elle, va voir Marvel et explique-lui que nous ne sommes pas rentrées de chez nos amis. Tu nous as vues aujourd'hui en début de soirée pour la dernière fois. Tu as compris ?

— Oui.

— Demain matin, demande à Skye de préparer sa valise. Cette occupation lui permettra de penser à autre chose.

Avant de sortir, elle hésita et se tourna vers la porte de la chambre, derrière laquelle dormait sa fille.

— Oh ! Seigneur… je ne sais pas si j'ai la force de faire ça.

— Alors, ne le faites pas, Claire. Je vous en supplie. Je vous aiderai.

— Tu m'aides déjà, Chance. Et je suis obligée de partir. Pour Skye. Pierce va…

Elle se mordit la lèvre.

— Tu me manqueras, Chance.

C'était un adieu.

Il la regarda fixement, frappé par cette soudaine vérité.

— Claire… je… je ne vous reverrai plus, n'est-ce pas ?

— Oh ! Chance ! dit-elle en l'enlaçant. Je ne t'oublierai jamais.

Il l'étreignit à son tour, la gorge nouée et les yeux en feu.

— Moi non plus, je ne vous oublierai pas.

Elle le serra contre elle.

— Prends bien soin de mon enfant chérie. Dis-lui combien je l'aime.

— Comptez sur moi, je lui dirai.

Il ferma les yeux de toutes ses forces ; il ne supportait pas cette douleur.

— Est-ce… Y a-t-il encore un moyen de vous convaincre de…

— Non. Skye sera plus en sécurité ainsi.

Se dressant sur la pointe des pieds, Claire appuya sa joue humide de larmes contre celle de Chance. Puis elle s'écarta, le lâcha et reprit son sac. Elle ouvrit la porte et jeta un dernier regard pardessus son épaule.

— Merci, murmura-t-elle. Dis à Skye que… dis-lui qu'on se reverra bientôt. Et que je l'aime plus que tout au monde. Dis-lui ça. N'oublie pas.

— Je n'oublierai pas. Promis.

Impuissant, il la regarda se précipiter au cœur de l'orage. Quand la pluie l'engloutit, il fit un pas en avant, avec le sentiment qu'il devait ajouter quelque chose. Une chose qui la convaincrait de rester.

Trop tard. Elle était partie.

16

Chance resta éveillé toute la nuit, incapable de trouver le sommeil. Assis à côté du lit, il regarda Skye dormir paisiblement, en se rongeant les sangs. Comment lui annoncer la nouvelle ? se demandait-il. Comment faire face à son chagrin ?

Une chose était certaine : il n'avait pas le choix, plus maintenant. Il aiderait la fillette à affronter ces prochaines heures, puis il lui dirait adieu. Comme il avait dit adieu à Claire. Il prit une profonde inspiration, par le nez, pour essayer d'ignorer cette douleur dans sa poitrine. Ce sentiment de solitude. Elles lui manqueraient, toutes les deux. Malgré lui. Il aurait donné cher pour éprouver de l'indifférence. Au lieu de cela, il penserait à elles, il se demanderait ce qu'elles devenaient, toute sa vie.

Quand Skye se réveilla, elle avait le sourire. Elle s'étonna de découvrir Chance à son côté, mais ne fut pas effrayée.

— Qu'est-ce que tu fais ici ? demanda-t-elle en regardant par la fenêtre la grisaille du temps d'orage, avant de reporter son attention sur lui. J'ai dormi trop longtemps ?

Chance lui annonça alors la triste nouvelle. Simplement, clairement, du ton le plus neutre possible, en espérant que cette absence d'émotion adoucirait le choc de ses paroles.

Sans résultat. Skye le regarda fixement ; son expression reflétait l'horreur provoquée par cette nouvelle, une incrédulité hébétée.

Les yeux écarquillés, elle secoua la tête.

— Tu mens ! Maman ne m'abandonnerait jamais. Jamais !

— C'est juste pour quelques…

— Non ! Non ! cria-t-elle en bondissant hors du lit. Maman !…

Elle se précipita vers l'avant de la caravane.

— Maman !

Elle se figea un instant, avec une expression de panique sur le visage, puis fit demi-tour pour se ruer vers la penderie. Elle ouvrit la porte, violemment.

Et découvrit l'atroce réalité : les affaires de sa mère n'étaient plus là.

Avec un cri d'effroi, elle se jeta sur les tiroirs de la commode juste à côté, qu'elle ouvrit l'un après l'autre, fouillant parmi les affaires restantes, le souffle court, en poussant de petits gémissements.

Soudain, elle s'arrêta et leva les yeux vers Chance qui se tenait près d'elle ; son visage était livide, ravagé par la douleur.

— Elle m'a abandonnée ?

— Elle avait peur pour toi. Elle a dit que tu serais plus en sécurité si elle partait seule. Elle a dit…

— Non, l'interrompit Skye en reculant. C'est impossible. Maman ne m'abandonnerait pas. Elle me l'avait juré !

Folle de chagrin, elle donna un coup de tête dans la porte de la penderie et éclata en sanglots. Ne sachant que faire, Chance la prit maladroitement dans ses bras, totalement désemparé.

— Calme-toi, Skye. Tout va s'arranger. Cesse donc de pleurer et je te raconterai tout.

— Lâche-moi !

Se débattant avec l'énergie du désespoir, elle parvint à se libérer, pour foncer vers la porte.

— Je vais la retrouver ! Et tu ne pourras pas m'en empêcher !

Il le pouvait, et il le fit. Il la rattrapa juste avant qu'elle n'atteigne la porte, la plaquant contre sa poitrine et nouant ses bras autour d'elle. Skye se débattit encore comme un animal sauvage, agitant furieusement les bras et les jambes. Chance resserra l'étau de ses bras, en se penchant au-dessus d'elle, afin de l'immobiliser au maximum, pour éviter qu'elle ne lui donne des coups, ou qu'elle se fasse mal. Il la pressa contre lui de toutes ses forces afin qu'elle sente qu'il était là, et qu'elle n'était pas seule au monde.

Au bout d'un moment, la fureur et l'hystérie de la fillette se transformèrent en gémissements de désespoir à fendre le cœur le plus endurci. Ensemble, ils glissèrent jusqu'à terre. Chance la tint sur ses genoux, caressant ses cheveux emmêlés, murmurant des paroles de réconfort, qui paraissaient maladroites et inhabituelles dans sa bouche.

Finalement, avec calme, il raconta à Skye tout ce que Claire lui avait dit. Dans les moindres détails. Il partagea également avec elle les craintes et le désespoir de sa mère, son amour immense.

Quand il eut fini, Skye leva les yeux vers lui.

— J'avais raison, hein ? Au sujet des méchants ?

Chance acquiesça.

— Ta mère ne voulait pas t'abandonner. Mais elle avait peur pour toi. Elle a dit que tu serais davantage en sécurité en restant ici tout d'abord, puis en allant avec son amie.

— Ce n'est pas pour toujours, hein ? murmura Skye. Elle ne m'a pas abandonnée pour de bon ?

— Non, répondit Chance en repoussant les mèches de cheveux humides qui pendaient devant le visage de la fillette. Elle m'a chargé de te dire qu'elle t'aimait énormément. Plus que tout, a-t-elle ajouté.

— Alors, pourquoi…

Skye ravala ses paroles, mais celles-ci restèrent suspendues dans l'air entre eux.

Pourquoi ne m'a-t-elle pas emmenée avec elle ? Comment a-t-elle pu me laisser seule ici ?

— Elle ne voulait pas te laisser, répéta Chance. Mais elle pensait qu'elle n'avait pas le choix. Allez, viens. Ta maman veut que je t'aide à préparer ta valise.

Il la fit se relever.

— L'amie qui doit venir te chercher s'appelle Susan ; elle ne devrait pas tarder à arriver. Vers 10 heures, a précisé ta maman.

— Je la connais ?

— Je ne sais pas.

Chance fronça les sourcils ; il essayait de se souvenir de tout ce que lui avait dit Claire.

— En tout cas, ta maman lui fait entièrement confiance. Il paraît qu'elles se connaissent depuis toujours.

— Moi, je ne la connais pas. J'ai jamais rencontré de Susan.

— Peut-être que tu ne t'en souviens plus ?

— Oui, peut-être.

Elle inspira à fond, et demanda :

— Tu viens, toi aussi ?

Elle lut la réponse dans le regard de Chance, et un petit hoquet de peur lui échappa.

— Je ne veux pas aller seule avec elle ! Je ne la connais pas. Je veux rester avec toi.

— Je fais confiance à ta mère. Crois-tu qu'elle te confierait à n'importe qui ?

— Non. Mais…

La fillette mordit sa lèvre inférieure tremblante.

— Je veux que tu viennes.

— Toi aussi, tu me plais, petite, dit-il pour plaisanter, espérant lui arracher un soupçon de sourire. Je promets de t'écrire si tu m'écris.

Un nouvel assaut de larmes envahit les yeux de Skye.

— C'est pas drôle !

— Pardonne-moi.

Il lui prit les mains et les frictionna entre les siennes.

— Je ne te reproche pas d'avoir peur. D'ailleurs, si cette Susan me paraît bizarre, si elle a l'air d'une folle ou d'une perverse, je ne te laisserai pas partir avec elle. Je te le promets. D'accord ?

— Mais… pourquoi tu ne viens pas avec moi ? Tu es mon ami et… je… je ne veux pas aller avec cette femme.

Une boule se forma dans la gorge de Chance ; il déglutit pour pouvoir répondre.

— Parce que je ne peux pas, Skye. Le moment est venu de nous quitter.

Une larme roula sur la joue de la fillette ; il la rattrapa du bout du doigt.

— Mais ça ne veut pas dire qu'on ne se reverra plus, ajouta-t-il. Pas vrai ?

Skye hocha la tête, mais il vit que son menton tremblait.

Il lui sourit.

— Allez, viens, il faut te préparer. Susan peut arriver d'une minute à l'autre.

17

Chance et Skye attendirent. L'amie de Claire n'arriva jamais. Ni le lendemain matin, ni le surlendemain. Chance composa le numéro de téléphone que lui avait confié Claire, mais il tomba sur un répondeur. Craignant de laisser un message, il fut obligé de raccrocher, en sentant une boule d'angoisse se former dans son estomac.

Il y avait un problème quelque part, pensa-t-il.

Heureusement, si l'on peut dire, la tempête avait duré plus de vingt-quatre heures et causé d'importants dégâts matériels, particulièrement au niveau du groupe électrogène, sérieusement endommagé par la foudre tombée à proximité. Depuis, tout le personnel de la troupe se démenait pour effectuer les réparations au plus vite, et chacun était bien trop occupé pour se soucier de l'absence de Madame Claire et de sa fille.

Du moins, jusqu'à ce qu'un détective privé se présente, en déclarant qu'il était à leur recherche. Il posa des questions et distribua sa carte à tout le monde. Finalement, on l'envoya à Marvel, qui le conduisit à la caravane de Claire.

Chance se retrouva face aux deux hommes, le cœur battant la chamade, la bouche sèche. Il répéta exactement ce que Claire lui avait demandé de dire et, peu désireux de répondre aux questions du détective privé, il s'adressa principalement à Marvel.

Il s'obligeait à conserver une apparence calme, craignant de commettre une gaffe. Le sort de Claire et Skye dépendait de lui !

— Alors, comme ça, demanda le détective, tu n'as pas vu cette femme et sa fille depuis l'autre soir ?

— Non, monsieur, répondit Chance en fourrant ses mains dans les poches de son jean, songeant avec inquiétude à Skye qui se cachait dans l'étroite penderie au fond de la caravane. Je vous l'ai dit, Claire m'a demandé de m'installer ici pour surveiller la caravane, pendant que sa fille et elle se rendaient chez des amis.

— Sais-tu qui sont ces amis, et où ils vivent ?

Chance secoua la tête.

— Non, elle ne me l'a pas précisé. Et ça ne m'a pas semblé important.

— Tu penses qu'elles vont revenir ?

Le garçon haussa les épaules.

— Ben oui. Elles l'ont dit, en tout cas. Je ne m'étais pas posé la question, jusqu'à ce matin. Vu que l'orage est passé, elles devraient être revenues. Alors, je me suis permis de regarder dans les placards, et j'ai vu que leurs affaires avaient disparu.

Le détective privé l'observa un long moment en plissant les yeux. Ce type avait quelque chose de mielleux et de sournois, songea le garçon. De glacial également. Bref, Chance ne l'aimait pas, et il n'était pas question de lui livrer Skye.

— Tu n'as pas eu l'idée de fouiller dans leurs affaires avant ce matin ?

— Non. Comme je vous le disais, j'étais persuadé qu'elles allaient revenir.

— Oui, bien sûr, fit le détective d'un ton sarcastique. Après tout, vous étiez de bons amis.

— C'est exact.

— Pourtant, elles ne t'ont pas appris qu'elles avaient l'intention de disparaître ? Bien que vous soyez de bons amis ? Bizarre…

Comme Chance se contentait de le regarder d'un air impassible, le détective se tourna vers Marvel.

— Vous permettez que je jette un coup d'œil ?

Marvel se raidit ; de toute évidence, songea Chance, lui non plus n'aimait pas ce type.

— Non, je ne permets pas. Claire et sa fille sont parties. Le gamin vient de vous le dire.

— Et vous ne trouvez pas ça un peu curieux ?

— Non, pas dans ce métier. Je vous rappelle que vous êtes sur une propriété privée, et ce gamin a du travail qui l'attend.

— Oui, oui, bien sûr. Tiens, reprit le détective en tendant sa carte à Chance, si jamais tu les vois, l'une ou l'autre, j'aimerais que tu m'appelles. Ça peut te rapporter mille dollars.

— Mille dollars ? répéta Chance en écarquillant les yeux. Ouah ! Qu'ont-elles donc fait ? Elles ont braqué une banque ou quoi ?

L'homme se força à rire.

— Non, rien de tel. J'ai été engagé par un avocat pour les retrouver. C'est une histoire d'héritage. Figure-toi qu'elles sont devenues extrêmement riches toutes les deux, sans le savoir. Si tu m'appelais, elles t'en seraient reconnaissantes.

Oui, c'est ça, pensa Chance. Ce mensonge ignoble lui donnait envie de vomir. Claire vivait dans la terreur parce que quelqu'un voulait lui remettre une fortune ?

— Si je les vois, je vous appellerai immédiatement, répondit-il en faisant mine d'examiner la carte. Je ne cracherais pas sur mille dollars, je l'avoue.

En prononçant ces mots, Chance croisa le regard d'Abner Marvel, et il comprit que le vieux forain ne croyait pas plus que lui à cette histoire d'héritage. Il comprit également que son numéro de bouseux toujours prêt à rendre service risquait de dépasser les limites de la crédibilité.

Pourtant, Marvel ne lui demanda pas de comptes, pas même après le départ du détective.

— Ce type est vraiment antipathique, commenta-t-il simplement en fourrant la carte de visite dans sa poche. Pas étonnant qu'il travaille en solitaire.

Chance émit un petit rire forcé.

— Vous croyez qu'il disait la vérité au sujet de l'héritage ?

Marvel prit le temps de réfléchir avant de répondre.

— Peut-être. Mais franchement, ça me semble bizarre qu'on engage un détective pour retrouver une personne à qui on doit de l'argent.

Il regarda le garçon droit dans les yeux.

— Et toi, demanda-t-il, qu'est-ce que t'en penses ?

— Ça peut être vrai. Mais Claire ne m'a jamais parlé d'une fortune familiale.

Chance détourna le regard, avec un sentiment de culpabilité. Quelque chose dans l'expression de Marvel indiquait qu'il se doutait que tout n'était pas clair, et que Chance ne lui disait pas tout.

Le vieux forain se racla la gorge.

— On a bientôt fini de réparer le bloc électrogène, je pense qu'on reprendra la route demain matin à la première heure. Si tu veux passer la nuit ici, pas de problème. Après tout, Claire et Skye peuvent encore revenir.

— Oui, peut-être.

— Sinon, je serai obligé de donner leur caravane à quelqu'un d'autre.

Chance eut un pincement au cœur.

— Très bien, monsieur. J'aurai vidé les lieux à l'aube.

— J'ai une équipe de gars qui s'occupe du bloc électrogène, tu pourrais aller leur filer un coup de main. Je t'accompagne.

Chance acquiesça. Il s'en voulait de devoir abandonner Skye, qu'il imaginait tremblante de peur dans sa penderie. Mais il ne pouvait rien faire. Jetant un dernier regard vers le fond de la caravane, il suivit Marvel au-dehors.

Durant toute la journée, les paroles du vieux forain résonnèrent dans ses oreilles. Marvel lui avait demandé de libérer la caravane, pour y installer quelqu'un d'autre, dès le lendemain matin.

Il devait prendre une décision concernant Skye. Et vite. Avant demain matin. L'amie de Claire ne viendrait pas, c'était désormais une certitude. Mais que faire de Skye ?

Les choix qui s'offraient à lui le terrorisaient.

Toute la journée, il y pensa, examinant la situation sous tous les angles, passant en revue les différentes possibilités. Skye et lui ne pouvaient pas rester avec la troupe. Skye était mineure. Quand Marvel découvrirait sa présence, il serait obligé de prévenir les services sociaux, ou, pire encore, ce sale détective privé.

Celui-ci avait laissé sa carte à tout le monde, en débitant son histoire d'héritage et de récompense. Si, par malheur, des forains apercevaient Skye, ils s'entre-tueraient pour arriver les premiers au téléphone. Len et ses copains seraient prêts à vendre leur âme pour moins de mille dollars. D'ailleurs, c'était sans doute déjà fait.

Chance sortit de sa poche la carte du détective privé. C'était une carte très chic, imprimée sur du papier épais, avec des lettres d'or en relief. Le détective était très chic lui aussi, avec ses chaussures impeccables et sa grosse montre qui semblait être en or massif. D'après cette carte, l'agence qui employait ce type possédait des bureaux à Chicago, Dallas et Los Angeles. De toute évidence, se dit Chance, la personne qui l'avait engagé avait de gros moyens.

Quelqu'un était prêt à débourser une somme importante pour retrouver Claire et sa fille.

Chance grimaça. La première fois que Skye lui avait parlé de sa théorie des gangsters, il s'était moqué d'elle. Maintenant, il commençait à avoir des doutes. Se pouvait-il que Claire et Skye soient pourchassées par la pègre ? Et autrement, qui les pourchassait ?

Plongé dans ses réflexions, Chance promenait son pouce sur les lettres en relief de la carte. Il ne pouvait pas livrer la fillette à ce détective, ni attendre qu'un membre de la troupe le fasse à sa place.

Conclusion, il ne lui restait qu'une seule solution : prendre Skye avec lui et s'enfuir.

Mais s'ils quittaient la fête foraine, Claire ne pourrait pas les suivre.

A supposer qu'elle veuille retrouver sa fille ! Cette pensée faisait horreur à Chance, mais, malgré tous ses efforts, il ne parvenait pas à la rejeter. Pas totalement, du moins. Et si tout cela n'était qu'une ruse diabolique inventée par Claire ? Un moyen ignoble de se débarrasser de sa fille ?

Chance fronça les sourcils. Non, impossible, songea-t-il. Si tel était le cas, si Claire voulait se débarrasser de Skye, il lui suffisait de partir sans rien dire, tout simplement. Et de laisser le détective privé retrouver sa fille.

Non. Claire était réellement terrorisée. Elle vivait dans la peur. A cause de Skye. Claire aimait sa fille plus que tout, Chance en était intimement convaincu, au plus profond de lui-même. Jamais elle ne l'aurait abandonnée ; elle était persuadée que son amie viendrait.

Hélas ! un événement imprévu, et sans doute dramatique, était intervenu. Susan ne viendrait pas. Chance déglutit avec peine, en s'efforçant de rester calme, de réfléchir posément aux choix qui s'offraient à lui. Mais il avait beau tourner la situation dans tous les sens, il en revenait toujours à la même conclusion. Il avait promis à Claire de veiller sur Skye. Il avait promis de la protéger.

Il ne l'abandonnerait pas. Il ne manquerait pas à sa parole.

Skye était effrayée. Abattue. Et Chance voyait croître son angoisse d'heure en heure. Ils n'avaient pas évoqué le sujet ouvertement, mais la fillette savait désormais que Susan ne viendrait pas la chercher. Elle était jeune, effrayée, mais elle n'était pas idiote.

Le moment était venu d'en parler, décréta Chance. Bien que Skye n'ait que douze ans, ils devaient prendre cette décision en commun. Il devait lui donner le choix.

Le soir même, il aborda la question avec elle. En toute franchise. Il déposa toutes les cartes sur la table, pour bien lui faire comprendre la situation. L'avenir de Skye était en jeu, sa vie même.

Il lui proposa deux solutions. Ils s'enfuyaient ensemble, cette nuit. Ou bien ils attendaient l'arrivée de Susan, ou le retour de Claire, le plus longtemps possible, en allant trouver M. Marvel pour lui demander son aide, avec le risque que celui-ci livre la fillette aux services sociaux, ou au détective privé.

Skye comprit la situation. Et elle fit son choix.

Cette nuit-là, pendant que tout le monde dormait, Chance et Skye prirent la fuite.

TROISIÈME PARTIE

Les oiseaux de proie

18

Horizon's End, Wisconsin, 1983

Cette année-là, l'automne fut précoce à Horizon's End. Pour tous ceux qui supportaient déjà de longs et rigoureux hivers, l'été fit une brillante mais fugitive apparition, avant d'être de nouveau englouti par le froid.

En effet, le 5 août, le paysage était déjà couvert de teintes brunes, dorées et orangées. La nuit, la température descendait jusqu'à dix degrés, et la journée, lorsque le soleil était à son zénith, le mercure atteignait péniblement les vingt-cinq. Ce qui ne voulait pas dire qu'il n'y aurait pas une nouvelle vague de chaleur. Une année, au mois d'août, la température avait atteint les trente-cinq degrés pendant sept jours d'affilée. Cet été-là, les propriétaires des maisons à un million de dollars disséminées sur les rives du lac Horizon, qui avaient quitté la ville pour échapper justement à la chaleur étouffante, s'étaient plaints amèrement. Les habitants du coin, eux, avaient souri en douce.

Griffen Monarch, âgé de dix-huit ans, était assis dans l'immense patio de la résidence d'été de la famille, tandis que lui parvenait la discussion animée entre son père et son grand-père. Dessinée et construite par un élève du grand architecte Frank Lloyd Wright, la maison copiait la fameuse Maison Kaufmann de Bear Run, réalisée par Wright, plus connue sous le nom de « Maison sur la cascade ». Entièrement faite de verre et de pierres naturelles, elle trônait au sommet d'une petite colline qui dominait le lac Horizon, tel un joyau au milieu des sapins, des érables et des bouleaux. Un muret entourait le patio. A l'exception d'une longue pente herbeuse qui descendait vers le lac et l'appontement privé, tout le reste de la propriété était demeuré sauvage. Celle-ci s'étendait sur plus d'un kilomètre, dans toutes les directions ; les voisins les plus proches des Monarch se trouvaient à environ trois kilomètres.

La famille venait là chaque année au mois d'août depuis que Griffen était né, afin d'échapper à la chaleur et à l'humidité étouffantes de la ville, au contact des corps en sueur et aux tempéraments agressifs. Un seul point distinguait cet été des précédents : dans deux semaines, Griffen se rendrait à Evanston, dans l'Illinois, pour commencer son premier semestre à l'université de North-Western, où il étudierait le commerce, évidemment. Au bout de quatre ans, après avoir obtenu tous ses diplômes avec les honneurs — ce dont il ne doutait pas un seul instant —, il entrerait à la direction de la Maison Monarch, et enfin, il remplacerait son père dans le fauteuil de président.

Les yeux fermés, Griffen appuya sa tête contre le dossier du siège ; le ciel d'un bleu intense et les nuages blancs duveteux se reflétèrent dans les verres de ses Ray-Ban.

Il sourit intérieurement en songeant à ses projets pour la soirée ; un rendez-vous avec une fille du coin qu'il avait rencontrée le matin même en ville. C'était une vraie nana de la campagne, mais, si elle manquait de culture et d'éducation, se disait-il, elle possédait en revanche un cul et une paire de nichons qui ne demandaient qu'à être tripotés. Et Griffen avait bien l'intention de les satisfaire.

Certaines filles semblaient faites uniquement pour la baise.

La vie avait été douce avec Griffen, il le reconnaissait. Il n'avait pas de temps à perdre en feignant l'humilité. La modestie, c'était bon pour les ratés, pensait-il. Il était séduisant, bien bâti, il pouvait avoir toutes les filles qu'il voulait, et ne s'en était jamais privé. En outre, il était si brillant que sa scolarité n'avait été qu'une simple formalité, presque ennuyeuse, et toutes les portes qu'il ne pouvait forcer avec son intelligence, son charme et ses bonnes manières, il lui suffisait de prononcer le nom de Monarch pour qu'elles s'ouvrent aussitôt.

Bref, il avait tout ce qu'il désirait, sauf une chose. La chose qu'il désirait le plus au monde.

Sa demi-sœur. Grace. *Sa* Grace.

Un papillon vint se poser sur le bras du fauteuil. Très délicatement, Griffen referma sa main autour de la créature si fragile et l'emprisonna. Il caressa un instant les ailes veloutées, puis, systématiquement, il les arracha, en continuant à penser à sa demi-sœur.

Pas un jour ne passait sans qu'il pense à elle, sans qu'il imagine leurs retrouvailles. Car, tôt ou tard, ils seraient de nouveau réunis. Cela ne faisait pour lui aucun doute. C'était inévitable, c'était écrit.

Instinctivement, il grimaça. Il détestait cette chienne de Madeline qui lui avait volé Grace ; et il détestait son père qui l'avait laissée faire, il le détestait pour sa faiblesse. Le jour où, sept ans plus tôt, en rentrant de l'école, il avait appris que Madeline s'était enfuie en emmenant sa fille, Griffen s'était juré qu'un jour ou l'autre, d'une manière ou d'une autre, il ferait payer à Madeline et à son père leur stupidité et leur égoïsme.

La grimace laissa place à un sourire, tandis qu'il faisait rouler entre ses doigts le papillon agonisant. Un délicieux frisson parcourut son corps. Parfois, quand il baisait avec une fille, il imaginait sa vengeance ou bien ses retrouvailles avec Grace, et alors, il explosait immédiatement, secoué par un orgasme violent, presque douloureux.

Ce serait peut-être le cas ce soir, avec cette jolie campagnarde.

Son sourire s'évanouit. Ce serait peut-être l'inverse, pensa-t-il, comme lorsque son imagination lui faisait faux bond et qu'il restait insatisfait. Furieux.

Dans ces moments-là, son envie de vengeance devenait si forte qu'elle lui brûlait le ventre. Dans ces moments-là, il était aveuglé par le feu de sa haine.

En entendant prononcer le nom de Grace, Griffen ouvrit les yeux derrière ses lunettes de soleil, sans redresser la tête toutefois. Son père se lamentait, expliquant qu'il n'était pas responsable si Madeline et Grace avaient réussi à leur échapper une fois de plus. Un rictus de mépris retroussa les lèvres de Griffen. Pierce geignait comme une fille. Ou un bébé. Ces pleurnicheries lui donnaient envie de vomir.

Oui, tant de stupidité chez son père l'écœurait. Son grand-père avait raison d'être furieux. Il avait raison de l'engueuler comme il le faisait. Quelques jours plus tôt, ils avaient fêté le futur retour de Grace, au cours d'un grand dîner familial. Puis son père était revenu la queue entre les jambes.

Le détective privé avait de nouveau perdu leur trace.

— Pour l'amour du ciel ! s'exclama Pierce en tournant la tête vers Griffen et en désignant le papillon mutilé. Pourquoi tu t'acharnes comme ça ? Bon sang, j'aurais pensé que tu avais dépassé ce stade !

Griffen éclata de rire et se débarrassa des restes du papillon sur le dessus de la table. C'était prévisible, se dit-il. Quand il se sentait humilié, Pierce reportait sa fureur sur quelqu'un d'autre, quiconque se trouvait à proximité, un domestique, un employé de la société, son fils. Griffen jugeait cette tactique aussi lâche que pitoyable, comme tout ce que faisait son père, d'ailleurs.

— Vraiment, papa ? rétorqua-t-il d'un ton sardonique. Moi, j'aurais pensé que tu aurais retrouvé Grace et Madeline, depuis le temps. Ça fait sept ans maintenant.

La colère marbrait le visage de son père.

— Quelqu'un les renseigne en permanence, dit-il. Je n'y suis pour rien si elles ont filé entre nos mains une fois de plus.

Griffen jeta un regard méprisant à son père.

— Entre *tes* mains, papa. Il s'agit de ton épouse et de ta fille. C'est *toi* qui les as laissées s'enfuir.

— Qui est le coupable ? tonna Pierce en se retournant vers Adam. Qui a renseigné Madeline ? Voilà ce que j'aimerais savoir. Si c'est Dorothy, je vous jure que…

Adam lui coupa la parole.

— Ce n'est pas elle. C'est Dorothy qui les a retrouvées, je te signale. Sans elle, nous n'aurions aucune piste.

Pierce fronça les sourcils d'un air hargneux.

— C'est une vieille imbécile ramollie.

Comme toi, papa. Griffen observait son père avec un petit sourire en coin.

— Peut-être que personne ne les a renseignées, dit-il. Après tout, Madeline est médium. N'est-ce pas ce qu'elle nous répétait sans cesse ? Peut-être a-t-elle *prédit* l'arrivée de ton détective privé ?

Pierce se sentit rougir devant le ton sarcastique de Griffen.

— Ne sous-estime pas ses dons. En disant cela, tu pourrais être plus près de la vérité que tu ne le crois.

Griffen renifla avec dédain.

— Oh ! je t'en prie, papa ! N'essaye pas de mettre ton échec sur le compte d'une quelconque superstition ridicule.

Pierce voulut répliquer, mais Adam frappa violemment du poing sur la table.

— Arrêtez, tous les deux ! J'en ai assez. Je ne veux plus entendre parler des soi-disant dons de Madeline. Nous trois sommes les seuls à connaître ses délires, et je ne tiens pas à ce que cela s'ébruite. Il ne manquerait plus que la presse monte en épingle cette histoire grotesque.

Adam se leva et marcha jusqu'au muret de pierre ; il resta là un long moment à contempler le lac. Sans se retourner, il ajouta :

— Cessons de distribuer les fautes et réfléchissons plutôt à la tactique à adopter. Je veux absolument récupérer ma petite-fille. J'ai besoin d'elle. La Maison Monarch ne peut continuer sur sa lancée actuelle.

Lorsqu'il se retourna enfin, Griffen découvrit sur le visage de son grand-père l'ampleur de sa colère et de sa frustration. Elles irradiaient par tous les pores de sa peau.

— Le Festival international du design de Milan était une vaste fumisterie ! Nous n'avons remporté aucun prix. Pas même une mention honorable ! Dorothy est sur le déclin. Ses créations sont datées, vieillottes.

En disant cela, il transperça Pierce de son regard noir.

— Ma sœur a perdu son talent créateur. Que proposez-vous, monsieur le Président-directeur général ?

Pierce s'agita nerveusement sur sa chaise, puis se racla la gorge.

— Je me suis un peu renseigné à droite et à gauche. Il y a un certain nombre de personnes disponibles…

— Des personnes ? répéta Adam. Disponibles pour quoi ?

— Des créateurs. Des gens de talent. Qui pourraient…

Pierce se racla la gorge de nouveau.

— Marcel Louckes de chez Tiffany. Annessa St. Pierre de chez…

— Non ! Jamais !

Adam traversa le patio à grands pas et s'arrêta devant son fils. Adam était l'incarnation de la santé, de la robustesse et de la forme physique. Il avait toujours veillé à entretenir son corps, autant que son esprit. Adam Monarch ne laissait rien, ni personne, se dresser sur son chemin.

Contrairement à son fils, songea Griffen avec mépris. Son père était un être faible et mou. A quarante-quatre ans à peine, il avait déjà subi une grave attaque cardiaque. Vivant dans la crainte de l'infarctus, il avait toujours sur lui ses ridicules petits cachets.

Griffen le haïssait. Son modèle avait toujours été son grand-père. Comme Adam, lui non plus ne laisserait jamais personne se dresser sur son chemin. Surtout pas ce misérable ersatz de père.

Adam toisait son fils de toute sa hauteur ; sa fureur était comme un monstre palpable et effrayant.

— Ne me suggère plus jamais d'engager un étranger pour dessiner les créations de la Maison Monarch. Jamais nous ne choisirons quelqu'un en dehors de la famille. Jamais ! Tu as bien compris ?

Pierce leva le menton, dans une vaine tentative de révolte.

— Avons-nous le choix ? Dis-le-moi. Que pouvons…

— On récupérera cette putain de gamine ! Voilà la solution. Ah ! bon Dieu, tu me rends malade !

Pierce se leva d'un bond ; deux taches écarlates constellaient ses joues.

— Comment sais-tu que Grace possède le don, d'abord ? On ne l'a pas vue depuis qu'elle avait cinq ans. Et même si elle revenait à la maison aujourd'hui, qu'est-ce qui te dit qu'elle accepterait de travailler pour Monarch ? On ne sait rien d'elle. Si ça se trouve, Madeline a gâché son talent. Elle a empoisonné son esprit créateur en la montant contre nous.

— Monarch est son destin ! Elle en prendra conscience. Et si, au début, elle refuse de voir la vérité, nous saurons la convaincre. Il existe différents moyens de convaincre les gens, tu devrais le savoir. A ton avis, quel crédit accordera-t-elle aux propos de sa mère quand celle-ci se retrouvera en prison ? En outre, elle s'habituera vite à vivre dans le luxe, à avoir tout ce qu'elle veut. Elle ne demandera pas mieux que d'être intégrée à notre famille. En fait, quand nous en aurons terminé avec elle, elle en voudra terriblement à sa mère de l'avoir éloignée de nous si longtemps.

Adam se pencha pour regarder son fils droit dans les yeux.

— Pour ce qui est du don des Monarch, ajouta-t-il, elle l'a. Je le sais. Et tu le sais aussi bien que moi.

— Je fais ce que je peux, dit Pierce, dont les velléités de révolte chancelaient déjà. J'ai tout essayé. J'ai divorcé de Madeline. Je me suis remarié, j'ai eu une autre fille.

— Une fille qui est morte. Car ton ivrogne d'épouse était trop occupée à bavarder au téléphone pour la surveiller dans son bain. Quoi qu'il en soit, elle n'aurait pas pu remplacer Grace. Grace avait le don. Je l'ai tout de suite vu, même à cinq ans. Comme mon père l'a vu chez Dorothy au même âge.

Griffen se leva et marcha à son tour vers le muret, à l'endroit où son grand-père se tenait quelques instants plus tôt. Plusieurs bateaux voguaient sur le lac, la brise faisait gonfler leurs voiles aux couleurs éclatantes. Son grand-père avait raison ; personne ne pouvait remplacer Grace. Elle avait quelque chose de spécial. Elle avait *le don*. Lui aussi s'en était aperçu.

D'ailleurs, son grand-père l'avait testée. De manière simple, comme on avait testé Dorothy au même âge. Il avait emmené la fillette aux ateliers et à la boutique ; là, il l'avait laissée choisir des pierres précieuses et des bijoux, lui en proposant une vaste sélection et examinant ensuite attentivement les pièces qui l'attiraient, les formes et les couleurs qu'elle assemblait d'instinct.

Skye n'avait choisi que les plus belles pierres, les plus beaux bijoux ; elle avait assemblé des éléments avec un sens inné de l'harmonie. Et, à cinq ans, elle dessinait déjà. Pas de vulgaires gribouillis ou des personnages bâtons comme la plupart des enfants de son âge, mais des compositions riches en détails, où perçait une incroyable dextérité. Exactement comme Dorothy au même âge.

Griffen avait lu quelque part que le père de Picasso, artiste lui-même et professeur, fut à ce point estomaqué par le talent de son fils de treize ans qu'il donna sa palette et ses pinceaux au jeune Pablo et jura de ne plus jamais peindre. Certaines choses n'avaient pas besoin d'être enseignées et apprises, certaines choses étaient innées. Certaines choses ressemblaient à un don divin.

Grace était le cadeau fait à la famille Monarch, sa fortune. Sa fortune à *lui*, Griffen.

— Si tu étais un homme digne de ce nom, disait Adam à son fils, Madeline ne se serait jamais enfuie, pour commencer. Si tu étais un homme, tu aurais trouvé un moyen, n'importe lequel, de t'occuper d'elle. Et aujourd'hui, Grace serait parmi nous.

» Je veux récupérer ma petite-fille ! poursuivit-il d'un ton sans appel. Je veux mon héritière ! J'ai besoin d'elle. *Nous* avons besoin d'elle. Et peu m'importe ce que ça coûte, tu entends ? Peu m'importe que tu dépenses toute ta fortune pour la faire revenir. Je suis prêt à tout pour la récupérer. *A tout !*

Griffen se retourna vers les deux hommes.

— Tu penses vraiment ce que tu viens de dire, grand-père ? Tu serais prêt… à tout pour la récupérer ?

Adam le regarda droit dans les yeux.

— Oui.

Griffen acquiesça.

— Dans ce cas, je la retrouverai. Je la ramènerai à la maison, dans sa famille. Et je ne la laisserai plus jamais partir.

QUATRIÈME PARTIE

Chance et Skye

19

Quelque part dans l'Indiana, 1983

Les premières heures que Chance et Skye passèrent sur la route furent angoissantes. Skye parlait peu ; elle se contentait de calquer son pas sur celui du garçon, veillant à ne jamais se laisser distancer de plus de quelques centimètres, comme un petit chien. Lorsque Chance avait dû aller aux toilettes la première fois, elle était devenue quasiment hystérique, et, pour la calmer, il avait été obligé de lui jurer plusieurs fois qu'il ne l'abandonnerait pas.

Elle était restée devant la porte des toilettes de la station-service, gémissante, agrippée à la poignée, car il entendait le battant vibrer parfois au rythme des sanglots. A cet instant, tandis qu'il se soulageait, en écoutant ces pleurs étouffés, Chance fut soudain frappé par la réalité de la situation, et le coup fut brutal. Skye était une enfant. Elle n'avait plus personne pour veiller sur elle désormais, plus personne à part lui. Il était entièrement responsable d'elle ; à lui d'agir en sorte qu'elle ait de quoi se nourrir et dormir. En outre, il devait la protéger de ceux qui voulaient lui faire du mal ou se servir d'elle.

La responsabilité était gigantesque. Paralysante et terrifiante.

En sécurité au milieu des forains, Chance n'avait pas calculé toutes les conséquences de leur fuite. Son choix lui paraissait alors plus évident, sa décision ressemblait moins à un défi. Il n'avait pas mesuré la gravité de la situation.

Maintenant, il comprenait. Maintenant, il se demandait, mais trop tard, s'il n'avait pas pris une décision précipitée et commis une grande erreur. Maintenant, il avait franchement la trouille.

La première nuit, ils dormirent sous un pont de chemin de fer, blottis l'un contre l'autre pour lutter contre la fraîcheur précoce de l'automne et l'obscurité de la nuit. Bien que mort de fatigue, Chance ne parvint pas à trouver le sommeil. Dans son esprit tourmenté se succédaient les interrogations angoissées et les suppositions effrayantes.

Skye, elle non plus, ne dormait pas, il le sentait, même si elle ne bougeait pas ni ne parlait. Elle restait simplement accrochée à lui, comme pétrifiée de peur.

La tête appuyée contre un pilier du pont, Chance ferma les yeux. A quoi pensait-il, nom d'un chien, quand il avait pris cette décision ? se demandait-il. Comment pouvait-il veiller sur une enfant ? Il n'avait pas de travail, ni d'endroit pour vivre. Il pouvait tout juste subvenir à ses propres besoins, comment pourrait-il s'occuper d'une gamine de douze ans ?

En fait, il ne connaissait qu'une solution. Appeler l'homme qui recherchait Skye. Composer le numéro de téléphone inscrit sur la carte que lui avait donnée le détective privé, et qu'il avait gardée… au cas où.

Mais alors même qu'il envisageait cette idée, Chance revit l'expression de Claire ce dernier soir, avant qu'elle ne s'en aille, son visage livide, ses yeux écarquillés par la panique. Il entendait encore sa voix tremblante, son désespoir. Sa terreur absolue.

Elle n'avait pas pu feindre une telle frayeur.

Il n'appellerait pas ce numéro. Car, en agissant ainsi, il savait qu'il condamnait Skye à un sort plus terrible que celui-ci.

Mais serait-il beaucoup plus terrible, finalement ? se demandait-il.

Impossible à dire. Chance laissa échapper un soupir de frustration, résigné à faire ce qu'il devait faire. Il veillerait sur eux deux. Il en était capable. Il le fallait.

Heureusement, il avait économisé une grosse partie de ce qu'il avait gagné en travaillant pour Marvel. Cet argent leur permettrait de tenir quelque temps ; ils ne mourraient pas de faim.

Pas tout de suite, du moins. Il savait par expérience que l'argent s'envolerait rapidement. Skye et lui devaient s'installer quelque part ; il fallait qu'il trouve un travail. Et il ne voulait pas attendre qu'ils soient fauchés.

Car, une fois sans ressources, ils seraient totalement vulnérables.

Skye gémit dans ses bras. Ce petit bruit fendit le cœur de Chance ; il baissa les yeux pour la regarder. Sans doute pensait-elle à sa mère. En se demandant où elle était en ce moment. En se demandant pourquoi elle l'avait abandonnée.

Chance se posait la question, lui aussi. Il était quasiment certain qu'un drame terrible avait frappé l'amie de Claire, et il craignait que la même chose soit arrivée à Claire, mais sans doute ne le saurait-il jamais. Et Skye non plus.

Il se déplaça pour étendre ses jambes ankylosées. Skye, qui s'était finalement endormie, poussa un cri en s'agrippant à son bras.

L'espace d'un instant, Chance eut l'impression d'étouffer, d'être pris au piège. Il était furieux, contre Skye, contre lui-même, contre le monde entier. Il avait quitté l'univers oppressant de son oncle et sa tante pour bâtir son avenir, faire fortune. Et voilà qu'il se retrouvait avec une gamine de douze ans sur les bras. Désormais, son avenir paraissait bien terne, sans parler de ses rêves de fortune.

Il prit une profonde inspiration et s'efforça de chasser ce sentiment défaitiste. S'il se retrouvait avec une fillette sur les bras, il ne pouvait s'en prendre qu'à lui-même. De toute façon, ils ne resteraient pas ensemble éternellement ; Skye ne serait pas une enfant toute sa vie.

Mais pour l'instant, elle n'avait encore que douze ans. Et elle avait besoin de lui.

— Je ne pars pas, murmura-t-il. J'essaie juste de trouver une position plus confortable.

Elle se colla contre lui, en claquant des dents. Il passa un bras autour de ses épaules.

— Je ne te laisserai pas, Skye, je te le promets.

Elle ne réagit pas immédiatement, puis, au bout d'un long moment, elle se déplaça et renversa la tête pour le regarder.

— Qu'est-ce qu'on va faire, Chance ? Où on va aller ?

— Je ne sais pas, petite. Il va falloir improviser.

Elle appuya sa tête contre le torse du garçon ; il la sentit frissonner.

— J'ai peur.

Il ne lui en voulait pas. Lui aussi avait peur. Il se pencha pour déposer un baiser sur son front.

— Je sais, dit-il. Mais il n'y a pas de raison. Je m'occuperai de toi, Skye. Je te le promets. Je veillerai sur toi.

20

Vingt-quatre heures après avoir laissé Skye entre les mains de Chance, Claire décida d'appeler Susan. Tout d'abord, lorsqu'elle ne parvint pas à lui parler, elle ne s'inquiéta pas outre mesure. Après tout, se dit-elle, la route était longue entre Notre Dame et Ridely, et le mauvais temps n'arrangeait rien. Susan s'était certainement arrêtée quelque part en chemin, pour attendre que l'orage passe.

Mais à la fin du deuxième jour, n'ayant toujours pas réussi à joindre son amie, Claire commença à paniquer. Elle essaya le matin, de bonne heure, avant de prendre la route. Elle essaya à midi, puis à 15 heures ; elle essaya à l'heure du dîner et de nouveau à 23 heures. Toujours pas de réponse. Lors de sa dernière tentative, une voix enregistrée l'informa que le numéro demandé n'était plus attribué.

Il s'était passé quelque chose de grave. De très grave.

Claire raccrocha. Les pièces de monnaie inutilisées retombèrent. Autour d'elle, les bruits du relais routier où elle s'était arrêtée pour téléphoner s'atténuèrent, remplacés dans sa tête par la voix de sa fille, qui appelait à l'aide.

Skye avait besoin d'elle. Où qu'elle soit.

Il fallait qu'elle fasse demi-tour. Tout de suite. Le plus vite possible.

Le cœur cognant dans la poitrine, la bouche sèche, elle se précipita vers sa voiture, ignorant les regards étonnés des clients de la cafétéria devant lesquels elle passait en courant. Elle monta à bord et fouilla frénétiquement parmi les gobelets en polystyrène vides et les emballages de fast-food qui jonchaient le plancher du côté passager, à la recherche de son atlas routier.

L'ayant enfin retrouvé, elle l'ouvrit à la page de l'Indiana. Susan était professeur à l'université Ste. Mary à Notre Dame, dans le nord de l'Indiana. Sachant cela, et désireuse d'éloigner Pierce de Skye au maximum, Claire avait roulé dans la direction opposée, vers le sud, en décrivant des zigzags, se rendant d'abord à St. Louis, puis à Memphis, et à Nashville ensuite. Elle avait atteint Atlanta la veille au soir. Désormais, elle devait effectuer le trajet inverse, le plus rapidement possible.

Claire étudia la carte pendant plusieurs minutes, la déposa sur le siège à son côté, enclencha la marche arrière et sortit du parking. D'après ses calculs, en prenant le chemin le plus direct, il fallait compter une dizaine d'heures. Elle pourrait atteindre sa destination vers 17 heures.

En fait, Claire mit moins de temps que prévu, et il était un peu plus de 16 heures quand elle pénétra dans le paisible quartier résidentiel où vivait Susan. Quelques minutes plus tard, elle avait localisé la rue et la maison de son amie. Elle se gara juste en face, jaillit de la voiture et remonta précipitamment l'allée.

Elle sonna à la porte, puis frappa.

— Susan ! Susan !

Elle se mit à tambouriner, furieusement.

— C'est moi, Susan ! Ouvre !

— Bonjour, je peux vous aider ?

Claire se retourna brusquement en direction de cette voix. Une femme se tenait sous la véranda de la maison voisine, et la regardait d'un air inquiet.

— Euh… oui, peut-être. Ce serait avec plaisir, répondit Claire en luttant de toutes ses forces contre la panique.

Elle se précipita vers l'inconnue, traversant à grands pas les pelouses qui séparaient les deux maisons, consciente que cette femme devait la croire à moitié folle. Elle ne s'était pas changée, ni lavée, depuis trente-six heures, et elle n'aurait su dire depuis combien de temps elle ne s'était pas brossé les cheveux. De fait, la voisine semblait tiraillée par l'envie de se réfugier chez elle.

Mais elle n'en fit rien, et Claire la rejoignit.

— Je cherche à joindre mon amie Susan Willis. C'est très important, et je… C'est bien ici qu'elle habite, n'est-ce pas ?

La femme se racla la gorge.

— Oui, mais elle n'est pas… chez elle.

— Savez-vous où elle est ? demanda Claire en joignant les mains dans un geste de supplication. C'est extrêmement urgent.

— Je suis désolée, mais…

La femme détourna les yeux, et quand elle les posa de nouveau sur Claire, ils étaient brillants de larmes.

— Je suis navrée, mais Susan… Susan est morte.

— Morte ? répéta Claire en sentant tout son univers s'ébranler. Vous ne parlez pas sérieusement. Ne me dites pas qu'elle est… morte ?

— Elle a eu un accident de voiture. Il y a quatre ou cinq jours. Je ne me souviens plus exactement quel soir, c'est un tel choc. Il faisait un temps épouvantable. Un chauffard l'a percutée de plein fouet. Je suis navrée.

Claire regardait fixement la femme. *Non, ce n'était pas possible. Susan ne pouvait pas être morte. Pas Susan. Pas sa meilleure amie. Sa confidente, sa…*

Et Skye ? Oh ! mon Dieu ! Skye était-elle dans la voiture ?

Prise de vertiges, Claire porta sa main à son front. Ses jambes étaient comme du coton ; elle avait du mal à tenir debout. Elle chancela.

— Attendez, laissez-moi vous aider ! s'exclama la femme avant de dévaler les marches de la véranda pour soutenir Claire en lui prenant le bras. Venez. Asseyez-vous. Vous êtes sous le choc.

Claire se laissa entraîner vers le grand rocking-chair en osier sous la véranda. Elle s'y assit lourdement et, les bras noués autour de la poitrine, elle se pencha en avant et se balança en gémissant.

Sa meilleure amie. Sa seule amie. Disparue. Morte.

Skye. Son enfant chérie. Mon Dieu ! faites qu'elle soit saine et sauve !

— Je… je suis sincèrement désolée, murmura la voisine d'une voix tremblante. Tout le monde ici adorait Susan. C'était une personne tellement gentille… Vous n'avez pas l'air bien. Je vais vous chercher un verre d'eau.

Claire la retint par le bras avant qu'elle ne s'en aille. Elle leva les yeux vers la voisine et demanda :

— Est-ce que… Susan était… seule ?

— Seule ? répéta la femme en fronçant les sourcils. Oui, seule. L'accident a eu lieu dans le sud, près de Culver, Dieu sait ce qu'elle était allée faire là-bas.

D'une voix enrouée par l'émotion, elle ajouta :

— Elle est morte sur le coup.

Claire enfouit son visage dans ses mains, envahie par un immense soulagement, teinté de culpabilité. Susan était morte à cause d'elle, à cause du service qu'elle lui avait demandé. Malgré tout, elle se sentait soulagée. *Susan était seule. L'accident s'était produit avant qu'elle n'arrive à Ridely. Avant qu'elle ne récupère Skye. Dieu soit loué. Mais…*

Claire releva brusquement la tête, frappée par une terrible évidence : Susan n'était pas parvenue jusqu'à Skye. Un gémissement d'effroi s'échappa de ses lèvres. Cela signifiait que Pierce s'était peut-être emparé de sa fille. Certainement même.

Prise de nausées, Claire plaqua sa main sur son ventre. Si par miracle, pensa-t-elle, Pierce n'avait pas mis la main sur Skye… celle-ci pouvait se trouver n'importe où. Avec n'importe qui.

Elle se leva d'un bond, en se tenant le ventre.

— Il faut que je parte, murmura-t-elle. Merci pour… Merci.

La voisine posa une main sur son bras.

— Vous n'avez pas l'air en forme. Reposez-vous une minute. Je vais aller vous chercher un verre d'eau.

— Non, je n'ai pas le temps, répondit Claire en prenant une profonde inspiration pour se redonner du courage et de l'énergie.

Merci de votre gentillesse, mais je dois m'en aller. Ma fille est… elle…

Claire croisa le regard de la femme.

— Il faut que je retrouve ma fille.

21

Les lumières de la fête foraine tournoyaient autour de Claire. Mais même la musique assourdissante des attractions ne parvenait pas à étouffer le bruit des battements de son cœur. Animée par l'espoir insensé que Chance et Skye soient toujours avec les forains, elle avait rejoint la troupe dans ses déplacements.

Elle se tenait maintenant face à Abner Marvel, secouée de tremblements si violents qu'elle tenait à peine sur ses jambes.

— Où est Chance ? demanda-t-elle d'une voix mal assurée. Il faut absolument que je le retrouve, Abner. C'est important. Il s'agit de…

— Il est parti. Ça fait déjà une semaine. Du moins, je crois, ajouta le vieux forain en plissant le front. Je suis allé lui parler de vous et de votre fille, et c'est la dernière fois que je l'ai vu.

Claire retint son souffle, tout en repoussant l'assaut des larmes. *Chance était parti. Mais s'il était parti, où se trouvait sa fille ?* Elle se racla la gorge et demanda :

— Quand vous êtes allé le voir, est-ce que… Skye était avec lui ?

De nouveau, Abner plissa le front.

— Il m'a dit que Skye vous avait accompagnée, Claire. Il m'a dit que vous étiez parties ensemble, le soir du fameux orage. C'est ce qu'il a raconté à tout le monde.

— Oui, je sais, c'est moi qui…

Elle luttait pour ne pas s'effondrer.

— Donc, vous ne l'avez pas vue ?

— Désolé, Claire, je ne peux pas vous aider.

Elle noua ses bras autour de son ventre, rongée par l'angoisse. *Où était donc sa fille chérie ?*

— Un type est venu, il vous cherchait, Skye et vous. Juste avant que Chance ne fiche le camp. Un détective privé. Il a laissé sa carte.

Claire leva la tête.

— Un détective privé ? dit-elle en sentant le goût amer de la peur sur sa langue. Que voulait-il ?

— Je vous le répète, il vous cherchait toutes les deux. J'ai conservé sa carte, au cas où vous reviendriez. J'ai pensé que ça vous intéresserait peut-être.

Abner sortit la carte de son portefeuille et la tendit à Claire.

— Je lui ai dit que votre fille et vous étiez parties. Ensemble. Chance a fait la même déclaration.

Claire contempla la carte qu'elle tenait dans sa main tremblante. Elle reconnaissait le nom de l'agence de détectives privés. Elle était très renommée à Chicago, le *nec plus ultra* de la profession. Adam Monarch avait déjà fait appel à eux, pour des affaires d'ordre commercial.

— Il a prétendu que vous aviez hérité d'une grosse somme d'argent, Claire. Un joli magot. Et il a distribué sa carte à tout le monde par ici, en promettant une récompense à celui qui vous trouverait.

Abner la regarda droit dans les yeux, avant d'ajouter :

— Mille dollars.

Elle acquiesça. Elle avait compris la mise en garde ; en venant ici, elle courait un grand danger. Elle jeta un coup d'œil par-dessus son épaule, pour s'assurer que personne ne les observait, tout en essayant de se rappeler qui, parmi ses anciens collègues, l'avait croisée et reconnue.

— Je suis désolé que vous ayez des ennuis, Claire. Vous étiez la meilleure voyante que j'aie jamais eue.

Elle prit les mains du vieux forain dans les siennes, pour le supplier.

— Vous ne direz à personne que vous m'avez vue, hein ? Vous ne direz pas que Skye n'est pas avec moi ? Je vous en supplie. C'est très important, Abner.

— Je ne vous ai pas vue, répondit-il avec un petit sourire complice. Bonne chance.

— Merci, murmura-t-elle en s'éloignant. Pour tout.

— Claire ?

Elle s'arrêta et se retourna vers Marvel. Celui-ci affichait un air grave.

— J'espère que vous retrouverez votre fille.

Elle ne put que hocher la tête ; sa gorge nouée l'empêchait d'ajouter le moindre mot. D'ailleurs, il n'y avait rien à ajouter. Il fallait qu'elle retrouve Skye. Tout simplement.

22

Chance et Skye avaient finalement adopté un rythme de vie régulier. Ils voyageaient en se faisant passer pour frère et sœur, allant de ville en ville, s'arrêtant chaque fois que Chance trouvait un travail ; ils dormaient où ils le pouvaient, généralement dans des meublés sinistres ou des chambres de motel louées à la semaine.

La plupart des endroits où ils logeaient effrayaient Skye. C'étaient des endroits sales, qui sentaient mauvais. Les gens qu'on y croisait ressemblaient à ces individus contre lesquels sa mère la mettait toujours en garde. Parfois, quand Chance était parti travailler et qu'elle devait rester seule, elle se blottissait au fond du lit, sous les couvertures, et elle écoutait les bruits environnants : la course frénétique des petites créatures à l'intérieur des murs, les pleurs des jeunes enfants laissés sans surveillance, les voix graves et effrayantes des hommes qui allaient et venaient à toute heure du jour et de la nuit.

Dans ces moments-là, il lui semblait qu'elle vivait dans la terreur depuis un million d'années, et non pas quelques mois, loin de la protection de sa mère. Le jour où, à la fête foraine, elle avait affronté courageusement cet abruti de Len et sa bande de sales types lui paraissait encore plus lointain. Elle était téméraire, en ce temps-là. Elle avait confiance en elle, rien ne lui faisait peur.

Maintenant, elle avait peur de tout.

Mais surtout, elle tremblait à l'idée de perdre Chance.

Parcourue d'un frisson, Skye remonta sous son menton la couverture qui sentait le moisi. Celle-ci était rêche, mais chaude.

Et après tous les endroits où elle avait dormi au cours de ces deux derniers mois, elle appréciait ce réconfort, bien plus qu'elle n'aurait pu l'imaginer.

Elle balaya du regard la chambre de motel miteuse, sans s'attarder sur les recoins obscurs, ne voulant même pas imaginer ce qui pouvait s'y cacher. Chance avait trouvé un travail temporaire chez un maçon, pour une semaine environ. Depuis deux jours, il partait à l'aube, et il rentrait à la nuit tombée, avec des hamburgers et des frites. Epuisé, il avait juste assez de force pour manger et prendre une douche, avant de s'écrouler sur son lit.

En partant le matin, il lui ordonnait de rester dans la chambre, avec la porte verrouillée. Elle ne devait ouvrir à personne, ni mettre le nez dehors. Chance craignait, en effet, qu'elle ne soit embarquée par la police ou les services sociaux. Après tout, les enfants de son âge étaient censés se trouver à l'école dans la journée, et Skye se ferait repérer immédiatement si elle se promenait dans les rues de cette petite ville. Il avait peur également que des dealers ou des proxénètes ne lui mettent le grappin dessus, il avait peur qu'elle se fasse enlever.

Les larmes brûlaient les yeux de Skye ; elles l'étouffaient. Sa mère lui avait juré que jamais elle ne l'abandonnerait. Elle lui avait dit qu'elle l'aimait plus que tout. Sa fille était toute sa vie, affirmait-elle. Pourtant, elle l'avait laissée seule, livrée à elle-même.

Skye ramena ses genoux contre sa poitrine et y appuya son visage ; la douleur était presque insoutenable. Sa mère lui manquait ; elle voulait que sa mère revienne. Si elle avait été plus obéissante, peut-être que sa mère ne serait pas partie, peut-être qu'elle aurait continué à l'aimer.

Malgré tout, elle essayait de croire ce que lui avait dit Chance, elle essayait de croire que Claire était partie parce qu'elle avait peur pour la sécurité de sa fille. Et parfois, dans les bons jours, quand elle réussissait à oublier son triste sort pendant quelque temps, elle le croyait presque.

Mais généralement, Skye était convaincue que sa mère avait décidé de se débarrasser d'elle, tout simplement. Comme elle avait abandonné déjà tant d'endroits et d'emplois.

Sans un regard en arrière.

La gorge de Skye s'emplit de larmes qui lui brûlaient la poitrine ; la douleur était suffocante. Les bras serrés autour des genoux, elle se balança d'avant en arrière, luttant contre l'envie irrésistible de pleurer. Elle ne voulait plus souffrir.

Elle en avait assez des larmes et de la souffrance. De la solitude. De la peur permanente.

Hélas ! malgré tous ses efforts, elle ne pouvait rien faire pour y remédier.

A travers le mur fin de la chambre lui parvinrent soudain les échos d'une violente dispute. Elle sursauta en entendant une voix d'homme lancer des jurons, lesquels furent suivis d'un grand bruit et de cris de femme. Il y eut d'autres insultes, d'autres bruits de coups, d'autres cris de douleur. Puis le silence, un silence de mort.

Skye plaqua ses mains sur ses oreilles. Elle voulait rentrer chez elle. Elle voulait que sa maman la serre dans ses bras en lui disant que tout allait bien, que tout cela n'était qu'un mauvais rêve. Elle voulait que sa maman l'aime comme autrefois.

Le chagrin finit par l'emporter, comme toujours, et elle éclata en sanglots, jusqu'à ce qu'elle n'ait plus de larmes, qu'elle n'ait même plus la force de gémir. Alors, elle laissa retomber sa tête sur l'oreiller et contempla d'un air absent le plafond craquelé. Elle n'avait pas de maison. Elle n'avait pas de mère, elle n'en avait plus. Il n'existait aucun bras tendre pour la serrer, aucune voix douce et réconfortante pour lui dire que tout allait bien.

Elle n'avait que Chance. Elle devait s'accrocher à lui, faire en sorte qu'il l'aime plus que sa mère l'avait aimée, pour que jamais il n'ait envie de l'abandonner.

Elle ferait tout pour ça, se jura-t-elle. Et elle y parviendrait.

23

Conformément à la décision qu'elle avait prise, Skye fit de gros efforts pour être certaine que Chance ne l'abandonnerait pas. Elle veilla à ce que leur chambre soit toujours propre et bien rangée. Elle lui faisait des dessins. Quand il rentrait le soir, après sa journée de travail, elle se montrait joyeuse au lieu d'être triste. Elle le laissait regarder ce qu'il voulait à la télé. Jamais elle ne se plaignait, ni ne rouspétait ; elle se gardait de tout caprice.

Elle ne lui avait même pas rappelé que c'était aujourd'hui son anniversaire.

Mais Chance s'en était souvenu. Ce matin, avant de partir travailler, il lui avait souhaité un joyeux anniversaire et lui avait promis de rentrer de bonne heure, avec une surprise.

Skye sortit de la baignoire, se sécha, puis s'habilla, en choisissant son plus beau jean, c'est-à-dire le moins usé, et son pull le plus récent. Elle sourit. Chance n'avait pas oublié ! Cela voulait sans doute dire, songea-t-elle, qu'il commençait à apprécier sa présence, forcément.

Peut-être même qu'il commençait à l'aimer.

Elle se regarda dans le miroir embué, en chassant les souvenirs de sa mère et des anniversaires passés qui l'assaillaient. Toutes ces images de cadeaux, de gâteaux, d'attentions, qui lui donnaient le sentiment d'être une princesse. Ces souvenirs ne servaient qu'à la rendre triste. Or, elle ne voulait pas être triste. Pas aujourd'hui.

Peut-être même plus jamais. Et surtout pas devant Chance. Elle plaqua sur son visage un sourire éclatant. Elle pleurait de moins en moins souvent, et jamais quand Chance était là. Et elle faisait toujours de gros efforts pour ne pas s'accrocher à lui.

C'était ce qu'il y avait de plus difficile, car elle continuait d'avoir peur. Parfois, elle se réveillait en pleine nuit, le cœur battant la chamade, inondée de sueur, persuadée d'être seule, persuadée que Chance s'était enfui, en l'abandonnant.

Toutefois, jamais elle ne lui confiait ses peurs ; elle ne lui avait pas parlé des cauchemars qui la hantaient. Elle ne voulait pas qu'il sache. Aussi, quand elle se réveillait ainsi, en proie à la terreur, elle restait aussi immobile que possible, essayant de se repérer dans le noir, cherchant à capter la respiration de Chance. Et lorsqu'elle l'entendait enfin, elle savait que tout allait bien.

Les nuits où elle ne l'entendait pas, elle restait éveillée jusqu'au petit matin, terrifiée, en se demandant ce qu'elle allait devenir — sauf quand la fatigue finissait par triompher de ses angoisses.

Skye entreprit de se brosser les cheveux. Ils avaient grand besoin d'une coupe, car ils étaient tout emmêlés, et il lui fallait plusieurs minutes pour les coiffer correctement. Cela étant fait, elle les noua en une longue tresse et les attacha avec un élastique.

Peu de temps après, elle entendit Chance qui l'appelait. Elle se rua hors de la salle de bains pour l'accueillir et s'arrêta juste avant de lui sauter au cou. Elle se contenta de lui adresser un grand sourire.

— Tu rentres tôt, dit-elle. Comme promis.

— Evidemment, ce n'est pas un jour comme les autres !

Glissant la main sous sa veste, il en sortit un paquet enveloppé de papier cadeau.

— Joyeux anniversaire, Skye.

— Oh ! Chance ! s'exclama-t-elle en le serrant dans ses bras. Merci, merci !

Il se libéra de son étreinte en riant.

— Hé ! attends un peu ! Tu ne l'as pas encore ouvert. Je te préviens, ce n'est pas grand-chose.

— Peu importe.

Elle lui arracha le paquet des mains et le plaqua contre sa poitrine.

— Tu m'as acheté un cadeau ! Tu as pensé à mon anniversaire ! Je n'arrive pas à y croire.

— Quel genre de compagnon serais-je si j'oubliais ton anniversaire, et si je ne t'offrais pas un cadeau ? Alors, tu l'ouvres oui ou non ?

Folle de joie, elle courut se jeter sur le lit. Elle aurait dû prendre son temps pour l'ouvrir, se disait-elle, savourer cet instant. Au lieu de cela, elle déchira sauvagement le papier, et poussa un grand cri de joie en découvrant ce qu'il cachait : une boîte de pastels !

— La vendeuse m'a assuré qu'ils étaient de très bonne qualité, dit Chance. C'est du matériel professionnel.

Skye sentait les larmes lui brûler les yeux. D'un air révérencieux, elle souleva le couvercle de la boîte et fit courir ses doigts sur la rangée de bâtonnets soigneusement alignés.

— C'est magnifique, murmura-t-elle, la voix enrouée par l'émotion. J'ai toujours rêvé d'en avoir de pareils. Maman disait… elle disait que j'étais trop jeune.

— Plus maintenant. Tu as treize ans, après tout.

Chance vint s'asseoir à côté d'elle sur le lit.

— Essaye-les.

Skye choisit un crayon rose pâle et en frotta la pointe sur le dos de sa main. Le pastel était doux, soyeux et brillant. Rien à voir avec les crayons bon marché avec lesquels elle dessinait depuis toujours, des crayons durs et râpeux aux couleurs ternes.

Elle leva la tête vers Chance ; une larme déborda et roula sur sa joue.

— Merci. Je les adore.

Chance arrêta la larme avec son pouce.

— Allons, pas de mièvrerie, dit-il en riant. N'oublie pas ta réputation de garçon manqué et de dure à cuire. De plus, la fête nous attend.

— La fête ? demanda-t-elle en se redressant sur le lit, tout excitée. Quelle fête ? Où ça ?

— Ta fête d'anniversaire, idiote. Je ne t'en dis pas plus, tu verras bien.

Il lui ébouriffa les cheveux d'un geste tendre, lui prit les mains et l'obligea à se lever.

— Allez, viens.

D'abord, il l'emmena au restaurant Pizza Hut situé à proximité du motel, et là, il lui annonça qu'elle pouvait commander tout ce qu'elle voulait. Skye choisit la plus grosse pizza, avec toutes les garnitures dont elle raffolait. Repus, ils continuèrent ensuite leur chemin jusqu'à la salle de jeu. Des dizaines de fois, Skye était passée devant en y jetant des regards envieux, mais ils n'avaient pas d'argent à dépenser dans les jeux vidéo ou les flippers.

Ce soir, cependant, Chance avait de l'argent, et ils purent s'en donner à cœur joie.

Finalement, épuisés, ils rentrèrent au motel. Là, Chance avait encore une surprise pour elle. Un gros gâteau sur lequel il déposa treize bougies. Quand elles furent toutes allumées, on aurait dit un flambeau.

Skye fit un vœu et souffla les bougies. Chance n'eut pas besoin de lui demander quel était son vœu ; il pensait le savoir.

Elle aurait voulu retrouver ce qu'elle avait connu. Elle voulait que sa mère l'aime comme autrefois.

Il sut qu'il ne s'était pas trompé en voyant les larmes briller dans les yeux de Skye. Elle détourna la tête, avec le sentiment d'être une sale gamine ingrate.

— Pardon, murmura-t-elle.

— Pardon pour quoi ?

— Ma réaction, dit-elle en reniflant et en pouffant à la fois, de sorte que son petit rire ressemblait à un sanglot. Je ne sais pas pourquoi je pleure. C'est la plus belle soirée de ma vie.

— Je suis content que ça t'ait plu, petite. Je sais bien que pour toi…

Il dut se racler la gorge avant de poursuivre.

— Je voulais t'offrir un joyeux anniversaire.

— C'est réussi, Chance, déclara-t-elle en posant la tête sur son épaule. Je suis très heureuse.

— Alors, ça fait quel effet d'avoir treize ans ?

Elle prit le temps de réfléchir avant de répondre. Il s'était passé tant de choses au cours des derniers mois ; elle n'aurait su dire si elle était différente, plus âgée, plus mûre, ou bien si c'était simplement sa vie, et pas elle, qui avait changé.

Finalement, elle secoua la tête.

— Je ne crois pas être différente. Je suis toujours la Skye enquiquineuse que tu connais.

Chance rit.

— Tant mieux. Car je la trouve chouette, cette enquiquineuse.

Elle laissa sa tête sur l'épaule de Chance, à la fois heureuse, fatiguée et comblée. Elle bâilla.

— Chance ?

— Hmm ?

— Tu es le meilleur ami que j'aie jamais eu.

Il ne répondit pas tout de suite. Il se pencha et déposa un petit baiser sur son front.

— Merci, petite. Ça signifie beaucoup pour moi.

Skye ne s'aperçut que bien plus tard, tandis qu'elle était couchée dans son lit, incapable de trouver le sommeil à cause de toutes ses pensées embrouillées, que Chance ne lui avait pas dit qu'elle était sa meilleure amie. En vérité, il n'avait même pas dit qu'il l'aimait bien.

24

Claire s'était arrêtée au milieu du grand pont de Fort Pitt ; au loin brillaient les lumières de Pittsburgh, et en bas coulait la rivière Ohio.

Désespérée, elle contemplait l'eau noire et tourbillonnante. Treize ans plus tôt, jour pour jour, elle avait tenu dans ses bras son enfant chérie, pour la première fois. En regardant ce petit ballot blanc et rose, sa minuscule et adorable Grace, elle avait découvert le véritable visage de l'amour.

Ce jour, cet instant avaient été les plus heureux de sa vie.

Aujourd'hui, c'était la journée la plus sinistre.

Claire leva les yeux vers le ciel, lourd, sans étoiles. Le vent glacé balayait ses cheveux et transperçait son manteau trop fin. Le froid lui brûlait les mains et le visage ; la fatigue était comme une douleur lancinante.

Une nuit idéale pour mourir, songea-t-elle. Glaciale, sordide et noire. Même les étoiles n'étaient pas venues lui dire adieu.

Les larmes l'étouffaient. Claire devait inspirer profondément pour faire entrer l'air dans ses poumons ; respirer était un effort. Treize ans plus tôt, elle avait fait une promesse à son enfant ; elle avait juré de l'aimer et de la protéger contre tous les dangers. La mise au monde de sa fille était ce qu'elle avait fait de mieux dans sa vie ; seule Grace valait la peine qu'elle vive.

Pourtant, même là, elle avait échoué. Elle n'avait pas su protéger sa fille. Elle ne l'avait pas aimée suffisamment. Comme toujours, elle avait enchaîné les erreurs.

Et aujourd'hui, sa fille avait disparu.

Un sanglot monta dans la gorge de Claire, mais elle le retint. Personne ne pouvait l'entendre, elle n'avait aucune raison de s'empêcher de pleurer. Mais elle se trouvait suffisamment pathétique, pas besoin d'y ajouter les larmes. D'une certaine façon, réprimer sa peine était l'ultime bouée à laquelle elle pouvait encore se raccrocher.

Avec les pierres précieuses. Claire plaqua la petite bourse en velours contre sa poitrine, contre son cœur battant, en pensant à ces derniers mois de désespoir. Elle avait voyagé de petite ville en petite ville, montrant aux gens une photo de Skye, demandant à tous s'ils avaient aperçu sa fille. S'ils avaient aperçu Chance.

Claire pensait qu'ils étaient sans doute ensemble, mais ils pouvaient se trouver n'importe où. Ou bien nulle part.

Car personne ne les avait vus. En trois mois et demi de recherches, elle n'avait pas déniché une seule piste. Pas le moindre soupçon d'espoir. C'était comme si Skye et Chance avaient disparu de la surface de la terre.

Elle savait que Pierce n'avait pas mis la main sur sa fille, car elle avait appelé Dorothy, qui, bien évidemment, croyait que Claire et Skye étaient toujours ensemble. Apparemment, Pierce n'était pas plus avancé qu'elle. Voilà qui aurait dû, au moins, lui redonner courage.

Mais non. Car désormais, elle vivait avec une autre crainte, bien plus terrible : elle avait peur que sa fillette chérie, sa douce Skye, soit morte.

Une violente douleur lui coupa le souffle. Malgré ses efforts surhumains pour combattre cette peur, pour l'ignorer, que pouvait-elle imaginer, à part le pire ? Ses visions avaient cessé. Ses cauchemars aussi. Les monstrueux oiseaux ne planaient plus au-dessus de sa fille ; elle n'entendait plus dans sa tête les appels au secours de Skye.

Elle ne voyait plus que les ténèbres. Un puits de néant sans fond.

Claire approcha du garde-fou. Ses doigts se refermèrent sur la froide balustrade ; elle se préparait. Jamais elle ne retrouverait sa fille. Elle s'y était résignée. Elle n'avait pas les moyens de financer des recherches.

Or, elle ne pouvait continuer à vivre sans chercher. Elle ne pouvait continuer à vivre sans espoir.

A force de contempler l'eau noire scintillante, sa vue se troubla. La mort serait douce, pensa-t-elle. Peut-être dans la mort pourrait-elle continuer à chercher. Sous forme d'esprit, peut-être pourrait-elle retrouver sa fille et veiller sur elle. L'aimer et la protéger, comme elle le lui avait promis treize ans plus tôt.

Ou bien, peut-être ne trouverait-elle que le néant, là encore. Juste la fin. Un grand vide noir et froid.

Claire souleva la bourse qui pendait autour de son cou et l'ouvrit. Ces pierres précieuses, les prémonitions et les sensations qu'elle avait éprouvées à leur contact lui avaient permis de tenir bon pendant plusieurs mois. Skye avait besoin de ces gemmes, se dit-elle. Un jour, elles contribueraient à sauver la vie de sa fille.

Et si ces pierres devaient aider Skye, c'est que Skye et elle seraient de nouveau réunies un jour. Claire s'était accrochée à cet espoir comme à une bouée de sauvetage, de toutes ses forces, jusqu'à ce que son cœur soit comme transi.

Le moment était venu de lâcher prise.

Claire escalada le garde-fou et se retrouva sur l'étroit rebord en béton, de l'autre côté. Passant un bras autour de la balustrade pour se retenir, elle glissa son autre main dans la bourse. Elle avait l'intention de jeter les pierres dans l'eau, une par une. Et puis, lorsque la bourse serait vide, elle les suivrait.

Elle plongea les doigts au milieu des gemmes. Comme toujours, leur contact sur sa peau était à la fois froid et chaud, lisse et tranchant ; elles semblaient vibrer d'une énergie pure.

Un rire hystérique s'échappa de ses lèvres. Quelle ironie ! songea-t-elle. Elle avait souvent « vu » une personne aspirée par l'eau glacée... Et cette personne, c'était elle ; depuis toujours, elle avait l'image de sa propre mort.

Les yeux fermés, elle se la représenta : le froid, le noir absolu, les poumons en feu. Sa lutte instinctive, désespérée, pour survivre.

Et enfin, l'oubli si doux.

Joyeux anniversaire, Grace. Je t'aime.

Pardonne-moi.

Son poing se referma sur une poignée de pierres précieuses. Elle les tint au-dessus de l'eau. Et au moment où elle commençait à ouvrir la main, une vision l'assaillit, si brutale et précise qu'elle en eut le souffle coupé.

Elle voyait un homme. Et un jeune garçon. Des horreurs innommables. Claire sentit ses genoux se dérober. Elle vacilla au bord du vide, obligée de se retenir au garde-fou, pour se raccrocher à la vie. *Il y avait des arbres tout autour. Elle sentait, plus qu'elle ne voyait, un endroit obscur et fertile... exigu. Elle entendit un cri de douleur. Une supplication, un appel au secours, impuissant et désespéré.*

Vite. Elle devait se dépêcher. Le temps lui était compté.

Les visions traversaient son esprit comme des décharges électriques, l'une après l'autre, accompagnées d'une douleur intense, insoutenable, qui lui labourait les entrailles.

Et soudain, aussi brusquement qu'elles avaient surgi, elles disparurent. Claire ouvrit les yeux et constata qu'elle pleurait, la joue appuyée contre la rambarde métallique, serrant les pierres précieuses dans son poing.

Elle inspira profondément, avec peine. Il s'agissait de l'enfant de quelqu'un d'autre. Elle l'avait reconnu. Elle avait vu son doux visage à la télé et à la une du *Post-Gazette*, sur des tracts scotchés dans les vitrines des magasins, agrafés sur les arbres et les poteaux téléphoniques.

Et il était vivant. Pour l'instant.

Claire se releva en grimaçant. Cet enfant avait besoin d'elle.

C'était suffisant pour continuer.

25

Boyton, Illinois, 1984

Depuis qu'elle avait treize ans, Skye avait changé. Au cours des semaines et des mois qui suivirent son anniversaire, le bonheur qu'elle avait ressenti ce soir-là disparut, remplacé par une impatience qu'elle n'avait jamais connue. Elle aspirait à une chose qu'elle ne pouvait nommer, et la frustration qui en découlait la conduisait très souvent au bord des larmes. Elle se sentait bien, et, l'instant d'après, elle sanglotait, sans raison apparente ; elle se surprenait à se regarder dans le miroir, tour à tour satisfaite de ce qu'elle y voyait, ou déprimée.

Elle aurait voulu que Chance s'aperçoive à quel point elle avait mûri ; elle aurait voulu qu'il la traite enfin comme une vraie fille, et non pas comme une sale gamine ou un bébé qui avait besoin d'être protégé.

Soudain, être la meilleure amie de Chance ne lui suffisait plus. Passer ses journées à dessiner, à regarder la télé en attendant qu'il rentre à la maison ne lui suffisait plus.

Debout à la porte de la caravane que Chance avait louée en guise de maison, Skye observait cette magnifique journée de printemps. Le mois de mars avait fait une apparition remarquée. Les douze centimètres de neige de la semaine précédente avaient déjà fondu. Les rayons de soleil se déversaient par les minuscules fenêtres de la caravane, ouvertes pour laisser entrer le vent chaud et parfumé.

Nul doute que la ville de Boyton, dans l'Illinois, célébrait dans la joie la fin de l'hiver, se dit Skye avec amertume, en regardant cette journée parfaite. Mais évidemment, elle ne pourrait pas en profiter. Car elle était prisonnière à l'intérieur de cette sinistre caravane.

Chance avait trouvé un emploi régulier dans une petite épicerie de la ville. Le patron de la boutique lui avait indiqué un ami qui cherchait à louer une caravane meublée ; le même ami avait une voiture à vendre, une Chevrolet Impala vieille de quinze ans. Il accepta de s'en débarrasser pour deux cents dollars. Ils avaient désormais une voiture.

Skye savait que c'était une liberté nouvelle pour Chance, mais pour elle, cela n'avait absolument rien changé. Elle restait enfermée dans cette horrible boîte de tôle, obligée de contempler le reste du monde.

Skye fit les cent pas dans la caravane, remplie de frustration. D'ennui aussi. Et de colère, envers Chance qui l'empêchait de sortir, envers sa mère qui l'avait abandonnée.

Elle mourait d'envie de sortir. La solitude la rendait malade. Elle ne supportait plus d'être enfermée tel un papillon dans un bocal.

Ce n'était pas juste, se disait-elle. Chance, lui, pouvait sortir. Il pouvait voir des gens, et pas uniquement au travail. A deux reprises la semaine précédente, il était sorti avec des copains après son travail. Ces jours-là, elle était restée seule encore plus longtemps ; elle s'était assise les bras croisés, à se demander avec qui il était. Elle aussi aurait voulu sortir. Elle était furieuse. Et jalouse.

Skye s'arrêta de nouveau devant la porte ouverte et regarda au-dehors à travers la porte à moustiquaire, fermée à clé. Ce n'était pas juste, se répéta-t-elle. Elle n'en pouvait plus.

Chance refusait de se montrer raisonnable. Il ne voyait pas qu'elle était beaucoup plus adulte que lorsqu'ils avaient quitté les forains. Skye laissa échapper un long soupir de frustration. Il la traitait comme une enfant ! Il lui ébouriffait les cheveux, il lui tapotait le menton. Il l'appelait « petite » ou « la peste ».

Pourquoi refusait-il de voir qu'elle avait grandi ? Pourquoi ?

Elle se remit à faire les cent pas. Elle, pourtant, le considérait comme un adulte, alors qu'il n'était pas *beaucoup* plus vieux qu'elle. Il n'avait que dix-huit ans, nom d'un chien ! Ils n'avaient que cinq ans d'écart.

L'image de Chance s'imprima dans ses pensées et elle ressentit alors une étrange douleur, profonde, qui la surprit. Ce qu'elle savait de manière certaine, c'est qu'elle voulait qu'il la considère comme une adulte. Comme une vraie fille, pas une sale gamine.

Qu'il aille au diable ! se dit-elle sur un ton de défi. Chance n'était pas son patron. Il n'était pas son père, pas même son frère. Et si elle avait envie de sortir, ce n'était pas lui qui l'en empêcherait.

Saisissant son blouson et la clé de la caravane, elle sortit.

La première expédition de Skye dans le vaste monde mystérieux du dehors se passa fort bien. Si bien même qu'elle en fit un rituel quotidien. Tous les matins, dès que Chance partait travailler, elle rassemblait son matériel de dessin, prenait une veste et de quoi manger, et elle partait.

Cette liberté recouvrée était délicieuse. Enivrante et excitante. Elle avait l'impression de revivre, pour la première fois depuis longtemps. Tout lui paraissait nouveau, différent, éclatant et merveilleux. Sans doute éprouvait-elle les mêmes sensations, se disait-elle, qu'un nouveau-né qui découvre le monde.

La plupart du temps, comme aujourd'hui, elle se rendait au parc en emportant son carnet de croquis ; elle trouvait un endroit agréable et s'y installait pour dessiner. Ensuite, elle déambulait au hasard. A une ou deux reprises, elle frôla le drame : la première fois avec une mère de famille dans le parc, la deuxième fois avec un employé du drugstore du coin, où elle était entrée pour acheter un Coca. Chaque fois elle avait dû inventer un mensonge convaincant afin d'expliquer pourquoi elle n'était pas à l'école.

Heureusement, elle n'avait pas été obligée de mentir à Chance. Celui-ci ne se doutait de rien.

Skye se leva, épousseta son jean et glissa le carnet sous son bras. Il faisait trop beau aujourd'hui pour rester assise à dessiner ; aujourd'hui, elle se sentait l'âme d'une exploratrice.

Alors, elle décida de suivre des chemins qu'elle n'avait jamais empruntés, s'enfonçant plus profondément à l'intérieur du parc, s'éloignant des endroits les plus fréquentés. Alors qu'elle traversait un vieux pont de pierre, elle remarqua en dessous un groupe d'adolescents. Ils semblaient traînasser là, et tandis qu'elle les observait, un des garçons leva la tête. Il était mignon, très mignon. Leurs regards se croisèrent. Il lui sourit. Le cœur de Skye exécuta une sorte de saut périlleux, et elle retint son souffle. Elle essaya de lui rendre son sourire, mais elle était tellement troublée qu'elle ignorait ce qu'elle faisait. Elle se précipita vers l'extrémité du pont.

Le garçon l'y attendait. Skye laissa échapper un petit cri de surprise et se figea, ne sachant comment réagir.

— Salut.

Il sourit et avança d'un pas.

— Je t'ai vue sur le pont, et j'ai eu envie de venir à ta rencontre.

— Oh… fit-elle en croisant les bras. Bonjour…

— Je m'appelle Kevin. Mes amis m'appellent Kev.

Skye déglutit avec peine.

— Moi, c'est Skye.

— Je parie que tes amis t'appellent Skye.

Elle rit et se détendit légèrement.

— Bravo, tu as gagné.

— Tu vas quelque part ?

— Non, pas vraiment. Je me promène.

— Moi aussi.

Il désigna le chemin.

— Ça te dirait de faire un tour ?

— Tous les deux ?

— Ouais, répondit le garçon avec un large sourire. Tous les deux.

— D'accord.

Ils repartirent.

— C'est la première fois que je te vois par ici, dit-il. Tu es nouvelle ?

Elle le regarda, puis s'empressa de détourner les yeux.

Il était si mignon…

— J'ai pas mal voyagé, répondit-elle. Je vis avec mon frère. Il travaille à l'épicerie Taylor.

— Et tes parents ?

Skye hésita, le temps de trouver la bonne réponse. Finalement, elle haussa les épaules.

— Ils… ils sont partis.

— Hé ! c'est cool ! Moi aussi je suis tout seul. Enfin, avec ma bande.

Skye ne savait si elle devait le croire ou pas. Et elle se demandait pourquoi il était si gentil avec elle. Généralement, les garçons ne l'aimaient pas.

— Pourquoi tu n'es pas à l'école ?

Elle se raidit.

— Et toi ?

Le garçon éclata de rire en haussant les épaules.

— Hé ! ne t'énerve pas ! Tu me vois aller en classe ? J'estime que c'est une perte de temps. Si on allait s'asseoir là-bas ?

Il désigna un banc sous un grand érable. Les premières feuilles commençaient juste à apparaître, et le soleil qui filtrait à travers les branches les réchauffait.

Skye ouvrit son blouson.

— C'est une belle journée.

— Tu l'as dit.

Sentant le regard du garçon sur elle, Skye, gênée, croisa ses doigts et regarda ses pieds.

— Je déteste la neige, dit-elle. Je n'aime pas le froid.

— C'était l'horreur cette année.

Kevin plongea la main dans la poche de son blouson et en sortit un paquet de Marlboro.

— Tu fumes ?

Skye secoua la tête, et il s'alluma une cigarette. Il inspira, recracha un long jet de fumée, puis il tourna la tête vers elle.

— Tu as quel âge, Skye ?

— Quinze ans.

Elle se racla la gorge. Ses joues s'étaient enflammées sous l'effet de ce mensonge.

— Je les ai eus en novembre.

— Sans blague ? Moi, j'ai eu dix-sept ans en novembre. C'est quoi ton jour de naissance, la date ?

— Le six.

— Moi aussi ! s'exclama-t-il en la prenant par les épaules. Ça veut dire qu'on est des âmes sœurs, ou un truc comme ça.

Des âmes sœurs. Elle aimait la sonorité de cette expression. Elle aimait la façon dont Kevin la regardait dans les yeux et souriait en lui parlant. Comme s'il voyait en elle une fille différente, mature, et non pas une sale petite peste.

Et elle aimait la façon dont il la prenait par les épaules, même si cela lui procurait une sensation bizarre ; une sorte de chaleur et de picotement nerveux, très agréables du reste.

D'une chiquenaude, il lança sa cigarette à demi consumée dans une mare.

— Viens.

Il lui attrapa la main et se leva, l'obligeant à se remettre debout.

— Je vais te montrer un truc.

Skye hésita, inquiète.

— Quoi ?

— C'est une surprise. Mais ça va te plaire, je te le promets.

— Je ne sais pas si… il faut que je rentre bientôt.

— Oh ! allons, Skye ! Ne te dégonfle pas.

Il la tira par la main, en lui adressant son sourire à couper le souffle.

— Il n'y en a pas pour longtemps.

Skye pensa à Chance. Il n'aimerait pas qu'elle parle avec Kevin. Et il n'apprécierait certainement pas de voir qu'il la tenait par les épaules, alors qu'elle trouvait ça délicieux.

Chance n'apprécierait pas ? se dit-elle. Chance n'était pas son père ! Ce qu'elle faisait ne le regardait pas. D'ailleurs, elle n'avait aucune raison de s'adresser des reproches. Il ne voulait pas qu'elle s'amuse, voilà tout.

Repoussant tout sentiment de culpabilité, elle sourit à Kevin.

— D'accord, dit-elle, mais il faut vraiment que je sois rentrée à la maison dans une heure.

Ce que Kevin voulait lui montrer, c'était en fait une sorte de refuge pour les fugueurs, une grande et vieille maison de style victorien située à la périphérie de la ville. Elle était abandonnée depuis des années, lui expliqua Kevin, et si Skye ne faisait pas trop attention au plancher pourri et aux murs délabrés, ajouta-t-il, elle s'apercevrait que c'était un endroit vraiment chouette.

Skye songea qu'il avait raison. Mais ce n'était pas la maison en elle-même qu'elle trouvait chouette, c'étaient les autres jeunes qui y vivaient. Le groupe se partageait assez équitablement entre garçons et filles, et tout le monde se montra sympathique avec elle, très sympathique même. Personne ne lui demanda son âge, ni pourquoi elle était là ; en vérité, elle n'avait jamais été aussi bien accueillie ailleurs. Et elle aimait cette sensation.

Quand elle dut rentrer, Kevin fit avec elle une partie du chemin. Il aurait voulu l'accompagner jusqu'au bout, mais Skye craignait que Chance ne les aperçoive. Et c'était bien la dernière chose qu'elle souhaitait. Si jamais Chance apprenait qu'elle fréquentait Kevin et ses amis, il l'empêcherait de les revoir.

Or, elle avait très envie de les revoir. Surtout Kevin.

— Je vais continuer seule, déclara-t-elle en s'arrêtant à l'entrée du pont où ils s'étaient rencontrés. Je n'habite pas très loin.

— Tu es sûre ? Ça ne m'ennuie pas de te raccompagner jusque chez toi.

— Non. Je ne veux pas que mon frère nous voie ensemble… Il est du genre très protecteur.

— O.K., pigé, dit Kevin en lui prenant la main. Tu reviens demain ?

— Je ne sais pas. Je…

— Allez, s'il te plaît ? supplia-t-il en glissant ses doigts entre les siens. Pour me faire plaisir ?

Skye se laissa fléchir.

— D'accord, si tu y tiens.

— Beaucoup.

Il se pencha vers elle, si près qu'elle remarqua les paillettes d'or qui brillaient dans ses yeux marron.

— Tu es très mignonne, tu sais.

Skye rougit et détourna le regard, affolée par ses paroles et la manière dont il la contemplait.

— Non, ce n'est pas vrai, murmura-t-elle.

— Si, crois-moi. Hé ! Skye…

Elle pivota sur ses talons ; son cœur cessa de battre quand elle découvrit l'expression de Kevin.

— Si j'essayais de t'embrasser, tu te laisserais faire ?

Skye leva les yeux vers lui. Elle avait envie de répondre oui, elle en mourait d'envie même, mais sa voix semblait l'avoir abandonnée. Finalement, de crainte qu'il ne change d'avis, elle hocha simplement la tête.

Avec un petit rire, Kevin l'embrassa. Ses lèvres frôlèrent les siennes, une première fois, puis une seconde. Elle crut alors qu'elle était morte et se trouvait déjà au paradis.

— On se revoit demain, O.K. ?

Skye rouvrit les yeux, gênée de constater qu'elle se tenait bêtement devant lui, pétrifiée, les yeux fermés, la bouche entrouverte.

Alors, elle recula d'un pas, mortifiée.

— Oui. A demain.

— Super !

Il recula en riant.

— A demain, Skye !

Elle le regarda repartir à petites foulées, et elle noua ses bras autour de sa poitrine, avec un gloussement de plaisir pur. Elle avait des amis ! se dit-elle. Elle avait même *un petit ami.* Un vrai petit ami qui lui avait pris la main et l'avait embrassée.

Avec l'impression d'avoir des ailes aux pieds, elle s'empressa de regagner la caravane.

26

A partir de ce jour, Skye passa chaque instant de liberté avec ses nouveaux amis. Ensemble, ils riaient et bavardaient ; ils allaient traîner au parc ou au centre commercial, ou bien ils restaient au Refuge, ainsi qu'ils surnommaient la grande maison victorienne. Les autres jeunes avaient découvert le don de Skye pour le dessin, et tous l'avaient suppliée de les croquer. Elle s'était fait un plaisir d'exaucer leurs désirs, car elle avait l'impression d'être importante à leurs yeux.

Mais les meilleurs moments, c'étaient incontestablement ceux qu'elle passait avec Kevin. Il s'intéressait plus à elle qu'à n'importe qui d'autre. La plupart du temps, il lui tenait la main ou il la prenait par la taille, et même quand un de ses camarades lui proposait de sortir avec eux, il préférait rester avec elle. Skye avait surpris les regards de certaines filles ; elles la dévisageaient curieusement. Sans doute, se dit-elle, se posaient-elles la même question qu'elle : qu'est-ce qu'il lui trouvait ? Kevin était bien trop mignon pour lui témoigner un tel intérêt. En tout cas, son comportement était éloquent.

Skye en conclut qu'elle était certainement la fille la plus chanceuse au monde.

Cela étant, il ne lui avait pas fallu longtemps pour comprendre de quoi vivaient ses nouveaux amis : ils mendiaient dans les rues, volaient dans les magasins, et tout le monde partageait tout avec tout le monde. Comme dans une grande famille.

Au début, en découvrant qu'ils volaient, Skye éprouva un certain malaise, comme lorsqu'elle les voyait boire et fumer. Mais finalement, tant qu'elle ne les imitait pas, pensa-t-elle, elle ne faisait rien de répréhensible.

A vrai dire, la vie que menaient ses amis était très excitante à ses yeux, beaucoup plus que de rester enfermée seule la journée durant, et bien plus agréable que de vivre dans la misère, en économisant chaque sou pour pouvoir acheter le strict nécessaire.

Mais ce qu'elle enviait surtout dans l'existence de ses nouveaux amis, c'était que personne ne leur donnait des ordres, personne ne leur disait ce qu'ils devaient faire ou ne pas faire. Personne ne les traitait comme Chance la traitait, c'est-à-dire comme un bébé, comme une sale gamine stupide, incapable de se prendre en charge.

Très souvent, Skye n'avait même pas envie de regagner la caravane. Plusieurs fois elle envisagea de ne pas rentrer, et attendit jusqu'à la dernière seconde pour quitter le Refuge et se précipiter à la maison, arrivant juste avant Chance.

Celui-ci semblait n'avoir rien remarqué d'inhabituel. A vrai dire, Skye commençait à penser qu'il ne faisait même pas attention à elle.

Evidemment, il était bien trop occupé à penser à cette autre fille, songea-t-elle en fronçant les sourcils devant le miroir de la salle de bains. Cette Cindy avec qui il travaillait. Chance lui avait parlé d'elle. Elle était caissière à l'épicerie ; une jolie blonde, avait-il ajouté. Deux ou trois fois, ils étaient allés boire une bière tous les deux, après le boulot.

A grands gestes rageurs elle se brossa les dents, en repensant à ce que lui avait dit Chance au sujet de cette fille. Elle se rinça la bouche et cracha, puis se rinça encore une fois. Après quoi, elle prit une serviette pour s'essuyer, s'arrêta et se retourna vers le miroir. Elle observa son visage. Ovale, avec un joli nez et une bouche un peu trop grande, des pommettes pas assez saillantes.

Elle se rapprocha de la glace. Ses yeux étaient son meilleur atout, indubitablement : d'un bleu éclatant, bordés de longs cils noirs.

Elle écarta ses cheveux de son visage, en renversant la tête d'un côté, puis de l'autre. Elle n'était pas très belle, certainement pas comme devait l'être Cindy, mais elle n'était pas vilaine non plus. Non, elle n'était pas moche.

Elle laissa retomber ses cheveux ; son froncement de sourcils s'accentua. Pourquoi ne plaisait-elle pas à Chance ? Pourquoi ne la trouvait-il pas… belle ? Comme cette Cindy ?

Elle savait qu'il ne la jugeait pas aussi jolie, à cause de la façon dont il la traitait, comme une petite idiote. Et de la façon dont il la regardait également, sans aucune trace d'admiration, sans être le moins du monde intimidé ou impressionné, comme si elle n'était même pas une fille. Non, il la regardait avec une sorte d'amusement. De tolérance.

Cette simple pensée la hérissa. Kevin, lui, la trouvait belle. Il la trouvait sexy. Digne d'être embrassée. Alors, pourquoi pas Chance ?

Fermant la porte de la salle de bains, Skye se planta face au miroir long et étroit qui était fixé derrière. Elle ôta sa chemise de nuit et se regarda. Attentivement, longuement.

Ses seins étaient désespérément minuscules : deux petites bosses ridicules avec une aréole rose. Elle les effleura et les pointes se dressèrent, raides et sensibles, comme lorsqu'elle avait froid. Elle laissa échapper un petit hoquet de surprise et promena de nouveau ses doigts sur les tétons durcis et ultrasensibles. C'était une délicieuse sensation.

Les joues en feu, elle fit descendre sa main, sur son thorax — elle était si maigre qu'elle pouvait compter chacune de ses côtes —, et encore plus bas, jusqu'à la taille. Le front plissé, elle examina son corps. Etait-ce un effet de son imagination ou sa taille était-elle réellement plus mince qu'autrefois ? Elle semblait se resserrer, et ses hanches s'évaser. Les mains à la taille, dubitative, elle se mit de profil, puis de dos, en se dévissant le cou pour tenter de voir son reflet par-dessus son épaule.

Aucun doute, ses hanches s'étaient élargies, conclut-elle, surprise et ravie. C'était un grand changement pour elle, qui avait toujours été droite et étroite comme une planche.

Elle revint se placer face au miroir, puis, après un instant d'hésitation, elle fit glisser sa culotte sur ses jambes et leva les pieds, l'un après l'autre, pour s'en débarrasser. Le fait de se retrouver nue devant la glace lui procurait une étrange sensation, mélange de culpabilité et de nervosité. Certes, elle s'était déjà vue nue, évidemment, mais jamais... elle ne s'était examinée de manière aussi franche et délibérée. Et jamais elle ne s'était demandé ce que les autres pensaient de son corps, ni de quoi elle avait l'air comparée aux autres filles. A vrai dire, tout cela lui importait peu... jusqu'à maintenant.

Et voilà que, soudain, elle mourait d'envie qu'on la trouve jolie. Et même... sexy. Comme ces filles dans les magazines et à la télé.

Le visage en feu, Skye baissa les yeux. Elle commençait à avoir des poils *là*. Et elle ne savait pas trop quoi en penser ; elle n'ignorait pas que cela accompagnait le passage à l'état de femme, mais l'aspect était bizarre, presque vulgaire. Et lui laissait un sentiment... étrange.

Timidement, elle porta sa main à cet endroit, et la retira aussitôt, honteuse. Les petites filles bien ne faisaient pas ce genre de choses. Sa mère le lui avait expliqué.

Mais sa mère n'était plus là. Et elle n'était plus une petite fille.

Comme par défi, elle fit glisser sa main sur son ventre, en gardant les yeux fixés sur le miroir. Ses doigts atteignirent le V entre ses cuisses, frôlèrent les quelques poils drus qui le parsemaient.

La chair de poule se répandit sur son torse ; les pointes de ses seins se dressèrent de nouveau, presque douloureuses. Skye retint sa respiration tant les sensations étaient fortes. Elle renouvela son geste, et ses pensées furent envahies par l'image de Kevin ; elle imagina ses lèvres se posant sur les siennes, son corps plaqué contre le sien.

Les yeux fermés, elle introduisit ses doigts entre ses cuisses, pour accentuer la caresse. Elle était moite. Et chaude. Son cœur s'emballa tout à coup ; son souffle devint haletant.

Ses doigts allaient et venaient. Soudain, l'image de Kevin fut remplacée par une autre. C'était Chance qu'elle imaginait maintenant. Les mains de Chance. La bouche de Chance. Un petit râle s'échappa entre ses lèvres, rauque et déchirant, comme une marque de douleur. Mais elle ne souffrait pas. Ou alors, d'une manière différente et nouvelle, à la fois délicieuse et terrifiante. D'une manière à la fois honteuse et naturelle.

Elle se laissa tomber à genoux et se plia en deux, en gémissant.

Des étoiles explosèrent dans sa tête.

Skye s'aperçut qu'elle pleurait. Elle s'aperçut également de ce qu'elle avait fait. Ce qui venait de se passer. Les bras serrés autour de la poitrine, elle ferma les yeux de toutes ses forces, en suppliant sa mère de revenir, car elle se sentait vulnérable, effrayée et seule. Plus seule qu'elle ne l'avait jamais été.

Elle enfouit son visage entre ses cuisses. Pourquoi lui arrivait-il pareille aventure ? Pourquoi fallait-il qu'elle change ? Elle ne voulait pas changer ! Elle ne voulait pas penser à Chance de *cette* façon !

Elle voulait revenir en arrière. Comme elle était avant que sa mère s'en aille, comme le soir de ses treize ans. Elle avait été si heureuse ce soir-là. Tout semblait absolument parfait alors.

Et aujourd'hui, plus rien n'allait.

Elle ferma les yeux encore plus fort. Elle voulait qu'on la cajole, qu'on l'aime, comme sa mère l'avait cajolée et aimée autrefois. Elle voulait entendre quelqu'un lui dire qu'il n'y avait rien à craindre, que tout irait bien.

Peut-être que si elle le souhaitait de tout son cœur, pensa-t-elle, rongée par le désespoir, peut-être alors pourrait-elle redevenir comme avant. Quand Chance était son meilleur ami et que tout était merveilleux entre eux, du temps où tout allait bien.

Mais aussi fort soit son désir de revenir en arrière, Skye savait que Chance ne serait plus jamais son meilleur ami. Aujourd'hui, ses sentiments envers lui, et envers elle-même, avaient changé de manière définitive.

Entre Chance et elle, plus rien ne serait jamais comme avant.

27

Ce soir-là, Chance ne rentra pas seul à la maison. Il ramena avec lui la dénommée Cindy.

Skye jeta un regard noir à la fille, qu'elle détesta d'emblée. Elle avait de longs cheveux blonds bouclés, des yeux bleus et une jolie bouche rose. Et puis des seins. Des vrais. A côté desquels ceux de Skye ressemblaient à deux œufs au plat.

Les sourcils froncés, elle croisa les bras pour masquer sa poitrine ridiculement inexistante. Mais au moins, *elle*, elle ne riait pas comme une hyène, songea Skye. Au moins, *elle* ne remuait pas la tête dans tous les sens quand elle parlait, comme une sorte de poupée Barbie folle et hystérique.

Chance présenta Skye comme sa petite sœur. Et comme si l'humiliation n'était pas suffisante, il lui ordonna de prendre une part de pizza et de disparaître.

Sa petite sœur ! Skye fulminait. *Disparaître !* Elle lui fit face, en dressant le menton d'un air courroucé.

— Et si je n'ai pas envie ? répliqua-t-elle. Tu ne peux pas me forcer.

Cindy ricana ; Chance, lui, demeura bouche bée.

— Hein ? Tu peux répéter ? dit-il.

— Je répète que tu ne peux pas me forcer.

— Détrompe-toi, petite ! Ne me pousse pas à bout.

Baissant la voix, il se pencha vers elle, jusqu'à ce qu'ils se trouvent quasiment nez à nez.

— Je n'ai pas envie de te faire honte en te donnant une fessée devant Cindy. Mais s'il le faut, je le ferai. Allez, fiche-moi le camp.

Furieuse, Skye lui tourna le dos. A grands pas, elle se rendit dans la cuisine pour prendre sa pizza et une boisson, tout cela en claquant les portes et en tapant du pied pour être la plus bruyante et la plus odieuse possible.

Chance murmura quelque chose à l'oreille de Cindy, qui gloussa bêtement. Les dents serrées, Skye se dirigea vers la chambre et claqua pour la énième fois la porte derrière elle.

Elle se jeta sur le lit et avala sa part de pizza en quelques bouchées. Ce n'était pas juste, se disait-elle. Comment osait-il ramener cette hyène rieuse à la maison ? C'était chez elle, ici, et elle ne voulait pas de cette fille. N'avait-elle pas son mot à dire ?

Elle haïssait Chance. Elle le méprisait. La seule personne qu'elle détestait plus que lui, c'était cette fille stupide.

A pas feutrés, elle revint vers la porte et l'entrouvrit pour jeter un œil, s'attendant à les voir tous les deux en train de manger et de bavarder. Au lieu de cela, ils étaient vautrés sur le canapé, presque couchés l'un sur l'autre. Ils se parlaient à voix basse en se bécotant.

Et soudain, sous le regard hébété de Skye, Chance embrassa Cindy. Mais pas comme Kevin l'avait embrassée, plus profondément, avec la bouche tout entière ! C'était comme s'il l'embrassait avec tout son corps !

Skye déglutit, incapable de détacher les yeux de ce spectacle. Chance avait enfoui sa main dans les cheveux de Cindy ; il l'obligeait à renverser la tête et se plaquait contre elle. Finalement, ils se séparèrent un instant, avant de recommencer. Et ainsi de suite.

C'était exactement comme la scène qu'elle avait imaginée aujourd'hui, dans la salle de bains, constata Skye, le rouge aux joues. Seulement, ce n'était pas *elle* que Chance embrassait. Ce n'était pas *elle* que Chance caressait.

Elle serra si fort les poings que ses ongles, pourtant courts, s'enfoncèrent dans ses paumes. Elle aurait dû faire du bruit pour les séparer, se disait-elle, ou alors tourner la tête, mais elle était comme muette de stupeur, et incapable de détacher son regard du spectacle.

Elle vit les mains de Chance glisser vers la poitrine généreuse de Cindy. Il lui caressa les seins. Avec un petit soupir d'extase, Cindy se libéra de son étreinte, momentanément, afin de se débarrasser de son pull moulant.

Dessous, elle portait un soutien-gorge rose en dentelle ; le haut de ses seins en débordait un peu. Instinctivement, Skye croisa les bras sur sa poitrine. Que n'aurait-elle donné pour ressembler à Cindy, pour avoir elle aussi un joli soutien-gorge rose et des seins qui débordent !

Les mains de nouveau plaquées sur les seins de Cindy, Chance lui murmura quelque chose que Skye ne comprit pas. Et ils recommencèrent à s'embrasser. Indéfiniment. A cet instant, Skye aurait voulu mourir.

Pas question de supporter ça une minute de plus ! décréta-t-elle.

Elle jaillit hors de la chambre. Le couple enlacé se sépara brusquement ; Cindy poussa un petit cri et se jeta sur son pull, qu'elle posa sur sa poitrine.

— Oh ! pardonnez-moi ! marmonna Skye. Je vous ai dérangés ?

— Bon sang, Skye ! s'écria Chance en se levant d'un bond, le visage cramoisi. Je t'ai dit d'aller dans la chambre. Fous le camp !

Elle le foudroya du regard.

— Et moi, je t'ai dit que tu ne pouvais pas me forcer.

— Tu n'es qu'une sale gamine capricieuse. Crois-moi, Skye, si tu ne disparais pas immédiatement, je vais te filer une raclée !

— Oh la la ! j'ai peur !

Cindy enfila rapidement son pull et se leva à son tour.

— Il vaut mieux que je m'en aille.

— Non, Cindy. Attends ! s'exclama Chance en lui prenant la main. Laisse-moi parler à…

— Oui, c'est ça, va-t'en ! lança Skye avec un regard meurtrier pour la fille blonde. Tu n'as rien à faire ici.

— Ferme-la, Skye !

Chance avança d'un pas menaçant ; Skye fit front, le menton levé.

— Ne la retiens pas. C'est une traînée !

Cindy poussa un cri offusqué. Les veines gonflèrent dans le cou de Chance.

— Je ne permettrai pas qu'on m'insulte ! déclara Cindy en récupérant son sac et en fonçant vers la porte.

Chance s'élança à sa poursuite.

— Attends ! Je suis désolé. Ce n'est qu'une gamine et… je ne sais pas ce qui lui prend. Habituellement, elle n'est pas comme ça. Je ne…

— Laisse tomber, dit Cindy en balançant son sac sur son épaule. Je refuse de subir les injures d'une sale petite morveuse. Je m'en vais.

— Je ne suis pas une petite morveuse ! rétorqua Skye, convaincue que la hyène ne remettrait plus jamais les pieds chez eux.

Elle se frotta les mains. Bon débarras !

Mais sa satisfaction fut de courte durée. Claquant sauvagement la porte derrière lui, Chance revint dans la caravane, avec sur le visage une expression meurtrière.

— Je te remercie ! rugit-il en fonçant vers elle, les poings serrés. Pour une fois que je m'amusais, tu as tout foutu en l'air !

— Moi, ça ne m'amusait pas, rétorqua-t-elle. Alors, j'ai décidé de me débarrasser d'elle.

— Je doute qu'elle accepte de me revoir, et tout ça parce que tu as voulu jouer les emmerdeuses !

Il s'arrêta devant elle, et ajouta :

— Cette fille me plaisait.

Skye émit un ricanement de mépris.

— Puis-je savoir ce qui te plaisait chez elle *au juste* ? Ses gros nichons ? Ou ses cheveux décolorés ? Je parie que ses seins sont aussi faux que sa couleur de cheveux.

Chance la regardait comme s'il lui avait poussé des cornes tout à coup.

— Qu'est-ce qui te prend ? Où as-tu appris à parler de cette façon ?

— Ça t'intéresse de le savoir ?

— Je vais te filer une fessée, sale peste !

Skye ne lui en laissa pas l'occasion. Elle se jeta sur lui, noua ses bras autour de son cou et l'embrassa violemment sur la bouche, essayant d'imiter ce qu'elle l'avait vu faire à Cindy.

Chance recula en titubant ; il saisit Skye par les avant-bras et la repoussa.

— Skye, qu'est-ce qui…

— Moi aussi, je sais embrasser ! Je suis une fille !

Elle l'étreignit pour tenter de l'embrasser encore une fois.

Chance se libéra en arrachant de son cou les bras de Skye. Du revers de la main, il s'essuya les lèvres, d'un air dégoûté.

— Tu es une gamine, nom d'un chien ! Comment peux-tu… C'est… répugnant ! Ne recommence jamais ça. Jamais !

Hébétée, Skye le regardait avec de grands yeux, prenant conscience de son geste, et de la réaction de Chance, de la manière brutale dont il l'avait rejetée.

Elle recula à son tour, envahie d'une bouffée de chaleur, à laquelle succéda un frisson glacé. Elle le dégoûtait ! Il trouvait répugnant de l'embrasser. Il la trouvait répugnante, écœurante.

— Je te hais ! cria-t-elle. Je te déteste !

Eclatant en sanglots, elle tourna les talons et fonça dans la chambre. Elle ferma la porte à clef avant de se jeter sur le lit.

Elle l'entendit pousser un juron. Quelques secondes plus tard, la porte de la caravane claqua, si violemment que les parois tremblèrent.

28

Le lendemain matin, Chance partit travailler sans parler à Skye. Il ne savait pas quoi lui dire, et, de toute façon, il n'était pas sûr de pouvoir la regarder en face. Car il ne pouvait s'empêcher de se rappeler ce qui s'était passé la veille au soir, la manière épouvantable dont elle s'était comportée, les propos qu'elle avait tenus, à Cindy tout d'abord, à lui ensuite. Mais surtout, il ne pouvait oublier la violence avec laquelle elle s'était jetée à son cou pour l'embrasser.

La seule évocation de ce souvenir lui arracha un frisson. Quelle mouche l'avait donc piquée ? se demanda-t-il. Ce n'était qu'une gamine, nom d'un chien ! Elle ne devrait même pas penser à ce genre de choses, et encore moins… encore moins passer à l'acte !

A l'aide de son cutter, il ouvrit un carton de boîtes de soupe, et le déposa sur un chariot élévateur. Skye l'avait pris totalement au dépourvu. Jamais, même dans ses rêves les plus fous, il n'avait songé à l'embrasser. Ce n'était pas correct. Elle était comme sa sœur. Sa petite sœur.

Chance poussa un long soupir chargé de frustration. Sa réaction avait blessé Skye dans son amour-propre, mais qu'espérait-elle, bon sang ? C'était ignoble ! Il ne pouvait accepter qu'elle l'embrasse. Il ne devait même pas tolérer qu'elle puisse nourrir ce genre de sentiments à son égard. Ce qui s'était passé la veille n'était certainement qu'un incident, cela ne se reproduirait pas, songeait-il. Skye les avait vus flirter, Cindy et lui ; jalouse, elle avait voulu le contraindre à faire attention à elle. Et s'était crue obligée d'en passer par là.

Il n'aurait pas dû l'envoyer dans la chambre, se disait-il avec le recul ; il aurait dû l'autoriser à rester avec Cindy et lui. Après tout, la pauvre gamine était demeurée seule toute la journée. S'il lui avait permis de rester un peu avec eux, elle ne se serait pas sentie rejetée, et Cindy accepterait encore de lui adresser la parole.

Il déposa un second carton sur le chariot, si violemment que les boîtes de soupe s'entrechoquèrent à l'intérieur. Ah ! la vache ! On pouvait dire qu'il avait passé un sacré bon moment avec Cindy. Jusqu'à ce que Skye décide de sortir son numéro de sale enquiquineuse !

Cindy, bon Dieu ! Cela faisait des semaines qu'elle l'allumait ; elle flirtait avec lui, puis battait en retraite, pour mieux revenir le titiller, avant de reculer de nouveau.

Il était tellement excité qu'il craignait d'exploser. Aussi, quand elle lui avait suggéré d'aller chez lui, Chance n'avait-il plus eu qu'une seule pensée : il touchait enfin au but. Et les quelques minutes durant lesquelles il avait pu poser les mains sur elle avaient été un véritable régal.

Evidemment, Cindy le considérait maintenant comme le roi des crétins, et elle ne voulait même plus lui parler. Autant tirer un trait dessus définitivement, se disait-il, car plus jamais il n'aurait l'occasion de goûter à la délicieuse poitrine de Cindy Ferguson.

Ah ! bordel de merde !

Chance étouffa un juron et jeta un coup d'œil à sa montre. *Midi, enfin !* Il lança son cutter dans un coin et se dirigea vers la pointeuse. Il passerait chercher un sandwich à la boutique voisine et ferait un saut à la caravane. Histoire de s'assurer que Skye allait bien. De vérifier qu'elle ne commettait pas de nouvelles bêtises.

Et s'il réussissait à trouver les mots, un moyen de se faire entendre, il s'excuserait de l'avoir blessée ; après quoi il lui expliquerait, avec fermeté, les choses de la vie.

Il ne saurait y avoir ce *genre* de relations entre eux. Jamais.

Après avoir pointé, il alla chercher deux sandwichs à la dinde et un sac de chips à la boutique du coin, et sortit du magasin.

Conformément au règlement, il s'était garé au bout du parking, comme les autres employés. L'épicerie Taylor était un commerce de petite taille, à l'image de la ville de Boyton ; elle était située au coin de l'ancienne place du centre-ville, un quartier désormais peuplé de bureaux.

La plupart des familles de Boyton avaient émigré vers la banlieue, dans une de ces zones résidentielles qui s'étaient développées depuis cinq ans. Un beau supermarché flambant neuf, au moins trois fois plus grand que chez Taylor, avait vu le jour en même temps. Malgré tout, le vieux Taylor avait réussi à survivre en proposant à sa clientèle des spécialités et des produits faits maison que ne pouvaient offrir les grandes surfaces. En outre, il mettait un point d'honneur à connaître les noms de tous les gens qui fréquentaient son magasin, qu'ils viennent acheter un demi-litre de lait en rentrant chez eux ou faire leurs courses de la semaine.

C'était un homme intelligent. En l'observant, Chance avait appris beaucoup de choses sur le commerce, et en particulier le moyen de fidéliser la clientèle.

Chance se dirigea vers sa voiture, en déballant le premier sandwich. Soudain, un chahut de l'autre côté de la rue attira son attention. Bev, la propriétaire d'une des trois boutiques de vêtements de Boyton, était sortie sur le trottoir en criant ; elle brandissait le poing en direction d'une bande d'adolescents.

Chance mordit à pleines dents dans son sandwich et le termina en quelques bouchées. Des gosses des rues. Des fugueurs, se dit-il en secouant la tête d'un air réprobateur. On en voyait partout depuis quelques années, et Boyton n'y échappait pas. Ils débarquaient en bande à l'épicerie. Taylor demandait alors à tous ses employés de les surveiller, toutes affaires cessantes, convaincu qu'ils le volaient. Mais depuis que Chance avait été engagé, ils n'avaient surpris qu'un seul adolescent la main dans le sac. Celui-ci essayait de sortir sans payer avec un paquet de biscuits, un paquet de pâtes et une miche de pain. C'était le pain qui avait causé sa perte, en glissant sous son blouson au moment où il quittait le magasin.

Tandis que Chance observait le groupe d'adolescents tapageurs, une des filles tourna la tête dans sa direction. Il demeura pétrifié. Cette fille et Skye se ressemblaient comme deux gouttes d'eau. Il secoua la tête en plissant les yeux. Non, ça ne pouvait pas être Skye, se dit-il. Elle était à la maison.

Un garçon enlaça la fille et l'embrassa ; Chance sentit le sang battre à ses tempes. Non, ça ne pouvait pas être Skye, se répéta-t-il. Impossible. Il traversa le parking au petit trot, ouvrit la portière de sa voiture et s'assit au volant, en jetant le second sandwich et le sac de chips sur le siège du passager.

Ça ne pouvait pas être elle, se répéta-t-il. Mais au cas où... il la tuerait !

Il roula vers le groupe d'adolescents, ralentissant à mesure qu'il approchait et pilant net en constatant que... c'était bien elle, c'était Skye ! Elle n'était pas à la maison, bien sagement, en sécurité ; elle s'était enfuie pendant qu'il était au travail, pour traîner avec cette bande de vauriens !

Et à voir la façon dont ce petit voyou promenait ses sales pattes sur elle, ce n'était pas la première fois que cela se produisait.

Il commencerait par tuer le garçon. Ensuite, ce serait le tour de Skye.

Chance se pencha au-dessus du siège du passager pour baisser la vitre.

— Skye !

Celle-ci se figea et se retourna ; son visage se liquéfia.

— Monte ! ordonna-t-il. Tout de suite.

Comme elle ne bougeait pas, il haussa le ton.

— Monte dans cette putain de voiture, Skye ! Immédiatement !

Le garçon qui était avec elle se retourna à son tour pour lui faire un bras d'honneur. Chance vit rouge. Il coupa le moteur et jaillit de la voiture. Il contourna la vieille Chevrolet, les poings serrés. Les adolescents battirent en retraite, mais pas trop loin : ils voulaient assister au spectacle.

Chance saisit Skye par le bras pour l'entraîner vers la voiture.

— Lâche-moi ! hurla-t-elle en essayant de se libérer. Tu me fais mal !

— Tant mieux. Tu le mérites.

— Hé ! D'où tu sors, toi ?

S'il lança cette question d'un ton provocateur, le garçon ne fit pas le moindre pas en direction de Chance.

Celui-ci ouvrit la portière du passager et poussa Skye à l'intérieur ; après quoi, il affronta le regard du garçon.

— Je suis son frère, déclara-t-il. Si je te revois avec elle, tu es un homme mort. Pigé ?

Sans attendre de réponse, Chance reprit sa place, et démarra en trombe, laissant de la gomme sur le bitume. Ses mains serraient rageusement le volant ; il s'efforçait de maîtriser sa fureur. Sa colère était telle qu'il avait l'impression que le sommet de son crâne allait exploser.

— Depuis combien de temps tu me mens, Skye ? Depuis combien de temps tu quittes la caravane en douce pour traîner avec ces… individus ?

Elle le foudroya des yeux, puis tourna la tête de l'autre côté.

— Réponds, Skye ! Depuis quand ?

— Qu'est-ce que ça peut te foutre ?

— Bon sang ! Depuis tout ce temps ?

Le feu du carrefour venait de passer au rouge. Chance freina brutalement, avant de fixer Skye, tremblant de rage.

— J'espère que tu as eu le temps de leur faire tes adieux, car c'est la dernière fois que tu les vois. C'est bien compris, ma petite ? A partir de maintenant, c'est terminé tout ça !

— Ce sont mes amis ! s'exclama-t-elle en soutenant son regard. Tu n'as pas le droit de me dire ce que je dois faire ou pas ! Tu n'as pas le droit de me dire où je dois aller et qui je…

— Je le peux et je le prouve !

Dès que le feu passa au vert, il accéléra.

— Interdiction de revoir ces gens. Tu feras ce que je te dis. Un point c'est tout.

Ils roulèrent pendant plusieurs minutes dans un silence rempli de colère. Quand l'entrée du camp où se trouvait leur caravane apparut au loin, Skye se tourna de nouveau vers Chance, en serrant rageusement les poings.

— Je te déteste ! hurla-t-elle. Tu es un salaud ! Je regrette de t'avoir rencontré.

— Sache que j'en pense autant à ton sujet, espèce de teigne !

Il donna un coup de volant pour pénétrer dans le camp, si brutalement que la vieille et grosse Chevrolet dérapa dans le virage.

— J'ignorais à quel point je t'appréciais dans le rôle de l'adorable petite enquiquineuse qui sait toujours tout. Je devrais te filer une fessée !

— Tu aimerais ça, hein ? Sale pervers !

— Ce n'est pas *moi* le pervers, il me semble.

Ils étaient arrivés devant leur caravane. Chance s'engouffra dans une place de parking, faisant jaillir une gerbe de gravier et un nuage de poussière.

— Aurais-tu oublié ce qui s'est passé hier soir ? demanda-t-il.

Les yeux de Skye s'emplirent de larmes, tandis qu'elle bondissait hors de la voiture et trébuchait dans sa précipitation. Elle se redressa et courut vers la caravane. Chance la suivit et la rattrapa avant qu'elle n'ait eu le temps d'ouvrir la porte. La prenant par les épaules, il la secoua.

— C'est ce type qui t'a mis ces idées en tête ? Réponds ! Je l'ai vu promener ses mains partout sur toi. Bon Dieu, Skye…

D'un mouvement brusque, elle se dégagea.

— Au moins, Kevin, lui, il me trouve mignonne ! Et il aime m'embrasser !

— J'aurais dû m'en douter, dit-il à voix basse, écœuré à l'idée que ce voyou l'ait touchée. J'étais surpris par ta façon de parler, par ton comportement depuis quelque temps… Je comprends, maintenant. C'est l'influence de ces bons à rien. Tu prends exemple sur eux. Une bande de voleurs et de drogués. De la racaille !

— Non, c'est faux ! Kevin n'est pas comme ça. Ce sont mes amis, et je…

— Je t'interdis de les revoir. Tu as bien compris ?

En disant cela, Chance avança d'un pas, la coinçant contre la porte.

— Je t'interdis de revoir un seul membre de cette bande !

— Et toi, avec ta blonde décolorée ? Tu as le droit de fréquenter quelqu'un, mais pas moi ! Explique-moi pourquoi. Vu comme vous vous tripotiez tous les deux hier soir, je m'étonne que tu ne l'aies pas baisée sur le canapé !

Chance recula d'un pas, sous le choc. Il ne pouvait croire que ces mots, ces pensées sortaient de la bouche de Skye. Il ne pouvait croire qu'il avait devant lui la petite fille effrayée qui avait pleuré dans ses bras, celle qui lui avait confié, un jour, qu'il était son meilleur ami.

Il l'observait, en repensant à la fillette douce et fragile qu'elle avait été, envahi par un sentiment de nostalgie qui lui fendit le cœur. Il aurait voulu retrouver la Skye qu'il avait connue.

Hélas ! il craignait que celle-ci ait disparu pour toujours.

— Premièrement, déclara-t-il sans hausser le ton, mais avec fermeté, je ne veux plus t'entendre parler comme ça. Plus jamais. Deuxièmement, j'ai le droit de fréquenter une fille, car j'ai dix-huit ans. Je suis un adulte. Tu n'en as encore que treize et…

— Je suis une gamine. C'est ce que tu allais ajouter ?

— Exactement.

— Garde ta salive. Je ne suis plus un bébé !

Elle se retourna vers la porte de la caravane, l'ouvrit avec ses clés et se précipita à l'intérieur.

Chance la suivit, en claquant la porte derrière lui.

— Dans ce cas, dit-il, cesse de te conduire comme une enfant de deux ans !

— Tu n'es pas mon frère. Tu n'as pas à me dicter ma conduite.

— Tu as raison.

Chance vint se planter devant elle et se pencha en avant, si bien qu'ils se retrouvèrent quasiment nez à nez. La fureur le faisait trembler.

— Et je ne suis pas non plus obligé de m'occuper de toi. Moi aussi j'aimerais vivre ma vie. Tu crois que j'ai envie de bosser toute la journée pour *ça* ? demanda-t-il en désignant la caravane d'un grand geste. Je n'ai pas d'amis, pas de vie sociale. Je n'ai aucun avenir. A cause du boulet que je traîne derrière moi ! Car je suis obligé de m'occuper d'une sale morveuse qui n'est même pas ma sœur !

Skye recula d'un pas, le visage livide, les traits crispés.

— Qu'est-ce que ça veut dire ?

— Si tu veux traîner avec ces voyous, avec ton bon à rien de petit copain, vas-y ! Tu t'en fous de te retrouver dans le caniveau ? Moi aussi ! Mais si tu t'en vas, ne reviens plus jamais. Car je ne serai plus là. C'est bien compris ? Je vais enfin pouvoir vivre !

— Je te hais.

— Tu te répètes, petite. Change de disque. Si tu me hais à ce point, fiche le camp. Il faut que je retourne travailler. Gagner de l'argent. De l'argent pour payer ce taudis.

D'un pas décidé, il revint vers la porte, l'ouvrit violemment, et se retourna vers Skye. Elle paraissait perdue et abandonnée, avec ses yeux écarquillés, remplis de larmes, les bras noués autour de la poitrine. Elle ressemblait à la petite fille qu'il avait connue. Celle qu'il regrettait.

Malgré tout, il s'interdit de céder à la pitié. Il n'avait plus la force de la plaindre ; il était trop occupé à se lamenter sur son propre sort.

Nom de Dieu, il détestait tout ça ! Il détestait cette situation, et la vie qu'ils menaient. Il croisa son regard.

— Si tu meurs d'envie de foutre le camp, Skye, sache que moi aussi. Ne l'oublie pas la prochaine fois que tu me considéreras comme le roi des salauds.

29

Longtemps après le départ de Chance, Skye resta allongée sur le lit, à contempler le plafond, sans pleurer. Tout ce qu'il lui avait dit tournoyait dans sa tête, la hantait.

« Je n'ai aucun avenir. A cause du boulet que je traîne derrière moi. Car je suis obligé de m'occuper d'une sale morveuse qui n'est même pas ma sœur. »

Skye roula sur le côté et ramena ses genoux contre sa poitrine, luttant contre cette douleur, ce poids invisible qui l'oppressait, à tel point qu'elle avait du mal à respirer. Chance ne voulait pas d'elle. Il ne l'aimait pas ; il ne l'avait jamais aimée. A ses yeux, elle n'était qu'une enquiquineuse. Il aurait voulu qu'elle s'en aille, pour pouvoir être enfin débarrassé, sans passer pour un égoïste.

D'un geste rageur, elle chassa les larmes qui commençaient à couler sur ses joues. Très bien, se dit-elle en se redressant sur le lit, les poings serrés. Chance ne voulait pas d'elle ? Il voulait vivre sa vie ? Parfait. Elle ne l'embêterait pas plus longtemps. Elle irait là où elle était la bienvenue.

Se levant d'un bond, elle entreprit de jeter toutes ses affaires dans son gros sac. En voyant la boîte de pastels que Chance lui avait offerte pour son anniversaire, elle hésita. Finalement, d'un air de défi, elle la fourra dans son bagage avec tout son matériel de dessin.

Elle oublierait Chance McCord, se dit-elle, comme elle avait oublié sa mère. D'ailleurs, elle les détestait autant l'un que l'autre. Elle aurait voulu ne jamais les connaître. Du revers de la main, elle essuya son nez qui coulait. Sa décision était prise : elle irait vivre avec Kevin et les autres. En espérant qu'ils voudraient bien l'accepter, étant donné la façon dont Chance les avait traités. Si par malheur ils la renvoyaient, elle aviserait le moment venu.

D'un pas décidé, elle marcha vers la porte, mais avant de sortir, elle se retourna pour regarder une dernière fois la caravane. Elle imagina le visage et le sourire de Chance ; elle se souvenait de la manière dont il l'avait tenue contre lui quand sa mère était partie, de toutes les fois où il avait réussi à la faire rire. Il l'avait aidée à se sentir bien, simplement en s'occupant d'elle.

De nouvelles larmes envahirent ses yeux, et Skye se traita encore une fois d'idiote. En vérité, Chance se fichait pas mal d'elle ! Il ne l'avait jamais aimée. Il avait été suffisamment clair aujourd'hui. S'il s'était montré prévenant jusque-là, c'était uniquement par sens du devoir ; il se sentait obligé de le faire. Elle n'était pas son amie.

Non, elle n'était pour lui qu'un boulet ! Pas question de rester là plus longtemps !

Skye ouvrit la porte d'un geste violent pour se précipiter hors de la caravane.

Et se heurta à Kevin.

Celui-ci dut la retenir par le bras pour l'empêcher de tomber.

— Hé, baby ! Qu'est-ce qui te prend ?

Elle lâcha son sac pour se jeter à son cou.

— Oh, Kevin ! Si tu savais comme je suis heureuse de te voir ! dit-elle, avant d'éclater en sanglots. Je hais mon frère ! C'est un sale égoïste !

— Un vrai connard, tu veux dire. Un sale con de première !

— C'est pour ça que tu es venu ? demanda-t-elle en levant les yeux vers lui. Tu t'inquiétais pour moi ?

— Evidemment, poupée, répondit-il avec un grand sourire. N'aie pas peur, Kev est là pour te protéger.

— Chance a été très méchant avec toi, je suis désolée, dit-elle en séchant ses larmes. J'avais peur que tu ne veuilles même plus me parler après cette histoire.

— Y a pas de lézard. Tu n'y es pour rien si ton frère est un connard. Hé ! t'as de la bière ici ?

— Oui, je crois. Viens, suis-moi.

Ils entrèrent dans la caravane et Skye alla chercher une des bières de Chance dans le frigo, en racontant à Kevin la dispute qu'ils avaient eue et en lui annonçant sa décision de s'enfuir.

— Il m'a dit que j'étais un boulet pour lui, rapporta-t-elle d'une voix encore enrouée. Il veut vivre sa vie, paraît-il. Comme s'il était le seul ! Il ne voit pas que moi aussi ?

Elle jeta un coup d'œil à Kevin par-dessus son épaule, mais il ne la regardait pas ; au lieu de cela, il observait l'intérieur de la caravane. Elle se demanda s'il avait seulement entendu ce qu'elle disait.

— Kevin ?

Il se retourna vers elle.

— Continue, baby. Je t'écoute.

— Alors, j'ai décidé de partir, déclara-t-elle. J'ai mis toutes mes affaires dans mon sac.

Elle se tordait nerveusement les mains ; son cœur cognait à tout rompre. C'était le moment décisif.

— Je pourrais aller m'installer avec toi et les autres ? demanda-t-elle. Comme tu me l'avais proposé ?

— Bien sûr, répondit Kevin avec un sourire. Mais tu devras remplir ta part de travail. Parfois, c'est pas facile. Des fois, t'es obligé de faire des trucs qui te plaisent pas. C'est le prix à payer pour l'indépendance.

— Je m'en fiche. Je ferai n'importe quoi pour m'éloigner de Chance, répondit Skye en séchant de nouveau ses larmes. On s'en va ? Je ne veux plus rester ici.

— Y a pas le feu, baby. Ton emmerdeur de frangin ne va pas rentrer tout de suite, hein ?

— Non, mais…

— On a tout le temps.

Buvant une gorgée de bière, Kevin ouvrit tout d'abord les placards du coin cuisine, l'un après l'autre, pour passer en revue leur contenu. Après quoi, il ouvrit le tiroir où étaient rangés les couverts, puis le placard sous l'évier.

Skye l'observait en fronçant les sourcils. Elle n'aimait pas la façon dont il fouillait dans leurs affaires. Ce sans-gêne lui procurait une étrange sensation. Elle se racla la gorge pour attirer son attention.

— J'ai déjà emporté toutes mes affaires, dit-elle. Tout est dans mon sac.

— Et alors ?

Il but une autre gorgée de bière.

Gênée, Skye fourra les mains dans ses poches de jean.

— Alors, tout ce qui reste ici appartient à Chance.

Kevin la regarda droit dans les yeux.

— Je croyais que tu étais prête à assumer ta part de boulot.

— Oui. Simplement, je…

— Alors, vas-y. Il y a bien ici quelque chose qui pourrait nous être utile.

— Mais…

Skye se mordit la lèvre. Jamais encore elle n'avait vu Kevin se comporter de cette manière. Lui qui était habituellement si doux et attentionné. Si… compréhensif. Pourquoi ne voyait-il pas qu'elle n'aimait pas son comportement ? Pourquoi ne voyait-il pas à quel point il la mettait mal à l'aise ?

Lorsqu'il entreprit de fouiller dans le réfrigérateur, Skye intervint de nouveau.

— Allons-nous-en, Kevin !

— Hé… c'est quoi ça ? Bingo, baby ! On a décroché le gros lot ! s'exclama-t-il en sortant une liasse de billets de la boîte à café qu'ils conservaient au frigo.

— Non, Kevin !

Skye bondit vers lui pour récupérer l'argent.

— C'est l'argent du loyer. Chance en a besoin.

En riant, il leva le bras pour tenir les billets hors de sa portée.

— Oh ! non, non, je le garde ! Nous aussi on en a besoin.

Skye sentit son cœur s'emballer. Certes, elle était furieuse contre Chance ; elle le détestait même. Malgré tout, elle ne voulait pas lui voler son argent, ce n'était pas juste, il avait travaillé dur pour le gagner.

— Remets cet argent, Kevin. Chance en a besoin.

— Je croyais que tu le détestais.

— C'est vrai, mais…

— Y a pas de « mais », poupée. Je t'ai prévenue, si tu veux rester avec moi, tu devras faire des choses qui ne te plaisent pas des fois. Tu t'en souviens ?

Elle acquiesça.

— Oui, je m'en souviens. Mais je… je refuse de voler l'argent de Chance.

— Tu veux que je te dise un truc ? répondit Kevin en lui jetant un regard méprisant. Je crois que t'as pas assez de cran pour être indépendante. T'as pas l'envergure.

— Si ! Crois-moi ! s'écria-t-elle en tendant vers lui une main suppliante. Mais si Chance ne paye pas le loyer, on va le mettre dehors !

— Qu'est-ce que ça peut me foutre ? répliqua Kevin en empochant la liasse de billets. Allez, approche, baby, Kevin va te consoler.

Skye secoua la tête.

— Non. Pas avant que tu aies rendu l'argent.

Il vint se planter devant elle.

— Si tu y tiens à ce point, je vais peut-être t'écouter.

— C'est vrai ? demanda-t-elle avec un sourire, soulagée. Tu veux bien ?

— Peut-être. Si tu es très, très gentille avec moi.

Le sourire de Skye s'évanouit.

— Comment ça ?

— Tu sais bien ce que je veux dire. Allez, viens, ajouta-t-il en ouvrant les bras.

Elle aurait voulu répondre non, mais si elle refusait de l'embrasser, il ne rendrait pas l'argent du loyer. Peut-être même qu'il ne la laisserait pas aller vivre avec lui et les autres. La bouche sèche, le cœur battant à tout rompre, elle avança d'un pas. Kevin lui saisit le poignet, l'attira vers lui et referma ses bras autour d'elle. Presque immédiatement, sa bouche se plaqua sur la sienne, si vorace qu'elle crut qu'il essayait de l'avaler tout entière.

Skye frissonna, mais ce n'était pas de plaisir. Elle n'aimait plus être dans ses bras tout à coup. Elle n'aimait plus sentir la bouche de Kevin sur la sienne. Ses baisers avaient un goût… amer. Elle ne cessait de songer à l'argent du loyer, au fait que Kevin ne répugnait pas à voler cet argent qui appartenait à Chance. Et elle repensait à tout ce que lui avait dit Chance au sujet de ses nouveaux amis, de leur comportement et de leur mentalité.

Elle sentit son estomac se soulever. Elle n'avait qu'une envie : repousser Kevin et fuir. Au lieu de cela, elle essaya de se détendre. Les yeux fermés, elle se laissa aller contre lui ; elle voulait retrouver les sensations qu'elle avait connues toutes les fois où il l'avait embrassée. Concentrée, elle s'efforça de capturer ces délicieuses impressions : le léger vertige, les picotements aux endroit sensibles, cette chaleur entre ses cuisses. Autrefois, elle aimait l'embrasser.

Mais plus maintenant. Elle se sentait écœurée. Et prise au piège. Elle ne pouvait plus respirer. Les poings serrés, elle se mit à geindre.

Kevin murmura quelque chose qu'elle ne comprit pas et fit glisser ses mains vers ses fesses, qu'il pétrit et malaxa sauvagement. Il n'avait encore jamais fait ça et Skye prit peur. Elle gigota pour se libérer, mais au lieu de la lâcher, Kevin se servit de l'étau de ses bras pour la serrer encore plus fort contre lui, plaquant son pubis contre celui de Skye.

Et il fourra sa langue dans sa bouche.

Etouffée, Skye voulut le repousser.

— Du calme, baby, murmura-t-il contre ses lèvres. Tu vas aimer ça, je te le promets.

De nouveau, il introduisit sa langue dans sa bouche.

Skye parvint à détourner la tête ; elle crut qu'elle allait vomir.

— Non, Kevin… arrête. Je n'aime pas ça. Lâche-moi.

— Désolé, baby, dit-il en passant une main dans ses cheveux et en l'obligeant à renverser la tête. Mais tu as énormément de choses à apprendre, et Kevin est là pour te servir de professeur.

Il l'étreignit de nouveau pour l'attirer contre son torse. Skye se débattit, en donnant des coups de pied, essayant de griffer, de mordre. Finalement, hystérique, elle réussit à glisser ses bras entre eux et à se libérer en poussant de toutes ses forces. Lorsqu'il voulut la rattraper, elle le gifla avec violence.

Kevin recula d'un pas sous la force du coup. Il porta sa main à sa joue, hébété tout d'abord, puis furieux.

— Espèce de petite salope ! Personne n'a le droit de me frapper ! Sale chienne !

Skye voulut se précipiter vers la porte, mais Kevin la saisit par les cheveux et la tira en arrière. Elle poussa un hurlement, perdit l'équilibre et tomba à la renverse. Au moment où elle touchait le sol, sa tête heurta le linoléum et elle vit danser des étoiles.

Kevin en profita pour se jeter sur elle, la clouant sous son poids. Lui saisissant d'une main les poignets, il l'obligea à lever les bras au-dessus de la tête et recommença à l'embrasser. Sa bouche lui laissait des traînées baveuses sur le visage et dans le cou.

Elle ne pouvait plus respirer. Ni même bouger. Il frottait son bassin contre elle, et soudain, en sentant quelque chose de dur contre son ventre, elle comprit avec horreur que c'était le sexe de Kevin.

Il allait la violer.

Non ! Skye rassembla alors toutes ses forces, toute son énergie pour se débattre de plus belle, agitant les jambes, se contorsionnant, le suppliant d'arrêter. Mais plus elle résistait, plus il devenait agressif. D'un geste rageur, il déchira sa chemise. Avec sa main libre, il lui caressa un sein, puis l'autre, en poussant des grognements de bête.

Secouée de sanglots, Skye l'implorait de la lâcher. Loin de l'écouter, il fourra sa main dans sa culotte et plongea ses doigts en elle.

Elle hurla. Mais aucun son ne sortit de sa bouche.

La créature sombre était au-dessus d'elle.

L'obscurité s'étendit sur son visage, une peur semblable à aucune autre. Mais pourtant, elle se souvenait… Le souvenir s'accrochait à elle, il l'étouffait, l'empêchait de réfléchir. On l'avait déjà agressée de cette façon ; elle s'était déjà débattue de cette façon.

Le souvenir noir envahit tout son esprit, mais il n'avait ni forme ni visage. Il était effrayant. Cette chose qui l'emprisonnait voulait lui faire du mal. La punir.

Cette chose la haïssait.

Skye hurla de nouveau, et cette fois, le cri perçant franchit le barrage de sa bouche, brisant le silence de la caravane. L'étau qui l'étouffait se desserra, l'espace d'un instant. Skye tenta de griffer, de frapper à l'aveuglette. Son pied heurta la chair molle.

La chose poussa un beuglement de douleur, suivi d'un juron, et retomba sur elle, lui coupant le souffle.

— Elle t'a dit non, sale enfoiré !

Soudain, Skye put de nouveau respirer. Soudain, elle se retrouva libre. Parcourue de sanglots nerveux, elle recula en glissant sur les fesses, jusqu'à ce qu'elle se cogne contre un obstacle. Le soleil se déversait par la porte ouverte de la caravane, éclairant deux silhouettes en ombres chinoises. Chance ! Il était venu pour la sauver. Il l'avait libérée de la chose.

Cette chose informe n'était pas une créature sombre et maléfique. C'était Kevin. Et Chance s'était jeté sur lui pour l'obliger à la libérer.

Skye vit le poing de Chance s'écraser sur le visage de Kevin. Le sang jaillit. Le garçon fut projeté contre la paroi de la caravane, resta suspendu en équilibre pendant un instant, telle une marionnette tenue par des fils, avant de glisser mollement le long du mur.

La seconde suivante, Chance était au côté de Skye.

— Skye, ma chérie, tout va bien ? demanda-t-il en lui caressant le visage et les bras, faisant preuve d'une tendresse qui contrastait avec la fureur de son regard. Quand je suis entré et que je l'ai vu qui…

Il ne put achever sa phrase, et Skye fondit en larmes. Elle l'enlaça.

— J'ai… j'ai eu si peur… il m'a… forcée… il a dit que si… je refusais… il…

— C'est fini, ma chérie. C'est terminé.

Non, ce n'était pas terminé. Kevin s'était relevé. Et il brandissait un couteau. Skye le vit la première ; elle hurla pour alerter Chance.

Trop tard. Chance se retourna, les poings serrés. Comme au ralenti, elle vit Kevin plonger vers lui ; elle vit l'éclat métallique lorsque la lame entailla le ventre de Chance.

Celui-ci recula en titubant, une main plaquée sur son torse. Un hurlement transperça le silence ; il était sorti de la bouche de Skye. Le sang coulait entre les doigts de Chance, maculant son T-shirt blanc.

— Personne ne lève la main sur moi, déclara Kevin en avançant de nouveau vers Chance. Et personne ne peut me menacer !

— Non !

Se relevant d'un bond, Skye sauta sur le dos de Kevin, toutes griffes dehors. Elle le tira par les cheveux et planta ses ongles dans son cou. Sous la douleur, il laissa échapper le couteau, qui tomba bruyamment sur le plancher de la caravane ; il se retourna violemment et son poing atteignit Skye à l'épaule, la projetant en arrière.

Chance et Kevin se jetèrent en même temps sur le couteau. Agrippés l'un à l'autre, ils roulèrent sur le sol. La main de Kevin se referma sur le manche, mais Chance lui décocha un grand coup de coude dans l'épaule droite. Kevin ouvrit la main malgré lui, laissant échapper le couteau une fois de plus, et Chance s'en empara. Il se releva aussitôt, en serrant l'arme dans sa main droite.

Le souffle coupé, il vint se placer au-dessus de Kevin, toujours à terre.

— Alors, qui commande maintenant, hein ?

Chance lui décocha un coup de pied dans les côtes. Skye tressaillit en entendant le bruit sourd contre la chair. Elle ne put retenir un cri et plaqua ses mains sur ses oreilles.

— Elle n'a que treize ans, espèce d'ordure ! C'est encore une enfant !

Chance lui décocha un second coup de pied. Kevin roula sur lui-même en gémissant de douleur, recroquevillé pour tenter de se protéger.

— Je pourrais te tuer, salaud !

Skye n'avait jamais vu Chance dans un tel état. Son visage était livide, crispé par la fureur ; les veines gonflées de son cou palpitaient ; de tout son corps irradiait une énergie effrayante.

En effet, il aurait pu tuer Kevin, songea-t-elle avec effroi. A cet instant, il en était capable. Il le frappa de nouveau. Cette fois, le coup de pied fut si violent que Kevin décolla du sol. Skye se releva péniblement. Elle s'approcha de Chance et l'enlaça. Il voulut la repousser, mais elle s'accrocha.

— Non, Chance, arrête. Ne fais pas ça… je t'en prie. Il ne faut pas. Laisse-le partir. Je t'en conjure…

Kevin gémissait comme un bébé ; il suppliait Chance de ne pas le tuer, tout en rampant misérablement vers la sortie, à plat ventre.

Tandis qu'elle étreignait Chance, qu'elle le suppliait, Skye sentit la violence qui était en lui s'évacuer peu à peu. La rage aussi. Il se mit à trembler, ses dents s'entrechoquèrent. Se retournant, il noua ses bras autour d'elle.

Skye enfouit son visage contre son torse, poisseux et maculé de sang, empreint d'une forte odeur musquée. Il avait été blessé, à cause d'elle. Il aurait pu mourir. Que serait-elle devenue si elle l'avait perdu ? Que serait-elle devenue s'il n'était pas revenu à temps ?

— Pardonne-moi, pardonne-moi… murmura-t-elle.

Le sang de Chance coulait sur ses mains, son T-shirt déchiré, sa joue appuyée contre son cœur.

— … C'est ma faute… tout est ma faute. Je ne voulais pas ça. Ne me hais pas, Chance. Ne m'abandonne pas. Par pitié… Je ferai tout ce que tu me demandes. Mais… ne me laisse pas seule.

Chance ne répondit pas.

Il se contenta de la tenir dans ses bras.

30

Assis sur le lit, Chance regardait Skye dormir. Elle avait posé la tête sur ses genoux, et elle s'accrochait à lui, même dans son sommeil. Délicatement, il caressa sa joue où s'étalait un vilain bleu. L'émotion lui noua la gorge, et il s'empressa de détourner les yeux.

Il avait eu une sacrée frayeur aujourd'hui. En découvrant ce salopard couché sur Skye, il avait perdu la tête. Il avait eu envie de tuer ce petit salaud…

Si Skye n'était pas intervenue, il l'aurait fait.

Chance grimaça en voulant changer de position ; son torse endolori était entouré d'un large bandage qui couvrait la longue blessure transversale. Sans doute celle-ci aurait-elle nécessité des points de suture, se dit-il, mais c'était un luxe qu'ils ne pouvaient se permettre.

Surtout maintenant. Car cette ordure de Kevin avait fichu le camp avec l'argent du loyer.

Skye ne s'en était souvenue que trop tard.

En apprenant cela, Chance avait éprouvé de la rage, mais pas contre Skye. Contre Kevin, leur situation, et parce qu'il n'avait pas su la protéger. Surtout.

Dieu soit loué, il était arrivé à temps. En le voyant débarquer au magasin, le vieux Taylor lui avait aussitôt dit de rentrer chez lui et de revenir seulement lorsqu'il se serait calmé. Chance avait tenté de protester, mais son patron n'avait rien voulu entendre. Dieu merci…

Il préférait ne plus penser à ce qui aurait pu se produire s'il n'était pas revenu chez lui. S'il commençait à envisager tout ce qui aurait pu se passer, Chance savait qu'il deviendrait fou. Il risquait de perdre le sommeil pour toujours.

Il se frotta les yeux, en espérant que les antalgiques ne tarderaient pas à faire leur effet. Sa tête l'élançait et il avait l'impression qu'on lui enfonçait un fer chaud dans la poitrine.

Pourtant, ces souffrances n'étaient rien, comparées à celles provoquées par ses sentiments.

Pour Skye. Il avait découvert combien il tenait à elle en ouvrant la porte de la caravane et en voyant ce salopard sur le point de la violer. Elle était sa famille, sa sœur, sa meilleure amie.

Chance ravala un gémissement et serra les dents ; la douleur était quasi insoutenable. Car ses sentiments pour Skye ne changeaient rien au fait qu'ils ne pouvaient pas continuer ainsi. Il fallait que Skye aille à l'école ; elle avait besoin d'avoir des amis, une vraie famille. Elle devait mener la vie d'une gamine de treize ans. Les événements de ces derniers jours avaient eu au moins le mérite d'en apporter la preuve.

Lui aussi avait besoin de faire sa vie. Celle dont il rêvait, celle qu'il s'était juré d'avoir.

Inspirant profondément, il repoussa les regrets et les doutes qui grignotaient sournoisement les bords de sa détermination et de ses certitudes. Il s'obligea à se concentrer sur ce qui était arrivé aujourd'hui, sur tout ce qui s'était passé depuis des semaines, sans qu'il le sache. Et il imagina l'avenir. Celui de Skye. Le sien.

Ce qu'il voyait était déprimant.

Il ferma les yeux de toutes ses forces et les rouvrit, sachant que le moment était venu de faire face à la vérité, d'affronter ce qui était inévitable depuis le début.

Il devait trouver une famille pour Skye. Il devait la laisser derrière lui.

31

Michael et Sarah Forrest étaient des gens charmants, d'anciens hippies restés sur la touche quand les années 60 avaient cédé la place aux années 70 et 80.

Ils vivaient légèrement en marge. Sarah était artisan ; elle fabriquait des bijoux. Parallèlement, elle assurait la formation continue des adultes à l'université de Dekalb, dans le nord de l'Illinois, tout en vendant ses créations dans des foires ou des boutiques locales. Bien entendu, elle portait des petites lunettes rondes cerclées de métal, comme celles de John Lennon, et de longs caftans amples. Michael, lui, s'occupait de sa ferme ; c'était un homme à la voix douce et au sourire facile, qui éprouvait une profonde aversion pour toute forme de gouvernement et de violence.

Chance les avait repérés grâce à une petite annonce parue dans un bulletin d'informations locales. Michael cherchait quelqu'un pour l'aider à la ferme durant l'été, une personne ayant de l'expérience, qui travaillerait pour un faible salaire et l'assurance du gîte et du couvert. Nul doute qu'il s'attendait à voir se présenter un étudiant de l'université ; à la place, il hérita de Chance et de Skye.

La ferme était modeste ; il s'agissait, en vérité, d'une vieille maison à bardeaux entourée de champs de maïs. Mais l'endroit était joli. Et pittoresque. La bâtisse possédait une grande véranda à l'ancienne, assortie d'une balancelle ; un petit ruisseau longeait un côté de la propriété, laquelle était parsemée d'arbres fruitiers en fleurs et d'érables ombreux.

Sarah et Michael avaient très vite pris Chance et Skye sous leur aile protectrice, acceptant leur histoire de frère et sœur orphelins, sans poser de questions. Pour la première fois depuis qu'ils avaient quitté la troupe de Marvel, Skye se sentait enfin en sécurité, Chance le savait. Elle était heureuse dans ce lieu.

Lui, en revanche, ne parvenait pas à se débarrasser d'un sentiment de frustration et d'impatience grandissant ; l'envie impérieuse de poursuivre son chemin, l'impression qu'il y avait là, quelque part, une occasion qui l'attendait, et qui lui échapperait s'il ne la saisissait pas.

Aussi avait-il pris sa décision. Sarah et Michael le remplaceraient avantageusement, se disait-il. Sarah était folle de Skye ; elle ferait une excellente mère. Michael, de son côté, serait un bon père. Les Forrest n'avaient pas d'enfants, et Chance s'était entendu confier par Michael que la stérilité de Sarah avait été pour eux deux un véritable crève-cœur.

Chance descendit l'escalier conduisant au sous-sol de la ferme, là où Sarah avait installé son atelier de fabrication de bijoux. Sarah et Skye étaient penchées au-dessus d'un établi, côte à côte, et la jeune femme montrait à la fillette comment souder un fermoir au bout d'une chaîne. Skye était fascinée par le travail de Sarah, pour lequel elle montrait d'ailleurs d'étonnantes aptitudes.

Chance sourit. Ils étaient là depuis moins d'une semaine lorsque Skye avait commencé à traîner dans l'atelier, et Sarah avait été trop heureuse de partager avec elle son savoir-faire et son matériel. A vrai dire, le talent précoce de Skye l'avait stupéfiée. Chance, lui, avait vu la fillette s'épanouir grâce à l'attention et à l'admiration que lui vouait son nouveau professeur.

Il était certain d'avoir fait le bon choix. Elle serait heureuse avec Michael et Sarah. Elle serait heureuse sans lui. Il n'était pas fait pour jouer les grands frères ; il ne voulait pas de cette tâche pour laquelle il n'avait aucun don.

Il espérait seulement que Skye lui pardonnerait. Il espérait qu'elle comprendrait. Tôt ou tard. La laisser ici était la meilleure solution, pour elle et pour lui. Un jour ou l'autre, elle comprendrait. Il le fallait. Chance ne pouvait supporter l'idée qu'elle le haïsse toute sa vie.

Comme si elle avait senti sa présence dans son dos, Skye tourna la tête, et un grand sourire éclaira son visage. Chance retint son souffle, en découvrant brusquement quelle part importante elle occupait désormais dans sa vie. En découvrant à quel point elle lui manquerait.

— Hé, regarde ! s'exclama-t-elle en brandissant un collier qu'elle avait créé avec des perles et des morceaux d'argent martelé. J'ai presque fini.

— C'est magnifique.

Il sourit, regardant Skye plus que le collier, songeant à la femme splendide qu'elle deviendrait un jour.

— Sarah dit que je serai bientôt prête à faire des moulages en cire perdue ! déclara-t-elle, débordante de fierté et d'excitation. Peut-être même cette semaine.

— Certainement, rectifia Sarah en posant un regard affectueux sur son élève. Je crois que tu es prête. Tu as fait des progrès extraordinaires.

— Tu entends ça, Chance ? Sarah dit que j'ai fait des progrès extraordinaires !

— Oui, j'ai entendu.

Chance sentit ses derniers doutes s'évanouir. Il faisait le bon choix. Skye le remercierait un jour.

Maintenant que la décision était prise, il ne restait plus qu'à l'appliquer.

32

Skye se réveilla avec un sourire. Elle s'étira en poussant un soupir de bien-être, car elle adorait sentir le contact des draps propres sur sa peau. Surtout lorsqu'elle repensait à certains endroits où elle avait dormi au cours de ces dix derniers mois.

Elle se tourna vers la fenêtre ouverte qui laissait entrer la douce lumière du matin. Une très légère brise parfumée agitait le rideau en dentelle et venait balayer le lit. Skye enfouit voluptueusement son visage dans le gros oreiller garni de plumes. Quel bonheur de se réveiller en ce lieu délicieux, dans la maison de Sarah et Michael !

Chance et elle avaient enfin trouvé une maison.

Ils avaient trouvé une famille.

Couchée en chien de fusil, Skye écouta le chant d'un oiseau perché sur une branche du pommier, juste devant sa fenêtre. Ces deux mois avaient été si merveilleux qu'elle en avait presque oublié les terribles événements des derniers jours passés à Boyton.

Presque. Car elle ne pourrait jamais les effacer totalement de sa mémoire. Aujourd'hui encore, elle revoyait l'éclat du couteau de Kevin quand il avait frappé Chance ; elle revoyait le sang, écarlate sur le T-shirt blanc. Elle se souvenait que son cœur avait semblé s'arrêter, et le monde aussi. A cet instant, elle avait craint d'avoir perdu Chance.

Il aurait pu mourir, ce jour-là. Et elle aurait pu se faire violer.

A cause de sa bêtise. De son désir de provocation enfantine.

Tout ce que lui avait dit Chance était vrai. Elle était un boulet qui l'empêchait de mener sa vie, une sale morveuse qui n'était même pas sa sœur.

Skye ferma les yeux ; elle aurait tant voulu oublier, effacer pour toujours ces paroles. Mais c'était impossible ; elle avait déjà essayé. A l'instar de l'image du sang de Chance traversant son T-shirt blanc, elles étaient profondément gravées dans son esprit.

Ces derniers jours à Boyton l'avaient changée à tout jamais. Tout comme ils avaient changé ses rapports avec Chance. Elle le voyait dans ses yeux ; elle l'entendait dans sa voix. Elle le sentait quand ils étaient ensemble.

Mais maintenant, ils vivaient là, dans cette maison, songea-t-elle en retrouvant son sourire. Et peut-être qu'un jour, tout pourrait redevenir comme avant. Grâce à Sarah. Et à Michael.

Skye s'assit dans son lit, en coinçant le drap sous son menton. Sarah pensait qu'elle possédait un véritable talent, elle le lui avait dit. Elle l'avait même emmenée au département des arts plastiques de l'université. C'était là que Sarah avait suivi des cours, et Skye était tombée amoureuse de cet endroit. Elle n'avait jamais rien vu d'aussi chouette ; on aurait dit une ville entière consacrée à l'art.

Là, elle avait pu voir certains étudiants au travail. « Ce sont eux qui ont du talent », avait-elle confié à Sarah, intimidée. Sarah s'était contentée de rire, en lui faisant remarquer qu'ils étaient beaucoup plus âgés et expérimentés qu'elle. En vérité, Sarah estimait que Skye était plus douée que n'importe lequel de ces élèves.

Skye prit sur la table de chevet la broche qu'elle avait moulée la veille au soir. C'était la première fois qu'elle s'attaquait à la technique de la cire fondue, et même si la broche était loin d'être terminée, elle estimait qu'elle n'avait jamais rien créé d'aussi beau. Elle fit tourner entre ses doigts le bijou qui représentait un papillon. Aujourd'hui, elle ôterait les barbes et commencerait le travail de polissage.

Mentalement, elle passa en revue toutes les étapes du travail qu'elle avait effectué pour atteindre ce résultat. D'abord, il avait fallu réaliser un modèle en cire. Skye s'était donné beaucoup de mal pour sculpter le papillon, se servant d'une aiguille chirurgicale chauffée pour obtenir les nuances souhaitées.

Il fallait passer ensuite aux délicates étapes du moulage et de la fonte. C'était un travail très technique et fastidieux. Ennuyeux, même, auraient dit certains. Pourtant, Skye avait adoré chaque instant de ce processus. Sans qu'elle puisse expliquer pourquoi.

Elle caressa amoureusement le bijou en argent et l'appuya contre sa joue. Il était froid, mais elle se souvenait de quelle manière il rougeoyait en sortant du four, incandescent, comme illuminé de l'intérieur ; et il avait conservé la chaleur, bien longtemps après avoir été mis à refroidir.

Elle ne savait pas ce qui lui paraissait le plus excitant : mettre en marche la centrifugeuse et la regarder injecter le métal fondu dans le moule, l'obligeant à pénétrer dans chaque recoin de sa broche, ou bien alors briser le moule après que celui-ci ait été plongé dans un seau d'eau, pour laisser apparaître enfin le bijou en argent.

A ses yeux, tout cela ressemblait à de la magie.

Oui, de la magie, se dit-elle. C'était exactement l'impression qu'elle avait quand elle travaillait dans l'atelier de Sarah. L'impression de se livrer à un acte magique, mystérieux. Dans ces moments-là, elle se sentait investie d'un étrange pouvoir. Elle se sentait libérée de tout. Sauf du plaisir de l'instant.

Dans l'atelier, même ses souvenirs les plus noirs ne pouvaient pas l'atteindre.

Soudain, l'image de sa mère jaillit dans son esprit, avec une netteté et une force que Skye n'avait pas éprouvées depuis bien longtemps. Accompagnées d'un sentiment amer de trahison.

Elle plissa le front et se massa les tempes. Pourquoi pensait-elle à sa mère aujourd'hui ? Alors qu'elle se sentait si bien ?

Ce matin-là aussi elle s'était réveillée avec le sourire.

Le matin où son univers tout entier s'était écroulé.

La peur l'envahit. Oppressante. Etouffante. Son cœur s'emballa, ses paumes devinrent moites. Elle avait du mal à reprendre son souffle, comme lorsqu'elle se réveillait autrefois en pleine nuit, convaincue que Chance était parti, comme sa mère, qu'il s'était enfui en profitant de l'obscurité, en l'abandonnant.

Non ! Skye repoussa les couvertures et se leva précipitamment. Chance ne ferait pas une chose pareille, se dit-elle. Ils étaient heureux ici. Tout était merveilleux désormais.

S'emparant de son peignoir au passage, elle fonça dans le couloir. La chambre de Chance était située en face de la sienne ; la porte en était ouverte, le lit fait. Sans doute était-il déjà descendu.

Sarah se trouvait dans la cuisine, en train de préparer le petit déjeuner. Skye l'entendait s'affairer ; elle sentait la délicieuse odeur de bacon grillé. Elle se pencha par-dessus la rampe.

— Sarah ! Où est Chance ?

Quelque chose tomba par terre et se brisa. Sarah grommela quelques mots qui ressemblaient à un juron. Skye fronça les sourcils, étonnée. Sarah ne jurait jamais ; c'était la personne la plus sereine qu'elle ait jamais connue.

— Tout va bien ? lança-t-elle en se penchant davantage par-dessus la rampe, pour essayer d'apercevoir la cuisine. J'espère que ce n'était pas la vaisselle de ta grand-mère.

Comme Sarah ne répondait pas, Skye dévala l'escalier. Arrivée dans la cuisine, elle découvrit que Sarah avait effectivement cassé un des vieux bols hérités de sa grand-mère. Elle était agenouillée sur le sol, au milieu de la pâte à pancakes. Skye s'empressa de l'aider à nettoyer.

Cela étant fait, elles se relevèrent, et Skye regarda autour d'elle.

— Où sont les autres ?

Sarah parut hésiter.

— Michael est dehors. Je… je vais l'appeler.

Elle alla ouvrir la porte à moustiquaire et actionna la vieille cloche fixée au mur, juste à côté.

Le front de Skye se creusa.

— Sarah ?

Comme elle ne se retournait pas, Skye sentit une boule d'angoisse se former au creux de son estomac.

— Chance est dehors, lui aussi ? demanda-t-elle.

Sarah poussa un soupir et affronta enfin le regard de Skye.

— Assieds-toi donc, ma chérie.

Skye refusa.

— Pourquoi tu me regardes bizarrement ? Que se passe-t-il ?

Michael entra à ce moment-là. Sarah et son mari échangèrent un regard triste. Une effroyable sensation de déjà-vu s'abattit sur Skye.

Non, ça ne pouvait pas lui arriver une seconde fois. Mon Dieu, pas encore !

Prise de panique, elle regardait alternativement Sarah et Michael.

— Où est Chance ?

— Skye, chérie, il…

— Non ! s'écria-t-elle en reculant. Je ne veux pas entendre ça.

— Quand je suis allée le réveiller ce matin, il…

Sarah jeta un regard suppliant à son mari, pour réclamer son aide. Celui-ci se racla la gorge.

— Il est parti, Skye. Je suis désolé.

— C'est faux ! Il sera sorti hier soir, répliqua-t-elle, cherchant désespérément une explication, et il… il aura couché chez un ami. Voilà tout.

— Il a emporté ses affaires, dit Sarah en s'approchant, la main tendue. Ma chérie, je suis navrée.

Skye eut un mouvement de recul.

— C'est faux ! Je ne vous crois pas !

Tournant les talons, elle remonta à toute allure dans la chambre de Chance. Elle ouvrit d'abord la penderie, puis les tiroirs de la commode.

Vides ! Ils étaient tous vides. Sarah n'avait pas menti.

Même pas de mot. Pas d'adieu. Rien.

Skye se laissa tomber sur le lit, tandis que le monde s'écroulait autour d'elle. Au moins sa mère lui avait-elle laissé un mensonge en partant, une banalité vide de sens, une fausse déclaration d'amour. Chance ne s'était même pas donné cette peine.

Mais qu'espérait-elle ? Elle n'avait toujours été qu'un boulet pour lui, songea-t-elle.

Elle ne pleura pas, même si les larmes qui montaient dans sa gorge l'étouffaient. Elle contempla ses mains serrées sur ses genoux. Elle détestait Chance. Jamais elle ne lui pardonnerait. Jamais.

— Il reviendra, ma chérie. J'en suis sûre.

Levant les yeux, Skye découvrit le visage affligé de Sarah, qui se tenait sur le seuil de la chambre. Michael était à son côté ; il avait posé la main sur l'épaule de sa femme, en un soutien muet. Un cri de désespoir monta aux lèvres de Skye, mais elle le retint, au dernier moment. *Il l'avait abandonnée, comme l'avait fait sa mère, comme elle l'avait toujours craint.*

Il ne l'aimait pas plus que sa mère.

— Nous en avons discuté et…

Sarah prit une profonde inspiration avant de continuer.

— … Tu peux rester ici avec nous, en attendant qu'il revienne.

— Il ne reviendra pas, répliqua Skye en tournant la tête vers la fenêtre ouverte sur cette radieuse journée d'été. Il est parti pour de bon.

Sarah s'avança.

— Il reviendra, ma chérie. C'est sûr. Après tout, c'est ton frè…

— Non, dit-elle dans un murmure. Tout le monde m'abandonne.

CINQUIÈME PARTIE

La fortune

33

Chicago, Illinois, 1996

Pour Chance, ce fut un coup de foudre. Il lui avait suffi d'un seul regard aux gratte-ciel d'acier et de verre de Chicago pour comprendre, instinctivement et au plus profond de lui-même, que c'était le genre de ville où tout pouvait arriver, où un jeune garçon qui ne possédait que sa détermination et son sens de la débrouillardise pouvait faire son chemin. C'était une ville accueillante, une ville qui croyait encore à l'ancienne éthique du travail, et qui offrait une chance aux affamés. Bref, la vision du rêve américain selon Chance.

Chicago ne prenait pas de grands airs. Elle n'était pas prétentieuse comme Los Angeles, hystérique comme New York, ou étouffée par le poids des conventions comme Boston ou Philadelphie. Elle mélangeait, de manière pas toujours harmonieuse du reste, le vieux et le neuf, la fortune et l'immense pauvreté, l'énergie de la jeunesse et la sagesse de l'âge. C'était une ville de contrastes bien vécus, qui se reflétaient dans son architecture, ses quartiers, ses habitants.

Dans les bras de cette ville, Chance s'était tout de suite senti vivant et exalté. Avec le sentiment que rien ne pouvait l'arrêter. Il s'y était débarrassé de l'enveloppe de son passé, et l'avenir s'était ouvert devant lui.

Dans les premiers jours de son arrivée à Chicago, Chance avait passé son temps à explorer. Il aimait la façon dont les vaguelettes du lac Michigan venaient lécher les abords de la ville, et la manière dont la Chicago River en traversait le cœur, telle une flèche décochée par Cupidon. Il prenait le métro aérien, déambulait dans les immenses magasins et visitait les tours qui abritaient quelques-unes des plus grandes sociétés du monde, comme Sears ou Amoco. Et chaque fois qu'il pénétrait dans ces endroits, il formait des vœux, et des plans. *Un jour,* se jurait-il.

En l'espace d'une semaine, l'amour fou de Chance pour Chicago avait pris l'apparence d'une certitude inébranlable : ici, s'il travaillait dur, s'il avait foi en lui, il pourrait réaliser ses rêves, devenir celui qu'il souhaitait être.

Et il souhaitait faire partie de ces gens qui possédaient l'argent et maniaient le pouvoir, ceux à qui toutes les portes étaient ouvertes.

Alors, il s'attela à la tâche. « Premier impératif, se dit-il, trouver un logement permanent, et ensuite, un travail. » Il ne prit pas la peine de solliciter des postes qu'il n'avait aucune chance d'obtenir ; en outre, il n'avait aucune envie de se trouver relégué dans un bureau au sous-sol où il ne rencontrerait que des individus qui lui ressemblaient. Et il n'était pas idiot au point de croire qu'il pourrait gravir tous les échelons en partant du bas. Une vie entière n'y suffirait pas.

Chance voulait grimper rapidement. Il voulait côtoyer les gens beaux, les gens riches et cultivés. Aussi se fit-il engager comme portier à l'hôtel Ritz.

Et là, il put admirer les riches à loisir. Il nota leur manière de s'habiller, leurs habitudes alimentaires. Il nota leurs manies, leur façon de parler, les choses qu'ils se disaient, avec des mots, mais aussi avec le corps. Il observa, étudia, mémorisa. Et le soir, il mettait en pratique ce qu'il avait appris ; face à son miroir, il singeait les attitudes, les mimiques, les manières de s'exprimer des riches. Les jours de congé, il écumait les magasins, même s'il n'y faisait que peu d'achats. Il étudiait les objets qui permettaient à ces gens d'incarner leur rôle ; il essayait des vêtements, il apprenait à les choisir, à les coordonner. Bref, il apprenait à sauter les étapes sans que cela se remarque.

Quand il eut appris tout ce qu'il avait besoin de savoir, il quitta le Ritz pour se faire engager au Palm Court, un restaurant à la mode situé au cœur du quartier des affaires. Là, il observa les cadres supérieurs, les décideurs, les P.-D.G. ; il étudia ce qu'ils mangeaient, buvaient et leur façon de s'habiller. A force, il fut capable de deviner en un clin d'œil qui était l'homme le plus important à une table, et pourquoi.

Il écoutait les conversations sans vergogne. Tout en servant plats raffinés et vins fins, il apprit l'art secret de la négociation.

Sa quête était devenue une sorte de jeu, une compétition contre lui-même.

Une compétition qu'il était bien décidé à remporter.

Dès lors, Chance commença à se préparer pour le succès. Physiquement aussi bien que mentalement. Il était parvenu à deux conclusions : pour profiter d'une opportunité, il devait avoir la tête de l'emploi, et il ne pourrait pas faire ses preuves tant que cette opportunité ne se serait pas présentée. En attendant, il lui suffisait de peaufiner son image, et surtout, son bagout.

Dans ce but, il s'inscrivit à des cours du soir à l'université de Chicago. De ses longues observations, Chance avait acquis la certitude que tout le monde avait quelque chose à vendre — ne serait-ce que soi-même —, quelqu'un ou quelque chose à lancer sur le marché, à promouvoir. C'est pourquoi il suivit une multitude de cours de marketing, de publicité et de stratégie commerciale, en fonction de ses horaires de travail.

Très vite, Chance s'aperçut qu'il possédait un don pour saisir les désirs du grand public. Il comprenait parfaitement comment fonctionnait le système, et, surtout, il savait comment en tirer profit.

Ses professeurs de marketing le considéraient comme l'un des meilleurs « baratineurs » qu'ils aient eu le plaisir de former. Les autres étudiants l'adoraient, ou bien le détestaient, pour cette même raison.

Moins de deux ans après être retourné à l'école, Chance décrocha son premier poste dans une agence de marketing. Cinq ans plus tard, il avait gravi tous les échelons, pour finalement être nommé vice-président des relations publiques et des manifestations promotionnelles chez Adams et Sloane.

Et aujourd'hui, douze ans exactement après sa découverte des gratte-ciel de Chicago, Chance fêtait sa première journée au poste de président de l'agence de marketing et de relations publiques McCord.

Plus rien ne pouvait l'arrêter désormais.

La vie était belle.

Se renversant contre le dossier de son fauteuil de cuir — une folie que sa jeune société ne pouvait se permettre, mais qu'il s'était offerte malgré tout —, il porta sa coupe de champagne à ses lèvres. Sa stratégie était élaborée. Dès demain, il commencerait à démarcher les clients : par la force, le charme ou la ruse, il franchirait l'obstacle des standardistes et des assistants, pour atteindre les sièges du pouvoir et de l'argent. Une fois dans la place, il convaincrait ces gens puissants de l'engager.

Chance sourit. S'il le fallait, il appellerait toutes les foutues sociétés de Chicago, et il les rappellerait, encore et encore, jusqu'à ce que quelqu'un lui donne sa chance. Jusqu'à ce que s'ouvre la porte magique.

Laissant échapper un rire de pur triomphe, il leva son verre pour porter un toast à son avenir. Ses plans débutaient demain. Aujourd'hui, il s'autorisait à jouir de sa réussite.

Il pivota dans son fauteuil pour contempler la vue derrière son bureau. Le ciel était d'un bleu parfait, parsemé de quelques nuages blancs et duveteux. Cette vision lui évoqua Skye. Il pensait très souvent à elle, mais jamais il n'avait regardé en arrière, jamais il n'avait douté de la pertinence de sa décision de la laisser aux soins de Sarah et Michael Forrest. Il avait agi au mieux, se disait-il, pour elle et pour lui.

Malgré tout, il aurait voulu lui dire au revoir. Ce regret était douloureux. Il en avait souffert. Il en souffrait encore.

Lui avait-elle pardonné ? Etait-elle heureuse ? Il s'était posé ces questions d'innombrables fois au fil des ans. Mais jamais il ne s'était demandé si elle allait bien. Car il le savait. D'instinct. Skye faisait partie de la race des survivants. Ils avaient toujours eu ce trait de caractère en commun.

De nouveau, Chance leva son verre de champagne pour porter un toast. A la santé de Skye, cette fois, où qu'elle soit.

34

Ecole de design de Rhode Island, 1996

— Hé, Skye ! Attends !

Skye s'arrêta et se retourna. Une de ses camarades, étudiante de dernière année comme elle, traversait le parking en courant pour la rejoindre. Skye la salua d'un geste et attendit, bien qu'elle fût pressée.

Roxy la rejoignit enfin, légèrement essoufflée.

— Je viens d'apprendre la nouvelle ! Bravo, ma vieille. Ah ! bon sang, je serais prête à tuer n'importe qui pour être exposée au musée d'Art moderne de New York !

Skye lui sourit, en serrant ses livres contre sa poitrine. Elle avait appris aujourd'hui même que plusieurs de ses bijoux, parmi lesquels figurait une broche plutôt audacieuse, avaient été retenus pour la prestigieuse exposition consacrée aux arts décoratifs organisée au musée d'Art moderne. Des créateurs de bijoux du monde entier avaient envoyé leurs œuvres dans l'espoir d'être remarqués. Seule une poignée d'entre eux avait été sélectionnée.

— J'avoue que je n'en suis pas revenue, avoua Skye. C'est un rêve complètement fou.

— Tu iras loin.

Roxy fouilla dans la poche de son manteau à la recherche de son paquet de cigarettes. Elle le trouva enfin et poussa un juron en constatant qu'il était vide. Elle l'écrasa rageusement avant de le remettre dans sa poche.

— On sort à plusieurs ce soir, dit-elle. Viens donc avec nous. On fêtera ça.

Skye secoua la tête.

— Je te remercie, mais franchement, c'est impossible.

— Oh, allons ! C'est vendredi, bon sang ! Tu as bien mérité de t'amuser.

Reculant d'un pas, Skye essaya de prendre un air désolé.

— Je ne peux pas. Je t'assure. J'ai déjà des projets, répondit-elle. Merci quand même.

— Des projets ? dit Roxy en faisant la grimace. Rester enfermée dans ton atelier avec ton clébard, je parie.

— Je plaide coupable, admit Skye avec un sourire. Mais M. Meuh n'est pas un clébard.

— Tu sais ce qu'on raconte au sujet des gens qui travaillent trop, sans jamais penser à s'amuser. Tu vas devenir une fille très ennuyeuse.

— L'ennui a du bon, Roxy. Crois-moi, l'aventure, c'est complètement dépassé. Allez, dit-elle en tournant les talons, à lundi !

Tandis qu'elle s'éloignait, elle sentait le poids du regard interrogateur de la jeune fille dans son dos. Skye savait très bien ce que les autres étudiants disaient d'elle : c'était une snobinarde qui se croyait trop bien pour eux. Ils la trouvaient distante, froide, d'une gravité et d'un sérieux mortels.

Tout cela était entièrement faux, de l'avis de Skye du moins. Elle préférait se considérer comme une personne déterminée, motivée, qui savait ce qu'elle voulait. Il avait fallu qu'elle travaille sacrément dur pour en arriver là, pour pouvoir apprendre. Et elle ne voulait pas perdre son temps à faire la fête, à nouer des relations. Et certainement pas à passer d'un lit à l'autre, à la recherche d'un Mr Goodbar des années 90 ; ce en quoi elle avait déçu nombre de ses camarades étudiants, et même certains de ses professeurs, qui s'étaient montrés plutôt entreprenants.

Au lieu de fréquenter les autres, elle plongeait dans ses créations, en s'émerveillant quotidiennement de la chance qui lui était offerte. Si le passé lui avait appris une chose, c'était que rien n'était jamais définitivement acquis, ni les gens ni les situations. On pouvait se réveiller un jour, n'importe lequel, et découvrir que tout avait disparu.

C'est pourquoi elle s'absorbait dans les études et le travail, assimilant tout ce qu'il était humainement possible d'assimiler. Evidemment, il lui restait peu de temps pour avoir des amis et faire la fête. Mais elle préférait de toute façon passer son temps avec son art et M. Meuh.

Skye monta à bord de sa Hyundai, jeta ses livres et ses cahiers sur la banquette arrière et prit le chemin de son appartement, en s'arrêtant en chemin pour acheter du poulet thaï, dont elle raffolait, et une bouteille de vin. Comme l'avait dit Roxy, il fallait fêter l'événement.

Le musée d'Art moderne de New York ! Elle-même avait encore du mal à y croire. Pour un artiste, quel qu'il soit, le célèbre MOMA représentait la consécration. Le pinacle. Même si elle ne faisait rien d'autre dans sa vie, elle pourrait dire au moins que ses œuvres avaient été exposées au musée d'Art moderne !

Mais Skye savait qu'elle ne s'arrêterait pas là ; elle ferait bien mieux. Sa participation à cette importante exposition n'était que le premier pas.

Enfin chez elle, Skye gravit l'escalier jusqu'à son appartement du deuxième étage, déposa ses livres, son sac, ses paquets et le courrier sur le paillasson, récupéra ses clés au fond de sa poche et ouvrit la porte, en se tenant sur ses gardes.

Au moment où elle poussait le battant, M. Meuh — ainsi surnommé parce qu'il était noir et blanc, aussi gros et aussi pataud qu'une vache — déboula au coin du couloir de la cuisine, pour foncer vers la porte, cinquante kilos de joie pure et débridée. Il bondit sur elle — une habitude qu'elle n'avait jamais réussi à lui faire perdre, mais il est vrai qu'elle n'avait guère insisté — et ses grosses pattes avant s'abattirent sur la poitrine de Skye, l'obligeant à reculer de plusieurs pas. Il l'embrassa à grands coups de langue, puis retomba sur ses quatre pattes et tournoya sauvagement autour d'elle, lui donnant le tournis.

En riant, Skye s'agenouilla pour le serrer contre elle.

— Oui, moi aussi je suis heureuse de te voir. Ça te dit une petite balade ?

Le chien répondit par deux aboiements, et elle lui montra la cuisine.

— Va chercher ta laisse.

Le chien se retourna et fonça dans la cuisine. Amusée, Skye récupéra ses affaires sur le palier et le suivit.

M. Meuh et elle avaient un tas de points communs. Elle l'avait trouvé tout jeune, abandonné au bord d'une route. Elle l'avait recueilli et il lui en était reconnaissant. Il l'aimait sans retenue. Mais pas autant qu'elle, se disait-elle parfois.

Il était son meilleur ami.

Le chien l'attendait dans la cuisine ; la laisse pendait dans sa gueule. Skye rit de le voir ainsi, impatient, avec l'air de dire : « Allez, dépêche-toi ! » la queue frappant violemment le sol.

— Oui, oui, j'arrive.

Elle déposa ses affaires sur la table, attacha le collier du chien et l'emmena en promenade.

Une demi-heure plus tard, de retour à la maison, elle fit réchauffer le poulet thaï, puis se servit un verre de vin, avant d'aller s'asseoir avec M. Meuh dans le salon, par terre devant le canapé. Tout en partageant le contenu de son assiette avec le chien, elle lui raconta le grand événement de la journée.

— On va appeler Sarah, dit-elle en buvant une gorgée de vin, avec un délicieux sentiment de décontraction et d'accomplissement. On lui parlera de l'expo. Ça lui fera plaisir.

Renversant la tête contre le bord du canapé, elle sourit. En vérité, Sarah serait littéralement folle de joie et de fierté.

Skye lui devait tant. C'était Sarah qui lui avait enseigné la fabrication des bijoux, Sarah qui l'avait convaincue qu'elle possédait du talent, et l'avait encouragée à s'en servir. C'était Sarah, encore et toujours, qui avait fait jouer ses relations pour lui permettre d'entrer au lycée sans présenter de certificat de naissance ; Sarah, enfin, qui lui avait permis d'obtenir une bourse d'études pour l'école de design de Rhode Island.

Et surtout, c'était Sarah qui l'avait aidée à tenir le coup après le départ de Chance, qui lui avait donné une raison de vivre, qui lui avait communiqué le *désir* de vivre, en partageant son art avec elle, en permettant à Skye de s'y immerger, en lui montrant comment y puiser de l'énergie.

Sans Sarah, Skye n'aurait peut-être pas résisté. Sans Sarah, peut-être se serait-elle couchée en boule dans un coin pour se laisser mourir.

Elle aurait tant voulu être capable d'aimer cette femme. Elle aurait tant voulu la considérer comme une mère, car tel était le désir le plus cher de Sarah : que Skye l'aime comme une mère.

Skye se disait qu'elle lui devait bien ça.

Aussi avait-elle essayé, de toutes ses forces. Mais elle en était incapable. Car elle savait, elle avait vu ce qui se passait, quand on aimait les gens. Ils vous abandonnaient. Ils vous laissaient tomber. En dépit de leurs belles promesses.

Ils vous brisaient le cœur.

Et alors, c'était trop douloureux. Elle savait qu'elle ne pourrait pas le supporter une fois de plus. Une troisième blessure lui serait fatale.

Skye repoussa son assiette et se servit encore un peu de vin. Tenant son verre entre ses paumes, elle le porta à ses lèvres comme un calice. Le vin était à la fois doux et charpenté, avec une légère pointe de mordant. Elle en goûtait la saveur et l'effet légèrement engourdissant qu'il avait sur ses sens. Elle savait qu'elle devrait s'arrêter de boire sur-le-champ, avant que la délicieuse griserie ne se transforme en ivresse abrutissante, mais on était vendredi soir, se dit-elle, et elle n'avait nulle part où aller ; personne ne l'attendait. Alors, autant se faire plaisir ce soir, elle en paierait le prix demain.

Car dans la vie, lui semblait-il, chaque chose avait un prix.

Elle reposa son verre et se tourna vers M. Meuh.

— Tu es prêt pour le dessert ?

Il répondit en aboyant, comme à son habitude, et Skye cassa en deux son petit biscuit chinois, qui renfermait un message.

— Hmm, il est écrit que tu avances sur le chemin de la gloire et de la fortune. Tu es verni, mon vieux. Je peux t'accompagner ?

Elle lui tendit la moitié du biscuit, qu'il engloutit voracement, puis la deuxième moitié, qui disparut de la même façon. Après quoi, elle brisa son propre biscuit pour lire le message qu'il contenait.

« Soyez prudent en formulant un souhait... Il pourrait se réaliser. »

Skye contempla longuement le petit rouleau de papier, amusée. Une mise en garde ? La fortune et la gloire pour M. Meuh, une mise en garde pour elle ? Qu'est-ce qui clochait dans ce tableau ?

Elle donna son biscuit au chien, et se rassit sur le canapé, étudiant le mystérieux message, repensant à ses souhaits, si nombreux.

— Voyons voir, murmura-t-elle en songeant au plus évident de ses vœux.

Elle aurait voulu devenir riche et célèbre, la créatrice de bijoux dont tout le monde parlait. Elle aurait voulu qu'un jour on cite son nom à côté de ceux de Paloma Picasso, Angela Cummings ou Dorothy Monarch.

Mais pas question de s'arrêter là. Puisqu'elle émettait des souhaits, autant tout réclamer, à commencer par le plus important selon elle : connaître le véritable amour avec l'homme parfait.

Skye ne put s'empêcher de rire en imaginant son prince charmant. Il serait très beau, évidemment. Riche et connu aussi. Et elle serait aimée de toute sa famille.

Mais surtout, cet homme l'aimerait au-delà de la raison, de manière si absolue, infinie, que jamais il ne l'abandonnerait. Jamais. Il l'aimerait si fort qu'elle ne craindrait pas de l'aimer en retour. Elle n'aurait pas peur de tout lui offrir : son cœur et son âme, sa vie.

Skye porta son verre à ses lèvres une fois de plus, se laissant griser par le vin, tandis qu'elle continuait d'imaginer l'homme idéal, et comme ce serait bon d'être aimée de cette façon. Comme ce serait bon de ne plus jamais se sentir seule.

Hélas ! son sourire s'évanouit dès que son esprit fut envahi par le souvenir de sa mère. Et de Chance. Et de tous les secrets enfermés en elle, à triple tour.

M. Meuh frotta sa tête contre son bras ; sa truffe était froide et humide. Skye se tourna vers lui, espérant chasser ces pensées, et sachant que c'était impossible. Tous ses souhaits passés ou présents, doux ou amers, se mélangeaient, semblait-il, pour creuser un énorme vide en elle. Un endroit rempli de souffrances à force de désirer si intensément, depuis si longtemps.

Et Skye finit par céder. Aussi ridicule que cela puisse paraître, après tout ce temps, elle fit le vœu de retrouver sa mère. Et quand ce jour béni surviendrait, elle découvrirait que tout cela n'avait été qu'une terrible erreur : un vilain caprice du destin les avait séparées, et, pendant toutes ces années, sa mère n'avait jamais cessé de la rechercher, en vain, le cœur brisé.

Elle découvrirait que sa mère l'avait aimée, finalement.

Les yeux brûlants sous l'effet des larmes qu'elle refusait de verser, Skye reporta ses pensées sur Chance. Jadis, elle avait pleuré des tonnes de larmes à cause de lui et de sa mère ; elle les avait laissées derrière elle depuis longtemps. Elle leva son verre, dans une parodie de toast. Certes, elle aurait voulu revoir Chance, mais seulement pour lui faire regretter le mal qu'il lui avait causé, pour qu'il regrette de lui avoir brisé le cœur. Elle aurait voulu lui donner la preuve que toutes les ambitions qu'il nourrissait n'étaient rien comparées au fait de l'avoir perdue.

Le vin avait un goût amer soudain, et Skye reposa son verre, en déplorant de s'être lancée dans cet inventaire ridicule de ses souhaits. Cependant, elle tenait à aller jusqu'au bout, pour être plus légère une bonne fois pour toutes.

Les yeux fermés, elle acheva la liste, en souhaitant que quelqu'un, ou quelque chose, déverrouille la porte de son passé, et qu'elle connaisse enfin le secret des premières années de son existence, cette partie de sa vie dont sa mère n'avait jamais voulu lui parler.

Car dès ce moment, Skye en était persuadée, elle connaîtrait aussi la plénitude.

En ouvrant les yeux, elle se retrouva face au message contenu dans le biscuit. Une fois de plus, elle relut cette mise en garde idiote, en sentant naître dans sa tête les prémices d'une migraine. Comment ses souhaits pourraient-ils être néfastes ? se demanda-t-elle, le souffle coupé par la colère. Pourquoi fallait-il qu'ils s'accompagnent d'une mise en garde ?

Elle froissa le morceau de papier, le fourra dans la poche de son cardigan et se leva. Si tous ses vœux se réalisaient, peu importait alors ce qui lui arriverait ensuite, se dit-elle.

Elle serait bien trop occupée à jouir de son bonheur.

35

Chicago, Illinois, 1996

Griffen contemplait la carte de visite posée devant lui sur le bureau. Son assistante la lui avait remise quelques instants plus tôt, en même temps qu'une pile de messages téléphoniques.

McCord Relations publiques et événements spéciaux
Chance McCord, Directeur.

Chance McCord. Griffen connaissait ce nom. Il l'avait déjà entendu, quelque part... en rapport avec un événement important. Des rides de concentration barraient son front tandis qu'il invoquait ses souvenirs.

Sa mémoire ne le trahissait jamais. Il se rappelait tous les visages, tous les noms, ainsi que les dates et les faits. C'était d'ailleurs une des raisons pour lesquelles les études avaient été pour lui un jeu d'enfant, et une des qualités qui faisaient de lui un formidable et redoutable homme d'affaires.

Il répéta plusieurs fois ce nom à mi-voix, et soudain, les souvenirs submergèrent son esprit. Lorsque son père avait repéré pour la dernière fois les traces de Madeline et de Grace, le détective privé avait parlé d'un adolescent, une sorte de forain, nommé Chance McCord !

Enfin une piste !... Peut-être. Un lien avec Grace... Peut-être.

Sa Grace. Griffen sentit son cœur s'emballer, ses paumes devenir moites. Non, c'était trop beau pour être vrai, se dit-il. Ils n'avaient plus jamais eu la moindre information concernant Grace et sa mère. A croire qu'elles avaient disparu de la surface de la terre. Son grand-père lui-même avait renoncé à les retrouver.

Mais pas lui, Griffen. Tandis que les années passaient, il n'avait jamais douté que Grace et lui seraient de nouveau réunis. Il en était intimement convaincu. Certaines choses étaient écrites.

Il inspira profondément pour maîtriser l'excitation qui montait en lui. Pas d'enthousiasme précoce, se dit-il. Après tout, c'était peut-être une fausse piste. Mais peut-être aussi était-ce l'occasion qu'il attendait depuis treize ans, celle qui lui permettrait de retrouver Grace.

— Monsieur Monarch ?

Son assistante frappa à la porte et passa la tête à l'intérieur du bureau, visiblement agitée.

— Paloma Picasso sur la une !

— Dites-lui que je la rappellerai.

La jeune femme demeura bouche bée.

— Je vous demande pardon ? Avez-vous dit…

— Je suis occupé. Je la rappellerai.

— Mais ça fait des jours que nous… Elle appelle de Pékin !

— Je me fous de savoir depuis combien de temps on cherche à la joindre, et d'où elle appelle ! Dites-lui que je la rappellerai. Et revenez me voir ensuite, j'ai quelques questions à vous poser.

L'assistante ouvrit la bouche, comme pour insister, mais se ravisa, pivota sur ses talons et ressortit. Griffen la regarda partir, en souriant intérieurement. Après plusieurs mois d'efforts, il avait enfin fait comprendre à cette jeune personne que les subordonnés ne pouvaient mettre en doute ses décisions. En aucun cas. Et si elle le considérait comme un sale con — ce qu'elle pensait, en effet —, tant pis pour elle. Il la remplacerait, comme il l'avait déjà fait avec une demi-douzaine d'autres assistantes.

La jeune femme revint au bout de quelques secondes, le visage marbré par des plaques écarlates, dues à la colère.

— Vous vouliez me voir, monsieur Monarch ?

Il brandit la carte de visite.

— Parlez-moi de l'homme qui a déposé ceci.

— Que voulez-vous dire ?

— Vous ne comprenez pas la question, Ashley ? Je veux que vous me parliez de ce Chance McCord.

— Comme je vous l'ai dit, il a débarqué ici sans rendez-vous. Il voulait vous rencontrer, je lui ai dit que c'était impossible, mais j'ai promis de vous transmettre sa carte.

Griffen émit un petit grognement d'impatience.

— De quoi avait-il l'air ? Comment était-il physiquement ?

— Physiquement ? répéta la jeune femme en rougissant. Euh… Plutôt bel homme. Le genre surfeur californien, vous voyez. Cheveux blonds et yeux clairs. Avec un joli sourire et des fossettes. Il m'a paru… intelligent. Ambitieux, surtout. Il a les dents longues.

— Quel âge ?

— Je ne sais pas… La trentaine. Trente-deux, je dirais.

Griffen acquiesça et se leva.

— Ne vous éloignez pas. Vous allez me rendre un service. Mais d'abord, il faut que j'aille chercher quelque chose dans le bureau de mon père.

Sans attendre de réponse, il quitta la pièce. Le bureau de Pierce Monarch jouxtait le sien. Il pénétra dans l'antichambre, en frôlant la secrétaire particulière de son père, sans même demander la permission d'entrer. Il savait que son père était absent ; il ne venait presque plus. Son état de santé s'était détérioré à un point tel que, même s'il demeurait officiellement président de la Maison Monarch, c'était Griffen lui-même qui tenait les rênes depuis maintenant deux ans.

Ayant refermé la porte derrière lui, il se dirigea directement vers les dossiers confidentiels de son père. Grâce à la clé qu'il possédait, à l'insu de ce dernier, Griffen ouvrit le classeur et entreprit de fouiller parmi les différentes chemises, en quête du rapport rédigé par le détective privé treize ans plus tôt.

Il le dénicha enfin, et trouva le renseignement qu'il cherchait. Sa mémoire ne l'avait pas trahi. Le nom figurait bien là, noir sur blanc.

Chance McCord.

Griffen parcourut le vieux rapport. Ce Chance était l'ami de Madeline et de Grace, qu'il connaissait sous le nom de Claire et Skye Dearborn. Cet été-là, disait le rapport, ils voyageaient tous les trois avec une troupe de forains, formant une sorte de famille. L'adolescent avait affirmé ne pas savoir où se trouvaient la mère et la fille, mais le détective le suspectait de mentir.

A part ça, le rapport ne contenait rien de très intéressant, mais le détective y avait quand même joint une brève description du garçon, et une photo floue, prise de loin, au téléobjectif.

Le visage déformé par un rictus haineux, Griffen observa ce mauvais cliché. Grace n'avait pas besoin de recréer une famille avec une sorte de saltimbanque minable ! Elle avait déjà une famille. Qui se languissait de la retrouver.

Une famille à laquelle sa chienne de mère, cette folle, l'avait arrachée !

Griffen respira à fond pour se calmer. Puis il arracha la photo du dossier et l'examina de nouveau, en effectuant un rapide calcul mental. L'âge correspondait, la description physique aussi.

Après avoir glissé la photo dans sa poche, il remit le dossier en place, referma et verrouilla le classeur. En se retournant, il découvrit la secrétaire de son père sur le seuil, qui l'observait sans chercher à masquer son hostilité.

Il lui adressa un petit sourire en coin et balança la clé du classeur au bout de son index, amusé par le regard noir de la femme.

— Je peux vous aider, madame Fitzpatrick ?

— Non, monsieur Monarch. Vous cherchez quelque chose ?

— Je me suis déjà servi, merci.

Il sourit, glissa la clé dans la poche de sa veste et passa devant elle pour gagner la porte du bureau. Sur le seuil, il se retourna.

— Il me semble, madame Fitzpatrick, étant donné les fréquentes absences de mon père, que vous avez mieux à faire que de m'espionner.

La secrétaire rougit.

— Je me contente d'obéir aux ordres de votre père.

— Quelle loyauté ! Vous êtes une perle, madame Fitzpatrick. Quand vous l'appellerez pour faire votre rapport, transmettez-lui le bonjour de ma part.

Il savait qu'elle n'y manquerait pas. Griffen rit tout seul en imaginant la réaction de son père lorsqu'elle lui annoncerait que son fils détenait la clé de ses précieux dossiers. Peut-être serait-il victime d'une nouvelle attaque.

Il n'était pas interdit d'espérer. Griffen éclata de rire cette fois, pris d'une sorte de griserie. Il avait attendu ce jour pendant presque treize ans !

Il avait espéré un indice, même insignifiant, un soupçon de piste, n'importe quoi qui l'aiderait à ramener sa Grace auprès de lui.

Et le miracle s'était enfin produit. Désormais, il avait un espoir auquel se raccrocher, il pouvait élaborer des plans.

Et rien, ni personne, ne pourrait se dresser sur son chemin.

36

San Francisco, Californie, 1996

Sur la porte fermée, on pouvait lire : « Salle d'interrogatoire n° 2 ». De l'autre côté du battant, contrastant avec le vacarme abrutissant et permanent de ce commissariat de San Francisco, il régnait un silence de mort, brisé seulement par le froissement d'un journal dont on tournait les pages.

La pièce sentait le renfermé, mélange de tabac froid et de linge douteux. Il n'y avait aucune fenêtre pour laisser entrer un peu d'air frais, pour accueillir des rayons de soleil bienfaisants.

Quelqu'un avait gravé les mots *Jésus notre sauveur* sur l'unique table, dont le plateau était balafré de brûlures de cigarettes, empreintes laissées par des fumeurs insouciants, année après année.

Claire passait presque tout son temps dans des pièces semblables à celle-ci, assise devant des tables identiques, entourée de vieux journaux et de récits de drames vécus par d'autres. Mais elle le faisait de son plein gré, avec enthousiasme même. Car dans ces pièces exiguës et étouffantes, elle trouvait sa raison de vivre.

Il lui était arrivé bien des péripéties depuis ce terrible jour où, du haut du pont de Fort Pitt, elle avait contemplé l'eau noire de la rivière Ohio tout en bas, prête à s'y jeter pour en finir. Parmi les visions qui l'avaient assaillie à cet instant figurait le visage d'un enfant, qu'elle avait reconnu comme étant la victime d'un kidnapping dont on avait beaucoup parlé. Claire était allée trouver la police, et grâce à ses visions, elle les avait conduits jusqu'à l'enfant, lui sauvant ainsi la vie.

Depuis, elle ne cessait de venir en aide aux autorités et aux familles. Bien qu'ayant refusé absolument toute publicité, elle avait acquis une sérieuse réputation au sein de la police. Les enfants disparus étaient sa spécialité, et la cruelle ironie de cette situation ne lui avait pas échappé : elle aidait les autres à retrouver leurs enfants, mais elle était incapable de repérer sa propre fille.

Pourtant, elle n'avait jamais cessé de la rechercher. Partout où elle allait, elle scrutait les visages, au cas où celui qu'elle espérait en ferait partie. Chaque fois qu'elle arrivait dans une nouvelle ville, elle épluchait les annuaires de téléphone et les journaux locaux, dans le but improbable de retrouver sa fille.

Mais improbable ou pas, elle s'était juré de ne plus jamais se laisser entraîner vers les affres de la souffrance qu'elle avait connues ce soir-là à Pittsburgh ; elle s'était fait le serment de ne jamais perdre espoir.

Claire ôta ses lunettes et se massa l'arête du nez. Elle était venue directement à ce commissariat, après avoir atterri à l'aéroport — elle consulta sa montre —, quatre heures plus tôt. La veille, elle était à Boston. Trois jours auparavant, elle était à Braille, en Floride, une petite ville proche des Everglades.

Elle remit ses lunettes et reporta son attention sur le journal ouvert devant elle. La police recherchait une fillette de six ans qui avait disparu une semaine plus tôt. Elle était partie de chez une amie qui habitait au coin de la rue, et plus personne ne l'avait revue. Il n'y avait ni piste, ni témoin. Rien.

Instinctivement, Claire porta sa main à sa poitrine, pour toucher les pierres précieuses qu'elle avait comme un talisman autour du cou. Après ses visions sur le pont, elle avait fait confectionner un petit étui pour pouvoir les garder ainsi sur le cœur. Elle ne les quittait jamais.

Ces gemmes constituaient les clés de ses visions ; elle en était convaincue. Tout comme elle était convaincue qu'elles lui avaient sauvé la vie.

Comme elle était convaincue qu'elles sauveraient un jour la vie de Skye.

— Madame Dearborn ?

Tournant la tête vers la porte, Claire découvrit le visage juvénile et inquiet d'un agent de police.

— Oui ?

— Vous avez besoin de quelque chose ?

Elle lui sourit.

— C'est gentil. Je veux bien un jus d'orange, si vous en trouvez. Et je vous en prie, appelez-moi Claire.

Le jeune policier lui rendit son sourire.

— Entendu. Vous ne voulez rien d'autre ?

— Si. Tous les annuaires de la région.

— Pas de problème.

Au moment où il allait ressortir, il s'arrêta ; son sourire avait disparu.

— Euh… du nouveau ? demanda-t-il.

— Non, pas pour l'instant. Désolée.

— J'espère que vous la retrouverez. Si jamais je peux vous être utile, je… je… je connais les parents de la petite. Ce sont des gens adorables.

Claire acquiesça ; elle comprenait, elle savait ce que ressentait ce jeune policier, de même que les parents de la fillette. Mais elle craignait qu'il ne soit déjà trop tard, et n'avait pas le cœur de le lui avouer.

— J'essaierai, dit-elle simplement. Je vous promets de faire tout mon possible.

37

Pour Chance, le coup de téléphone de Griffen Monarch avait tout d'une divine surprise, car même s'il avait pris la peine de se rendre au siège de la société, jamais il n'avait espéré franchir le barrage de la secrétaire.

Pas tout de suite, du moins. Pas avant d'avoir fait ses preuves avec d'autres clients, moins importants. Pas avant de s'être battu.

Mais voilà que Griffen Monarch en personne, président officieux et héritier officiel de la société du même nom, l'avait appelé. Griffen voulait le rencontrer. Pour discuter.

Et le grand jour était venu. Chance ralentit en approchant de l'immeuble Monarch. Comme il était en avance, il profita de ces quelques minutes pour rassembler ses pensées, calmer son excitation. Il ne devait pas se dévoiler devant Griffen Monarch. Il ne devait pas paraître trop impatient, trop ambitieux. Une seule erreur de ce genre et c'en était fini de ses chances. Il serait éconduit immédiatement.

La boutique principale et le siège de la société Monarch étaient situés au cœur de Michigan Avenue, l'artère la plus chic de la ville. Parvenu devant les gigantesques portes vitrées, Chance s'arrêta. Ornées de cuivre et de sculptures en fer forgé, ces portes impressionnantes avaient été dessinées par des artisans de la maison, près d'un siècle plus tôt. A l'instar des créations vendues à l'intérieur, elles avaient résisté à l'épreuve du temps.

Chance leva la tête. Perchée deux étages plus haut, au-dessus de l'entrée, une immense statue de Niké, déesse ailée de la Victoire, annonçait à tous ceux qui passaient dans la rue qu'ils étaient arrivés devant le temple du luxe.

Chance esquissa un sourire. Il était arrivé, en effet. *Le grand moment est venu, Chance McCord. A toi de jouer.*

Le portier en uniforme lui ouvrit la porte. Le saluant d'un petit signe de tête, Chance franchit le seuil du saint des saints. Ici, dans cette boutique au décor raffiné, les vendeurs et les clients parlaient à voix basse, sur le ton révérencieux que l'on adoptait dans une église ou un sanctuaire. D'ailleurs, songea-t-il, Monarch était sans doute, pour certaines personnes, une église où elles venaient se prosterner devant l'autel de la beauté, du luxe et de la richesse.

Chance avait révisé sa leçon avant de venir. Depuis quarante-huit heures que Griffen Monarch l'avait appelé, il avait dévoré tout ce qu'il avait trouvé concernant la société Monarch et son histoire.

Il savait que le simple atelier de joaillerie des débuts était devenu aujourd'hui une véritable multinationale à plusieurs facettes. La Maison et l'Atelier Monarch ne représentaient, en réalité, qu'une des nombreuses branches de la société. Il y avait seulement dix boutiques portant l'enseigne Monarch dans le monde, et, en dehors de ces points de vente, les créations de la Maison Monarch n'étaient disponibles que dans une poignée de bijouteries, triées sur le volet. Cette politique élitiste avait pour but de renforcer le prestige de la maison.

Même si la société s'était diversifiée, avait appris Chance, le secteur des bijoux demeurait l'orgueil de la famille Monarch, son joyau, si l'on peut dire.

Tandis qu'il se dirigeait d'un pas décidé vers le fond de la boutique et les ascenseurs qui le conduiraient au deuxième étage, Chance jeta un coup d'œil aux vitrines, dont certaines renfermaient quelques pièces d'une exceptionnelle beauté. Après un arrêt à la réception, il pénétra dans l'ascenseur. Au deuxième étage, il fut accueilli par l'assistante de Griffen Monarch, Ashley, qui le conduisit dans un petit salon, lui demanda s'il souhaitait un rafraîchissement et l'invita à s'asseoir. M. Monarch allait le recevoir immédiatement, dit-elle.

Chance déclina l'offre ; il ne voulait rien boire et préférait rester debout pour examiner les photos qui décoraient les murs. La plupart étaient des agrandissements des merveilleuses créations de la Maison Monarch ; d'autres représentaient les membres de la famille en compagnie de célébrités ayant honoré un jour ou l'autre cette boutique de leur visite — Richard Burton et Elizabeth Taylor, le président Kennedy, la princesse Grace de Monaco, entre autres.

— Chance McCord, je présume ? Vous êtes ponctuel, ça me plaît.

Chance se retourna. Il s'attendait à voir un individu d'un certain âge, grisonnant et distingué. Or, l'homme qu'il regardait approcher semblait à peine plus vieux que lui, et plus fringant que distingué. Vêtu d'un costume Armani, il se déplaçait avec l'assurance, cette confiance absolue en soi, que seul l'argent procure.

Non, rectifia Chance. Une telle assurance était le résultat d'une vie entière de succès, une vie où toutes les portes vous étaient ouvertes, où toutes les occasions s'offraient à vous.

Griffen Monarch était l'incarnation parfaite de ce que Chance voulait devenir, le modèle qu'il rêvait d'imiter un jour.

— Vous présumez bien, répondit Chance avec un sourire, en serrant la main que lui tendait l'homme. J'en conclus que vous êtes Griffen Monarch. Ravi de vous rencontrer.

— Appelez-moi donc Griffen. Venez dans mon bureau, nous serons mieux pour discuter.

Bien que sobre et dépouillé, presque austère, le bureau respirait le luxe ; sans doute était-ce dû au raffinement des rares objets qui ornaient les murs et les étagères, et des quelques meubles qui occupaient l'immense espace.

A moins qu'il ne s'agisse, tout simplement, de la présence de cet homme.

Ils s'installèrent confortablement sur le canapé de cuir qui dominait le coin salon du vaste bureau. Chance se racla la gorge.

— Merci de me recevoir.

— Je vous ai surpris.

Ce n'était pas une question. Chance sourit.

— Oui. On peut le dire.

Griffen laissa échapper un petit rire.

— Voulez-vous que je demande à Ashley de vous apporter un café, un Coca ou quelque chose d'autre ?

— Non, je ne veux rien, merci.

— Venons-en au fait, alors, dit Griffen en se renversant contre le dossier du canapé de cuir, totalement détendu. Qui est Chance McCord ? Voilà ce que j'aimerais savoir.

Chance se lança dans son laïus.

— Récemment encore, répondit-il, j'étais responsable des relations publiques et des événements promotionnels chez Adams et Sloane. J'ai ainsi travaillé pour l'orchestre symphonique de Chicago, le festival théâtral de…

— Oui, je connais leurs clients. Pourquoi êtes-vous parti ?

— Pour deux raisons, répondit Chance en se penchant en avant. Premièrement, je voulais monter ma propre société. J'en ai toujours eu envie. Que j'échoue ou que je réussisse, je veux être seul responsable. Deuxièmement, j'ai estimé que le moment était venu de partir. J'étais allé aussi loin que possible chez Adams et Sloane. Comme vous le savez certainement, les relations publiques ne représentent qu'une infime branche de leurs activités. Chez Adams et Sloane, la publicité se taille la part du lion. Un cadre des relations publiques n'a donc aucun espoir de dépasser le stade de responsable de secteur. Il en va de même dans la plupart des grandes agences. Je n'avais aucune chance de faire mon trou avant l'âge de la retraite.

— Tout le monde est ambitieux, dit Griffen avec un petit geste de la main gauche, comme pour balayer cet argument. Mais qu'est-ce que la société McCord pourrait m'apporter ?

Griffen Monarch n'était pas du genre à tourner autour du pot, songea Chance ; il ne perdait pas son temps à parler dans le vide, il allait droit au but. Chance aimait cela, même si cette attitude ne lui laissait aucune illusion sur l'importance qu'occupait ce rendez-vous dans l'emploi du temps de son interlocuteur. Quand on était arrivé au niveau de Griffen Monarch, il n'était plus nécessaire de faire des simagrées.

— Tout d'abord, répondit Chance, il faudrait exhiber les créations de Monarch sur des célébrités. Je sais que vous avez déjà mis cette idée en pratique, mais pas dernièrement, et pas suffisamment. La remise des oscars doit bientôt avoir lieu. A votre place, je ferais en sorte que les présentatrices vedettes et quelques-unes des actrices nominées, ou carrément toutes si cela est possible, portent des bijoux signés Monarch.

» Ensuite, j'ai un bon contact au magazine *Vanity Fair.* La prochaine fois qu'une célébrité est en couverture, je m'arrange pour qu'on la photographie avec vos créations.

» Mais on ne s'arrêtera pas là. Nous contacterons les grands stylistes, les photographes les plus demandés, les rédacteurs de mode et les directeurs artistiques des grands magazines. Il nous faut de la presse, des couvertures. Il faut que les gens riches exigent d'être vus avec des bijoux Monarch. »

Griffen Monarch semblait indifférent à tout ce que disait Chance. En homme d'affaires avisé, il ne dévoilait pas son jeu. Mais son absence de réaction ne faisait qu'attiser la détermination de Chance.

— A titre d'exemple, reprit ce dernier, pourquoi ne voit-on pas Adam et Dorothy Monarch en couverture de *Vanity Fair* ? Bon sang, la famille Monarch est un peu la famille royale des Américains. Le public doit apprendre à mieux connaître les Monarch, à reconnaître leur importance. Compte tenu de son histoire, le nom des Monarch devrait être connu dans le monde entier, au même titre que celui de Tiffany.

Chance avait du mal à contenir son excitation, désormais. Tout juste s'il ne salivait pas à l'idée de planter ses dents dans ce gâteau prestigieux.

— Et pourquoi aucun beau livre n'a-t-il jamais été consacré à la Maison Monarch ? demanda-t-il. Il en existe plusieurs sur Tiffany. Je suis sûr que vous les connaissez aussi bien que moi. Voilà ce que j'appelle faire parler de soi ; c'est de cette façon que le public prend conscience de l'importance d'une griffe. Et à mesure que la popularité augmente, les ventes aussi.

Chance avait réussi à attirer l'attention de Griffen, il le devinait aux changements subtils survenus dans l'expression et la posture de son interlocuteur. Celui-ci paraissait moins nonchalant, plus concentré.

— On a écrit très peu de chose sur la famille Monarch ces dernières années, reprit Chance. Pourquoi donc ? J'ai effectué quelques recherches. Un potin mondain par-ci, un entrefilet financier par-là. Autant dire rien !

— Jusqu'où êtes-vous remonté ? demanda tout à coup Griffen en se redressant.

— Huit ans.

Griffen acquiesça et se renversa de nouveau dans le canapé.

— Bien. Continuez.

— La Maison Monarch est le trésor de Chicago. Une richesse naturelle. Au même titre que la Sear's Tower. Pour quelqu'un qui visite la ville, la boutique Monarch devrait figurer sur la liste des « endroits à voir absolument ». Comme Tiffany à New York.

— Et vous pensez pouvoir arriver à ce résultat ?

— Oui. Mais je ne vous mentirai pas. C'est un travail de longue haleine ; certains résultats seront immédiats, d'autres ne seront perceptibles qu'à long terme. Voilà des années que Monarch cache sa gloire. Ma tâche sera de braquer les projecteurs sur cette maison pour la faire briller de tous ses feux. Puis-je maintenant vous poser une question ?

Griffen s'inclina.

— Je vous en prie.

— Pourquoi m'avez-vous appelé ? La société Price, Stevenson et Price s'occupe de votre image, si je ne m'abuse. Et vous en êtes satisfait, paraît-il.

— Je n'ai aucun reproche particulier à leur adresser, répondit Griffen. Sauf peut-être une tendance à se répéter, et un manque d'enthousiasme.

— Un manque d'enthousiasme ? répéta Chance en dressant les sourcils.

Griffen se leva et marcha jusqu'à la fenêtre qui dominait Michigan Avenue. Sans se retourner, il murmura :

— Ashley m'a dit que vous sembliez ambitieux et intelligent. Elle a même ajouté que vous aviez les dents longues. Ce sont des qualités que je trouve utiles.

— Utiles, dites-vous ? Le choix de ce mot est intéressant.

Cette fois, Griffen se retourna et leurs regards se croisèrent. Chance nota alors pour la première fois à quel point les yeux de cet homme étaient remarquables. La seule autre personne de sa connaissance à posséder des yeux d'un bleu aussi éclatant était Skye.

— Je trouve que ce sont des atouts, Chance. Quand vous avez en vous une envie qui vous dévore, vous finissez toujours par atteindre votre but. Les gens de chez Price, Stevenson et Price sont repus et trop sûrs d'eux.

— Satisfaits d'eux-mêmes.

— Mais c'est aussi la plus grosse agence de la ville ; ils possèdent une grande expérience, et d'innombrables relations.

— Pour avoir un bon carnet d'adresses, il suffit d'être motivé. Je débute, c'est vrai, mais d'un autre côté, je n'ai pas des tonnes de frais généraux à vous faire payer. Et je me tuerai à la tâche pour vous. Un client tel que vous serait pour moi une priorité absolue. Pouvez-vous en dire autant de Price, Stevenson et Price ?

— Ah ! toute la question est là !

Griffen revint se planter devant lui, en lui tendant la main.

— Je vous contacterai. Merci d'être venu.

Chance sentit ses espoirs s'envoler tout à coup. Ainsi, l'entretien était terminé, il n'avait plus qu'à prendre la porte. A contrecœur, il se leva et serra la main qu'on lui tendait.

— Je serais ravi d'établir une analyse en profondeur de vos besoins, et de vous soumettre un projet détaillant toutes mes propositions.

— Eventuellement. Je vous l'ai dit, je vous contacterai.

Griffen le conduisit jusqu'à la porte du bureau. Avant de l'ouvrir, il se retourna vers Chance.

— Aimez-vous les surprises ?

Déstabilisé par cette question, Chance fronça les sourcils. Il haussa les épaules.

— Oui. Enfin, ça dépend…

Griffen sourit.

— Eh bien, il se pourrait que je vous surprenne, Chance McCord. Attendons, nous verrons bien.

38

En effet, Griffen surprit Chance. On peut même dire qu'il lui fit un sacré choc. Chance ne s'attendait pas à ce que Monarch le rappelle. En vérité, quand il l'avait quitté après leur premier entretien, il s'était demandé pourquoi Griffen avait voulu le rencontrer.

Par simple curiosité peut-être. Pourtant, Griffen Monarch n'était pas le genre d'homme à perdre son temps avec cette sorte d'enfantillages. Non, Chance avait le sentiment que son interlocuteur avait quelque chose en tête, une idée ou un projet dont il ne lui avait pas fait part. Et que, d'une certaine façon, il voulait le tester.

Apparemment, Chance avait réussi l'examen de passage.

Ils s'étaient revus une demi-douzaine de fois depuis, et Chance était toujours aussi impressionné, admiratif, devant Griffen Monarch. Celui-ci représentait tout ce à quoi il aspirait : il était séduisant, raffiné, instruit ; c'était un homme d'affaires avisé et respecté. Et il possédait tout ce dont Chance rêvait : de beaux vêtements, une Porsche dont le prix dépassait largement ce que Chance pouvait gagner en une année, et surtout, il possédait le corollaire de tous ces atouts : le pouvoir.

En outre, Chance appréciait véritablement Griffen. Il le respectait.

Encore une surprise, songeait-il. A vrai dire, il s'attendait à ce que l'héritier des Monarch ressemble à tous les autres individus qu'il avait rencontrés dans le monde des affaires, et qui avaient accédé à la fortune grâce à leurs père et grand-père : des êtres prétentieux, creux et extrêmement paresseux. Sans doute parce qu'ils n'avaient jamais été obligés de travailler, de suer sang et eau et de se battre pour parvenir à la position privilégiée qui était aujourd'hui la leur, se disait-il. Ils n'avaient rien fait pour mériter ce pouvoir.

Aucun de ces hommes ne l'avait impressionné. Au lieu de se démener, ils comptaient sur le travail et l'ingéniosité de leurs ambitieux parents. Ils ne possédaient pas le génie et la détermination qui habitaient leurs ascendants, les bâtisseurs de ces sociétés grâce auxquelles, aujourd'hui, eux-mêmes vivaient sur un grand pied. En outre, Chance avait pu constater que tous ces jeunes membres vaniteux du club des Veinards se fichaient pas mal des autres, et de tout ce qui ne les concernait pas directement.

Son propre père était ainsi. Un sale gamin gâté tout d'abord, à qui l'on passait ses moindres caprices, et plus tard, un homme blasé et égoïste, incapable d'aimer, de s'attacher — et surtout pas à cette pauvre fille qu'il avait rencontrée dans un bar ou au fils qu'il avait refusé de reconnaître.

Griffen était différent. Pour Griffen, la famille était sacrée. En outre, il n'y avait pas d'indolence chez lui ; rien ne lui semblait jamais définitivement acquis. Il mettait un point d'honneur à s'impliquer à tous les niveaux de son entreprise, aussi bien à la boutique qu'à l'atelier de création.

C'était un homme intelligent, d'une intelligence redoutable, aiguisée comme un rasoir. Il possédait un don presque surnaturel pour prévoir les réactions des autres.

Chance avait eu l'occasion de le voir terrasser des concurrents en quelques mots seulement, et il espérait qu'ils seraient toujours dans le même camp, car Griffen représentait un ennemi terrifiant.

Assis à son bureau, Chance était plongé dans ces réflexions. Parfois, quand il regardait Griffen au fond des yeux, il avait le sentiment que celui-ci en savait beaucoup plus sur lui qu'il ne voulait bien le dire. Qu'il savait tout de lui.

C'était une impression étrange, dérangeante. Il n'aimait pas ça.

Coïncidence, la secrétaire de Chance lui annonça par Interphone que Griffen Monarch était au bout du fil.

Chance décrocha.

— Que puis-je pour vous, Griffen ?

— Excellente question. Vous avez des projets pour vendredi soir ?

Chance se racla la gorge.

— Non. Mon agenda est vide. Pourquoi ?

— Mon grand-père organise une petite fête. Il y aura du beau monde. J'ai pensé que ça pourrait vous plaire.

— Je viendrai avec plaisir. Où et quand ?

— Dans notre maison familiale de Astor Street. A 20 heures. On se verra là-bas, mon vieux. Il faut que je vous quitte.

Chance garda le combiné collé contre son oreille un long moment, à écouter la sonnerie. *Surprise n° 3 : une invitation à une soirée mondaine organisée au domicile privé des Monarch.*

Il secoua la tête pour reprendre ses esprits. Il ne savait plus quoi penser. Griffen ne lui avait toujours pas proposé de travailler pour lui, bien qu'ils aient évoqué plusieurs fois la question.

Dans ce contexte, l'invitation avait quelque chose de surprenant. Quelles étaient donc les intentions de Griffen ? se demanda Chance en raccrochant enfin le téléphone. Que lui voulait-il ?

En tout cas, cette invitation inattendue lui ouvrirait des portes à coup sûr. Et il avait bien l'intention de sauter sur l'occasion, sans se poser trop de questions.

39

Griffen regarda Chance se faufiler au milieu des membres de la bonne société de Chicago. Et il sourit intérieurement. Tout se déroulait selon son plan. Ce soir, il saurait enfin si ce Chance McCord était celui qu'il cherchait.

Dans ce cas, Griffen avait l'intention de tout mettre en œuvre pour soutirer à Chance le maximum de renseignements sur Grace.

Grace. Elle n'était plus très loin, désormais. Il pouvait presque sentir sa présence. En fermant les yeux, il pouvait même imaginer le bruit de sa respiration, son odeur, le contact de sa peau sous ses mains.

Elle n'était sans doute plus la même que dans ses souvenirs. La dernière fois qu'il l'avait touchée, c'était encore une enfant. Toute pure. Avec une peau de pêche. Elle sentait le talc, sa voix était fluette.

Puis Madeline l'avait kidnappée. Et aujourd'hui, Grace ne pouvait plus être la même ; elle n'était plus aussi douce, aussi pure. D'autres l'auraient touchée, souillée.

Griffen dut faire un effort pour contrôler la fureur qui menaçait de le submerger, et la dissimuler aux regards indiscrets. Au fil des ans, il était passé maître dans l'art de domestiquer ses émotions, et de les adapter en fonction de la situation.

Il reporta son attention sur Chance. Il savait combien il impressionnait ce dernier, par ce qu'il représentait, ce qu'il possédait. Il lisait l'admiration, l'envie, dans ses yeux.

C'est pour cette raison qu'il lui avait été facile de manipuler Chance McCord. Griffen détenait un pouvoir qu'il voulait, dont il rêvait. Griffen avait le pouvoir de lui ouvrir de nombreuses portes. Et de les refermer.

En d'autres termes, il avait le pouvoir de faire, ou de briser, Chance McCord.

Griffen répondit par un hochement de tête au discours que lui tenait la femme plantée devant lui, et qu'il écoutait d'une oreille distraite. Epouse d'un des avocats d'affaires de la société Monarch, Louella Peterson était aussi vaniteuse qu'ennuyeuse. Toutefois, elle lui avait clairement laissé entendre, et à plusieurs reprises, qu'elle serait ravie de le retrouver en cachette quelque part, un jour, pour une partie de jambes en l'air. Le fait qu'il soit en relation professionnelle avec son mari était aux yeux de Griffen le seul attrait de cet éventuel rendez-vous, et il n'avait pas encore décidé si, oui ou non, il accepterait cette invitation. Pourquoi pas juste avant une partie de golf avec le mari ? se dit-il.

Un rictus pervers déforma la bouche de Griffen. Imaginer que l'avocat pouvait sentir l'odeur de sa femme sur lui serait une source de jouissance plus grande que l'acte lui-même. Peut-être même que cela l'aiderait à améliorer son swing.

Reportant une fois de plus son attention sur Chance, Griffen remarqua qu'il avait vidé son premier verre et en avait commencé un second. Il vit le jeune homme s'arrêter devant le maire et lui adresser la parole, en se présentant. Griffen ne put s'empêcher de sourire. Décidément, Chance ne manquait pas de culot.

C'était un gars intelligent, sûr de lui et ambitieux, déterminé. A l'excès, malheureusement. Et cela le rendait trop prévisible, trop transparent, trop aisément manipulable.

Il était temps de le saluer, se dit-il. Et, déposant un baiser sur la joue de Louella, il lui murmura des paroles provocantes à l'oreille, avant de prendre congé.

Il gagna l'autre extrémité du vaste salon.

— Bonsoir, Chance ! Ravi que vous ayez pu venir.

— Et moi, je ne regrette pas d'être venu, répondit Chance avec un grand sourire, en faisant un geste circulaire avec son verre presque vide. C'est une sacrée maison que vous avez là.

— *Home, sweet home*, comme on dit.

Griffen désigna le bar, où son grand-père était entouré d'un groupe d'admirateurs, des banquiers principalement.

— Avez-vous fait la connaissance de grand-père ?

— Non, pas encore.

— Venez, je vais vous présenter. On en profitera pour prendre un autre verre.

Tandis qu'ils traversaient le salon, Griffen salua d'un hochement de tête plusieurs personnes, s'arrêta pour parler à quelques connaissances, sans oublier de présenter Chance, toujours de manière simple et réservée. Quand ils atteignirent le bar, Griffen conduisit son protégé au milieu de la foule qui entourait Adam Monarch.

— Grand-père, dit-il, je te présente Chance McCord. Chance, voici Adam Monarch.

Chance avança d'un pas, main tendue, l'air presque révérencieux.

— Monsieur Monarch, c'est un plaisir de faire votre connaissance.

— Le plaisir est pour moi.

Adam secoua vigoureusement la main de Chance, avant de lui donner une grande tape dans le dos.

— Griffen m'a beaucoup parlé de vous. Il paraît que vous êtes très doué.

— Merci. Je suis content de l'entendre.

— Remplissez-vous une assiette, bon sang ! Ce buffet me coûte une fortune et personne ne mange, ça me rend fou !

Griffen éclata de rire.

— Tout le monde est trop occupé à boire, dit-il. Y compris papa.

Le visage d'Adam se crispa, tandis que son regard dérivait vers l'autre bout de la pièce. De toute évidence, Pierce Monarch avait déjà bu plus que de raison. Il faisait honte à la réputation des Monarch, et Griffen ne manquait jamais une occasion de le faire remarquer à son grand-père.

Griffen constata que le regard de Chance suivait celui de son grand-père, et il sourit. Maintenant, Chance savait, lui aussi. Il rangea soigneusement cette information dans un coin. Elle pourrait peut-être se révéler utile un jour ou l'autre.

— Excuse-nous, grand-père. Je voudrais présenter Chance à certaines personnes.

Alors qu'ils s'éloignaient, Griffen se pencha vers Chance.

— Vous aviez l'air impressionné.

— Comment ne le serais-je pas ? Adam Monarch est une légende vivante à Chicago.

— C'est exact.

Après un bref silence, Griffen ajouta dans un murmure :

— Désolé de vous imposer ce spectacle. C'est mon père que vous voyez là-bas. Pierce Monarch, honte de la famille régnante. Normalement, il n'a pas le droit de boire. Il souffre de problèmes cardiaques et a déjà eu deux attaques. C'est pénible pour grand-père de le voir dans un état pareil, surtout en public.

Griffen émit un ricanement chargé de mépris.

— Comme vous l'avez certainement deviné, ce n'est pas l'amour fou entre mon père et moi. A vrai dire, c'est surtout mon grand-père qui a fait mon éducation. Ce qui m'ennuie le plus, je crois, c'est la façon dont le comportement de mon père mine mon grand-père.

» Mais assez parlé de tout ça. Voici Daniel Conrad, directeur de l'hôtel Drake. Je vais vous présenter.

Pendant les quarante minutes suivantes, Griffen conduisit Chance de groupe en groupe auprès des invités, expliquant à qui voulait l'entendre qu'il venait de découvrir un nouveau talent, dont tout le monde allait bientôt entendre parler.

Griffen notait les regards interrogateurs. La curiosité. Il remarquait les subtils changements d'expression ; les banales conversations de cocktail cédaient la place à une observation aiguisée, le désintérêt poli se transformait en examen appuyé.

Chance était soudain jugé digne d'intérêt grâce à la présentation de Griffen Monarch. Grâce à ses paroles, tout le monde serait disposé à reconnaître que McCord était le meilleur dans son domaine, un nouveau venu à ne pas négliger.

Finalement, Griffen abandonna son protégé sous prétexte d'une affaire à régler. Il se retira dans un coin et observa discrètement Chance, curieux de savoir comment il allait se comporter, prêt à parier qu'il allait rejoindre les personnes les plus importantes rencontrées ce soir pour engager la conversation. Il entraînerait la discussion sur le terrain professionnel, leur expliquerait de quelle manière il pouvait les aider. Et, à la fin de la soirée, Chance aurait ramassé une demi-douzaine de cartes de visite et peut-être même quelques rendez-vous. En outre, il serait à moitié ivre, et porté par un taux d'adrénaline bien supérieur à la moyenne.

Griffen sourit. Le moment venu, il aborderait le sujet de Grace avec Chance. Le timing était parfait.

Quelques heures plus tard, alors que les invités commençaient à prendre congé, Griffen rejoignit Chance.

— Ne partez pas tout de suite. Je dois encore dire au revoir à quelques personnes, et j'aimerais bien qu'on discute un peu tous les deux.

— Avec plaisir.

Chance titubait légèrement.

Quelle grande nuit pour le petit homme ! songea Griffen avec un sourire. S'il avait bu quatre Martini lui aussi, les rôles auraient peut-être été inversés.

— Accordez-moi cinq minutes. Je vous rejoins dans la bibliothèque.

Dix minutes plus tard, Griffen se dirigeait vers la bibliothèque, et l'impatience faisait crépiter toutes ses terminaisons nerveuses, semblable à une excitation sexuelle. La porte de la bibliothèque était entrouverte. Griffen la poussa et pénétra dans la pièce lambrissée de bois sombre. Chance se tenait devant la cheminée ; il examinait les photos alignées sur le manteau.

— Alors, comment avez-vous trouvé notre petite soirée ?

Surpris, Chance se retourna brutalement, en prenant un air presque coupable.

— Je ne vous avais pas entendu arriver.

— Je me déplace comme un félin.

Griffen sourit et traversa la pièce pour rejoindre son invité.

— C'est ce que disait ma nounou, en tout cas. Elle m'accusait toujours de fureter partout.

Chance montra une photo sur laquelle un Griffen adolescent brandissait une coupe gagnée dans une compétition de golf.

— Y a-t-il un domaine où vous n'excelliez pas ?

Griffen rit.

— Vous jouez au golf ?

— Je suis très doué pour frapper à côté de la balle.

Chance se pencha pour examiner une autre photo. Cette fois, on voyait Griffen avec une petite fille debout devant un sapin, dans la salle d'un grand restaurant.

Griffen s'était préparé à cet instant. Il savait que, tôt ou tard, Chance apprendrait l'existence de Grace. Toute l'astuce consistait à faire en sorte qu'il n'établisse pas le rapprochement avec Skye.

Griffen se pencha lui aussi, comme pour examiner la photo.

— C'était ma sœur. Ma demi-sœur plus précisément. Grace. Elle… elle est morte.

— Oh ! je suis désolé !

— Nous le sommes tous, dit Griffen en se redressant. J'avais deux demi-sœurs, je les ai perdues toutes les deux. Cette famille…

Il se racla la gorge, comme s'il avait du mal à continuer.

— Nous avons connu notre lot de tragédies. L'argent ne protège pas des drames de l'existence. Des petits tracas, peut-être. Mais pas des grosses saloperies. N'oubliez jamais ça, Chance. Je crois qu'un verre me ferait du bien, dit-il en passant la main dans ses cheveux. Un brandy. Vous m'accompagnez ?

Chance esquissa un sourire.

— Je crois que j'ai assez bu.

— Allons, c'est vendredi soir. Un taxi vous ramènera.

Griffen leur servit à chacun un verre de brandy. Il préférait que Chance ait les pensées confuses, le cerveau embrumé. Heureux, ivre et d'autant mieux disposé à faire des confidences, se dit Griffen en se dirigeant vers le canapé avec les verres.

Chance regarda sans réagir le brandy que lui tendait Griffen, comme s'il ne savait plus s'il avait décliné ou non la proposition de son hôte. Finalement, il s'en saisit.

— Habituellement, je ne suis pas très porté là-dessus. En fait, je suis plutôt amateur de bière. Ou de bon vin à l'occasion.

Griffen but une gorgée de brandy.

— Vous êtes le genre bière et hamburgers, hein ?

— Je l'avoue, répondit Chance en riant. Et si vous y ajoutez un bon match, je suis comblé. A mon avis, on ne peut pas trouver mieux dans la vie.

— Il faudrait qu'on aille au basket un de ces jours, dit Griffen en s'asseyant face à lui. Alors, vous avez établi de bons contacts ce soir ?

Chance secoua la tête, non par dénégation, mais pour éclaircir ses pensées.

— Formidable ! répondit-il. J'ai la poche pleine de cartes de visite, et j'ai même obtenu quelques rendez-vous.

Ah ! qu'il était doux d'avoir toujours raison ! Griffen but une autre gorgée de brandy, et demanda :

— D'où venez-vous, Chance ?

— De partout. Et de nulle part.

— Bravo, excellente réponse. Mais je parle sérieusement, d'où venez-vous ?

— De Californie, au départ. Los Angeles.

— Et ensuite ?

Griffen porta son verre à ses lèvres, mais cette fois-ci, il se contenta d'en humer le contenu.

Chance se laissa aller contre le dossier du canapé rembourré.

— Ensuite, j'ai vécu avec ma tante dans sa ferme, chez les Amish.

Griffen éclata de rire.

— Sans blague ? Vous ? Dans une ferme ?

— Sans blague.

— Et comment un gamin de Los Angeles se retrouve-t-il à Chicago, après avoir vécu dans une ferme chez les Amish ?

Ce fut à Chance de rire.

— C'est une histoire vachement bizarre.

— Tant mieux, j'adore ça.

— En me faisant engager par une troupe minable de forains. Une foire à deux sous, avec roulottes, voyante et montagnes russes branlantes, répondit-il comme s'il réfléchissait à voix haute. Le vieux Marvel nous menait à la baguette, ou plus exactement à la batte de base-ball. Je peux dire que j'ai vécu une drôle d'époque.

Marvel ! C'était bien le nom de la troupe avec laquelle Madeline et Grace voyageaient cet été-là, l'année où ils les avaient repérées pour la dernière fois.

Griffen inspira profondément, par le nez, en s'efforçant de dissimuler son triomphe. S'il se trahissait maintenant, tout son plan tombait à l'eau.

— Sans blague ? dit-il en se penchant dans son fauteuil. Des forains ? Avec une voyante ?

Le sourire de Chance s'évanouit.

— Oui. Mais c'était il y a longtemps.

Il se leva, se dirigea vers le bar et déposa son verre intact.

— Ensuite, ajouta-t-il, j'ai quitté la troupe, j'ai traîné ici et là pendant quelque temps, puis j'ai échoué dans cette ville.

— J'aime votre histoire, Chance. Je l'aime beaucoup.

— Ah bon ? fit Chance en croisant le regard de Griffen. Et pour quelle raison ?

— Elle est originale. Tellement moins ennuyeuse que ma propre existence. Regardez cette maison, s'exclama-t-il en écartant les bras. J'ai grandi ici, entre ces murs, à Chicago. Et je suis allé à l'université à Evanston, nom de Dieu !

— Oui, je comprends ce que vous entendez par là, répondit Chance en riant. Quel ennui !

Griffen se leva à son tour.

— Que diriez-vous d'un contrat exclusif pour la promotion des créations de la Maison Monarch ? Nous verrons comment vous vous débrouillez et, en fonction de cela, nous pourrons peut-être voir plus grand.

Chance secoua la tête, comme s'il n'avait pas très bien compris les paroles de Griffen. Celui-ci ne put s'empêcher de rire.

— Eh oui, mon vieux, je vous propose de travailler pour nous. Je crois que vous avez les épaules qu'il faut. Alors, Chance McCord, ancien forain, qu'en pensez-vous ?

— A votre avis ? Evidemment que je suis d'accord !

— Marché conclu, déclara Griffen en tendant la main. Bienvenue à bord.

L'air hébété, Chance serra la main tendue. Griffen affichait un large sourire.

— Je vous avais prévenu que je vous surprendrais.

— Le verbe surprendre est trop faible. Franchement, on peut dire que vous m'avez mis sur le cul !

— Chance, mon ami, vous n'avez encore rien vu. Vous pouvez me croire. Le meilleur est à venir.

40

Le Vieux Pub-Brasserie de Chicago était situé dans Lincoln Park, en face du zoo. Endroit bruyant, fréquenté par de jeunes cadres qui se retrouvaient là après le travail, le pub se vantait de proposer quatorze types de bières, toutes brassées sur place.

Griffen était assis seul à une petite table, au fond, à droite du bar ; un emplacement stratégique qui lui permettait de voir qui entrait et sortait. Il ne tournait jamais le dos à une porte, une habitude qu'il avait héritée de son grand-père et qui lui avait souvent été bénéfique.

Il consulta sa montre. Voilà exactement dix minutes qu'il attendait Chance, et il n'aimait pas ça. Personne ne faisait attendre Griffen Monarch, surtout pas un moins-que-rien comme ce Chance McCord.

Griffen porta sa pinte de bière à ses lèvres, puis la reposa, sans y toucher. Il devait fournir un terrible effort pour se maîtriser. Depuis deux mois et demi qu'il avait obtenu confirmation que Chance était bien son homme — l'adolescent qui avait connu Grace et Madeline —, il n'avait rien appris de plus qui puisse le conduire à sa demi-sœur. A vrai dire, il avait le sentiment que Chance répugnait à évoquer son passé, et cela commençait à l'horripiler.

Le détective privé qu'il avait engagé avait besoin d'un élément, n'importe lequel : un lieu, un nom, une date même. Mais à moins de poser directement la question, au risque de se dévoiler, Griffen ne pouvait lui donner de précisions. Il avait les mains liées.

Il leva de nouveau sa pinte et, cette fois, il but. La bière brune avait du corps ; c'était une des spécialités de la maison. Ces deux derniers mois, il avait pris soin de cultiver ses relations avec Chance. Au début, leurs rencontres avaient toujours eu des motifs professionnels. Mais, peu à peu, Griffen y avait injecté des petits éléments plus personnels, en espérant s'attirer les confidences de Chance. Il l'avait invité à des réunions mondaines ; ils avaient pris l'habitude d'aller boire un verre ou de dîner ensemble, ils étaient même allés voir un match de basket.

En agissant ainsi, Griffen espérait apprendre enfin où et quand Chance avait vu Grace pour la dernière fois, ou plus exactement Skye Dearborn puisqu'il la connaissait sous ce nom. En agissant ainsi, il espérait gagner la confiance de Chance, lui faire croire qu'ils étaient amis.

Sur ce plan, il avait réussi. Chance était convaincu que Griffen était son ami. Et il se croyait devenu le roi des relations publiques. Depuis qu'il avait décroché une demi-douzaine de contrats juteux, le succès lui tournait la tête.

Griffen ricana en silence. C'était grâce à lui que Chance avait obtenu ces contrats. Il avait fait jouer ses relations, sa réputation, son influence au sein de la communauté, pour jeter ces quelques os à ronger, soigneusement choisis, sur la route de Chance. Bref, il était à l'origine de l'ascension de Chance.

Ce spectacle l'avait beaucoup distrait, d'ailleurs. Il était amusant de voir les portes s'ouvrir devant un jeune ambitieux comme Chance. Amusant, car il pouvait décider à tout moment de les refermer, aussi facilement qu'il les avait ouvertes. Amusant, car il pouvait causer la chute de son protégé aussi rapidement qu'il avait favorisé sa réussite.

Et il ne s'en priverait pas, une fois que Chance ne lui serait plus d'aucune utilité. Il était temps que celui-ci lui donne enfin ce qu'il attendait.

— Bonsoir, beau gosse.

Griffen leva la tête. Une fille blonde portant une minijupe en jean et un débardeur blanc très moulant s'était arrêtée à sa table.

— Je m'appelle Trixie.

Il sourit, en laissant son regard glisser lentement sur le corps de la fille, avant de remonter vers le visage.

— Salut, Trixie.

— Vous aviez l'air de vous ennuyer, et j'ai pensé qu'on pourrait se tenir compagnie.

— Hélas ! Trixie, je suis désolé, sincèrement, mais j'attends un associé pour parler affaires. Il doit arriver d'une minute à l'autre.

La fille fit la moue.

— Ah ! merde…

— Oui, comme vous dites.

Griffen examina encore une fois la poitrine qui tendait le tissu du débardeur.

— On remet ça à une autre fois ? proposa-t-il.

— Avec plaisir.

Se penchant en avant au-dessus de la table, elle sortit le stylo Mont-Blanc de Griffen glissé dans sa poche de poitrine, lui prit la main, la retourna et l'ouvrit. Dans sa paume, elle écrivit son nom et son numéro de téléphone, puis lui referma la main.

— J'espère que vous en ferez bon usage.

— Je suis impatient.

Elle rangea le stylo à sa place, lui envoya un baiser et pivota sur ses talons, manquant de heurter Chance qui arrivait.

— Oh ! excusez-moi ! dit-elle en le contournant.

Chance la regarda s'éloigner, avant de se couler sur la banquette, en face de Griffen.

— Hé ! j'espère que je n'arrive pas au mauvais moment.

— Non, rassure-toi, répondit Griffen en souriant, la paume ouverte. J'ai assuré le coup.

Chance ne put s'empêcher de rire.

— Tu es vraiment incroyable comme mec ! On dirait que tu attires toutes les femmes.

— Comme le nectar attire les colibris. Les flammes attirent les papillons de nuit. Le miel, les…

— Oui, j'ai compris, l'interrompit Chance en faisant signe à la serveuse. Une chose est sûre : je ne me battrai jamais avec toi pour une femme. Je n'ai aucune chance.

— Tu as raison.

Avec un sourire amusé, Griffen approcha sa pinte de ses lèvres.

— Ne l'oublie jamais, surtout, ajouta-t-il.

La serveuse vint prendre la commande de Chance. Quand elle fut repartie, celui-ci reporta son attention sur Griffen.

— Désolé pour ce retard. J'étais au téléphone avec les gens de *Vanity Fair.* J'ai eu la confirmation pour la couverture. Février. Avec Demi Moore et les bijoux Monarch, et presque rien d'autre.

— Elle ne serait pas enceinte, par hasard ? demanda Griffen, faisant allusion à la fameuse couverture de *Vanity Fair* pour laquelle elle avait posé nue, et enceinte jusqu'aux yeux.

— Non, pas à ma connaissance, répondit Chance en riant. Dommage, d'ailleurs. Cette couverture a cartonné.

Griffen leva son verre de bière pour féliciter Chance.

— Beau travail. Grand-père et Dorothy seront enchantés. A supposer que l'on trouve le bijou adéquat.

— Oh ! je suis sûr que la Maison Monarch n'a que l'embarras du choix !

— Oui, bien sûr. Mais ce serait bien de frapper fort pour cette couverture. Il faudrait montrer un truc vraiment nouveau, original. Hélas ! on ne peut pas demander ça à Dorothy.

Chance fronça les sourcils.

— Elle est souffrante ?

— Non, mais elle se fait vieille, répondit Griffen en prenant un air grave. Elle se fatigue vite, et on dirait que son talent s'est évanoui en même temps que son énergie. Ses créations sont…

La serveuse revint avec la bière de Chance et un panier rempli de bretzels tout chauds. Griffen attendit qu'elle reparte pour continuer.

— Ses créations sont datées. Elle s'en rend compte et cela la désespère. Nous sommes tous très inquiets. Surtout grand-père.

— Vous n'avez jamais essayé de lui trouver des remplaçants ?

Griffen capta le regard de Chance. *Grace. Il n'avait jamais cessé de la chercher. Il n'abandonnerait jamais.*

— Papa avait commencé à s'en occuper, il y a treize ans. Mais grand-père ne voulait même pas en entendre parler à l'époque. Vois-tu, notre atelier de création a toujours été dirigé par une Monarch. C'est plus qu'une tradition, plus qu'un choix, c'est…

Griffen n'acheva pas sa phrase ; il repensait à Grace, à la façon dont cette chienne de Madeline l'avait enlevée. L'arrachant à sa famille. A lui. Il serra les dents.

— Hélas ! nous n'avons plus d'autre solution, dit-il.

Chance but une gorgée de bière, l'air songeur.

— J'aimerais pouvoir t'aider. J'ai connu une femme qui créait des bijoux. Il y a longtemps.

— Donne-moi son nom, je l'appellerai.

Chance rit.

— Elle ne boxait pas dans la même catégorie que Dorothy ; c'était plutôt le genre artisan. Elle donnait des cours aux adultes à l'université de l'Illinois. Une femme adorable. Avec un cœur gros comme ça.

— Dans l'Illinois, tu dis ? A la fac de Dekalb ?

— Oui. Mais figure-toi que l'artiste la plus douée que j'aie jamais rencontrée, c'était une gamine. Stupéfiante !

Griffen sentit le sang battre à ses tempes.

— Une gamine ? Explique-toi.

— Une gamine, quoi ! Je n'ai connu personne qui ait autant de talent. Tiens, regarde…

Chance sortit son portefeuille de sa poche et en tira une feuille de papier, tellement cornée et abîmée qu'il semblait la transporter depuis des années.

Il la tendit à Griffen.

— Elle m'a dessiné ce truc-là.

Il s'agissait d'un fragment de dessin, stupéfiant de ressemblance et d'originalité, qui représentait une grenouille coiffée d'une couronne.

— Elle n'avait que douze ans quand elle a dessiné ça.

Douze ans. Grace devait avoir douze ans cet été-là, quand ils avaient failli la retrouver.

Griffen devait faire appel à toute sa volonté pour masquer son excitation ; une tâche d'autant plus difficile que ses mains tremblaient.

— Sans blague ? dit-il en rendant le dessin à Chance. Tu as raison, elle a du talent. Mais pourquoi une grenouille ?

— C'est moi.

En voyant l'air surpris de Griffen, Chance s'esclaffa.

— C'est une longue histoire.

— Tant mieux. Je n'ai rien d'autre à faire, déclara-t-il en se renversant contre la banquette et en levant son verre. Je suis tout ouïe.

Chance entreprit alors de lui raconter l'histoire de ses premiers jours au sein de la troupe Marvel, et les circonstances dans lesquelles il avait rencontré Skye, la gamine qui avait fait ce dessin.

— Elle me suivait partout, dit-il. A cause d'elle, ma vie, déjà pénible, était devenue un enfer ; et pour finir, elle a failli me faire massacrer par une bande de jeunes voyous.

Un petit sourire retroussait les lèvres de Chance, et Griffen sentit à quel point il était amusé par ce souvenir, ému aussi.

— Un jour où j'étais excédé, enchaîna-t-il, j'ai pris la fille, je l'ai balancée sur mon épaule et je l'ai ramenée chez elle. Si tu l'avais vue, elle était furieuse. Sa mère aussi était en colère, mais après Skye, pas après moi.

» Finalement, elle m'a offert ce dessin pour se racheter. A partir de ce jour-là, on est devenus amis tous les trois. On ne s'est pratiquement plus quittés jusqu'à la fin de l'été.

Grace ! Dieu soit loué, il avait retrouvé Grace !

— Elles ne s'entendaient pas vraiment avec les autres forains, reprit Chance. Et moi non plus, pour être franc.

Il haussa les épaules et ajouta :

— Et voilà la fin de l'histoire.

Griffen se pencha en avant, le cœur battant.

— Ne me dis pas qu'elle se termine comme ça ! Que sont-elles devenues, la mère et sa fille ?

Chance hésita un instant, avant de secouer la tête.

— Je n'ai jamais raconté à personne ce qui s'était passé ensuite ; je n'en ai jamais parlé. Sans trop savoir pourquoi, d'ailleurs. Ça n'a plus d'importance, maintenant. Tout cela s'est déroulé il y a si longtemps.

— J'avoue que tu m'intrigues, déclara Griffen en jouant avec une boîte d'allumettes, seul signe extérieur de sa nervosité. A t'entendre, j'ai l'impression qu'il s'agit d'un mystère.

— Un mystère ? répéta Chance d'une voix lointaine, comme perdu dans ses souvenirs. Oui, on pourrait dire ça. Un soir, par une nuit d'orage, Claire — c'était la mère de Skye — m'a demandé si je pouvais garder sa fille pendant qu'elle allait téléphoner en ville.

Sur sa lancée, Chance raconta que Claire était revenue à la caravane, trempée et visiblement terrorisée, en le suppliant de veiller sur Skye jusqu'à ce qu'une amie vienne la chercher le lendemain matin. Mais l'amie en question n'était jamais venue, expliqua-t-il à Griffen, et quand un détective privé avait débarqué en posant un tas de questions, Chance s'était enfui avec Skye pour la protéger.

Griffen ne le quittait pas des yeux tandis qu'il racontait son histoire ; il avait du mal à en croire ses oreilles. Pendant tout ce temps, toutes ces années, ils avaient recherché Madeline et sa fille. Une mère et son enfant.

Madeline avait atteint son objectif : elle les avait dupés, en beauté ; elle les avait empêchés de retrouver Grace. Pendant treize longues années.

Jusqu'à aujourd'hui. Car il l'avait enfin retrouvée.

— Je l'ai laissée à Dekalb, avec la créatrice de bijoux dont je te parlais, et son mari, ajouta Chance. Sarah et Michael Forrest. Je n'avais pas le choix, il lui fallait une vie équilibrée. Une famille.

Griffen glissa les mains sous la table. Il serra les poings.

— Qu'est-elle devenue ? Tu es resté en contact avec elle ?

— Non. J'ai pensé qu'il était préférable pour tous les deux de couper les ponts. Mais je l'ai quand même appelée une fois, il y a quelques années. Je ne me rappelle plus ce qui m'avait poussé à le faire. Skye a répondu. J'ai reconnu sa voix. Et j'ai raccroché. J'étais rassuré, je savais qu'elle allait bien et… et voilà.

Griffen était encore en train d'assimiler tout ce que venait de lui raconter Chance. Finalement, il se racla la gorge et demanda :

— Tu as su ce qui avait conduit sa mère à fuir ?

— Non, jamais, répondit Chance en repoussant son verre de bière. A vrai dire, je me suis souvent demandé si j'avais fait le bon choix. Je me suis demandé…

Il étouffa un juron et détourna la tête.

— L'idée m'est venue que sa mère m'avait berné, que la fameuse amie n'existait pas, et que Claire n'avait pas l'intention de venir rechercher sa fille.

— Mais tu n'y crois pas ?

— Je sais à quel point elle aimait sa fille. Jamais elle ne l'aurait abandonnée si… si elle n'avait pas eu peur pour Skye. Ce qui est sûr, c'est qu'elle avait de gros ennuis. Et ce détective privé a débarqué avec ses questions et sa lamentable histoire d'héritage.

— C'est peut-être vrai. Tout le monde a de la famille quelque part, répliqua Griffen, pour tester Chance, essayer de savoir s'il avait été totalement honnête avec lui. On peut imaginer que cette fille avait une tante ou des grands-parents cachés.

— Non, personne. En tout cas, c'est ce que Claire répétait à sa fille. Elle lui disait que son père était mort. Et la pauvre Skye n'avait aucun souvenir avant l'âge de cinq ans. De nos jours, on appelle ça le syndrome de la mémoire refoulée. La pauvre, elle souffrait de ne pas pouvoir se souvenir de ses premières années, et elle était persuadée que sa mère lui cachait quelque chose.

Madeline lui cachait quelque chose, en effet.

Griffen dut réprimer un sourire.

Si Chance ne mentait pas, on ne pouvait rien espérer de mieux. Grace ignorait qui elle était !

— Tu essayes de me faire marcher, hein ? Mémoire refoulée, tu dis ? On se croirait dans un roman à quatre sous !

— Oui, ou dans un mauvais téléfilm, renchérit Chance avec un haussement d'épaules. Pourtant, tout ce que je t'ai raconté est vrai, du début à la fin. Parole.

Griffen avait l'impression de sourire bêtement ; il était pris de vertiges. Son détective privé n'aurait aucun mal à la localiser désormais, il en était convaincu. Il connaissait son nom d'emprunt et une adresse récente.

— Mon vieux, on peut dire que tu as eu une vie exaltante.

— La réalité dépasse souvent la fiction.

— Dans ton cas, ça ne fait pas le moindre doute.

Griffen brûlait d'envie d'en savoir plus, de bombarder Chance de questions sur Skye : à quoi ressemblait-elle ? quels étaient ses goûts ? et les choses qu'elle n'aimait pas ? qu'est-ce qui la faisait rire, ou pleurer ? Aurait-il une photo d'elle, par hasard ?

Bien évidemment, il ne posa aucune de ces questions, pour ne pas se trahir. Il changea au contraire de sujet, évoquant les chances qu'avaient les Cubs — l'équipe de basket de Chicago — de participer à la phase finale du championnat, puis ils parlèrent de la couverture de *Vanity Fair*, mais les minutes s'écoulaient avec une lenteur insupportable. Rester là, à faire semblant de s'intéresser à ce que disait Chance, était une vraie torture. Il avait envie de rire aux éclats, de crier, de hurler vers le ciel.

Grace allait enfin revenir à la maison.

41

Cet œuf n'avait pas de prix. Réalisé en or jaune, blanc et gris, incrusté de diamants, il s'ouvrait pour laisser apparaître, dans un écrin bleu émaillé brillant, une peinture en trompe l'œil représentant un magnifique papillon royal. Cet œuf était celui de Grace, dessiné par Dorothy et son équipe d'artisans pour célébrer sa naissance.

Chaque membre de la famille Monarch possédait ainsi son œuf, mais aucun n'était aussi beau, aussi parfait, que celui de Grace. Griffen sourit. Logique, se dit-il, car nul dans la famille Monarch n'était aussi beau, aussi parfait, que Grace.

Il souleva l'œuf de son piédestal et le tint amoureusement entre ses mains, caressant avec les pouces la surface incrustée de pierres précieuses, imaginant que c'était *elle* qu'il tenait ainsi, qu'il caressait. Il approcha l'œuf de son nez et le huma profondément, imaginant qu'il respirait l'odeur de Grace.

Bientôt, il ne serait plus obligé d'imaginer, pensa-t-il. Bientôt, elle serait de retour à la maison. Il l'avait retrouvée ! Il avait vu des photos d'elle.

Elle serait bientôt à la maison. Bientôt à lui.

Les mains tremblantes, Griffen reposa soigneusement l'œuf dans la vitrine, sur son présentoir en or.

L'œuf de Grace voisinait avec le sien. Là encore, c'était logique, songea-t-il.

Car ils resteraient côte à côte pour toujours.

Dès que Chance lui avait donné sa dernière adresse connue et les noms des gens chez qui elle avait vécu, cela avait été un jeu d'enfant. Maintenant, il savait tout d'elle : ce qu'elle aimait et n'aimait pas, ses plats, sa musique, sa couleur préférés ; il connaissait ses croyances, ses aspirations, ses rêves.

Oui, il savait absolument tout sur elle, se dit-il avec un sourire malicieux. Y compris le genre de culottes qu'elle portait.

Griffen fit glisser ses doigts sur la surface lisse et fraîche de la vitrine en pensant à Grace, à tout ce qu'il avait appris sur elle. Elle avait poursuivi de brillantes études au lycée de Dekalb, puis avait étudié les beaux-arts à l'université, et après avoir obtenu son diplôme avec les honneurs, elle avait décroché une bourse pour s'inscrire à la prestigieuse école de design de Rhode Island.

Elle avait peu d'amis, pas d'amant et restait souvent seule. C'était une bonne élève et une artiste talentueuse. De fait, elle avait déjà à son actif une liste impressionnante d'expositions, dont une au musée d'Art moderne de New York.

Griffen avait vu ses créations ; il s'était même renseigné sur son travail, ses qualifications.

Le responsable de l'orientation professionnelle à l'université semblait béat d'admiration en évoquant Grace. Le simple fait de parler d'elle avec cet homme avait mis Griffen dans un tel état d'excitation qu'il avait eu l'une des plus belles érections de sa vie. Après avoir raccroché, il avait dû se rendre aux toilettes pour se masturber, et il avait connu un orgasme d'une rare puissance.

Grace était exactement comme il l'avait espéré, encore mieux même. Belle, brillante, dotée d'un talent éblouissant, équivalent à celui de Dorothy du temps de sa gloire.

— Vous cherchez quelque chose, monsieur Monarch ?

Griffen regarda par-dessus son épaule. La gouvernante se tenait sur le seuil de la salle à manger. Il lui sourit.

— Non merci, Beatrice. J'ai trouvé ce que je cherchais.

Celle-ci eut un moment d'hésitation ; visiblement, elle ne comprenait pas la raison de son amusement, puis elle acquiesça et repartit sans un mot. Griffen reporta son attention sur la vitrine, et la rangée d'œufs précieux.

Il n'avait pas été étonné d'apprendre que Grace possédait un immense talent, et qu'elle avait mis ce talent au service de la joaillerie. Après tout, se disait-il, nul ne pouvait échapper à son destin.

Pauvre idiote de Madeline ! Elle avait cru pouvoir arracher Grace à son sort, elle avait cru pouvoir changer l'avenir. Celui de Grace. Et le sien.

Elle s'était trompée. Certaines choses étaient intouchables, au-delà de la volonté humaine.

Lui, Griffen, incarnait le destin de Grace, tout comme elle incarnait le sien. Elle lui appartenait, depuis toujours. Ni Madeline ni personne n'avait pu changer cela.

Le moment était proche. Elle serait bientôt à lui.

Une question se posait désormais : que faire de Chance McCord ? Songeur et perplexe, Griffen plissa le front. Chance était-il devenu inutile ? Ou bien pouvait-il encore lui servir ?

Peut-être, songea Griffen. Après tout, il connaissait Grace — hmm, Skye — mieux que n'importe qui. D'après les renseignements fournis par le détective privé, et à en croire son conseiller à l'université, c'était une jeune femme solitaire. Elle n'avait presque pas d'amis, elle sortait peu. Seul l'intéressait son travail.

Peut-être aurait-il besoin de l'aide de Chance pour dompter Grace, songea-t-il. Au début, du moins. Car très vite, il en était persuadé, il pourrait la maîtriser sans l'assistance de personne.

Griffen eut un petit rire méprisant. Plus haut il laisserait monter Chance, plus rapide et plus brutale serait la chute, le jour venu.

Le petit homme était tellement imbu de lui-même ; c'était amusant de le voir devenir un peu plus arrogant, plus prétentieux, à chaque nouveau contrat.

Comme s'il était responsable de sa réussite miraculeuse.

Griffen ricana de nouveau. Il avait offert le succès à Chance, il pouvait le lui reprendre tout aussi aisément. Quelques coups de téléphone, quelques histoires bien choisies, et Chance McCord tomberait du haut de son piédestal.

Et rien alors ne pourrait le sauver.

— Griffen, je peux te voir un instant ?

Griffen détacha son regard de la collection d'œufs pour se retourner vers son père. Il l'observa de la tête aux pieds, sans cacher son dégoût. Cet homme ressemblait à un vieillard voûté et frêle. Comment croire qu'il était son père ? Comment croire que, jadis, il lui avait inspiré de la crainte ?

Griffen esquissa un sourire sardonique.

— Désolé, je ne suis pas d'humeur, répondit-il. Un autre jour, papa.

Le visage de Pierce Monarch s'enflamma.

— C'était un ordre, Griffen. Je t'attends dans mon bureau. Tout de suite.

Sur ce, il pivota sur les talons et s'en alla, s'attendant à ce que son fils le suive comme un toutou obéissant. Mais Griffen décida de prendre son temps, en sachant que cela provoquerait la fureur de son père. Il referma à clé la vitrine, et, soigneusement, méticuleusement, il essuya avec son mouchoir les traces de doigts sur la vitre.

Puis il adressa un sourire à son reflet, en se demandant ce que son pauvre père, cet être pathétique, penserait de ses plans.

Evidemment, il se fichait pas mal de son opinion. Son père ne représentait pas un obstacle.

Le moment était venu de le rejoindre dans son bureau.

Pierce Monarch l'attendait en faisant les cent pas. Furieux, bien évidemment. Lorsque Griffen entra, il se retourna vivement vers la porte.

— Espèce de petit merdeux ! lança-t-il. Comment oses-tu ?

— Qu'y a-t-il, papa ? demanda Griffen en refermant la porte du bureau derrière lui. Tu n'aimes pas qu'on te fasse attendre ?

— Il ne s'agit pas de ça, et tu le sais.

Griffen enfouit ses mains dans les poches de son pantalon.

— Ah bon ? Dans ce cas, il faut que tu me rafraîchisses la mémoire.

— Je ne sais pas comment tu as fait pour te procurer la clé de mes dossiers personnels, mais j'exige de la récupérer. Je ne veux plus que tu y fourres ton sale nez.

— Ah ! je vois que ton petit chien de garde a finalement donné l'alerte. A moins qu'il ne t'ait fallu tout ce temps pour trouver le courage de m'affronter ? demanda Griffen en riant. La loyauté de cette femme me sidère. Franchement. Qu'as-tu fait pour mériter une telle dévotion ? Je me demande si elle te connaît aussi bien que moi. Connaît-elle tous tes sales petits secrets ?

Pierce ignora cette attaque.

— Autre chose, dit-il. Je suis toujours le président de Monarch. C'est moi qui prends les décisions, pas toi. Tu ne peux entreprendre aucun changement sans demander mon approbation.

En prononçant ces mots, Pierce redressa les épaules et gonfla le torse, ce que Griffen trouva risible.

— C'est bien compris ? ajouta-t-il.

— A quel changement fais-tu allusion, papa ? Il s'agit certainement d'un truc vachement important pour que tu te mettes dans un état pareil.

En effet, son père semblait sur le point d'exploser. Il vint se planter devant lui.

— Tu ne peux pas congédier notre agence de publicité, avec laquelle nous travaillons depuis vingt ans, sans venir m'en parler d'abord. Et tu ne peux pas engager quelqu'un d'autre sans m'en…

— C'est pourtant ce que j'ai fait.

— Ecoute-moi bien, petit salopard…

— Non, c'est toi qui vas m'écouter. Je prends toutes les décisions que je veux, je fais les changements que je juge nécessaires.

Il approcha son visage de celui de son père.

— En ce qui concerne tes putains de dossiers personnels, si précieux, dit-il, tu ne veux pas que j'y fourre mon nez, pour la bonne raison qu'on y trouve toutes les actions que tu n'aurais pas dû faire. Des actions illégales. Ou immorales. Des trucs vraiment tordus. Tu n'es qu'un pauvre malade, papa.

Nonchalamment, Griffen prit un bibelot sur une étagère, un éléphant sculpté dans l'ivoire, et le reposa ; il connaissait l'effet que produisaient ses paroles sur son père. C'était comme s'il voyait s'accélérer les battements de son cœur, son sang s'affoler dans ses veines.

— Mais je parie, ajouta-t-il, que tu as surtout peur de tout ce qui pourrait ternir ta belle et brillante réputation.

Pierce Monarch blêmit.

— C'est ridicule ! Je ne veux pas que tu fouilles dans ces dossiers, car ils sont à moi. Ça ne te regarde pas, voilà tout.

Il tendit la main ; Griffen constata qu'elle tremblait.

— Rends-moi la clé. Tout de suite.

— Ce que je ne comprends pas, répondit Griffen en passant devant son père, c'est pourquoi tu as conservé les traces de tous tes agissements. Tu n'as jamais pensé que quelqu'un en prendrait connaissance tôt ou tard ? Franchement, c'est de la négligence, père. C'est même carrément stupide.

— Rends-moi la clé.

— Puisqu'on parle de choses ridicules, poursuivit Griffen avec un petit ricanement de mépris, regarde-toi ! Tu es essoufflé. Tu n'as pas bougé et pourtant, tu respires comme un cheval qui vient de courir le grand prix. Oh ! j'oubliais, on t'a envoyé au vert depuis un moment. Tu n'es plus bon à rien.

— C'est faux. Je suis toujours président de…

— Regarde comme tu transpires ! dit Griffen en riant de voir son père porter sa main à son front. Je trouve ça écœurant Tu me donnes envie de vomir.

— Tu n'as pas le droit de me parler de cette façon. Tu ne peux pas…

— Eh bien, je le fais quand même, père. Et je continuerai.

Griffen tourna autour de son père, en raillant sa colère impuissante.

— Qu'est-ce que tu vas faire ? demanda-t-il. Me renvoyer ? Ou bien préfères-tu me frapper ? Comme quand j'étais enfant ? Tu crois que tu aurais encore le dessus ?

Le visage de Pierce Monarch était violacé.

— Tu… tu es…

— Quoi, père ? Que suis-je ? Le fils que tu n'as jamais désiré ? Ton bouc émissaire ?

Pierce était muet de stupeur.

— Ce qu'il y a de curieux chez les filles de notre famille, reprit Griffen, c'est cette fâcheuse manie de disparaître. C'est affreux la façon dont ta petite merdeuse s'est noyée. Je l'ai toujours détestée, tu sais.

Il se pencha vers son père.

— D'ailleurs, qui avait besoin d'elle, hein ? Elle ne possédait pas le don. Grace avait hérité de tout le talent. Sans en laisser une miette ! Et toi… tu l'as laissée partir…

Griffen marcha jusqu'à la fenêtre pour contempler le ciel radieux, avant de se retourner vers son père tremblant.

— Mais parfois, des accidents surviennent. N'est-ce pas ? Ou bien les épouses foutent le camp en emportant leurs filles et l'argent. Et les pierres précieuses.

Le visage de son père devint blême, et Griffen s'esclaffa.

— Quelle idée de garder les documents concernant ces charmantes petites transactions ? A qui la faute, à ton ego démesuré ou à ta cervelle de moineau ? Acheter des pierres précieuses importées illégalement ! dit-il en agitant le doigt devant le nez de son père. Une bonne affaire pour la Maison Monarch. On ne paye pas les frais de douane, on dépasse les quotas autorisés et on dame le pion à nos concurrents. Très astucieux. Malheureusement, tu n'avais pas prévu que Madeline ficherait le camp avec le butin. Et, bien sûr, tu ne pouvais pas faire jouer l'assurance, étant donné que ces pierres n'existaient pas officiellement. Tu ne pouvais pas non plus déposer plainte, pour la même raison. J'imagine que ce fut dur à avaler.

— Je pourrais te tuer, parvint à articuler Pierce, d'une voix enrouée.

Il fit craquer ses doigts et avança d'un pas chancelant vers Griffen.

— Vraiment, papa ? Vas-y, essaye. Je te promets de ne pas riposter. Parole de scout !

Pierce fit un pas de plus ; il leva le bras comme s'il s'apprêtait à frapper, puis se figea. Une expression de totale hébétude se peignit sur son visage, à laquelle succéda un rictus de douleur. Il porta ses mains à sa poitrine. Il avait les yeux exorbités, le visage blanc comme un linge.

— Oh oh ! commenta Griffen. Serions-nous en train de faire une attaque ?

Pierce plongea la main dans sa poche de chemise. Le souffle coupé, il essaya de sortir ses cachets pour le cœur. Mais il tremblait et la petite boîte de pilules lui glissa entre les doigts, tombant bruyamment sur le parquet.

Il se tourna vers Griffen, l'air suppliant. Sourire aux lèvres, celui-ci fourra les mains dans ses poches de pantalon.

— Désolé, je ne peux pas me baisser.

— Oh ! Seigneur... Tu... tu es... mon... mon fils.

— Le Seigneur n'a rien à voir là-dedans. C'est une histoire entre toi et moi. L'heure de la vengeance, papa.

Pierce plongea vers le téléphone ; il heurta la petite table, la faisant basculer. Le téléphone et la lampe tombèrent avec fracas sur le plancher, et Pierce les suivit.

Le visage déformé par la douleur, ce dernier rampa vers la boîte de pilules.

Au moment où il allait s'en saisir enfin, Griffen la repoussa du bout de ses mocassins vernis, de quelques dizaines de centimètres.

— Désolé, papa, mais vois-tu, tout se passe à merveille pour moi. Et ce serait encore mieux si tu mourais.

Pierce continuait d'avancer en rampant, et Griffen donna un autre petit coup de pied dans la boîte de pilules.

— Mais je suis fier de voir que tu t'accroches, même si ça ne sert à rien. Bravo, papa.

Griffen s'accroupit près de son père, en regardant son visage se contracter sous l'effet de la douleur intense. Il n'avait encore jamais vu un homme mourir.

— Il faut que je te dise. Je l'ai retrouvée ! Grace. Ma Grace à moi.

En entendant ces mots, son père s'immobilisa et leva les yeux vers lui.

— Elle est exactement telle qu'on l'avait imaginée. C'est une grande artiste ! Aussi douée que Dorothy à son âge. Peut-être même plus. Et elle est belle. Brillante. Bref, parfaite. Absolument parfaite !

» Et tu sais comment je l'ai retrouvée ? Ce minable dont tu parlais tout à l'heure, le gars des relations publiques, Chance McCord. J'ai déniché son nom dans tes fameux dossiers personnels.

Griffen émit un rire joyeux, aigu et juvénile.

— Je vais te confier un petit secret, murmura-t-il en se penchant à l'oreille de son père. Madeline n'était pas folle. Mais toi, tu étais aveugle. Elle avait raison.

Un râle s'échappa entre les lèvres de Pierce, mélange d'agonie et de peur. Car il avait compris que son heure était arrivée. Et l'enfer l'attendait.

— Hélas ! reprit Griffen, tu ne seras plus là. Tu ne pourras pas répéter mon petit secret, et tu ne reverras pas ta fille chérie. Ah ! quelle tristesse ! dit-il en gloussant. Mais ne t'inquiète pas, j'ai tout arrangé. Dans moins d'un mois, elle considérera cette maison comme la sienne.

Un rictus déforma la bouche de Griffen, car la haine avait maintenant pris le dessus.

— Eh bien, tu ne me félicites pas ? Tu restes comme ça, les mains plaquées sur la poitrine, à suffoquer ? Tu n'as toujours été qu'un sale égoïste. Tu n'as jamais été capable de dire : « Joli travail, mon fils. »

Griffen se pencha vers son père, et recula aussitôt ; l'odeur de la mort s'était abattue sur lui.

— Tu veux connaître le meilleur ? Le plus savoureux ? Grace n'a plus aucun souvenir de nous ! Elle a tout oublié de son enfance ! Elle souffre d'un syndrome de mémoire refoulée, comme on dit. N'est-ce pas merveilleux ?

Griffen leva les yeux au ciel, brièvement, avant de revenir sur son père.

— J'ai toujours su que l'on serait de nouveau réunis, elle et moi. Bientôt, nous serons mari et femme, papa. Formidable, non ? M. et Mme Griffen Monarch.

L'espace d'un court instant, la peur de la mort et la douleur qui déformaient le visage de Pierce cédèrent place à l'horreur.

Puis il s'éteignit.

42

Skye n'arrivait toujours pas à y croire. Le coup de téléphone de Griffen Monarch semblait tombé du ciel. Certaines personnes haut placées de la Maison Monarch avaient, paraît-il, repéré son travail lors de l'exposition au musée d'Art moderne de New York et avaient été fort impressionnées. Or, la Maison était à la recherche d'un nouveau créateur, lui avait expliqué Griffen Monarch, et ils souhaitaient voir son press-book.

Après avoir envoyé des clichés de ses créations, Skye avait attendu pendant plus de deux semaines, à se ronger les ongles et les sangs ; à tel point qu'elle sursautait chaque fois que le téléphone sonnait. Finalement, minée par le stress de l'incertitude, elle en était presque venue à espérer une réponse négative qui mettrait fin à cette attente inhumaine.

Pendant ces deux semaines et demie, elle n'avait cessé de se répéter tout ce que se serait dit une personne sensée dans les mêmes circonstances : il ne fallait pas nourrir de trop grands espoirs, elle était encore inconnue, ils cherchaient certainement des artistes possédant une solide réputation, de l'expérience, capables de leur apporter autre chose que de l'ambition et de la détermination. Le fait qu'une maison aussi prestigieuse que la Maison Monarch ait demandé à voir son travail représentait déjà un honneur en soi, se disait-elle.

Mais tous ces beaux raisonnements ne suffisaient pas à calmer son angoisse, ni à faire taire ses espérances. Alors, elle continuait d'attendre, en priant.

Et puis, ses rêves les plus fous étaient devenus réalité. Griffen l'avait rappelée, pour convenir d'un rendez-vous cette fois. Et voilà que, deux jours plus tard, elle était à Chicago, roulant dans Michigan Avenue, à bord d'une limousine blanche presque aussi grande que son salon.

Cette voiture était d'ailleurs une surprise. Skye avait rassemblé toutes ses économies, dans le but de prendre un taxi à l'aéroport. Mais un chauffeur en livrée l'attendait à l'arrivée, en brandissant une pancarte sur laquelle était écrit son nom.

Skye caressa la banquette de cuir fauve de la limousine. Elle avait l'impression d'être une vedette. Le sourire aux lèvres, elle renversa la tête contre le dossier moelleux pour mieux savourer cet instant. Elle n'aurait aucun mal à s'habituer au luxe, se dit-elle. Pas de problème de ce côté-là.

Mais son sourire s'évanouit. Le moment était venu de retomber sur terre, songea-t-elle. Il suffisait de se répéter des phrases du genre : « Pas de rêves de grandeur, Skye. Les artistes crève-la-faim ne deviennent pas des princesses du jour au lendemain. Jamais. Point final. »

— On est presque arrivés, miss, annonça le chauffeur en croisant son regard dans le rétroviseur. Ce que vous voyez sur votre droite, c'est le château d'eau. Avec le bâtiment qui se trouve en face, la vieille station de pompage, c'est quasiment tout ce qui a survécu au grand incendie de Chicago. Watertower Place est juste là, sur la gauche. Il y a plein de très belles boutiques, si ça vous intéresse. Et des restaurants super, aussi. Je parie que vous n'avez jamais vu ça.

— Merci pour le tuyau, répondit Skye avec un sourire. Mais je n'aurai pas le temps de faire du shopping. Il s'agit juste d'un rapide voyage d'affaires.

Le chauffeur acquiesça et reporta son attention sur la circulation, qui avait ralenti.

Skye prit une profonde inspiration, constatant qu'elle avait retenu son souffle depuis un petit moment. Amusée, elle secoua la tête.

Difficile de respirer normalement, se dit-elle, quand l'espoir vous tiraille le ventre. Elle avait besoin de se détendre, pour profiter au maximum de ces instants, et accepter le fait qu'il lui faudrait encore patienter avant de devenir une styliste renommée. Malgré l'angoisse qui l'étreignait, elle était prête à attendre, à payer le prix nécessaire.

La consécration viendrait un jour, décida-t-elle avec vigueur. Elle décrocherait le poste qui lui permettrait de se lancer. Elle en était convaincue.

Si ce n'était pas cette fois, ce serait la prochaine. Ou celle d'après.

Skye baissa les yeux sur l'enveloppe qu'elle tenait fermement entre ses mains, sur ses genoux. A défaut d'autre chose, l'appel de Griffen Monarch lui aurait au moins fourni une pièce de son passé. Elle sortit la lettre que contenait l'enveloppe et la déplia soigneusement. Dans le coin supérieur gauche de la feuille, le logo de la Maison Monarch apparaissait fièrement en relief.

Un M majuscule, tarabiscoté.

Son M.

Skye sentit son cœur s'accélérer, comme chaque fois.

Assaillie par l'excitation, elle fit courir son index sur la lettre en relief. En dépliant la feuille et en découvrant le logo pour la première fois, elle avait eu un choc. Elle l'avait regardée fixement, et, l'espace d'une fraction de seconde, elle avait entrevu toute son existence. Le monde extérieur, les autres gens avaient cessé d'exister. Son univers se limitait à ce logo et aux ténèbres insondables de son passé.

Remise de sa stupeur, elle avait sorti un de ses vieux dessins pour comparer les deux M. Ils étaient presque semblables. *Presque.*

Et alors, qu'est-ce que ça signifiait ? s'était-elle demandé. La réponse était d'une douloureuse évidence : absolument rien. Les deux M n'avaient peut-être aucun rapport. Certainement même. Et elle se laissait aller à des spéculations, des fantasmes qui pouvaient gâcher ses chances d'obtenir ce poste.

Skye plissa le front en sentant monter une migraine qui lui compressait les tempes. Bien entendu, elle n'avait pas dit à Griffen Monarch qu'elle connaissait son logo pour l'avoir spontanément dessiné des centaines de fois quand elle était enfant. Il l'aurait prise pour une folle. Une vraie cinglée. Elle aurait pu dire adieu à l'entretien et à ses espoirs de décrocher cet emploi, pour toujours.

Non, elle n'avait pas parlé du M, et elle n'en parlerait pas. Jamais. Elle rangea la lettre dans l'enveloppe et l'enveloppe dans son sac. Le moment était venu de laisser de côté toutes ces idioties ; elle devait oublier le passé pour ne plus penser qu'à son avenir.

La limousine s'arrêta en douceur.

— Nous sommes arrivés, miss.

Le cœur dans la gorge, Skye se pencha pour regarder la splendide façade en pierre de l'immeuble et de la boutique. C'était aussi beau qu'elle l'avait imaginé. Plus beau même.

Ses yeux ébahis remontèrent lentement vers la statue ailée de la déesse Niké, jusqu'aux étages supérieurs, là où se trouvaient les ateliers de création et de fabrication. Elle déglutit avec peine, frappée de plein fouet par l'énormité de ce qui lui arrivait. Elle venait dans ce lieu pour un entretien d'embauche ! Chez Monarch ! Là où tant de bijoux qu'elle avait admirés et étudiés avaient vu le jour. Si par miracle elle était engagée, l'occasion lui serait offerte d'imprimer sa marque dans le monde de la joaillerie.

Le chauffeur lui ouvrit la portière. Sur le trottoir, les passants s'arrêtèrent, dans l'espoir d'apercevoir une vedette sans doute, se dit Skye. Elle sourit intérieurement, à la fois amusée et intimidée, se demandant ce qu'ils allaient penser en la voyant débarquer avec ses lunettes de soleil à deux sous, sa vieille montre Timex en plastique et son tailleur de grande surface.

Skye descendit de voiture au moment même où l'imposante porte à double battant de chez Monarch s'ouvrait en grand pour laisser passer un homme. Le soleil l'éclaira comme un projecteur de cinéma, révélant des reflets châtains dans ses cheveux bruns. Grand et mince, il portait un costume impeccable, à tel point qu'on aurait pu le croire taillé sur mesure, ce qui était certainement le cas, se dit Skye.

Elle avait la bouche sèche tout à coup. Cet homme était le plus séduisant, le plus sophistiqué qu'elle ait jamais vu.

Et il lui souriait ! En se dirigeant vers elle…

L'espace d'un instant, Skye crut qu'il l'avait confondue avec quelqu'un d'autre. Puis elle comprit de qui il s'agissait.

L'homme s'arrêta devant elle, la main tendue.

— Skye ? Griffen Monarch.

Elle lui serra la main, en frissonnant légèrement à ce contact.

— C'est un plaisir de vous rencontrer, Griffen.

— Le plaisir est encore plus grand pour moi, croyez-le bien. Je suis un fervent admirateur.

— Vous m'admirez ? demanda-t-elle en sentant ses joues s'enflammer. Je crois que c'est la première fois que j'entends ça.

— Il va falloir vous y habituer, lui dit Griffen Monarch en passant son bras autour du sien. Je ne suis que le premier de ce qui va devenir une longue liste, j'en suis certain. A ce propos, Dorothy est impatiente de vous rencontrer. Elle tourne en rond depuis ce matin, ce n'est pas bon pour sa tension.

Dorothy Monarch était impatiente de la rencontrer ? se répéta Skye, abasourdie. Une des plus grandes créatrices de bijoux de la deuxième moitié de ce siècle avait hâte de la rencontrer ?

Comme s'il lisait dans ses pensées, Griffen rit de nouveau.

— L'heure n'est plus à la modestie. Vous possédez un talent immense, Skye Dearborn.

Elle rit à son tour, car elle commençait à se détendre et trouvait Griffen aussi charmant que séduisant.

— Si Griffen Monarch le dit, je suis bien obligée de le croire.

— Ah ! j'aime cette façon de penser !

Ils se dirigèrent vers l'entrée de la boutique, et Griffen ajouta :

— Si seulement mes autres employés pouvaient raisonner de la même manière.

Skye s'efforça de contrôler son excitation, non sans mal. « Mes autres employés », avait-il déclaré, laissant entendre qu'elle faisait désormais partie de la maison. Mais il ne lui avait pas encore proposé officiellement le poste, et il ne fallait pas crier victoire trop tôt, se dit-elle. Griffen était assurément un homme d'affaires avisé, habitué à louvoyer et à négocier. En outre, il était certainement très conscient du charme qu'il exerçait sur la gent féminine ; et peut-être était-il en train de la tester, d'une certaine façon.

Malgré tout, Skye s'accrocha à ces paroles pleines d'espoir pendant que Griffen lui faisait faire le tour de la boutique, la présentant à différentes personnes, s'arrêtant parfois devant telle ou telle vitrine pour lui montrer ici un bijou particulier, là une pierre.

— Depuis quelque temps, nous proposons les œuvres d'autres créateurs, dit-il devant une vitrine contenant plusieurs bijoux signés Paloma Picasso ou Angela Cummings. Mais uniquement les meilleurs, et à condition que leurs créations soient très différentes de notre style.

Un peu plus loin, il s'arrêta devant une autre vitrine.

— Toutefois, certains de nos plus anciens modèles restent les plus demandés.

Il désigna un magnifique ensemble broche et boucles d'oreilles, tout en spirales entrelacées.

— Je suis sûr que vous reconnaissez la célèbre parure Tornade de Dorothy.

— Bien sûr. Elle fait partie de la série du Vent, une de mes préférées.

Skye se pencha pour admirer une autre paire de boucles d'oreilles, un modèle d'une simplicité parfaite : une goutte d'or, constellée de diamants.

— Le classique ne se démode jamais, dit-elle. La qualité non plus.

— C'est exact. Néanmoins, nous avons l'intention de nous aventurer dans de nouvelles directions. Après tout, avant d'être des classiques, les créations naissent dans l'esprit de l'artiste. Notre atelier n'a rien produit de véritablement novateur depuis un certain temps, il faut bien l'avouer. Or on ne peut pas éternellement se reposer sur ses lauriers.

— C'est tout de même un endroit agréable pour se reposer, répondit Skye avec un sourire. J'aimerais bien en faire autant.

— Je suis certain que cela ne tardera pas, déclara Griffen en lui indiquant la direction de l'ascenseur. Nous avons été particulièrement enthousiasmés par vos créations les moins traditionnelles. Vous semblez posséder une grande sensibilité pour le contemporain, surtout dans les combinaisons de matériaux et de techniques. Personnellement, j'ai été surtout impressionné par vos créations en platine pour le musée d'Art moderne de New York.

— Je vous remercie.

Ils s'arrêtèrent devant les portes Arts déco de l'ascenseur, et Griffen appuya sur le bouton.

— Si j'étais engagée, demanda Skye, j'aurais donc le droit de poursuivre mes expérimentations ?

— Le droit, dites-vous ? répondit Griffen avec une lueur amusée dans le regard. Non, Skye. Ce serait un devoir !

Skye avait de plus en plus de mal à contenir sa joie. Travailler pour la Maison Monarch représentait déjà à ses yeux la concrétisation d'un rêve, même quand elle croyait qu'il lui faudrait pour cela canaliser son élan créateur afin de s'adapter à l'esprit maison. Mais travailler pour Monarch tout en ayant la possibilité d'aller au bout de ses idées, c'était carrément le paradis sur terre !

L'ascenseur arriva, et ils y pénétrèrent. Dès que les portes se furent refermées, Griffen se tourna vers elle. Quelques centimètres seulement les séparaient. Skye constata que ses yeux étaient d'un bleu étonnant, métallique, presque argenté. Plus clairs encore que les siens.

— Je suis sérieux quand je dis que Monarch est à la recherche d'un nouveau style qui deviendra un classique. Nous voulons retrouver l'audace, les créations visionnaires qui ont fait notre célébrité.

Skye avait du mal à respirer, l'ascenseur lui semblait soudain trop exigu, étouffant. Griffen Monarch paraissait démesurément grand, écrasant.

Mais comme il ne semblait pas remarquer sa détresse, il poursuivit son exposé.

— Dorothy a dirigé l'atelier Monarch pendant près de cinquante ans. Et elle a fait un travail formidable. Hélas ! elle est fatiguée. Depuis quelques années, sa santé décline. Elle est prête à transmettre les rênes à une personne plus jeune, plus énergique.

Il détourna la tête et ajouta :

— La mort récente de mon père l'a terriblement affectée.

Skye déglutit en reculant d'un pas ; elle avait besoin d'espace, d'air.

— Que… qu'avez-vous dit ?

Il se retourna vers elle.

— Mon père est mort il y a quelques semaines. D'une crise cardiaque. Il n'avait que cinquante-cinq ans. Nous avons tous été effondrés, bien entendu, mais Dorothy…

Il fronça les sourcils et se pencha vers elle.

— Skye, ça ne va pas ?

— Je ne sais pas ce qui m'arrive, répondit-elle avec un petit rire forcé, en essayant de repousser la sensation de panique qui montait en elle. J'ai… l'impression de… d'étouffer.

— Ça vous arrive souvent ?

— Non, non, c'est la première fois, dit-elle en parvenant à émettre un autre petit rire, car elle se sentait ridicule.

Jamais elle n'avait été claustrophobe, songea-t-elle avec amertume. Il fallait que cela lui arrive justement aujourd'hui, le jour le plus important de sa vie ! Vraiment, Griffen devait la prendre pour une menteuse en plus de la considérer comme une folle.

— Ce sont les nerfs, dit-il. Détendez-vous. Inspirez à fond et soufflez lentement.

L'ascenseur s'arrêta ; les portes s'ouvrirent.

— Vous verrez, tante Dorothy est une femme charmante. Elle va vous adorer, j'en suis sûr.

Skye s'empressa de quitter l'ascenseur, et aussitôt, la sensation de panique s'atténua. Elle inspira profondément, plusieurs fois. Griffen avait raison, c'était la nervosité. Après tout, elle allait rencontrer la fameuse Dorothy Monarch. La femme qui avait créé une demi-douzaine de styles entrés dans la conscience collective, des créations à ce point en osmose avec leur temps qu'elles pouvaient définir toute une époque. Ce n'était pas rien. Seuls quelques grands artistes pouvaient se targuer d'une telle réussite.

Dorothy Monarch.

Et elle, Skye Dearborn, allait la rencontrer.

Il suffisait de se montrer professionnelle, décida-t-elle. Après tout, elles étaient pareillement artistes, et femmes. Dorothy Monarch était comme tout un chacun ; elle mangeait, dormait, allait aux toilettes. Ce n'était pas une divinité !

Mais à l'instant même où Griffen lui présenta sa grand-tante, les belles résolutions de Skye, sa volonté de demeurer froidement professionnelle s'évanouirent. Elle laissa éclater son admiration. Incapable de se retenir. Elle évoqua en vrac toutes les créations de Dorothy, principalement les fabuleux bijoux des années Kennedy, ou la manière dont elle avait su utiliser l'émaillage et les pierres semi-précieuses dans la joaillerie de luxe, une innovation majeure à l'époque.

Quand elle eut fini sa tirade enthousiaste, Dorothy la serra dans ses bras.

— Merci, ma chère, pour ces merveilleux compliments. Vous avez égayé ma semaine.

Dorothy ne ressemblait pas à l'image que s'en faisait Skye. C'était une petite femme, même si ses pommettes saillantes, ses sourcils à la Joan Crawford et sa grande bouche lui conféraient une très forte présence, qui faisait oublier sa taille. Elle portait un jean délavé et un chemisier de soie d'un violet soutenu. Quand elle parlait, ses cheveux gris coupés au carré tombaient sur ses joues ; elle les repoussait d'un petit geste élégant, automatique, qui évoquait, aux yeux de Skye, les battements d'ailes d'un papillon.

Il était d'ailleurs amusant de voir la grand-tante et le neveu côte à côte, tant étaient importantes leurs dissemblances physiques. Griffen était grand, au moins un mètre quatre-vingts, estimait-elle ; Dorothy ne dépassait pas le mètre cinquante-cinq. Elle parlait avec animation en faisant de grands gestes, sorte d'incarnation de l'artiste exalté. Griffen, lui, demeurait de marbre, tel un prédateur ; on sentait que rien ne lui échappait, il était l'image parfaite de l'homme d'affaires impénétrable.

Mais tous les deux, à leur manière, étaient des gens beaux, raffinés et sûrs d'eux. Tous les deux possédaient les mêmes yeux d'un bleu incomparable, et un visage aux traits anguleux.

— Venez, je vais vous faire visiter les lieux, dit Dorothy en indiquant la droite. En gros, la maison se divise en deux groupes : d'un côté, la recherche et le développement, dont les créateurs font partie, et de l'autre, toute la production. L'équipe de production englobe l'atelier de fabrication, le bureau de contrôle, l'inventaire et le service d'approvisionnement. Les ventes et le marketing dépendent du secteur commercial, autrement dit de Griffen, même si les créateurs participent aux prises de décisions.

Elle adressa un sourire affectueux et moqueur à son neveu.

— Griffen adore les joutes oratoires.

Ils s'engagèrent dans un couloir bordé de chaque côté de petits bureaux appartenant, apprit Skye, aux six artistes du secteur recherche et développement, absents pour le moment car ils assistaient à une grande exposition.

— En tant que créatrice en chef, reprit Dorothy, je suis responsable en dernier ressort de tout ce qui sort de cet atelier. J'écoute tous les problèmes, toutes les idées, et je prends la décision finale. Voici la salle de réunion, ajouta-t-elle en tendant la main devant elle, avant de dériver légèrement vers la droite, montrant au passage la salle de repos.

Dorothy ouvrit une autre porte. La femme qui travaillait dans cette pièce leva la tête, esquissa un sourire timide, puis reporta son attention sur les perles qu'elle était en train d'enfiler.

— Toutes les perles, naturelles ou artificielles, sont stockées et montées ici. Les pierres, elles, sont travaillées dans la pièce voisine. A ce sujet, sachez que nous faisons appel aux spécialistes en gemmologie et aux acheteurs de notre boutique pour l'approvisionnement en pierres précieuses.

Dorothy tourna à gauche au fond du couloir.

— Voici le coffre des matières premières. Vous y trouverez les différentes catégories de métaux précieux dont vous aurez besoin. L'inventaire est censé gérer les stocks, mais si vous découvrez qu'il manque quelque chose, parlez-en à Ted.

Dorothy ouvrit l'immense pièce coffre-fort pour montrer un schéma fixé à l'intérieur de la porte.

— Cette feuille vous indique exactement où se situe ce que vous cherchez. De ce côté-là, je suis extrêmement maniaque ; j'exige que tout soit rangé dans l'atelier, aussi n'oubliez jamais de remettre les choses à leur place.

Elle adressa un sourire à Skye et ajouta :

— L'ordre est une nécessité quand on a une mémoire aussi mauvaise que la mienne. Concernant les pierres précieuses, elles sont tenues en sûreté dans le coffre de la boutique.

Dorothy pivota sur elle-même, et désigna le système de rangement vertical qui couvrait les murs du coffre.

— Nous conservons les consignes de fabrication de tous les bijoux qui sont sortis de cet atelier, et ce depuis les premières pièces dessinées par Anna Monarch. Aucun modèle n'a encore été supprimé définitivement, à l'exception des créations uniques et des commandes particulières, bien sûr.

» Nous faisons faire tous nos moulages et nos placages par une fonderie extérieure, mais les finitions s'effectuent ici. Nous utilisons principalement des moules vulcanisés à injection de caoutchouc ;

ils sont inusables et donnent des modèles en cire parfaits. A partir d'ici, interdiction de fumer.

— Je ne fume pas, s'empressa de déclarer Skye.

— Moi si, répliqua Dorothy. Comme un pompier. Et je ne veux pas entendre une seule réflexion à cet égard, ajouta-t-elle en foudroyant Griffen du regard.

Ce dernier haussa les épaules d'un air résigné.

Alors qu'ils poursuivaient leur visite, Skye remarqua que les employés gardaient les yeux fixés sur leur travail. Parfois, Dorothy s'arrêtait et se penchait vers l'un d'eux pour commenter une technique, distribuer un compliment ou un conseil.

— Ces orfèvres sont répartis selon leurs talents et leur expérience, expliqua-t-elle. Seuls mes créateurs peuvent évoluer d'une zone à une autre.

Tandis qu'ils rebroussaient chemin, Skye constata que cette visite guidée avait fatigué Dorothy. Et si, tout à l'heure, on aurait pu lui donner trente ans de moins, elle portait à présent ses soixante-dix ans. Voire plus.

Dorothy les conduisit dans un grand bureau, le sien de toute évidence. Les murs disparaissaient sous les trophées, les diplômes et les photos montrant Dorothy en compagnie de gens célèbres. Elle se dirigea immédiatement vers sa table de travail et son paquet de cigarettes. Elle en alluma une et se laissa tomber dans son fauteuil, avec un profond soupir.

— Asseyez-vous, dit-elle en montrant à Skye un des fauteuils disposés face à son bureau. Je veux vous parler.

Skye s'exécuta, non sans remarquer que Griffen demeurait à l'entrée de la pièce. Dans la position du prédateur, songea-t-elle une fois de plus. Il avait tout du félin qui attend le moment idéal pour bondir.

Dorothy observa Skye à travers un nuage de fumée.

— Alors, que pensez-vous de notre petit parc de jeux ?

Skye rit de bon cœur. Décidément, cette femme lui plaisait de plus en plus.

— Je n'ai jamais rien vu d'aussi merveilleux.

Dorothy tira sur sa cigarette, presque goulûment.

— Vous sortez tout juste de l'école, j'aimerais que vous me disiez quelles sont les nouvelles tendances de la joaillerie selon vous.

Skye n'eut pas besoin de prendre le temps de réfléchir, car, avec son professeur principal et d'autres étudiants de dernière année, ils avaient eu cette discussion quelques jours plus tôt.

— La tendance est à l'éclectisme, sans aucun doute. Les années 90 ont montré que tout était possible. On peut noter également une exploration tous azimuts des matériaux et des supports. La consommation est à la mode, ce qui constitue toujours un environnement favorable pour l'épanouissement des arts décoratifs.

» Depuis peu, toutefois, ajouta-t-elle, je remarque un retour au classicisme. Les silhouettes se sont affinées ; le tape-à-l'œil est dépassé, la simplicité et l'élégance sont à la mode. Personnellement, je pense que cela est dû en partie à un mouvement cyclique que l'on peut noter dans toute l'histoire de l'art, mais c'est aussi une réaction au rythme frénétique de la société et au bombardement quasi permanent de nos sens par toutes sortes de stimuli.

Emportée par son sujet, Skye se pencha en avant sur son siège.

— Mais en toute franchise, reprit-elle, je ne crois pas qu'il faille suivre les modes. On n'imprime pas sa marque en suivant un chef de file. Pour garder la tête, il faut lancer les courants. Cela veut dire prendre des risques.

Dorothy haussa les sourcils.

— Votre théorie serait donc : connaître les tendances pour mieux les ignorer ?

— Oui, en gros. Laissons la mode aux bijoutiers fantaisie et aux grossistes.

— C'est un peu prétentieux, non ? dit Dorothy. Et notre boutique dans tout ça ? Notre clientèle ne veut pas les *must* de demain, elle veut ceux d'aujourd'hui.

Skye sourit.

— C'est l'éternelle opposition entre l'artiste et le public, entre la création et le commerce. Pour survivre, et pour progresser, il faut trouver un juste équilibre entre les deux.

Un rictus déforma la bouche de Dorothy, sans que Skye sache s'il s'agissait d'une marque d'approbation ou d'agacement.

— Je vois. Parlons donc de *notre* équilibre entre le commerce vulgaire et les splendeurs de la créativité. Que pensez-vous de notre gamme ?

Skye se rassit au fond de son fauteuil, constatant qu'elle s'était laissé entraîner dans un piège.

— Je ne connais pas assez bien vos dernières créations pour me permettre de…

— A d'autres ! répliqua Dorothy en écrasant rageusement sa cigarette dans le cendrier. Vous êtes une petite futée. Je suis sûre que vous avez révisé votre leçon avant de venir. Allez, je vous écoute, donnez-moi vraiment votre avis.

Skye dressa le menton, sans que jamais son regard quitte celui de la vieille femme.

— Je pense que vos créations penchent un peu trop du côté commercial, désormais. Mais ce n'est que mon opinion.

Dorothy ricana.

— Vous ne manquez pas de toupet, hein ? Personnellement, je crois que j'aurais menti.

Skie releva fièrement la tête, bien qu'elle craignît d'avoir commis une gaffe.

— J'ai l'habitude de dire ce que je pense. Certains considèrent cela comme un défaut.

— Pas moi. J'aime ça au contraire, dit Dorothy en se renversant dans son fauteuil. Je commence à en avoir marre de tous ces « oui, madame », « bien sûr, madame », de tous ces lèche-cul qui m'entourent. Ce n'est pas ce que je cherche.

Elle se leva et contourna son bureau pour venir se planter devant Skye, en la regardant droit dans les yeux.

— Comme vous le savez certainement, déclara-t-elle, je ne suis plus la grande créatrice que j'ai été.

— Ce n'est pas ce que je voulais dire, s'empressa de préciser Skye. Vous êtes une légende, une des plus…

— Ne vous fatiguez pas. Tout ça, c'est du passé. Je suis dans le métier depuis longtemps. J'ai fait du bon travail, et je me suis amusée à le faire. Mais aujourd'hui, je suis vieille. Je n'ai plus autant d'énergie qu'autrefois. Mon sens créatif s'est émoussé. C'est pourquoi j'ai besoin de m'entourer de gens brillants, déterminés. De gens qui me diront ce que… ce que…

Dorothy fronça les sourcils ; des rides de confusion creusèrent son front. Griffen fit un pas à l'intérieur de la pièce, l'air anxieux.

— Tante Dot, ça ne va pas ?

— Si, mais je… Que disais-je, déjà ? J'ai eu comme une absence.

Il secoua la tête.

— Tu deviens distraite, Dorothy.

— Oui, je sais bien ! répondit-elle en lui jetant un regard noir. Ce que je ne sais plus, c'est ce que je disais.

— Que tu avais besoin de gens brillants et déterminés autour de toi…

— Oui, exactement ! Ah ! ma chère, reprit-elle en adressant un sourire à Skye, c'est moche de vieillir. N'oubliez jamais ça et profitez de chaque instant de votre jeunesse. Bref, je vous le répète, j'aime beaucoup votre travail. Enormément. Et vous me plaisez, vous aussi.

Dorothy se tourna brièvement vers Griffen, comme pour lui lancer un message muet, inquiet, avant de revenir sur elle.

— Je serai ravie de vous avoir dans mon équipe. Vous ferez une recrue de choix.

— Dois-je comprendre que vous m'offrez le poste ?

Abasourdie, Skye regardait alternativement Dorothy et Griffen.

— C'est vrai ? demanda-t-elle.

— Oui.

— Oh ! je ne sais quoi dire. Je… je…

Griffen vint se placer au côté de sa grand-tante. Il sourit.

— Je pense que « oui » serait la réponse la plus appropriée, déclara-t-il. Et celle que nous espérons.

Skye rit gaiement.

— Oh ! oui, oui ! Bien sûr que oui ! Mille fois oui !

Griffen lui tendit la main. Elle l'accepta, et il l'aida à se lever du fauteuil.

— Bienvenue dans la famille Monarch, Skye Dearborn. Nous sommes très heureux de vous accueillir parmi nous. N'est-ce pas, Dorothy ? demanda-t-il en se tournant vers la vieille femme.

— Oui, absolument ravis.

Dorothy prit les mains de Skye et l'embrassa sur les deux joues. L'odeur de cigarette restait accrochée à elle.

— Vous faites partie de la famille Monarch, dorénavant. Bienvenue à la maison.

Famille. Maison. Skye n'arrivait pas à y croire. Elle ne pouvait croire qu'ils l'accueillaient de cette façon ! C'était plus qu'un rêve devenu réalité.

— Mais… je… quand voulez-vous que je commence ?

— Dès que possible, répondit Griffen avec un large sourire. On ne veut surtout pas vous donner le temps de changer d'avis. Vous êtes des nôtres maintenant, Skye Dearborn. Nous ne vous laisserons pas filer.

43

Moins de deux semaines plus tard, Skye et M. Meuh avaient emménagé à Chicago. Skye et Griffen se parlaient au téléphone presque tous les jours. Il lui avait proposé de s'occuper de tout, et avait tenu parole. Il lui avait trouvé un appartement dans un des nombreux immeubles appartenant à la famille Monarch, un splendide deux pièces dans un quartier chic, tout près du lac Michigan. Il s'était même arrangé pour le faire repeindre et rafraîchir entièrement avant qu'elle ne l'habite, allant jusqu'à y faire installer le téléphone et tout le confort nécessaire.

Aucun doute, se disait Skye, Griffen Monarch était l'homme le plus merveilleux qu'elle ait jamais rencontré. Il était prévenant. Ouvert. Et irrésistible. Un soir, ils étaient restés deux heures au téléphone, à raconter des anecdotes, à évoquer ce qu'ils aimaient et détestaient, à échanger leur vision du monde. Ils avaient tellement de points communs que cela en devenait presque étrange, inquiétant ; ils s'entendaient sur tout, qu'il s'agisse de goûts culinaires ou artistiques, et même d'opinions politiques.

On aurait dit qu'il existait un lien mystérieux entre eux, une sorte de complicité psychique, se disait-elle.

Qu'ils constituaient les deux moitiés d'une seule entité, qu'ils étaient en somme faits l'un pour l'autre.

Mais chaque fois que Skye se surprenait à penser à de telles sottises, elle se morigénait. Elle n'était qu'une incorrigible romantique. Une idiote avec un cœur de midinette. Non, les gens n'étaient pas « faits l'un pour l'autre ». Les gens n'étaient pas reliés entre eux par des « liens psychiques » !

Malgré tout, elle ne parvenait pas à se débarrasser de ces pensées, et parfois elle s'en effrayait. Tout comme elle avait peur des sensations qu'elle éprouvait en présence de Griffen : la tête lui tournait, elle avait du mal à respirer. « Allons, se disait-elle, un peu de maîtrise ! » Elle était trop intelligente pour se comporter de cette façon, elle avait trop vécu.

Toutefois, ce qui l'effrayait le plus, c'était son envie de faire confiance à cet homme. De se reposer sur lui. De croire en lui. Voilà si longtemps qu'elle ne s'était pas offert ce luxe.

Treize ans exactement.

Elle pensa à Chance soudain et tout son corps se raidit. Le bonheur vous affaiblissait, pensa-t-elle. Il vous rendait vulnérable. Elle était bien placée pour le savoir. Quand vous dépendiez de quelqu'un, quand vous aviez confiance en lui, il pouvait vous faire du mal. Généralement, il ne s'en privait d'ailleurs pas.

Griffen avait le pouvoir de lui faire du mal. Beaucoup de mal. C'était son patron, le président de la société Monarch. Il était riche, beau, raffiné. Il pouvait avoir, et sans doute avait-il eu, toutes les filles qu'il désirait.

Mieux valait ne pas succomber à son charme ; mieux valait ne pas voir en lui autre chose qu'un patron et peut-être un ami. Elle devrait s'en souvenir.

Dès maintenant. Dès aujourd'hui. Car c'était son premier jour de travail au sein de l'équipe « Recherche et Développement » de la Maison Monarch.

Skye s'arrêta au milieu du trottoir pour lever les yeux vers le bâtiment de Michigan Avenue. Autour d'elle, les gens passaient ; certains lui jetaient un regard intrigué, mais la plupart étaient trop pressés pour simplement la remarquer.

Une main plaquée sur son estomac noué, elle inspira profondément pour se détendre. L'heure avait sonné. *A toi de jouer, Skye.*

Relâchant sa respiration, elle se dirigea vers l'entrée de l'immeuble, et s'apprêtait à appuyer sur la sonnette, quand l'agent de sécurité lui ouvrit la porte, tout sourire. Il l'avait sans doute vue arriver.

— Bonjour, mademoiselle Dearborn. Entrez donc. M. Monarch m'a informé que vous commenciez aujourd'hui.

— Merci… Ed, dit-elle en lisant le nom figurant sur le badge du gardien.

— Ravi de vous accueillir parmi nous, mademoiselle Dearborn. Je vous souhaite une excellente première journée.

Après l'avoir remercié encore une fois, Skye se dirigea vers l'ascenseur, en songeant à quel point tous les gens s'étaient jusque-là montrés aimables envers elle. Pourtant, elle avait toujours entendu dire que les habitants des grandes villes étaient froids et indifférents, plus prompts à vous cracher au visage qu'à vous venir en aide. Son expérience était bien différente. A croire qu'elle était tombée dans la quatrième dimension.

L'ascenseur l'attendait ; il la conduisit rapidement au cinquième étage. Il n'y avait encore personne dans les locaux. Elle était arrivée délibérément tôt, afin de pouvoir explorer les lieux et s'extasier en toute liberté, avant la venue des autres. Dorothy l'avait appelée la veille au soir pour lui dire bonjour et s'assurer qu'elle avait bien reçu le programme qu'elle lui avait envoyé par fax.

Skye l'avait bien reçu. C'était aussi pour cette raison qu'elle était arrivée si tôt. A 9 heures avait lieu un petit déjeuner de prise de contact avec Dorothy et les autres membres de l'atelier. A 10 h 30, l'équipe de créateurs devait trouver des idées pour une nouvelle collection baptisée « Vacances ». A midi, déjeuner avec le chef du service des ventes et du marketing. L'après-midi, quartier libre pour accueillir les déménageurs dans son nouvel appartement.

Skye déambula longuement à travers l'atelier, comme pour s'imprégner de l'atmosphère, pendant qu'il était encore vide. Elle avait gardé son bureau, le meilleur, pour la fin.

Une boule se forma dans sa gorge lorsqu'elle arriva devant la porte. Son nom figurait sur une plaque. Elle la caressa du bout des doigts, refoulant une ridicule envie de pleurer. En ouvrant la porte, elle fut assaillie par l'odeur des fleurs. Un énorme bouquet l'attendait, posé sur son bureau, un mélange de toutes ses fleurs préférées : orchidées, oiseaux de paradis, roses thé et marguerites. Elle laissa échapper un petit rire en découvrant ce mélange insolite et exotique. Elle savait d'où il venait, sans même avoir besoin de lire la carte qui accompagnait le bouquet.

Mais pourquoi résister à ce plaisir ? Les mains tremblantes, elle ouvrit l'enveloppe.

« Bienvenue chez vous.
Griffen. »

Elle plaqua la carte contre son cœur. C'était la deuxième fois qu'un membre de la famille Monarch lui souhaitait la bienvenue en ces termes. Skye secoua la tête, stupéfaite de constater que, aussi incroyable que cela puisse paraître, elle avait déjà le sentiment d'être chez elle, en effet. Comme si elle appartenait à cette maison. Ses yeux émerveillés balayèrent la pièce. Outre le bureau et l'ordinateur, on lui avait installé un établi de joaillier, avec tous les accessoires, ainsi qu'une table à dessin et un tableau lumineux… Il y avait même une fenêtre.

Il ne manquait rien. Skye se pencha pour respirer l'odeur des fleurs fraîchement coupées. Non, il ne manquait vraiment rien à son bonheur, se dit-elle.

— Salut.

Elle laissa échapper un petit hoquet de surprise et se retourna. Griffen se tenait à l'entrée du bureau, appuyé contre l'encadrement de la porte, et il l'observait, visiblement ravi. Skye sentit ses joues s'enflammer.

— Bonjour.

— Je vois que vous avez reçu les fleurs.

— Elles sont magnifiques. Merci.

— Votre bureau vous convient ?

— C'est absolument parfait.

— Et l'appartement ?

— Merveilleux. Vide, mais merveilleux, répondit-elle avec un petit rire nerveux, en soutenant le regard de Griffen un bref instant.

Comment conserver une distance professionnelle alors qu'il la fixait avec une telle intensité, comme si elle était la femme la plus extraordinaire au monde ? Alors qu'il lui envoyait des fleurs, lui offrait des cadeaux et lui donnait l'impression d'avoir de nouveau seize ans ?

— Quand doivent arriver vos meubles ?

— Cet après-midi. Mes quelques meubles.

— Vous aurez besoin d'un coup de main pour porter les cartons. Je passerai vous aider.

— Oh ! ce ne sera pas nécessaire, Griffen, vraiment, vous en avez déjà trop fait.

— C'est bizarre, j'ai la sensation de ne pas en avoir fait assez, au contraire.

Comme elle essayait de protester, il l'interrompit.

— Ça me fait plaisir. D'ailleurs, j'ai hâte de rencontrer le fameux M. Meuh. Je suis sûr que nous allons devenir de grands copains lui et moi.

Skye capitula, avec un grand sourire.

— D'accord. J'en serai ravie.

Griffen lui rendit son sourire.

— Tant mieux. Alors, à bientôt, Skye Dearborn.

44

Griffen arriva peu de temps après le départ des déménageurs, les bras chargés de plats cuisinés, d'une bouteille de vin et d'un bouquet de fleurs. Il affichait un large sourire.

— J'ai pensé que vous auriez sûrement faim, déclara-t-il.

— Pour être franche, je suis affamée ! Laissez-moi vous débarrasser, dit-elle en lui prenant les paquets des mains. Hmm, ça sent bon !

— C'est de la cuisine thaï. J'espère que vous aimez manger épicé.

— J'adore ça. La cuisine thaï est ma préférée.

D'un petit coup de hanche, elle ouvrit la porte en grand.

— Entrez. Comme vous pouvez vous en douter, l'appartement est un peu en désordre.

Elle le précéda dans la cuisine, en prenant soin d'enjamber un des énormes os en peau de buffle appartenant à M. Meuh, et en poussant du bout du pied un carton à moitié vide.

— Je ne sais pas comment vous remercier de m'avoir procuré cet appartement. Je l'adore.

— C'était un plaisir de pouvoir vous aider. De plus, il était inoccupé.

— J'ai du mal à y croire. Un appartement pareil, à ce prix-là, c'est une aubaine !

Elle déposa les plats préparés sur le comptoir.

— Me cacheriez-vous quelque chose, par hasard ?

— Pardon ?

— Serai-je réveillée en pleine nuit par des bruits de chaînes et des hurlements ?

Devant l'air hébété de Griffen, elle pouffa.

— Des fantômes, quoi !

— Cette maison est-elle hantée, vous voulez dire ? Non, pas à ma connaissance.

Jetant un coup d'œil autour de lui, Griffen demanda :

— Mais où est donc le fameux M. Meuh, dont j'ai tant entendu parler ?

— Oh ! je l'avais complètement oublié ! Je l'ai enfermé dans la chambre pendant que les déménageurs étaient là, car il voulait absolument les aider à décharger le camion. Excusez-moi un instant, je vais le chercher.

M. Meuh n'aimait pas Griffen. Pas du tout même, à en juger par la façon dont il restait près de Skye, tout près d'elle, en jetant un regard noir à l'intrus et en poussant des grognements sourds. Chaque fois que Griffen se déplaçait, M. Meuh le suivait des yeux. Il ne le lâchait pas une seconde.

— Je ne comprends pas, dit Skye, affligée, en tenant l'animal par son collier, de crainte qu'il ne saute sur Griffen. Habituellement, c'est un chien très chaleureux.

— Sans doute le stress du déménagement, répondit Griffen en souriant. Il se retrouve dans une nouvelle maison, il se méfie des étrangers, c'est normal.

— Mais quand les déménageurs étaient là, il n'a pas…

Skye se mordit la lèvre en rougissant.

— Je vais l'enfermer de nouveau, dit-elle.

— Non, ne faites pas ça. Il risque de me haïr pour la vie.

— Il adore les biscuits. Si vous lui en donnez un, peut-être que vous sympathiserez.

— Ça vaut le coup d'essayer.

Griffen prit un biscuit dans le sachet que lui tendait Skye.

Le regard de M. Meuh se fixa immédiatement dessus, et il se mit à baver.

Skye lâcha le collier.

— Gentil, mon chien. Tu manges le biscuit, mais pas les doigts. Doucement, hein ?

Stupéfaite, Skye vit l'animal avancer vers Griffen à pas feutrés, s'emparer du biscuit et s'empresser de revenir près d'elle. Jamais il ne s'était comporté de cette façon !

— Je ferais peut-être mieux de l'enfermer. Je ne l'ai jamais vu comme ça.

— Accordez-lui quelques minutes. Au pire, il m'arrachera un morceau de bras ; au mieux, nous deviendrons amis.

Skye acquiesça ; elle appréciait la bonne volonté et la patience dont faisait preuve Griffen, tout en se demandant si elle ne prenait pas un risque.

— Je vous propose un verre de vin ?

Sans même attendre la réponse, elle se dirigea vers un des cartons portant la mention « ustensiles de cuisine », et fouilla à l'intérieur, jusqu'à ce qu'elle trouve le tire-bouchon. Avec un sourire, elle le tendit à Griffen.

— Victoire ! Je crois que les verres sont dans celui-ci, dit-elle en désignant un second carton.

Elle avait raison. Après avoir déniché et sorti un premier verre, elle se mit en quête du second.

— Aïe !

Elle extirpa vivement sa main du carton. Du sang coulait abondamment d'une longue et profonde coupure en travers de la paume.

— Je crois que j'ai trouvé un deuxième verre, dit-elle d'une voix faible en tenant sa main blessée. Malheureusement, il est cassé.

— Mon Dieu, Skye.

Griffen lui prit les poignets et l'entraîna vers l'évier. Il fit couler l'eau froide et plaça la main blessée sous le jet puissant.

Skye grimaça.

— Ça brûle !

— Je m'en doute.

Avec un peu de liquide vaisselle, il nettoya la plaie, puis rinça soigneusement, avant de l'examiner.

Skye préféra détourner le regard.

— C'est profond ? demanda-t-elle.

— Ç'aurait pu être pire.

— Vous croyez que… il faut des points de suture ?

— Non, ce ne sera pas nécessaire, rassurez-vous. Avez-vous déjà déballé votre pharmacie ?

— Oui, docteur Monarch, répondit-elle avec un petit rire mal assuré. J'ai commencé par ranger la salle de bains. Vous savez comment sont les femmes. Je reviens tout de suite.

— Attendez, je n'ai pas encore appliqué la partie la plus importante du traitement.

Portant la main de Skye à ses lèvres, il déposa un baiser délicat sur la blessure. Leurs yeux se croisèrent. Les lèvres de Griffen s'attardèrent sur sa peau. Skye sentit son estomac exécuter une sorte de saut périlleux ; ses genoux tremblèrent, elle fut prise d'une bouffée de chaleur, suivie de frissons glacés.

— Dépêchez-vous d'aller chercher les pansements, dit Griffen.

Elle retira sa main.

— Oui. Je… Excusez-moi.

Elle courut presque jusqu'à la salle de bains. Refermant à demi la porte derrière elle, elle s'approcha du lavabo pour s'y appuyer et se regarder dans le miroir, découvrant ses joues enflammées et ses yeux brillants. Mon Dieu, que faire maintenant ? se dit-elle. Au début, elle croyait que Griffen voulait simplement se montrer gentil, mais maintenant, elle en venait à se demander si… s'il n'avait pas plutôt des vues sur elle. Non, elle ne se le demandait pas. Elle savait.

Le problème, c'est qu'elle ne pouvait pas, se dit-elle. Elle ferma les yeux, très fort. Tout cela arrivait trop vite. Elle ne connaissait pas Griffen. Il ne la connaissait pas. En outre, c'était son patron, bon sang ! Il…

— Ça va ?

Skye ouvrit les yeux. Griffen se tenait sur le seuil de la salle de bains, un verre de vin à la main, le regard pénétrant. Elle s'obligea à sourire.

— Oui, ça va… merci. Mais je… j'ai juste la tête qui tourne un peu.

Il lui tendit le verre de vin.

— J'en ai trouvé un autre dans le carton.

— Merci bien.

Elle le porta à ses lèvres et but une gorgée ; le vin lui procura une douce sensation de chaleur en glissant dans sa gorge.

— J'ai là les pansements, dit-elle en posant son verre au bord du lavabo. Je vous rejoins tout de suite.

— Vous n'avez pas besoin d'aide, vous êtes sûre ?

— Oui, oui, certaine.

Elle lui sourit de nouveau, impatiente de le voir quitter cette salle de bains qui lui paraissait soudain trop petite en sa présence.

Dix minutes plus tard, elle ressortit de la pièce, pour découvrir que Griffen avait, entre-temps, déballé les assiettes et les couverts, les bougeoirs et les bougies, et dressé une table intime… sur le plancher, au milieu du salon.

Il alluma les bougies.

— Vous avez toujours faim ? s'enquit-il.

— Oui, je crois.

Parcourue d'un frisson, Skye noua ses bras autour de sa poitrine. Le fait que Griffen ait pris la liberté de fouiller dans ses cartons sans lui demander sa permission lui procurait un étrange sentiment de malaise. Mais elle chassa ces pensées dérangeantes, en se disant qu'il avait simplement voulu rendre service.

— Asseyez-vous. J'apporte le repas.

Elle obéit, apercevant au passage M. Meuh tapi près de la porte de la cuisine, les yeux fixés sur Griffen. Il paraissait presque effrayé.

— Je vois que M. Meuh a cessé de grogner, dit-elle.

En entendant prononcer son nom, le chien marcha vers elle, non sans faire un détour pour éviter Griffen.

— Nous avons eu une petite discussion, lui et moi. Il a accepté de me tolérer.

— Tant mieux, dit-elle en caressant la tête de l'animal, d'un air inquiet malgré tout. Il se comporte bizarrement, j'espère qu'il n'est pas malade.

Elle posa la main sur la truffe du chien pour vérifier qu'il n'avait pas de température, et constata avec soulagement qu'elle était humide et fraîche.

Griffen revint avec les plats. Les mets qu'il avait choisis étaient délicieux ; malheureusement, Skye ne put les savourer pleinement, car son estomac était noué par la nervosité. En outre, elle ne pouvait s'empêcher de repenser à la façon dont il avait fait irruption chez elle et pris la direction des opérations. Sans qu'elle s'y oppose, du reste.

— Vous êtes magnifique.

Skye laissa échapper sa fourchette, qui tomba bruyamment dans son assiette. Ses joues s'enflammèrent. Griffen émit un petit rire.

— C'est la vérité, Skye.

Elle baissa la tête, gênée par la manière dont il la regardait, comme s'il voulait la dévorer tout entière. Penché en avant, il lui caressa la main.

— Je suis direct, je le sais. Les gens sont souvent décontenancés par mon attitude. Mais je m'en voudrais terriblement de vous mettre mal à l'aise. Je ne dois surtout pas vous effrayer.

Skye scruta le regard de Griffen, pour y chercher un indice de ce qu'il voyait quand il la contemplait ainsi, quelque chose qui explique qu'il la désire à ce point. Pendant qu'elle l'observait, elle eut soudain le sentiment de l'avoir connu autrefois, dans un passé lointain. Elle retint son souffle, tandis qu'une porte semblait s'ouvrir dans les profondeurs de sa mémoire, pour se refermer presque aussitôt.

— Qu'y a-t-il ? demanda Griffen, l'air perplexe.

— Pendant un moment, j'ai cru... Se pourrait-il qu'on se soit déjà rencontrés avant ? Il y a longtemps, je veux dire. Tout à coup, j'ai eu l'impression que... je vous connaissais.

Griffen referma ses doigts autour des siens.

— Ça m'étonnerait, déclara-t-il. En fait, je peux même vous affirmer qu'on ne s'est jamais vus. Car alors, je ne vous aurais pas oubliée.

— Vous êtes sûr, alors, dit-elle en se mordillant la lèvre, troublée. Je dois être plus fatiguée que je ne le pensais.

— J'ai une autre explication.

— Ah ?

— Peut-être est-ce votre cœur qui me reconnaît.

Une boule se forma dans la gorge de Skye ; elle retira sa main.

— Je crois que ce n'est pas bien, Griffen.

— Qu'est-ce qui n'est pas bien ?

— Allons, vous le savez... Tout ça, dit-elle en écartant les bras.

— Quoi donc ? demanda-t-il avec un petit sourire en coin. Le vin ? La cuisine thaï ? Les compliments ?

— Vous êtes mon patron. Cela pourrait devenir compliqué...

— Délicat même.

— Oui, délicat. Et embarrassant.

Il se leva et contourna leur table de fortune pour venir se placer devant elle. Lui prenant les mains, il l'obligea à se relever. Il la regarda droit dans les yeux, avec une sorte de provocation, comme pour la mettre au défi de se dérober.

— Oui, je suis votre patron. Et oui... je voudrais être plus, beaucoup plus.

Il glissa ses doigts entre les siens.

— Je vous ai attendue longtemps, Skye Dearborn. Très longtemps. Je ne devrais pas brusquer les choses, je le sais, mais j'ai tellement envie... de vous.

Le sang monta à la tête de Skye, et elle crut qu'elle allait véritablement défaillir. Impossible de détacher son regard de celui de Griffen, même si une partie d'elle-même le souhaitait.

Il porta leurs mains jointes à sa bouche et lui embrassa les doigts, l'un après l'autre, en prenant tout son temps, comme s'il savourait un mets délicat et rare. Puis il remonta vers les poignets.

Skye sentit ses jambes flageoler ; elle chancela. Griffen la rattrapa et la plaqua contre lui.

— Croyez-vous au coup de foudre ? demanda-t-il.

— Non… Enfin, oui.

A cet instant, elle ne savait plus ce qu'elle croyait ou pas.

— Peut-être… Je ne sais.

— Eh bien, moi, j'y crois, déclara Griffen. Je crois au coup de foudre, car je suis tombé amoureux de vous dès que je vous ai vue.

Il prit son visage en coupe entre ses mains et plongea ses yeux dans les siens ; son regard brillait d'une lueur presque fiévreuse.

— Est-ce un sentiment grotesque ? En suis-je moins homme à vos yeux ? S'agit-il d'une preuve de faiblesse ?

Skye était incapable de parler. Elle essaya, mais aucun son ne sortit de sa bouche. Alors, elle secoua la tête.

— Tant mieux, dit-il, car en vous voyant, j'ai tout de suite compris, j'ai su que c'était vous. La femme qu'il me fallait, celle que j'aimerais éternellement.

— Eternellement, répéta-t-elle dans un murmure rauque.

Personne ne lui avait jamais parlé ainsi. Personne ne lui avait jamais fait ce genre de promesses ; personne ne l'avait jamais désirée à ce point.

Eternellement.

La migraine l'assaillit tout à coup, au niveau des tempes, par surprise. Elle lutta pour l'ignorer.

— Mais vous… vous ne me connaissez pas, Griffen. Et je… je ne vous connais pas.

— Je vous connais, Skye. Très bien même.

Il lui reprit les mains pour les plaquer sur sa poitrine.

— Et vous me connaissez. Regardez au fond de votre cœur, vous m'y verrez. Vous aussi vous m'attendiez.

Il avait raison, se dit-elle. Elle attendait un homme qui tomberait amoureux d'elle immédiatement. Un homme qui l'aimerait de manière absolue, avec passion. Pour l'éternité.

— Je vous offrirai tout, dit-il, je réaliserai tous vos rêves.

Il se pencha vers elle et s'empara de sa bouche, délicatement tout d'abord, puis avec une fougue grandissante. Skye posa ses mains sur la poitrine de Griffen, enivrée par ses paroles et ses baisers, abasourdie par la terrible migraine qui l'assaillait de toutes parts.

Lorsqu'il décolla sa bouche de la sienne, elle ne pouvait presque plus respirer.

— Je vous attendrai, je vous laisserai du temps. Mais sachez que je parle sérieusement, Skye Dearborn. Je veux que vous soyez à moi.

45

Un monstrueux oiseau noir la pourchassait. Son ombre planait au-dessus d'elle, masquant le soleil. Skye courait à toutes jambes, mais pas assez vite. Sa respiration haletante ressemblait à des râles d'agonie ; la sueur ruisselait sur son corps. Elle savait qu'elle ne pourrait continuer longtemps à ce rythme. Une partie d'elle-même éprouvait l'envie de se retourner, pour voir le monstre qui fonçait sur ses talons. Mais la peur était la plus forte. Elle devait continuer à courir, sans s'arrêter, si elle voulait se sauver.

Mais plus elle accélérait, plus l'oiseau noir se rapprochait.

Du coin de l'œil, Skye vit ses longues serres, aiguisées comme des lames de rasoir. Dans quelques secondes, elles allaient se refermer sur elle. Le monstre pourrait alors l'emporter.

— Maman ! Au secours !

Skye se dressa d'un bond dans son lit. Son cri résonnait encore dans la chambre obscure. Haletante, inondée de sueur, elle regarda autour d'elle, désorientée.

Quelque chose bougea au bout du lit, en poussant un gémissement. Skye se figea. M. Meuh ! se dit-elle avec un frisson. C'était M. Meuh.

— Viens, mon chien, murmura-t-elle en tapotant la place vide à son côté. Allez, viens me voir.

Le chien rampa vers elle et appuya sa gueule sur les jambes de sa maîtresse.

Skye se pencha pour enfouir son visage dans son doux pelage. Elle resta ainsi pendant de longues secondes, qui devinrent des minutes. Les battements de son cœur ralentirent, et sa respiration aussi. Ses pensées s'éclaircirent.

Ce n'était qu'un cauchemar, se dit-elle en relevant la tête. Un cauchemar idiot. Pas de quoi avoir peur.

Pourtant, elle avait vécu un vrai moment de terreur, se dit-elle en passant une main tremblante sur son front. N'avait-elle pas senti le souffle chaud de la créature dans sa nuque ?

Elle enfouit les doigts dans le poil épais du chien, réconfortée par sa présence. D'où venait ce cauchemar ? se demanda-t-elle. Elle était pourtant comblée, tous ses rêves étaient en train de se réaliser. Elle avait décroché un poste en or, elle habitait un magnifique appartement, dans une ville sensationnelle. Et un homme absolument irrésistible affirmait être fou d'amour pour elle.

Soyez prudent en formulant un souhait… Il pourrait se réaliser.

La mise en garde trouvée dans le gâteau chinois lui revint soudain à la mémoire et elle laissa échapper un petit rire nerveux. Elle était en train de devenir bêtement superstitieuse, se dit-elle. Bientôt, si ça continuait, elle organiserait ses journées en fonction de l'horoscope du matin, et consulterait des services de voyance par téléphone avant de prendre une décision.

M. Meuh émit un couinement, et Skye s'aperçut qu'elle l'étouffait sans s'en rendre compte. Elle desserra l'étau de ses doigts et se blottit contre lui dans le lit.

Elle avait affronté bien des changements au cours de ces deux dernières semaines, et ce cauchemar n'était que la conséquence logique de la tension issue de cette révolution, se dit-elle. A moins qu'il ne faille rejeter la faute sur les cachets contre la migraine qu'elle avait pris juste avant de se coucher. D'ailleurs, tout le monde faisait des cauchemars.

Evidemment.

Toutefois, incapable de se rendormir, les yeux fixés au plafond, Skye ne pouvait s'empêcher de repenser aux vœux qui se réalisaient, aux mises en garde et aux monstrueux oiseaux noirs qui menaçaient de l'engloutir.

46

Au cours des deux semaines qui suivirent, le cauchemar de Skye, à l'instar de ses puissantes migraines, devint chronique, gâchant son bonheur. Ce qui n'empêcha pas cette période d'être remplie de moments merveilleux. Magiques. Grâce à Griffen.

Il l'emmenait au théâtre, au concert, dans des restaurants chic aux menus sophistiqués où elle découvrait chaque fois de nouveaux noms de plats. Soir après soir, ils parlaient longuement, jusqu'au petit matin, partageant leurs expériences, leurs espoirs et leurs aspirations.

Et chaque jour, Skye était de plus en plus convaincue que Griffen était l'incarnation parfaite de l'homme de ses rêves. Un homme qui l'aimait de manière si intense, si absolue, qu'il ne voyait rien ni personne d'autre. Combien de fois avait-elle rêvé d'un amour passionné, total, parfait, un amour capable de transcender la banalité du quotidien ?

Cet amour que Griffen prétendait éprouver pour elle.

Prétendait ?

Skye lâcha son crayon et se frotta les yeux, fatiguée par cette longue journée de travail. Elle avait envie de lui faire confiance. Elle avait envie de croire en lui, en ses tendres déclarations. Pourtant, quelque chose la retenait.

Sans qu'elle puisse dire quoi. Peut-être était-ce trop précipité, tout simplement ? Peut-être allaient-ils trop vite ?

Peut-être craignait-elle, inconsciemment, qu'il ne change d'avis, en s'apercevant qu'il se trompait, et qu'il ne l'aimait pas en réalité. Car à ce moment-là, il l'abandonnerait.

Et cette nouvelle trahison la détruirait.

Skye soupira. Que pouvait-il faire de plus pour lui apporter la preuve de sa dévotion ? Il lui disait toutes les paroles qu'elle rêvait d'entendre, les paroles qu'elle avait attendues toute sa vie. Il se comportait en homme éperdument amoureux ; il la regardait et la traitait comme si elle était la seule femme sur terre. Alors, pourquoi était-elle si réticente ? Pourquoi ne parvenait-elle pas à lui faire confiance ?

Elle tourna la tête vers la fenêtre, derrière laquelle tombait le soir. Elle se massa les tempes. C'était comme si Griffen s'était introduit dans sa tête pour pénétrer ses secrets les plus profonds, ses peurs et ses espoirs les plus intimes.

Comment pouvait-il la connaître aussi bien ?

Etaient-ils réellement deux âmes sœurs ?

Griffen en était convaincu. Il croyait qu'il existait pour chacun une âme sœur, le partenaire parfait, choisi en dehors de ce monde, avant même la naissance.

Etait-ce à cause de Griffen qu'elle se retrouvait ici, à Chicago ? Etait-ce le destin qui l'avait conduite dans cette ville ?

Skye détourna le regard de la fenêtre, juste à temps pour voir Martin, un des créateurs de la Maison Monarch, passer devant la porte ouverte de son bureau. Sa journée terminée, il rentrait chez lui. Au passage, il lui jeta un regard chargé d'animosité.

Elle soupira. Entre Martin et elle, le courant n'était pas passé ; quant aux autres créateurs du département, ils l'avaient accueillie plus ou moins chaleureusement. Pour une raison mystérieuse, alors qu'elle était arrivée depuis seulement quinze jours, la rumeur affirmait qu'elle était la protégée de Dorothy. C'était à elle, disait-on, que Dorothy transmettrait les rênes de la création, le jour où elle prendrait sa retraite.

Franchement, c'était ridicule, se disait-elle. Elle faisait partie de la famille Monarch depuis à peine quinze jours. Lui donner le pouvoir constituerait assurément une erreur tactique et commerciale ; or, Dorothy et Griffen possédaient un solide sens des affaires, tout le monde le savait.

De même, pouvait-on dire qu'elle était le chouchou de Dorothy ? Certes, la créatrice en chef de la Maison Monarch l'avait prise sous son aile, en lui expliquant personnellement le fonctionnement du département de création ; Skye sentait qu'il existait entre elles une grande communion de pensée sur le plan artistique, et que la vieille femme l'aimait beaucoup.

Mais cela ne la désignait pas nécessairement comme l'héritière du trône.

Pas plus que sa liaison amoureuse avec Griffen, dont la nouvelle s'était répandue comme une traînée de poudre dans tout le département. Ce qui n'avait certainement pas amélioré son image auprès des autres créateurs, songeait Skye avec amertume.

Sachant qu'il ne servait à rien de se lamenter à cause de ses relations avec ses collègues, Skye reporta son attention sur les esquisses posées devant elle. La tête penchée sur le côté, elle contempla son travail.

Sa première réunion avec les autres artistes du département avait été un vrai désastre. Avant qu'elle ne débute, Skye s'était promis de rester mesurée et de garder pour elle ses opinions, la plupart du moins. Mais devant les idées proposées par certains membres de l'équipe, ses bonnes résolutions avaient volé en éclats. Au contraire, elle s'était montrée extrêmement virulente et critique. Ce n'était certainement pas la meilleure façon de se faire des amis.

A sa décharge, les projets avancés n'étaient pas seulement banals, ils étaient mortellement ennuyeux, sans le moindre souffle d'inspiration. Et elle l'avait dit.

Ce qui lui avait valu l'approbation de Dorothy et la rancune de ses collègues créateurs, voire leur haine.

De même qu'elle n'avait pas su tenir sa langue, elle n'avait pas su maîtriser son excitation, et elle s'était lancée bille en tête dans la discussion, faisant des suggestions, proposant des modifications, des ajouts, ici et là.

Dorothy était emballée par ses idées. Deux ou trois artistes, inspirés par son enthousiasme, lui avaient emboîté le pas, Dieu soit loué. Accomplir cette tâche sans alliés aurait été quasiment impossible.

— Hé, salut !

Skye leva la tête. Terri, une des artistes de la maison qui l'avaient acceptée, se tenait sur le seuil de son bureau.

— Salut, répondit Skye avec un sourire. Justement, je pensais à toi.

— Ah bon ? Et pourquoi ?

Skye fit pivoter son carnet de croquis sur son bureau.

— J'aimerais avoir ton avis.

Terri approcha en fronçant les sourcils. Skye retint son souffle pendant que sa collègue examinait ses esquisses, qui, à ce stade, n'étaient qu'un simple agencement de traits et de courbes.

— Je pensais appeler cette série « Les Lumières de la ville ».

Comme Terri ne faisait aucun commentaire, Skye s'empressa de meubler le silence.

— Pour l'instant, je m'amuse simplement à jeter des formes sur le papier, en essayant de capter le mouvement, l'énergie et l'ambiance d'une ville. Il y a encore énormément de boulot, j'en suis consciente, mais…

— J'aime cette idée. Ça me plaît beaucoup, franchement.

Terri leva la tête et demanda :

— Tu as déjà réfléchi aux matériaux ?

— Oui. Je verrais bien un mélange d'or blanc et d'or jaune, avec des surfaces travaillées et d'autres polies. J'imagine des pierres aux couleurs vives. Emeraudes, rubis ou topazes jaunes.

Visiblement excitée par cette idée, Terri s'assit sur le bord du bureau.

— On pourrait même créer une pièce différente pour chaque ville, suggéra-t-elle. Chicago, évidemment. Mais aussi Londres, New York, San Francisco. Chaque bijou restituerait l'essence de cette ville.

— Oui, excellent.

Après cela, les deux femmes restèrent muettes quelques instants, plongées l'une et l'autre dans leurs pensées créatrices. Terri fut la première à briser le silence, en se raclant la gorge.

— Je crois que j'ai quelques idées. Ça t'ennuie si je les jette sur le papier ? Evidemment, le projet reste ton bébé.

— Avec plaisir. Après tout, on forme une équipe.

— Très bien, dit Terri avec un large sourire. On va se régaler.

La réceptionniste passa la tête dans l'encadrement de la porte.

— Ah ! vous êtes là, Terri ! Un appel pour vous, sur la une. C'est Will. Il dit que c'est urgent.

Terri fronça les sourcils.

— Merci, dit-elle avant de se retourner vers Skye. Je peux me servir de ton poste ?

— Bien sûr, répondit Skye en se levant. Je vais aller me chercher un café.

Terri lui fit signe de se rasseoir, au moment même où elle prenait la communication. Skye s'efforça de ne pas écouter la conversation, mais il était impossible de ne pas remarquer la colère et l'amertume contenues dans la voix de Terri, alors qu'elle s'adressait à son correspondant.

La discussion fut brève.

— Ah ! le salaud ! murmura-t-elle en raccrochant brutalement.

— Je peux t'être utile ?

Terri croisa son regard et s'empressa de détourner la tête. Mais Skye eut le temps de remarquer ses yeux brillants de larmes.

— Non, malheureusement, répondit Terri. Will est mon mari. Mon futur ex-mari, devrais-je dire. Un sale type.

— Désolée.

— Pas autant que moi.

Après un moment d'hésitation, elle reprit :

— Autant que tu saches tout, tous les gens d'ici sont déjà au courant. Je l'ai surpris en train de me tromper. Il se trouve que ce n'était pas la première fois, si tant est que ça change quelque chose. Depuis ce jour, ma vie est un cauchemar.

Ne sachant que dire, Skye garda le silence.

Terri émit un petit rire forcé.

— Ce ne serait pas si dramatique s'il n'y avait pas Raye, notre fille de quatre ans. Elle ne comprend pas que j'interdise à son père de remettre les pieds à la maison.

Terri se tordait nerveusement les mains en parlant.

— Je me demande bien pourquoi il lui manque, ajouta-t-elle. On ne peut pas dire qu'il était souvent là, ce salaud. Il n'avait pas le temps. Trop occupé avec toutes ses maîtresses.

— Et il aimerait revenir, c'est ça ?

— Tu as deviné.

Elle baissa les yeux et avoua :

— Je ne peux pas accepter, pas après ce qu'il m'a fait.

Elle cherchait à croiser le regard de Skye, en quête de compréhension, d'approbation.

— Je devrais tirer un trait sur la confiance et le respect ? Oublier qu'il m'a brisé le cœur ? Sans parler des risques de sida ? Je suis même allée faire un test. Il le fallait, au cas où.

— Oh ! Terri, c'est affreux !

— J'ai l'impression de vivre le pire cauchemar de toutes les femmes, quand elles découvrent la trahison de leur mari qu'elles croyaient fidèle, et se retrouvent seules, avec le cœur brisé et l'obligation de faire un test pour le sida. Le mien était négatif, Dieu soit loué, mais je suis obligée d'y retourner dans six mois… Comment pourrais-je le laisser revenir dans ces conditions, hein ?

Elle regarda Skye dans les yeux et demanda :

— J'ai tort à ton avis ? Suis-je trop égoïste ?

— Il n'y a que toi qui puisses prendre cette décision, Terri. Mais je peux t'affirmer une chose : tu ne mérites pas d'être traitée de cette façon.

Un petit sourire apparut sur le visage triste de Terri.

— Merci. C'est gentil de dire ça.

Skye lui rendit son sourire.

— Je le pense sincèrement.

— Tu veux voir une photo de ma fille ?

— Avec plaisir.

Terri portait autour du cou un pendentif renfermant une photo de Raye. Elle ouvrit le cœur en argent et se pencha au-dessus du bureau pour montrer sa fille à Skye. C'était une enfant magnifique. Skye lui en fit la remarque.

— N'est-ce pas ? dit Terri avec fierté.

Elle contempla la photo un instant, puis referma le pendentif d'un geste sec.

— Justement, il faut que je parte. Ce salopard m'appelait pour me prévenir qu'il ne pouvait pas aller chercher Raye chez la nourrice ; un imprévu, soi-disant. Encore un rendez-vous avec une de ses maîtresses, je parie !

Arrivée à la porte, Terri se retourna.

— On se voit demain ?

— Pas de problème. A propos, Terri… merci. D'être aussi sympa avec moi. Tu fais partie d'une minorité, ici.

Terri eut un moment d'hésitation avant de sourire.

— Ce n'est pas difficile d'être sympa avec toi. De plus, tu avais raison, l'autre jour, à la réunion. Les projets étaient nuls.

47

La maison était magnifique. De ces maisons où on ne pouvait habiter qu'en rêve. D'ailleurs, elle figurait à l'inventaire des monuments historiques et au programme de la visite guidée de la Société architecturale de Chicago. Deux étages de brique, de pierre de taille et d'ornements dans le style Renaissance italienne.

La tête renversée et le cœur battant, Skye contemplait l'imposante et élégante façade.

— Des gens vivent vraiment ici ? demanda-t-elle.

Griffen la prit par les épaules en riant.

— J'en déduis que la maison te plaît ?

— On dirait un château. Une demeure digne d'une princesse.

— Un château pour une princesse… murmura-t-il, songeur, en lui caressant distraitement le bras. J'aime bien cette idée. Pour moi, cela a toujours été ma maison.

Ma maison. Skye frissonna. Jamais elle ne pourrait considérer cette demeure comme sa maison, songea-t-elle. C'était trop grand, trop froid. Elle n'aurait su dire pourquoi, mais elle sentait que cette maison, malgré sa taille impressionnante, l'écraserait, l'étoufferait.

— Allez, viens, dit Griffen. J'ai tellement parlé de toi à grand-père qu'il a hâte de faire ta connaissance.

Elle ne bougea pas.

— C'est nécessaire ?

Il la regarda, surpris par cette question.

— Comment ça, nécessaire ? Grand-père nous attend pour dîner. Dorothy doit venir elle aussi.

— Je sais. Mais je… je me sens bizarre, tout à coup, dit-elle en passant sa main sur son front. J'ai la tête qui tourne… et des nausées.

— C'est nerveux.

Griffen se pencha pour l'embrasser.

— Ce n'est pas plus grave que ça, crois-moi. Allez, viens.

Il la poussa dans l'allée. Eclairée de l'intérieur, la grande porte d'entrée en verre biseauté scintillait comme un mur de diamants.

Skye compta toutes les marches du perron. Plus elle approchait de la maison, plus son malaise augmentait. En même temps que son désir de fuir.

— Allons, détends-toi, dit Griffen en lui pressant la main. Grand-père ne mord pas, tu verras.

Griffen avait raison : Adam Monarch ne la mordit pas. Au contraire, il l'étreignit chaleureusement, avec vigueur. Comme s'il accueillait un membre de la famille, disparu depuis longtemps, ou quelqu'un qu'il avait rêvé de rencontrer toute sa vie.

— Que vous êtes belle ! dit-il en la regardant avec une admiration non feinte.

Skye se sentit rougir sous ce regard.

— Merci.

— N'est-ce pas une pure merveille, grand-père ?

— Oh ! que si. Belle. Talentueuse et intelligente également, ai-je entendu dire.

Adam Monarch et Griffen échangèrent un regard complice.

— Elle est tellement parfaite que l'on pourrait presque croire que c'est une Monarch.

— Elle le deviendra, si tout se déroule comme je le désire, déclara Griffen en prenant la main de Skye. J'ai eu le coup de foudre en la voyant et j'ai l'intention de ne pas la laisser filer.

Skye dansait nerveusement d'un pied sur l'autre, gênée, et en même temps flattée.

— Ah ! ce n'est pas trop tôt ! s'exclama Adam en riant et en croisant le regard de Skye. Griffen est une belle prise, ma petite, mais glissante. Tenez-le bien, surtout, je ne voudrais pas qu'il se décroche de l'hameçon.

Griffen rit de bon cœur.

— Aucun risque, grand-père. Même si elle le voulait, elle ne pourrait pas se débarrasser de moi.

Skye regardait alternativement les deux hommes ; leurs relations décontractées et chaleureuses lui mettaient du baume au cœur. Pendant un instant, elle eut l'illusion de faire partie de leur noyau, de leur cercle béni des dieux. Voilà le genre de famille à laquelle elle avait toujours rêvé d'appartenir. Affectueuse. Unie. Solidaire.

Qu'éprouvait-on, se demanda-t-elle, en grandissant dans cette vaste demeure où flottait le poids de l'histoire et de la renommée de la famille Monarch, de ses racines ?

Son regard allait de Griffen à Adam Monarch, et elle souriait intérieurement. Ce devait être merveilleux, magique. Sans aucun doute.

Comme s'il lisait dans ses pensées, Adam croisa son regard une fois de plus.

— Nous sommes des gens très exigeants, je le sais. Difficiles. Critiques. Peut-être trop. Mais nous sommes d'une loyauté à toute épreuve. Dès que vous êtes adoptée, vous savez que vous faites partie de la famille. Jamais nous ne vous abandonnerons.

La cloche de la porte d'entrée retentit.

— Ah ! voilà Dorothy ! dit Adam. Griffen, sers donc à boire à ton amie. J'ai ouvert un excellent chardonnay sur le buffet. J'ai besoin de rester seul un moment avec ma sœur.

Griffen entraîna Skye vers la salle à manger. La table, qui aurait pu accueillir quarante personnes, était partiellement dressée, avec de la vaisselle en porcelaine, des couverts en argent et des bougies allumées.

— C'est splendide.

— Merci.

Ils se dirigèrent vers le buffet, et Griffen leur servit à chacun un verre de vin blanc.

— Il fut un temps, dit-il, où cette maison était toujours remplie d'invités.

Elle porta le verre à ses lèvres, but une gorgée et émit un petit claquement de langue approbateur. Le vin blanc était un régal.

— Qu'est-ce qui a changé ? demanda-t-elle.

— Le temps a passé. Mère est tombée malade. Notre famille s'est rétrécie… Mais la table sera bientôt pleine comme autrefois, j'en suis sûr. Tout fonctionne par cycles dans la vie.

Skye désigna un grand tableau, un portrait, accroché au-dessus du buffet.

— Qui est-ce ? On dirait Dorothy.

— Anna Monarch. L'artiste grâce à qui tout a commencé.

— Et l'homme à côté d'elle ? C'est son mari ?

Griffen vint se placer derrière elle et posa son menton sur le dessus de son crâne.

— Non, c'est Marcus. Son frère. Ensemble, ils ont fondé la Maison Monarch.

Elle sentit son sourire.

— Avec le talent artistique d'Anna et le sens des affaires de Marcus, ils formaient une sacrée paire.

— Comme Dorothy et Adam en leur temps.

— Exact. Et après eux, les enfants de Marcus, Rita et Jonathan. Malheureusement, les duos frère et sœur se sont arrêtés avec mon père. Il était fils unique. Quant à moi, je…

Il interrompit brutalement sa phrase, et Skye se retourna pour capter son regard.

— Tu n'as ni frère ni sœur ?

Il inspira profondément, l'air affligé.

— J'ai eu deux sœurs. Elles sont mortes toutes les deux… jeunes.

— Oh ! je suis désolée !

— Nous aussi, répondit Griffen avec un petit sourire qui paraissait forcé. C'est le destin, dit-on.

— Ce n'en est pas moins douloureux.

— En effet. Viens, s'exclama-t-il en lui prenant la main, je vais te montrer une chose extraordinaire. Mais il faut que tu fermes les yeux d'abord.

Skye obéit, tout en se sentant un peu bête. Sans lui lâcher la main, il l'entraîna à travers la pièce.

— C'est bon, tu peux regarder.

Elle s'exécuta. Et retint son souffle face au spectacle qu'elle découvrait. Griffen l'avait amenée devant une vitrine éclairée, où s'alignaient des œufs d'orfèvrerie dans le style Fabergé, de toutes tailles, de tous styles.

— Bon sang ! murmura-t-elle, totalement abasourdie par la beauté de ces créations.

Les œufs de Pâques de Peter Carl Fabergé, créés pour la famille impériale de Russie, comptaient parmi ses œuvres d'art préférées, toutes époques confondues. Enfant déjà, elle était fascinée par ces objets. Plus tard, à l'université, elle avait rédigé un mémoire sur ces œufs, effectuant le déplacement jusqu'à La Nouvelle-Orléans où une exposition exceptionnelle leur était consacrée.

Skye gardait les yeux fixés sur la vitrine. Ces œufs étaient tout aussi somptueux que ceux de Fabergé, mais le design était plus contemporain ; les formes, les couleurs et les matériaux trahissaient une sensibilité plus moderne.

— Je sais que ce ne sont pas des Fabergé, dit-elle, mais de qui sont-ils alors ?

— A ton avis ?

Griffen ouvrit la vitrine et prit avec précaution un des œufs posé sur son socle pour le tendre à Skye.

— Des artisans de la Maison Monarch ont créé un œuf pour célébrer la naissance de chaque enfant de cette famille, expliqua-t-il. C'est le mien que tu tiens entre tes mains.

— Incroyable !

L'œuf était d'un bleu émaillé profond, opalescent, constellé de saphirs d'un bleu plus intense encore, et cerclé de fils d'or blanc.

— Ils s'ouvrent tous, dit Griffen. Regarde.

Il souleva la partie supérieure de l'œuf et, tel un diablotin sortant de sa boîte, un bouffon jaillit. Mais ce bouffon était doté d'une paire d'ailes ornées de pierreries. Skye laissa échapper un petit cri de surprise. Et de plaisir.

La minuscule créature était à la fois laide et belle, maléfique et angélique. Voilà pourquoi Skye éprouvait à la fois un sentiment de répulsion et d'attirance. Très délicatement, elle tapota la figurine, qui tressauta, et ses ailes étincelantes reflétèrent la lumière.

— Bizarre, non ? commenta Griffen en riant. Dorothy était particulièrement inspirée cette année-là, je dois dire.

Il se pencha vers elle, comme pour lui livrer une confidence.

— J'ai toujours cru, murmura-t-il, que ces œufs contenaient les âmes de tous les enfants Monarch. Et quand j'étais petit, je me demandais ce qui arriverait si j'en cassais un. Est-ce que les enfants s'enfuiraient… ou est-ce qu'ils mourraient ?

Parcourue d'un frisson, Skye croisa son regard. Elle imaginait Griffen enfant, contemplant ces œufs en songeant aux âmes des enfants qui étaient emprisonnées à l'intérieur.

— Ce devait être effrayant, dit-elle.

— Effrayant ? répéta-t-il en plissant le front. Je ne sais pas. C'était… comme ça.

Elle reporta son attention sur la collection d'œufs, troublée.

— Certaines pièces sont beaucoup plus travaillées que d'autres, commenta-t-elle. Y a-t-il une raison ?

Griffen lui reprit l'œuf des mains pour le reposer dans la vitrine, sur son socle.

— C'est très simple, déclara-t-il. La naissance d'une fille a toujours été un événement beaucoup plus important dans notre famille. L'artiste devait donc réaliser un œuf à la hauteur de cette célébration.

Il avait prononcé ces mots sur un ton détaché, comme s'il s'attendait à ce qu'elle trouve cela naturel, et s'en amuse.

— Tu te moques de moi, hein ? demanda-t-elle.

— Non. Pas du tout. Pourquoi dis-tu ça ?

— C'est plutôt… inhabituel, voilà. Cette notion de suprématie d'un des deux sexes m'a toujours paru incompréhensible, mais le fait de valoriser les filles par rapport aux garçons, c'est encore plus insolite, non ? Dans certains pays, les gens ne veulent même pas accepter leurs filles ; ils s'en débarrassent à la naissance.

— Eh bien nous, on les accueille avec plaisir. Car les filles Monarch sont notre trésor. Ce sont elles qui possèdent le don.

Les bras de Skye se couvrirent de chair de poule.

— Le don ?

— Tu as l'air presque apeurée, tout à coup, dit Griffen en lui caressant la joue du bout du doigt. Je t'explique simplement que les génies créateurs de notre famille ont toujours été des filles. C'est tout. Il y a d'abord eu Anna. Puis Rita. Et maintenant, Dorothy.

— Peut-être qu'un jour, un des garçons de la famille héritera du don lui aussi, fit-elle remarquer en se retournant vers la vitrine. Ce n'est encore jamais arrivé, voilà tout.

Griffen appuya de nouveau son menton sur la tête de Skye, et posa les mains sur ses épaules.

— Nous n'avons pas toujours été une famille heureuse, dit-il. Nous avons eu notre lot de tragédies, et même plus que notre lot. Mais nous avons affronté les épreuves en restant soudés. Et surtout, nous n'avons jamais oublié. C'est ce qui nous a rendus plus proches, plus forts.

Griffen faisait allusion à ses deux sœurs, Skye le savait. Et à sa mère bien-aimée, morte quand il était jeune. Trop jeune.

Elle se retourna entre ses bras. Il avait besoin d'elle, assurément. Cette famille avait besoin d'elle, songea-t-elle. Posant délicatement ses mains sur le torse de Griffen, elle leva les yeux vers lui. Elle pouvait les aider, lui et sa famille, à panser leurs blessures. Ils avaient grand besoin d'amour, et elle brûlait d'envie d'aimer quelqu'un auprès de qui elle se sentirait en sécurité. Quelqu'un qui avait besoin d'elle et la désirait.

— Je trouve que tu es un homme exceptionnel, Griffen Monarch.

Il sourit.

— Vraiment ?

— Oui, assura-t-elle en faisant remonter ses mains vers ses épaules. Je le pense vraiment.

Il pencha la tête vers elle.

— Dois-je comprendre que j'ai une chance de te conquérir ?

— Oui, sans aucun doute, murmura-t-elle en lui offrant son visage.

Griffen laissa échapper un petit cri de triomphe et l'embrassa.

Ses lèvres étaient fraîches, presque froides, mais expertes. Skye se plaqua contre lui, en quête d'un peu de chaleur, d'un embrasement ; elle aurait voulu fondre sous ce baiser. En même temps, elle se reprochait ses pensées. Certains feux étaient plus longs à se transformer en brasier, voilà tout. Et c'était aussi bien ainsi, se dit-elle. C'était même mieux. Beaucoup mieux.

Les feux qui trop vite s'enflammaient mouraient rapidement. Ils étaient incontrôlables et causaient d'énormes dégâts. Une passion patiemment attisée était mille fois préférable, songeait-elle. En outre, l'étreinte et le baiser de Griffen étaient très agréables. Réconfortants et rassurants.

Dans leur dos, Adam se racla la gorge.

Le petit rire de Griffen fut étouffé par leur baiser.

— Pris en flagrant délit, murmura-t-il.

Skye se libéra de son étreinte et, le rouge aux joues, se retourna pour découvrir Adam et Dorothy, qui se tenaient à moins d'un mètre d'eux, le visage rayonnant.

— Ne vous interrompez pas pour nous, dit joyeusement Dorothy. Il est temps que ce garçon nous présente une jeune femme. Je commençais à désespérer !

— J'attendais la femme idéale, tante Dorothy.

— Et il l'a trouvée, précisa Adam. Nous en sommes tous ravis.

— Oui, absolument ravis, renchérit Dorothy en marchant vers Skye, les bras ouverts. Bonsoir, ma chère.

Elle l'embrassa sur les joues et ajouta :

— C'est un bonheur de vous accueillir chez nous. Avez-vous visité la maison ?

— Je pensais lui faire une visite guidée après le dîner, déclara Griffen.

— Bonne idée.

Et ils prirent place à table.

— Surtout, ajouta Dorothy, n'oublie pas de lui montrer la nursery.

En disant cela, elle regardait Skye droit dans les yeux, visiblement amusée par cette idée.

— C'est un endroit très particulier, ajouta-t-elle.

— Ah bon ? fit Skye en se tournant vers Griffen. Et pourquoi donc ?

Les deux hommes présents échangèrent un rapide coup d'œil. Griffen reporta son attention sur Skye, un large sourire aux lèvres.

— Il y a un magnifique vitrail. Du sol au plafond.

— Il représente un ange, précisa Dorothy. Chargé de veiller sur les enfants Monarch. Il a été réalisé par un maître verrier de Chicago, réputé. Frank Dewitt. Vous le connaissez ?

Skye secoua la tête.

— Non, j'ai peur que…

Adam lui coupa la parole.

— La nursery est fermée depuis longtemps. Elle doit sentir affreusement le renfermé. Sans parler de la poussière. Je ne veux pas que Skye entre dans…

— Allons, Adam, dit Dorothy au moment où la gouvernante apportait le premier plat. Je suis sûre que Skye ne craint pas un peu de poussière. Après tout, elle est habituée à travailler à l'atelier.

— C'est exact, admit Skye, intriguée. J'aimerais beaucoup voir cette pièce.

La question étant réglée, ils purent faire honneur au repas, qui était délicieux. Du début à la fin. Petites salades naines accompagnées d'une sauce au roquefort, pour commencer, auxquelles succéda un faisan rôti avec riz pilaf. Et en guise de dessert, une succulente crème anglaise à l'amaretto.

La conversation fut animée durant tout le dîner. Bien entendu, ils parlèrent de joaillerie, de leurs créations et de celles des autres. Ils évoquèrent la hausse prévue du prix de l'or. Le vin était un grand cru, et Skye en but juste assez pour se sentir enveloppée d'une douce chaleur.

Le repas terminé, Griffen l'emmena, comme promis, visiter la maison. Mais à mesure qu'ils passaient de pièce en pièce, le bien-être qu'elle éprouvait semblait se dissiper. Le malaise qu'elle avait ressenti précédemment réapparut, avec l'impression que les murs de cette maison l'écrasaient, l'étouffaient.

Elle devait faire un terrible effort pour dissimuler sa panique grandissante. Ces réactions devenaient ridicules, se dit-elle. D'abord sa poussée de claustrophobie dans l'ascenseur, puis le cauchemar, et maintenant cette angoisse. Mais que lui arrivait-il, nom d'un chien ? Elle était en train de devenir névrosée.

Ou peut-être était-elle malade, pensa-t-elle en passant sa main dans sa nuque moite. Elle avait attrapé cette fichue grippe qui traînait dans la ville. La fille de Terri l'avait eue la semaine précédente.

Secouant légèrement la tête pour éclaircir ses pensées, elle essaya de se concentrer sur les commentaires de Griffen. Cette maison était véritablement stupéfiante. Une merveille architecturale et décorative. La moindre pièce, le moindre recoin accueillaient un tableau, un meuble ou un objet devant lesquels, en temps normal, elle se serait extasiée.

Or, tout ce dont elle était capable, c'était de compter les secondes, en priant pour que la visite s'achève au plus vite. Elle voulait rentrer chez elle. Elle voulait retrouver son chien, son lit et son pyjama. Et ne plus jamais remettre les pieds dans cette maison.

— Tu es toujours là ? demanda Griffen.

— Hein ? Oui, oui, bien sûr, répondit-elle avec un sourire forcé. Mais il y a tellement de choses à voir.

— La nursery est au fond du couloir. Tu n'es pas trop fatiguée, tu es sûre ?

Elle mentit en répondant non et laissa Griffen l'entraîner vers la porte close.

— Et voilà ! déclara-t-il d'un ton solennel en ouvrant la porte toute grande et en allumant la lumière.

Adam avait raison, constata Skye. La pièce était poussiéreuse et sentait le renfermé. Il y avait là un lit d'enfant en fer, peint en blanc, un rocking-chair, blanc lui aussi, dans un coin, une table et des chaises minuscules, ainsi que des étagères chargées de livres, de jouets et de jeux. Au centre de la pièce, un ours en peluche, presque grandeur nature, trônait sur l'épais tapis tressé ; son ventre doux et rebondi semblait avoir accueilli de nombreuses têtes d'enfants pendant des années.

Et puis, le regard de Skye se posa sur l'ange. Celui-ci semblait planer littéralement au-dessus de la pièce, les bras écartés, avec une expression céleste sur le visage. Skye retint son souffle. Il était magnifique.

— Le matin, expliqua Griffen, les rayons du soleil qui entrent par le vitrail inondent toute la pièce de reflets multicolores, comme des pierres précieuses.

Il pénétra dans la nursery et tendit le bras.

— On installe toujours le berceau là-bas, pour que l'enfant soit juste sous le regard bienveillant et protecteur de l'ange.

Skye constata qu'elle transpirait ; des gouttes de sueur perlaient sur son front et sa lèvre supérieure. Mais sa bouche était sèche, si sèche qu'elle avait un goût de cendre. Détachant son regard de l'ange, elle baissa les yeux.

Une grande tache noire s'étalait sur le parquet en chêne. Soudain, elle comprit avec horreur qu'il ne s'agissait pas d'une tache. C'était du sang. Ecarlate. Chaud et épais. Un cri monta dans sa gorge ; elle recula d'un pas.

— Skye ? Que se passe-t-il ?

— Là... sur le parquet. C'est... C'est...

Griffen regarda le plancher, puis se retourna vers elle, comme s'il avait affaire à une folle.

— Je ne vois rien.

— Là ! s'écria-t-elle d'une voix stridente, proche de l'hystérie. C'est du...

La tache avait disparu. Sous la poussière, le parquet brillait, immaculé.

— Pourtant, dit-elle en clignant des yeux, j'ai cru voir...

Elle était en train de devenir folle.

— Skye, ma chérie, ça ne va pas ?

— Non, murmura-t-elle en sentant son estomac se soulever. Où sont... les toilettes ?

Il désigna une porte au fond du couloir. Sans un mot, Skye se précipita et arriva juste à temps. Penchée au-dessus de la cuvette, elle vomit tout son repas, secouée de spasmes violents, jusqu'à ce qu'elle n'ait plus rien à rendre, jusqu'à ce qu'elle ait mal aux côtes et la gorge en feu.

Tandis qu'elle s'accrochait à la cuvette en porcelaine, avec l'impression d'agoniser, une foule de pensées diverses lui traversèrent l'esprit, dont la plus angoissante était la nécessité d'affronter de nouveau Griffen et sa famille. Elle se sentait gênée, honteuse ; elle se sentait ridicule. Grotesque.

Et surtout, elle avait peur, s'avoua-t-elle. Elle était terrorisée, pour la première fois depuis bien longtemps. Mais aujourd'hui, le monstre qui la menaçait n'avait ni visage ni nom. En vérité, elle craignait que le monstre ne soit en elle.

48

Bien qu'il eût encore une douzaine de détails à régler avant que n'arrivent les premiers convives de la soirée organisée par l'Association pour la préservation du patrimoine de Chicago, Chance ne quittait pas la porte des yeux, guettant avec impatience la venue de Griffen.

Voilà un certain temps qu'il ne l'avait pas revu, même s'ils s'étaient parlé au téléphone. Plusieurs semaines, à vrai dire. Car Griffen avait une nouvelle femme dans sa vie, comme il l'avait avoué à Chance. Une femme pas comme les autres.

Griffen avait refusé d'en dire plus au sujet de cette femme, si ce n'est que, cette fois, c'était « la bonne ». Chance n'avait pu masquer son amusement et son scepticisme. Griffen le tombeur, l'homme d'une seule femme ? A d'autres !

Pourtant, ce dernier était formel. Il avait trouvé celle qu'il cherchait, affirmait-il. La pièce unique. La perle rare. Et il avait stupéfié Chance en lui annonçant son intention de se marier.

Griffen devait assister au dîner de ce soir. Et il venait accompagné de cette mystérieuse créature.

En vérité, c'était surtout elle que Chance avait hâte de voir. Si Griffen ne lui avait pas menti, ce devait être une femme hors du commun.

— Chance !

Il se retourna. Lisa, son assistante, se précipitait vers lui, visiblement affolée ; ses joues rondes étaient cramoisies. Elle s'arrêta devant lui, manquant basculer en avant sur ses talons hauts.

— Le traiteur est furieux à cause de l'endroit où on veut l'installer. D'ailleurs, il refuse de se mettre au travail avant d'avoir discuté avec vous.

Chance sourit, sans se départir de son calme. Lisa était une assistante précieuse ; elle possédait à la fois l'expérience et des quantités inépuisables d'énergie et d'enthousiasme. Malheureusement, tout cela s'accompagnait d'une fâcheuse tendance à l'émotivité.

— Très bien, dit-il, je vais aller lui parler.

— Parfait. Pendant ce temps, je vais…

Elle avait déjà pivoté sur ses talons pour courir s'occuper d'une autre tâche. Chance la retint par le bras.

— Lisa ?

Elle le regarda.

— Respirez à fond, puis soufflez lentement, lui conseilla-t-il. Calmez-vous. Tous les problèmes vont se régler.

— Mais…

— Faites-moi confiance, dit-il en lui lâchant le bras. L'hystérie n'a jamais permis d'avancer plus vite.

Lisa acquiesça par un petit rire. Elle inspira à fond et repartit à grands pas, avant même d'avoir repris son souffle. Chance la regarda s'éloigner avec un sourire amusé. Personne ne pourrait accuser Lisa Johnson de ne pas prendre son travail à cœur.

Sur ce, il partit à la recherche du traiteur. L'ayant trouvé, il écouta ses doléances, fit une suggestion, proposa une solution et fut récompensé de sa patience lorsque le traiteur, tout sourire, se remit à l'œuvre avec ardeur.

Cette soirée était la première que Chance organisait pour l'association, et il tenait à ce que tout soit parfait. Jusqu'à présent, tout s'était déroulé sans accroc. Aucun problème de coordination, pas de mauvaises surprises ; la question du traiteur avait été réglée, l'orchestre de jazz venait d'arriver, les musiciens s'installaient ; le *Chicago Tribune* et le *Sun Times* avaient confirmé l'envoi d'un photographe, la présence de *Chicago magazine* était quasiment assurée, et aucun de ses « généreux convives » n'avait annulé sa participation au tout dernier moment.

Après avoir jeté un ultime regard au travail du traiteur, Chance alla s'entretenir avec le fleuriste. Il discuta ensuite avec Martha, la directrice de l'association, et Robert, son adjoint, en leur recommandant d'accueillir dûment la presse. Il devait s'assurer que les plus gros donateurs de l'association figureraient en photo dans le journal, au côté d'une célébrité si possible. Car à deux mille dollars la table, même déductibles des impôts, ils exigeaient sans doute plus qu'un repas médiocre et des cocktails trop dilués.

Chance avait persuadé l'hôtel Drake de prêter gracieusement sa grande salle pour la soirée, réussissant même à leur faire accepter la venue d'un traiteur extérieur. Pour cet événement, il s'était assuré la présence de quelques grandes stars, tels Michael Jordan, le basketteur, ou la célèbre présentatrice de télévision Oprah Winfrey. Mais sa plus belle réussite, c'était d'avoir convaincu Cindy Crawford — qui, avait-il appris, était allée rendre visite à ses parents à Dekalb, tout près de là — de faire une apparition.

Après tout, c'était pour une bonne cause.

Chance sourit intérieurement. Martha s'était enthousiasmée dès le début pour son idée de rameuter de riches donateurs amateurs de vedettes. A deux cents dollars le couvert, nul ne pouvait laisser passer cette occasion de côtoyer des stars du sport, du cinéma ou de la télé.

Conclusion : ils n'avaient pas seulement vendu des repas à deux cents dollars, mais avaient également loué vingt tables entières à des sponsors, au prix de deux mille dollars chacune.

Griffen lui-même avait réservé une table, l'Association pour la préservation du patrimoine faisant partie des œuvres que subventionnait la famille Monarch. En repensant à son ami, Chance ne put s'empêcher de secouer la tête d'un air sceptique. Griffen amoureux ? Il ne pouvait y croire. Griffen sur le point de se marier ? Encore plus inimaginable. Quelques semaines plus tôt, il notait encore les numéros de téléphone de ses futures conquêtes sur toutes les parties de son corps.

Mais si tout cela était vrai, Chance se réjouissait pour lui. Griffen avait été un véritable ami, le meilleur copain qu'il ait jamais eu. C'est à Griffen qu'il devait de pouvoir organiser cette soirée, entre autres. Grâce à ses recommandations, il avait vu s'ouvrir toutes les portes de l'association, y compris celle de la directrice.

Certes, il s'était ensuite chargé de tout le travail, mais comme il l'avait compris dès le début, il fallait être là au bon moment, et les relations comptaient plus que tout.

Or, Griffen lui avait assuré une bonne carte de visite. La Maison Monarch ne lui avait-elle pas confié le soin de gérer son image ?

Malgré sa taille, Chicago était une ville incroyablement réduite dès qu'on pénétrait dans le milieu des affaires. Depuis le jour où Griffen avait rompu son contrat avec l'agence de publicité Price, Stevenson et Price, pour engager à la place Chance McCord, le petit monde des relations publiques commentait l'événement.

La plupart des gens du métier avaient été surpris, voire choqués ; certes, Chance possédait une bonne réputation, mais il avait toujours bénéficié du soutien de l'agence Adams et Sloane. Une fois livré à lui-même, murmuraient-ils, qui pouvait dire ce dont il était capable ?

Griffen, apparemment, puisqu'il avait confié à Chance McCord l'enfant chéri de la Maison Monarch : le département création et vente. Voilà qui avait fait forte impression.

Le téléphone avait commencé à sonner.

Et, cinq mois plus tard, il ne s'était pas arrêté.

L'amitié qui s'était développée parallèlement entre Griffen et lui constituait un agréable bonus. Et une surprise de plus. Jamais Chance n'aurait pu imaginer qu'il deviendrait un jour l'ami de l'héritier Monarch. Griffen était trop riche, trop puissant, trop important.

Mais Chance avait fini par s'habituer à ces rapports amicaux et, petit à petit, il en était venu à les considérer, sinon comme naturels, du moins comme faisant partie d'un tout, un incroyable coup de chance. Jadis, il se demandait ce qu'éprouvaient ces hommes puissants et élégants qu'il observait avec envie.

Aujourd'hui, il savait. C'était sacrément génial.

Sacrément génial se répéta Chance une heure plus tard, tandis qu'il suivait le déroulement de la soirée, qui maintenant battait son plein. C'était une réussite sur toute la ligne, à en juger par l'affluence, mais aussi par le brouhaha qui régnait dans la salle. Aucun doute, les gens s'amusaient. Les organisateurs d'événements promotionnels, surtout quand ils travaillaient pour des associations à but non lucratif, oubliaient souvent cet élément de l'équation. Chance, lui, considérait que c'était le plus important. Quand les gens passaient un bon moment, ils s'en souvenaient. Et ils en parlaient à leurs amis. De sorte qu'il devenait beaucoup plus facile de vendre la manifestation suivante de l'Association pour la préservation du patrimoine.

— Chance, vous êtes un génie, lui dit Martha en lui prenant les mains pour les serrer dans les siennes. Les gens n'ont cessé de me complimenter depuis le début de la soirée. Evidemment, je leur ai chanté vos louanges.

— C'est très aimable à vous, répondit Chance avec un large sourire. Dites-moi, auriez-vous aperçu Griffen Monarch, par hasard ? Il faut que je lui parle.

— Oui. Je viens justement de bavarder avec lui.

Se retournant, Martha pointa le doigt vers l'autre extrémité de la salle.

— Il était… Ah ! je l'aperçois, là-bas ! Avec la ravissante jeune femme qui l'accompagne.

En suivant des yeux la direction qu'elle indiquait, Chance aperçut à son tour Griffen. Après avoir remercié Martha, il se dirigea vers lui. Jusqu'ici, il avait été trop occupé pour chercher son ami, mais à présent qu'il avait un peu plus de temps, il était impatient de rencontrer la femme mystérieuse. Celle-ci lui tournait le dos, le bras passé autour de celui de Griffen. Elle avait des cheveux mi-longs, châtains et soyeux, qui semblaient flotter sur ses épaules et dans sa nuque, laissant voir son dos.

Un dos magnifique au demeurant, que dévoilait une robe noire très échancrée, retenue par une simple bretelle ornée de pierres précieuses. Chance balaya d'un regard approbateur cette plage de peau laiteuse. Très impressionnant, jusqu'ici, se dit-il. Pas étonnant que Griffen ait décrété qu'il était amoureux.

Au moment où Chance approchait, en contournant un groupe d'admirateurs d'Oprah Winfrey, la fiancée de Griffen se retourna légèrement vers lui. Il crut alors que son cœur cessait de battre. Autour de lui, le monde trembla.

Non, impossible, se dit-il. La compagne de Griffen et Skye, sa Skye à lui, se ressemblaient comme deux gouttes d'eau ! Mais devenue adulte et d'une beauté éblouissante.

Non, ça ne pouvait pas être elle. Deux mois plus tôt, il avait raconté à Griffen l'histoire qu'il avait vécue avec Skye, il lui avait parlé de leur fuite. Elle ne pouvait pas réapparaître aujourd'hui, au bras du même Griffen ! Ce serait trop étrange. Une trop grande coïncidence.

Il s'approcha. A cet instant, la jeune femme se tourna un peu plus vers lui, et il se figea.

Ce ne pouvait pas être elle, mais c'était bien elle.

Skye était ici.

Une vague d'émotions, diverses et contradictoires, submergea Chance : incrédulité, étonnement, bonheur. C'était bien elle, aucun doute, son adorable petite peste, Mlle Je-sais-tout. Il ne la quittait pas des yeux et un sourire apparut sur son visage. Tous les souvenirs lui revenaient subitement, en masse. La vie parmi les forains, cette sale manie qu'elle avait de le suivre partout, la manière dont il l'avait balancée sur son épaule pour la déposer devant sa caravane, furieuse et vociférante. Il se souvenait du jour de ses treize ans, de la façon dont elle le regardait, comme s'il était l'être le plus merveilleux au monde.

Personne ne l'avait jamais regardé ainsi avant elle, ni même après ; personne ne lui avait accordé une telle confiance, personne n'avait jamais eu autant besoin de lui.

La gorge nouée, il déglutit avec peine. Bon sang, comme tout cela lui avait manqué ! Comme *elle* lui avait manqué !

C'était seulement maintenant qu'il en prenait conscience. A cette minute précise. Il avait envie de la serrer dans ses bras, de rire avec elle ; il aurait voulu parler avec elle pendant des heures, pour savoir enfin tout ce qui lui était arrivé durant ces treize années, et ce qui l'avait conduite ici, à Chicago.

Il voulait savoir comment elle s'était retrouvée dans cette soirée mondaine, au bras de son meilleur ami.

Griffen. Tournant légèrement la tête, Chance s'aperçut que celui-ci l'observait d'un air presque... amusé. Au moment où leurs regards se croisaient, un petit sourire en coin déforma la bouche de Griffen. Chance sentit ses poils se hérisser dans sa nuque.

A quel jeu jouait donc Griffen ?

Il parvint malgré tout à chasser cette pensée, non sans mal. Griffen ne pouvait pas savoir qui était Skye, ou il lui en aurait parlé, se disait Chance. Il s'agissait tout simplement d'une incroyable coïncidence. Ils avaient été réunis par un étrange tour du destin. Plus tard, ils en riraient.

Assurément.

Griffen se pencha vers Skye pour lui murmurer quelque chose à l'oreille, en tendant le doigt. Elle sourit et se tourna vers Chance.

Leurs yeux se croisèrent. L'espace d'une seconde, elle le considéra d'un air presque absent. Puis son sourire s'évanouit, et elle se raidit ; son visage s'enflamma.

La réalité frappa Chance avec la violence d'un coup de tonnerre : Skye n'était pas heureuse de le revoir ; elle n'avait aucune envie de parcourir avec lui la route des souvenirs. Il lui avait fait trop de mal. Sans doute était-elle toujours furieuse après lui, peut-être même le haïssait-elle.

Mais une fois qu'il lui aurait expliqué, se dit-il, elle comprendrait. Après tout, elle avait fait son chemin visiblement, et c'était dû en partie à la décision qu'il avait prise de la confier à Sarah et Michael.

Il combla la distance qui les séparait encore, cherchant ce qu'il allait lui dire, essayant de choisir les mots appropriés. Mais Griffen le devança.

— Chance, mon vieux, dit-il en passant son bras autour des épaules de Skye, j'aimerais te présenter Skye Dearborn. C'est elle dont je t'ai parlé.

Chance ne la quittait pas des yeux.

— Skye et moi nous nous connaissons, dit-il. Bonsoir, Skye.

— Bonsoir, répondit-elle d'un ton sec.

Elle détourna la tête, la bouche crispée par un rictus.

— Vous vous connaissez ? demanda Griffen en les observant tour à tour, stupéfait.

— Oui, ça remonte à un passé lointain, dit Chance d'une voix enrouée. Tu es resplendissante, Skye. Sincèrement. Je n'arrive pas à croire que c'est vraiment toi.

Leurs regards se croisèrent de nouveau ; celui de Skye était glacial.

— Je m'en doute, répliqua-t-elle.

Elle se tourna vers Griffen.

— Excuse-moi. Je vais me recoiffer.

Chance la suivit des yeux, envahi par un terrible sentiment de frustration ; tous les mots qu'il aurait voulu lui dire restèrent là, au bout de sa langue. Il remarqua que Griffen le considérait avec l'air réjoui d'un chat qui a acculé une souris.

Chance plissa le front.

— Dis-moi, Griffen, comment l'as-tu rencontrée ?

— Je pourrais te le raconter, mais je suis plus curieux de savoir comment vous vous connaissez, tous les deux.

— Vraiment ? rétorqua Chance d'un ton belliqueux, les poings sur les hanches. C'est bizarre, j'ai des doutes.

Griffen haussa les sourcils.

— Hé ! qu'est-ce qui te prend, vieux ? Skye est notre nouvelle artiste maison. J'ai découvert son travail dans une expo à New York, je l'ai contactée, elle m'a présenté ses œuvres. Dorothy et moi avons été très impressionnés et je l'ai engagée. Voilà.

— C'est tout ?

— C'est tout. Sauf que je suis tombé amoureux d'elle, évidemment. Si tu as quelque chose à dire, dis-le tout de suite. Mais je te préviens, je ne renierai pas mes sentiments pour elle.

Chance observa longuement Griffen, pour essayer de déchiffrer son expression. Finalement, il décida de chasser ses doutes. Griffen s'était toujours comporté avec lui en ami, il avait fait plus pour lui que n'importe qui d'autre. Quelle raison aurait-il eu de lui mentir ?

Chance secoua la tête.

— Excuse-moi, Grif. Mais c'est une coïncidence tellement étrange.

— Une coïncidence étrange ? répéta Griffen en croisant les bras. Vas-y, je t'écoute.

— Tu te souviens, il y a deux mois environ, quand je t'ai parlé des forains et de la gamine qui…

— Celle dont la mère avait fichu le camp ?

— Oui, exactement. Celle qui m'avait offert le dessin de la grenouille.

Il se pencha vers Griffen.

— … Eh bien, figure-toi que cette gamine, c'était Skye.

Griffen écarquilla les yeux, comme médusé.

— Tu me fais marcher !

— Non, c'est elle. C'est Skye !

Griffen siffla entre ses dents.

— Incroyable. Tu es sûr ?

Pour toute réponse, Chance se contenta de le regarder fixement.

— O.K., je te crois, dit Griffen.

— Tu comprends ma réaction, maintenant ?

— Oui, je comprends, déclara Griffen en se retournant dans la direction où était partie Skye. En tout cas, elle n'avait pas l'air heureuse de te voir. Que lui as-tu fait exactement ?

Chance suivit le regard de son ami.

— Je l'ai abandonnée. Il le fallait. Mais je n'ai même pas…

Il ravala ses paroles ; il ne voulait pas les entendre.

— Quoi ? insista Griffen. Qu'est-ce que tu n'as pas fait ?

— Je suis parti sans lui dire au revoir. Je croyais que c'était préférable ainsi. Pour elle et pour moi.

— Bien joué, commenta Griffen en riant. Très beau geste. Je suppose que je ne peux pas espérer t'inviter à dîner à la maison une fois que nous serons mariés.

— Elle finira bien par me pardonner.

Griffen ne cherchait pas à cacher son amusement.

— Oui, sûrement. Tu as une sacrée paire de couilles, mon vieux. A ta place, je les planquerais. Cette femme est très en colère.

— Tu aimerais bien voir ça, hein ? répliqua Chance, agacé par l'attitude de son ami. Tu prends ton pied, on dirait.

Griffen répondit par un haussement d'épaules, mais Chance voyait bien dans ses yeux une sorte de plaisir pervers. Une fois de plus, il le compara au chat qui s'amuse avec une souris prise au piège, qui prend le temps de jouer avec elle, avant de la tuer.

Il détourna le regard, troublé par cette image. Parfois, se dit-il, Griffen se comportait comme un vrai salaud. Parfois, Chance se demandait s'il savait réellement qui était Griffen Monarch.

49

Réfugiée dans les toilettes pour dames, Skye se laissa tomber sur le tabouret devant la coiffeuse. Elle porta une main tremblante à son visage, encore sous le choc, s'efforçant de maîtriser le torrent de ses émotions. Lorsque, en se retournant, elle avait découvert Chance devant elle, toute sa vie avait comme défilé devant ses yeux.

L'espace d'un court instant de faiblesse, elle s'était laissé submerger par la joie. Pendant ce moment fugitif, elle avait eu de nouveau treize ans ; Chance était alors son meilleur ami, son frère, sa seule famille.

Et puis, elle s'était souvenue. Elle s'était souvenue combien elle avait souffert. Et la colère avait pris le dessus.

Une colère qui lui avait coupé le souffle, comme maintenant. Une fureur chauffée à blanc. Aveuglante. Les mains posées sur ses genoux, elle serra les poings. Comment Chance avait-il pu lui infliger une douleur pareille ? se demandait-elle une fois de plus. Il l'avait abandonnée, il s'était enfui en pleine nuit, trop lâche, trop sournois pour lui dire au revoir.

Elle n'était encore qu'une enfant, nom d'un chien ! Elle avait besoin de lui ; elle comptait sur lui. Elle lui faisait confiance… elle l'aimait. Et lui, il était parti, sans prévenir, sans même un : « Bon débarras, petite. »

Il lui avait brisé le cœur.

Elle le détestait.

Skye contempla son reflet dans le miroir, surprise par la férocité de ses émotions. Pourtant, elle croyait avoir dépassé tout cela désormais, elle croyait avoir pris de la distance, au point d'échapper à la colère, à la douleur, au ressentiment.

Elle ferma les yeux, inspira profondément et compta jusqu'à vingt, pour essayer de reprendre le contrôle de ses émotions, de recouvrer un semblant de calme. Elle n'avait plus treize ans, que diable ! La femme qu'elle était devenue devait se montrer indépendante, forte, pleine d'assurance. Elle n'avait plus besoin de Chance. Elle n'était plus obligée de lui adresser la parole si elle n'en avait pas envie ; elle n'était pas obligée de le regarder. Si elle voulait, elle pouvait même lui cracher au visage, et s'en aller.

Ou bien, elle pouvait lui faire du mal. Lui faire regretter toute la souffrance qu'il lui avait infligée, la manière dont il l'avait abandonnée.

Encore un de ses vœux qui se réalisait.

Elle avala sa salive avec difficulté, et repensa à leur rencontre, quelques instants plus tôt. Comment avait-il osé dire : « Skye et moi nous nous connaissons, depuis longtemps », tout simplement, comme s'il parlait d'une vague copine ? Comment osait-il dire qu'elle était « resplendissante », et la regarder droit dans les yeux, sans aucune trace de culpabilité ou de remords ?

C'était inacceptable. Elle ne pouvait tolérer un tel affront.

Tandis qu'elle ruminait déjà sa vengeance, elle compara le Chance qu'elle avait connu, tant d'années plus tôt, et celui qu'il était devenu. Il était plus grand, plus large d'épaules ; l'adolescent d'autrefois était un homme, maintenant. Son visage juvénile avait mûri, des rides d'expression creusaient des sillons de chaque côté de sa bouche et autour de ses yeux, conférant à ses traits un aspect viril.

Nom d'un chien, il avait fière allure, pensa Skye. Elle avait imaginé bien des choses pendant toutes ces années, qu'il était devenu obèse et chauve, qu'il avait été défiguré dans un incendie ou estropié dans un terrible accident.

Au lieu de cela, il était beau et il avait réussi.

Et c'était le copain de Griffen.

Elle ne put retenir un grognement. Voilà ce qu'on appelait le manque de chance, un coup tordu du destin.

Fouillant dans sa mémoire, elle essaya de se rappeler ce que lui avait dit Griffen au sujet du très bon ami qu'il voulait lui présenter ce soir. Pas grand-chose. Seulement qu'il s'occupait de relations publiques et d'événements promotionnels.

Toutefois, elle se souvint que Griffen avait un air mystérieux en lui annonçant cela, comme quelqu'un qui connaît un secret croustillant et brûle d'envie de le dévoiler.

Son front se plissa. Griffen aurait-il deviné que non seulement Chance et elle se connaissaient, mais aussi la nature intime de leurs relations anciennes ? se demanda-t-elle. Certes, elle lui avait un peu parlé de son passé, mais jamais de Chance. Elle ne lui avait pas raconté comment, après avoir perdu sa mère, elle avait été accueillie par Sarah et Michael Forrest.

Skye secoua la tête. Tout cela était ridicule, se dit-elle. Griffen n'avait aucun moyen de savoir son passé. Et il n'avait certainement pas appris la vérité de la bouche de Chance, car ce dernier semblait aussi abasourdi qu'elle en la voyant.

Evidemment, elle raconterait toute l'histoire à Griffen désormais. Il allait s'interroger, et compte tenu de leurs relations, il avait le droit de savoir.

Elle consulta sa montre. Voilà un quart d'heure qu'elle s'était absentée. Elle s'étonnait que Griffen ne soit pas déjà venu la chercher, ou n'ait pas envoyé des renforts.

Elle était adulte maintenant, songea-t-elle. A son âge, on ne se cachait plus dans les toilettes. Elle était trop grande pour trembler, pleurer et se lamenter sur son sort. Elle était de taille à affronter cette situation.

A affronter Chance McCord.

Skye se leva en lissant sa robe. Penchée vers le miroir, elle inspecta l'état de son maquillage. Se trouvant pâle, elle se pinça les joues et ajouta un peu de rouge à lèvres.

Parée pour le combat, se dit-elle tandis qu'elle laissait tomber son tube de rouge dans son sac. Chance McCord avait intérêt à faire attention. Si jamais elle le voyait, il passerait un sale quart d'heure. Un petit sourire retroussa ses lèvres. En vérité, elle espérait bien le voir ; voilà treize ans qu'elle attendait de lui dire ce qu'elle pensait de lui.

Son désir fut vite exaucé. Chance s'était planté devant la porte des toilettes pour dames ; il l'attendait.

— Skye ! dit-il précipitamment en la voyant. Il faut qu'on parle.

Elle lui jeta un regard chargé de mépris.

— Bonne idée. Si on commençait par décréter que tu es le dernier des salopards ?

— D'accord, je t'écoute.

Furieuse contre lui, horripilée par son attitude cavalière, elle serra les poings pour essayer de se contenir.

— Tu as fichu le camp sans même me dire au revoir. Sans même avoir le courage de me laisser un mot. Pourtant, tu savais à quel point j'avais besoin de toi. A quel point je t'aimais. Tu savais que ma mère m'avait abandonnée de la même façon. Mais tu l'as quand même fait, espèce de salaud !

Elle reprit son souffle et enchaîna :

— Si je suis ici aujourd'hui, si j'ai réussi, ce n'est pas grâce à toi. Je n'ai plus besoin de toi dans ma vie. Et je ne veux plus te voir.

Sur ce, elle repartit, mais Chance la retint par le bras.

— Crois-tu vraiment que tu en serais arrivée là si nous étions restés ensemble ? Crois-tu que tu aurais reçu une telle éducation ? Ou que tu aurais décroché ce formidable poste chez Monarch ?

— N'espère pas me faire avaler ce baratin ! Tu n'as pas fichu le camp parce que tu t'inquiétais pour mon avenir. Oh non ! C'était ton petit avenir personnel qui te préoccupait.

— Je pensais à nous deux.

— Je t'en prie, ne me prends pas pour une idiote. Un boulet au pied, n'est-ce pas comme ça que tu me considérais ?

Elle le repoussa pour passer, mais il la rattrapa, lui saisit la main et l'obligea à se retourner vers lui.

— C'est vrai, je savais que je ne réaliserais jamais mes rêves si nous restions ensemble. Mais de ton côté, tu avais besoin d'une famille. Il fallait que tu ailles à l'école…

Skye libéra sa main d'un geste brusque ; la colère la faisait trembler.

— On avait trouvé une famille !

— Tu pouvais rester là-bas, mais pas moi. Je n'étais plus un enfant ; il fallait que je construise ma vie.

— Eh bien, tu as fait ce que tu voulais. Tu as réussi, Chance McCord. Félicitations. Je suis très heureuse pour toi. Maintenant, sors de ma vie !

50

A mesure que les jours s'égrenaient, le souvenir que Skye avait conservé de ses retrouvailles avec Chance, au cours du dîner de bienfaisance, devenait de plus en plus vivace, au lieu de s'atténuer ; de même, sa colère et son ressentiment grandissaient au lieu de diminuer.

Alors, pour ne plus y penser, elle s'investissait pleinement dans son travail, dans sa relation avec Griffen, dans son amitié grandissante avec Terri et son adorable fille. Malgré tout, dès qu'elle fermait les yeux ou relâchait sa vigilance, Chance apparaissait aussitôt, et son image venait la hanter.

Pourquoi ne parvenait-elle pas à le chasser de son esprit ?

Après avoir salué à mi-voix la réceptionniste du rez-de-chaussée, Skye entra dans l'ascenseur pour monter dans son bureau, au département création. La tête levée vers les chiffres lumineux des étages, elle les regarda défiler, en pensant à Chance, une fois de plus. Depuis cette fameuse soirée, elle l'avait revu deux ou trois fois, mais de loin seulement. Et chaque fois, elle s'était interdit de le dévisager ; elle devait cesser de le dévorer ainsi des yeux, comme si elle était affamée de désir.

Après tout, elle le détestait, non ? Et elle voulait se venger. Malheureusement, plus elle ressassait son ressentiment, plus elle pensait à lui.

Elle aurait voulu qu'il disparaisse. Qu'il sorte de ses pensées, de sa vie, et la laisse en paix.

L'ascenseur s'arrêta au cinquième étage, les portes s'ouvrirent et elle descendit.

— Bonjour, Skye ! lui lança Louise, la secrétaire du département création, en lui tendant des petites feuilles roses sur lesquelles étaient notés les messages téléphoniques. M. Monarch vous a appelée. Au sujet d'un déjeuner.

— Aujourd'hui ?

— Oui, j'ai tout noté. Dorothy a également convoqué une réunion générale pour ce matin. A 10 heures.

Skye parcourut les messages.

— Que se passe-t-il ?

— Je l'ignore. Tout ce que je peux dire, c'est que Dorothy avait un sourire jusqu'aux oreilles.

— Ah bon, fit Skye en fourrant les messages dans sa poche. Terri est arrivée ?

— Oui. Elle est dans son bureau.

— Merci.

En s'éloignant dans le couloir, Skye songea une fois de plus aux événements des deux dernières semaines. Griffen avait continué à la courtiser et à tout tenter pour lui plaire. Il se montrait prévenant, passionné et possessif, et avec lui elle éprouvait un doux sentiment de sécurité.

Peu à peu, elle en était venue à croire — à croire réellement — qu'il était amoureux d'elle. Aussi profondément qu'il le disait. D'ailleurs, cela se voyait dans ses yeux quand il la regardait, dans la façon dont il restait près d'elle, jalousement, quand ils étaient en société.

Elle commençait à lui faire confiance. Elle commençait à croire qu'il ne l'abandonnerait jamais. Elle plissa le front, sentant venir la migraine. Pourquoi fallait-il que Chance réapparaisse maintenant ? Pour lui rappeler sans doute combien il était douloureux d'être abandonnée. Pour lui rappeler combien il était dangereux, et effrayant, de faire confiance à quelqu'un. Lui rappeler à quel point on pouvait souffrir.

Et lui rappeler comme il était bon d'être amoureux.

Elle secoua la tête pour chasser cette pensée indésirable. Elle n'était encore qu'une gamine en ce temps-là. Ce qu'elle avait éprouvé pour Chance n'avait été qu'une amourette d'enfant tout d'abord, puis une passion adolescente. Rien à voir avec l'amour. Il était tout simplement différent des autres garçons de la troupe de forains. Plus intelligent, plus soigné, plus gentil avec elle. Et plus tard, quand elle n'avait plus personne vers qui se tourner, à part lui, il était devenu à la fois son père, son frère, son ami, son héros. Pas étonnant dans ces conditions qu'elle ait reporté sur lui toute sa tendresse et sa dévotion, se dit-elle. Comment aurait-elle pu ne pas l'idolâtrer ? Elle devenait femme, elle sentait naître des sentiments nouveaux qu'il fallait apprendre à contrôler, et elle les avait tout naturellement transférés sur lui.

Non, Chance n'avait rien à voir dans tout ça, se répéta-t-elle. Seul le contexte était responsable. Elle avait confondu dépendance et amour.

Et puis c'était il y a longtemps. Dans une autre vie. Maintenant, elle avait Griffen, qui représentait tout ce qu'elle attendait d'un homme ; il était sûr de lui, prévenant, passionné. Il voulait lui offrir le monde. Il l'aimait, et jamais il ne l'abandonnerait.

La douleur se répandit dans son crâne, et elle se massa les tempes, tandis que sa vue se brouillait. *Non, zut, pas ce matin ! Il ne fallait pas que cela lui arrive aujourd'hui !*

Skye s'aperçut qu'elle était arrêtée devant la porte du bureau de Terri. Elle fronça les sourcils. Terri ne s'enfermait jamais, même quand elle était plongée dans un travail. L'enfermement la rendait claustrophobe, disait-elle.

Intriguée, Skye frappa à la porte. Terri et elle étaient rapidement devenues amies. Il est vrai qu'elles avaient beaucoup de points communs, dont celui d'avoir été trahies par les gens qu'elles aimaient. En réalité, elles étaient si souvent ensemble que Griffen avait commencé à faire des remarques, à croire qu'il était jaloux.

D'une certaine façon, elle comprenait la réaction de Griffen car, plusieurs fois, elle avait dû refuser ses invitations, ayant déjà prévu un autre programme avec Terri et sa fille. Mais elle se réjouissait d'avoir une amie, quelqu'un avec qui rire et parler. Quelqu'un qui partageait sa vision du monde.

Skye frappa de nouveau à la porte.

— Terri ? C'est moi.

Son amie lui cria d'entrer, ce qu'elle fit.

— Salut.

Terri leva à peine la tête.

— Salut.

— Grande réunion ce matin, tu es au courant ?

— Oui.

— Tu sais de quoi il s'agit ?

— Non.

Skye fronça les sourcils.

— Quelque chose ne va pas ?

Terri leva la tête ; Skye constata qu'elle avait pleuré.

— Terri, qu'est-ce que…

— Ferme la porte.

Perplexe, Skye fit ce que lui demandait son amie. Puis elle vint s'asseoir sur le coin du bureau.

— Que se passe-t-il ?

Terri parut hésiter.

— Je reçois des coups de téléphone, répondit-elle enfin.

— Quel genre ?

— Un petit plaisantin, dit-elle, et elle se mordilla la lèvre. Du moins, c'est ce que je croyais au début. Mais maintenant… je n'en suis plus aussi sûre.

Skye devinait sans peine l'angoisse de son amie.

— Si ce n'est pas une plaisanterie, de quoi s'agit-il ?

— Ce sont des menaces.

Ce mot et la manière dont elle l'avait prononcé firent à Skye l'effet d'un coup de poing. Terri n'était pourtant pas du genre à dramatiser.

— Continue.

— Au début, je n'entendais qu'un souffle rauque au bout du fil, et la personne raccrochait, sans rien dire. Tu vois le genre.

Elle prit une profonde inspiration avant de poursuivre :

— Ensuite, il est passé aux obscénités. Et ce matin… il m'a traitée de salope.

— C'est horrible.

— Ce n'est pas tout. Il a ajouté : « Les salopes comme toi méritent de crever. » Et il a raccroché. Il avait l'air si froid, si déterminé. J'ai senti qu'il parlait sérieusement.

Elle croisa le regard de Skye et avoua en frissonnant :

— J'ai peur.

Skye prit la main de son amie dans un geste de réconfort.

— Tu as prévenu la police ?

— Oui, ce matin. Ils ont promis d'aller parler à Will. Ils m'ont conseillé de me mettre sur liste rouge, et de les prévenir si les appels continuaient. C'est tout ce qu'ils peuvent faire.

— Tu penses que c'est Will ? demanda Skye.

— Je l'ai tout de suite pensé, et je le pense encore, mais il nie farouchement. On verra bien ce qui se passe après que les flics lui auront rendu une petite visite. A son travail.

Cette perspective arracha un sourire à Terri. Skye lui lâcha la main et se leva.

— La réunion va commencer. Je vais me chercher un café. Tu en veux ?

— Non merci, j'ai atteint ma dose limite depuis trois heures.

— Tout va s'arranger, tu verras. Il s'agit simplement d'un pauvre malade qui a trouvé ton numéro dans l'annuaire. Dès que tu seras sur la liste rouge, il te fichera la paix.

— Et si jamais ce type sait où j'habite ? Je crains surtout pour Raye. Imagine un peu qu'il…

Elle n'acheva pas sa phrase, c'était inutile. La menace resta suspendue entre elles, ignoble et terrifiante.

S'il s'en prenait à Raye ?

Skye reprit la main de Terri.

— Ça n'arrivera pas, Terri. Tu ne le laisseras pas faire, et moi non plus.

— Promis ?

— Promis, déclara Skye en serrant la main de Terri dans la sienne. Viens, allons voir ce qui a mis Dorothy dans un tel état d'excitation.

51

La salle de réunion se remplissait peu à peu. Chance avait pris place en bout de table ; assise à son côté, Dorothy évoquait avec enthousiasme leur projet. Mais pendant qu'il l'écoutait, et hochait la tête aux moments appropriés, il ne cessait de surveiller la porte. Guettant l'arrivée de Skye. Impatient. Avec l'espoir que cette apparition mettrait fin à l'obsession qui l'habitait depuis qu'il l'avait revue à ce dîner de bienfaisance.

Voilà deux semaines qu'il ne pouvait s'empêcher de penser à elle, qu'il ne parvenait pas à la chasser de son esprit. Il ne cessait de se représenter la femme qu'elle était devenue, tout en repensant à la fillette qu'elle avait été. Les images de tout ce qu'ils avaient vécu, les souvenirs de leurs conversations, de leurs relations, le hantaient jour et nuit, avec une précision douloureuse.

Oui, il était littéralement hanté par elle. C'était insensé. Il ne parvenait plus à se concentrer, il se sentait ridicule.

Skye était maintenant la fiancée de Griffen. La fiancée de son ami. Il ne devait pas l'oublier.

Il reporta son attention sur les notes soigneusement disposées devant lui. Il les avait apportées tout en sachant qu'il ne s'en servirait pas. Mais c'était une manie chez lui ; il aimait avoir sa documentation à portée de main, au cas où.

Il sourit à une remarque de Dorothy et tourna une fois de plus la tête vers la porte. Le fait était que lui et Skye partageaient un même passé. Oui, mais cela ne voulait rien dire. Tant de temps s'était écoulé depuis, leurs vies avaient suivi des cours séparés.

Il n'aurait pas dû se sentir blessé qu'elle le considère comme le dernier des salauds.

Pourtant, il ne pouvait le supporter. Pourquoi diable l'opinion de Skye avait-elle tellement d'importance ?

Bon sang, il tenait à cette fille. Il avait toujours tenu à elle, contrairement à ce qu'elle croyait. Il aurait donné n'importe quoi pour qu'elle lui pardonne, qu'elle comprenne qu'il avait agi ainsi dans leur intérêt à tous les deux.

Skye arriva enfin, accompagnée d'une autre femme, sans doute une collègue, qu'il se rappelait avoir vue dans la boutique. Elles étaient en pleine conversation et Skye ne le vit pas en entrant. Ce qui permit à Chance de l'observer un instant. Elle était d'une beauté radieuse, et toute la pièce s'en trouvait illuminée. Comme quand elle était enfant, même si l'énergie qu'elle dégageait en ce temps-là était d'une autre nature.

Aujourd'hui, c'était une énergie fortement teintée de sexualité. Chance eut l'impression de recevoir un coup de poing dans l'estomac, ou dans le bas-ventre plus exactement.

Il se dit alors qu'il était dans un sacré merdier.

L'apercevant enfin, Skye se figea ; leurs regards se croisèrent. Il sourit, c'était plus fort que lui. Skye, elle, se raidit et son visage s'empourpra. Comme Dorothy se raclait la gorge avant de prendre la parole, la femme qui accompagnait Skye lui donna un petit coup de coude pour la prévenir. Mais Skye était comme pétrifiée.

Griffen fit son entrée à son tour et vint se planter derrière elle. Il la prit par les épaules, et elle se retourna, brisant le charme ; Chance s'empressa de détourner la tête.

Tout le monde s'assit. Au lieu de prendre place en bout de table, Griffen choisit une chaise à côté de Skye. Chance ne put s'empêcher de remarquer la manière possessive dont il se comportait avec elle, les signaux de mise en garde qu'il envoyait autour de lui. *Bas les pattes !* criait son langage corporel. *Elle est à moi.*

Chance ne l'avait jamais vu agir ainsi. Généralement, Griffen traitait avec indifférence, voire mépris, ses conquêtes féminines.

Ce comportement lui était tellement étranger que cela en devenait presque bizarre et inquiétant.

Dorothy se leva.

— J'ai convoqué cette réunion, déclara-t-elle, pour vous faire part d'une nouvelle très excitante. J'ai demandé à Chance McCord, chargé de notre image publicitaire, de venir vous en parler lui-même, car il est à l'origine de cette opération. Mais avant de lui donner la parole, j'aimerais prendre une minute pour vous entretenir du Salon du design de Milan, auquel nous avons décidé de participer une fois de plus.

La tête inclinée sur le côté, Chance n'écoutait Dorothy que d'une oreille, profitant de ces quelques instants pour observer à la dérobée Skye et Griffen. Ils formaient un très beau couple, sans aucun doute. La sophistication décontractée de Griffen s'accordait à merveille avec l'aspect bohème et chic de Skye. En outre, ils étaient aussi séduisants l'un que l'autre.

Malgré tout, songea Chance en plissant le front, il les imaginait mal ensemble. Quelque chose clochait dans ce couple, sans qu'il puisse dire quoi.

Mais peut-être était-ce simplement la jalousie qui le faisait réagir ainsi, pensa-t-il. Une grimace lui échappa. Il n'avait jamais été jaloux du succès de Griffen avec les femmes ; il n'avait jamais cherché à rivaliser avec lui.

Mais jusqu'à présent, aucune de ces femmes n'était Skye.

Sa Skye.

Bon sang, qu'est-ce qui lui prenait ? Chance baissa les yeux sur ses notes. Ce n'était pas *sa* Skye, ni quoi que ce soit d'autre. Elle n'était plus rien pour lui. Depuis longtemps.

Il avait intérêt à ficher cette idée dans son esprit obtus. Et rapidement.

— A présent, dit Dorothy en se tournant vers lui, je donne la parole à Chance McCord. Chance ?

Il la remercia et se leva.

— Depuis plus d'un siècle, déclara-t-il en guise de préambule, les créations signées Monarch constituent un des fleurons de l'univers de la joaillerie, et les artisans de cette maison ont toujours été à la pointe du progrès dans ce domaine.

» Malgré cela, reprit-il après une courte pause, Monarch n'est pas un nom mondialement célèbre. Le public américain connaît vos œuvres, grâce aux photos où les célébrités telles Jackie Kennedy Onassis ou Elizabeth Taylor arborent les créations originales de la maison, grâce aussi aux innombrables contrefaçons qui inondent le marché, ou au talent des artistes de cette maison pour capter le pouls de la nation. Autrement dit, les créations signées Monarch font tout simplement partie de la conscience collective des Américains.

Balayant du regard son auditoire, Chance s'arrêta brièvement sur Skye. L'espace d'un instant, il perdit le fil de son argumentation, il ne pouvait plus penser qu'à elle, à sa beauté, à la façon dont elle se déplaçait, à son odeur qui l'avait envoûté l'autre soir. Au changement qui s'était opéré en elle.

En entendant Dorothy se racler la gorge, il parvint à reporter son attention sur la question qui les occupait présentement, au prix d'un gros effort.

— Pendant des années, reprit-il, la Maison Monarch est demeurée dans l'ombre, malgré son immense réputation. Quand Griffen m'a fait l'honneur de m'engager pour assurer la publicité et les relations publiques du secteur joaillerie, je lui ai promis de braquer tous les projecteurs des médias sur votre société, afin qu'elle brille de tout son lustre. Je lui ai promis que le nom de Monarch deviendrait aussi célèbre que celui de Tiffany.

En disant cela, il adressa un sourire à Dorothy, avant de se retourner vers les autres.

— Aujourd'hui, les projecteurs commencent à s'allumer. Les presses universitaires de Chicago ont accepté d'éditer un beau livre d'art destiné à célébrer cent dix ans de design novateur. Ils ont prévu de le sortir à Noël prochain.

La nouvelle fut tout d'abord accueillie par un silence stupéfait, auquel succédèrent les murmures d'excitation, les questions et les félicitations. Chance leva les mains pour obtenir le silence.

— Dorothy, Griffen et moi nous ferons un plaisir de répondre à toutes vos questions. Mais laissez-moi anticiper certaines d'entre elles. Belinda Constantine, conservateur du département art et artisanat de l'*Art Institute* de Chicago, a accepté de rédiger la préface du livre. David Argyle, directeur artistique du dernier ouvrage consacré à Tiffany, se chargera de la couverture et de la maquette. Le photographe n'a pas encore été choisi, mais nous avons déjà contacté deux des trois grands spécialistes du genre.

Il marqua une pause, le temps de prendre sa respiration.

— Dorothy supervisera l'ensemble du projet, évidemment, que ce soit pour choisir les pièces représentées, en fonction de leur importance historique et plastique, ou pour organiser la dernière partie de l'ouvrage, consacrée aux nouvelles orientations de la Maison Monarch.

» Sachez d'ores et déjà que la réalisation de cet ouvrage exigera un gros travail supplémentaire de la part de chacun d'entre vous. Il s'agit d'une entreprise collective. Ainsi, dit-il en se tournant vers Skye, en tant que nouvelle venue dans l'équipe, mademoiselle Dearborn, on ne vous demandera pas de...

— J'accomplirai ma part de travail, déclara-t-elle sèchement, le visage en feu. Rassurez-vous, j'apprends vite.

— Je ne suis pas inquiet, répliqua Chance. Je voulais simplement dire que votre collaboration ne serait pas essentielle sur le plan historique. En revanche, Dorothy m'a laissé entendre que vous travailliez actuellement sur quelques nouvelles créations très intéressantes. Il faudra qu'elles soient terminées à temps. Et ce n'est pas tout, ajouta-t-il en se tournant vers les autres. Il faudra également rassembler le maximum de projets, de dessins, de maquettes... Tout ce que vous avez.

— En d'autres termes, murmura Skye sans cacher sa colère, ça veut dire : tout le monde au boulot ?

— Exact, répondit Chance. J'espère que ça ne vous pose pas de problème ?

— Aucun. J'adore mon travail.

— Tant mieux, parce que vous n'allez pas en manquer.

Il poursuivit en s'adressant à l'ensemble de l'auditoire.

— Mickey Spelling a été choisi pour écrire le texte du livre. Comme vous le savez sans doute, il a effectué, entre autres, un remarquable travail pour l'ouvrage consacré à Frank Lloyd Wright. Il viendra vous interroger, l'un après l'autre, sur la façon dont vous envisagez votre travail au sein de cette prestigieuse maison.

Prenant une profonde inspiration, il ajouta :

— D'ores et déjà, je vais envoyer des communiqués aux principaux organes de presse de Chicago. L'annonce de ce projet nous vaudra certainement l'intérêt des médias, surtout lorsque le livre paraîtra. Et maintenant, dit-il avec un sourire, vous pouvez poser vos questions.

Au cours de la demi-heure qui suivit, Chance, Dorothy et Griffen répondirent aux nombreuses questions des employés de la maison. Principalement Dorothy, interrogée sur l'orientation et l'aspect du livre, et sur les créations qui avaient été choisies pour y figurer. Un dénommé Martin voulut savoir si on y verrait les photos des artistes.

Pendant tout ce temps, Skye demeura étonnamment et résolument muette, les bras croisés sur la poitrine. Chance savait bien que sa réaction hostile n'était pas motivée par le livre en soi, mais par le fait qu'il participe à ce projet.

Décidément, se dit-il, la situation promettait d'être délicate.

Sitôt la réunion terminée, Chance se dirigea vers Skye qui discutait avec deux de ses collègues. Il lui tapota le bras.

— Pardonnez-moi, Skye. Pourrais-je vous dire un mot ?

— Certainement, répondit-elle avec un sourire poli.

Elle l'entraîna à l'écart et, dès qu'ils se retrouvèrent seuls, à l'abri des oreilles indiscrètes, elle le foudroya du regard.

— Comment oses-tu m'apostropher ainsi devant tout le monde ? explosa-t-elle. Je fais partie de l'équipe, au même titre que les autres. Je n'ai pas apprécié ta réflexion concernant mon travail, comme si j'avais besoin qu'on me dicte ce que je dois faire.

— Toujours aussi soupe au lait à ce que je vois. Mademoiselle Je-sais-tout, hein ? Finalement, tu n'as pas changé.

— Je n'ai pas le temps de discuter de ça.

Elle voulut repartir, mais il la retint.

— Nous allons devoir travailler ensemble, indirectement. Peut-on enterrer la hache de guerre ?

— Je préfère te la planter dans le dos.

Chance baissa la voix.

— Dis, ça ne te gêne pas que tous ces gens pensent que tu as décroché ce boulot en couchant avec le patron ?

A peine ces mots eurent-ils franchi ses lèvres qu'il aurait voulu les ravaler. Non pas que la question lui semblât erronée, mais parce qu'il n'avait aucun droit sur elle. Il n'était plus son grand frère, ni quoi que ce soit d'autre.

Pendant un court instant, Skye demeura sans réaction, comme s'il l'avait frappée, puis son visage s'empourpra, sous l'effet de la colère. Elle dégagea son bras.

— Tu n'es qu'un sale porc, Chance McCord.

Elle adressa un grand sourire à un collègue qui passait près d'eux au même moment, et se pencha vers Chance.

— Tiens-toi à l'écart de mon chemin, lui glissa-t-elle à l'oreille. Je ne te louperai pas.

— Que vois-je ? demanda Griffen en les rejoignant, avec un grand sourire. Les deux personnes que j'apprécie le plus se disputent ?

— On ne se dispute pas, répondit Skye en se tournant vers Griffen. Je lui disais simplement de ne pas s'approcher de moi.

Griffen s'esclaffa en regardant Chance.

— Elle est formidable, non ?

— Formidable, répéta Chance, qui avait envie de vomir en voyant l'admiration béate de son ami.

— Tu as eu mon message ? demanda Griffen à Skye.

— Oui, répondit-elle avec un sourire. C'est une excellente idée. Je passe te chercher dans ton bureau. Il faut que je retourne travailler.

Sans même un regard pour Chance, elle s'éloigna.

— Alors, vieux, demanda Griffen en se retournant vers Chance, comment ça se passe ? Tes valseuses sont toujours intactes ?

Chance détacha son regard de Skye pour reporter son attention sur Griffen.

— J'ai eu chaud.

Griffen émit un petit ricanement enfantin, presque efféminé.

— Elle est folle de moi. Tu as remarqué ?

— Oui, j'ai remarqué, marmonna Chance. Félicitations.

Griffen se pencha vers lui ; dans ses yeux brillait une lueur de satisfaction.

— Je te l'ai déjà dit, vieux. Elles tombent comme des mouches. Aucune ne résiste.

Agacé sans véritable raison, Chance consulta sa montre.

— J'ai encore beaucoup à faire, Grif. Si tu n'as plus besoin de...

— A vrai dire, j'aimerais discuter de deux ou trois sujets avec toi. Mais il faut que je file. Peux-tu passer me voir dans mon bureau sur le coup de midi ?

— Entendu, acquiesça Chance, impatient de s'éloigner de Griffen, car quelque chose dans son regard et dans son attitude l'horripilait. A tout à l'heure.

Chance avait presque atteint la porte quand Griffen l'appela. Il s'arrêta et se retourna. Griffen arborait un large sourire.

— N'oublie pas ce que je t'ai dit. Comme des mouches ! Tu ne peux pas rivaliser.

52

— Bonjour, Ashley. Je dois déjeuner avec Griffen. Il est prêt ?

Ashley lui adressa un large sourire.

— Bonjour, Skye. Il est au téléphone ; il m'a chargée de vous dire qu'il en avait pour quelques minutes.

Skye consulta sa montre, en songeant à tout le travail qui l'attendait ; elle pensait encore à la réunion de ce matin, et au Salon du design de Milan. Plus que trois mois.

— Dois-je l'attendre ? demanda-t-elle.

— Oui, ce ne sera pas long, paraît-il. Dites, c'est formidable ce projet de livre, hein ?

— Oui, formidable.

Craignant de paraître amère, Skye s'obligea à sourire.

— C'est excellent pour l'image de Monarch, ajouta-t-elle.

— On peut dire que Griffen possède un sacré flair, déclara Ashley. Il a engagé Chance sur un coup de tête.

— Ah oui ?

— Et dans la foulée, il a renvoyé son ancienne agence de publicité. Après vingt ans de collaboration. Comme ça, dit-elle en faisant claquer ses doigts.

Aussi spontanément qu'il était tombé amoureux d'elle, songea Skye en sentant naître un malaise.

— Il a paru intéressé dès qu'il a vu la carte de visite de Chance. Très intéressé même.

Ashley jeta un coup d'œil à la pendule et se leva.

— Pour être honnête, ajouta-t-elle, j'ai cru qu'il était fou ce jour-là ; ça prouve bien que je n'y connais rien.

Elle pouffa.

— Bon, faut que j'y aille, dit-elle. Je suis invitée à déjeuner. Je crois que j'ai déniché l'oiseau rare cette fois.

Skye lui souhaita bon appétit et se laissa tomber sur l'un des deux canapés de la salle d'attente, en repensant à ce que venait de lui apprendre Ashley. Perplexe, elle fronça les sourcils. Ainsi, Griffen avait été « très intéressé » dès qu'il avait vu la carte de visite de Chance.

Bizarre, se dit-elle.

— A quoi penses-tu ?

Skye releva brusquement la tête. Chance venait d'apparaître dans l'encadrement de la porte, et il la toisait en souriant.

— Ça ne te regarde pas, répliqua-t-elle.

— Toujours d'aussi charmante humeur, à ce que je vois.

D'un pas nonchalant, il pénétra dans la salle d'attente.

— La constance est parfois une qualité, déclara-t-il. Mais ça peut également devenir très ennuyeux.

— Merci du conseil, marmonna-t-elle en s'emparant d'un magazine sur la table basse, au hasard, pour le feuilleter. Mais tout va très bien, je te remercie.

— Hmm, je vois ça, dit Chance en enfonçant les mains dans ses poches de pantalon. Où est Ashley ?

— Partie déjeuner.

Il tourna la tête vers la porte du bureau de Griffen.

— Griffen voulait me voir. Il est là ?

— Il est occupé au téléphone. Mais tu fais certainement erreur, il doit déjeuner avec moi.

— Non, il n'y a pas d'erreur. J'attendrai.

— Libre à toi de perdre ton temps.

— En effet.

Il lui sembla percevoir un sourire dans la voix de Chance et elle se retourna vers lui. Elle ne s'était pas trompée, il souriait ! Elle sentit son sang bouillonner.

— Au fait, murmura-t-il en s'asseyant sur le canapé opposé, je n'ai pas trouvé ton attitude très professionnelle lors de la réunion de ce matin. Que s'est-il passé ?

— Je ne vois pas de quoi tu parles.

— Non, bien sûr.

— Va te faire foutre.

— Oh ! très élégant ! Je vois que tu as appris les belles manières.

Elle mourait d'envie de le frapper ; elle s'imaginait même se jetant sur lui pour le rouer de coups.

— J'ai appris ça avec toi. Tu ne te souviens pas ?

— J'apprécie beaucoup cet échange verbal, Skye, mais puisque nous allons devoir travailler ensemble, ne pourrait-on pas au moins rester courtois ?

Elle se leva d'un bond, trop furieuse pour rester assise. Elle marcha vers le bureau d'Ashley, contempla pendant quelques instants le mur nu et pivota vers Chance.

— Il n'y a donc que cela qui compte, pour toi ? Travailler ensemble en restant courtois ?

— Cela nous faciliterait la vie.

— Tu es très doué pour ça, hein ? Pour te faciliter la vie ?

Pendant un long moment, Chance demeura muet, immobile. Finalement, il se leva et vint se placer devant Skye.

— Le moment est venu, dit-il. Tu vas m'écouter. Il faut qu'on parle.

— N'y compte pas.

Au moment où elle passait devant lui, il la prit par la main. Elle essaya de se libérer, mais il tenait bon.

— Tu préfères continuer à ruminer ta colère et ton chagrin ? A quoi ça sert ?

— Lâche-moi !

— Non. Tu vas m'écouter. Tu ne te comporteras pas comme une sale enfant gâtée, pour une fois.

Elle le foudroya du regard, folle de rage.

— Je t'interdis ! Tu es l'être le plus odieux, le plus prétentieux…

— Je suis désolé, Skye, dit-il d'un ton calme. Je suis désolé de t'avoir fait souffrir. Sincèrement. Et sache que tu m'as manqué quand je suis parti. Beaucoup.

Les paroles de Chance lui firent l'effet d'un coup de massue. Malgré tout, elle s'efforça de demeurer impassible.

— Oui, bien sûr, rétorqua-t-elle, ironique. C'est pour ça que tu n'as jamais regardé en arrière. Que tu n'as même pas téléphoné.

— Comment sais-tu que je n'ai jamais regardé en arrière ? Tu n'étais pas là, tu n'étais pas avec moi.

En parlant, il lui caressait le dessus de la main avec son pouce, lentement.

— J'ai très souvent pensé à toi. Je me demandais ce que tu devenais, si tu m'avais pardonné. Mais je ne pouvais pas revenir, Skye. Je ne pouvais pas m'occuper de toi. Ce n'était pas la bonne solution, ni pour toi ni pour moi.

— Tu m'aimais tellement que tu m'as abandonnée, c'est ça ? dit-elle d'une voix enrouée par les larmes. Comme ma mère avant toi ? C'est très pratique comme excuse, Chance. Mais ça ne marche pas !

— Je ne peux pas parler pour ta mère, mais je peux te dire que j'ai souffert comme un chien en te quittant. Tu étais ma meilleure amie, Skye.

Elle essayait de respirer calmement, malgré la douleur qui lui déchirait le cœur, la sensation de brûlure dans ses yeux.

— Si tu m'avais vraiment aimée, tu te serais battu pour qu'on reste ensemble. Comme une famille. Au lieu de cela, tu as foutu le camp à la première occasion.

— Ça ne s'est pas passé de cette manière. Rappelle-toi ce que nous avons vécu avant d'arriver chez Sarah et Michael. Tu te souviens de Kevin ? Tu te souviens de ce qui s'est passé le dernier jour à Boyton ? Tu te souviens de ce que tu éprouvais alors ? En repensant à tout ça, peux-tu affirmer qu'il était possible de continuer ainsi ? Tu étais encore une enfant, mais tu commençais à grandir. Je ne pouvais plus te protéger. Mais je ne pouvais pas non plus te laisser enfermée. Il fallait changer de vie.

Il prit l'autre main de Skye et les plaqua toutes les deux sur son torse.

— Souviens-toi, dit-il.

Elle se souvenait. De tout ce qu'elle éprouvait alors, des sensations qu'il faisait naître en elle, mélange de vertige, de douleur et de confusion. Elle se souvenait également du jour où elle avait essayé de l'embrasser, et de la façon dont il l'avait repoussée ; elle se souvenait que l'image de Chance envahissait parfois ses pensées, au plus profond de la nuit, et que, tremblante de honte et d'excitation, elle avait fait glisser ses mains vers son intimité, en imaginant que c'étaient celles de Chance. Elle n'avait pas oublié l'explosion de jouissance, ses petits râles étouffés par son oreiller.

Ces souvenirs la submergèrent. Doux-amers et puissants. Plus puissants que tout ce qu'elle avait connu jusqu'alors, ou même depuis. Elle leva les yeux vers lui. Elle n'avait rien oublié.

A cet instant où leurs regards se croisèrent, un changement se produisit entre eux, infime mais d'une ampleur cataclysmique. Les brumes du passé se dissipèrent, laissant apparaître le présent, dans tout son éclat.

Chance lui enserra les poignets. Sous ses paumes, Skye sentait les battements sourds de son cœur. Il baissa les yeux vers sa bouche. Elle renversa le visage ; le souffle de Chance caressa ses lèvres entrouvertes.

— Skye…

Il l'attira contre lui. Prononcé par Chance, son nom ressemblait autant à une prière qu'à une malédiction. Il le répéta.

Et il la lâcha.

Elle le regarda d'un air hébété, refusant encore de croire à ce qui venait de se passer. Elle avait voulu l'embrasser. Et il l'avait repoussée. Une fois de plus.

— Je ne peux pas, dit-il d'une voix rauque. Je ne… Ah ! bon Dieu ! rugit-il en passant sa main dans ses cheveux blonds. Dis à Griffen… dis-lui que je l'appellerai.

Et il s'en alla précipitamment, sans se retourner.

53

Arriva le vendredi soir. Comme elles en avaient pris l'habitude chaque fois que c'était au tour de Will de garder Raye, Skye et Terri allèrent dîner dehors toutes les deux, entre copines. Ce soir-là, elles choisirent Scoozi, un restaurant italien à la mode, pas très loin de chez Terri. Pendant qu'elles attendaient autour du bar surpeuplé qu'une table se libère enfin, elles bavardèrent et plaisantèrent avec les autres personnes qui patientaient elles aussi, buvant un peu plus que de raison et repoussant les avances de quelques hommes trop sûrs d'eux.

Skye se réjouissait de voir Terri épanouie ; c'était bon de l'entendre rire. Elle avait changé son numéro de téléphone et les appels menaçants avaient cessé. Une première semaine s'était écoulée, puis une seconde. Terri avait commencé à se détendre ; puis toutes les deux avaient poussé un soupir de soulagement, convaincues que le danger était écarté.

Quand enfin elles s'installèrent à une table, à moitié ivres, elles s'empiffrèrent de pain trempé dans de l'huile d'olive aux herbes et de petites bouchées fourrées au fromage et aux épinards, arrosées d'une sauce rose sans doute affreusement riche en calories.

Après le repas, riant comme deux collégiennes, elles prirent un taxi pour retourner chez Terri, où Skye avait laissé sa voiture.

— Tu veux monter boire un café ? proposa Terri sur le trottoir, devant l'entrée de son immeuble.

— Je ne peux pas conduire dans cet état, c'est certain, répondit Skye en portant ses mains à ses joues enflammées. Je ne me souviens pas de m'être autant amusée depuis bien longtemps.

— Moi non plus. Allez, viens.

Elles pénétrèrent dans l'immeuble et entreprirent de monter l'escalier, sans se presser. Skye donna un petit coup de coude dans les côtes de son amie.

— Quand je repense à la façon dont tu as dragué notre serveur ! Tu n'as pas honte ?

— Ah ! Antonio... murmura Terri en s'arrêtant dans l'escalier pour se tourner vers Skye. Bel homme, non ?

— A ton avis, quel âge a-t-il ?

— Le bon âge.

Skye éclata de rire.

— Je vois.

— Il m'a filé en douce son numéro de téléphone au moment où on partait.

— Sans blague ?

— Je t'assure. Tiens, la preuve...

Terri sortit de sa poche de veste une serviette en papier qu'elle agita devant le nez de sa camarade.

— Bisque, bisque, rage !

— Oh ! Terri, ce garçon avait *au moins* dix ans de moins que toi !

— Et alors ? Je suis une femme libérée. A trente-deux ans, j'ai atteint ma pleine maturité sexuelle. Pourquoi ne pas s'amuser un peu ? demanda-t-elle en jetant un regard provocant à son amie. Quel mal y a-t-il, hein ? Serais-tu jalouse parce qu'il ne t'a pas donné son numéro ?

— Bien sûr que non. Tu oublies que j'ai Griffen.

Terri continuait de monter l'escalier.

— Ah oui, c'est vrai. Griffen...

Skye agrippa aussitôt le bras de son amie.

— Qu'est-ce que ça veut dire ?

— Rien. Simplement… ce n'est pas mon type d'homme, voilà tout.

— Et pourquoi ?

— Laisse tomber.

— Non. J'ai envie de savoir, sincèrement. Je ne me vexerai pas.

— Oh ! j'ai déjà entendu ça ! Une amie affirme qu'elle ne se vexera pas, et ensuite, elle part en claquant la porte et ne t'adresse plus jamais la parole.

— Je te promets de ne pas m'énerver.

Terri l'observa un instant, avant de pousser un soupir résigné.

— Très bien, dit-elle. Je le trouve trop sinistre. Il est possessif et autoritaire, et ce n'est pas mon truc.

— Autoritaire ? répéta Skye. Tu le trouves autoritaire ?

— Oui, et trop possessif, précisa Terri.

Elle haussa les épaules avant de reprendre :

— Voilà, tu voulais connaître mon opinion, tu la connais.

— Je crois que tu serais un peu sinistre, toi aussi, si tu avais connu les mêmes drames familiaux. N'oublions pas que sa mère est morte quand il avait seulement deux ans. Ensuite, ses deux sœurs sont tombées malades et sont mortes à leur tour. Il a eu trois mères différentes, et il vient de perdre son père.

— Je ne dis pas que c'est un sale type, je dis simplement qu'il n'est pas mon genre. O.K. ? Quant à ses sœurs, ce n'est pas ce qu'on raconte à leur sujet.

— Comment ça ? demanda Skye en fronçant les sourcils. Qu'est-ce qu'on raconte ?

— Une des deux avait vingt mois quand elle est morte. Elle s'est noyée dans son bain.

Skye écarquilla les yeux, médusée.

— Elle s'est noyée… dans son bain ?

— Sa mère l'avait laissée seule pour aller répondre au téléphone ; quand elle est revenue, c'était trop tard. Après cela, la pauvre femme est devenue dingue et a fini par se suicider.

Prise d'un soudain vertige, Skye dut se retenir à la rampe.

— Et l'autre sœur ?

— Elle a disparu. Kidnappée par sa propre mère. On ne les a jamais retrouvées, ni l'une ni l'autre. En fait, ajouta Terri, c'était sa première demi-sœur. Je crois qu'elle s'appelait Grace.

— Grace, répéta Skye à voix basse, en faisant rouler ce nom dans sa bouche.

Quand Griffen lui avait raconté qu'il avait perdu ses deux sœurs, elle avait cru que celles-ci étaient mortes à la naissance, ou à cause d'une maladie infantile. La vérité était encore plus affreuse, plus tragique.

— C'est une histoire épouvantable, dit-elle. Pauvre Griffen ! Pauvres Adam et Dorothy !

Terri lui tapota l'épaule.

— Quand j'ai parlé de Griffen tout à l'heure… peut-être que le terme *autoritaire* était mal choisi. Peut-être qu'il cherche seulement à tout contrôler. Tu comprends ?

Skye acquiesça.

— Oui, je comprends, et je pense que ce n'est pas nécessairement un défaut.

— Tant mieux, car après tout, c'est toi qui sors avec lui. Pas moi.

Terri gravit deux autres marches, puis s'arrêta et se retourna vers Skye.

— Es-tu sûre de savoir où tu mets les pieds, en fréquentant le patron ? Je n'aimerais pas que tu te brûles les ailes. Or, Griffen a une réputation d'homme à femmes.

— Ce n'est pas du tout comme ça entre nous, Terri. Il ne s'agit pas d'une simple passade. Je ne sais pas pourquoi, mais il est réellement amoureux de moi.

Terri l'observa avec intensité, et Skye eut l'impression que son amie voulait ajouter quelque chose. Mais elle se contenta de rire.

— Peut-être suis-je jalouse, finalement ? dit-elle. Je préférerais avoir une véritable relation, moi aussi, plutôt que le numéro de téléphone d'un jeune play-boy devant qui je n'oserais même pas me déshabiller de toute façon.

Elle frissonna, avant d'éclater de rire.

— Rien que d'y penser, ça m'effraie.

— Ne sois pas bête. Tu es magnifique.

— Je n'ai plus vingt ans.

Elles avaient atteint le palier de Terri.

— Vingt ans n'est pas un si bel âge, répliqua Skye.

— Tu parles comme une fille de vingt-quatre ans.

— Vingt-cinq.

— C'est pareil. Tiens ! Quelqu'un a déposé un paquet devant ma porte.

Le paquet, enveloppé de papier kraft, lui était adressé.

— Sans doute un cadeau d'un de mes jeunes admirateurs, remarqua-t-elle avec une grimace.

— Oui, sans doute, renchérit Skye en riant.

— En fait, ça vient certainement de ma mère. Raye aura oublié quelque chose chez elle le week-end dernier. C'est fréquent.

Terri sortit ses clés de son sac, ramassa le paquet et ouvrit la porte. Elle jeta le colis sur la table du vestibule.

— Entre, dit-elle. Je ne sais pas ce que tu en penses, mais moi, j'ai besoin d'un bon café.

Elles se rendirent directement dans la cuisine, et pendant que Terri préparait le café, Skye, adossée contre le plan de travail, la regardait s'affairer avec un sourire attendri. Jamais elle n'avait eu de tels rapports de connivence avec une autre femme ; Terri et elle étaient capables de rire comme des folles et de passer sans transition à des sujets graves. Pendant toutes ces années, Skye n'avait jamais connu le plaisir d'avoir une véritable amie.

— Tu avais beaucoup de copines quand tu étais gamine ? demanda-t-elle. A l'adolescence ?

— Oui, bien sûr, répondit Terri en sortant deux tasses du placard. Comme toutes les filles, non ?

— Non, pas moi. Avec ma mère, on voyageait beaucoup. Et j'étais une sale gamine ignoble.

Terri prit un air stupéfait.

— Toi, ignoble ?

— Est-ce une remarque ironique ?

— Oh non ! tu es une fille formidable. Tu n'avais aucune copine ?

— Non, pas vraiment.

Skye détourna la tête ; elle se sentait dégrisée tout à coup.

— J'ai très vite appris combien il était douloureux de faire des adieux, ajouta-t-elle.

Terri posa sa main sur la sienne et se lança dans une version massacrée de *L'Amour fait mal*.

Skye retira sa main en riant.

— Ah ! ce que tu peux être bête, ma pauvre !

— Merci pour le compliment, dit Terri en s'inclinant. Je fais également un excellent café, très fort. Et tu en as bien besoin, car tu as bu trop de vin.

— Moi ? répliqua Skye en prenant un air faussement offusqué, tandis que son amie remplissait les deux tasses. Et toi, alors ?

— Moi, je sais me contrôler, en toute occasion. Mon maître mot a toujours été la modération.

— Arrête, tu vas me faire mourir de rire.

Skye prit une des deux tasses et sortit de la cuisine pour se rendre dans le salon, au bout du long couloir.

— Et ton paquet, au fait ? dit-elle au moment où elle traversait le vestibule. Tu ne veux pas l'ouvrir ? C'est peut-être effectivement un cadeau d'un de tes jeunes admirateurs.

— Oui, bien sûr.

Terri prit le paquet en riant et le secoua. Le contenu cogna contre les bords de la boîte avec un bruit sourd.

— En tout cas, dit-elle, ce n'est pas une petite culotte fendue ou des préservatifs parfumés à la fraise.

— Tu es vulgaire, ma vieille.

— Je sais. La vulgarité est une forme d'art chez moi.

Terri arracha le papier d'emballage, et le papier cadeau brillant qui se trouvait en dessous. Après quoi, elle souleva le couvercle de la boîte. Et poussa un grand cri d'horreur.

— Terri, qu'est-ce...

La boîte glissa entre les mains de la jeune femme, heurta le coin de l'ottomane et se renversa. Son contenu se répandit sur le sol : un amas de chairs écarlates.

Un rat ! constata Skye en contemplant la créature morte.

Son estomac se souleva. Le rat avait été éventré, et ses entrailles s'étaient déversées sur le tapis couleur crème de Terri.

Skye dut refouler un haut-le-cœur, en plaquant sa main sur sa bouche, incapable, malgré sa répulsion, de détacher son regard de ce spectacle effroyable.

— Mon Dieu... murmura Terri en reculant instinctivement. Mon Dieu...

Se tournant vers son amie, Skye constata qu'elle était proche de la crise d'hystérie. Elle ferma les yeux, respira à fond par le nez, et compta jusqu'à dix, puis vingt, pour essayer de se ressaisir. Il fallait que l'une des deux reprenne ses esprits et, visiblement, ce ne serait pas Terri.

Celle-ci était prise de tremblements.

— C'est lui... dit-elle d'une voix blanche. Le type des coups de téléphone obscènes. Il sait où j'habite !

— Tu n'en sais rien, Terri. Avant toute chose, il faut prévenir la police.

— C'est lui, j'en suis sûre ! Et si Raye avait été là, hein ? Si je l'avais laissée ouvrir le paquet ? Et si...

Skye s'approcha d'elle et lui prit les mains pour la calmer.

— Ça ne s'est pas produit, Terri. Raye est avec son père. Elle est en sécurité. Ce n'est pas en cédant à l'hystérie que tu régleras le problème. Je vais appeler la police. Où est le téléphone ?

Terri désigna le téléphone sans fil posé par terre, à moins de cinquante centimètres du rat éventré.

— Je m'en charge.

Skye contourna l'ignoble cadavre en s'efforçant de ne pas regarder, sans toutefois pouvoir s'en empêcher. Tandis qu'elle se penchait pour ramasser le téléphone, elle s'aperçut que le rat n'était pas seul dans la boîte. L'expéditeur du paquet y avait joint un message, une feuille de papier pliée à l'intérieur d'un sachet en plastique maculé de sang.

Skye se tourna vers Terri. Celle-ci semblait terrorisée. Prise d'un nouveau haut-le-cœur, Skye souleva le sac plastique par un coin, l'ouvrit et parvint à en extraire la feuille.

Le message était bref. Un seul mot était griffonné en travers de la feuille, avec du sang, semblait-il.

Salope.

54

Skye rendit son menu au maître d'hôtel.

— Je ne veux rien, merci.

Celui-ci lui jeta un regard désapprobateur, puis se tourna vers son compagnon.

— Nous n'avons pas encore choisi, dit Griffen. Apportez-nous deux verres de chablis.

Le maître d'hôtel acquiesça et tourna les talons ; dès qu'il fut parti, Griffen posa sa main sur celle de Skye.

— Ça ne va pas ? Tu es malade ?

— Non, je n'ai pas faim, voilà tout.

— Tu es sûre ? Je me fais du souci pour toi.

— Tu as tort. C'est juste…

Elle inspira profondément.

— Je ne peux pas m'empêcher de penser à ce rat, reprit-elle en frissonnant. C'était affreux, Griffen. Effrayant !

— Il ne faut plus y penser, ma chérie. C'est terminé.

— Non, justement ! s'exclama-t-elle en lui jetant un regard chargé d'angoisse. Pour Terri, ce n'est pas terminé. Et pour moi non plus. Je ne peux pas oublier.

— Bon sang ! Qu'est-ce que tu foutais là-bas, d'abord ? Tu aurais dû être chez toi. Ou quelque part avec moi. Si tu n'avais…

— Terri aurait été seule, répliqua-t-elle d'un ton cassant, agacée par la réaction égoïste de Griffen. C'est ce que tu aurais voulu ?

— Non, bien sûr.

Griffen laissa échapper un petit soupir de frustration.

— Simplement, dit-il, je ne supporte pas de penser que tu étais présente. Et que tu as eu peur toi aussi.

Skye sentit sa colère s'évanouir ; elle chercha le regard de Griffen.

— Et si ce dingue recommençait ? demanda-t-elle. S'il commettait un acte encore plus affreux ? S'il s'en prenait à la petite Raye ? Je ne pourrais pas le supporter.

— Raye, c'est sa fille ?

Skye acquiesça.

— Une enfant adorable. Si Raye était en danger, Terri irait vivre ailleurs, j'en suis sûre.

Griffen resta muet ; il semblait perdu dans ses pensées. Son pouce caressait lentement le dos de la main qu'il tenait encore.

— Je t'aime, murmura-t-il. Et je souffre de te voir inquiète à ce point.

Skye baissa les yeux sur leurs mains jointes, et pensa aussitôt à Chance, ce qui lui arrivait fréquemment ces derniers temps.

Pourtant, Griffen représentait tout ce dont elle avait toujours rêvé, tout ce qu'elle attendait d'un homme. Alors, qu'est-ce qui n'allait pas chez elle ? se demandait-elle.

— Dis-moi comment je peux l'aider, proposa Griffen. Je ferais n'importe quoi pour te rendre heureuse, Skye. N'importe quoi.

Les larmes lui piquaient les yeux ; elle referma ses doigts autour de ceux de Griffen.

— J'aimerais que tu obliges ce dingue à arrêter. Que tu le fasses fuir.

— Hélas ! c'est impossible, Skye. Mais tu as droit à un deuxième choix.

Elle s'obligea à sourire.

— Tu es si bon avec moi.

— Cela t'étonne ?

— Sans doute faut-il du temps pour s'habituer à la gentillesse des autres, répondit-elle d'une voix altérée.

— Tu as intérêt à t'y habituer, car j'ai bien l'intention de continuer. Toute la vie.

Depuis quelque temps, Griffen multipliait les allusions à la durée de leur relation, à une éventuelle vie commune. Même s'il ne lui avait pas encore demandé ouvertement de l'épouser, elle sentait qu'il n'allait pas tarder à le lui proposer.

Faire partie intégrante du clan Monarch, être liée symboliquement à Dorothy et Adam, avoir enfin une vraie famille comme elle en avait toujours rêvé, ce serait merveilleux, se disait-elle. Epouser un homme qui lui promettait de l'aimer éternellement, cela aussi serait merveilleux.

Alors, pourquoi l'éventualité de cette demande en mariage l'effrayait-elle à ce point ?

Le maître d'hôtel revint avec leurs deux verres de chablis et une assiette de petits-fours salés. Skye et Griffen lui annoncèrent qu'ils n'étaient toujours pas prêts à commander, et il repartit. Skye leva les yeux vers Griffen.

— Puis-je te poser une question ?

— Bien sûr, ma chérie. Tout ce que tu veux.

— J'ai entendu dire qu'une de tes demi-sœurs avait disparu. Sa mère l'a enlevée, et personne ne les a jamais revues, ni l'une ni l'autre. C'est exact ?

Il se raidit.

— Qui t'a raconté ça ?

Skye fut surprise par sa colère.

— Qui ? répéta-t-elle. Oh ! personne… en particulier. Je… je l'ai entendu dire… à l'atelier.

— Je vois.

Il retira sa main et se renversa contre le dossier de sa chaise.

— Pourquoi me demandes-tu ça ? s'enquit-il en l'observant à travers ses yeux plissés.

— Je voulais juste savoir si c'était la vérité. Tu m'as appris que tu avais perdu tes deux sœurs, mais j'avais cru…

— Qu'il s'agissait de mort naturelle ?

— Oui.

Il détourna la tête, puis la fixa de nouveau.

— C'est vrai. Vois-tu, la mère de Grace était une déséquilibrée. Un jour, elle s'est enfuie avec Grace. Comme ça, sans prévenir ! dit-il en faisant claquer ses doigts. Nous en avons tous eu le cœur brisé, tu l'imagines. Quelques années plus tard, nous avons appris qu'elles étaient mortes toutes les deux. Dans un accident de voiture. La police a pu nous prévenir grâce à des papiers retrouvés en possession de la mère.

— Oh ! Griffen, pardonne-moi !

— J'aimais énormément ma sœur. J'aimais beaucoup sa mère aussi. Je n'avais que onze ans, et pour moi… elle était un peu comme ma vraie mère. Quand elle s'est enfuie… j'ai souffert terriblement.

Skye pensait à sa propre mère, à sa propre douleur. Griffen saisit la main qu'elle lui tendait.

— Je comprends, dit-elle. Je sais combien… ça fait mal. Je suis adulte aujourd'hui, et pourtant, je rêve encore de retrouver ma mère.

— Moi aussi, murmura-t-il en la regardant au fond des yeux. Tu comprends maintenant pourquoi nous sommes faits l'un pour l'autre ?

Penchée au-dessus de la table, elle l'embrassa, en frissonnant légèrement à ce contact. Etrange réaction, se dit-elle, qui se produisait de plus en plus fréquemment. Griffen n'avait pourtant rien de répugnant, bien au contraire : il était beau et extrêmement doux.

Mais le problème ne venait pas de lui, elle le savait. Il venait d'elle. Les relations intimes la déstabilisaient, on le lui avait déjà dit. Elle avait du mal à faire don de sa personne. Cela aussi on le lui avait déjà dit. A cause de son passé, à cause de ses peurs.

Voilà un homme qui voulait tout lui offrir, tout partager avec elle. Un homme qui attendait qu'elle lui donne tout en échange.

Pas besoin de consulter un psy pour comprendre pourquoi : elle résistait.

Alors, elle ne se permettrait pas de tout gâcher, se jura-t-elle. Pas cette fois.

— Je te désire tellement, murmura Griffen en lui passant la main dans les cheveux. Certaines nuits, je n'arrive pas à dormir à force de penser à toi… à nous.

Skye fut envahie par une bouffée de chaleur, suivie d'un frisson moite et glacé. Elle s'agita nerveusement sur sa chaise, en maudissant de nouveau ses réactions. « Ressaisis-toi, Skye, se disait-elle. Ressaisis-toi, ma vieille. »

Griffen faisait rouler des mèches de cheveux entre ses doigts.

— Je sais que tu n'es pas encore prête, mon amour, dit-il. Ne prends pas cet air affolé. J'attendrai. Car je veux que tout soit absolument parfait, pour toi et moi. Un dernier baiser et je promets de me tenir convenablement.

Skye ferma les yeux. En sentant les lèvres de Griffen se poser sur les siennes, elle serra les poings. Quand enfin il se recula, elle rouvrit les yeux.

Et elle aperçut Chance. Tout d'abord, elle crut que son esprit lui jouait des tours. Elle ne l'avait pas revu, pas même entr'aperçu, depuis leur rencontre dans l'antichambre du bureau de Griffen, ce qui ne l'avait pas empêchée de penser à lui sans cesse.

Il se tenait à moins d'un mètre de leur table, en donnant l'impression de vouloir être ailleurs, n'importe où, mais pas ici. Nul doute qu'il se rappelait la façon dont elle s'était quasiment jetée à son cou.

— Chance, murmura-t-elle, les joues en feu.

Griffen se retourna brusquement.

— Hé, Chance ! Que fais-tu ici, vieux ?

Chance approcha de leur table en souriant, même si ce sourire ressemblait plutôt à un rictus.

— Salut, Griffen, dit-il d'un ton sec. Bonjour, Skye. Désolé de venir vous déranger. Mais Ashley m'a dit que je pouvais te trouver ici, Griffen, et il paraît que tu veux jeter un œil sur ces communiqués de presse avant que je les envoie.

— Exact. Mais prends donc une chaise, Chance. Bois un verre avec nous.

Chance se tourna brièvement vers Skye.

— Je ne veux pas vous importuner.

— Allons, ne sois pas idiot, intervint Griffen en adressant un sourire à Skye. Assieds-toi.

Chance saisit donc une chaise et se joignit à eux. Il ouvrit son attaché-case, d'où il sortit plusieurs photocopies qu'il tendit à Griffen.

— Dis-moi ce que tu en penses. Si ça te convient, je demanderai à Lisa de les envoyer immédiatement.

Le maître d'hôtel vint prendre la commande de Chance. Skye s'aperçut alors qu'elle retenait son souffle depuis que Chance s'était assis près d'elle, et elle relâcha sa respiration en se traitant de nigaude. Elle baissa les yeux. Griffen était amoureux d'elle, et elle devait faire un effort pour supporter ses baisers ; Chance, lui, se fichait d'elle comme d'une guigne, et elle rêvait de ses caresses !

Décidément, elle était complètement tordue ! Coinçant une mèche de cheveux derrière son oreille, elle leva la tête. Pour constater que Chance regardait fixement sa poitrine.

Elle sentit le rouge lui monter aux joues.

— Un problème ?

Surpris, Chance cligna des yeux, en secouant la tête.

— Pardon. J'admirais ta broche. C'est une de tes créations ?

Flattée, Skye effleura son bijou.

— Oui, répondit-elle fièrement. C'est la première pièce de ma série Les Lumières de la ville. Je la porte pour la tester.

— C'est très joli. Je peux la voir ?

— Bien sûr, dit-elle en ôtant la broche de sa veste pour la lui tendre. Evidemment, ce n'est qu'un prototype en métal.

— C'est-à-dire ?

— Je continue à imaginer des améliorations, j'affine la forme. Cette broche a été fondue dans un moule froid. Une fois que je serai totalement satisfaite du résultat, on fabriquera le véritable moule en caoutchouc vulcanisé. Un moule parfait et résistant qui pourra servir des centaines de fois sans se casser.

Le maître d'hôtel apporta la bière de Chance. Celui-ci le remercia d'un petit hochement de tête ; toute son attention était concentrée sur la broche. Il la faisait tourner entre ses doigts, l'air admiratif.

— Je me souviens combien tu étais excitée quand Sarah te laissait mouler un bijou. C'est le même principe ?

— Oui, grosso modo. Sauf que chez Monarch, on ne s'occupe pas directement des moulages, on les confie à une fonderie.

— C'est très beau, et très original. Je n'ai jamais rien vu de semblable.

Il lui rendit la broche.

— Mais tu disais que tu la portais pour la tester ?

— Oui, c'est une étape très importante de la création. Il faut s'assurer que le bijou est agréable à porter. Il doit avoir de la tenue, ne pas être trop lourd ; dans le cas d'une broche, elle ne doit pas arracher ou détendre le tissu, ni griffer la personne qui l'a sur elle. Si jamais quelque chose ne va pas, les femmes ne voudront jamais la mettre, aussi belle soit-elle.

— Elle est douée, hein ?

Skye et Chance se retournèrent en même temps vers Griffen, qui les observait d'un air ravi. Skye s'aperçut que, emportée par son explication, elle avait totalement oublié sa présence.

— Oui, en effet, répondit Chance. Elle est formidable.

Il se racla la gorge et demanda :

— Alors, ces communiqués de presse ? Tu veux en discuter ?

— J'y ai apporté quelques menus changements, dit Griffen en lui rendant les documents. Vérifie les dates avec Ashley avant de les envoyer.

— C'est fait.

Chance rangea les documents dans son attaché-case, but une gorgée de bière et se leva.

— Merci pour le verre. Bonne soirée.

— Reste dîner avec nous, si tu veux, proposa Skye. On n'a pas encore commandé.

Les deux hommes restèrent interdits pendant quelques instants. Skye comprit alors ce qui venait de se passer, ce qu'elle avait fait.

— Mais oui, dit Griffen avec un sourire forcé. Reste.

Chance secoua la tête.

— C'est gentil, mais je vous ai déjà suffisamment dérangés. Bonsoir.

Et sans un regard en arrière, il s'en alla.

55

Chance quitta le restaurant en grommelant un chapelet d'injures, dont la plupart étaient dirigées contre lui. La tête rentrée dans les épaules, les mains dans les poches de son pardessus, il traversa le parking. Le vent qui soufflait du lac Michigan était glacial et pénétrant. La météo prévoyait d'ailleurs des chutes de neige cette nuit ; l'automne généralement doux allait bientôt se transformer en un sale hiver.

Nom de Dieu, qu'est-ce qui lui avait pris de venir là ? se dit-il. Il avait perdu la tête ou quoi ? Depuis le jour de la réunion au siège de la Maison Monarch, il ne pouvait s'empêcher de penser à Skye… et à Griffen. Il les imaginait sans cesse ensemble.

Et ces images le rongeaient.

Jour et nuit. A tel point qu'il craignait de devenir complètement dingue.

Alors, qu'avait-il fait ? Sachant qu'il les verrait tous les deux ensemble, il était allé dans ce restaurant. Et il les avait vus, en effet… en train de s'embrasser, de se tenir la main. Griffen la dévorait littéralement des yeux, comme s'il allait l'avaler tout entière.

Chance monta dans sa voiture, brancha le système de dégivrage électrique et appuya son front sur le volant. Qu'est-ce qui lui arrivait ? S'il ne s'était pas retenu, il aurait arraché Skye des sales pattes de Griffen et l'aurait emportée sur son épaule, dans le plus pur style homme des cavernes. Il l'aurait mise en garde contre les beaux parleurs aux poches pleines. Il l'aurait prise dans ses bras pour l'emmener à l'abri.

Il émit un ricanement amer. Mais pour qui se prenait-il donc ? Il n'était plus son grand frère. Il n'était plus son protecteur, ni le défenseur de son honneur.

Son honneur ? Ah ! elle était bien bonne celle-là ! L'autre jour, dans le bureau de Griffen, il aurait pu l'embrasser. Et à en juger par son désir impérieux, il ne se serait pas contenté d'un simple baiser. Oh non. Son désir pour elle était si brûlant qu'il le consumait à petit feu. Les pensées qu'il nourrissait à son égard, ses fantasmes, n'étaient ni honorables ni fraternels.

Il la voulait pour lui tout seul.

Comme un salopard qu'il était.

Il renversa la tête en arrière et contempla le plafond de la voiture. Que cherchait-il ? A foutre sa vie en l'air ? A perdre son plus gros client, le plus prestigieux, la Maison Monarch ? A se fâcher à mort avec son meilleur ami, l'homme qui, à lui seul, lui avait procuré en quelques mois plus de contrats qu'il n'aurait pu en décrocher en plusieurs années ?

Ne t'approche pas d'elle, Chance McCord. Garde tes distances, nom de Dieu !

Sois bon perdant.

Un couple qui traversait à pas prudents le parking rendu glissant par les premiers flocons attira son attention. Tournant la tête dans leur direction, il reconnut Skye et Griffen.

Il sentit monter son taux d'adrénaline, tandis que Griffen ouvrait la portière de sa Porsche et aidait Skye à s'asseoir, avant de faire le tour de la voiture pour s'installer au volant. Il fit ensuite vrombir le puissant moteur et sortit de son emplacement en marche arrière.

Alors, sans même réfléchir, Chance fit une chose insensée.

Il les suivit.

Il ne savait absolument pas où ils allaient, chez elle ou chez lui, s'ils retournaient à la boutique ou s'ils se rendaient dans un bar, aussi veilla-t-il à ne pas s'éloigner de la Porsche, sans pour autant se faire repérer par Griffen. Ce n'était pas difficile, car la circulation était fluide, et de toute façon, ils n'allèrent pas bien loin. Après quelques minutes de trajet seulement, Griffen gara son bolide devant un bel immeuble entièrement rénové.

« Chouette endroit, se dit Chance en les regardant descendre de voiture, gravir les marches du perron et disparaître dans le hall. Trop chic même, pensa-t-il, pour quelqu'un qui commence juste à travailler. » Son regard balaya la façade de granit et de brique, la voûte majestueuse du porche, flanquée de lampes en fer forgé. Beaucoup plus chic que l'immeuble où il vivait. Sans parler du quartier.

Il plissa les yeux en voyant s'allumer une lumière au premier étage, dans l'appartement de droite. Mais peut-être n'était-ce pas Skye qui payait le loyer, pensa-t-il.

Cette idée le rendait fou. Skye le rendait fou.

Tout cela était complètement insensé, se dit-il. Il restait là devant chez elle, à se geler dans sa voiture, en se demandant ce qu'elle était en train de faire avec Griffen. C'était pathétique et pathologique.

Il appuya sa tête contre le dossier en laissant échapper un soupir de frustration. Qu'étaient-ils en train de faire, hein ? La réponse était évidente. Ils s'envoyaient en l'air.

Chance serra les dents. Il se maudit, il maudit Skye et Griffen. Et puis merde ! se dit-il en se redressant et en tendant la main vers la clé de contact. Il n'avait rien à foutre ici.

Au même moment, un claquement de portière, suivi d'un rugissement de moteur, attira son attention. C'était Griffen. Et il était seul !

Chance jeta un coup d'œil à sa montre, et un petit sourire retroussa ses lèvres. A moins que Griffen soit surnommé Le Lapin, il s'était trompé. Pas de partie de jambes en l'air pour Grif le tombeur ce soir, pas de câlin, juste quelques petits baisers furtifs et « bonsoir, à demain ».

Chance leva les yeux vers l'appartement de Skye, juste au moment où celle-ci passait devant une des fenêtres, et il sentit son cœur s'emballer. Sans même se demander ce qu'il espérait en agissant ainsi, il jaillit hors de sa voiture, traversa la rue au pas de course et gravit les marches du perron ; des flocons de neige humides s'accrochèrent à ses cheveux et à ses cils.

Un couple sortait de l'immeuble au moment même où Chance atteignait la porte. Blottis l'un contre l'autre, l'homme et la femme ne firent pas attention à lui ; il bloqua la porte avec son pied et se faufila à l'intérieur. Examinant les boîtes aux lettres, il constata que Skye habitait effectivement au premier étage droite, et il emprunta l'escalier.

Il frappa à la porte. Un chien se mit à aboyer dans l'appartement. Un gros chien, apparemment, plus King Kong que toutou à sa mémère.

Il entendit Skye admonester l'animal et, une seconde plus tard, la porte s'ouvrit.

— Ecoute, Griffen, je... Chance ?

Elle dressa la tête pour regarder derrière lui, comme si elle s'attendait à voir Griffen, ou quelqu'un d'autre, dans le couloir.

— Que viens-tu faire ici ?

Au moins, il bénéficiait de l'effet de surprise, se dit-il sans beaucoup d'espoir. Il esquissa un sourire.

— Je peux entrer ?

Elle n'hésita qu'un court instant, avant de s'effacer.

— Oui, bien sûr. Donne-moi ton manteau.

— Non, je ne reste pas. Je suis juste venu...

Il n'acheva pas sa phrase, car, en fait, il ignorait pourquoi il était venu.

— Tu me présentes ? demanda-t-il en s'accroupissant pour caresser le cou du chien, qui lui lécha vigoureusement la main.

— C'est M. Meuh. Je crois qu'il t'a adopté.

— Il a l'air sympa.

Chance tapota la tête de l'animal qui le regardait avec dévotion, et se redressa.

— Oui, c'est un gentil chien, dit Skye en croisant les bras. Que viens-tu faire, Chance ?

Il la fixa droit dans les yeux et décida de jouer la carte de la franchise.

— Je ne sais pas.

— Tu ne sais pas ? répéta-t-elle. C'est la meilleure !

— J'ai agi sur un coup de tête, avoua-t-il en fourrant les mains dans ses poches de pardessus. Quand je suis sorti du restaurant, je suis resté assis dans ma voiture un long moment, sur le parking, puis j'ai vu…

Il n'osait pas continuer, tant il avait honte de son comportement.

— Qu'as-tu vu ?

— Je t'ai vue sortir avec Griffen. Et je vous ai suivis.

Skye paraissait totalement abasourdie. Chance émit un petit rire qui sonnait faux.

— Oui, je sais, dit-il, c'est grotesque et pathétique, mais je… je ne peux pas m'empêcher de penser à toi, Skye.

Elle détourna le regard, brièvement, puis revint sur lui.

M. Meuh poussa un petit gémissement.

— Pourquoi me racontes-tu ça ?

— Je ne sais pas. Il fallait que je te voie, c'est tout ce que je sais.

Skye secoua la tête.

— Que veux-tu que je réponde à ça ? dit-elle. Que voudrais-tu que je dise ?

— Je ne sais pas.

Elle gardait les yeux fixés sur le plancher et Chance sentit qu'elle faisait un gros effort pour rassembler ses pensées. Finalement, elle releva la tête. Et il vit qu'elle était furieuse.

— Qu'est-ce que tu sais, alors, Chance ? Tu débarques ici à l'improviste pour me débiter ce paquet de…

Elle secoua la tête de nouveau, sans achever sa phrase.

— Il vaut mieux que tu t'en ailles, Chance. Je te demande de partir.

Il s'approcha.

— Je ne supporte pas de t'imaginer avec Griffen. Je pense à toi jour et nuit.

Il fit un pas de plus, puis encore un autre.

— L'autre jour, ajouta-t-il, dans le bureau de Griffen, j'avais envie de t'embrasser. Et j'en ai toujours envie. Voilà ce que je sais, Skye.

Skye affronta son regard ; elle avait les yeux brillants de larmes contenues.

— Je pense malgré tout qu'il vaut mieux que tu t'en ailles.

— Skye…

— S'il te plaît.

Chance hésitait. Une partie de lui-même l'incitait à résister, à attirer Skye dans ses bras pour la convaincre que c'était lui qu'elle désirait, et non pas Griffen. Mais elle avait raison, se disait-il, il n'avait rien à lui offrir. Alors qu'il passait devant le chien couché par terre, celui-ci gémit de nouveau, sans se lever. Chance se baissa pour le gratter derrière les oreilles. M. Meuh remua les pattes, comme s'il voulait essayer de se lever. Mais il semblait vaincu par la fatigue. Finalement, il retomba sur le côté, lourdement.

Chance fronça les sourcils et se retourna vers Skye. Celle-ci regardait dans le vide ; elle n'avait pas assisté à cette scène.

— Je crois que ton chien ne va pas bien.

— Très drôle. Il allait très bien il y a une minute.

— Je ne plaisanterais pas avec une chose pareille. Je vois bien qu'il n'est pas dans son assiette !

— Attends, je vais te montrer.

Skye se pencha vers son chien en tapant dans ses mains.

M. Meuh dressa la tête.

— Va chercher ta laisse, bébé. Allez, va vite !

Le chien essaya d'obéir. Mais on aurait dit qu'il était incapable de commander à ses pattes. Finalement, en gémissant, il parvint à se redresser et tenta d'avancer. Il marchait en titubant comme un ivrogne. Puis il bascula sur le côté, renversant une plante verte, et ses pattes parurent se dérober sous lui.

Chance regarda Skye ; elle était blanche comme un linge.

— Skye, dit-il, appelle ton véto. Il te donnera un numéro d'urgence.

Elle tourna la tête vers lui ; la terreur se lisait dans ses yeux.

— Il n'y a pas une minute à perdre, reprit-il. Note bien l'adresse de la clinique de garde. J'emmène le chien à la voiture.

— Mais… ce n'est peut-être pas nécessaire.

— Si.

L'espace d'un instant, il crut qu'elle allait s'effondrer, mais elle se ressaisit et se précipita vers le téléphone. Chance s'agenouilla devant M. Meuh et, tout en lui parlant d'un ton apaisant, il le souleva dans ses bras, tant bien que mal.

Pas étonnant que Skye adore ce chien, se dit-il, tandis qu'il sortait de l'appartement et se dirigeait vers l'escalier. C'était un animal adorable, car, bien qu'il fût certainement très mal en point, et effrayé, il se laissa emporter sans protester, se contentant de pousser des couinements.

La neige tombait maintenant à gros flocons ; il était difficile de s'orienter, et traverser la rue avec ce gros animal dans les bras n'était pas aisé. Chance atteignit malgré tout sa voiture ; Dieu merci, Skye le suivait de près. Elle traversa la rue en courant et le rejoignit presque aussitôt.

— Mes clés sont dans ma poche de manteau, dit-il.

Elle les récupéra, ouvrit les portières, et ensemble, ils installèrent le chien sur la banquette arrière. Skye se précipita de l'autre côté pour s'asseoir près de lui. Elle déposa la grosse tête de M. Meuh sur ses genoux et lui parla à voix basse.

Chance s'installa rapidement au volant et démarra.

— Où va-t-on ?

Elle croisa son regard dans le rétroviseur.

— Pas très loin d'ici, vers le nord. Tout droit. La clinique est sur la droite. On ne peut pas la louper, a dit le vétérinaire.

Ce dernier avait raison. Grâce à sa grande enseigne lumineuse et son entrée brillamment éclairée, ils n'eurent aucun mal à repérer la clinique. Chance s'arrêta juste devant la porte, jaillit hors de la voiture et s'empressa d'en faire le tour pour aider Skye à sortir le chien.

Le vétérinaire les attendait. Skye le supplia de l'autoriser à accompagner M. Meuh en salle d'examen. Il avait besoin d'elle ; il avait peur et il souffrait, expliqua-t-elle. Elle ne voulait pas le laisser seul. Avec force arguments, le vétérinaire réussit à la convaincre d'attendre dans le couloir, car la salle était petite, dit-il, et elle risquait de les gêner dans leur travail, son assistant et lui.

Alors, Skye attendit. En faisant les cent pas et en se tordant nerveusement les mains, proche de l'hystérie.

— Ça va aller, Skye, lui assura Chance. M. Meuh va s'en tirer.

— Mais si…

Elle pinça les lèvres, comme si elle n'avait pas le courage de prononcer ces mots. Qui restèrent malgré tout suspendus entre eux.

Et s'il ne s'en tire pas ? Et s'il meurt ?

— Tout ira bien, répéta Chance d'un ton ferme. Tiens bon, Skye. Le vétérinaire va bientôt sortir de la salle.

Elle acquiesça et se remit à arpenter la pièce. L'attente était insupportable. A chaque seconde qui passait, Chance voyait le visage de Skye se décomposer un peu plus. Finalement, au bout d'une interminable et douloureuse demi-heure, le vétérinaire réapparut, l'air grave.

Skye se précipita vers lui ; elle le fixa droit dans les yeux et demanda :

— Alors… ?

— Je crois qu'il va s'en tirer, déclara le docteur en glissant les mains dans les poches de sa blouse. Si vous aviez tardé à me l'amener, je n'aurais sans doute rien pu faire.

Skye blêmit.

— Je ne comprends pas ce qui s'est passé. Il allait très bien, et subitement…

— C'est caractéristique de ce genre de cas.

— Ce genre de cas ? répéta Chance en rejoignant Skye.

Il passa un bras autour de ses épaules, et elle se laissa aller contre lui.

— De quoi souffre-t-il exactement ? interrogea-t-il.

Le vétérinaire les regarda l'un après l'autre, surpris.

— Je croyais que vous le saviez, dit-il. Il a été empoisonné.

— Empoisonné ? s'exclama Skye. Mais comment…

— Il a absorbé de l'antigel.

— De l'antigel ?

Skye secoua la tête, abasourdie.

— Mais comment l'a-t-il absorbé ?

— Je ne peux pas vous le dire. Je sais seulement que les chiens en raffolent, car c'est sucré. Quoi qu'il en soit, ajouta le vétérinaire, nous avons procédé à un lavage d'estomac, et je lui ai installé une perfusion de vodka. Car voyez-vous, l'antigel provoque la formation de cristaux dans les reins, qui s'en trouvent paralysés. La vodka empêche la formation de ces cristaux. Cette saleté d'antigel agit très rapidement.

— Mais où a-t-il… ?

Skye avait du mal à maîtriser le tremblement de sa voix.

— Quand pourra-t-il rentrer à la maison ? demanda-t-elle.

— Dans soixante-douze heures environ. Je suis désolé, mademoiselle Dearborn. J'imagine combien cela est pénible pour vous. Mais soyez assurée que nous faisons tout notre possible. Je suis très optimiste.

Chance la serra contre lui.

— Vous nous appellerez si jamais il y a du nouveau ?

— Bien sûr. Nous ouvrons à 7 h 30 demain matin. Vous pourrez venir le voir.

Skye murmura quelques remerciements et ils se dirigèrent vers la sortie de la clinique.

— Mademoiselle Dearborn ? lança le vétérinaire.

Elle se retourna vers lui.

— Oui, docteur ?

— Un chien de la taille de M. Meuh doit ingurgiter au moins vingt-cinq centilitres d'antigel pour être dans cet état critique.

Skye chercha à croiser son regard.

— Oui. Et alors ?

— Alors, je doute qu'il s'agisse d'un accident. Je pense au contraire que quelqu'un a tenté délibérément d'empoisonner votre chien.

56

Skye se blottit au fond du siège de la voiture ; les dernières paroles du vétérinaire tournoyaient dans sa tête.

— Qui a pu faire une chose pareille ? murmura-t-elle en se tournant vers Chance qui conduisait. Qui voudrait du mal à M. Meuh ?

Chance lui jeta un coup d'œil, puis reporta son attention sur la route.

— Le vétérinaire *pense* que quelqu'un l'a empoisonné. Ce n'est pas une certitude. Il s'agit peut-être d'un simple accident, dû à la négligence.

Ils arrivèrent à un feu rouge et Chance s'arrêta en douceur.

— Pour moi, reprit-il, la question n'est pas de savoir qui, mais où et quand.

Skye fronça les sourcils.

— Je ne comprends pas, où veux-tu en venir ?

— D'après le vétérinaire, l'antigel agit très rapidement. Conclusion, M. Meuh l'a absorbé peu de temps avant que je débarque chez toi.

— Car il allait parfaitement bien quand tu es arrivé.

— Exact.

Le feu passa au vert et Chance redémarra. Les essuie-glaces fonctionnaient à grande vitesse ; Skye les regardait balayer le pare-brise et chasser la neige, en se remémorant chaque instant de sa soirée.

— Griffen et moi, on a quitté le restaurant peu de temps après toi, comme tu le sais. J'avais une de mes fameuses migraines, et j'avais oublié mes médicaments.

— Où était le chien quand tu es rentrée ?

— Derrière la porte, comme toujours. Impatient de sortir. L'immeuble possède un petit jardin intérieur, clôturé, avec de l'herbe. Le soir, c'est là que je le fais sortir quand j'arrive. Comme ça, il peut se soulager pendant que je consulte mon courrier, que je me change, et ainsi de suite.

— Et ?

— C'est ce que j'ai fait ce soir. Je l'ai laissé descendre dans le jardin, j'ai avalé un cachet et nous avons discuté quelques instants avec Griffen. Quand il est reparti, j'ai rappelé M. Meuh. Voilà.

— Donc, c'est dans le jardin que ça s'est passé. Allons jeter un œil.

L'immeuble de Skye était en vue ; Chance prit la première place de stationnement qui se présentait. Ils descendirent de voiture et traversèrent avec prudence la chaussée glissante.

— Il n'y a qu'une seule entrée de l'extérieur, expliqua Skye. Tous les locataires possèdent une clé, et la porte doit rester fermée.

— Allons vérifier.

Elle le conduisit dans l'allée qui bordait l'immeuble. Le petit jardin était entouré d'un mur de brique de plus de deux mètres de haut, dont le sommet était parsemé de tessons de verre multicolores. Quant à la porte grillagée, aussi haute que le mur, elle était solidement fermée.

Chance la secoua avec force pour s'en assurer. Rien à faire, impossible de l'ouvrir.

— A moins qu'un des locataires ne l'ait laissée ouverte et soit revenu la fermer par la suite, je doute qu'une personne étrangère à l'immeuble se soit introduite dans le jardin pour empoisonner ton chien.

— Tu crois que c'est un de mes voisins, alors ? demanda Skye, incrédule.

— Ça s'est forcément passé ici, Skye. Car je ne pense pas que tu gardes des bidons d'antigel chez toi.

— Non, évidemment, dit-elle en introduisant sa clé dans la serrure de la porte du jardin. Viens, allons voir.

Ils trouvèrent très vite ce qu'ils cherchaient. Une boîte de café, renversée, totalement incongrue dans ce petit espace vert entretenu avec soin. Chance la ramassa, racla le fond avec son index et goûta du bout de la langue.

Il se retourna pour cracher dans l'herbe.

— C'est sucré.

Skye lui prit la boîte des mains pour l'examiner, le cœur battant. C'était une boîte de café ordinaire, d'un kilo. Achetée dans une grande surface à en croire l'étiquette collée dessous.

Tremblante, Skye leva les yeux vers Chance.

— Qui a fait ça ? Et pourquoi ? Je n'arrive pas à comprendre. M. Meuh est un chien adorable.

— Est-ce que tu ramasses ses crottes ? Certaines personnes sont très…

— Oh oui ! je suis très maniaque sur ce plan.

Elle claquait des dents.

— Et maintenant ? demanda-t-elle.

— On rentre. Tu es frigorifiée.

Skye emporta la boîte de café, qu'elle déposa sur le comptoir de la cuisine en arrivant. Et elle la regarda fixement, sans cesser de trembler.

— Il me manque terriblement. C'est trop calme ici sans lui, c'est…

Elle adressa un petit sourire triste à Chance.

— Tu dois me trouver idiote de m'attacher autant à un chien.

— Non, je ne te trouve pas idiote du tout.

— Merci.

Elle ôta ses gants, les lança sur le comptoir à côté de la boîte de café, et passa ses mains dans ses cheveux pour en chasser les flocons.

— Tu veux boire quelque chose ?

— Non, je m'en vais.

— Tu es obligé ?

Cette question lui avait échappé ; elle se sentit rougir et détourna le regard.

— C'est juste que… je n'ai pas envie de me retrouver seule, dit-elle, pas tout de suite. Tu ne veux pas rester un peu ? Ça me ferait plaisir.

Après un moment d'hésitation, Chance ôta son manteau et demanda :

— Où dois-je mettre ça ?

Skye laissa échapper un long soupir ; elle avait retenu son souffle sans même s'en apercevoir.

— Merci, dit-elle avec un sourire plein de reconnaissance. Donne-moi ton manteau.

Elle alla l'accrocher, avec le sien, au perroquet en cuivre installé près de la porte, dans l'entrée, puis elle se retourna vers lui.

— Alors, que veux-tu boire ?

— Qu'as-tu à me proposer ?

— Un chocolat chaud ?

— Parfait.

Quelques minutes plus tard, ils étaient assis côte à côte dans le vieux canapé défoncé, tenant entre les mains une grande tasse de chocolat chaud agrémenté d'une goutte d'alcool de menthe. Les jambes repliées sous les fesses, légèrement penchée vers Chance, Skye but une gorgée de chocolat et soupira.

Un petit sourire retroussa les lèvres de Chance.

— Je me souviens que tu adorais le chocolat chaud.

— Je n'ai pas changé. Je ne pourrais pas te dire pourquoi, mais ça me réconforte. Ma mère m'en faisait toujours, même en plein mois de juillet.

— D'où cette impression de réconfort, peut-être.

Skye croisa le regard de Chance, et soudain, elle songea à ce qui aurait pu se passer s'il était reparti sans remarquer l'état inquiétant de M. Meuh, ou encore s'il n'était pas venu.

Et elle se demanda ce qui l'avait réellement poussé à venir sonner à sa porte.

Finalement, s'avoua-t-elle en sentant ses joues s'enflammer, elle se fichait pas mal de savoir pourquoi il était venu ; elle était heureuse qu'il l'ait fait, et pas uniquement à cause du chien.

— Je ne t'ai pas encore remercié, dit-elle. Sans toi, M. Meuh serait peut-être mort à l'heure qu'il est.

— Tu aurais bien vu que quelque chose n'allait pas. Je m'en suis aperçu le premier, c'est tout.

Elle n'en était pas convaincue.

— Tu as tout de suite compris qu'il était gravement malade. Comment l'as-tu deviné ?

— Simple question de bon sens. Son état a empiré si vite que c'était forcément sérieux.

Skye porta sa tasse à ses lèvres, sans boire.

— J'ignorais que tu avais une si grande expérience des animaux.

— Je n'y connais rien. Mais ça marche de la même façon avec les êtres humains. Ça s'est passé ainsi avec ma mère. Elle allait très bien, et un mois plus tard, elle était morte. La tumeur s'est développée à toute vitesse.

— Je suis désolée.

— C'est de l'histoire ancienne.

Skye but une gorgée de chocolat, en observant par-dessus sa tasse l'homme qu'elle avait cru si bien connaître. Elle se dit que, peut-être, elle ne le connaissait pas très bien finalement.

— Durant tout le temps que nous avons passé ensemble, tu n'as jamais évoqué ta mère. Parle-moi un peu d'elle.

Chance faillit se dérober. Elle le vit dans ses yeux, dans la manière dont il se raidit, en ouvrant la bouche, prêt à émettre un refus. Mais, à la grande surprise de Skye, il se mit à parler de sa jeune et jolie mère, de leur existence. Il avait souvent souffert de la solitude, lui dit-il, même quand elle était à ses côtés, car elle avait passé sa vie à regarder ailleurs, à contempler toutes ces choses dont elle rêvait, sans pouvoir les posséder.

Pour finir, il évoqua sa maladie et sa mort.

— Mon père a refusé de me recueillir, alors on m'a expédié chez ma tante Rebecca, à la ferme. La suite, tu la connais.

Skye demeura muette ; elle était touchée par l'émotion qu'elle devinait derrière ces paroles.

— J'ai l'impression que tu l'aimais beaucoup, dit-elle enfin.

— C'était ma mère. Nous n'étions que tous les deux.

Le front plissé, Chance fixait un point invisible devant lui.

— Mais j'ai toujours su, ajouta-t-il, qu'elle comptait plus pour moi que je ne comptais pour elle.

— Je suis certaine qu'elle t'aimait beaucoup.

— Pas suffisamment pour me rendre heureux. Elle-même n'a jamais été heureuse.

Il secoua la tête, comme s'il essayait de se débarrasser d'un mauvais souvenir, puis il lui sourit.

— Raconte-moi plutôt comment tu as hérité de ce gros chien, lui dit-il. Vous m'avez l'air très épris l'un de l'autre.

— C'est vrai, répondit Skye. Il était tout jeune quand je l'ai trouvé sur le bord de la route, abandonné. Il pleuvait à torrent, il était trempé, tout crotté et misérable. Je n'ai pas pu m'empêcher de le ramasser.

— Tu te laisses attendrir facilement, Skye Dearborn, dit Chance en posant sa tasse à moitié pleine sur la table basse. Résultat : tu as donné un foyer à ce chien, et en échange, il te voue une adoration éternelle.

— Comment le sais-tu ? s'enquit-elle en riant.

— J'ai deviné.

— Tu as toujours eu beaucoup de flair, Chance McCord.

Il rit à son tour, et ils poursuivirent leur conversation, avec une certaine retenue tout d'abord, puis de manière plus détendue à mesure qu'ils évoquaient tous les événements survenus au cours des treize années écoulées. Peu à peu, la méfiance et le ressentiment s'effacèrent ; Skye et Chance redevinrent ce qu'ils étaient foncièrement : deux personnes ayant partagé l'espace d'une année ce que la plupart ne partageaient jamais durant toute une vie ; deux personnes qui avaient vécu, et failli mourir, ensemble, et qui avaient, pendant presque un an, dépendu entièrement l'une de l'autre.

Pour chacun d'eux, l'autre représentait alors absolument tout.

Skye ne put s'empêcher de pouffer à l'évocation d'un souvenir particulier. Enfoncée parmi les coussins moelleux, elle appuya la tête contre le dossier du canapé et ferma les yeux.

— J'avais complètement oublié ça. J'ai donc été jeune à ce point ?

— Oh oui !

Elle entendit son sourire dans sa voix ; elle sentit le canapé s'affaisser lorsqu'il se pencha vers elle.

— Je me souviens aussi, dit-il, du jour où tu as essayé de m'embrasser.

Skye ouvrit les yeux, les joues enflammées par ce souvenir. Chance était penché au-dessus d'elle, et en le regardant ainsi, si près, elle s'aperçut que tout dans son visage lui était familier ; c'était un sentiment délicieux.

Elle lui rendit son sourire.

— Ça, je n'avais pas oublié, dit-elle. J'étais tellement jalouse de cette autre fille… comment s'appelait-elle déjà ?

Chance fouilla dans sa mémoire. Finalement, il dut renoncer.

— Je ne m'en souviens plus, avoua-t-il en riant.

— Tant mieux. Je me croyais amoureuse de toi. Et je voulais te prouver que j'étais une femme moi aussi.

Chance tendit un doigt et suivit le tracé de sa mâchoire.

— Tu étais déjà très belle.

— J'étais surtout une gamine idiote et paumée qui essayait de devenir une femme. Et j'étais une sacrée emmerdeuse.

Il éclata de rire.

— Je suis content que tu n'aies pas changé.

Skye battit des paupières, d'un air volontairement affecté.

— Monsieur McCord, vous vous y entendez pour faire battre le cœur d'une fille.

Chance ne rit pas, cette fois ; il n'esquissa même pas un sourire. Il chercha le regard de Skye, et ce qu'elle y vit lui fit battre le cœur pour de bon.

Tout en se traitant de folle et d'inconsciente, elle glissa la main sur la nuque de Chance.

— Tu as raison, dit-elle. Je crois que je n'ai pas changé.

— Tant mieux. Tu m'as manqué, Skye.

Elle enfouit ses doigts dans ses cheveux.

— Puis-je te demander quelque chose ?

— Ça dépend.

— De quoi ?

— Si je peux t'embrasser ou pas.

— C'est curieux… c'est exactement ce que j'allais te demander. Si tu voulais bien…

La bouche de Chance avala ses derniers mots.

Et la passion, trop longtemps contenue, se libéra. Telle une bombe qui explose. Brûlante et aveuglante. Semblable à un tremblement de terre. Skye émit un petit hoquet de surprise. A moins que ce ne soit lui ?

Chance se recula, hébété. Mais pas longtemps. Il l'embrassa de nouveau, avec fougue, sans retenue, comme jamais on ne l'avait embrassée. Comme elle avait toujours rêvé d'être embrassée, durant toutes ces années.

Son corps se cambra pour se plaquer contre lui, saisi de violents tremblements. La langue de Chance pénétra sa bouche, conquérante et caressante. Skye répondait à chacune de ses caresses, de la même manière ; tout son être vibrait, elle sentait le contrôle lui échapper, emportée qu'elle était par un tourbillon.

Quelque part, au fond de son esprit, elle savait qu'elle ne devait pas agir ainsi, car c'était mal. Mais franchement, elle ne comprenait pas pourquoi. Un tel plaisir ne pouvait être mauvais, se disait-elle. C'était tellement bon. Incroyablement, délicieusement bon.

Brûlant d'envie de sentir la peau de Chance contre la sienne, elle lui ôta sa cravate et se débattit avec les boutons de la chemise. Ils trouvèrent le courage de se séparer, juste le temps que Chance fasse passer le pull de Skye par-dessus sa tête, et le jette par terre.

— On n'a pas le droit, murmura-t-elle en débarrassant Chance de sa chemise et en caressant son torse puissant.

— Non, il ne faut pas, répondit-il dans un grognement avant de plonger son visage entre les seins de Skye. Mais c'est trop bon.

Parcourue de frissons, elle se tendit vers lui.

— Oui, c'est bon, très bon. Ne t'arrête pas. Ne…

La sonnerie du téléphone retentit. Une première fois, une seconde fois… A la troisième sonnerie, le répondeur se mit en marche, et la voix de Griffen résonna dans la pièce. Ils se figèrent.

« Salut, ma chérie, je voulais juste m'assurer que tu allais bien. Fais de beaux rêves. Je t'aime. »

Ils se regardèrent, et se séparèrent.

Skye récupéra son pull et l'enfila rapidement, écœurée par sa conduite. Qu'est-ce qui lui prenait, bon sang ? Griffen l'aimait. Comment avait-elle pu être si déloyale envers lui ? Si malhonnête ?

Chance laissa échapper un juron en passant sa main dans ses cheveux.

— Je me sens comme un con, déclara-t-il.

Skye noua ses bras autour de sa poitrine ; elle n'osait pas croiser le regard de Chance.

— Et moi alors ? s'exclama-t-elle. Je suis morte de honte. Je ne sais pas ce qui m'a pris.

— C'est ma faute, dit-il d'une voix tendue.

Il ramassa sa chemise par terre et l'enfila.

— Je n'aurais jamais dû venir ici.

— On ne peut pas t'accuser de m'avoir violée, Chance. Je me suis quasiment…

Elle se racla la gorge, incapable d'achever sa phrase. Elle remit de l'ordre dans sa coiffure, constatant que ses mains tremblaient.

— C'était une erreur, dit-elle. Tout le monde commet des erreurs.

Chance la regarda droit dans les yeux.

— Etait-ce vraiment une erreur, Skye ? En es-tu sûre ?

Elle se leva d'un bond, trop énervée pour demeurer assise plus longtemps. Elle marcha vers la cheminée, puis fit volte-face.

— Evidemment que j'en suis sûre ! s'exclama-t-elle. Nous devons oublier ce qui s'est passé. Je n'étais pas dans mon état normal. A cause de M. Meuh.

Sa voix tremblait, elle se mordit la lèvre, en ayant le sentiment d'être à la fois une menteuse et une hypocrite.

— Ça ne se reproduira plus, ajouta-t-elle.

Chance se leva lentement ; l'expression de son visage était indéchiffrable.

— J'accepterai ton choix, quel qu'il soit, dit-il.

Il fourra sa cravate dans la poche de son pantalon et alla récupérer sa veste restée dans la cuisine. Il réapparut presque aussitôt et se dirigea vers la porte d'entrée.

— Tiens-moi au courant pour M. Meuh.

Il enfila son manteau. Arrivé devant la porte, il hésita, puis l'ouvrit d'un geste brusque. Alors seulement, il se retourna vers Skye.

— On sait bien, toi et moi, que le chien n'a rien à voir avec ce qui s'est passé. Mais continue à te dire ça. Répète-toi qu'il faut oublier. Peut-être qu'à force, tu finiras par t'en convaincre. Et, si Dieu le veut, peut-être que je le croirai moi aussi.

57

Mais ni Chance ni Skye n'oublièrent. Ils en étaient incapables. La frustration sexuelle s'accrochait à eux comme un parfum puissant accompagne une fleur. Elle flottait dans l'air qui les enveloppait.

Skye pensait à Chance, et au sexe, en permanence. Elle vivait dans un état de perpétuelle excitation. Quand son chemisier de soie frottait contre sa peau, elle imaginait les mains et la bouche de Chance caressant ses seins. Le soir, quand elle ôtait son jean, elle repensait au contact de sa peau rugueuse contre la sienne, de sa joue contre son cou, tandis qu'il faisait courir sa langue dans le creux de son épaule.

Comme si le destin s'amusait à les provoquer, leurs chemins ne cessaient de se croiser. Dans ces moments-là, ils évitaient de se regarder, avec une telle insistance que Skye craignait que les personnes de leur entourage ne commencent à s'interroger. Toutefois, elle n'avait pas le choix, car si, dans un moment de faiblesse, elle s'offrait le plaisir de contempler Chance, même un bref instant, elle savait que tout le monde comprendrait. Ce serait tellement évident. Transparent.

Quand parfois leurs regards se rencontraient, par hasard, Skye ne pouvait plus détacher ses yeux de Chance. Son excitation redoublait ; les pointes de ses seins se dressaient, tout son corps se liquéfiait.

Elle voulait sentir ses mains sur elle. Partout.

Elle avait pris l'habitude de croiser les bras sur sa poitrine, afin de masquer l'effet qu'il produisait sur elle. Mais Chance savait. Car il était dans le même état. Elle voyait la chaleur du désir dans ses yeux. Et la frustration.

Ce qui s'était passé entre eux n'avait rien à voir avec la tentative d'empoisonnement du chien. Ils le savaient bien. Et ils savaient qu'il ne s'écoulerait pas beaucoup de temps avant qu'il se passe de nouveau quelque chose entre eux.

Skye regardait les dessins étalés devant elle, sans les voir. La violence de son désir était une cause d'embarras permanente. Elle s'en voulait de réagir ainsi, comme une adolescente idiote. C'était Griffen qu'elle désirait réellement. Griffen était l'homme qui lui convenait. Griffen lui offrait tout ce qu'elle avait toujours attendu d'un homme et d'une relation amoureuse.

Griffen était amoureux d'elle. Pas Chance.

Mais alors, pourquoi Chance déclenchait-il en elle un tel cataclysme ? se demanda-t-elle pour la énième fois en serrant les poings. Et pourquoi, en revanche, les caresses de Griffen la laissaient-elles de marbre ? Pourquoi la mettaient-elles mal à l'aise ? Ces derniers temps, quand il l'embrassait, elle n'avait qu'une seule envie : fuir. Le plus loin et le plus vite possible.

Skye se massa les tempes. Franchement, se dit-elle, elle avait bien d'autres préoccupations, plus urgentes, que sa vie sexuelle. L'exposition au Salon du design de Milan approchait à grands pas. Plus que quatre semaines avant l'ouverture. Dorothy voulait y présenter les premières pièces de la série Les Lumières de la ville. Skye espérait d'ailleurs en recevoir les premiers moulages bruts dans les deux jours.

Dorothy s'en remettait de plus en plus souvent à elle, pour avoir son avis, lui demander un conseil, ou même réclamer son amitié. Désormais, elle lui laissait le soin de régler tous les petits détails quotidiens, par lassitude ou manque d'énergie.

Skye fronça les sourcils. A vrai dire, elle s'inquiétait pour Dorothy. La vieille dame semblait perdre la tête parfois, et elle se fatiguait vite. L'autre jour, elle l'avait effrayée en racontant qu'elle s'était endormie pendant qu'elle se faisait cuire des œufs durs ;

elle s'était réveillée brusquement au milieu d'un nuage de fumée et d'une effroyable odeur de brûlé. Il n'y avait plus une seule goutte d'eau dans la casserole, et les œufs, carbonisés, avaient explosé. En fait, si Dorothy semblait surtout ennuyée à cause de la fumée et de l'odeur, Skye se disait que c'était une chance au contraire. Et si elle ne s'était pas réveillée, grâce à l'odeur et à la fumée justement ? lui avait-elle demandé.

Dorothy avait répondu par un ricanement. Parfois, elle avait le don d'exaspérer Skye. Surtout lorsqu'elle se conduisait comme une enfant.

— Skye ?

Chance. Elle leva la tête. Chance venait d'apparaître à la porte de son bureau ; son regard avide était posé sur elle. Skye sentit sa bouche devenir sèche, son cœur s'emballer.

— Oui ? parvint-elle à articuler.

— Je peux te parler un moment ? Au sujet de ton entrevue avec Mickey Spelling pour le bouquin ?

— Bien sûr.

Elle se leva, en nouant ses doigts devant elle. Le sang lui monta à la tête, elle fut prise de vertiges, ses jambes tremblèrent. La délicieuse et insupportable douleur du désir réapparut.

Chance ferma la porte derrière lui ; il avança d'un pas.

— J'ai appris qu'il était passé te voir ce matin.

Elle fit un pas en avant elle aussi.

— Exact.

Il inspira profondément et continua d'avancer.

— Comment ça s'est passé ?

— Bien.

Sans même y penser, elle franchit les derniers pas qui les séparaient encore, s'arrêtant si près de Chance qu'en se penchant légèrement en avant, elle frotterait ses seins contre son torse. Et cette envie la taraudait. Il suffisait de…

— Comment va M. Meuh ? s'enquit-il.

— Beaucoup mieux. Surtout depuis qu'il est rentré à la maison.

— Tant mieux.

Il la dévorait littéralement des yeux.

— Tu es heureuse de l'avoir récupéré, j'imagine.

— Oh que oui !

Elle prit une profonde inspiration, par le nez ; elle se sentait à la fois empruntée et vulnérable. Si seulement elle avait la force de faire ce minuscule pas en avant. Il suffirait d'un pas, se disait-elle. Et ils seraient de nouveau réunis…

— As-tu découvert qui avait tenté de l'empoisonner ?

— Non. J'ai interrogé les autres locataires ; ils étaient tous effarés. Particulièrement ceux qui ont des animaux. Tout le monde est sur ses gardes depuis ; on veille à ce que la porte du jardin soit bien fermée. Lulu Green se souvient qu'elle avait ouvert la porte ce jour-là, pour déposer ses courses. Elle habite au rez-de-chaussée, c'est plus pratique pour elle de passer par le jardin. Mais elle n'a vu personne. Et elle n'a pas remarqué la boîte de café.

— Crois-tu que ça pourrait être un voisin ?

— J'ai du mal à l'imaginer. Ils avaient tous l'air choqué quand je leur ai raconté l'histoire.

Chance fixa les yeux sur ses lèvres et elle sentit ses mamelons se durcir. Spontanément.

Il laissa échapper un juron et détourna la tête.

— Il faut qu'on parle, Skye.

Elle n'avait pas besoin de lui demander à quoi il faisait allusion ; elle savait. Ils le savaient tous les deux.

— Oui.

Chance reporta son regard sur elle.

— Bon sang, Skye, cesse de me fixer comme ça.

Elle s'humecta les lèvres.

— Comment ?

— Comme si tu voulais me dévorer tout cru.

C'était exactement ce qu'elle voulait.

Elle se pencha vers lui. Il prit son visage entre ses mains, cherchant à déchiffrer son expression.

— Qu'est-ce qui nous arrive, bon sang ?

— Je ne sais pas, répondit-elle en fermant les yeux. Je n'en peux plus.

— Moi non plus.

Chance déposa un baiser dans son cou et remonta vers son oreille.

— Je n'en dors plus la nuit, je ne pense qu'à toi, à nous… à ton corps.

— Moi aussi.

— Arrête de voir Griffen, murmura-t-il d'une voix rauque. Il faut que tu arrêtes de le voir.

Skye se figea. *Arrêter de voir Griffen ? Renoncer à tout, à ses rêves, à son idéal : un grand amour, une famille… ? En échange de quoi ?*

Elle posa ses mains sur le torse de Chance et leva les yeux vers lui.

— J'ai besoin de savoir… ce que tu ressens pour moi. A part du désir, évidemment.

Il ne répondit pas et elle sentit son visage s'enflammer. En vérité, se dit-elle, il n'éprouvait rien d'autre qu'un violent désir sexuel pour elle. Il ne faisait même pas semblant de vouloir lui offrir autre chose. Sans doute devrait-elle le féliciter pour sa franchise, mais à cet instant, elle n'était pas d'humeur à faire des compliments.

— Tu voudrais que j'arrête de le voir pour que tu puisses baiser avec moi sans remords. Pour pouvoir prendre ton pied sans avoir honte à l'idée de trahir ton meilleur copain. C'est ça ?

— Non, il ne s'agit pas de ça, Skye. J'ignore ce qui se passe entre nous, mais je sais que c'est fort. Et je sais aussi que je ne peux plus supporter de te savoir avec lui. Je ne peux plus supporter d'imaginer ses mains sur toi.

— Tais-toi.

— Toi non plus, tu ne peux plus le supporter.

— Je sais ce que je veux. Je sais ce qu'il me faut.

— Griffen, c'est ça ?

— Oui, répondit-elle en serrant les poings, car elle sentait battre le cœur de Chance sous ses doigts. Exactement.

— Dans ce cas, pourquoi est-ce que tu fonds dès que je te touche ?

Elle ne répondit pas. Il prit ses mains dans les siennes.

— Voilà que tu me regardes encore de cette façon, Skye. Et ça me rend fou.

— Je te regarde normalement.

Il baissa la voix.

— Vas-y, dit-il, dévore-moi.

Elle ne demandait que ça. Mais elle ne pouvait pas abandonner tout ce dont elle avait rêvé. C'était hors de question.

Elle voulut lui tourner le dos, mais il la retint. Il toucha ses seins, à travers la soie, faisant courir ses doigts sur le tissu, aussi légèrement que les ailes d'un papillon.

Parcourue de frissons de la tête aux pieds, Skye ne put retenir un petit gémissement de plaisir.

— Cesse de le voir, murmura Chance en appuyant son front contre le sien, le souffle haletant. Je te veux. Regarde…

Il guida la main de Skye vers la preuve de son excitation. Pendant un court instant de folie et d'abandon, elle referma les doigts autour de son sexe tendu, stupéfaite d'avoir déclenché une telle réaction, rien qu'en se tenant devant lui.

Elle ôta brusquement sa main, comme si elle s'était brûlée.

— Non, Chance. Je ne peux pas… Pardonne-moi.

— Tu ne peux pas ? Ou tu ne veux pas ?

— C'est pareil.

Elle recula jusqu'au bureau, les jambes flageolantes. Elle se laissa tomber dans son fauteuil, n'osant croiser le regard de Chance, car elle craignait alors de ne pas avoir assez de volonté pour adopter la conduite qui s'imposait, dans son intérêt.

— Griffen est amoureux de moi, murmura-t-elle. Il me désire, lui aussi, et pas juste pour une nuit. Toute ma vie j'ai attendu qu'un homme m'aime de cette façon. Je ne veux pas tout gâcher.

Chance resta muet un long moment ; il se contentait de la regarder, impénétrable.

— Tout est dit, alors ? demanda-t-il.

— Oui. Il me semble.

Il se dirigea vers la porte, puis se retourna.

— J'ai l'impression que tu prends le problème à l'envers, Skye. Es-tu amoureuse de lui ? Voilà ce que tu devrais te demander.

Elle ouvrit la bouche pour répondre qu'elle aimait Griffen, mais les mots refusèrent de franchir ses lèvres. Elle était incapable de prononcer cette phrase, face à Chance ou face à elle-même. Le visage en feu, elle sentit soudain qu'elle était au bord des larmes.

— C'est bien ce que je pensais, dit Chance. A plus tard, petite.

Chance ouvrit la porte. Griffen se trouvait juste derrière.

58

Griffen était assis dans le noir. Nu. Tremblant sous l'effet de la fureur. Le dallage de la salle de bains était dur et froid ; le mur dans son dos était moite. Des éclats du miroir brisé étaient éparpillés autour de lui ; ils scintillaient dans l'obscurité.

Il regardait droit devant lui, les yeux perdus dans le vide ; ses pensées survoltées couraient d'une chose à une autre, s'arrêtaient sur une image, un souvenir. Une impulsion.

Certaines de ces impulsions étaient puissantes. Violentes. Plus animales qu'humaines. Comme ce désir instinctif de protéger ce qui lui appartenait, d'éliminer l'ennemi, de n'importe quelle manière.

Un rictus déforma sa bouche. Il avait senti l'odeur du sexe sur eux. Chance s'était presque cogné à lui en ouvrant la porte du bureau de Skye ; il puait le sexe. Le sexe de Skye. Il avait bien failli tuer ce salaud sur-le-champ. Mais en le tuant, il aurait tout gâché. Alors, il avait souri, échangé quelques mots avec eux, et il était reparti.

Griffen ramassa un morceau de miroir brisé. Un grand éclat de verre tranchant qu'il fit tourner entre ses doigts. Il apercevait tour à tour des reflets de son visage — un œil, un segment de nez, la fente blanche de sa bouche — ou le vide, l'obscurité.

Griffen fit glisser le morceau de verre sur son ventre. Skye était à lui. Elle lui appartenait. C'est lui qui l'avait trouvée, qui l'avait ramenée ici. Il lui avait donné tout ce qu'elle possédait.

Elle était sa récompense. A lui, et à lui seul !

La haine et la rage bouillonnaient en lui. Il continua à faire glisser le morceau de verre sur sa peau. Skye lui avait toujours appartenu. Depuis sa naissance. Ce n'était pas ce minable, ce traître, ce moins-que-rien qui allait la lui voler.

Il ferma les yeux de toutes ses forces, en serrant les dents. Quel idiot il avait été ! Comment cela avait-il pu lui échapper ? C'était si évident. Ils étaient comme deux bêtes en rut, le parfum du sexe flottait dans l'air autour d'eux. Ils évitaient de se regarder, mais leurs corps se tendaient l'un vers l'autre.

Il grimaça en repensant à toutes les fois où il avait *cru* voir quelque chose passer entre eux, un message muet, une étincelle. Dans ces moments-là, il s'était dit qu'il se faisait des idées. Il s'était dit que Skye méprisait Chance, que cette tension qu'il percevait était provoquée par la haine. Il avait pensé qu'elle n'accorderait même pas un regard à un type comme Chance alors qu'elle avait Griffen Monarch.

Il referma le poing autour du morceau de verre. Son arrogance lui avait joué un sale tour.

La fureur continuait de monter. Amère, brûlante comme de l'acide. Il avait été trop mou. Il s'était conduit comme son père. Il avait été trop coulant avec Skye. Il n'avait pas su lui montrer qui commandait.

Pourtant, quand ils étaient enfants, il savait la dominer. Et quand quelqu'un, ou quelque chose, se dressait sur son chemin, il s'en débarrassait rapidement. A l'évocation de ces souvenirs, son sexe se réveilla ; il sentit naître une érection. Il sourit en repensant à cette époque bénie, à la façon dont il se faufilait alors dans la chambre de Grace pour la contempler dans son sommeil, avant de la réveiller, avec un coup de poing ou en la pinçant là où il voulait.

Le morceau de verre glissa entre ses doigts, et il empoigna son sexe dressé, en se rappelant toutes les fois où il avait obligé Grace à le regarder faire des choses, avec ses jouets, son petit chien, ou tout seul. Et les fois, plus rares malheureusement, où il l'avait obligée à se soumettre à ses désirs.

C'était lui qui commandait en ce temps-là. Il la contrôlait à sa guise.

Au gré de ses impulsions.

Sa tête dodelinait contre le mur, son souffle s'accéléra. Grace était faible, évidemment. Comme toutes les femmes de la famille Monarch. Comme toutes les femmes, d'ailleurs, si facile à séduire, et si vite abîmée, tel un fruit qui pourrit sur une branche. Elle avait besoin d'être dirigée, guidée. Contrôlée.

Griffen ralentit le mouvement de sa main, malgré la douleur qui en résultait. Il lui avait accordé trop de temps et d'espace. Encore une erreur.

Il s'était laissé emporter par le sentiment grisant de son pouvoir, de son excitation. Lorsqu'il l'avait enfin ramenée près de lui, il avait vu se réaliser tous ses désirs. Il avait savouré sa victoire remportée de haute lutte.

Hélas ! il devait la punir, maintenant. Bien qu'il soit en partie responsable de sa chute. Il répugnait à lui faire du mal, car il l'aimait, après tout, mais elle ne lui laissait pas le choix. Il fallait qu'il lui donne une leçon, qu'il lui montre le droit chemin. Cette fois, il s'occuperait pour de bon de son sale clébard ridicule. Il s'occuperait de Terri aussi. Et de sa petite salope de gamine.

Quand elle n'aurait plus personne, elle s'apercevrait à quel point elle avait besoin de lui. Il lui ferait comprendre.

Sa main accéléra de nouveau, son cœur aussi. Oh oui ! elle comprendrait. Chance n'était rien. Personne. Il ne représentait rien pour elle.

Griffen se cambra. Un petit râle s'échappa entre ses lèvres, mélange de rage et de jouissance. Skye était sa récompense, sa chose. Son destin.

Vidé, il porta ses mains à son visage. Ses doigts étaient poisseux de sang et de sperme. Il étala le mélange sur son nez, sa bouche ; savourant l'odeur musquée, le goût brutal qui envahirent tous ses sens. Il sourit. Skye et lui seraient enfin unis. Pour toujours. Et ce serait délicieux.

Griffen se leva et se dirigea lentement vers le lavabo. Il se pencha vers le fragment de miroir intact. Ses mains étaient ensanglantées, tout comme sa poitrine et son ventre. Le sang maculait son visage, semblable à une parodie grotesque de bouche de femme peinte.

Il fit couler l'eau froide et se pencha pour se rincer le visage et les mains ; l'eau s'écoulait dans le lavabo en un tourbillon rose. Oui. Skye comprendrait. Bientôt, elle verrait que leurs destins étaient confondus.

Quant à ce petit salopard, songea Griffen en s'aspergeant le ventre, il avait cessé d'être utile.

Le moment était venu de reprendre à Chance McCord tout ce qu'il lui avait donné.

59

Qu'est-ce que ça signifiait, nom de Dieu ? Assis à son bureau, Chance regardait fixement les trois lettres de résiliation posées devant lui.

La semaine précédente encore, tout allait pour le mieux. Ses clients étaient enchantés ; il avait tellement de travail qu'il envisageait même d'engager quelqu'un pour le seconder. C'est alors qu'il avait reçu la première lettre, émanant du Groupe Campbell. Puis la seconde, de l'Hôpital et Centre médical Michael Reese. Et la troisième enfin, envoyée par l'hôtel Drake.

Avant de résilier leurs contrats, ces trois clients lui avaient pourtant exprimé leur plus grande satisfaction. Des projets étaient en cours de réalisation pour chacun d'eux, et voilà qu'ils venaient de les annuler sans crier gare.

Chance fouillait désespérément dans sa mémoire, essayant de se remémorer quelque action ou parole qui aurait déclenché ces réactions. S'il avait dérapé à un moment donné, il voulait savoir où. Il pourrait alors se donner un bon coup de pied au cul pour se punir, se jurer de ne plus commettre la même bêtise et se relancer dans la bataille.

Pour l'heure, il avait le sentiment que quelqu'un lui coupait l'herbe sous les pieds, en criant : « Surprise ! » Et c'était une sensation fort désagréable.

Il se leva et marcha jusqu'à la fenêtre. Dehors, le temps était gris, froid ; le ciel était chargé de neige. Menaçant.

Il fourra les mains dans ses poches de pantalon. Il était monté si haut, si vite, se disait-il. C'était grisant. Il dominait le monde. Toutes les choses dont il avait rêvé, pour lesquelles il avait travaillé dur, étaient devenues accessibles.

Et maintenant, voilà qu'elles lui glissaient entre les doigts. Sans qu'il puisse réagir ; il ne pouvait qu'assister au naufrage, impuissant.

On frappa à la porte de son bureau, toujours ouverte. C'était Lisa.

— Chance ? Le courrier vient d'arriver.

Il tourna la tête. En découvrant l'expression sinistre de sa collaboratrice, il comprit qu'elle apportait de mauvaises nouvelles.

— Encore une résiliation ?

Elle hocha la tête et lui tendit la lettre en question. Chance la parcourut d'un air impassible ; elle était aussi brève que cruelle. Le groupe Bennings et Bolton avait le regret de l'informer qu'il n'avait plus besoin de ses services.

Chance froissa la lettre en boule et la jeta sur son bureau. Ah ! bordel de merde ! A ce train-là, il n'aurait plus aucun client dans une semaine.

— Chance ? dit Lisa.

— Oui ? fit-il sans se retourner.

— Que… que se passe-t-il ?

Il répondit par un petit ricanement amer.

— Si seulement je le savais, Lisa ! Peut-être que je pourrais faire quelque chose, au lieu de me laisser entuber sans réagir !

Lisa se racla la gorge.

— Je peux vous assurer que la dernière fois que j'ai rencontré tous ces gens, tout allait bien. Personne n'avait la moindre raison de se plaindre de mon travail. Il y a quelques jours encore, Vincent du Groupe Campbell chantait vos louanges.

Chance la regarda par-dessus son épaule.

— Je ne pense pas que vous ayez une quelconque responsabilité dans cette histoire, Lisa. Il y a un truc louche là-dessous ; le monde des affaires ne fonctionne pas de cette façon. En vérité, je suis quasiment persuadé que c'est moi la cible. Si seulement je savais ce qui se trame dans l'ombre, si je savais qui est responsable, je pourrais peut-être essayer d'enrayer la machine infernale.

Le téléphone sonna ; tous deux tournèrent la tête vers l'appareil, en sursautant. Lisa décrocha immédiatement.

— Agence de relations publiques McCord. Lisa, j'écoute.

Chance observait sa collaboratrice, le cœur battant la chamade et l'estomac noué.

— Oui, certainement, Martha, dit Lisa. Il est à côté de moi… Un instant, je vous prie.

Lisa enfonça la touche de mise en attente et tendit le combiné à Chance.

— Martha, de la protection du patrimoine, annonça-t-elle.

Elle avait l'air bizarre. Chance s'empara du téléphone et reprit la ligne.

— Bonjour, chère Martha. Que puis-je pour vous ?

Après un court silence, sa correspondante alla droit au but.

— J'ai de mauvaises nouvelles, j'en ai peur. L'association a décrété des coupes budgétaires.

Un flot de bile monta dans la gorge de Chance. Il se tourna vers Lisa, elle avait compris ; la mine défaite, elle se laissa tomber dans le fauteuil devant le bureau.

— On peut s'arranger, répondit-il en s'obligeant à garder son calme. Il suffit de revoir certains projets à la baisse.

— Non, non, attendez, dit-elle avant qu'il ne puisse aller plus loin. J'essaye de vous faire comprendre que nous devons mettre fin à notre collaboration avec l'agence McCord. Je suis désolée.

Chance s'assit lourdement sur le bord de son bureau.

— Martha, je comprends les difficultés auxquelles sont confrontées les organisations à but non lucratif comme la vôtre, croyez-moi. Je connais vos problèmes financiers. Mais les grands événements promotionnels rapportent des milliers de dollars. Le coût d'une manifestation, par rapport aux bénéfices qu'elle…

— Je suis désolée, Chance, répéta Martha avec fermeté. Nous ne travaillerons plus avec votre agence.

— Je vois.

Lisa laissa échapper un petit gémissement et enfouit son visage dans ses mains.

— Juste une question, Martha. Avez-vous des raisons de vous plaindre de nos prestations ?

Il perçut une certaine gêne au bout du fil.

— Non. Vous avez toujours fait de l'excellent travail. Je vous le répète, il s'agit d'une décision… strictement budgétaire.

Sa brève hésitation l'avait trahie. Elle mentait, se dit Chance. Mais pourquoi ?

— Je vois que je n'ai aucun espoir de vous faire changer d'avis, Martha. J'espère seulement que vous penserez à nous pour l'organisation de vos futurs événements promotionnels.

— Evidemment. Bonne journée, Chance.

Sur ce, elle raccrocha. Et voilà, il venait de perdre un client de plus. Chance reposa le combiné, en ravalant l'amertume et la frustration qui montaient dans sa gorge. Il avait toujours pensé que le dévouement et un travail bien fait vous valaient reconnaissance et fidélité.

Ce qui prouvait bien qu'il n'y connaissait rien. Tout ça, c'étaient des conneries.

— A-t-elle donné des raisons ? demanda Lisa.

— Des problèmes financiers.

— Notre dîner de bienfaisance avec les célébrités leur a rapporté quarante-deux mille dollars ! s'exclama-t-elle en se levant d'un bond, tremblante d'indignation. Tous frais déduits ! Elle a même reconnu que c'était leur plus gros succès !

— Oui, je sais, dit Chance en récupérant sa veste de costume posée sur le dossier de la chaise. Mais ça, c'était hier. Aujourd'hui, le refrain a changé. C'est : « Merci pour tout, mais on n'a plus besoin de vos services. »

Il contourna le bureau pour se diriger vers la porte.

— Il faut que j'aille prendre l'air. Je repasserai chercher mes messages.

— Attendez !

Il s'arrêta et se retourna vers son assistante.

— J'ai besoin de savoir, dit-elle. Dois-je commencer à chercher un autre travail ?

Cette question brutale l'atteignit de plein fouet. Lisa avait raison de s'inquiéter.

— Non, ce n'est pas nécessaire. Pas pour l'instant, du moins.

— Pas pour l'instant ? Qu'est-ce que ça signifie ? demanda-t-elle en se tordant nerveusement les doigts. Je vis seule, Chance ! Je ne peux pas me permettre de rester sans travailler.

— Dans ce cas, commencez à chercher.

En la voyant blêmir, il regretta ses paroles.

— Désolé, dit-il. Je ne veux pas vous perdre, Lisa. Mais je ne peux pas vous faire de promesses. Si vous pouviez attendre encore quelques jours, le temps que je comprenne ce qui se passe et que je fasse le bilan, je vous en serais reconnaissant. Mais si vous ne pouvez pas, je comprendrai.

— La mauvaise passe est peut-être enfin terminée, hasarda-t-elle avec espoir. Qui sait si Martha n'est pas la dernière à nous lâcher…

— Oui, peut-être, dit Chance en jetant son veston sur son épaule. Mais j'en doute. J'ai le sentiment que la personne qui a décidé de me détruire ne fait que commencer.

60

Griffen paraissait différent, ce soir, songea Skye en repoussant son assiette. Enervé, surexcité. Il passait du coq à l'âne ; parfois, il semblait fuir son regard ; à d'autres moments, il la dévisageait avec une telle intensité que Skye s'agitait nerveusement sur son siège. Il l'avait invitée chez Morton, un de ses restaurants favoris, et pourtant, il n'avait presque pas touché à son assiette. En revanche, il avait bu toute la bouteille de vin à lui seul.

Ils n'avaient guère eu l'occasion de discuter depuis le jour où il avait croisé Chance, au moment où ce dernier sortait de son bureau. Avait-il entendu leur conversation ? se demandait-elle avec angoisse. Plusieurs fois, elle lui avait offert l'occasion d'aborder le sujet. Il ne l'avait pas fait.

Elle décida d'essayer de nouveau.

— Qu'est-ce qui ne va pas, ce soir ? demanda-t-elle en se penchant vers Griffen. On dirait que tu es préoccupé. C'est à cause de moi ? T'aurais-je contrarié d'une manière ou d'une autre ?

— Toi, ma chérie ? Non, répondit-il en lui prenant la main. Mais il faut que je te fasse un aveu. Au sujet de Chance. Et j'ai peur que ça ne te plaise pas.

— Que ça ne me plaise pas ? répéta-t-elle en avalant sa salive. Au sujet de Chance ?

— Oui.

Ayant dit cela, Griffen demeura muet un long moment. Finalement, il étouffa un juron et fixa Skye droit dans les yeux.

— Depuis qu'on se connaît, Chance et moi, déclara-t-il, on s'est souvent affrontés… pour les filles. Non, ce n'est pas tout à fait exact. Je devrais plutôt dire que Chance a essayé de me voler mes conquêtes.

Griffen marqua une pause, en détournant le regard, comme s'il était gêné de continuer.

— En fait, c'est maladif chez lui, reprit-il. Il veut tout ce que je possède. L'argent, le pouvoir, les biens… Absolument tout, y compris les femmes que j'ai connues. Il est prêt à tout pour les séduire, pour me les arracher. D'ailleurs, il a réussi plusieurs fois.

Skye fut prise de nausées tout à coup. Elle but une gorgée d'eau, et constata qu'elle tremblait.

— Le problème, ajouta Griffen, c'est qu'après les avoir eues, il n'en veut plus. Il les jette. Comme une vieille paire de chaussettes. Jusqu'à présent… je m'en fichais un peu, je l'avoue. Mais maintenant qu'il s'agit de toi, je…

Il ravala la fin de sa phrase.

— Je vois que tu es bouleversée, dit-il.

Skye déglutit avec peine, craignant que Griffen ne devine pourquoi elle était bouleversée, en effet. Car il comprendrait alors ce qui s'était passé entre Chance et elle.

Elle avait l'impression d'être une ignoble menteuse, une manipulatrice. Et une imbécile. Elle humecta ses lèvres sèches.

— Nous avons été si proches autrefois… Ça me fait mal de penser à lui de cette façon. C'est un comportement vil et méprisable.

— Oui, je comprends, murmura-t-il en lui caressant la main. Surtout compte tenu de ce qui s'est passé entre vous dans le temps. Certes, vous n'étiez pas amants, mais il t'a quand même abandonnée, sans remords. Je crois qu'il n'a pas changé, malheureusement. Les sentiments des autres ne comptent pas pour lui.

Skye sentit monter un cri du fond de sa gorge, et parvint à l'étouffer, au prix d'un terrible effort.

Griffen secoua la tête d'un air affligé.

— Qu'est-ce qui transforme un garçon intelligent et sympathique comme Chance en un individu froid et égoïste ? La convoitise, je suppose, dit-il, répondant lui-même à sa question.

— Oui, la convoitise, répéta-t-elle, écœurée.

— Evidemment, un gamin comme Chance, parti de rien, peut devenir ambitieux, avide. J'ai beaucoup réfléchi, tu sais, dit-il en la regardant au fond des yeux. En fait, je crois qu'il aimerait être moi.

Ces mots de Griffen furent comme une gifle pour Skye. Chance rêvait d'être à la place de Griffen. Bien sûr. Cela correspondait parfaitement à tout ce que lui avait raconté Chance, au sujet de sa mère, de ses aspirations, de ses projets.

Ainsi, elle n'avait jamais fait partie de ses rêves et de ses plans. Pas plus aujourd'hui qu'autrefois. L'amour non plus n'en faisait pas partie.

Alors que Griffen, lui, voulait qu'elle fasse partie de son avenir. De sa vie. Griffen croyait en l'amour.

Comment avait-elle pu se montrer aussi stupide ? se demanda-t-elle. Comment avait-elle pu mettre ainsi son avenir en danger ? Elle était folle ou quoi ?

— Je suis heureux de pouvoir te faire confiance, Skye, murmura Griffen. Je me réjouis de savoir que tu ne te laisseras pas abuser et séduire par cet individu. Car si par malheur je te perdais, j'ignore ce que je ferais. Je crois que je perdrais aussi la raison.

Bien après que Griffen l'eut déposée chez elle, en lui souhaitant bonne nuit avec un baiser, Skye était toujours sous le choc de ce qu'il lui avait révélé au sujet de Chance.

Les paroles mensongères de ce dernier résonnaient encore dans sa tête.

Je pense à toi jour et nuit, Skye. Je te veux. Arrête de voir Griffen.

Et elle était tombée dans le piège de son jeu pervers.

Cette nuit-là, l'oiseau effrayant revint lui rendre visite dans son sommeil. Mais Skye elle-même avait pris l'apparence d'un papillon. Elle avait beau battre des ailes, elle ne parvenait pas à s'enfuir.

Son propre cri de terreur la réveilla.

61

Debout devant la coiffeuse de sa salle de bains, Skye contemplait sa collection de parfums et de produits de beauté. Perplexe et dubitative. Leur disposition semblait avoir changé depuis ce matin, se disait-elle. Comme si quelqu'un avait pris les flacons, et les avait reposés ensuite, *presque* de la même façon.

Ce n'était d'ailleurs pas la première fois qu'elle avait cette impression. La semaine précédente, en rentrant chez elle, elle aurait parié que les magazines éparpillés sur la table basse avaient changé de place. Avant cela, en ouvrant le tiroir de la commode renfermant sa lingerie, à deux reprises, elle avait eu le sentiment brutal que quelqu'un avait fouillé dans ses affaires intimes : on avait essayé de ne rien déranger, mais on avait emporté sa culotte la plus sexy.

Quittant la salle de bains, Skye retourna dans sa chambre pour ôter son tailleur et passer une tenue plus décontractée. Elle commençait à s'inquiéter sérieusement pour sa santé mentale. Les migraines. Les cauchemars. Les accès de panique…

Et maintenant, ces idées délirantes d'inconnus pénétrant chez elle pour fouiller dans ses affaires, et particulièrement dans ses sous-vêtements. Nul doute qu'un psychiatre se régalerait avec ces histoires.

Ayant enfilé un caleçon long et un grand pull douillet, elle se dirigeait vers la cuisine pour préparer le repas, quand le téléphone sonna.

C'était Terri. Elle pleurait.

— Il a recommencé, dit-elle entre deux sanglots. Mais cette fois… cette fois…

Skye l'entendait claquer des dents au bout du fil.

— Oh ! Skye, il a menacé Raye ! Il a dit qu'il… qu'il allait lui faire du mal.

— Raye ? Oh ! mon Dieu ! As-tu prévenu la police ?

Terri répondit que oui, puis supplia son amie de venir.

— J'ai besoin de compagnie. Je ne peux pas supporter l'idée de rester seule ce soir.

— Je serai chez toi dans un quart d'heure.

Quand Skye arriva, Terri, blanche comme un linge, fouillait frénétiquement dans les poches de ses vieux manteaux et dans ses tiroirs, à la recherche d'une cigarette. Dénichant enfin un paquet oublié, à demi plein et tout froissé, elle en sortit une et l'alluma. Mais elle dut s'y reprendre à deux fois tant sa main tremblait.

— Où est Raye ?

— Elle dort.

Terri tira longuement sur sa cigarette et recracha un gros nuage de fumée.

— Ma mère doit venir la chercher ; Raye va passer quelque temps chez elle.

Terri se frotta le visage.

— Dire que j'ai réussi à supporter la fin de mon mariage sans prendre une cigarette, et voilà que je me remets à fumer. Et merde !

— Raconte-moi ce qui s'est passé.

— Il a laissé un message sur le répondeur. Pour Raye. Il l'a appelée par son prénom ! Il disait que… Il disait qu'il allait la…

Les mots restèrent bloqués dans sa gorge.

— Je n'arrive même pas à le répéter.

— Tu as conservé le message ?

Terri hocha la tête et se dirigea vers le répondeur. Elle rembobina la bande pour la faire écouter à Skye. La voix de l'homme, grave, rauque mais raffinée, résonna dans la pièce silencieuse. Les paroles qu'elle prononçait étaient ignobles, les actes qu'elle décrivait constituaient le plus abominable des crimes contre la nature, contre l'innocence et la pureté.

Les yeux fixés sur le répondeur, Skye sentait la sueur perler sur son front, son cœur s'accélérer. Une force terrible, impitoyable, l'oppressait, elle avait du mal à respirer.

Avec un petit cri d'effroi, elle se laissa tomber sur le divan.

La pièce était envahie de lumière colorée. Un poids pesait sur elle, un autre corps qui l'écrasait. Plus grand, plus fort, ce corps la maintenait prisonnière, malgré ses supplications, ses gesticulations. Elle ne pouvait plus respirer, elle croyait qu'elle allait vomir. Elle ouvrit la bouche pour hurler, mais aucun son ne…

— Skye ? Ça ne va pas ?

Surprise, elle leva la tête. Terri se tenait devant elle, la main posée sur son épaule ; elle paraissait inquiète.

— Ça ne va pas ? répéta-t-elle.

Skye s'étonna de sentir des larmes couler sur ses joues ; elle ne s'était pas aperçue qu'elle pleurait. Saisie d'une bouffée d'angoisse, elle déglutit avec peine. Elle craignait de perdre la tête. Un jour, se dit-elle, en se réveillant, elle se retrouverait prisonnière de cet univers sombre, paranoïaque, qu'elle semblait se créer.

Du revers de la main, elle sécha ses larmes.

— Si, si, ça va, parvint-elle à articuler d'une voix tremblante. J'ai eu une terrible angoisse tout à coup. C'est la voix de cet homme… les horreurs qu'il… Oh ! c'est affreux, Terri !

Skye prit la main de son amie.

— Qu'a dit la police ?

— Au diable la police ! Ils sont incapables de m'aider !

Terri pressa les doigts de Skye dans sa main, puis la lâcha.

— J'ai besoin d'une autre cigarette.

Curieusement, Skye avait le sentiment que Terri lui cachait quelque chose, ou qu'elle rassemblait son courage pour essayer de lui faire un aveu désagréable. Un aveu que, Skye le savait, elle n'apprécierait guère.

— Vas-y, crache le morceau, Terri. Qu'est-ce que tu n'oses pas me dire ?

Terri croisa son regard et poussa un soupir.

— J'ai pris une décision. Ma sœur vit à Phoenix. Elle a assez de place pour nous accueillir Raye et moi. Elle veut qu'on vienne s'installer chez elle. Je quitte Chicago.

— A Phoenix, dans l'Arizona ?

Terri répondit par un hochement de tête, et Skye dut faire appel à toute sa volonté pour ne pas éclater en sanglots. Mais elle comprenait. A la place de Terri, elle agirait de même. Toutefois, la compassion n'empêchait pas la douleur. Terri et Raye étaient comme une famille pour elle. Qu'allait-elle devenir quand elles seraient parties ? Elle se retrouverait si seule.

Une fois de plus, elle se sentait abandonnée.

— Je suis vraiment désolée, Skye. Tu vas me manquer.

Skye leva les yeux vers son amie ; les larmes lui brouillaient la vue.

— Et ton travail, Terri ? Tu adores ton travail.

— J'aime encore plus ma fille, répondit Terri en s'asseyant sur le divan à côté de Skye. Je ne peux pas courir le risque que ce dingue mette ses menaces à exécution.

— Tu pourrais venir t'installer chez moi, avec M. Meuh ? Ce serait sympa. Et tu serais en sécurité.

— Oui, jusqu'à ce que mon ami le cinglé me retrouve et s'amuse à déposer des rats crevés devant ta porte.

— Mais tu…

Terri prit les mains jointes de Skye entre les siennes.

— Non, n'insiste pas. Ma décision est ferme et définitive. Pourtant, je sais que tu me manqueras terriblement. Tu es la meilleure amie que j'aie jamais eue.

— Toi aussi. Et tu…

Skye détourna le regard, en s'obligeant à ne pas pleurer, bien décidée à trouver un moyen de convaincre Terri de rester.

— Et Griffen ? suggéra-t-elle. Il pourrait peut-être t'aider ? Il a beaucoup de relations, il pourrait peut-être…

— Non, je ne pense pas, Skye.

— Pourquoi ? Il…

— Sommes-nous de véritables amies, Skye ? Au point de pouvoir tout nous dire ?

— Tu sais bien que oui.

— Parfait.

Terri serra les mains de Skye dans les siennes.

— J'avoue que ta liaison avec Griffen m'inquiète. C'est arrivé de manière si soudaine, et il y a quelque chose chez lui… dans ses sentiments envers toi, que je trouve bizarre. Il n'est pas seulement possessif… Parfois, quand il me regarde, je sens qu'il voudrait que je disparaisse.

— Que tu disparaisses ? Comment ça ?

Terri émit un petit rire nerveux.

— Il voudrait que je débarrasse le plancher. Que je sorte de ta vie… Et c'est ce qui va se passer.

Skye fronça les sourcils.

— Griffen dit toujours le plus grand bien de toi, Terri. Toujours. Et il sait combien Raye et toi, vous comptez pour moi.

— Justement. Il sait à quel point nous sommes proches l'une de l'autre, et peut-être qu'il…

Terri baissa les yeux.

— Je t'en supplie, ajouta-t-elle, ne te mets pas en colère, mais il faut que je te pose la question. Crois-tu… As-tu envisagé, même un instant… que Griffen puisse être… enfin, tu vois… l'homme qui…

Skye regarda fixement son amie pendant plus d'une dizaine de secondes, estomaquée. Et soudain, elle se leva d'un bond, le visage empourpré.

— Non, Terri. Je n'ai jamais pensé ça. C'est de la folie ! Comment peux-tu imaginer un scénario pareil ?

— C'est simplement que… quand je vois Griffen me regarder de cette façon, je ne peux m'empêcher de me demander jusqu'où il serait prêt à aller pour t'avoir à lui seul.

— Cesse de te poser la question. C'est ridicule ! s'exclama Skye. Depuis le début tu sais que c'est Will qui te harcèle, car tu refuses de le laisser revenir. Depuis le début…

— Ce n'est pas Will. Je le sais, maintenant.

— Comment peux-tu en être si sûre ? Après tout, il a un mobile et…

— Il aime trop sa fille. Voilà comment je le sais, répondit Terri en se levant à son tour. Il adore Raye ; jamais il ne lui ferait du mal. Même pour m'effrayer, pour se venger.

— Dans ce cas, il s'agit d'un inconnu, un cinglé qui…

— Qui sait où j'habite. Qui connaît le prénom de ma fille. Et qui sait où elle va à l'école.

— Ce n'est pas Griffen.

— D'accord. Pardonne-moi, dit Terri avec un long soupir de frustration. J'essaye de donner un sens à tout cela, voilà tout. Je t'en prie, ne m'en veux pas.

— Je ne t'en veux pas, déclara Skye en la serrant dans ses bras. Mais tu peux me croire, Griffen est incapable de commettre un acte aussi odieux. Quand la police aura retrouvé le coupable, tu verras ce que je te dis. Ce n'est pas Griffen.

62

Terri et Raye avaient prévu de partir de bonne heure le samedi matin. Skye alla leur dire au revoir et donner un coup de main à son amie pour boucler les valises. Mais celle-ci avait déjà tout préparé ; il n'y avait plus rien à faire… que les adieux.

Skye avait le cœur brisé.

— Je suis malheureuse, dit-elle à voix basse en essuyant une larme. C'est trop injuste.

Terri l'étreignit.

— Oui, je sais. Tu prendras soin de toi, hein ?

— Ne t'inquiète pas pour moi, dit Skye en la serrant dans ses bras de toutes ses forces. Pense plutôt à Raye et à toi.

Terri recula d'un pas, en reniflant.

— Sois tranquille.

— Tu m'appelleras ?

— Evidemment. Et je t'écrirai par e-mail au bureau. Je suis curieuse de savoir ce que va donner ta série des Lumières de la ville.

— C'est aussi ton œuvre. Ne l'oublie pas.

Raye la tira par la manche de son pull.

— Pourquoi tu pleures, tata Skye ?

— Parce que tu vas me manquer, ma petite chérie.

Skye s'accroupit et serra la fillette dans ses bras. Raye tendit la main vers ses joues mouillées de larmes.

— Tu peux venir avec nous. Maman ne dira rien, tu sais.

— J'aimerais beaucoup, ma puce. Hélas ! je ne peux pas.

Raye prit un air grave.

— Dis, tu viendras me voir en Arizona ?

Skye repoussa les soyeuses boucles brunes qui tombaient sur le front de la fillette.

— Je pourrai venir avec M. Meuh ?

— Bien sûr ! C'est mon ami.

— Allez, viens, ma chérie, dit Terri. Il faut partir.

La gorge nouée par le chagrin, Skye regarda Terri installer sa fille à l'arrière de la voiture, puis s'assurer que tout était prêt pour le long voyage ; elle retardait le moment fatal, Skye le savait. Finalement, il ne resta plus qu'à se séparer.

Après une dernière étreinte, pleine de larmes, Terri monta en voiture, sans un mot, et partit. Skye les regarda s'éloigner en faisant des signes de la main, jusqu'à ce que la voiture ait disparu.

Seule une fois de plus. Abandonnée de nouveau.

Chance...

L'image de Chance surgit dans son esprit, et avec elle, le désir de le voir. De lui parler. Tout en se disant que ce besoin n'était rien d'autre qu'une réaction instinctive, émotionnelle, au départ de Terri, Skye traversa la rue en direction du drugstore situé juste en face pour voir s'ils possédaient un annuaire du téléphone. Ils en avaient un. Et Chance y figurait.

Elle nota rapidement son adresse sur un bout de papier, et puis, sans même réfléchir à ce qu'elle allait dire, sans se soucier de l'heure matinale et des conséquences de son geste, elle remonta en voiture et se rendit au domicile de Chance. Après s'être garée à proximité, elle entra dans l'immeuble, localisa son appartement et frappa à la porte. Comme personne ne venait lui ouvrir, elle recommença, plus fort cette fois.

— Oui, oui... j'arrive.

Il ouvrit la porte. Apparemment, elle l'avait réveillé, se dit-elle, et il dormait encore à moitié. Il portait un pantalon de jogging gris, large, et un T-shirt froissé. Il avait les pieds nus et les cheveux en bataille, les joues et le menton ombrés par une barbe naissante. Il était terriblement viril, sexy, et surtout fort surpris de découvrir Skye à sa porte.

— Terri est partie ce matin, dit-elle d'une voix tremblante, en guise d'explication. Pour de bon.

Sans un mot, Chance ouvrit la porte en grand. Elle entra, en jetant des regards autour d'elle. Aucun doute, c'était bien un appartement de célibataire, songea-t-elle. Les meubles, dépareillés, avaient été choisis selon des critères de résistance et de confort, sans aucun souci esthétique ; un carton de pizza, vide, et deux boîtes de bière jonchaient la table basse.

— Excuse le désordre, je ne suis pas une fée du logis.

Il étouffa un bâillement et fit signe à Skye de le suivre, ramassant au passage des vêtements éparpillés ici et là : une cravate sur un dossier de chaise, une chemise blanche roulée en boule sur le plancher, des chaussettes de sport et une paire de baskets abandonnées au pied du canapé.

— Installe-toi. Je vais faire du café.

Il déposa toutes ses affaires sur une chaise vide et disparut dans la cuisine. Quelques minutes plus tard, il revint avec deux tasses fumantes.

— Je ne savais pas comment tu prenais ton café.

— Noir, c'est parfait.

— Tant mieux, j'ai peur que le lait soit caillé.

Il lui tendit une tasse et s'assit dans le fauteuil rembourré en face d'elle.

— Alors, qu'est-ce qui se passe, petite ?

En entendant Chance l'appeler « petite », comme autrefois, Skye se sentit très émue. Mais elle se ressaisit et lui parla de Terri et de sa fille, en expliquant combien elles étaient devenues proches toutes les trois. Elle évoqua ensuite les coups de téléphone anonymes, le rat mort et, pour finir, les horribles menaces visant la petite Raye.

— Nom de Dieu, commenta Chance en grattant sa barbe naissante. Ce type est complètement malade.

— La police ne pouvait pas protéger Terri. Alors… elle est partie. Sa sœur qui vit dans l'Arizona a proposé de les héberger.

— Peut-on lui reprocher son départ ? demanda Chance en buvant une gorgée de café. Ce type aurait pu leur faire du mal, à l'une ou à l'autre.

— Oui, je sais, répondit Skye, les yeux brûlants de larmes. Je comprends sa décision. Mais je…

Elle chercha un mouchoir en papier dans son sac, en trouva un tout froissé, qu'elle réduisit aussitôt en lambeaux…

— Elles étaient un peu ma famille, vois-tu ? Terri était mon amie, et la petite Raye est tellement adorable. On passait beaucoup de temps ensemble et…

Elle inspira profondément avant de poursuivre :

— Je croyais n'avoir besoin de personne. C'est ce que je me disais en tout cas. C'était plus simple. Moins risqué.

Elle croisa brièvement le regard de Chance.

— J'ai fini par abaisser mes barrières, et j'étais heureuse d'avoir trouvé une amie. J'avais du plaisir à partager ma vie avec elles ; je me suis attachée.

— Et voilà qu'elles sont parties, conclut Chance en sirotant son café.

— Oui, dit Skye en essuyant ses larmes d'un geste rageur. Tu sais, Chance, je commence à en avoir marre !

Il haussa les sourcils.

— Marre de quoi au juste, Skye ?

— D'être abandonnée.

— C'est la vie, baby. Il faut s'y faire.

Skye se leva d'un bond, meurtrie. Et furieuse.

— Merci beaucoup pour ton soutien ! Et moi qui croyais, bêtement, que tu comprendrais ! Monsieur Fidélité en personne. Le roi des lâcheurs !

— Pourquoi es-tu venue au juste, Skye ? Parce que tu croyais que je compatirais à ton chagrin, ou parce que tu voulais autre chose ?

— Je te déteste !

Elle passa devant lui pour s'en aller, mais il la retint par le bras et l'attira sur ses genoux.

— Allons, calme-toi.

Elle se débattit.

— Lâche-moi, espèce de salaud ! Lâche-moi, ou je hurle !

— Chut.

Il l'enlaça et la plaqua contre son torse, comme il l'avait fait tant d'années plus tôt, en ce jour maudit où elle avait découvert, à son réveil, que sa mère l'avait abandonnée.

Il appuya sa joue contre le sommet de son crâne.

— Je comprends, Skye. J'étais là, je sais combien tu as souffert quand ta mère est partie. Et je sais combien tu as dû souffrir quand je suis parti. Si tu as envie de pleurer, vas-y, mon cœur. Je suis là. Vas-y.

Alors, Skye abandonna toute résistance et fondit en larmes. Pendant de longues minutes, elle sanglota, en s'accrochant à lui comme un bébé, perdue dans son chagrin et une impression de vide immense.

Finalement, ses sanglots se muèrent en petits gémissements de désespoir.

— Tu m'as brisé le cœur, parvint-elle à articuler, en serrant les poings contre le torse de Chance. Comment as-tu pu me faire ça ? Je t'aimais. J'avais besoin de toi. Tu étais tout pour moi, Chance.

— Je suis désolé, petite. Sincèrement.

Il repoussa les cheveux qui barraient le visage de Skye, mais des mèches restèrent collées sur ses joues humides.

— Moi aussi, je t'aimais. Et je ne voulais pas te faire de mal. Mais je ne savais pas comment m'y prendre.

Du revers de la main, elle s'essuya le nez.

— Tu m'as fait du mal, énormément. J'ai cru mourir. J'ai failli me recroqueviller sur moi-même et me laisser dépérir.

— Mais tu n'es pas morte, Skye. La preuve, tu es ici.

Il l'embrassa, avec douceur, en frottant sa bouche contre la sienne.

— Tu es forte, tu es de la race des survivants. Je l'ai toujours su.

— Comment le savais-tu ?

Parcourue de frissons, elle prit le visage de Chance entre ses mains, et lui rendit son baiser, en ouvrant sa bouche, son cœur.

— Moi-même, je ne le savais pas, dit-elle. Et je ne le sais toujours pas.

— Pardonne-moi, mon amour, murmura-t-il en glissant les mains sous son pull pour lui caresser le dos. Pardonne-moi.

A son grand étonnement, Skye s'aperçut qu'elle avait envie de lui pardonner. C'était un sentiment nouveau, réconfortant, libérateur. Elle lui fit face et s'assit à cheval sur ses genoux. Sentant son érection à travers son pantalon de jogging, elle balança le bassin d'avant en arrière, se frottant contre lui, laissant monter sa propre excitation.

— Fais-moi l'amour, Chance, murmura-t-elle contre sa bouche. J'ai tellement envie de toi, fais-moi l'amour.

Sans un mot, il accéda à sa requête. Il la caressa et l'embrassa comme on ne l'avait encore jamais caressée et embrassée, dans des endroits restés inexplorés jusqu'alors. Lentement, avec des gestes experts, il l'amena vers le plaisir, jusqu'à ce que son univers tout entier se limite aux mains et à la bouche de Chance, à sa voix qui lui murmurait des paroles d'encouragement et d'excitation, à l'odeur et à la saveur de sa peau.

Il la déshabilla et elle fit de même. C'était bon de se retrouver nue face à lui. Et naturel. Elle se plaqua contre lui, et ses mains glissèrent sur le torse de Chance, s'arrêtant sur la longue et fine cicatrice qui lui barrait la poitrine. Elle leva les yeux vers lui.

— Kevin ? murmura-t-elle, le cœur battant à l'évocation de ce souvenir.

Chance hocha la tête et elle posa les lèvres sur la cicatrice qu'elle couvrit de petits baisers, sur toute la longueur.

— Viens, mon cœur, dit-il dans un souffle en l'obligeant à remonter vers lui. Laisse-moi te donner du plaisir.

Il tint parole.

Chance semblait connaître tous ses endroits les plus secrets, et la manière de les explorer. Skye se cambra, en gémissant, elle en voulait davantage, elle voulait tout. Et Chance lui offrit ce qu'elle réclamait, avec ses mains, sa bouche, jusqu'à ce que tout le corps de Skye explose dans une gerbe de couleurs et de lumières.

Alors qu'elle vibrait encore de bonheur, il la fit s'asseoir sur lui. Elle poussa un petit cri quand il entra en elle, profondément, surprise par cette présence palpitante. Instinctivement, elle l'enserra avec ses muscles, le plus fort possible, ignorant qu'elle possédait ce don. Elle aurait voulu le garder ainsi éternellement. Il était à elle. Ce devait être ainsi.

Chance était brûlant, dur et douloureusement prêt ; elle le sentait, elle le voyait à la façon dont il tremblait. Pendant un instant, il la laissa mener la danse, puis il se mit à bouger à son tour, en poussant un râle de plaisir, lentement tout d'abord, puis avec une fougue grandissante. Skye fut alors ébranlée par un nouvel orgasme, plus violent encore, et cria le nom de Chance. Celui-ci capta son nom avec sa bouche, secoué de frissons de plaisir lui aussi, le corps frémissant et moite ; il était totalement vulnérable, offert. Comme elle l'était face à lui.

A cet instant, et pour la première fois peut-être, toutes les barrières s'effacèrent entre eux.

Skye n'aurait jamais imaginé que l'union de deux personnes puisse être aussi intense et tendre à la fois, sauvage et douce. Elle ignorait qu'un homme et une femme pouvaient, ensemble, approcher si près du paradis, avec une telle ivresse exquise.

Certes, elle avait déjà eu des relations sexuelles, mais elle n'avait jamais fait véritablement l'amour. Elle s'en apercevait maintenant. Et elle comprenait qu'elle ne serait plus jamais la même.

Vidée, elle resta blottie contre lui, dans le grand fauteuil, en laissant échapper de petits soupirs de bien-être. Elle promenait sa bouche sur l'épaule de Chance, elle l'embrassait, le mordillait.

— C'était divin, murmura-t-elle dans une sorte de ronronnement. Je me sens… délicieusement bien.

Pour s'amuser, elle se mit à ronronner pour de bon. Comme Chance ne réagissait pas, elle s'aperçut tout à coup qu'il n'avait pas dit un mot ; à peine avait-il bougé, depuis que la jouissance les avait balayés. Perdue dans sa douce euphorie, Skye n'avait pas remarqué cette froideur soudaine.

— Chance ?

Il ouvrit les yeux et la regarda.

— Tu ne dis rien.

Il l'observa, et ce qu'elle vit dans ses yeux fit voler en éclats son sentiment de bien-être et d'euphorie. Que s'était-il passé, en l'espace de quelques minutes, pour qu'il la regarde ainsi ? se demanda-t-elle.

— Que voudrais-tu que je dise, hein ? répondit-il d'une voix enrouée. Ce sont des compliments que tu cherches ?

Skye retint son souffle, meurtrie.

— Je ne cherche rien.

— Tu es sûre ? Je suis tout disposé à te faire plaisir. Tu es un super coup, comme on dit. En fait, tu arrives dans le peloton de tête.

— Salaud !

Elle le gifla de toutes ses forces et se leva. Elle s'empressa de récupérer son pull et de l'enfiler, car elle se sentait affreusement nue tout à coup, et vulnérable. Elle déglutit avec peine, pour essayer de surmonter la blessure, la terrible désillusion. Une minute plus tôt, elle était aux anges, comblée. Brusquement, elle avait l'impression d'être une moins-que-rien, une fille facile parmi d'autres, beaucoup d'autres assurément.

Chance aimerait être moi. Il a essayé de me voler mes conquêtes. Après les avoir eues, il n'en veut plus. Il les jette. Comme une vieille paire de chaussettes.

Skye ferma les yeux de toutes ses forces ; elle aurait voulu nier ces paroles, cette effroyable vérité. Elle aurait voulu atténuer la souffrance, presque insoutenable.

Griffen avait pourtant essayé de l'avertir, de la mettre en garde.

Mais elle était aussi infidèle que stupide.

Face à Chance McCord, elle oubliait toute pudeur. Malgré les années écoulées, rien n'avait changé finalement. Elle continuait à se jeter à son cou, et lui la rejetait, toujours avec le même mépris.

Redressant la tête avec fierté, elle le regarda fixement. Sa joue droite portait encore la marque rosée de sa main.

— Tu veux bien m'expliquer ce qui s'est passé, Chance ? Tu veux bien éclairer ma lanterne ?

— C'est toi qui es venue sonner à ma porte en larmes, Skye. Pas l'inverse.

— Oh ! je vois ! fit-elle en s'efforçant vainement de maîtriser le tremblement de sa voix. C'était un geste charitable, tu m'as baisée par pitié ! C'est ce que tu essayes de me faire comprendre ?

— Ne prends pas des airs de petite sainte, Skye. Tu sais bien ce qui s'est passé.

— Non, je ne sais pas ! Dis-le-moi.

Il resta muet et elle détourna le regard, habitée par une douleur aussi profonde que le jour où elle s'était réveillée pour découvrir qu'il l'avait abandonnée. Elle ramassa sa culotte par terre.

— C'était juste une partie de jambes en l'air sans importance, hein ? Avec une fille parmi d'autres, même si je suis un super coup, paraît-il. Merci pour le compliment, espèce d'ordure !

— Nom de Dieu !

Chance se leva d'un bond ; il ramassa et enfila son pantalon de jogging.

— J'essaye de te faire comprendre que je n'ai rien à t'offrir. Mon agence est en train de se casser la gueule. J'ai perdu presque tous les clients que j'avais gagnés au cours des six derniers mois. Hier, j'ai dû me séparer de mon assistante. Qu'attends-tu de moi ? Comme tu me l'as souvent répété, Griffen, lui, peut tout t'apporter. Il t'a tout offert, le monde entier, semble-t-il ! Prends-le, Skye. Prends-le et fous le camp d'ici !

Elle enfila ses collants, une tâche rendue difficile par le tremblement de ses mains.

— Finalement, marmonna-t-elle, tout ce que Griffen m'a raconté à ton sujet est vrai.

— Ah oui ? Et peut-on savoir ce qu'il a dit ?

— Que tu étais jaloux de lui. Que tu voulais être à sa place.

Chance parut ébranlé.

— Griffen a dit ça ?

— Parfaitement. Il a dit aussi que tu étais prêt à tout pour lui voler sa femme. Que ce n'était pas la première fois que tu tentais le coup.

— Lui voler sa femme, répéta Chance avec une fureur à peine contenue. Hé ! ce n'est pas moi qui suis venu frapper à ta porte, en te suppliant quasiment de…

— Tais-toi, salopard !

Elle saisit une des canettes de bière qui traînaient sur la table basse et la lança vers lui. Comme il eut le réflexe de se baisser, la boîte lui frôla la tête et alla s'écraser contre le mur.

— Ça ne s'est pas passé ainsi, et tu le sais ! rugit-elle.

— Voyons, Skye. Pourquoi faudrait-il te baiser par pitié, comme tu l'as si délicatement formulé ? Tu as Griffen, non ? Je suppose qu'il fait tout pour te satisfaire.

Skye eut l'impression de recevoir une gifle. Plus douloureuse que toutes les paroles haineuses qu'ils avaient échangées. Sans le regarder, elle récupéra le reste de ses affaires et marcha vers la porte d'un pas décidé.

Au moment de sortir, elle s'arrêta et se retourna.

— Je n'ai jamais couché avec Griffen, déclara-t-elle. Mais à présent que tu me le suggères, je me demande pourquoi j'ai attendu si longtemps.

63

Griffen allait la demander en mariage. Ce soir. Skye en était convaincue.

L'avant-veille, il l'avait appelée pour l'inviter à dîner. Il avait une surprise pour elle, avait-il annoncé. Quelque chose de très particulier. Et maintenant, ils étaient là, tous les deux, dans la salle à manger du Ritz : le champagne était au frais dans un seau, la musique jouait en sourdine, une magnifique rose rouge était posée en travers de son assiette.

Si seulement elle avait été certaine de la réponse à donner.

Le maître d'hôtel tira la table pour permettre à Skye de se glisser sur la confortable banquette de cuir. Une fois installée, elle jeta un regard interrogateur à Griffen. Depuis quelque temps, il se comportait de manière étrange : prévenant et démonstratif, puis renfermé et froid l'instant suivant. Comme s'il était tour à tour deux personnes différentes.

Skye prit la rose et l'approcha de son visage pour en respirer le parfum. Elle s'était même demandé si, finalement, cette dualité qu'elle percevait chez Griffen n'était pas le reflet des sentiments ambigus et confus qu'elle éprouvait pour lui. Elle le désirait, elle désirait l'amour et la sécurité qu'il lui offrait ; elle voulait une famille et la stabilité. Et elle savait, sinon avec le cœur, du moins avec la raison, qu'il était l'homme qu'il lui fallait.

Malgré tout, elle ne pouvait s'empêcher de penser à Chance. Elle ne pouvait oublier la façon dont son corps s'était éveillé sous ses caresses, ni le bien-être qu'elle avait connu ensuite. Comme si le monde entier lui appartenait.

Mais il l'avait possédée, et maintenant, il ne voulait plus d'elle.

Elle baissa les yeux. Quelle idiote elle avait été ! pensa-t-elle. Qu'est-ce qui lui prenait, bon sang ? Chance avait déjà failli la détruire une fois, pourquoi tenait-elle tant à lui donner l'occasion de recommencer ?

— Skye, mon amour. A nous deux !

Elle sursauta. Avec un petit rire destiné à masquer sa gêne, elle porta la coupe de champagne à ses lèvres.

— A nous deux, répéta-t-elle.

— Tu avais l'air à des milliers de kilomètres d'ici. Quelque chose te tracasse ?

— Non, non, murmura-t-elle avec un sourire forcé, avant d'indiquer la main bandée de Griffen. Ta blessure te fait toujours mal ?

Il jeta un coup d'œil distrait à sa main.

— Non, c'est presque refermé.

Elle ne put réprimer un frisson.

— Cinquante-deux points de suture ! Je n'ose même pas imaginer comme ce doit être douloureux. On se demande comment un simple morceau de verre peut faire autant de dégâts.

Griffen haussa les épaules.

— J'avais l'esprit ailleurs ; je ne faisais pas attention, ajouta-t-il avec un petit sourire en coin. Comme toi il y a quelques secondes.

— Moi ?

— Oui. Tu pensais à Terri et à son adorable petite fille, je parie. Allons, n'essaye pas de nier. Je sais combien leur départ t'a affectée. Je sais bien qu'elles te manquent.

Quelque chose dans son expression semblait en étrange décalage par rapport à ses paroles et au ton de sa voix. Elle croyait deviner en lui une sorte d'amusement. Ou de plaisir.

Elle scruta son regard, mais cette lueur ironique qu'elle avait cru y voir avait disparu. Griffen était l'image même de la compassion. Elle but une gorgée de champagne en se reprochant ses soupçons.

Comment pouvait-elle prêter de tels sentiments à Griffen ? Lui qui avait toujours compris ce qu'elle ressentait, qui l'avait toujours soutenue.

Elle s'éclaircit la voix.

— Je pense souvent à elles, c'est vrai. Mais tout à l'heure, je n'y pensais pas.

— Comment vont-elles ?

— Elles prennent leurs marques.

— Quand on pense à ce qui leur est arrivé, quelle honte ! Il y a tellement de dingues en liberté.

— C'est vrai.

Il porta sa coupe à ses lèvres, but une gorgée de champagne et la reposa.

— Et M. Meuh, comment va-t-il ? Pas de nouvel incident, j'espère ?

— Non, heureusement.

— A-t-on retrouvé la personne qui a essayé de l'empoisonner ?

Skye détourna la tête, gênée.

— Non, le coupable court toujours.

— C'est effrayant, murmura Griffen. Il pourrait recommencer.

La main de Skye se mit à trembler ; elle reposa sa coupe, de peur de renverser du champagne.

— Je fais très attention, maintenant. Je ne le laisse plus sortir seul.

— Tant mieux.

Il se pencha au-dessus de la table et couvrit sa main de la sienne.

— Tu es glacée, ma chérie, dit-il. Je ne t'ai pas troublée, j'espère ?

— Non, bien sûr que non.

Il lui massa délicatement les doigts, comme pour les réchauffer.

— L'existence que tu as menée m'a fait réfléchir au sens de la vie, et prendre conscience de ce qui est réellement important. On peut tout avoir, et tout perdre en une fraction de seconde. Mais la famille est toujours là. Quand tu appartiens à une famille, tu n'es jamais seule. Ta famille ne t'abandonne jamais.

Skye pensa à sa mère, et aussitôt, les larmes lui vinrent aux yeux.

— Jamais, répéta Griffen, comme s'il lisait dans ses pensées. Quand elle t'aime réellement, du moins. Ta mère ne méritait pas de porter ce nom. Elle ne méritait pas ton amour. Et Chance non plus.

Cette fois, Skye ne put masquer son désespoir. Une larme glissa sur sa joue, malgré ses efforts pour la retenir.

— Ah ! ça y est, je t'ai fait de la peine ! Pardonne-moi, ma chérie. Je voulais que cette soirée soit spéciale.

— Tu as raison pourtant, dit-elle. C'est l'amour qui compte.

Elle essuya une seconde larme, puis une troisième.

— Je n'ai personne au monde, Griffen. Je suis seule.

— Je suis là, moi.

Comme elle essayait de libérer sa main, Griffen resserra l'étau de ses doigts.

— C'est la vérité, Skye. Et tu connais mes sentiments pour toi, je n'en ai jamais fait un secret.

Le cœur battant à tout rompre, elle soutint son regard, devinant ce qui allait suivre. Que n'aurait-elle donné à cet instant pour savoir quelle serait sa réponse !

— Je veux veiller sur toi, ma chérie. Je veux t'aimer et te protéger. Je veux que nous soyons réunis pour toujours. Je veux que tu deviennes ma femme. Skye, veux-tu m'épouser ?

Elle le fixait, la gorge nouée ; et elle pensait à Chance. Elle repensait à ses mains magiques, capables de faire chanter son corps. Et elle maudissait ses pensées. Elle maudissait Chance.

— Avant de répondre, reprit Griffen, réfléchis bien. Tu ne seras plus jamais seule. Je promets de t'offrir tout ce dont tu as toujours rêvé : l'amour, un véritable foyer, une famille. Grand-père et Dorothy t'aiment beaucoup, eux aussi. Nous avons besoin de toi. Monarch a besoin de toi.

Sa voix se fit plus grave, et il ajouta :

— J'ai besoin de toi.

Skye fut prise de tremblements. Elle ne savait quoi répondre. Griffen lui offrait tout ce qu'elle avait toujours voulu avoir, en effet, et pourtant, elle semblait incapable de prononcer le mot « oui ».

Sentant poindre une migraine, elle porta sa main à sa tempe.

— C'est une décision importante, dit-elle. Je suis abasourdie. Et flattée en même temps.

Un sourire triomphant retroussa les lèvres de Griffen. Plongeant la main dans la poche intérieure de sa veste, il en sortit un petit écrin en velours violet. Il le déposa sur la table devant elle.

Comme elle le regardait sans oser y toucher, il rit.

— Vas-y, Skye. Ouvre. C'est pour toi.

Les mains tremblantes, elle souleva le couvercle de l'écrin. Et retint son souffle en découvrant le magnifique solitaire qu'il contenait. Le diamant captait les lumières du restaurant et semblait lui faire de l'œil.

— Oh ! mon Dieu…

Elle porta la main à son cou. C'était incontestablement le plus beau diamant qu'elle ait jamais vu : de forme ovale, énorme, brûlant d'un feu intérieur. Au moins cinq carats.

— C'est trop, dit-elle.

— Non, pas pour la femme que j'aime plus que tout. Essaye-la.

Il sortit la bague de son cocon de satin. Skye tendit la main et Griffen glissa délicatement le diamant autour de son annulaire. Il lui allait parfaitement.

— Nous savons tout l'un de l'autre, Skye. Nous avons tout en commun, bien plus que tu n'imagines. Ensemble, nous aurions une vie parfaite. Pense donc : nous serons riches, puissants et beaux. Côte à côte, nous dirigerons la société Monarch et nous élèverons une tripotée de petits Monarch. Rien ne pourra nous arrêter, Skye.

Et la passion dans tout ça ? Et l'amour ?

C'était injuste, songea-t-elle. Griffen l'aimait, il le lui avait dit, si souvent. Et elle aussi... elle l'aimait. Parfaitement !

Mais pas de la façon dont elle aimait... Chance.

Les larmes envahirent ses yeux. Elle cligna des paupières pour les chasser, horrifiée. Par ses pensées, par la vérité. Elle était amoureuse de Chance. Elle l'aimait depuis qu'ils étaient tout jeunes.

Non. Elle ne devait pas aimer Chance. Elle ne pouvait pas. Il ne l'aimait pas. Il l'avait déjà abandonnée une fois, il recommencerait certainement.

Mais elle l'aimait malgré tout, comme elle aurait voulu aimer Griffen.

— Hé...

Griffen lui saisit le menton pour l'obliger à lever la tête.

— J'espère que ce sont des larmes de bonheur.

— Oui, mentit-elle, mortifiée. Je suis bouleversée. Je...

— Est-ce un « oui » ?

Elle livrait un terrible combat avec elle-même pour fournir la bonne réponse, la meilleure.

— Griffen, je... le moment est mal choisi...

Il se raidit et lui lâcha la main ; deux taches écarlates apparurent sur ses joues.

— Donc, c'est « non » ?

— Absolument pas ! protesta-t-elle en lui prenant la main. J'ai juste besoin d'un peu de temps... Je ne suis pas prête.

— Moi, si, répondit-il sèchement. C'est pourtant simple, il me semble, Skye. Soit tu veux m'épouser, soit tu ne veux pas.

— J'aimerais être comme toi, Griffen, sûre de tous mes choix. Mais il s'agit de s'engager pour la vie. C'est effrayant. J'ai déjà souffert, et j'ai peur.

— Je ne suis pas comme ta mère. Ou comme Chance, ce salaud, dit Griffen d'un ton haineux. Jamais je ne t'abandonnerai. Jamais je ne cesserai de t'aimer. Tu es faite pour moi, je le sais. J'en suis convaincu. Nous étions faits pour nous rencontrer.

Elle leva les yeux. Ceux de Griffen, brûlants et enfiévrés, semblaient animés d'un feu intérieur. Elle ne l'avait jamais vu dans un tel état d'exaltation. Elle frissonna.

— Je ne peux pas te donner une réponse tout de suite. Je suis désolée. J'ai envie de dire oui, Griffen, très envie. Vraiment. Mais je ne peux pas. Pas maintenant.

— Je vois.

Il se recula, visiblement furieux.

— Je t'en prie, insista-t-elle d'une voix suppliante, essaye de comprendre. Je veux que ce soit parfait. Pour toi et moi. Tant de choses m'arrivent au même moment : le voyage à Milan, et tout le reste. Je t'en prie, Griffen, ne sois pas fâché contre moi. Accorde-moi juste un peu de temps.

Un instant, Griffen parut hésiter, puis il hocha la tête, de manière brusque.

— Très bien. Je t'accorde un peu de temps. Mais je n'attendrai pas éternellement.

— Je ne te le demande pas. Je te donnerai ma réponse à mon retour de Milan.

— Dans quinze jours, donc. J'attendrai, Skye.

64

Skye trouva Chance à son bureau. Il se tenait face à la fenêtre, tournant le dos à la porte. Il paraissait épuisé, songea-t-elle. Quelque chose dans sa façon de se tenir, dans l'inclinaison de ses épaules, laissait deviner qu'il avait perdu cette belle assurance et cette formidable énergie qui lui faisaient surmonter les obstacles et aimer la vie.

Apparemment, il ne l'avait pas entendue arriver, car il ne se retourna pas. Skye se mordilla nerveusement la lèvre. Elle pouvait encore repartir, se dit-elle. Elle pouvait encore faire demi-tour et s'en aller sans l'affronter. Sans être obligée de s'humilier. Sans le supplier. Il ne saurait pas qu'elle était venue.

Non, elle ne pouvait pas faire ça, même si une petite voix en elle l'incitait à repartir pendant qu'il était encore temps. Elle n'avait plus rien à perdre, se disait-elle. Chance lui avait déjà brisé le cœur.

Si elle renonçait maintenant, elle vivrait éternellement dans le doute.

— Chance ?

Il fit volte-face avec raideur. Il la dévisagea, en silence. Skye noua ses mains devant elle.

— Comment ça va ?

A peine cette question eut-elle franchi la barrière de ses lèvres qu'elle se maudit de l'avoir posée.

— Comment ça va ? répéta-t-il d'un ton sarcastique. Il me reste trois clients. J'ai même perdu celui que j'avais amené avec moi de chez Adams et Sloane. Alors, disons que je ne me sens pas d'humeur très joyeuse.

Il l'observa longuement, de la tête aux pieds.

— Et toi, Skye, comment ça va ?

Skye souffrait de voir le désespoir de Chance. Plus que quiconque, peut-être, elle savait ce que la réussite sociale signifiait pour lui.

— Je suis désolée, dit-elle d'une petite voix.

— Oui, moi aussi.

— Il te reste Monarch. Ils sont très contents de toi, je le sais.

— Les autres aussi étaient contents de moi. Mais changeons de sujet. Que viens-tu faire ici ?

— Griffen m'a demandé de l'épouser.

— Vraiment ?

Elle s'éclaircit la voix.

— Il m'a dit… qu'il m'aimait. Il a promis de ne jamais m'abandonner. Et de m'offrir le monde entier.

— Sacrée proposition, commenta Chance d'une voix grave.

Il se retourna vers la fenêtre et ajouta :

— Tu as accepté, j'espère ?

Skye eut l'impression qu'une main invisible et cruelle lui lacérait les entrailles. Elle s'obligea à inspirer profondément, pour se donner du courage. Qu'avait-elle à perdre en s'humiliant devant lui ? En lui ouvrant son âme ?

Rien qu'elle n'ait déjà perdu, songea-t-elle, il y a bien longtemps.

— Chance, je… Regarde-moi, s'il te plaît.

Il pivota lentement pour lui faire face. Mais il était renfermé sur lui-même, totalement hermétique à ce qu'elle disait ; elle le devinait à son expression, à la raideur de son corps, à la manière dont il la regardait sans la voir.

— Je lui ai répondu que j'avais besoin de temps pour réfléchir.

— Je vois.

Une fois de plus, il promena lentement son regard sur elle.

— Tu es venue réclamer ma bénédiction, ou la permission du grand frère ?

Elle détourna la tête, brièvement, juste le temps de repousser ses larmes.

— Je veux que tu me dises de ne pas le faire, Chance. Je veux que tu me donnes une raison de… lui répondre non.

Chance se contenta de la fixer intensément, comme pour s'abreuver de chaque détail de son corps, de son visage, comme s'il la voyait pour la dernière fois. Skye savait qu'elle le fixait de la même façon ; elle le dévorait des yeux, et l'envie de se jeter dans ses bras la rongeait.

— Je ne peux pas, Skye, répondit-il enfin. Je regrette.

Sentant un cri de désespoir monter dans sa gorge, elle plaqua sa main sur sa bouche. Elle rassembla toute sa volonté pour lutter contre la douleur et la terrible déception. Le sentiment de trahison.

— Est-ce que ça changerait quelque chose si je… si je te disais que… je t'aime ?

L'expression de Chance était impénétrable. Il secoua la tête.

— Il ne faut pas m'aimer, Skye. Aime plutôt Griffen. Il t'a offert le monde, après tout. Il me semble qu'une fille sensée comme toi devrait sauter sur l'occasion.

Elle ouvrit la bouche, prête à le supplier, puis se ravisa. Il ne l'aimait pas, ne l'avait jamais aimée. Et toutes ses supplications n'y changeraient rien. Cela ne ferait qu'accroître leur amertume.

Ils étaient déjà suffisamment malheureux l'un et l'autre, songea-t-elle.

— Bien, j'ai eu ma réponse, déclara-t-elle, les bras croisés, luttant pour ne pas s'humilier davantage en pleurant. Il n'y a plus qu'à se dire au revoir, je crois.

— Oui, je crois aussi, répondit Chance d'une voix cassée. La prochaine fois que je te verrai, tu seras fiancée à Griffen. Je te souhaite sincèrement d'être heureuse.

De nouveau, il se retourna vers la fenêtre. Skye contempla son dos encore quelques instants, puis elle repartit.

Tandis que la porte du bureau se refermait derrière elle, elle entendit Chance ajouter quelque chose, elle l'entendit prononcer son nom.

Mais elle ne revint pas en arrière. Elle ne voulait plus le voir. Plus jamais.

65

Griffen referma la porte du bureau de Dorothy derrière lui et s'y adossa, en observant sa tante. Elle ressemblait à une loque.

— Tu m'as appelé, tante chérie ?

Elle lui fit signe d'approcher, en tirant goulûment sur sa cigarette, une manie qu'il exécrait. C'était déjà pénible de la voir fumer, pourquoi fallait-il qu'elle suçote ces saloperies, comme un bébé qui tète ?

— Il faut qu'on parle, dit-elle.

— C'est ce que j'ai cru comprendre en entendant ton message affolé.

Il se glissa dans le fauteuil disposé face au bureau et croisa les jambes.

— Alors, qu'est-ce qui te met dans cet état ? demanda-t-il.

— Skye m'a parlé de ta demande en mariage.

Griffen plissa les yeux.

— Et que lui as-tu répondu ?

— Je lui ai dit que je serais ravie de l'accueillir dans notre famille… Evidemment, ajouta-t-elle en écrasant vigoureusement sa cigarette dans le cendrier.

— Parfait.

Il chassa d'une chiquenaude une peluche sur la manche de sa veste.

— Alors, où est le problème ?

Dorothy s'apprêtait à répondre, lorsque soudain elle se figea, les yeux écarquillés.

— Mon Dieu, Griffen. Ta main ! Que t'est-il arrivé ?

Griffen jeta un regard négligent à sa main bandée, et haussa les épaules.

— J'ai eu un petit accident dans la salle de bains. Il a fallu qu'on me fasse des points de suture. Rien de grave. Revenons-en à ta petite crise d'angoisse, tante Dot.

La vieille femme tressaillit nerveusement sous le poids de son regard pénétrant et ironique.

— Je ne peux pas continuer comme ça, Griffen. Je n'en peux plus !

— Pardon ?

— Je ne peux pas continuer à lui mentir. Continuer à faire semblant de…

Prise de tremblements, elle s'empara de son paquet de cigarettes.

Griffen émit un petit ricanement de mépris.

— Calme-toi. On dirait une vieille folle hystérique.

— C'est plus fort que moi !

Elle alluma sa cigarette au bout de la troisième tentative et tira dessus avec avidité, d'un air presque désespéré, comme on s'accroche à une bouée de sauvetage.

— Cette histoire me donne la nausée, Griffen. On n'a pas le droit d'agir ainsi ! J'ai fini par m'attacher à elle.

— Moi aussi je tiens beaucoup à elle, tante Dot. Je l'aime. Nous l'aimons tous.

— Mais alors, comment peux-tu… Tu es son frère, Griffen ! C'est mal ce qu'on fait. Tu ne peux pas épouser ta sœur.

Agacé par ce discours, Griffen pinça les lèvres.

— Tante chérie, dit-il calmement, du ton que l'on utiliserait pour s'adresser à un enfant turbulent. Crois-tu vraiment que ce soit l'endroit et le moment choisis pour avoir cette discussion ?

— Je m'en fous ! Sache que j'ai décidé de mettre fin à cette comédie !

Dorothy était faible et stupide. Mais il saurait la maîtriser.

Il se leva et marcha vers elle. Posant les mains à plat sur le dessus du bureau, il se pencha en avant et la regarda droit dans les yeux.

— Nous avons déjà parlé de tout ça, déclara-t-il. Avant même que Skye ne revienne à la maison, nous en avons discuté. Et nous avons décidé que ce serait la meilleure solution. Maintenant que le processus est enclenché, on ne peut pas l'arrêter facilement.

— Il le faut pourtant ! Nous devons trouver un moyen.

Sa grand-tante le considérait d'un air suppliant.

— Skye compte beaucoup pour moi désormais, reprit-elle, et pas seulement à cause de ce qu'elle représente pour la Maison Monarch.

Griffen ricana, sans chercher à masquer son mépris. Ni son irritation grandissante.

— Facile à dire, n'est-ce pas, maintenant que la pression a disparu ?

Il se pencha davantage.

— Nous avons besoin d'elle, Dorothy. Tu as besoin d'elle. Monarch a besoin d'elle.

Elle écrasa sa cigarette et en prit immédiatement une autre.

— J'ai réfléchi, dit-elle. On pourrait tout lui expliquer. C'est une fille adorable, elle comprendra. J'en suis sûre.

— Oui, certainement.

Griffen se redressa et se dirigea vers la fenêtre qui donnait sur la magnifique avenue. Après un moment de réflexion, il se retourna vers sa tante.

— Te souviens-tu de toutes les raisons pour lesquelles nous avons fait ce choix ? Te souviens-tu de ton raisonnement, de tes paroles, quand nous avons pris cette décision ?

D'une main tremblante, Dorothy s'essuya le front ; Griffen vit qu'elle voulait se dédire. Typique de la faiblesse et de la lâcheté des femmes, songea-t-il. Dans un instant, elle allait se lamenter, en affirmant qu'elle ne se souvenait plus, ou qu'elle n'avait pas tous ses esprits à ce moment-là.

— Je... je ne me rappelle plus très bien, Griffen. Tu sais bien que je perds la tête, parfois. J'ai des absences. Je...

— Tu prétendais que ce serait amusant. Une sorte de jeu. Alors, tu t'en souviens, maintenant, tante chérie ?

Elle rougit et détourna les yeux, l'air honteux et coupable.

— Oui, mais... nous étions tous furieux à cause de Madeline qui l'avait kidnappée, et je pensais... Je ne pouvais pas me douter...

Elle alluma sa cigarette ; ses mains tremblaient.

— Je ne la connaissais pas en ce temps-là, Griffen. C'était comme si elle n'existait pas vraiment.

— « Ce serait amusant, disais-tu. Je suis sûre que Skye sera remplie de reconnaissance et d'amour pour toi quand tu lui expliqueras que tu lui as menti... pour t'amuser ! »

— Non, je n'ai jamais pensé ça.

— A ton avis, comment réagira-t-elle en apprenant que tu as trahi sa mère ? En apprenant que c'est toi, Dorothy, qui as indiqué à Pierce où elle se cachait, et qui as obligé Madeline à fuir, en abandonnant sa fille ?

— Elle n'est pas obligée de le savoir. Elle...

— Elle risque de l'apprendre. Elle pourrait tout découvrir.

Griffen fit le tour du bureau de sa tante, en savourant la panique de la vieille femme.

— Souviens-toi, tante Dorothy. Nous avions peur qu'en sachant la vérité, Skye ne se range du côté de sa mère. Elle l'aimait beaucoup, tu sais. Enormément. Souviens-toi aussi combien tu étais désespérée, dépassée par les événements, avant qu'elle ne nous revienne. Souviens-toi de ton angoisse en voyant la Maison Monarch, ton enfant chéri, sombrer dans la médiocrité.

Griffen s'arrêta devant elle.

— Nous avions besoin de récupérer notre fille adorée. Celle qui possédait le don. Et si elle se liait à moi, nous étions certains alors qu'elle ne partirait plus. Aucun homme ne viendrait nous la voler.

Il se pencha vers Dorothy ; il sentait l'odeur même de la panique.

— Nous étions tous d'accord, tante chérie. Nous avons tous décidé que c'était la meilleure solution.

La vieille femme se recroquevilla au fond de son fauteuil.

— J'ai changé d'avis, Griffen. Quand je ne la connaissais pas, c'était facile d'être d'accord avec ton projet. Skye n'existait pas réellement, je te l'ai dit, elle ne faisait pas vraiment partie de notre famille... Je pensais que tu te trompais peut-être... Mais c'est bien elle, notre petite Grace.

Griffen se redressa avec un soupir d'écœurement.

Il y avait toujours un maillon faible. Quelqu'un qui venait tout gâcher.

— Comment comptes-tu lui apprendre la vérité, tante Dorothy ? Tu lui annonceras de but en blanc que nous voulions lui tendre un piège ? Tu lui avoueras que tu étais prête à garder le secret et à la laisser épouser son frère ? Pour le bien de la société Monarch ?

La vieille femme blêmit.

— Je sais que ce n'est pas glorieux, dit-elle, mais il faut mettre fin à cette comédie, avant que les conséquences ne deviennent dramatiques. Avant qu'on ne puisse plus revenir en arrière. Par ailleurs, en même temps qu'elle saura la vérité, elle deviendra propriétaire d'une partie de Monarch. Qui pourrait renoncer à cette aubaine ? Qui renoncerait à la richesse, à la gloire et au pouvoir ?

— En effet. Et elle pourrait décider de se venger.

La pâleur de Dorothy s'accentua ; son teint devint cadavérique.

— Que... que veux-tu dire ? Explique-toi.

— Dès que nous lui aurons révélé que c'est une Monarch, elle pourra faire valoir ses droits sur la société et se retirer. Certes, nous pourrions contre-attaquer en justice. Mais nous pourrions perdre. C'est même quasiment certain. Ce danger a toujours existé. C'était une de nos préoccupations, tu te souviens ? Ce facteur a joué un rôle important dans notre décision.

Griffen observa sa tante, avant d'ajouter :

— Le seul homme que tu aies jamais aimé t'a abandonnée, Dorothy. Tu n'as pas oublié, j'en suis sûr. Il t'a abandonnée parce que tu étais stérile. Tu t'es retrouvée sans rien : ni amour, ni enfants. Heureusement, il te restait Monarch. Ton bébé, l'amour de ta vie.

Il marqua un temps d'arrêt, avant d'assener le coup de grâce.

— Skye pourrait te l'arracher.

Dorothy porta la main à sa poitrine ; elle respirait avec difficulté.

— Mon Dieu qu'allons-nous faire, Griffen ? Je ne peux pas continuer comme ça, mais je… je ne veux pas perdre Monarch. Ce serait… je… Non, c'est impossible !

— Je le sais, tante chérie.

Griffen regagna son fauteuil, le sourire aux lèvres.

— Tu pars pour Milan demain, je crois ?

— Oui. Avec Adam et Skye.

— Très bien, dit-il en formant une pyramide avec ses doigts. Ça me laisse un peu de temps.

Elle se pencha en avant dans son fauteuil, avec une excitation enfantine.

— A quoi penses-tu ?

— Je pense que tu as peut-être raison, tante Dorothy.

— Dieu soit loué ! s'exclama-t-elle. J'avais tellement peur de ce que tu dirais. Peur que tu sois en colère contre moi. Peur que l'on se dispute.

— Tu es ma tante adorée, Dot. Jamais je ne pourrais me disputer avec toi, voyons. Je suis toujours très attentif à tes sentiments.

Il croisa les jambes et joignit les mains sur ses genoux.

— Mais ne dis rien à personne, pour l'instant. Nous devons agir avec tact.

— Tu as raison.

— On ne doit pas la perdre, surtout. Si jamais on commet le moindre faux pas…

Il fit claquer ses doigts.

— … Skye se volatilisera. Comme Madeline. A cette différence près qu'elle emportera Monarch avec elle.

— Tu as raison, répéta la vieille femme en écrasant sa cigarette dans le cendrier déjà plein à ras bord.

Dorothy n'était plus qu'une épave pathétique, songea Griffen avec mépris. Bon sang, il détestait la faiblesse humaine. Et il était entouré de gens faibles. Seigneur, pourquoi fallait-il qu'il supporte ce fardeau ?

— Pendant que vous serez à Milan, j'arrangerai tout. A ton retour, nous en parlerons, juste toi et moi.

Il se leva.

— Ça te convient ? Tu es plus tranquille maintenant ?

— Oh oui ! affirma-t-elle avec un soupir de soulagement. Merci, Griffen. Tu es un amour. Je sais que je peux toujours compter sur toi.

— Et moi, puis-je compter sur ta discrétion jusqu'à votre retour ? Pas un mot à quiconque, tante Dot. C'est très important.

La vieille femme hocha la tête.

— Tu peux me faire confiance. Je ne pourrais pas supporter de voir Skye s'en aller.

— Je comprends ce que tu veux dire.

Griffen se dirigea vers la porte. Avant de sortir, il s'arrêta et jeta un coup d'œil par-dessus son épaule.

— Cesse de t'inquiéter ; je m'occupe de tout.

Elle lui sourit. Il ouvrit la porte et lui rendit son sourire.

— Tout va s'arranger, assura-t-il. Patience, et tu verras.

66

Le bar sombre et enfumé était rempli de clients dans le style motard ou artiste. Pas du tout le genre d'endroits que fréquentait habituellement Griffen, se dit Chance en tournant la tête, une fois de plus, vers la porte. Mais depuis quelque temps, Griffen se comportait de manière insolite. Il paraissait bizarre, légèrement désaxé, comme une image déformée de l'ancien Griffen. Toutefois, Chance était incapable de dire précisément ce qui avait changé chez son ami. Il avait longuement réfléchi à la question, sans trouver de réponse. Une chose était sûre en tout cas : à présent, l'attitude de Griffen lui faisait le même effet que des ongles qui crissent sur un tableau noir.

Pour la centième fois, Chance consulta sa montre. Voilà vingt minutes déjà qu'il attendait. Peut-être que Griffen ne viendrait pas, songea-t-il ; peut-être lui avait-il posé un lapin ? Il but une gorgée de bière, dont le goût lui parut amer. Une humiliation et une déception de plus, au cours de ces deux dernières semaines de cauchemar.

Griffen serait-il au courant de ses rapports avec Skye ?

Cette pensée le glaça. Il avait toujours su que Griffen ferait un redoutable ennemi, pour quiconque se dresserait sur son chemin. Or, s'il avait découvert les liens qui existaient entre Skye et lui, il deviendrait assurément un ennemi.

Skye… Chance poussa un soupir. Il savait qu'elle était à Milan ; elle rentrait dans deux jours. C'était aussi bien ainsi, se disait-il, car cela l'avait empêché de lui téléphoner, ou d'aller la voir.

Pour lui dire quoi, d'ailleurs ? se demanda-t-il avec un froncement de sourcils. Skye l'avait supplié de lui donner une raison de ne pas épouser Griffen. Il n'en avait pas été capable. Il ne le pouvait toujours pas.

— Hé, Chance !

Il tourna la tête. Griffen se précipitait vers sa table.

— Désolé pour le retard, vieux. Je suis resté bloqué dans les embouteillages.

Il prit une chaise et fit signe à la serveuse de lui apporter la même boisson que Chance, après quoi il se retourna vers lui.

— Sympa comme endroit, non ?

— Oui, pas mal.

Griffen se renversa contre le dossier de sa chaise, avec un petit sourire en coin.

— Hmm. Tu m'as l'air un peu morose, vieux. Serait-ce à cause des rumeurs qui circulent en ville ?

Chance redressa brusquement la tête. Griffen paraissait d'humeur très joviale ce soir.

— Quelles rumeurs, Grif ?

— Des rumeurs selon lesquelles tu te serais planté en beauté. On raconte que tes clients se défilent les uns après les autres, à la vitesse de la lumière.

Chance regardait fixement Griffen, surpris par sa désinvolture. Il repensa à ce que lui avait dit Skye, après qu'ils avaient fait l'amour chez lui. Griffen le croyait jaloux de lui. C'était en tout cas ce qu'il affirmait.

Griffen émit un petit ricanement.

— On ne parle plus que de ça dans le milieu des affaires, de la chute du jeune prodige de la communication. L'homme du mois est devenu le perdant de l'année. On peut dire que tu alimentes les conversations de salon, vieux. Félicitations.

— Va te faire foutre.

— Hé ! un peu d'humour, que diable ! Bon sang, Chance, c'est juste du business.

— Facile à dire quand ça vous tombe tout cuit dans le bec à la naissance.

Griffen haussa les sourcils.

— Ça te pose un problème, vieux ?

— Le problème, c'est ton attitude.

— D'après ce que j'ai entendu dire, je suis un de tes derniers clients, et je te conseille d'y aller mollo. Il me semble que tu as tort de chercher la bagarre avec moi.

Chance inspira profondément, en se disant que Griffen avait raison : il cherchait la bagarre. Il rêvait d'un véritable échange de coups, avec œil au beurre noir, nez en sang et K.-O. final. Et de Griffen comme adversaire.

Mais celui-ci avait doublement raison : il fallait être idiot pour provoquer un de ses derniers clients. Chance esquissa un sourire forcé, sans parvenir toutefois à s'excuser.

— Je suis de mauvaise humeur. J'ai vécu quinze jours d'enfer.

— C'est oublié, dit Griffen avec un grand sourire. J'imagine que Skye t'a annoncé la nouvelle ?

Chance affronta son regard, en jouant l'étonné.

— Non. On ne s'est pas parlé depuis longtemps.

— Je lui ai enfin demandé sa main, mon vieux ! Skye et moi, on va passer devant M. le maire.

— Sans blague ? répondit Chance en portant son verre de bière à ses lèvres. Si vous allez vous marier, c'est donc qu'elle a dit oui.

Les muscles du visage de Griffen se crispèrent, de manière presque imperceptible, mais Chance eut le temps de le remarquer, et d'en conclure que Skye n'avait pas dit oui. Pas encore, du moins.

— Bien sûr, répondit Griffen.

— Félicitations.

Chance leva son verre pour porter un toast, dégoûté à l'idée que Skye puisse réellement épouser Griffen.

— Vous formerez un joli couple, ajouta-t-il.

— C'est déjà fait, dit Griffen avec un grand sourire. Mais tu n'as pas l'air très heureux, vieux.

— Ah bon ? Pourtant, je suis ravi. Crois-moi.

— C'est drôle, poursuivit Griffen en buvant une gorgée de bière, j'ai cru à un moment donné que tu voulais me piquer Skye.

Chance sentit son sang se glacer.

— Qu'est-ce qui te faisait croire ça ?

— Oh ! des petits indices ! répondit Griffen en haussant les épaules. Puis je me suis dit : pourquoi Chance prendrait-il la peine de rivaliser avec moi, en sachant qu'il n'a aucune chance ? Pourquoi s'y risquerait-il en sachant que ça me rendrait fou de rage ?

Chance plissa les yeux ; il n'aimait pas la menace contenue dans les paroles de Griffen.

— C'est toi qui me cherches maintenant, Griffen ?

— Moi ? Pourquoi ?

— Je n'ai pas l'intention de te piquer Skye, si c'est ce que tu veux savoir.

Et il repoussa sa chaise pour se lever.

— Au cas où tu ne l'aurais pas remarqué, ajouta-t-il, je ne suis pas d'humeur à raconter des conneries ce soir. Tu avais quelque chose de particulier à me dire ?

— Non. Je n'avais pas revu mon pote Chance depuis un certain temps, et j'ai pensé qu'on pourrait boire un verre. En souvenir du bon vieux temps.

Chance envisagea de prendre congé, en prétextant qu'il avait du travail ou qu'il devait se lever tôt le lendemain matin ; au lieu de cela, il laissa Griffen lui commander une autre bière. Ils bavardèrent et échangèrent des histoires dans une atmosphère tendue. Chance fit semblant de ne pas s'en apercevoir, d'écouter avec plaisir ce que lui racontait Griffen, et surtout, il fit semblant de ne pas sentir la présence de Skye entre eux, aussi nettement que si elle était assise au milieu de la table.

Finalement, Chance renonça à jouer la comédie plus longtemps.

— Je suis vanné, Grif. Désolé, mais je rentre me coucher.

Il se leva, jeta quelques dollars sur la table et prit son manteau sur le dossier de la chaise.

— Je pars avec toi.

Quelques secondes plus tard, ils sortaient dans la rue. La nuit était claire, mais froide, le ciel sans étoiles.

— Où es-tu garé ? demanda Griffen en s'arrêtant devant sa Porsche.

— Au coin de la rue.

— O.K. A la prochaine !

Chance répondit par un hochement de tête, releva le col de son manteau, fourra ses mains dans ses poches et traversa la rue quasiment déserte. Une mauvaise surprise l'attendait lorsqu'il regagna sa voiture. Elle était toujours là où il l'avait garée, mais ses quatre pneus étaient lacérés.

Il poussa un juron. Cela lui arrivait en plein milieu de nulle part par-dessus le marché ! Que faire, maintenant ? La Porsche de Griffen s'arrêta à sa hauteur, vitre baissée.

— Un problème, vieux ?

Chance se retourna, les yeux plissés par une grimace soupçonneuse. Griffen affichait un air ravi.

— Quelqu'un m'a crevé les pneus.

— Ah ! pas de pot ! Monte. Je te ramène chez toi.

Après avoir vérifié que sa voiture était bien fermée, Chance fit le tour de la Porsche pour monter devant.

Ils roulèrent en silence. Griffen conduisait son bolide de main de maître, en empruntant des petites rues perpendiculaires qui les éloignaient du centre-ville. Le sourire aux lèvres, il chantonnait en pianotant sur le volant.

— Hé ! où on va comme ça ? demanda Chance en agitant le pouce dans la direction opposée. Le centre, c'est par là.

Un rictus déforma la bouche de Griffen.

— C'est un raccourci. Détends-toi et profite de la balade.

Chance était bien incapable de se détendre. Il ne voulait pas quitter Griffen des yeux ; quelque chose ne tournait pas rond chez ce type, décidément, se disait-il. Son comportement était même de plus en plus bizarre. Il paraissait habité par une étrange énergie, comme si deux fils de son cerveau avaient provoqué un court-circuit.

Soudain, Griffen prit un virage à trop vive allure, dans un crissement de pneus, et Chance décida de boucler sa ceinture.

— Ça ne t'ennuie pas de ralentir un peu, Grif ?

Griffen s'esclaffa.

— Un problème, vieux ? Je te rends nerveux ?

— Si ça ne te fait rien, je préfère ne pas mourir ce soir.

Cette fois, le rire de Griffen ressembla à un gloussement, un ricanement enfantin.

— Vu la débâcle de tes affaires, ce serait peut-être une solution.

— Qu'est-ce qui te prend, aujourd'hui ? Tu es vraiment puant… encore plus que d'habitude.

Griffen s'esclaffa de nouveau.

— Je suis content qu'on ait cette petite discussion. J'avais quelques points à régler avec toi.

— Ah oui ?

Chance se dit que, finalement, il détestait Griffen Monarch, et qu'il aurait préféré se trouver n'importe où à cet instant, plutôt que dans cette voiture, avec lui.

Griffen laissa échapper encore un petit gloussement.

— En fait, c'était un jeu d'enfant. Quelques coups de téléphone, quelques récriminations. Des allusions à des malversations fiscales, des clients floués ou une conduite irresponsable.

Chance s'était tourné vers Griffen, tout en sentant son cœur s'emballer.

— De quoi parles-tu ?

Le regard de Griffen quitta momentanément la route pour se poser sur lui.

— De tes affaires, évidemment ! répondit-il. Ou je devrais plutôt dire, ton manque d'affaires.

Tandis que Chance dévisageait Griffen, le sens de ses paroles s'imprimait en lui. Il se doutait bien que quelqu'un lui tirait dans les pattes. De manière perverse et habile. Il avait pensé à quelqu'un de chez Adams et Sloane. Ou même Price, Stevenson et Price, ses anciens employeurs.

Mais Griffen ? Son ami ?

— Espèce de salaud ! dit-il en serrant les poings. Je devrais te tuer.

Griffen réagit par un grand éclat de rire, nullement inquiet, heureux de raconter sa petite histoire.

— Evidemment, reprit-il, certains ont été plus difficiles à convaincre que d'autres. Mais tant mieux, cela a ajouté un peu de piment à la chose. C'est Martha qui s'est montrée la plus récalcitrante. Ah ! la chienne ! ajouta-t-il d'un ton hargneux. Elle était tellement impressionnée par toi, par ton travail ; elle m'a répondu qu'elle se fichait pas mal de savoir ce qui s'était passé avec tes autres clients, car tu avais fait des miracles pour elle. Saloperies d'associations à but non lucratif ! Emmerdeurs d'idéalistes !

» Finalement, j'ai été obligé de lui donner une leçon de vie. Soit elle se passait des services de la société de relations publiques McCord, soit elle perdait le substantiel soutien financier de la Maison Monarch. L'argent fait la loi, mon vieux. Tout le reste n'est que baratin.

— Salaud ! répéta Chance en serrant les poings. Arrête-toi tout de suite ! Je te jure que je vais te tuer.

— Tu parles, répondit Griffen dans un murmure sarcastique. Tu es bien trop gentil pour me tuer, Chance. Bien trop à cheval sur les principes.

Il laissa échapper un petit rire aigu, perçant. Un rire de dément. Chance le regardait avec un sentiment d'horreur grandissant. Ce n'était pas seulement l'alcool qui parlait, ce n'était pas seulement la méchanceté ordinaire d'un être pervers. Griffen était un authentique malade mental !

— Je dois avouer que tu as été parfait, Chance.

Griffen doubla un véhicule plus lent, en donnant un grand coup de volant qui provoqua une embardée de la Porsche.

— Il y a longtemps que je ne m'étais pas autant amusé. Quel plaisir de voir ton orgueil gonfler peu à peu, face à ton succès galopant ! En sachant que je pouvais te reprendre tout ce que je t'avais donné.

Otant une main du volant, il fit claquer ses doigts.

— … comme ça ! D'un instant à l'autre.

— Mais… pourquoi ? parvint à articuler Chance, en agrippant la sangle de sa ceinture de sécurité.

Le sang lui montait à la tête. Et si la fureur l'empêchait de parler, elle l'empêchait aussi d'avoir peur.

— Tu n'as pas une petite idée ?

Griffen lui jeta un regard en biais ; un sourire sans joie retroussait ses lèvres pincées.

— A cause de Skye, évidemment ! De quel droit osais-tu tourner autour d'elle, hein ? Tu croyais que j'étais aveugle ? Hein, espèce d'enfoiré ? s'écria-t-il. Tu espérais vraiment qu'elle voudrait de toi, alors que je la désirais ? Moi, Griffen Monarch. Allons, c'est pathétique.

— Pourquoi te faire du souci, dans ce cas ? répliqua Chance en haussant la voix, lui aussi, pour couvrir le rugissement du moteur. Pourquoi tout ça ?

— Pourquoi ? Je vais te montrer !

Griffen accéléra encore et Chance vit l'aiguille du compteur de vitesse passer de 120 à 130, puis de 130 à 140.

— Tu es devenu dingue ! cria-t-il, les yeux fixés sur le compteur. Ralentis, nom de Dieu ! Tu vas nous tuer !

— Je peux tout lui offrir. L'argent. Le pouvoir. La réussite. Tout ce que possède la famille Monarch ! Sais-tu ce que ça représente ? Toi, tu n'existes même pas ! Quand j'en aurai fini avec toi, tu n'auras plus rien. Uniquement tes yeux pour pleurer. Comme lorsque je t'ai ramassé dans le caniveau. Un moins-que-rien, un pauvre type pitoyable.

— Espèce de malade ! Skye ne t'aime pas ! Elle ne t'aimera jamais !

La tête renversée en arrière, Griffen poussa une sorte de long cri de bête, un hurlement animal.

— Elle m'appartient ! Elle est à moi, elle est ma chose ! Tu ne comprends donc pas ? Elle m'a toujours appartenu !

— Tu as perdu la tête. Elle ne sera jamais amoureuse de toi.

— Non ?

Griffen lui jeta un coup d'œil acéré ; il avait recouvré son calme, tout à coup. Un calme inquiétant. Chance fut parcouru d'un frisson glacé, et tandis qu'il dévisageait l'homme assis près de lui, il sentit la peur transpercer sa carapace de colère.

Il ne sortirait pas vivant de cette voiture. Ce fou de Griffen allait les tuer tous les deux.

— Si je ne peux pas l'avoir, personne ne l'aura. N'oublie pas ça, Chance.

Droit devant eux, la route décrivait un virage brutal. Juste derrière se dressait une très belle propriété, protégée par un mur de brique. Avec un petit sourire qui ressemblait à une grimace, Griffen serra les mains sur le volant et enfonça l'accélérateur. La Porsche bondit, droit vers le mur.

Comprenant les intentions de Griffen, Chance lui hurla de s'arrêter. Le mur se rapprochait à toute allure.

Chance se protégea le visage avec ses bras.

Griffen donna un grand coup de frein, en tournant violemment le volant. La Porsche partit en tête-à-queue, comme une toupie ; Chance fut projeté contre la portière et sa tête heurta la vitre, qui se brisa sous le choc. L'arrière de la voiture percuta le mur de brique ; Chance eut le souffle coupé par la ceinture de sécurité.

Il s'empressa de se détacher, ouvrit la portière d'un grand coup d'épaule et s'extirpa de la voiture en titubant. Pris de vertiges, il se plia en deux et vomit tout ce qu'il avait dans l'estomac. *Il avait failli mourir à l'instant. Seigneur ! ce dingue de Griffen avait essayé de le tuer ! Il avait failli les tuer tous les deux.*

Ayant repris son souffle, il fit le tour de la Porsche pour ouvrir, brutalement, la portière du conducteur. Pendant un instant, il crut que Griffen était mort, car il ne bougeait plus. Mais non, il n'était pas mort, constata Chance. Il riait ! Tout doucement, sans bruit, ravi.

Ce salopard était complètement givré.

Le saisissant par la chemise, il le sortit de la voiture.

— Tu aurais pu nous tuer, espèce de malade ! hurla-t-il en le secouant comme un prunier. Qu'est-ce qui t'a pris, nom de Dieu ?

Griffen repoussa les mains de Chance, avec un petit sourire satisfait.

— Va au diable, mon vieux, répondit-il d'un ton calme. Va au diable.

Sur ce, il se remit au volant, redémarra et repartit dans un crissement de pneus.

67

L'image du mur de brique se rapprochant à toute allure ne cessait de hanter Chance. Tout comme le rire sinistre de Griffen, un rire de dément. Quatre jours après, l'accident continuait de résonner dans ses oreilles, déclenchant en lui une vague de frissons.

Jamais il n'avait frôlé la mort d'aussi près. Jamais il n'avait regardé en face le visage du mal absolu.

Et maintenant, il avait peur. Pour Skye. Car Griffen ne devait de comptes à personne, ni Dieu ni homme. Il s'estimait au-dessus des lois humaines, se croyait tout-puissant, intouchable, parfait.

Riche, puissant et fou. Un dangereux mélange. Un mélange mortel.

Pour tous ceux qui croisaient son chemin. Ou qui refusaient de lui donner ce qu'il réclamait.

Or, Griffen voulait Skye. Il n'était pas amoureux d'elle, se disait Chance, car il était incapable d'éprouver des émotions. En vérité, il était obsédé par elle. Il la considérait comme une sorte de trophée, un bien qui lui appartenait.

Si je ne peux pas l'avoir, personne ne l'aura.

Ces paroles, cette menace sous-jacente, revenaient en permanence lui tarauder l'esprit. Et il cherchait une explication au comportement étrange de Griffen. Des médicaments ? La drogue ? Ou peut-être une maladie mystérieuse non diagnostiquée ?

Non, aucune de ces explications n'était convaincante. Chance avait plutôt le sentiment que Griffen avait décidé de se montrer à lui sous son véritable jour !

Et Chance se sentait ridicule. Honteux aussi. Par orgueil, il était tombé dans le piège tendu par Griffen. Il avait cru à leur amitié ; il avait cru que Griffen était impressionné par sa personnalité et ses capacités. Il croyait devoir sa réussite à son travail, à son acharnement et à son savoir-faire.

En réalité, tout lui venait de Griffen. Celui-ci lui avait tout offert.

Avant de tout lui reprendre.

Debout devant la fenêtre de son bureau, Chance contemplait le coucher de soleil et l'obscurité naissante. Le ciel avait viré au pourpre ; les derniers rayons dorés se reflétaient sur les façades de verre des buildings. Cette image lui rappelait ce qu'il avait ressenti en débarquant ici à Chicago ; il retrouvait, non sans un pincement au cœur, le parfum de son excitation, de son ambition. Il était convaincu alors que dans cette ville, magnifique et laide, vibrante en tout cas, ses rêves les plus forts pourraient se réaliser.

Il grimaça. Quel imbécile il avait été ! Un pauvre idiot prétentieux, trop ambitieux. Il ne s'était jamais demandé pourquoi Griffen Monarch avait voulu le rencontrer, ni pourquoi il avait rompu le contrat qui le liait à la même agence de publicité depuis vingt ans, afin de l'engager, lui, un inconnu ! Il n'avait jamais analysé les motivations de Griffen, les raisons de leur amitié.

Pourquoi ? Parce qu'il voulait ce que lui offrait Griffen. Parce que, comme l'avait dit Skye, il voulait ressembler à Griffen. Posséder ce qu'il possédait, être ce qu'il était. L'envie, la jalousie l'avaient aveuglé.

Les mains sur les hanches, Chance regardait les lumières s'allumer aux fenêtres des bureaux, dans les immeubles environnants. Depuis qu'il avait failli trouver la mort dans la voiture de Griffen, il s'était posé toutes ces questions, occultées jusqu'alors.

Et chaque fois qu'il y réfléchissait, il en arrivait à la même conclusion : tout ce qu'ils avaient en commun, c'était en fait… Skye.

Skye, évidemment… Chance avait toujours trouvé bizarre qu'elle réapparaisse soudain, ici à Chicago, au bras de Griffen, quelques semaines seulement après qu'il lui avait parlé d'elle.

Une fois de plus, il essayait d'assembler toutes les pièces de ce puzzle démoniaque. Griffen s'était intéressé à son passé ; plusieurs fois il avait entraîné la discussion sur ce terrain. Sans jamais se montrer *trop* intéressé. Juste assez pour inciter Chance à se confier, mais pas au point d'éveiller ses soupçons en étant trop curieux.

Restait la question essentielle. Y avait-il entre Skye et Griffen un lien, antérieur à son arrivée à Chicago ?

Chance l'ignorait, bien qu'il ait envisagé cette éventualité jour et nuit, au détriment de son sommeil. Il avait également réfléchi à ses affaires, ce qu'il en restait du moins ; il avait examiné ses choix. Et il avait pris une décision.

Peut-être avait-il été assez stupide pour tomber dans le piège pervers de Griffen, mais il saurait tirer les leçons de ses erreurs. Il refusait de s'avouer vaincu. Il ne laisserait pas un sale gosse de riche, gâté et fou, lui voler tout ce qu'il avait gagné à la sueur de son front.

Il avait décidé de riposter. Tout de suite.

Après avoir consulté sa montre, il retourna s'asseoir à son bureau. Il décrocha le téléphone, composa le numéro de l'Association pour la préservation du patrimoine et demanda à parler à Martha. Il dut attendre quelques minutes avant de l'avoir au bout du fil.

— Martha ? Chance McCord.

— Chance ? Comment allez-vous ?

Il devinait son étonnement, sa gêne aussi.

— Ecoutez, Martha, dit-il, j'irai droit au but. Je suis au courant de la démarche de Griffen. Il m'a tout raconté.

Comme elle restait muette, il enchaîna :

— Il m'a appris également que vous aviez refusé de participer à sa misérable campagne de diffamation, jusqu'à ce qu'il menace de supprimer la subvention annuelle de la Maison Monarch.

— Je suis soulagée que vous sachiez la vérité, répondit Martha. Cette histoire me mine. Le salaud m'a forcé la main. Je suis désolée. Vous avez fait un boulot formidable pour l'association, Chance.

— Merci, Martha. C'est pour ça que je me permets de vous appeler. J'ai besoin de votre aide.

— Que pourrais-je faire ?

— Commencez par m'écouter. J'ai une proposition à vous soumettre, dont nous pourrons tirer profit tous les deux, il me semble.

Elle hésita.

— Entendu, dit-elle. Je ne peux rien vous promettre, mais j'accepte de vous écouter.

Chance lui explosa son plan. Martha devrait simplement passer quelques coups de téléphone, pour lancer une rumeur à son tour, en racontant qu'un collègue jaloux avait voulu nuire à Chance, que tout ce qui avait été dit à son sujet était faux, et que, ayant constaté son erreur, elle s'était pour sa part empressée de le réengager.

— J'aimerais beaucoup vous aider, Chance, mais vous semblez oublier le problème de la subvention des Monarch.

— Je suis tout disposé à offrir gracieusement mes services à votre association. L'argent que vous économiserez ainsi compensera largement la subvention accordée par la famille Monarch. Et vous retrouverez votre indépendance.

Martha demeura muette pendant plusieurs minutes ; Chance ne dit rien, il savait qu'elle réfléchissait.

— Ce petit salopard de Griffen m'a vraiment mise hors de moi, s'exclama-t-elle enfin. Je n'aime pas être menacée. Je déteste le chantage et je ne supporte pas les abus de pouvoir. Bref, si ça ne tenait qu'à moi, je sauterais sur l'occasion. Mais je dois agir dans l'intérêt de l'association. Laissez-moi y réfléchir encore jusqu'à demain matin, Chance. Si jamais je peux vous aider, je le ferai.

Après l'avoir remerciée, Chance raccrocha et sourit en se retournant vers la fenêtre pour contempler le paysage. Pendant qu'il était au téléphone, les orange et les rouges flamboyants du ciel s'étaient atténués, tandis que le soleil se couchait sur le lac Michigan. Mais pas sur ses rêves, se dit-il. Pas question de s'avouer vaincu et de se laisser mourir.

Avec ou sans l'aide de Martha, il irait trouver tous les clients qu'il avait perdus. Il les convaincrait, au moins, de l'écouter. Au mieux, de lui refaire confiance. Griffen verrait bien qui était le plus coriace des deux.

Mais ça, c'était pour demain. Ce soir, il devait retrouver Skye. Et la mettre en garde contre Griffen.

68

Griffen attendait Dorothy. Il était assis dans le canapé, tour à tour calme et agité. Habité par un sentiment d'urgence. Le sentiment que « les autres » conspiraient contre lui. Un seul faux mouvement, il le savait, même infime, et « les autres » se jetteraient sur lui. Tels des vautours, ils lui arracheraient la peau des os. Ils lui voleraient Skye.

Mais il ne les laisserait pas faire. Ni maintenant ni jamais. Bientôt, il contrôlerait la situation, comme toujours.

Le calme l'envahit, une fois de plus. Il consulta sa montre. Dorothy allait arriver incessamment. Son avion, un vol direct depuis Milan, avait atterri à l'heure prévue, soixante-dix minutes plus tôt.

Skye, elle, était déjà arrivée chez elle. Il l'imagina, en train de passer en revue son courrier, de faire des câlins à sa saleté de chien qu'elle se serait empressée de récupérer chez les voisins. Il l'imaginait se rendant ensuite dans sa chambre, s'arrêtant devant son armoire, choisissant sa tenue pour ce soir, puis commençant à se déshabiller. Il frissonna en l'imaginant nue ; il s'imaginait caressant les rondeurs de ses seins, dont les pointes se dresseraient sous sa langue ; il l'imaginait tendant son corps vers lui, tandis qu'il s'enfonçait en elle.

Ce soir, il aurait sa réponse. Ce soir, il la ferait totalement sienne. Ce soir, il finirait ce qu'il avait commencé tant d'années plus tôt.

Ce soir, il ne serait plus obligé d'imaginer.

La main de Griffen se posa sur sa cuisse, à côté de son érection. Délicatement, il effleura la bosse de son pantalon, en imaginant que c'était la main de Skye et non la sienne, et que ce soupir de frustration s'échappait de la bouche de Skye, contrainte de patienter.

Il inspira profondément pour se ressaisir, s'obliger à arrêter. Il avait attendu trop longtemps le plat principal. Il n'allait pas se couper l'appétit en s'accordant un hors-d'œuvre.

Il entendit Dorothy qui arrivait. Il entendit la clé dans la serrure, son exclamation étonnée, puis la porte s'ouvrit, et se referma avec un déclic.

— Bonjour, Dorothy, lança-t-il. Je suis là.

Elle apparut dans l'encadrement de la porte, entre le vestibule et le petit salon, obligée de plisser les yeux dans la pénombre.

— C'est toi, Griffen chéri ?

— Oui, tante Dorothy.

Il se pencha pour allumer la lampe près du canapé.

La vieille femme déposa ses clés sur la console dans le vestibule, en clignant des paupières à cause de la lumière soudaine.

— Tu es magnifique ! dit-elle. J'adore voir un homme en smoking.

— Merci. C'est ce soir qu'a lieu le gala de charité pour l'inauguration du nouveau musée.

— Oui, je sais, et tu as rendez-vous là-bas avec Skye.

Dorothy parcourut le courrier que sa femme de chambre avait mis de côté à son intention.

— Alors, comment s'est passé le salon ? s'enquit-il.

— Formidablement bien, mais épuisant. Nous avons remporté une médaille d'or pour la série des Lumières de la ville. Adam était fou de joie.

— Oui, je sais. Il m'a téléphoné.

— Mes bagages sont restés dans la voiture. Je n'ai même pas la force de les…

Elle s'interrompit brusquement, comme si elle s'apercevait tout à coup qu'il n'aurait pas dû se trouver là, à cette heure.

— Mais au fait, pourquoi es-tu ici, Griffen chéri ?

— Allons, tante Dot, répondit-il, tu ne croyais quand même pas que j'avais oublié ? Je t'ai fait une promesse avant ton départ pour Milan. Je suis ici pour tenir parole.

— Tu as pensé à ce que je t'ai dit ? Au sujet de Skye ?

— Je n'ai pensé qu'à cela quasiment. Je t'ai promis que je réglerais le problème, et je vais m'y appliquer.

Il tapota le canapé à côté de lui.

— Viens donc t'asseoir, dit-il. Tu es fatiguée.

Obéissante, elle le rejoignit et se laissa tomber sur le canapé avec un soupir.

— Alors, demanda-t-elle, tu as trouvé un moyen de tout arranger ?

— Oui, dit-il en se levant. Tiens, allonge-toi. Je vais te préparer une infusion. Nous en parlerons ensuite.

— Ah, volontiers.

Elle ôta ses chaussures et s'étendit sur le canapé.

— Ces voyages deviennent trop fatigants pour moi ; ce n'est plus de mon âge.

— Oui, je m'en doute, tante chérie.

Il prit le plaid étendu sur le dossier pour couvrir Dorothy.

— Heureusement, Skye est là maintenant pour effectuer les déplacements à ta place.

— Oui, c'est une bénédiction. Elle possède le don. Comme on l'a toujours su.

— C'est exact.

— Dieu soit loué, tu as trouvé une solution. Tu as toujours pris grand soin de moi, Griffen. De nous tous, d'ailleurs.

— C'est parce que je t'aime, tante Dorothy, dit-il en déposant un petit baiser sur son front. Je vais préparer l'infusion.

Griffen se rendit dans la cuisine. Il remplit la bouilloire d'eau et la déposa sur le brûleur du fond. Il sortit la tasse préférée de Dorothy et son infusion à la camomille, qu'il posa près de la cuisinière. Il tourna le bouton au maximum, entendit le sifflement du gaz qui s'échappait, et sourit lorsque l'odeur toxique atteignit ses narines.

Il arracha une feuille de papier absorbant pour essuyer soigneusement la poignée de la bouilloire, le bouton de la cuisinière et tout ce qu'il avait touché. Il plia ensuite la feuille d'essuie-tout et la glissa dans sa poche.

Il retourna à l'entrée du salon pour constater que la vieille femme dormait déjà profondément.

— Tante Dorothy, dit-il à voix basse, ton infusion est presque prête.

Elle n'eut aucune réaction. Il répéta sa phrase, en haussant le ton.

Toujours rien.

Il sourit et fit demi-tour en direction du vestibule.

Arrivé près de la porte d'entrée, il tourna la tête pour regarder encore une fois sa grand-tante.

— Fais de beaux rêves, tante Dorothy. Je t'aime.

69

Skye sortit de son appartement et descendit l'escalier menant au hall de l'immeuble. Le voyage à Milan avait été tout à la fois excitant, enthousiasmant et épuisant. Elle en aurait goûté chaque instant, n'eût été la confusion qui régnait dans sa tête. Confusion au sujet de Griffen et de sa demande en mariage. Au sujet également de ses sentiments envers Chance. Elle avait promis à Griffen de lui donner sa réponse ce soir. Or, bien qu'elle y eût pensé jour et nuit, elle ne savait toujours pas quelle serait cette réponse.

Comme si le fait de penser à Chance l'avait fait apparaître par magie, ce dernier était là, de l'autre côté de la porte vitrée, et il l'attendait le dos tourné, la tête rentrée dans les épaules, les mains enfoncées dans les poches de son blouson d'aviateur en cuir.

Elle marqua un temps d'hésitation. Elle ne voulait pas le voir, pas ce soir, alors qu'elle devait prendre la décision la plus importante de sa vie. Alors qu'elle nageait déjà en pleine incertitude.

Mais avant qu'elle n'ait eu le temps de faire demi-tour, Chance se retourna. Leurs regards se croisèrent. Impossible d'échapper à la confrontation, désormais, se dit-elle. Prenant une profonde inspiration et rassemblant son courage, elle sortit de l'immeuble. La porte se referma automatiquement derrière elle.

Chance faisait peine à voir : les cheveux en bataille, transi de froid et désespéré. Mais Skye refusa de se laisser attendrir.

— Tu aurais pu sonner à l'Interphone, dit-elle.

— M'aurais-tu laissé entrer ?

— Non.

Parcourue de frissons, elle s'enveloppa dans son châle léger, qui ne la protégeait pas plus que sa robe de soirée ornée de perles, de la froidure de cette nuit de janvier, et elle regretta amèrement d'avoir perdu sa paire de gants.

— Mais tu n'aurais pas attendu dans le froid pour rien, ajouta-t-elle. Je te suggère de rentrer chez toi.

Elle descendit les marches du perron ; Chance lui emboîta le pas.

— Il faut qu'on parle, Skye.

— C'est inutile, Chance. Je crois que nous nous sommes déjà tout dit. Et plusieurs fois même.

Ils avaient atteint le trottoir.

— Excuse-moi, ajouta-t-elle en accélérant le pas, je dois me rendre à une soirée.

— As-tu pris une décision, Skye ? Vas-tu l'épouser ?

Elle s'arrêta et le regarda par-dessus son épaule.

— Ça ne te regarde pas ! Bonsoir.

Il la rattrapa, la retint par le bras et l'obligea à se retourner.

— Il faut que je sache, Skye. C'est capital.

— Pourquoi ? Tu as finalement décidé que tu voulais me garder ? C'est pour ça que tu rôdes autour de chez moi ?

Elle voyait bien à son expression qu'il ne s'agissait pas de cela, et elle se libéra d'un geste brusque. Elle était furieuse contre lui. Et contre elle-même. Bon sang, se comporterait-elle toujours comme une idiote avec cet homme ?

— J'en doute, dit-elle. Fiche-moi la paix, Chance. Je suis déjà en retard.

Au lieu de la lâcher, il lui saisit l'autre bras. Skye laissa échapper ses clés de voiture, qui tombèrent bruyamment sur le trottoir.

— Griffen est fou, Skye ! Il est obsédé par toi !

— Obsédé ? répéta-t-elle d'une voix que faisait trembler sa colère. Ne me fais pas rire. C'est une chose que tu ne connais sans doute pas, Chance, mais on appelle ça de l'amour.

— Non, ce n'est pas de l'amour.

Comme elle essayait de se dégager, il resserra l'étau de sa main sur son bras.

— Ecoute-moi, Skye ! Il a essayé de nous tuer.

Elle sentit la panique l'envahir.

— Quoi ?

— L'autre soir. Il avait complètement perdu la raison.

Rapidement, il lui raconta le trajet terrifiant dans la Porsche de Griffen, et le choc contre le mur de brique.

— Tu mens ! s'écria-t-elle en secouant vigoureusement la tête. C'est une histoire de fou !

— Oui, justement !

Il lui lâcha le bras et prit ses mains dans les siennes. Skye s'aperçut qu'elles étaient glacées.

— C'est lui qui a tout manigancé, reprit-il. Mon ascension professionnelle, et ma chute ensuite. Il a appelé tous mes clients, en leur racontant des mensonges sur mon compte. Tout ça pour s'amuser, Skye.

— Mon Dieu ! dit-elle en reculant d'un pas. Je vois où tu veux en venir…

— J'essaye de te mettre en garde, simplement. Griffen est dangereux.

— Non ! s'exclama-t-elle, frappée de plein fouet par l'horrible vérité. Tes affaires s'écroulent et tu essayes de rejeter la faute sur quelqu'un d'autre. Tu veux punir Griffen car tu… car tu es jaloux.

— Non, il ne s'agit pas de ça. Comment peux-tu croire une telle bêtise, Skye ? Tu me connais.

— Non, justement. Je croyais te connaître.

Elle recula encore d'un pas.

— Mais je ne te connais pas, Chance !

— Ce type est un malade mental. Il m'a affirmé que s'il ne pouvait pas t'avoir, tu n'appartiendrais à personne d'autre. Et il parlait sérieusement.

— C'est toi le malade mental. Je t'ai offert mon cœur, Chance. Tu me l'as jeté au visage. « Reste avec Griffen m'as-tu conseillé.

C'est lui que tu dois aimer, pas moi. Griffen peut tout t'offrir. » Et maintenant, tu viens me demander de faire l'inverse ?

Elle maudit les larmes qui lui piquaient les yeux, bien décidée à les refouler.

— Franchement, Chance, tu pourrais essayer d'être cohérent avec toi-même. A moins que tu n'aies vraiment perdu la tête.

— Je suis même prêt à te dire que je t'aime si cela peut te dissuader de l'épouser. J'ai peur pour toi, Skye !

Elle le foudroya du regard, blessée dans son amour-propre par ces paroles. Blessée en plein cœur. Alors, à cet instant, elle prit sa décision. Elle dirait oui à Griffen. Chance n'avait décidément rien à lui offrir.

— Tu es même prêt à dire que tu m'aimes ? Oh ! quel grand, quel terrible sacrifice ! s'exclama-t-elle d'une voix proche de la rupture. Comme c'est noble de ta part. Je crois que tu as joué trop longtemps le rôle du grand frère et du protecteur, tu as du mal à t'en débarrasser maintenant.

Elle se pencha pour ramasser ses clés sur le trottoir.

— Figure-toi que j'ai un scoop pour toi, Chance. Je suis une grande fille ! Je peux me prendre en charge. Je me débrouille seule depuis plusieurs années.

Sur ce, elle tourna les talons et s'éloigna à grands pas.

— Tu n'es pas amoureuse de lui, Skye ! Je le sais.

Elle s'arrêta et lui fit face.

— Tu n'as toujours pas compris ? Griffen m'aime. Avec ferveur. Et je sais que jamais il ne m'abandonnera.

— Ce n'est pas de l'amour, Skye, c'est de l'obsession.

— Peut-être, mais veux-tu que je te dise ? C'est cela dont j'ai besoin. C'est ce qui compte pour moi. J'ai besoin d'absolu, Chance. Voilà pourquoi je vais l'épouser.

Cette fois, quand elle pivota sur ses talons pour repartir, il ne la suivit pas.

70

La route du lac était quasiment déserte. Assise sur le siège passager de la Porsche de Griffen, les mains croisées sur les genoux, Skye regardait droit devant elle. La bague glissée à son annulaire pesait des tonnes ; elle semblait incongrue, déplacée. Skye la faisait tourner autour de son doigt, elle aurait voulu l'ôter, tout en sachant qu'elle ne pouvait plus maintenant. Plus jamais.

Griffen tendit le bras pour poser sa main droite sur celles de Skye.

— Skye, ma chérie, tu as fait de moi l'homme le plus heureux de la terre.

— J'en suis heureuse.

Elle reporta son attention sur la bague. Le diamant était magnifique et l'artiste qui était en elle ne pouvait que s'émerveiller devant un tel éclat, une telle intensité. Simplement, elle aurait préféré l'admirer au doigt de quelqu'un d'autre.

Honteuse de ses pensées, elle tourna la tête vers la vitre pour contempler l'immensité sombre du lac Michigan qu'ils longeaient à toute vitesse. Elle aurait pourtant dû être heureuse, se disait-elle. Elle aurait dû déborder de fierté et de bonheur ; elle aurait dû monter sur le plus haut gratte-ciel de Chicago pour que tout le monde sache quelle chance elle avait ! Au lieu de cela, elle avait envie de pleurer.

Qu'est-ce qui lui prenait, nom d'un chien ?

Chance… Tout ce qu'il lui avait dit se bousculait dans sa tête, minant subrepticement sa conviction d'avoir fait le bon choix et gâchant ce moment qui aurait dû être l'un des plus heureux de sa vie. Griffen avait essayé de les tuer en projetant sa voiture contre un mur ? Pourtant, Griffen était là, à son côté, au volant de sa Porsche dont le moteur ronronnait comme un gros chat.

— A quoi penses-tu ?

Skye sursauta.

— Hein ? Oh ! je trouvais que la voiture roulait bien ! répondit-elle en se sentant rougir de ce mensonge ridicule. Tu l'as portée au garage ?

— Non. Pourquoi ?

— Simple question.

— Tu as l'air déçue. Tu voudrais que je la porte au garage ?

Chance avait menti. Sur toute la ligne. Depuis le début.

Les larmes lui picotaient les yeux. Elle se traita d'idiote, une fois de plus. Pourquoi voulait-elle absolument le croire, pourquoi s'accrochait-elle encore à cet espoir ?

— Non, pas du tout, répondit-elle avec un sourire forcé. C'était juste une remarque en passant.

Griffen lui jeta un regard inquiet.

— Ça ne va pas ?

— Si, si, tout va bien. Je suis fatiguée, c'est tout. Le décalage horaire, sans doute.

Elle décida de chasser Chance de ses pensées, pour se concentrer sur l'avenir, son avenir. Avec Griffen pour toujours.

Désormais, elle avait tout ce qu'elle voulait. Tous ses vœux s'étaient réalisés.

Soyez prudent en formulant un souhait…

— Ce soir, c'est le grand soir, ma chérie. Tu vas enfin devenir mienne, totalement.

En disant cela, Griffen posa de nouveau sa main sur celles de Skye, et cette dernière sentit qu'il tremblait. Quelque chose dans cette fébrilité la mit mal à l'aise.

— J'ai attendu si longtemps, reprit-il. Tu ne peux pas imaginer, mon amour.

Ses paroles se révélèrent prophétiques. Skye n'aurait guère pu imaginer en effet l'horreur qu'elle éprouva en sentant les mains de Griffen sur elle. Leur première nuit ensemble prit l'aspect d'un cauchemar irréel, d'un rêve dénaturé, bien qu'à aucun instant Griffen ne se montrât brutal avec elle.

Bien au contraire. Il demeura totalement maître de lui, tendu ; elle le devinait à la manière dont il tremblait, tel un arc bandé au maximum, et en voyant le filet de sueur qui coulait dans son dos, ourlait sa lèvre supérieure.

Quasiment incapable de supporter le contact de ses mains sur elle, Skye fermait les yeux de toutes ses forces. Mais d'étranges images défilaient derrière ses paupières closes, des images qu'elle reconnaissait confusément, sans parvenir toutefois à les identifier. Elles se mêlaient aux râles de Griffen, rauques et sauvages, qui l'effrayaient à un niveau très profond de son inconscient. Elle avait des nausées, et elle étouffait sous le poids de Griffen couché sur elle.

La douleur dans sa tête devint presque insoutenable. C'était comme si un ballon grossissait dans son crâne et comprimait son cerveau, menaçant d'exploser.

Griffen promenait ses lèvres sur tout son corps, aspirant ses seins, léchant son ventre, avant de s'introduire entre ses cuisses. Un cri s'éleva quelque part en elle, dans cet endroit qui connaissait tous ses secrets. Elle s'efforça de demeurer immobile, en gardant les yeux fermés, priant pour que ce soit bientôt terminé. Malgré cela, les ténèbres continuaient à l'assaillir de tous côtés.

Mon Dieu, se dit-elle, qu'est-ce qui m'arrive ?

Griffen se mit à haleter. Comme un animal. Skye sentit son estomac se soulever ; elle serra le drap dans ses poings, pour s'y raccrocher, convaincue que c'était la seule chose qui la rattachait encore à ce monde et l'empêchait de sombrer dans la folie.

Il avait fini. Se levant d'un bond, elle courut vers les toilettes et claqua la porte derrière elle. A peine eut-elle le temps d'atteindre la cuvette des W-C. qu'elle fut prise de violents vomissements.

Elle resta longtemps dans les toilettes, agrippée à la cuvette, la joue appuyée contre la porcelaine fraîche, à pleurer en silence.

Qu'avait-elle fait ? Oh ! mon Dieu, qu'avait-elle fait ?

Finalement, elle se remit debout, se rinça la bouche et s'aspergea le visage, avant de regagner la chambre.

Griffen était allongé sur le lit ; il ne tourna pas la tête quand elle entra. Il était furieux, sans aucun doute. Et vexé. Skye imaginait sans peine ce qu'il éprouvait à cet instant.

— Griffen… Je… je suis désolée.

— Je ne veux pas de tes excuses ! répondit-il d'un ton cassant. Ah ! nom de Dieu…

— Ce n'est pas à cause de toi, dit-elle en se tordant les mains. Ça n'a rien à voir. Tu as été… merveilleux. J'ai de la chance d'avoir un amant aussi doux et attentionné.

— Oui, bien sûr, répondit-il, ironique.

Il se redressa, le visage crispé par la fureur.

— C'est pour ça que tu t'es précipitée dans la salle de bains pour vomir dès que nous avons fini de faire l'amour.

Il avait raison, elle n'avait pas réagi de manière normale. Il y avait certainement une explication. Oui, forcément.

Elle vint s'asseoir au bord du lit.

— J'ai sans doute avalé un aliment pas frais. Ou bien, c'est à cause du décalage horaire. Je tombe de fatigue, Griffen. Désolée d'avoir gâché notre première nuit.

Il resta muet pendant un instant, puis il lui ouvrit les bras.

— Je n'aurais pas dû m'attendre à la perfection ce soir. Ce sera mieux la prochaine fois.

Elle se glissa entre ses bras, refusant d'écouter ces paroles, d'envisager une prochaine fois. Elle n'était déjà pas capable d'assumer ce qui venait de se passer. Griffen l'enlaça et la serra contre lui.

Avec force.

Skye trembla, en ayant le sentiment d'être prise au piège. Elle suffoquait. Elle se tortilla légèrement en espérant qu'il desserrerait son étreinte ; elle avait besoin d'air.

Jamais il ne la lâcherait.

Elle avait commis une terrible erreur. Et maintenant, elle devait trouver une échappatoire.

Elle décida de feindre le sommeil, en pensant que Griffen la libérerait enfin. Dès qu'elle sentirait l'étau se desserrer, elle pourrait se lever en douce. Mais même dans le sommeil, Griffen continuait de la tenir fermement contre lui, d'un geste possessif.

Sans doute finit-elle par s'endormir malgré tout, car elle fut réveillée par la sonnerie du téléphone. Les premiers rayons de soleil entraient par la fenêtre. Griffen n'était plus à son côté. Elle entendit l'eau couler dans la salle de bains. Le téléphone se trouvait près du lit. Elle décrocha, en grimaçant de douleur. Tout son corps était endolori, comme si on l'avait battue.

— Allô ?

— Skye, c'est vous ?

— Adam ?

Skye se redressa en s'enveloppant dans le drap. On aurait dit qu'Adam pleurait.

Griffen apparut sur le seuil de la salle de bains, l'air inquiet.

— Que se passe-t-il, Adam ?

— Il s'est produit un drame affreux, Skye. Dorothy est morte.

SIXIÈME PARTIE

Horizon's End

71

Chicago, Illinois, 1997

Dès l'instant où l'avion qui transportait Claire se posa à l'aéroport international de Chicago, elle fut assaillie par l'image de Skye. Accompagnée d'un sentiment d'urgence, et de la conviction qu'un drame était imminent.

Quelque chose d'épouvantable allait se passer. Très bientôt, ici même.

Claire descendit l'escalier de la passerelle, en s'efforçant de chasser ce sombre pressentiment et de faire le vide dans son esprit. Elle avait été appelée à Chicago pour aider la police qui enquêtait sur la disparition d'une jeune fille, enlevée alors qu'elle dormait chez une amie. La police ne possédait aucune piste et l'opinion publique était si ébranlée qu'elle provoquait des remous jusqu'à la mairie.

Claire avait donc accepté de se rendre à Chicago, mais après avoir longuement et durement réfléchi. Car elle craignait, en effet, de ne pas être utile aux autorités, cette fois. Elle avait trop souffert dans cette ville ; son propre traumatisme psychologique l'empêcherait de percevoir les ondes émises par les autres âmes en détresse. Mais les autorités avaient insisté, et elle avait fini par se laisser convaincre. Résultat, elle se retrouvait à Chicago, pour la première fois depuis qu'elle avait fui Adam et Pierce, vingt et un ans plus tôt.

Son contact, l'inspecteur Baker, l'attendait dans la salle de débarquement. Claire le reconnut immédiatement ; à force de fréquenter les policiers, elle n'avait plus aucun mal à les repérer.

Celui-ci lui sourit en lui serrant la main.

— Merci d'être venue, madame Dearborn.

— J'espère vous être utile.

— Donnez-moi votre bagage.

Elle lui remit volontiers son gros sac de voyage.

— Merci.

Après qu'ils eurent échangé les habituelles remarques au sujet du vol et de la météo, l'inspecteur Baker lui résuma l'affaire.

— Comme je vous l'ai expliqué au téléphone, nous sommes en présence d'une nouvelle affaire Polly Klaus. Huit gamines de quatorze ans qui décident toutes d'aller dormir chez l'une de leurs amies. L'histoire se déroule dans un quartier chic, tranquille. Au moment de se coucher, tout le monde est présent à l'appel. Mais quand les filles se réveillent le lendemain matin, l'une d'elles a disparu.

— Becky Williams.

— Exact.

L'inspecteur prit Claire par le coude, délicatement, pour l'entraîner vers la droite.

— Tout d'abord, poursuivit-il, ses camarades ont cru qu'elle était rentrée chez elle. Becky se serait disputée avec une autre fille la veille au soir. A cause d'un garçon.

— Mais visiblement, ce n'est pas le cas ?

— Non. En apprenant que Becky avait disparu, la mère qui accueillait le groupe de filles s'est inquiétée, évidemment. Elle a d'abord organisé une fouille de la maison, pour s'assurer que Becky ne faisait pas une farce à ses copines, puis elle a appelé sa mère.

— Et l'affaire a éclaté, murmura Claire, qui comprenait la panique et l'angoisse des parents.

Ils s'engagèrent sur le long trottoir roulant de l'aéroport. Au-dessus de leurs têtes, des milliers de néons multicolores, animés, offraient un spectacle étourdissant, mais magnifique.

— Nous avons suivi toutes les pistes, déclara Baker. Nous avons interrogé les deux pères, les voisins. Nous avons même pensé que, par colère ou dépit, Becky avait décidé de rentrer à pied chez elle.

— Et on l'aurait kidnappée en chemin, poursuivit Claire. C'était la nuit, les rues étaient désertes.

— En effet. Mais nous avons finalement écarté cette hypothèse. Son manteau était resté dans la penderie de l'entrée. Vu le froid qu'il fait la nuit, elle aurait pensé à se couvrir, aussi furieuse soit-elle contre ses copines.

— La maison était fermée ?

— Non. La porte de devant était ouverte. Et plusieurs fenêtres du premier étage également.

Baker fouilla dans ses poches pour sortir ses cigarettes, puis il parut se souvenir que l'aéroport était une zone non-fumeurs ; il remit son paquet dans sa poche de veste en étouffant un juron.

— Comme je vous le disais, il s'agit d'un quartier tranquille. Faible taux de criminalité. Voisins vigilants. Patrouilles de surveillance. Tout le tintouin. Cette disparition a semé la consternation dans la communauté.

Ils avaient atteint l'extrémité du trottoir roulant. L'inspecteur laissa échapper un soupir de frustration.

— Et voilà, conclut-il, c'est tout ce qu'on sait. Nous n'avons aucune piste.

Aucune piste.

Skye.

Claire porta une main à son front, assaillie soudain par des images terriblement vivaces, des images traversées d'émotions. *Skye.*

Sa fille avait besoin d'elle.

— Madame Dearborn ?

Elle sursauta. L'inspecteur, qui l'avait distancée de plusieurs mètres, s'était retourné et la regardait d'un air soucieux.

— Pardonnez-moi, inspecteur. Je suis fatiguée.

— Je vous demandais ce que vous en pensiez.

Des gens pouvaient disparaître en une fraction de seconde, et on ne les revoyait plus jamais.

— C'est encore prématuré, dit-elle. J'ai besoin de m'entourer de ses objets familiers, des choses qu'elle a touchées en dernier, son oreiller par exemple. J'aimerais également faire le tour de la maison. J'aurai besoin d'annuaires téléphoniques et de journaux. Tous ceux parus quelques jours avant la disparition de Becky, jusqu'à aujourd'hui.

— Dois-je vous conduire directement au poste de police ?

— Je vous le répète, inspecteur, je suis fatiguée. Il vaut mieux que je me repose avant.

— Oui, bien sûr. Je comprends.

Ils empruntèrent l'Escalator qui descendait vers le parking.

— Nous vous avons réservé une suite à l'hôtel Knickerbocker, dans le centre. C'est un vieil établissement très chic dans le quartier historique de la ville.

— Je connais le Knickerbocker, inspecteur. Généralement, je me contente d'établissements plus modestes.

— La suite vous est offerte par la direction de l'hôtel. Comme je vous le disais, cette affaire a ébranlé toute la communauté.

— Qui est au courant de ma présence ici ? demanda Claire avec inquiétude. Souvenez-vous que j'ai insisté pour rester discrète. Je vous ai expliqué que je n'étais pas comme ces médiums médiatiques qui recherchent la lumière des projecteurs. J'ai besoin de calme et de solitude pour travailler. Il faut que je me concentre.

— Rassurez-vous. Seules quelques personnes savent que vous êtes ici, même au sein de la police. Il se trouve simplement que l'oncle de la fille disparue est le directeur de l'hôtel.

— Très bien. Je vous remercie.

L'inspecteur Baker lui jeta un regard interrogateur, tandis qu'ils se dirigeaient vers sa voiture.

— Vous dites que vous connaissez le Knickerbocker, vous êtes donc déjà venue à Chicago ?

— J'y ai même vécu. Il y a longtemps.

— C'est donc un retour aux sources, en quelque sorte ?

— Un retour aux sources, répéta-t-elle avec un frisson.

Elle revoyait Adam penché au-dessus d'elle, les yeux exorbités, essayant de l'étrangler. Le sang s'étalait sur le plancher brillant. Skye hurlait.

Soudain glacée, Claire se frictionna les bras ; elle sentait, avec force, que sa fille était en vie et avait besoin de son aide. Car un drame effroyable allait se produire.

Elle se tourna vers l'inspecteur Baker.

— Je n'avais pas vu les choses sous cet angle, dit-elle, mais vous avez sans doute raison. Ce sera une sorte de retour aux sources, en effet.

72

Les funérailles de Dorothy eurent lieu en la cathédrale du Saint-Nom, qui débordait de personnes venues rendre un dernier hommage à la défunte. Leur grand nombre prouvait, si besoin était, combien Dorothy Monarch avait été aimée et respectée. Après la messe d'enterrement, elle fut conduite au cimetière de Graceland, où elle reposerait en paix dans le caveau familial des Monarch. Le temps lui-même avait décidé de se montrer clément pour cette triste occasion et, malgré le froid vif de cette journée de février, le ciel resta limpide et lumineux. Les proches de la famille furent conviés à rejoindre ensuite la maison d'Astor Street afin d'exprimer leurs condoléances personnelles, en partageant une collation.

Skye était tétanisée par le chagrin. Au cours de ces quelques mois, elle avait appris à aimer Dorothy, qu'elle considérait à la fois comme son mentor et son amie, et même comme sa propre tante.

Pendant toute la cérémonie, Griffen demeura à sa droite, Adam à sa gauche. Ravagés par la tristesse, eux aussi, les deux hommes semblaient s'appuyer sur elle. Jamais elle ne les avait vus dans un tel état d'effondrement, et elle souffrait pour eux. Deux décès en moins d'un an : Pierce d'abord, et maintenant Dorothy. Ils formaient une famille unie, fière ; la voir ainsi diminuer devait constituer pour eux une épreuve aussi effrayante que déchirante.

— J'ai besoin d'un verre, déclara Adam d'une voix rauque en refermant la porte derrière le dernier invité. Quelqu'un se joint à moi ?

Sans un mot, Skye et Griffen le suivirent dans la bibliothèque. Adam leur servit à chacun un verre, en s'accordant un double whisky, sans glace.

— J'aurais dû insister pour qu'elle engage une aide ménagère à plein temps.

Il vida son verre de whisky d'un trait, grimaça et s'en servit un second.

— Ce drame ne serait pas arrivé, ajouta-t-il.

— Non, en effet, murmura Griffen, affalé sur le canapé, les yeux levés vers le plafond. Mais nous savions tous qu'elle avait des absences depuis quelque temps. Nous sommes tous responsables.

— Arrêtez ! s'écria Skye, les yeux brûlants de larmes. Inutile de distribuer les fautes, ce n'est pas ça qui la fera revenir. C'est un accident. Un terrible et tragique accident, voilà. La police elle-même l'a dit.

Griffen ferma les paupières.

— Je l'imagine, se rendant dans la cuisine pour se préparer une infusion, puis retournant s'allonger en attendant que la bouilloire siffle. Mais évidemment, ajouta-t-il d'une voix nouée, la bouilloire n'a pas sifflé puisque la flamme du gaz s'était éteinte. Et tante Dot ne s'est pas réveillée.

— Que va-t-on devenir, maintenant ? demanda Adam en se laissant tomber dans le grand fauteuil de cuir.

Il portait nettement son âge tout à coup, constata Skye. Pour la première fois depuis qu'elle le connaissait.

— Que va devenir Monarch ? dit-il.

Elle s'approcha du vieil homme et se pencha pour le serrer dans ses bras.

— Ne vous inquiétez pas, répondit-elle, le cœur brisé. Tout va s'arranger.

— C'est juste, déclara Griffen en se levant. Monarch peut compter sur Skye à présent. Elle incarne l'avenir de la maison, et le mien. Elle prendra la place de Dorothy.

— Oh Griffen… Non… ! dit Skye en secouant la tête, embarrassée par cette suggestion. Je ne suis pas prête. Je n'ai pas suffisamment d'expérience. Dorothy ne se contentait pas de créer, elle dirigeait toute la…

— Griffen a raison, intervint Adam, d'une voix qui avait soudain recouvré toute sa vigueur. Vous possédez ce don qui est la substance vitale de Monarch. Le reste, vous n'aurez qu'à l'apprendre.

Skye avait du mal à croire ce qu'elle entendait.

— Il y a des gens qui sont depuis plus longtemps que moi dans le département. Ils seront plus compétents pour effectuer la transition. Ou alors, vous pourriez engager un créateur expérimenté pour…

— Un étranger ? s'exclama Adam. Jamais !

Skye fut surprise par cette virulence.

— Voyons, Adam, j'étais moi-même une étrangère il y a quelques mois.

— Maintenant, vous faites partie de la famille. Point.

Elle adressa un regard implorant à Griffen.

— Je ne me sens pas prête, répéta-t-elle. Cette succession n'a aucun sens, ce n'est pas sérieux.

Griffen s'approcha d'elle ; il lui prit les mains et l'obligea à se relever.

— C'est très sérieux, ma chérie. Tu possèdes le don. Dorothy voulait qu'il en soit ainsi ; elle m'en avait parlé. Elle en avait parlé à Adam également. Elle voulait que ce soit toi qui prennes les rênes le jour où elle se retirerait. Le succès du voyage à Milan n'avait fait que renforcer sa conviction.

Skye se retourna vers Adam, pour constater que celui-ci avait les yeux fixés sur Griffen. Il semblait presque… effrayé.

— Adam ? murmura-t-elle, envahie par un curieux sentiment de malaise.

Le vieil homme parut reprendre ses esprits.

— Je suis d'accord, dit-il. Dorothy l'aurait voulu ainsi.

— Nous avons besoin de toi, Skye, ajouta Griffen. Tu fais partie de la famille désormais. Tu es des nôtres. Tu dois nous aider.

La famille.

Elle avait rêvé pendant si longtemps d'appartenir à un groupe de personnes qui aient besoin d'elle, qui l'aiment. Mais après l'autre soir, comment pouvait-elle rester fiancée à Griffen ? Comment pouvait-elle continuer à faire partie de leur famille ?

Malgré le recul qu'elle avait tenté de prendre, depuis qu'elle avait fait l'amour avec Griffen, l'horreur de cette expérience ne s'était pas atténuée. Au contraire, elle s'accrochait à elle comme les séquelles d'un cauchemar terrifiant. A tel point qu'elle commençait à se demander si elle n'avait pas été réellement malade, comme elle l'avait déclaré à Griffen. Comment expliquer, sinon, cette étrange et violente réaction qui avait été la sienne ? Ce n'était pas normal, songea-t-elle.

Skye se massa les tempes. Il ne s'agissait pourtant pas d'un viol. Alors, pourquoi tant de dégoût ? Elle ne trouvait pas Griffen répugnant, ni laid ; il ne s'était pas montré cruel ou brutal.

Adam se leva. Il prit la main de Skye dans la sienne et la plaqua sur son cœur.

— Vous n'allez pas nous abandonner, n'est-ce pas, Skye ? Je crois que je ne m'en remettrais pas.

— Bien sûr que non, assura Griffen en prenant l'autre main de Skye. Elle fait partie de la famille maintenant. Elle ne peut pas nous briser le cœur. N'est-ce pas, ma chérie ?

Les deux hommes la regardaient avec insistance. Skye sentit naître une sensation de panique au creux de son ventre. Prise au piège. Elle était prise au piège ! Car le moment était mal choisi pour exprimer ses sentiments véritables, ses peurs et ses doutes. Et comment le pourrait-elle ? Face à ces deux hommes qui souffraient, ces deux hommes qui avaient besoin d'elle ?

Alors, elle céda, en se tournant vers Adam, car elle était incapable d'affronter le regard de Griffen.

— Vous savez bien que je ne veux pas vous briser le cœur. Et si vous souhaitez vraiment que je dirige le département création de Monarch, je m'y appliquerai.

Adam la serra dans ses bras.

— Ah ! c'est notre fille adorée ! N'est-ce pas, Griffen ?

— Oui, notre fille adorée, répéta Griffen en l'étreignant à son tour. Pour la vie.

73

L'hémorragie qui menaçait de saigner à blanc l'agence de relations publiques McCord avait enfin cessé. Et Chance savait qu'il devait une fière chandelle à Martha. Cette dernière avait finalement décidé de lui venir en aide, car elle refusait, déclara-t-elle, de se laisser prendre en otage plus longtemps par Griffen Monarch. Personne n'avait le droit de la faire chanter, déclara-t-elle. Il était temps que cela cesse !

Dès que l'histoire colportée par Martha commença à circuler, Chance réussit à convaincre plusieurs des clients qu'il avait perdus à cause de Griffen de revenir chez lui. Travaillant d'arrache-pied, jour et nuit, il avait même décroché de nouveaux contrats.

Pendant ce temps, Chance avait pris conscience de plusieurs points capitaux. En premier lieu, c'était lui, et lui seul, qui avait construit son succès professionnel, grâce à son sens des affaires, son acharnement et sa réputation d'excellent organisateur. Griffen ne lui avait rien donné, il avait tout gagné lui-même, à la sueur de son front.

Cette constatation avait eu sur lui un effet libérateur et galvanisant. Elle l'avait remis sur pied, lui avait redonné l'envie de se battre et de triompher.

Hélas ! une autre réalité, beaucoup plus sombre, l'obsédait.

Il devait empêcher Skye d'épouser Griffen. Et pas uniquement parce qu'il soupçonnait celui-ci d'être fou. En vérité, il craignait de ne pouvoir vivre sans elle, lui non plus.

C'est pourquoi il était venu jusqu'au siège de Monarch. Dans la tanière même de Griffen. Il prit l'ascenseur pour monter au département création, annonça à la réceptionniste qu'il passait juste dire bonjour à Skye et, sans lui laisser le temps de réagir, il s'engagea dans le couloir, d'un pas déterminé.

Dieu merci, Skye était dans son bureau, seule. Penchée au-dessus de son établi, elle semblait occupée à polir une pierre, et elle ne l'entendit pas entrer à cause du ronronnement de la machine.

Il referma la porte derrière lui.

— Tu ne dois pas épouser Griffen.

Skye se figea. Elle arrêta son polissoir, l'accrocha au râtelier de son établi et ôta ses lunettes de protection. Alors seulement, elle se retourna.

— Tu peux répéter ?

— Un jour, tu m'as demandé de te donner une raison de ne pas épouser Griffen. Eh bien voilà, je le fais. N'épouse pas Griffen.

— Ecoute, Chance, je suis surchargée de travail. J'essaye de faire tourner une maison complètement désorganisée, une tâche à laquelle je n'ai pas du tout été préparée. Et toi, tu débarques ici avec ton petit jeu pervers de la rivalité amoureuse. Je n'ai pas envie de jouer, Chance.

Il traversa la pièce et s'arrêta devant elle. Il lui prit les mains pour l'obliger à se lever.

— Il ne s'agit pas d'un jeu. Et il ne s'agit pas de Griffen. Il est uniquement question de toi et moi.

En attirant les mains de Skye sur son torse, il constata qu'elle portait la bague de fiançailles de Griffen, et il eut l'impression de recevoir un coup à l'estomac. La mâchoire contractée, il réprima l'envie de la lui arracher.

— Je ne veux pas que tu épouses Griffen. A cause de moi. A cause de mes sentiments pour toi.

Elle restait muette.

— Je ne peux pas te laisser partir, Skye. Je ne cesse de penser à toi, jour et nuit. Je ne conçois pas de vivre sans toi. Mais je tiens à être honnête ; je ne peux pas te parler d'amour éternel, pas tout de suite en tout cas. Ni te promettre un amour parfait. Je ne sais même pas ce que c'est ! Malgré tout, je crois être amoureux de toi. Et je suis prêt à nous donner une chance.

Skye chercha son regard ; elle se sentait soudain terriblement vulnérable.

— La dernière fois que nous nous sommes vus, répliqua-t-elle, tu étais prêt à dire que tu m'aimais pour m'empêcher d'épouser Griffen. Et voilà, tu l'as dit. Es-tu jaloux de lui à ce point ?

— Je ne suis pas jaloux de lui, répondit Chance, en découvrant avec plaisir qu'il était sincère. Ecoute, Skye, toute ma vie, je me suis battu pour essayer de m'améliorer, de changer, d'échapper à ma condition. J'ai passé ma vie à admirer les Griffen Monarch du monde entier, en rêvant de posséder tout ce qu'ils possédaient, de devenir comme eux. Je suis sûr qu'on pourrait trouver à mon comportement un tas d'explications psychologiques à la gomme, mais je m'en fous. C'est terminé tout ça, je ne veux plus ressembler à Griffen Monarch, ni à quiconque ; je veux être moi-même, tel que je suis. Mais je te veux. Et j'ai envie de tenter ma chance avec toi.

Pendant quelques instants qui ressemblèrent à une éternité, Skye demeura muette, se contentant de le regarder fixement, impassible. Puis, d'un geste brusque, elle libéra ses mains.

— Admettons que tu dises la vérité, que je puisse croire que c'est une sorte de révélation qui t'amène ici, et non pas ta jalousie envers Griffen. Comment suis-je censée réagir à cette déclaration tiède, sans enthousiasme ? Devrais-je m'évanouir de bonheur ? Devrais-je me sentir… honorée ? flattée ? Devrais-je être reconnaissante ? Je ne suis pas une idiote. Et je ne suis pas désespérée.

— Je suis aussi honnête que je peux l'être.

— Quel exploit !

Elle se dirigea à grands pas vers son bureau, resta immobile un bref instant, puis se retourna pour lui faire face ; il vit qu'elle était furieuse.

— Griffen m'a promis son amour et sa dévotion éternels. Il a promis de m'aimer pour toujours. Et toi, tu commences ta déclaration en affirmant que tu n'as rien à m'offrir !

— Tu ne comprends donc pas ? répliqua Chance, en colère à son tour. Quand seras-tu enfin adulte ? L'amour parfait n'existe pas ; quant à l'amour éternel…

— Parce que tu es incapable de t'engager ! Parce que tu as peur d'aimer quelqu'un !

— Peur ? Ce n'est pas moi qui vais épouser une personne que je n'aime pas, uniquement pour me sentir rassuré.

— Va-t'en ! Fiche le camp d'ici avant que j'appelle la sécurité.

— Allez, fais-le, dit-il en se rapprochant. Voyons si tu oses. Tu es furieuse, car je peux juste te proposer d'essayer. Tu ne vois pas que c'est le plus important ? Deux personnes qui s'aiment et qui sont prêtes à essayer de partager leur vie ?

Il la regarda droit dans les yeux et ajouta :

— Tu n'es pas amoureuse de Griffen.

— Deux personnes qui essayent de partager leur vie ? répéta-t-elle d'un ton sarcastique. Pour combien de temps, Chance ? Jusqu'à ce que l'envie disparaisse ? Jusqu'à ce qu'ils éprouvent le désir de foutre le camp ?

— Toujours cette même rengaine, hein ? Te laisser entre les mains de Sarah et Michael était ce que je pouvais faire de mieux pour toi. Et tu le sais. Ou du moins, tu le saurais si tu cessais de raisonner comme une gamine de treize ans, pour réfléchir enfin en adulte.

Skye se saisit du téléphone, mais Chance le lui arracha des mains et il la plaqua contre lui.

— Tu voudrais que je te promette de ne jamais te faire souffrir ? Je ne peux pas. Personne ne le peut. La souffrance est le lot de tout être humain faillible, entouré d'autres êtres humains faillibles eux aussi.

Il la serra plus fort contre son torse, au point de sentir les battements précipités de son cœur.

— Tu n'es pas amoureuse de Griffen, répéta-t-il.

— Comment le sais-tu ? répondit-elle d'une voix enrouée. Je suis follement amoureuse de lui. Passionnément !

— C'est faux.

Il prit son visage en coupe entre ses paumes.

— Tu es amoureuse de moi.

— Absolument pas !

Elle parvint à poser ses doigts entre eux, sur la poitrine de Chance, mais elle n'essaya pas de l'écarter.

— Je refuse de t'aimer, dit-elle. Je refuse de m'autoriser à…

Chance ne la laissa pas achever sa phrase. Tandis qu'il prenait ses lèvres pour un baiser fougueux, ses mains remontèrent vers les cheveux de Skye, faisant sauter la barrette qui tomba par terre, libérant la chevelure, et il enfouit ses doigts dans les boucles soyeuses.

Au lieu de le repousser, Skye gémit doucement et se pressa contre lui, en agrippant la chemise de Chance, comme si sa vie en dépendait.

Les baisers se succédèrent, longs, enivrants, violents et humides ; leurs bouches s'ouvraient, leurs langues se mêlaient, entraient et sortaient dans une parodie d'acte sexuel. Ils étaient habités par la même fougue, la même envie.

— Tu m'as manqué, murmura Chance sans décoller ses lèvres de celles de Skye.

Il la fit reculer centimètre par centimètre, jusqu'à ce qu'elle se retrouve acculée contre le mur.

Elle se cambra, et la rencontre de leurs bassins provoqua une décharge électrique à couper le souffle. Chance dut faire appel à toute sa volonté pour ne pas la prendre sur-le-champ, là, debout contre ce mur, au risque d'être surpris.

Il glissa sa main sous sa jupe, remonta entre ses cuisses.

— Je sens que tu me désires, murmura-t-il.

Skye se mordit la lèvre pour retenir un nouveau gémissement ; elle tremblait de tous ses membres. Lorsque Chance plaqua sa main sur son sexe, elle fut secouée par un puissant orgasme. Aussi brutal que rapide. Et silencieux, car il étouffait avec sa bouche et sa langue les bruits de sa jouissance.

Puis il la lâcha. Skye croisa son regard, hébétée, désorientée, encore haletante. Sa poitrine se soulevait rapidement, elle avait le feu aux joues, l'excitation alourdissait ses paupières.

— Tu vois comment je le sais ? dit-il. Tu n'es pas amoureuse de lui, Skye. Si tu l'étais, ton corps ne réagirait pas de cette façon avec moi. Il m'a suffi de te toucher.

Sur ces mots, il se dirigea vers la porte, s'arrêta et se retourna avant de sortir.

— Deviens adulte, Skye. Je regrette de t'avoir fait souffrir, il y a si longtemps. Mais tu n'es plus une enfant. Oublie le passé.

74

Claire ne parvenait pas à se débarrasser du mauvais pressentiment qui l'assaillait. Elle avait la conviction que Skye avait besoin d'elle. Ce sentiment angoissant l'habitait depuis son arrivée à Chicago. Elle avait peu dormi. Et mangé encore moins. Elle était épuisée et à bout de nerfs, sur le point de craquer.

Elle avait passé les derniers jours enfermée dans sa chambre d'hôtel, entourée de dossiers de police, ne sortant que lorsque le besoin d'air frais se faisait sentir, ou à la demande des inspecteurs. Elle avait examiné tous les indices avec un soin maniaque, inspecté le domicile de Becky Williams, ainsi que son quartier, puis elle s'était rendue dans la maison où toutes les filles avaient dormi, et avait interrogé les parents et amis de l'adolescente disparue.

Sans résultat, jusqu'à présent.

Elle n'aurait pas dû venir à Chicago, se répétait-elle, elle n'aurait pas dû accepter de travailler sur cette affaire, elle en prenait conscience maintenant. Elle ne pouvait même pas dire si son mauvais pressentiment était lié à l'avenir ou s'il s'agissait des vestiges de son passé, venus la harceler.

Claire se massa les yeux pour essayer de mettre de l'ordre dans ses pensées et recouvrer quelque lucidité.

Elle détestait cette situation. L'échec lui était insupportable. Car elle pensait aux parents et aux amis de la famille, à la police. Tous ces gens comptaient sur elle ; ils attendaient une piste, une réponse… même si cela impliquait d'affronter la pire des vérités.

Dans la matinée, la police lui avait apporté les journaux qu'elle avait réclamés, tous les numéros des quotidiens locaux parus depuis une semaine. Elle prit la première pile de *Chicago Tribunes*, consulta les dates, et choisit les trois plus anciens. Assise au bureau, elle commença à les feuilleter, lentement.

Les minutes s'écoulèrent dans un silence à peine brisé par le froissement des feuilles. La lecture du premier journal se révéla décevante. Elle passa alors au deuxième. Puis au troisième.

Claire parcourait méthodiquement chaque page, car elle ne savait jamais ce qui pouvait provoquer une vision. Un jour, une publicité vantant des aliments pour chiens l'avait mise sur la voie. L'enfant disparu s'était éloigné pour « aider un gentil monsieur » à rattraper son chien qui s'était enfui. Grâce à l'aide de Claire, on avait retrouvé l'enfant, sain et sauf.

Cette affaire lui avait appris qu'il ne fallait rien laisser au hasard en matière de voyance, rien considérer comme acquis. Cette fois-là, terrassée par la grippe, elle était fatiguée, et dans sa hâte de rentrer chez elle, elle avait failli occulter une page entière de publicités. Dieu merci, elle ne l'avait pas fait. Depuis, elle s'était souvent demandé ce qui se serait passé si elle avait cédé à la fatigue. Aurait-on retrouvé cet enfant vivant ?

Claire tourna une nouvelle page et balaya lentement du regard les articles de la rubrique mondaine, les faire-part de décès et de mariage. Une photo capta son attention. La photo d'un jeune couple souriant… Le sang lui monta à la tête, ses tempes se mirent à bourdonner.

Ses yeux se posèrent sur la légende.

Griffen Monarch et Skye Dearborn.

Un petit cri d'effroi, de stupéfaction, s'échappa de ses lèvres. Elle comprenait maintenant d'où lui venait ce mauvais pressentiment. Elle comprenait la cause de cette angoisse, la crainte d'un drame imminent.

Skye était ici. A Chicago.

Elle allait épouser son propre frère !

Claire se leva d'un bond, si brutalement que sa chaise tomba à la renverse et heurta le mur. Chaque minute comptait. Elle le sentait, aussi nettement, aussi sûrement que tout le reste. Elle se jeta sur l'annuaire téléphonique de Chicago et ses environs.

Folle de terreur, elle le feuilleta frénétiquement, déchirant les pages fines. Arrivée à la lettre D, elle fit glisser un index tremblant sur chaque colonne de noms, avec des gémissements de frustration. Elle referma l'annuaire.

Aucune Skye Dearborn.

Il fallait qu'elle retrouve sa fille ; il fallait qu'elle la prévienne. Claire jetait des regards désespérés autour d'elle, à la recherche d'une solution, d'une réponse. Ses yeux se posèrent alors sur les annuaires que l'inspecteur Baker lui avait apportés ce matin. Puis elle considéra celui qui était posé devant elle.

Il datait de l'année dernière.

Elle se précipita vers la pile d'annuaires et les passa en revue, jusqu'à ce qu'elle trouve celui qui l'intéressait. Elle l'ouvrit et chercha la lettre D.

Dearborn, Skye.

Elle se laissa tomber à genoux, les yeux remplis de larmes de joie, submergée par un sentiment indicible. Sa fille chérie ! Skye ! Elle était vivante ! Et elle l'avait retrouvée ! Enfin, elle allait revoir sa fille !

Serrant l'annuaire contre sa poitrine, Claire se dirigea vers le téléphone. Son cœur battait si fort qu'elle avait du mal à respirer ; elle parvint malgré tout à composer le numéro. Le téléphone sonna une première fois, une seconde fois… L'attente était insoutenable. Les yeux fermés, Claire pria pour que Skye soit chez elle, pour qu'elle décroche. Après toutes ces années, elle ne pouvait pas attendre une minute de plus.

Un répondeur se mit en marche, lui arrachant un cri de désespoir. D'une voix saccadée, le souffle coupé, elle laissa un message confus, hystérique. Alors qu'elle suppliait sa fille de l'appeler, la machine lui coupa la parole.

Claire reposa le combiné sur son socle et se mit à arpenter la chambre, en se tordant nerveusement les mains. Et maintenant ? se demandait-elle. Elle n'allait pas rester là, les bras croisés. Et si Skye et Griffen se mariaient aujourd'hui, en ce moment même ? Ou ce soir ?... Et s'ils s'étaient mariés la veille ?

Il fallait absolument qu'elle intervienne. Il fallait trouver un moyen.

Elle se frictionna les bras pour calmer les frissons. Pas question d'attendre, elle devait courir sa chance...

Chance.

Elle se figea. La dernière fois qu'elle avait vu Skye, Chance était auprès d'elle. Claire reporta son attention sur l'annuaire. Certes, les probabilités étaient infimes, mais peut-être étaient-ils venus ensemble s'installer à Chicago.

Elle se jeta sur l'annuaire une fois de plus. En retenant son souffle... Chance McCord ! Son nom lui sauta au visage. Elle avait vu juste ! Prise de vertiges, elle composa le numéro et tomba sur son répondeur. Ravalant son amertume, elle bredouilla un message, comme elle l'avait fait pour Skye, lui indiquant où elle se trouvait et le suppliant de la contacter le plus vite possible.

Désormais, elle ne savait plus que faire, à part attendre.

Elle retourna vers le bureau, sur lequel était ouvert le journal, et contempla la photo en noir et blanc. Un nouveau flot de larmes envahit ses yeux. Elle avait retrouvé sa fille... sa fille adorée. C'était comme si elle retrouvait soudain une partie essentielle d'elle-même et, pour la première fois depuis quatorze ans, elle eut le sentiment d'être réellement en vie.

Une larme tomba sur la photo ; Claire l'essuya délicatement, s'abreuvant de l'image de sa fille. Elle avait toujours su que Skye deviendrait une jeune femme magnifique, et elle ne s'était pas trompée. Avec une précision stupéfiante, elle revoyait le moment où, pour la première fois, elle avait tenu son bébé dans ses bras, si petite, si fragile, si douce. Elle revoyait son premier sourire, son premier jour d'école, toutes les joies qu'elles avaient partagées.

Les larmes l'étouffaient. Elle aurait tant aimé être à ses côtés durant toutes ces années pour la regarder grandir. Pour l'aider. Pour l'aimer, tout simplement. Elle avait manqué tant de moments merveilleux.

Le cœur prêt à éclater, Claire caressa la photo du bout des doigts. Aujourd'hui, une nouvelle chance leur était offerte, se dit-elle. Elles allaient enfin être réunies.

Si Skye le voulait bien. Si elle pouvait la comprendre et lui pardonner.

Elle aurait dû lui dire la vérité, songea-t-elle ; elle aurait dû lui parler de la famille Monarch et de Griffen. Et surtout, elles auraient dû rester ensemble, coûte que coûte.

Le regard de Claire se posa sur la notice qui accompagnait la photo ; elle s'aperçut alors qu'elle n'avait pas pensé à la lire. Tandis qu'elle parcourait les mots imprimés dans le journal, et que leur signification pénétrait son cerveau, elle sentit que son cœur cessait de battre. Instinctivement, elle porta la main au talisman rempli de pierres précieuses qui pendait à son cou. Tout son univers lui parut chavirer, et elle tomba lourdement sur la moquette.

Skye travaillait pour Monarch. Elle créait des bijoux.

Comme l'avaient toujours désiré Adam et Pierce. Mais par quel miracle ? se demanda Claire. Elle s'était enfuie en emmenant sa fille, loin de ces gens, et voilà que, vingt et un ans plus tard, Skye revenait se jeter dans la gueule du loup !

Un drame effroyable était sur le point de se produire. Skye avait besoin d'elle.

Claire se releva et décrocha le téléphone. Elle appela au siège de Monarch et, d'une voix tremblante, demanda à parler à Skye Dearborn.

— De la part de qui, je vous prie ?

— C'est… hmm, c'est personnel. Mais c'est très urgent. Il faut que je lui parle.

— Je regrette, répondit la femme au bout du fil. Skye est en réunion actuellement. Peut-être qu'en lui transmettant la raison de cet appel urgent, je...

Claire entendit une autre voix, une voix d'homme, à l'arrière-plan. Elle fut prise de tremblements.

— Il faut absolument que je lui parle ! s'écria-t-elle. C'est urgent ! Dites-lui que c'est sa mère !

— Vous êtes la mère de Skye ?

Il y eut un silence au bout du fil.

— Ecoutez, madame. Donnez-moi votre numéro ; je vais lui transmettre le message immédiatement.

— Oh, merci ! Merci mille fois ! Je suis à l'hôtel Knickerbocker, chambre 212.

Claire lut le numéro de téléphone qui figurait sur le cadran de l'appareil, puis remercia de nouveau la réceptionniste.

— De rien, madame Dearborn. Je vais faire en sorte que votre fille...

— Griffen Monarch à l'appareil. Puis-je vous aider ?

Claire demeura muette. La peur lui avait coupé le souffle. En entendant ce nom, cette voix, elle se retrouva projetée brutalement vingt ans en arrière. Adam était penché au-dessus d'elle, les yeux exorbités, et il essayait de l'étrangler. Skye hurlait...

— Allô ? Allô ? Il y a quelqu'un ?

Claire raccrocha brutalement. La voix de Griffen continuait de résonner dans sa tête. Elle sentit son cœur s'emballer, et se mit à transpirer. L'obscurité l'enveloppa soudain. *Le drame était imminent.*

Ses jambes tremblaient. Elle referma la main autour de son talisman et tomba à genoux. Sa vue s'obscurcit de nouveau l'espace d'un instant, puis une image envahit son esprit, une image qu'elle reconnut aussitôt pour l'avoir vue très souvent, celle d'une forêt blanche et sombre. Cette fois, elle discernait deux silhouettes ;

l'une pourchassait l'autre. C'était le jeu du chat et de la souris, du chasseur et de la proie. Elle entendit un appel au secours, suivi d'un rire étrange, haut perché.

Elle se plia en deux ; les images étaient semblables à des coups de boutoir. Elle vit un lac gelé qui scintillait dans l'éclat de la lune, puis un corps qui se débattait, avant d'être entraîné dans les profondeurs froides et ténébreuses.

Cette vision se troubla, puis se modifia. Il y avait maintenant de la musique, du jazz. De vieilles maisons ornées de balcons et de grilles en fer forgé. Elle vit une fille. Et un jeune homme. Ils se tenaient la main. Et ils riaient.

L'image se transforma encore une fois. Elle vit des mains agripper désespérément le vide, puis une silhouette s'effondrer sur le sol, telle une poupée de chiffon. Claire n'arrivait plus à respirer. Elle ouvrit brusquement les yeux. Elle avait peur. Pour elle. Pour Skye.

Mais pas pour Becky Williams. Où qu'elle soit, la jeune fille riait.

Mais Skye avait besoin d'elle, Claire le savait. Elle avait besoin du talisman de sa mère, elle avait besoin des pierres précieuses. Ce n'était pas encore trop tard… mais il n'y avait plus beaucoup de temps.

Elle avait donné le nom de l'hôtel et le numéro de sa chambre à la réceptionniste de chez Monarch. Griffen serait bientôt là, songea-t-elle.

Soudain fataliste, Claire eut alors le sentiment que tout ce qui s'était déroulé au cours de ces vingt-six dernières années, depuis ce jour où, dans la nursery, la terrible vision s'était imposée à elle pour la première fois, tout conduisait à cet instant.

Un drame effroyable allait se produire. Et elle n'était pas certaine de pouvoir l'empêcher.

Finalement, se dit-elle, peut-être ne reverrait-elle jamais sa fille.

Retournant s'asseoir au bureau, elle appela l'inspecteur Baker au commissariat. Rapidement, mais avec tous les détails, elle lui décrivit sa vision concernant Becky. Cela étant fait, elle prit un bloc de feuilles de l'hôtel, et se mit à écrire.

Skye devait tout savoir. Elle aurait dû savoir depuis longtemps. Claire songea combien elle aurait préféré lui raconter tout cela en la regardant droit dans les yeux, combien elle aurait aimé la serrer dans ses bras.

Mais ce ne serait sans doute pas possible, songeait-elle avec angoisse. Voilà pourquoi elle devait tout lui dire maintenant, avant qu'il ne soit trop tard.

Claire vida son cœur sur le papier. Elle raconta tout à sa fille, absolument tout. En commençant par ce jour tragique dans la nursery, point de départ du drame ; elle lui parla de l'obsession perverse de Griffen et des scènes de violence dont elle avait été témoin, du chantage exercé par Adam et Pierce qui menaçaient de lui enlever sa fille, de ses visions, des pierres précieuses qu'elle avait volées.

Elle lui parla de l'accident mortel de son amie Susan et de sa quête désespérée, ensuite, pour retrouver sa fille. Elle lui raconta dans quelles circonstances elle était finalement revenue à Chicago, de quelle façon elle avait occupé sa vie au cours de ces quatorze années écoulées, évoquant tous ces parents éplorés, ces enfants disparus qu'elle avait aidés, sans jamais renoncer à l'espoir de retrouver un jour sa propre fille.

Mais surtout, Claire voulait lui dire à quel point elle l'aimait. Elle l'avait toujours aimée. Et elle l'aimerait toujours. Même dans la mort.

Pendant qu'elle écrivait, le temps s'écoulait ; et à chaque minute qui passait, le sentiment d'un drame imminent devenait plus fort.

Claire plia la lettre et ôta le talisman qui pendait à son cou. Après avoir vidé une boîte en carton servant à conserver les indices, elle y déposa la lettre et les pierres précieuses ; puis elle releva l'adresse de Skye dans l'annuaire et l'inscrivit sur la boîte.

Le cœur battant, elle consulta sa montre, prit la boîte et descendit la remettre au concierge de l'hôtel pour qu'il la fasse porter à sa fille.

75

Comme elle s'y attendait, Claire reçut la visite de Griffen. En ouvrant la porte de sa chambre d'hôtel, elle sut immédiatement qu'elle ne s'était pas trompée à son sujet. Il était le même que vingt ans plus tôt, mais plus malin, plus puissant. Plus pervers encore. En le fixant au fond des yeux, elle voyait un monstre. Un homme sans âme.

Et alors qu'elle plongeait son regard dans ces yeux morts, son esprit la ramena précipitamment en arrière, jusqu'à cette journée dans la nursery, lorsqu'il avait déclaré, peu de temps après la naissance de Skye : « Plus tard, je me marierai avec elle ».

Il avait tenu promesse.

Le monstrueux oiseau noir de ses cauchemars n'était pas Pierce, finalement. C'était Griffen.

Claire ne put retenir un petit cri d'effroi.

— Tu n'as pas le droit, Griffen !

Il sourit.

— Je n'aime pas qu'on m'interdise d'agir comme bon me semble. Tu devrais le savoir, maman Madeline.

Elle recula d'un pas, en portant instinctivement sa main à son cou, pour serrer le talisman. Mais les pierres précieuses n'étaient plus là, elle s'en souvint tout à coup. Elle les avait envoyées à Skye.

Dieu soit loué ! se dit-elle. Elle les avait envoyées à Skye.

— On s'est toujours compris tous les deux, n'est-ce pas, Madeline ?

Griffen la suivit à l'intérieur de la chambre et referma la porte derrière lui.

— Personne, à part toi, n'a jamais rien su, déclara-t-il.

Claire continuait de reculer, effrayée, incapable de prononcer un mot.

— Je me suis toujours demandé quel effet ça faisait d'avoir des visions.

Comme elle restait muette, il haussa les sourcils d'un air surpris.

— Tu ne dis rien ? s'exclama-t-il en ricanant. Oui, je comprends. Ce n'est pas facile d'affronter son passé. Pauvre Skye, elle n'en a pas encore eu l'occasion. Malgré ses petits sursauts de mémoire horripilants. Et ses migraines ridicules. Tout cela ne réussit qu'à la contrarier.

Il secoua la tête, visiblement ravi de ces retrouvailles.

— On appelle ça la mémoire refoulée, reprit-il. J'imagine que c'était une aubaine pour toi qu'elle ne se rappelle rien. Mais je dois te remercier, Madeline, car ça m'a bien servi à moi aussi.

— Tu es complètement fou, murmura-t-elle en lorgnant du coin de l'œil le téléphone posé sur le bureau. Tu es un malade, Griffen.

— Oh ! les vilains mots ! Erronés, qui plus est. Les génies sont souvent incompris.

— Skye est ta sœur !

— Elle est mon destin. Tu as essayé de me la voler, de la voler à la famille Monarch. Mais tu as échoué. Car il devait en être ainsi.

— Essaye de réfléchir, Griffen. Tu voudras des enfants, des héritiers qui porteront le nom de Monarch. Mais entre un frère et une sœur, les gènes…

Elle s'était mise à crier ; cette pensée lui donnait envie de vomir.

— … Vos enfants seront anormaux, Griffen. Que fera la famille Monarch, alors ?

Le visage de Griffen demeura impassible, à l'exception du petit sourire qui déformait ses lèvres. Claire tenta une autre approche.

— Skye finira bien par apprendre la vérité, tôt ou tard, d'une manière ou d'une autre. Elle recouvrera la mémoire. Comment réagira-t-elle, alors ? Elle te haïra. Elle vous quittera, toi et la famille Monarch. Ecoute-moi, Griffen !

Celui-ci fit claquer sa langue avec mépris.

— Tu es grotesque et pathétique, Maddie. Skye et moi sommes deux âmes sœurs, chacun incarne le destin de l'autre. Toutes ces choses dont tu parles ne seront pas un problème. Tu voudrais juste imposer ta loi. Comme toujours.

— Je ne te laisserai pas faire.

De nouveau, Griffen éclata de rire, et Claire sentit son sang se glacer.

— Ah oui ? dit-il. Et comment comptes-tu t'y prendre ?

Elle se retourna pour se jeter sur le téléphone. Elle l'avait dans la main, le doigt sur le 0 pour appeler la réception, quand Griffen s'en empara violemment. Elle poussa un cri, tandis que, d'un geste brusque, il arrachait la prise du mur.

Il reposa délicatement le téléphone sur le canapé, en secouant la tête.

— Ce n'est pas gentil ça, Maddie.

— Je ne te laisserai pas faire, répéta-t-elle. Je dévoilerai la vérité. Et s'il le faut, je te tuerai.

— Oh non ! dit-il. Car vois-tu, je t'aurai tuée avant que tu ne puisses intervenir.

Elle bondit vers la porte. Mais il n'eut aucun mal à la rattraper et à la plaquer au sol. Claire se retourna et le griffa. Il la lâcha en poussant un cri de douleur, et elle en profita pour reculer en rampant.

Elle se releva pour foncer de nouveau vers la porte. Elle l'atteignit, sa main se referma sur la poignée, elle ouvrit la bouche pour crier au secours.

Griffen lui sauta dessus, ses bras se refermèrent sur elle comme des étaux, autour de sa gorge et autour de son ventre, lui coupant la respiration.

Elle fut surprise et effrayée de la facilité avec laquelle il la souleva de terre, et elle se débattit de plus belle, en donnant des coups de pied, en griffant le bras qui lui enserrait la gorge. Mais Griffen la souleva davantage. Ses pieds battaient à présent dans le vide. Des étoiles apparurent à la périphérie de son champ de vision.

Skye… ma chérie, je suis là. Je t'aime.

Claire ferma les yeux en priant, en essayant d'atteindre mentalement sa fille, de communiquer avec son esprit. Elle voulait qu'elle sache… elle voulait lui dire…

La pendule posée sur la cheminée sonna 4 heures. Les yeux de Claire se rouvrirent brutalement.

Avec un grognement sauvage, Griffen lui brisa la nuque.

76

Griffen contemplait d'un air absent le corps de Claire recroquevillé sur le sol, à ses pieds, telle une poupée désarticulée. Le sang qui battait à ses tempes obscurcissait ses pensées. En passant sa main sur son front, il s'aperçut qu'il tremblait et transpirait.

Il avait été obligé de la tuer ; elle était sur le point de tout gâcher. Elle avait l'intention de lui enlever sa Grace chérie, une fois de plus. Il fallait qu'il l'en empêche, évidemment. Son regard balaya la chambre, allant d'un objet à l'autre. Mais pourquoi ici ? se demandait-il.

Il s'essuya la bouche du revers de la main. Sale chienne stupide ! Si seulement elle était restée à l'écart de tout ça. Mieux que quiconque, elle aurait dû deviner qu'il serait prêt à tout pour conserver Grace.

Malgré cela, elle avait décidé de revenir pour tout foutre en l'air. Elle avait décidé de fourrer son sale nez dans cette affaire. Il baissa les yeux sur le corps, agacé et contrarié. Voilà où ça les avait conduits, se dit-il.

Elle était morte, et lui, il était dans une sacrée merde.

Griffen prit une profonde inspiration pour tenter de recouvrer ses esprits. Si seulement il pouvait réfléchir posément, si seulement ce bourdonnement dans ses oreilles voulait bien cesser ! Il devait faire disparaître les indices, élaborer un plan. Pas question de se faire prendre, c'était impossible.

Il trouverait un moyen de se tirer de ce mauvais pas, décréta-t-il en regardant autour de lui. Il était maître de la situation. Il pouvait tout arranger. Comme toujours.

Il fallait se concentrer. Qu'avait-il touché, dans cette chambre ? La poignée de la porte. Le chambranle. Le dossier de la chaise. Le téléphone. C'est tout. Il enjamba le corps de Claire pour se diriger vers la porte. Il sortit son mouchoir et essuya soigneusement la poignée, puis le chambranle.

Il s'occupa ensuite de la chaise et du téléphone. Satisfait, il remit son mouchoir dans sa poche de poitrine. C'est alors qu'il remarqua les égratignures sur sa main. Affolé, il releva sa manche, et découvrit d'autres traces de griffures. Sanglantes. Pris de panique, il baissa les yeux. Des gouttes de sang, de *son* sang, constellaient la moquette claire, et le chemisier bleu pâle de Claire.

La police gratterait sous les ongles de la victime et découvrirait d'infimes fragments de peau, des traces de sang. De quoi reconstituer l'ADN du meurtrier. Les pensées défilaient à toute vitesse dans le cerveau de Griffen. Il était monté dans l'ascenseur avec un homme et une femme susceptibles de l'identifier. Dans le hall, il avait croisé une vieille connaissance, une relation professionnelle ; l'homme l'avait salué d'un hochement de tête.

Ses yeux se posèrent sur le téléphone. Claire avait appelé le siège de Monarch ; le standard de l'hôtel et la compagnie du téléphone auraient conservé la trace de cet appel. Quand il avait entendu la réceptionniste de Monarch évoquer « la mère de Skye », il lui avait littéralement arraché l'appareil des mains. Surprise par ce geste, elle ne risquait pas de l'oublier.

Les enquêteurs établiraient le lien entre Claire et la famille Monarch ; ils découvriraient qu'elle n'était autre que Madeline Monarch. Et que Skye s'appelait en réalité Grace Monarch.

Son crime serait dévoilé. Il irait en prison.

Non, se dit-il. Cela ne devait pas se passer ainsi. Il pressa ses paumes sur ses yeux, pour essayer de se concentrer et trouver une échappatoire. Mais il avait beau réfléchir, toutes ses pensées le ramenaient vers la même chose : Grace. Une fois que la police l'aurait arrêté, elle trouverait refuge auprès de Chance. Ce minable de McCord, ce moins-que-rien récupérerait Grace.

Non. Jamais ! Il ne laisserait pas faire ça. Grace était à lui ! Elle lui appartenait !

Elle était son destin.

Evidemment.

Griffen prit une profonde inspiration ; il avait recouvré son calme, sa lucidité. La voie à suivre était claire, évidente.

S'il ne pouvait pas avoir Grace, personne d'autre ne l'aurait.

77

Skye laissa échapper un petit soupir de désespoir, tandis qu'un frisson glacé la parcourut.

— Ça ne va pas ?

La femme qui se trouvait avec elle dans l'ascenseur, sans doute une cliente car elle ne l'avait jamais vue, la regardait d'un air inquiet.

— Si, si, répondit Skye en se frictionnant les bras, transie de froid. J'ai eu le sentiment que…

Que quelqu'un avait besoin d'elle. Qu'une personne qu'elle aimait souffrait.

Elle adressa un petit sourire à la femme.

— Tout va bien, je vous remercie.

L'inconnue lui rendit son sourire.

— Pourriez-vous me donner l'heure, je vous prie ? Ma montre s'est arrêtée.

— Oui, bien sûr, répondit Skye en consultant sa montre. Il est 4 heures. Passées de quelques minutes.

L'ascenseur s'immobilisa au premier étage et les portes s'ouvrirent. La femme la remercia et sortit la première.

Skye se frictionna les bras, en pensant à sa mère. Elle n'avait cessé de penser à elle tout l'après-midi, depuis que Chance avait quitté son bureau, en fait, sans qu'elle puisse expliquer pourquoi.

Peut-être à cause des paroles de Chance, justement.

Deviens adulte, Skye. Oublie le passé.

Ces paroles avaient longtemps résonné dans sa tête, accompagnées du souvenir de leur étreinte, aussi violente que brève ; elle repensait à la façon dont elle avait réagi aux caresses de Chance, à la force de son désir. L'image de Chance occupait son esprit en permanence.

Elle ne pouvait pas épouser Griffen. Elle n'était pas amoureuse de lui.

Elle était amoureuse de Chance.

Voilà un certain temps déjà qu'elle le savait, depuis cette nuit épouvantable où elle avait couché avec Griffen. Mais elle avait trop peur de se l'avouer, trop peur de souffrir en renonçant à son rêve d'un amour idéal.

Mais l'amour idéal n'existait pas, se dit-elle. Chance avait raison. Le seul élément d'éternité dans la vie, c'était l'éternité de la mort.

Il fallait rompre avec Griffen. Le plus tôt possible. Dès ce soir. Elle s'en voulait de lui faire du mal. Elle s'en voulait de faire du mal à Adam. Mais elle n'avait pas le choix. Cette comédie n'avait que trop duré.

Sa décision l'effrayait. Griffen lui offrait tout ce dont elle avait toujours rêvé ; Chance lui promettait seulement d'essayer. Il l'avait déjà quittée une fois, il était capable de récidiver. Tant pis, se dt-elle. L'idée de vivre sans lui était plus terrifiante que tout ce qu'elle pouvait envisager d'autre.

Le moment était venu de se comporter en adulte. Chance la ferait peut-être souffrir, mais la vie n'était jamais exempte de souffrance.

Cette constatation s'accompagnait chez elle d'une sensation de liberté grisante. On ne pouvait vivre continuellement sous le joug du passé et de la peur. Désormais, une nouvelle existence s'ouvrait à elle, débarrassée de tous ses fantômes.

Evidemment, elle ne put s'empêcher de repenser à sa mère. Mais ce n'étaient plus des pensées amères ou rancunières qui la hantaient ; c'étaient des pensées douces, des souvenirs heureux. Un sourire éclaira son visage, car elle comprenait que sa mère n'avait jamais cessé de l'aimer, elle lui en avait apporté la preuve chaque jour. C'était soudain comme si sa mère la serrait dans ses bras pour lui transmettre un formidable sentiment de quiétude et de bien-être. Elle ferma les yeux pour prolonger cette sensation magique. En s'accrochant à sa mère.

L'ascenseur arriva au rez-de-chaussée et Skye sortit dans le hall d'un pas décidé. Après avoir souhaité un bon week-end à la réceptionniste, elle quitta l'entreprise.

Dehors, le ciel était clair et le froid vif. Elle fourra ses mains dans ses poches de manteau, impatiente de recevoir la paire de gants qu'elle avait commandée chez Marshall Field. Elle remonta Michigan Avenue pour rejoindre le garage où elle louait une place de parking au mois. Dieu soit loué, elle avait le vent dans le dos.

Vingt-cinq minutes plus tard, elle se garait à une centaine de mètres de chez elle. Cette fois, quand elle sortit de voiture, le vent glacé lui soufflait en plein visage, et elle avança pliée en deux, s'imaginant déjà devant un bon feu de cheminée, avec une tasse de chocolat chaud, à côté de M. Meuh.

Elle atteignit le perron de l'immeuble en même temps qu'un jeune livreur. Jetant un coup d'œil au paquet qu'il tenait sous son bras, elle crut voir son nom. *Ses nouveaux gants, enfin !*

— Excusez-moi, lui dit-elle. Je suis Skye Dearborn. Ce paquet est pour moi, il me semble.

— Possible, répondit le jeune homme. Z'êtes sûre que c'est bien vous ?

— Oui, assura-t-elle en souriant. Vous voulez voir une pièce d'identité ?

— Non, pas la peine. Z'avez qu'à signer là, déclara-t-il en lui tendant une planchette à pince. On peut dire que vous êtes vernie. J'ai dû faire deux fois le tour du pâté de maisons. A cause d'un crétin qui s'est garé devant la bouche d'incendie ! C'est ma place, d'habitude.

Skye suivit le regard du jeune livreur, et vit en effet une Porsche 911 noire garée juste devant la bouche d'incendie. Elle leva les yeux vers les fenêtres de son appartement. On aurait dit la voiture de Griffen. Que faisait-il là ?

— Vous avez eu du pot, ajouta le livreur en lui tendant le paquet. Je vous aurais manquée, sinon. Allez, bonne journée.

Elle le remercia, pénétra dans l'immeuble et gravit l'escalier jusqu'au premier étage. Arrivée sur le palier, elle s'arrêta ; son cœur battait à tout rompre. La porte de son appartement était entrouverte, elle entendait quelqu'un se déplacer à l'intérieur.

Elle avala sa salive et parcourut les derniers mètres. Du bout des doigts, elle poussa la porte. Griffen lui tournait le dos ; il était agenouillé près de la table basse du salon et passait en revue une pile de courrier. *Son courrier !*

La fureur lui coupa le souffle.

— Qui t'a permis de lire mon courrier ?

Il se releva d'un bond et se retourna vivement vers elle.

— Grace !

— Hein ? Comment m'as-tu appelée ?

— Euh… Skye, pardon. Tu m'as effrayé.

— Je t'ai effrayé ? répéta-t-elle en glissant son paquet sous son bras gauche. Que fais-tu chez moi ? Comment es-tu entré, d'abord ?

— Je suis venu te chercher.

Griffen paraissait bizarre, se dit-elle. Il n'était pas dans son état normal. Il était blême, essoufflé et en sueur. Son comportement aussi était étrange. Il semblait très nerveux, surexcité. Lui toujours impeccable et tiré à quatre épingles avait les cheveux en bataille, et son costume était tout froissé.

Le regard de Skye se posa alors sur sa main ; elle constata qu'il s'était coupé, car du sang maculait le poignet de sa chemise blanche.

— Je me suis dit qu'on devrait partir quelques jours, déclara-t-il. Dans notre maison de famille, à Horizon's End. J'ai préparé tes affaires.

— Partir ? demanda-t-elle en remarquant soudain le sac de voyage posé près du canapé.

Griffen était entré chez elle sans permission et il avait fouillé dans ses affaires. Un sentiment de malaise l'envahit. Cela ne lui plaisait pas du tout, mais alors pas du tout.

— Comment es-tu entré, Griffen ?

— Il faut y aller, dit-il en s'essuyant la lèvre supérieure avec le dos de la main, tandis que son regard ne cessait d'aller d'un point à un autre. Il se fait tard.

Skye recula d'un pas vers la porte.

— Griffen ? Tu es sûr que tout va bien ? Tu n'as pas l'air dans ton assiette.

— Je vais très bien. J'ai hâte de partir, voilà tout.

Il passa sa main dans ses cheveux, et Skye comprit d'où venaient ces traces de sang sur sa chemise. Plusieurs marques écarlates zébraient le dessus de sa main, comme si on l'avait griffé.

— Depuis la disparition de Dorothy, on est tous stressés, ajouta-t-il. On a besoin de changer d'air et de se détendre. De se retrouver ensemble.

Elle secoua la tête.

— Je n'ai pas très envie, Griffen. En vérité, j'ai beaucoup réfléchi à nos relations et...

Soudain, elle s'aperçut qu'elle n'avait pas vu M. Meuh.

— Où est mon chien ?

— M. Meuh ? dit-il en s'essuyant la lèvre encore une fois. Il est avec grand-père.

— Adam ? Qu'est-ce que ça signifie ?

Skye luttait pour ne pas céder à la panique.

— J'ai oublié de te le préciser. Adam nous attend là-bas. Il est déjà parti.

Griffen prit le sac de voyage.

— Je savais, ajouta-t-il, que M. Meuh serait heureux de pouvoir courir dans les bois, mais il n'y avait pas assez de place dans la Porsche.

Skye fronça les sourcils. *Il y avait quelque chose de bizarre dans tout ça. Très bizarre.*

— Adam et M. Meuh sont déjà partis ? Tu en es sûr ?

— Evidemment, répondit-il avec un sourire.

L'espace d'un instant, il était redevenu le Griffen qu'elle connaissait, en qui elle avait confiance. Pourtant, son instinct lui déconseillait de le suivre, mais comment pouvait-elle refuser ? Adam avait emmené son chien. Une fois qu'ils seraient tous réunis là-bas, même si cela était douloureux, elle leur annoncerait à tous les deux sa décision concernant les fiançailles.

— Bon, fit-elle. Tu as pris mes cachets pour les migraines ?

— Oui. Et aussi ta brosse à dents et une bouteille de vin. Tu vois, dit-il avec un sourire triomphant, je pense à tout, ma chérie. Je pense toujours à tout. Fais-moi confiance.

78

Chance écouta pour la troisième fois l'appel enregistré sur son répondeur, le cœur battant à tout rompre. Claire ? Se pouvait-il que ce soit elle ? Le message était quasiment incompréhensible, la voix proche de l'hystérie. Même après trois écoutes, certains passages demeuraient mystérieux. Elle était à l'hôtel Knickerbocker. Chambre 212. Skye, disait-elle, était en danger. Elle parlait ensuite de Griffen. Et elle suppliait Chance de venir le plus vite possible.

Chance fronça les sourcils. Comment Claire connaissait-elle l'existence de Griffen ?

Il appuya sur la touche « Stop », puis sur la touche « Play » pour réécouter le message. Il était toujours incapable de comprendre ce qu'elle disait à propos de Griffen, mais de plus en plus convaincu qu'il s'agissait bien de la voix de Claire.

Sur le point de téléphoner à Skye, il changea d'avis. Avant de mettre Claire en contact avec Skye, il tenait à savoir où elle était passée durant ces quatorze dernières années. Car il ne la laisserait pas faire souffrir Skye encore une fois.

Prenant son manteau et ses clés, il sortit de chez lui.

Vingt minutes plus tard, il s'arrêtait devant l'hôtel Knickerbocker. Le voiturier se précipita, l'air affolé.

Chance regarda autour de lui en fronçant les sourcils. Un incident s'était produit, assurément, car il dénombrait six voitures de police devant l'hôtel et apercevait deux hommes en uniforme dans le hall.

Le voiturier lui ouvrit la portière. Chance descendit de voiture et tendit ses clés au jeune garçon.

— Qu'est-ce qui se passe ici ? Quelqu'un a buté un client ?

Le jeune garçon blêmit.

— Oh ! non, non, pas du tout, monsieur.

Les mains tremblantes, il remit un ticket à Chance, qui sentit ses poils se hérisser dans sa nuque.

— Hé ! je plaisantais ! dit-il. Pas la peine de faire cette tête-là.

Le jeune garçon répondit par un petit rire qui sonnait faux.

Chance pénétra dans l'hôtel. Il prit l'ascenseur en même temps que deux policiers de Chicago. Ces derniers ne prononçaient pas un mot, mais leur silence en disait long.

Quelqu'un avait été assassiné.

Les deux policiers descendirent au deuxième étage et Chance leur emboîta le pas, l'estomac noué. Les paroles de Claire résonnaient dans sa tête.

Un drame terrible va se produire… Skye est en danger. Viens le plus vite possible.

En suivant les deux policiers dans le couloir, Chance priait. Peut-être se dirigeaient-ils vers une autre chambre. Peut-être que son imagination lui jouait des tours. Peut-être enquêtaient-ils simplement sur une histoire de drogue ou de vol.

Ses prières demeurèrent vaines. Les deux policiers s'arrêtèrent devant la chambre 212. Ils frappèrent à la porte.

Chance ralentit le pas. La porte s'ouvrit et les policiers entrèrent, au moment où Chance passait. Il eut le temps de jeter un coup d'œil. La chambre était remplie de gars en uniforme ou en costume gris. Deux d'entre eux s'étaient agenouillés pour examiner quelque chose sur le sol… Un corps, constata Chance. Un cadavre.

Il se pétrifia, pris de vertiges. Plié en deux, les mains posées sur les cuisses pour conserver son équilibre, il respira profondément, par le nez, en comptant jusqu'à dix, puis jusqu'à vingt, en essayant de se raisonner. C'était peut-être une erreur, se disait-il. Il avait mal compris le numéro de la chambre, ou le nom de l'hôtel. Peut-être n'était-ce même pas Claire qui l'avait appelé.

Sans croire une seule seconde à ses propres mensonges, Chance redescendit dans le hall et sortit pour rejoindre le voiturier. Pendant qu'il se trouvait à l'intérieur, le médecin légiste était arrivé ; sa camionnette blanche était arrêtée juste devant le guichet du voiturier.

— Hé, petit !

Le garçon tourna la tête et, voyant que Chance brandissait son ticket, se précipita.

— C'était vite fait, dites donc.

— La personne que je venais voir est déjà repartie.

— Oh zut ! Votre voiture est juste là, déclara-t-il en tendant le doigt. J'ai pas encore eu le temps de la garer.

— Tant mieux.

Chance sortit un billet de vingt dollars de son portefeuille. Il fixa le jeune garçon droit dans les yeux.

— Qui a été assassiné ? demanda-t-il.

— Personne, monsieur.

— Allons, le légiste est ici. L'hôtel est rempli de flics. Et j'ai vingt dollars pour la personne qui peut satisfaire ma curiosité. Il y aura forcément quelqu'un pour me répondre, alors, autant que ce soit toi.

Le voiturier jeta un coup d'œil par-dessus son épaule, avant de regarder Chance.

— C'est pas moi qui vous l'ai dit, d'accord ?

— Sois tranquille.

— Je connais pas son nom, mais j'ai entendu des flics discuter. Paraît que c'était une sorte de voyante, un truc comme ça. Elle était venue aider la police pour une enquête.

— Une voyante ? répéta Chance d'une voix étranglée par l'émotion. Tu en es sûr ?

— Sûr et certain.

Mon Dieu, non. Une voyante ? Il ne pouvait s'agir d'une coïncidence. Ce ne pouvait être que Claire.

— Le directeur de l'hôtel va s'arracher les cheveux, ajouta le jeune homme. On attend une convention des vendeurs Tupperware demain. Dites, vous êtes journaliste ?

— Oui, je suis journaliste.

Effondré de chagrin, Chance tendit le billet de vingt dollars au jeune garçon. En pensant à Claire. En pensant à Skye.

Celle-ci serait complètement anéantie par la nouvelle.

Il devait la prévenir avant qu'elle n'apprenne la nouvelle à la télé ou à la radio, ou encore dans les journaux.

De sa voiture, il appela la maison Monarch, où on lui apprit qu'elle était déjà partie, près d'une heure plus tôt. Sans perdre une minute, il fonça chez Skye ; dans sa tête, les pensées se bousculaient. Claire l'avait appelé, laissant un message affolé, un message dans lequel elle affirmait que Skye était en danger et prononçait le nom de Griffen. Et maintenant, Claire était morte.

Quel était donc le lien entre ces trois personnes ? Chance l'ignorait, mais il ne cessait de revoir le mur de brique qui avançait vers lui, et il entendait résonner le rire aigu de Griffen, de même que ses paroles lourdes de menace : « Si je ne peux pas l'avoir, personne ne l'aura. »

Jusqu'où Griffen était-il prêt à aller pour garder Skye ? se demandait Chance.

Rongé par l'angoisse, il roulait aussi vite que possible dans les limites de la prudence, empruntant tous les raccourcis qu'il connaissait. Il arriva enfin devant l'immeuble de Skye et se gara en double file. Jaillissant aussitôt hors de sa voiture, il gravit quatre à quatre les marches du perron. Il sonna à l'Interphone et attendit. Pas de réponse. Il sonna de nouveau. Rien.

Il regagna sa voiture, prit son téléphone portable et appela Skye. Le répondeur se déclencha.

— Nom de Dieu, Skye, si tu es là, décroche ! C'est urgent, merde ! Décroche !

Il attendit un instant, en priant pour qu'elle réponde. En vain. Il referma son téléphone et le jeta sur le siège avant. Bon Dieu, où était-elle ?

En poussant une bordée de jurons, il contourna l'immeuble jusqu'à la porte du petit jardin de derrière. Là, il contempla d'un air abattu le mur surmonté de tessons de bouteille et la porte en fer. Impossible d'espérer les escalader.

Et maintenant, McCord ? Par dépit, il essaya quand même de pousser la porte. Miracle ! Celle-ci s'ouvrit. Jetant des regards aux alentours pour s'assurer que personne ne l'observait, il se faufila dans le jardin et gravit l'escalier de secours jusqu'à la loggia de l'appartement de Skye. Il colla son nez à la fenêtre. La cuisine était vide et l'appartement semblait désert lui aussi. Il n'apercevait même pas M. Meuh.

Il y avait quelque chose d'anormal. Chance regarda autour de lui en luttant contre un sentiment de panique grandissant. Skye était partie dîner quelque part, se dit-il pour se rassurer. Elle était allée au cinéma, ou chez un voisin.

Dans ce cas, où était le chien ?

Il frappa à la porte de derrière, tout doucement, s'attendant à voir M. Meuh, venu du fond de l'appartement, se précipiter dans la cuisine en aboyant comme un fou. Rien. Il frappa de nouveau, plus fort cette fois. L'étau d'angoisse qui lui comprimait l'estomac se resserrait. Toujours rien.

Au moment où Chance envisageait de briser un carreau, une idée lui vint subitement. Mais oui ! se dit-il. Skye était partie promener M. Meuh. Evidemment. Il en avait les jambes molles de soulagement. Skye avait l'habitude de promener son chien quand elle rentrait du travail.

Chance redescendit l'escalier, pour aller l'attendre devant l'entrée de l'immeuble, lorsqu'il lui sembla entendre des aboiements étouffés. Il s'arrêta et tendit l'oreille. Les aboiements se répétèrent, mais curieusement, ils ne semblaient pas provenir de l'appartement de Skye, ni d'aucun autre appartement d'ailleurs.

En vérité, ils semblaient venir du jardin.

Perplexe, Chance descendit les dernières marches et balaya du regard le petit jardin propret. Il ne voyait absolument rien, et pourtant, il était certain d'avoir entendu un chien.

Les aboiements se répétèrent. Accompagnés d'une sorte de reniflement et d'un bruit de griffes.

— Meuh ? s'écria Chance. C'est toi, vieux ?

Les aboiements reprirent de plus belle, avec davantage d'insistance. Se fiant à son oreille, Chance avança jusqu'au coin opposé de l'immeuble. Là, dans un renfoncement à l'abri des regards, se trouvait un minuscule appentis. C'était de là que venaient les aboiements.

Le cœur battant, Chance se saisit du cadenas ; celui-ci était passé dans le loquet, mais pas fermé. Si M. Meuh était emprisonné là, se dit-il, cela signifiait que Skye était en danger. Cela signifiait qu'elle était entre les mains de Griffen, et qu'il avait l'intention de lui faire du mal.

Chance ôta le cadenas et souleva le loquet. Au moment où il ouvrait la porte, une énorme boule de poils noir et blanc se jeta sur lui pour le remercier, manquant de le renverser.

Chance savait maintenant que Skye était en danger. Il devait la retrouver. Impérativement.

79

Chance se rendit directement à la grande maison d'Astor Street. Il sonna à la porte, mais, trop impatient pour attendre, il se mit à tambouriner contre le battant. La gouvernante vint lui ouvrir, l'air réprobateur.

Son visage s'adoucit quelque peu cependant quand elle le reconnut.

— Oh ! bonsoir, monsieur McC…

— Où est M. Monarch ?

— M. Adam est dans son bureau, mais Griffen n'est pas…

Chance passa devant elle pour pénétrer dans le vestibule.

— C'est par où ?

— Attendez, vous ne pouvez pas…, s'écria la gouvernante en lui emboîtant le pas. Si vous voulez bien patienter, je vais vous annoncer…

Chance pivota sur lui-même pour lui faire face.

— Foutez-moi la paix ! C'est par où ?

Visiblement effrayée, elle tendit le doigt.

— Merci, dit-il.

A grands pas, il s'avança dans la direction qu'elle indiquait. Ayant trouvé le bureau, il entra sans même frapper. Adam était assis à sa table de travail, occupé à lire des documents.

— Où est Skye ?

Adam leva la tête en prenant un air courroucé.

— Qui vous a permis d'entrer ?

La gouvernante apparut sur le seuil.

— Je suis désolée, monsieur Monarch. Il est entré de force.

Chance l'ignora.

— Elle est avec Griffen ? Répondez !

Adam renvoya la gouvernante et se leva péniblement. Il contourna son bureau pour venir se placer devant Chance.

— Je sais ce qui vous amène, mon garçon. Griffen m'a parlé de vous, il m'a expliqué que vous aviez essayé de lui voler Skye.

— Il ne s'agit pas ici d'une quelconque rivalité amoureuse imaginaire ! J'ai de bonnes raisons de croire que Skye est en danger !

— A cause de mon petit-fils ? répliqua Adam avec un grand éclat de rire. Allons, soyez bon perdant, McCord. Le meilleur l'a emporté. Et maintenant, foutez-moi le camp d'ici avant que j'appelle la police.

— Excellente idée. Mais avant d'appeler la police, dites-moi comment Griffen a connu Claire Dearborn.

Adam blêmit.

— Qui ça ?

— La mère de Skye. En rentrant chez moi aujourd'hui, j'ai trouvé un message de Claire sur mon répondeur. Elle semblait dans tous ses états. Elle a parlé de Griffen, en affirmant que Skye courait un danger.

Adam répondit par un petit ricanement de mépris.

— Vous êtes pathétique, mon cher ami.

— Claire est morte, Adam. Assassinée dans sa chambre, à l'hôtel Knickerbocker, cet après-midi.

— Mensonge !

— Non, hélas ! dit Chance en se dirigeant vers le bureau pour s'emparer du téléphone, qu'il tendit à Adam. Appelez donc la police, et vous verrez bien si c'est un mensonge.

Tout d'abord, le vieil homme se contenta de le dévisager longuement, l'air absent. Et puis, il parut se décomposer. Sous les yeux de Chance, il recula d'un pas chancelant, en cherchant à tâtons un fauteuil, dans lequel il se laissa tomber. Il enfouit son visage dans ses mains.

— Vous connaissiez donc Claire Dearborn, reprit Chance d'un ton brutal, sans éprouver la moindre pitié pour ce vieil homme.

Adam releva la tête et croisa son regard. Il acquiesça.

— Vous ne pouvez pas comprendre, déclara-t-il. Vous ne pouvez pas imaginer combien… nous avions besoin d'elle.

— De qui ? demanda Chance en scrutant l'expression d'Adam. De qui aviez-vous besoin ?

— C'était une idée de Griffen. C'était son plan. Nous étions tous d'accord.

Il plongea de nouveau son visage entre ses mains, et Chance dut tendre l'oreille pour comprendre ce qu'il disait.

— Dorothy, Griffen et moi. Tous les trois. Nous avions besoin d'elle.

La nausée s'empara de Chance. Il parcourut les quelques mètres qui le séparaient du vieillard et vint se planter devant lui.

— Quel plan ? Qu'aviez-vous décidé ?

Adam releva la tête ; ses yeux brillaient d'une lueur fiévreuse.

— Madeline nous avait volé notre enfant. Or, c'était elle qui possédait le don, voyez-vous. Je m'en suis aperçu quand elle n'avait encore que cinq ans. Nous avions besoin d'elle, Chance. Il nous la fallait.

Emporté par sa fougue, Adam serra les poings.

— Tout était en train de s'écrouler, vous comprenez ? C'était la seule solution, la solution parfaite.

— Non, justement, je ne comprends pas ! Qui était Claire Dearborn par rapport à Griffen ?

— Sa belle-mère.

— Sa belle…

Cette fois, ce fut au tour de Chance de vaciller.

— Mais… ça veut donc dire que Griffen et Skye…

Il n'acheva pas sa phrase, mais les mots flottèrent dans le silence.

Griffen et Skye étaient frère et sœur.

Chance comprenait maintenant ce qui le dérangeait tant dans le couple que formaient Griffen et Skye, dans l'image qu'ils offraient. Quelque part, inconsciemment, il avait deviné la vérité. Il avait remarqué l'air de famille. Rien que d'y penser, il avait envie de vomir.

— Espèce de salaud ! rugit-il. Vous saviez ! Vous saviez depuis le début.

Saisissant Adam par le col de sa chemise, Chance l'obligea à se lever.

— Non seulement vous connaissiez les projets ignobles de Griffen, mais vous avez donné votre accord. Comment avez-vous pu lui faire ça ! C'est votre petite-fille, nom de Dieu ! Je devrais vous filer une raclée, vieux salaud !

Adam se mit à trembler.

— Vous ne comprenez pas. Je n'avais que Griffen au monde. J'étais obligé de me ranger de son côté. Et nous avions besoin de Skye, tout cela me semblait naturel. Les choses étaient telles qu'elles devaient être. Le frère et la sœur qui dirigent ensemble la société Monarch. Mais Dorothy…

La gorge serrée par l'émotion, il ne put continuer. Chance le secoua violemment.

— Quoi, Dorothy ?

— Elle a toujours été trop faible, elle se laissait gouverner par ses émotions. Elle s'était trop attachée à Skye. Même si j'avais été au courant, je n'aurais pas pu arrêter Griffen.

— Hein ?

Chance regardait le vieil homme d'un air stupéfait, horrifié par ce qu'il entendait.

— Vous voulez dire que… Griffen a… qu'il est lié à la mort de Dorothy ?

— Ce n'était pas dans le plan ! s'écria Adam d'une voix brisée. Je ne lui ai pas donné l'autorisation d'agir comme il l'a fait.

Il regardait Chance d'un air suppliant.

— C'était ma sœur ! Une Monarch !

— Et Claire ? demanda Chance en secouant de nouveau le vieillard, si fort qu'il claquait des dents. Elle faisait partie du plan ?

— J'ignore tout de ce qui s'est passé avec elle !

Chance le lâcha et Adam retomba dans son fauteuil, les joues humides de larmes. Il respirait difficilement.

— Je savais bien que… quelque chose ne tournait pas rond chez Griffen. Mais jamais je n'aurais pensé qu'il… et ensuite, quand j'ai appris la vérité… j'ai eu peur. Vous comprenez ? Je n'avais que lui. J'avais besoin de lui. Monarch avait besoin de lui. Je ne pouvais pas le… chasser. C'était impossible.

Adam se remit à pleurer, secoué de violents sanglots de désespoir.

Chance l'observait, sans se laisser émouvoir. Adam était aussi fou que son petit-fils. Obsédé par sa famille et ses propres idéaux tordus. Il n'avait pas exprimé le moindre remords pour ce qu'ils avaient fait subir à Skye.

— Où sont-ils, Adam ? demanda Chance en s'accroupissant devant le vieil homme. Skye est en danger. Je le sais.

— Il ne lui fera aucun mal.

— Ecoutez-moi bien. Griffen m'a avoué un jour que s'il ne pouvait pas avoir Skye, personne d'autre ne l'aurait. Et il parlait sérieusement. Vous le savez. Et moi aussi, je le sais. Il a déjà assassiné deux personnes pour les empêcher de parler. Mais cette fois, il est cuit, et il l'a compris. Quand la police viendra l'arrêter, il sera obligé de renoncer à Skye. Et alors…

Adam leva la tête. La vérité de ce que disait Chance se lisait dans la terreur qui déformait son visage ridé.

— Où sont-ils, Adam ?

— Dans le Wisconsin, murmura-t-il. Ils sont allés dans notre résidence secondaire, à Horizon's End.

Il laissa retomber son visage dans ses mains.

— Demandez à la gouvernante, elle vous indiquera le chemin.

Chance se releva et se dirigea vers la porte.

— Appelez la police. Et racontez-leur toute l'histoire. Je pars à la recherche de Skye.

80

Horizon's End s'était récemment couvert d'une épaisse couche de neige fraîche. Et bien que la nuit fût tombée depuis longtemps, l'éclat de la lune se reflétait sur ce monde entièrement blanc, baignant le paysage d'une lumière irréelle, comme s'il faisait jour en pleine nuit.

La petite ville semblait déserte, obscure et refermée sur elle-même. Skye se recroquevilla au fond du siège baquet de la Porsche.

— Il n'y a donc personne qui vit ici ? demanda-t-elle en frissonnant.

Griffen ne répondit pas. Il ne lui adressa même pas un regard. On aurait pu croire qu'il ne l'avait pas entendue. Skye se mordilla la lèvre inférieure ; elle avait hâte d'arriver, hâte de retrouver Adam et M. Meuh. Elle avait hâte d'être ailleurs que sur cette route déserte, seule avec Griffen.

Le comportement de ce dernier était plus que bizarre : il passait de la morosité à l'excitation ; il faisait alterner les bavardages frénétiques et les silences méfiants. Parfois, en l'écoutant soliloquer, Skye se demandait s'il se souvenait qu'elle était à son côté.

Elle se tourna vers la vitre, en pensant à Chance, à tout ce qu'il lui avait raconté au sujet de Griffen. Maintenant, elle comprenait ce qu'il avait voulu dire en le traitant de malade mental. Elle comprenait pourquoi il s'inquiétait pour elle. Mais cela signifiait-il qu'elle était en danger ? Griffen n'oserait quand même pas lui faire du mal, si ?

— On est presque arrivés.

Surprise par le son de sa voix, elle sursauta et tourna la tête. Griffen pianotait sur le volant, les yeux fixés sur la route devant lui ; un petit sourire indéchiffrable retroussait les commissures de ses lèvres.

— Tout s'est déroulé à merveille, tu ne trouves pas ?

— Pardon ?

— La façon dont tout s'est arrangé. Pour toi et moi.

Pour Monarch. Il poursuivit sur sa lancée, sans attendre de réponse.

— Evidemment, reprit-il, j'ai dû régler quelques petits problèmes en cours de route, mais il fallait s'y attendre. Le plus important, c'est que nous soyons enfin réunis.

Il soupira et ajouta :

— Le plus dur, je crois, ce fut Dorothy. Adorable Dorothy, elle était trop faible. Or, je méprise la faiblesse, tu le sais.

En prononçant ces mots, il regarda Skye d'un air triste.

— Je l'aimais énormément, malgré tout. Ah ! quelle tristesse qu'elle ait dû disparaître ! J'ai eu beaucoup de chagrin.

« Qu'elle ait dû disparaître » ? Qu'entendait-il par là exactement ? se demanda Skye en se blottissant contre la portière, parcourue d'un frisson. Sans doute voulait-il dire que son décès était un crève-cœur. Oui, voilà ce qu'il voulait dire. Quel autre sens donner à ses paroles ?

— Pour ce qui est de mon père, en revanche, je n'ai eu aucun chagrin. C'était même plutôt amusant, en vérité. Sale petit connard ! Je suis content que tu ne l'aies pas connu, il ne t'aurait pas plu.

Griffen plissa le front, comme s'il réfléchissait intensément ; enfin, il hocha la tête.

— Aucun doute, dit-il, il méritait de mourir.

Skye était prise de vertiges. *Deux Monarch étaient morts au cours des douze derniers mois. Et, d'une certaine façon, Griffen était lié à ces deux décès.*

Il lui sourit.

— Parfois, reprit-il, je me surprends moi-même. Cette idée de te trouver un appartement, par exemple, c'était un coup de génie.

— Un coup de génie ? répéta-t-elle d'une voix frêle. Pourquoi ?

— Pourquoi ? s'écria-t-il d'un ton moqueur. Parce que l'immeuble m'appartient, petite idiote ! Tu as oublié ?

Skye ferma les yeux de toutes ses forces ; elle luttait pour étouffer sa peur. Elle repensait à ces moments où elle avait eu l'impression qu'on avait touché à ses affaires, déplacé des magazines sur une table, des livres sur une étagère, ou bien le contenu de ses tiroirs. Elle s'était dit qu'elle se faisait des idées. Elle était même persuadée de perdre la tête.

Eh bien, non.

Griffen possédait la clé de son appartement ! Il avait pu s'y introduire à sa guise, pendant son absence. Il avait fouillé dans ses affaires les plus intimes.

Assurément, Griffen possédait aussi une clé du petit jardin intérieur, songea-t-elle avec effroi. Conclusion, il avait très bien pu essayer d'empoisonner son chien. Elle l'imaginait déposant en douce la boîte de café remplie d'antigel. Voilà pourquoi il l'avait appelée le soir du drame : pour entendre son chagrin. Pour savoir si son plan ignoble avait fonctionné.

Le salopard ! L'ordure ! Furieuse et outragée, elle serra les poings ; l'envie de lui cracher la vérité au visage la démangeait. Mais elle tint sa langue. Au fond, pensait-elle, elle ne connaissait pas Griffen Monarch. Il était sans doute capable de tout.

— Nous y sommes.

Griffen emprunta une allée étroite qu'aucun panneau ne balisait, bordée de chaque côté par une forêt dense et enneigée. Les phares de la Porsche glissaient sur le tapis d'une blancheur immaculée, effrayant un lièvre qui détala dans les fourrés. Les pneus crissaient dans la neige vierge.

« On y est presque, se dit Skye, soulagée. Dieu soit loué. » Dans quelques minutes, Adam la serrerait chaleureusement dans ses bras, et M. Meuh ferait des bonds autour d'elle en aboyant joyeusement.

Adam saurait quelle attitude adopter. Elle le prendrait à part à la première occasion. Il saurait calmer Griffen.

Malheureusement, Adam n'était pas là, constata-t-elle. La grande maison était plongée dans l'obscurité, totalement close, tel un cercueil. En voyant le chemin enneigé, elle aurait dû se douter qu'il n'y avait personne. Mais elle n'avait pas fait attention, trop occupée à se rassurer.

La gorge nouée par l'angoisse, elle songea qu'Adam ne viendrait peut-être pas. Dans ce cas, elle ne pourrait compter que sur elle-même. A partir de maintenant, elle devait rester sur ses gardes.

Debout sur le perron, claquant des dents, elle attendait que Griffen ouvre la porte.

— Je croyais qu'Adam nous attendait, dit-elle.

— Il a dû s'arrêter en route pour voir des amis. Il connaît énormément de gens dans le coin. Tu verras, ajouta-t-il avec un sourire, tu te sentiras beaucoup mieux quand on aura chauffé la maison. On va d'abord monter les bagages, et ensuite, je ferai un bon feu dans la cheminée. Je te parie qu'ils arriveront juste à temps pour s'installer devant.

Finalement, comme Adam et M. Meuh tardaient à venir, Griffen fit mine d'appeler la police locale « pour s'assurer qu'Adam n'avait pas eu un accident en route », et la maison d'Astor Street, pour interroger la gouvernante.

Ce n'était qu'une comédie, Skye en était à présent persuadée. Car Adam ne viendrait pas. Tout comme elle était persuadée que M. Meuh n'était pas avec lui. Elle n'osait imaginer ce que Griffen en avait fait.

— Tu vois, j'avais raison, ma chérie, déclara-t-il en raccrochant. Grand-père s'est arrêté chez des amis en chemin. Je te l'avais dit. Tout va bien.

Skye s'était assise devant le feu, blottie sous une couverture, luttant pour maîtriser sa panique grandissante, terriblement inquiète au sujet de son chien, se demandant quel sort lui avait réservé Griffen. Et ce qui l'attendait, elle.

Accepter de l'accompagner ici avait été une erreur, elle s'en apercevait maintenant. Il y avait quelque chose d'anormal dans toute cette histoire, et pas seulement dans ce voyage : dans la dévotion de Griffen, ses sentiments envers elle, le fait qu'il sache tant de choses à son sujet. Tout cela sonnait faux. Terri s'en était rendu compte et avait essayé de la mettre en garde. Chance également.

Les genoux repliés contre sa poitrine, Skye contemplait les flammes qui consumaient les bûches dans la cheminée. Elle songeait à ses fréquentes migraines, à ses cauchemars, ses soudaines crises de claustrophobie. Elle aussi savait. Mais elle avait refusé de regarder la vérité en face.

Il est obsédé par toi, Skye. Il m'a dit que s'il ne pouvait pas t'avoir, personne ne t'aurait. Et il parlait sérieusement.

Perdue dans ses sombres pensées, Skye tirait distraitement sur les poils du tapis afghan. Peut-être Griffen avait-il deviné son désir de rompre leurs fiançailles. Peut-être avait-il décidé de tenir parole.

— Ça ne va pas, ma chérie ?

Un petit hoquet de surprise, ou de terreur, lui échappa. Elle leva les yeux vers Griffen, en s'efforçant de paraître détendue. Alors qu'elle était sur le point de défaillir.

— Je suis un peu fatiguée, c'est tout. Et je sens venir une migraine.

— Pauvre trésor. Si tu allais t'allonger un moment ? Je vais nous préparer à manger pendant ce temps-là.

Elle avait repéré un téléphone dans le couloir au premier étage. Elle pourrait prévenir la police.

Elle esquissa un sourire.

— Oui, bonne idée. Si ça ne t'ennuie pas, je crois que je vais monter me reposer.

Griffen l'aida à se relever et il l'attira contre lui dans une étreinte possessive. Une étrange odeur émanait de lui, âcre et nauséabonde, « l'odeur de la mort », se dit Skye. Elle ferma les yeux, son cœur s'emballa. Il fallait qu'elle atteigne ce téléphone, il fallait qu'elle réclame de l'aide.

— Je ne pourrais pas vivre sans toi, tu le sais, hein ? murmura-t-il. La vie sans toi n'aurait pas de sens.

Il l'embrassa, en frottant sa bouche contre la sienne, avec de petits grognements obscènes. Elle serra les poings dans son dos, prise de nausée, en priant pour qu'il n'essaye pas de pousser ce baiser plus loin, car alors, elle ne savait pas comment elle réagirait. Déjà, elle devait se retenir pour ne pas hurler.

Dieu soit loué, ses prières furent exaucées. Griffen mit fin à son baiser et la relâcha. Malgré son envie de courir, elle s'obligea à monter lentement l'escalier, pour ne pas éveiller ses soupçons. Elle compta chaque marche, en se concentrant sur l'image du téléphone, pour ne pas penser à sa peur.

Arrivée sur le palier, elle se retourna. Griffen n'avait pas bougé, il la suivait des yeux, mais son regard paraissait étrangement vide. Comme si son esprit avait quitté son corps.

Le cœur battant à tout rompre, elle avança dans le couloir, les yeux fixés sur le téléphone, posé sur une console, là tout au bout. Quand elle l'eut enfin atteint, elle faillit pousser un cri de soulagement. Après avoir jeté un dernier coup d'œil par-dessus son épaule pour s'assurer que Griffen ne l'avait pas suivie, elle décrocha délicatement le combiné et le porta à son oreille.

Il n'y avait pas de tonalité. Elle appuya sur les commutateurs, puis se pencha pour vérifier que la prise était bien enfoncée dans le mur. Elle l'était.

Elle appuya de nouveau sur les commutateurs. Toujours rien.

Griffen avait menti au sujet d'Adam et de M. Meuh. Il avait menti en prétendant passer ces coups de téléphone. En quelles autres occasions avait-il menti ? se demanda-t-elle. Et pourquoi l'avait-il amenée jusqu'ici ?

Pour lui faire du mal.

Peut-être même pour la tuer.

Skye plaqua une main sur sa bouche pour étouffer son cri. Pour la première fois, elle avait véritablement peur. Jusqu'à présent, elle avait éprouvé de l'angoisse. De la nervosité. Sans jamais penser sérieusement qu'il lui ferait du mal.

Désormais, elle était convaincue qu'il en était capable.

Il fallait qu'elle décampe au plus vite.

Elle laissa retomber le combiné sur l'appareil, oubliant momentanément toute discrétion. Elle courut dans la chambre où se trouvaient ses affaires, puis referma et verrouilla la porte derrière elle.

Il fallait réfléchir. Réfléchir. Que faire maintenant ?

Elle inspecta la chambre, en quête d'une réponse. Ses yeux s'arrêtèrent sur la fenêtre. Elle s'y précipita pour l'ouvrir et regarder dehors. Il fallait d'abord effectuer un petit saut pour atteindre une autre partie du toit, puis un saut plus important pour retomber dans le jardin enneigé.

La neige amortirait sa chute, se dit-elle. C'était faisable.

Elle pivota sur elle-même. Son regard se posa sur le manteau de Griffen, jeté sur le lit à côté du sien. Les clés de la voiture !

Elle approcha du lit, en récitant une prière muette et désespérée. Mon Dieu ! il fallait qu'elle trouve les clés ! Qu'elle puisse s'enfuir à temps, avant qu'il ne vienne la chercher. Car elle savait qu'il viendrait la chercher.

Frénétiquement, elle fouilla dans toutes les poches du manteau. Les clés ne s'y trouvaient pas. Elle se jeta alors sur la valise de Griffen, en repoussant son manteau et la boîte contenant sa nouvelle paire de gants. Elle ouvrit la valise et entreprit, aussi soigneusement que possible, de chercher un éventuel double des clés de la voiture. En vain.

Elle devrait s'enfuir à pied. Instinctivement, elle se retourna vers la fenêtre, en constatant combien cet endroit était désert, désolé, hostile. Pourtant, il y avait forcément des gens qui vivaient ici toute l'année, se dit-elle. Les rues du village avaient été déneigées ; elle avait aperçu plusieurs boutiques en passant, ainsi qu'une station-service et un café. Elle trouverait certainement quelqu'un pour l'aider. Dans le pire des cas, elle croiserait une cabine téléphonique d'où elle pourrait appeler des secours. De toute façon, c'était son unique chance.

Elle ouvrit son sac de voyage. Heureusement, Griffen avait pensé à emporter des vêtements chauds : un jean et deux sweat-shirts, ainsi que deux paires de grosses chaussettes, un col roulé et son bon gros vieux cardigan. Elle enfilerait le tout.

Soudain, le plancher grinça dans le couloir. Skye se figea ; son regard se braqua sur la fine bande de lumière qui filtrait sous la porte de la chambre. Elle retint son souffle lorsqu'une ombre passa devant. Griffen était derrière la porte. Elle entendait sa respiration. Elle se mordit le poing pour s'empêcher de gémir. Les secondes devinrent des heures, les minutes une éternité.

Puis, aussi soudainement qu'il était venu, il repartit.

Malgré tout, Skye demeura immobile, de peur que Griffen ne soit toujours derrière la porte, même s'il essayait de lui faire croire qu'il était parti. Rassemblant tout son courage, elle s'approcha sur la pointe des pieds et colla son oreille contre l'huis.

D'en bas lui parvinrent des notes de musique lointaines et des bruits de casserole en provenance de la cuisine. Rassurée, elle s'empressa de quitter son tailleur pour enfiler les vêtements choisis par Griffen, les uns par-dessus les autres. Elle regrettait l'absence de ses grosses bottes fourrées, celles qu'elle avait achetées pour un séjour au ski deux ans auparavant, et tenta de se décider entre les bottines à talons plats avec lesquelles elle était partie travailler ce matin et sa paire de Nike. Les baskets l'emportèrent finalement, même si elle savait qu'elle aurait les pieds trempés et glacés en quelques minutes. Mais mieux valait endurer le froid, se disait-elle, qu'une cheville cassée.

Ses gants ! Dieu soit loué, ils étaient arrivés à temps.

Skye s'empara de la boîte et l'éventra… Ce n'étaient pas des gants, constata-t-elle avec étonnement. On aurait dit une sorte de collier. Intriguée, se demandant d'où il venait, elle le sortit de la boîte et le fit rouler entre ses doigts. Il s'agissait, en vérité, d'une petite bourse. Et il y avait quelque chose à l'intérieur.

Délicatement, non sans une certaine excitation, elle ôta la sécurité et souleva le fermoir.

Des pierres précieuses se répandirent dans ses mains jointes : des diamants, des rubis et des saphirs.

Elle était assise par terre sur le parquet, pendant que sa mère préparait leurs valises. Quelque chose tracassait sa maman, elle le savait bien, même si celle-ci prétendait le contraire. Elles partaient en voyage, rien que toutes les deux. Sa maman disait qu'elles allaient bien s'amuser.

Skye rampa vers la valise de sa mère et l'ouvrit. A l'intérieur, il y avait un joli petit sac noir. Elle le sortit de la valise et caressa le tissu tout doux et pelucheux, sur lequel était brodé le M argenté et brillant des Monarch.

Skye ouvrit le sac et plein de jolis cailloux de toutes les couleurs dégringolèrent sur ses genoux. Comme ceux que grand-père lui avait montrés à la boutique.

— Maman ! Regarde !

Sa mère se retourna brusquement ; elle lui arracha violemment la bourse des mains et toutes les pierres s'éparpillèrent sur le parquet.

« Non ! Vilaine fille ! »

Skye plaqua ses mains sur sa bouche ; tout lui revenait à la mémoire soudain ; elle revoyait la scène se dérouler devant ses yeux.

Un homme, son grand-père, fit irruption dans la pièce. Sa mère et lui commencèrent à se battre, en se criant dessus, très fort, et Skye avait peur. Elle essayait de se boucher les oreilles, mais elle entendait encore les cris. Son grand-père frappa sa mère, si fort qu'elle tomba. Skye voulait rejoindre sa mère, mais son grand-père la souleva dans ses bras, car il voulait l'arracher à sa maman. Elle se débattit de toutes ses forces. « Maman ! hurlait-elle. Je veux ma maman ! »

Sa mère se jeta sur lui. Skye échappa aux bras de son grand-père et tomba lourdement sur le plancher. Elle se mit à pleurer. Quelques instants plus tard, il y avait du sang partout. Elle était tout éclaboussée, pendant que l'ange, là-haut, la regardait en souriant.

Skye laissa échapper un petit cri d'horreur. L'ange ! La vieille maison d'Astor Street. Le M de Monarch. Le papillon, évidemment.

Un rire hystérique monta à ses lèvres. Pourquoi n'avait-elle pas compris avant ? se demanda-t-elle. Depuis le début, son inconscient essayait de lui dévoiler la vérité. De la mettre en garde. Ses maux de tête. Son malaise permanent. Cette impression d'étouffer, d'être prise au piège.

Son écœurement quand elle avait couché avec Griffen.

Griffen ! Mon Dieu, Griffen !

Griffen était son frère. Le monstre de ses cauchemars, celui auquel elle ne pouvait échapper. Il était l'horreur que son esprit avait occultée.

Il était toujours là, près d'elle, elle s'en souvenait maintenant. Il la suivait, il la harcelait. La nuit, elle se réveillait et il était encore là, près de son lit, pour la regarder. Ou, pire, dans son lit avec elle ; elle sentait son souffle chaud sur son visage.

Les bras noués autour de la poitrine, Skye se balançait d'avant en arrière, tandis que son esprit lui restituait une succession d'images sombres et déformées.

Griffen l'avait attirée à l'extérieur de la maison. Il lui avait pris son chaton, disait-il. Si elle voulait le récupérer, elle devait l'accompagner. Alors, elle l'avait suivi dans le jardin de derrière, au-delà du portail, où sa maman lui avait toujours interdit d'aller. Son chaton était là, dans une boîte en carton ; elle l'entendait miauler. Mais avant que Skye puisse le récupérer, Griffen frappa avec sa batte de base-ball sur la pauvre petite créature. Sauvagement. Une fois, deux fois, et encore une troisième fois. Comme Skye se mettait à hurler, il la prit par les épaules et la secoua. « Si tu caftes, je te fais la même chose. Si tu caftes, je fais pareil avec ta maman chérie. »

Constatant qu'elle sanglotait, Skye se mordit le poing, pour stopper le flot des souvenirs ; elle aurait voulu refermer la porte de la mémoire, et la laisser verrouillée pendant encore vingt ans. Ou pour toujours. Mais elle était incapable de contrôler les images du passé, qui continuaient de se déverser, en même temps que ses larmes.

Griffen était couché sur elle ; il la clouait au sol, une main plaquée sur sa bouche pour l'empêcher d'alerter sa nounou ou quelqu'un d'autre. Elle essayait de se débattre, elle s'agitait, elle donnait des coups de pied, mais il riait. Il pouvait lui faire tout ce qu'il voulait. Elle lui appartenait. Et comme pour le prouver, il glissa sa main sous sa jupe, il écarta sa culotte, et pendant qu'elle pleurait et le suppliait en silence d'arrêter, il introduisit ses doigts à cet endroit, en elle, là où ça faisait mal.

Instinctivement, Skye serra les cuisses ; elle ressentait la même douleur qu'autrefois, teintée de haine. Comment avait-il pu lui infliger ça ? Elle n'était encore qu'une enfant. Griffen était son frère, sa chair et son sang.

Voilà pourquoi sa mère s'était enfuie avec elle. Personne ne voulait la croire quand elle accusait Griffen. Personne.

Ce salaud l'avait retrouvée, on ne sait comment. Il avait suivi sa trace, il lui avait tendu un piège, comme quand elle était petite. Adam savait-il qui elle était ? se demanda Skye. Et Dorothy ? Elle enfouit son visage dans l'un des oreillers pour étouffer ses sanglots, de crainte que Griffen ne l'entende.

Rétrospectivement, elle repensait aux regards échangés entre Griffen et son grand-père, à l'accueil chaleureux qu'ils lui avaient réservé, comme s'ils retrouvaient un membre de la famille perdu depuis longtemps ; elle se souvenait encore de leurs paroles.

« Bienvenue à la maison, Skye Dearborn. »

« Vous faites partie de la famille Monarch désormais. Jamais nous ne vous abandonnerons. »

« Vous possédez ce don qui est la substance vitale des Monarch. »

« Dorothy voulait que ce soit toi qui prennes les rênes le jour où elle se retirerait. »

« Monarch a toujours été dirigé par un frère et une sœur. »

Un frère et une sœur. « Mon Dieu ! ils étaient tous au courant », comprit-elle tout à coup, et elle sauta du lit, envahie par la panique.

Ils étaient tous malades, obsédés par leurs origines et le nom de Monarch.

Ils étaient malades, mais Griffen, lui, était un monstre. Il fallait qu'elle s'enfuie loin d'ici. Et, pour ce faire, elle devait d'abord se ressaisir, se dit-elle. Sinon, elle ne tiendrait pas trente minutes dehors dans la neige et le froid.

Elle enfila son cardigan, puis son manteau. Elle noua son écharpe de laine autour de sa tête et de son cou, et la coinça sous le col de son manteau. En récitant une prière silencieuse, elle approcha de la fenêtre à guillotine, tira le loquet et la souleva lentement.

Elle pencha la tête à l'extérieur pour apprécier la hauteur et essayer de se repérer. Devant elle s'étendait un grand espace désert, au bout duquel scintillait un lac gelé. De chaque côté se dressaient les bois touffus de la propriété. Elle pouvait y arriver, décida-t-elle. Elle pouvait sauter dans l'herbe, puis s'enfoncer dans la forêt sur sa droite et courir en direction du village. La lune éclairerait son chemin.

Elle grimpa sur le rebord de la fenêtre et balança ses jambes au-dehors. Au même moment, elle entendit un bruit à la porte, comme une clé que l'on introduit dans une serrure. Elle tourna la tête, les yeux écarquillés de terreur, le cœur battant à tout rompre. La poignée de la porte tourna, la porte s'entrouvrit.

Griffen ! Il venait la chercher !

Skye retint son souffle et sauta dans le vide.

81

Skye atterrit sur la partie inférieure du toit, juste sous la fenêtre. Hélas ! n'ayant pas bien mesuré son inclinaison, elle sentit avec horreur ses pieds se dérober. Elle tomba sur le flanc droit et glissa vers l'extrémité du toit. En hurlant, elle essaya désespérément d'agripper les bardeaux couverts de glace pour tenter d'arrêter sa glissade mortelle. Mais les bardeaux lui lacéraient les mains, sans lui offrir la moindre prise en échange. Elle s'imagina tombant dans le vide et s'écrasant au sol, les membres brisés, à la merci de Griffen.

Celui-ci était au-dessus d'elle, à la fenêtre. Pris d'un fou rire.

Ou plutôt d'un rire de fou.

En dernier recours, Skye tenta de se retenir avec les pieds. Grand bien lui prit, car son pied droit se coinça miraculeusement dans la gouttière. Une douleur fulgurante irradia dans sa cheville.

Elle avait réussi à arrêter sa chute. Mais à présent, elle était bloquée.

— Tu t'en vas, mon amour ? lui demanda Griffen en se penchant à l'extérieur. Non, apparemment pas, ajouta-t-il avec un affreux ricanement.

Skye essaya de se mettre en position assise, une tâche rendue difficile et douloureuse à cause de son pied tordu à l'intérieur de la gouttière. Elle se redressa, et tira sur sa jambe, en haletant.

— Tu ne peux pas m'échapper, Grace. Oh zut ! dit-il en plaquant sa main sur sa bouche de manière outrée. Je me suis vendu. Car tu n'es pas Skye Dearborn. Ton véritable nom est Grace. Grace Elizabeth Monarch, très exactement.

» Vois-tu, tout est là. Tu te donnes un mal de chien pour t'enfuir, et tu n'y arrives pas. On ne peut pas changer le destin, pas plus qu'on ne peut l'ignorer. Ta mère a essayé, la pauvre idiote. Mais nous n'en sommes plus là tous les deux, n'est-ce pas, mon cœur ?

Skye leva les yeux vers lui, bien décidée à masquer sa peur, malgré les battements précipités de son cœur. Elle refusait de jouer devant lui le rôle de la victime terrorisée, de l'enfant qu'il avait torturée et dominée grâce à la peur.

— Qu'attends-tu de moi, Griffen ?

— Je veux juste qu'on soit tous les deux. Eternellement. Comme tu en as toujours rêvé. Tu te souviens, Grace ?

— Va au diable ! Je ne voudrais pas de toi même si tu étais le dernier homme sur terre !

Il sourit et appuya les coudes sur le bord de la fenêtre.

— D'une certaine façon, je suis le dernier homme sur terre. Le dernier que tu connaîtras, en tout cas.

Son sourire s'évanouit ; il fronça les sourcils.

— Au fait, je n'ai pas apprécié de te voir flirter avec ce minable de Chance McCord. Franchement, je m'attendais à mieux de ta part, Grace.

— Tu ne lui arrives pas à la cheville ! rétorqua-t-elle, en songeant que si elle le provoquait, il commettrait peut-être une erreur fatale. Tu aimerais tellement lui ressembler !

— Tais-toi, Grace. Je ne veux pas entendre ça.

— Parce que c'est la vérité. A côté de Chance, tu n'es qu'un vulgaire cafard. Il vaut mille fois mieux que toi, dans tous les domaines… surtout au lit !

La fureur déforma le visage de Griffen, et Skye, malgré sa position délicate, éprouva un sentiment de triomphe.

— C'est lui que j'aime ! ajouta-t-elle. Et tout ce que tu pourras faire n'y changera rien.

Pendant un instant, elle crut qu'il allait exploser, mais finalement, il ricana.

— Je vois clair dans ton jeu, ma chérie. Inutile de continuer, ça ne marchera pas. Tu ne réussiras pas à me faire perdre mon sang-froid, en espérant que je commettrai une erreur. Si j'avais dû me départir de mon calme, ce serait arrivé depuis longtemps. Entre Chance et Terri, tu m'as donné de quoi m'occuper.

Terri. C'était lui aussi… Evidemment.

— C'est donc toi qui as envoyé le rat mort.

— Exact. J'ai également laissé ce charmant petit message à l'attention de l'adorable Raye, ajouta-t-il avec un grand sourire. Je ne supportais plus de te voir passer tout ton temps avec cette chienne et sa sale gamine, au lieu d'être avec moi. Je n'en pouvais plus !

— Et maintenant, que comptes-tu faire ? demanda-t-elle en le regardant droit dans les yeux, tout en essayant, discrètement, de dégager sa jambe. Tu vas me tuer, Griffen ? Avec une batte de base-ball, comme mon chaton ?

L'étonnement de Griffen était presque comique.

— Je vois que tu as recouvré la mémoire, Grace.

— Oui, suffisamment pour savoir que tu es une sale ordure !

— C'est une surprise, je l'avoue, mais agréable. Tu comprends désormais combien il est important, et logique, que l'on soit réunis. Soit dit en passant, le mot *tuer* est trop vulgaire. Je préfère l'expression *unis dans la mort.*

Unis dans la mort. La terreur la laissa d'abord sans voix ; Skye s'empressa de la repousser.

— Comment vas-tu t'y prendre, Griffen, sans batte de base-ball ?

Il éclata de rire, comme un enfant.

— Ta curiosité sera bientôt satisfaite, dit-il.

— Ça m'étonnerait !

Tirant brutalement sur sa jambe, Skye parvint à libérer son pied. Une décharge électrique lui traversa la cuisse, jusqu'à l'aine. Sans prendre le temps de réfléchir, elle sauta dans le vide.

Comme elle l'avait prévu, la neige amortit sa chute, mais le choc de l'atterrissage lui coupa le souffle. Il lui fallut un moment pour se relever. Finalement, elle réussit à s'enfuir en courant, en pataugeant plus exactement, car la couche de neige était épaisse.

Dans son dos, elle entendit une porte claquer, puis il y eut un bruit de pas sur la terrasse.

— Grace ! cria Griffen. Pourquoi perdre ton temps et ton énergie ? Tu n'iras nulle part. La maison la plus proche est à deux kilomètres, et elles sont toutes fermées en cette saison. Comme la nôtre.

Elle risqua un coup d'œil par-dessus son épaule ; il était encore loin derrière, mais il gagnait du terrain. Rapidement. Elle reporta son attention sur la ligne des arbres droit devant, en essayant d'accélérer. Chaque pas dans la neige profonde exigeait un effort herculéen.

— C'était tellement facile, une fois que je t'ai retrouvée, lui cria Griffen. Il faut d'ailleurs remercier Chance. Je me suis souvenu d'avoir lu son nom dans un des rapports du détective privé. Je l'ai engagé, j'ai cultivé son amitié, et ensuite, je l'ai simplement laissé me guider jusqu'à toi.

Skye avait atteint l'orée du bois ; avec un grand cri de soulagement, elle plongea au milieu des arbres. Il faisait beaucoup plus sombre, la neige semblait moins épaisse. Mais le terrain était dangereux. Elle devait se faufiler entre les branches mortes, les souches, et un labyrinthe de fourrés infranchissables.

Griffen pénétra à son tour dans les bois. Il alluma une lampe électrique, dont le faisceau croisa le chemin de Skye.

— Petite Grace ! Petite Grace chérie, montre-toi !

Elle l'entendit s'enfoncer à son tour au milieu des arbres, s'arrêtant fréquemment pour se repérer.

— Je ne peux pas croire que tu me traites de cette façon, dit-il d'un ton de réprimande, comme s'il s'adressait à une enfant désobéissante. Après tout ce que j'ai fait pour toi. Je t'aime, Grace.

A bout de souffle, inondée de sueur, Skye s'appuya contre un arbre. Elle tendit l'oreille pour s'assurer que Griffen était toujours derrière elle. Qu'il n'essayait pas de la prendre à revers. Mais la forêt jouait des tours à son ouïe ; les bruits ricochaient contre les arbres. Difficile de localiser leur provenance.

— Sais-tu tout ce que j'ai fait pour toi, toutes les concessions ? A commencer par Dorothy. C'était ma tante, et je l'aimais. Pourtant, je l'ai tuée. Pour que nous puissions rester ensemble.

» Il y a eu aussi la petite Stephanie. Ces imbéciles croyaient qu'elle pourrait te remplacer…

Il s'arrêta de courir et Skye vit le faisceau de la lampe balayer les arbres.

— … Alors, ajouta-t-il, je me suis occupé d'elle. Pour toi. Personne n'avait le droit de prendre ta place, Grace. C'est la seule fois où grand-père m'a déçu. Il espérait que Stephanie aurait le don. Il faisait beaucoup de raffut pour rien. Comment aurait-elle pu avoir le don, étant donné que tu l'avais déjà ?

Skye retint un cri d'horreur. La petite sœur de Griffen, celle qui s'était noyée dans son bain. *Sa* petite sœur. Il ne s'agissait donc pas d'un accident. Elle se colla contre l'arbre, le cœur battant à tout rompre, luttant pour garder le contrôle de ses émotions.

— Tu sais, reprit Griffen, si nous en sommes là, c'est à cause de ta mère.

Il renifla avec mépris.

— C'est elle qui a tout foutu en l'air, comme toujours. Elle est venue en ville, et elle a découvert mon secret. Elle a essayé de te joindre au bureau. Mais elle est tombée sur moi.

Sa mère était à Chicago ? Elle la cherchait ? Les pierres précieuses ! se rappela Skye, submergée par une joie immense. Mais oui, évidemment. C'était sa mère qui les lui avait envoyées !

— Malheureusement, reprit Griffen, j'ai été obligé de la tuer. Je lui ai brisé le cou, clac !

— Noooon !

Elle n'avait pu retenir ce cri de désespoir.

— Salaud ! Salaud !

Secouée de sanglots, Skye se remit à courir. Les branches lui griffaient le visage, les mains, mais elle s'en fichait. Elle trébuchait, tombait, puis se relevait et repartait.

Il avait tué sa mère. Oh ! Seigneur ! sa pauvre mère.

Elle courut jusqu'à ce qu'elle n'en ait plus la force ; elle avait les poumons en feu, son cœur menaçait de jaillir hors de sa poitrine. Alors, elle se cacha derrière le tronc d'un arbre.

Une branche se brisa, tout près d'elle. Son cœur bondit dans sa gorge. Griffen était encore plus près qu'elle ne l'imaginait. Elle chercha désespérément une arme, n'importe quoi pour se protéger. Son regard se posa sur une grosse branche morte qui gisait par terre, à sa gauche. Elle se baissa et, aussi silencieusement que possible, elle la ramassa. Les bras tremblant sous l'effort, elle la brandit au-dessus de sa tête. Et attendit. Griffen se rapprocha. Encore. Skye retenait son souffle.

Au moment où il passait devant sa cachette, elle pivota et le frappa avec la branche, à la manière d'un joueur de base-ball, en plein dans la poitrine. Griffen recula en titubant, avec un grognement de douleur.

— Voilà pour ma mère, salaud !

Et elle frappa de nouveau. Cette fois, la branche l'atteignit au visage.

— Et ça, c'est pour moi !

La tête de Griffen fut projetée sur le côté ; il vacilla et s'effondra, l'air totalement hébété. Skye jeta la branche sur lui et se remit à courir.

Soudain, les arbres s'éclaircirent et devant elle apparut le lac, brillant sous la lune. Elle entendit Griffen se relever en gémissant. Elle n'avait d'autre choix que de continuer droit devant. De l'autre côté du lac gelé, elle apercevait des lumières. Si elle réussissait à traverser, elle trouverait de l'aide.

Retenant son souffle, elle posa le pied sur le lac. La glace semblait solide. Alors, elle avança sur la surface lisse et glissante, pas à pas, aidée par la fine pellicule de neige qui recouvrait la glace. Malgré tout, ses Nike n'offraient guère d'adhérence et elle était obligée de progresser lentement si elle ne voulait pas tomber.

Griffen était plus rapide, plus résistant. En outre, il avait l'avantage de porter des après-skis. Skye comprit qu'elle ne pourrait jamais atteindre la rive opposée avant lui. Et désormais, au milieu de ce lac, elle ne pouvait plus s'arrêter et se cacher derrière un arbre pour reprendre son souffle.

De toute façon, se dit-elle, cela ne lui servirait à rien. Elle n'avait plus aucune chance de s'en sortir. Déjà le froid commençait à la paralyser ; elle était épuisée. A chaque pas, Griffen réduisait l'écart entre eux. Et même si, par miracle, elle réussissait à atteindre le bois, que ferait-elle ensuite ? Elle se cacherait pour se laisser mourir de froid ? Sentant monter les larmes, elle les repoussa, consciente qu'elles ne feraient que saper ses dernières parcelles d'énergie et de volonté.

Changeant de stratégie, elle bifurqua vers la maison des Monarch, vers leur appontement privé qui avançait sur le lac, tel un long doigt noir décharné. Elle jeta un dernier regard envieux en direction de l'autre rive, en essayant de mémoriser l'emplacement des lumières, lorsque soudain elle crut entendre prononcer son nom.

Elle se figea et tendit l'oreille. Oui, c'était bien son nom qu'on criait. *Chance ! C'était Chance ! Il était venu à son secours.* Quelques secondes après, elle entendit des aboiements. *Il était venu avec M. Meuh.*

— Chance ! hurla-t-elle en sanglotant de soulagement. Je suis là ! Je suis là !

— Skye ! Où es-tu ?

Elle l'aperçut, debout sur la terrasse des Monarch. Elle agita les bras en criant de plus belle.

— Chance ! Ici ! Sur le lac !

Chance dut la repérer enfin, car il s'élança vers l'appontement. Suivi de M. Meuh.

— Non ! hurla Griffen. Il ne t'aura pas !

Griffen voulut se jeter sur elle, mais il glissa et s'effondra sur la glace ; elle sentit ses doigts lui frôler la cheville. Skye fit un bond sur le côté en poussant un cri d'effroi.

La glace commençait à se lézarder. Skye se pétrifia, terrorisée, regardant la surface lisse et brillante s'étoiler lentement autour de ses pieds. Elle leva la tête.

— Chance ! La glace ! Elle se fend !

— Continue ! Viens vers moi ! cria-t-il. Je suis là, tu ne crains rien !

Skye se remit à courir ; elle sentait la glace bouger sous ses pieds ; les craquements et les grincements sinistres s'amplifiaient. Elle apercevait les clapotis de l'eau juste en dessous.

Un hurlement de désespoir monta à ses lèvres. Elle ne voulait pas mourir !

— Tu y es presque, Skye ! Tu vas y arriver. Tu…

Soudain, la glace céda. Et Skye s'enfonça dans l'eau. Le froid la paralysa instantanément. Ses vêtements mouillés l'alourdirent et l'entraînèrent vers le fond. La tête sous l'eau, elle fut tentée, l'espace d'une fraction de seconde, d'abandonner le combat, de laisser le froid s'emparer d'elle et l'emporter. Elle était tellement fatiguée. Il y avait si peu d'espoir.

Mais elle entendit la voix de Chance qui l'appelait, et elle recommença aussitôt à lutter ; elle battit des pieds pour remonter à la surface. Cherchant de l'air, elle s'accrocha à la glace pour essayer de se hisser dessus.

Mais, chaque fois, la glace se brisait et Skye retombait dans les profondeurs du lac.

Dans son dos, elle entendit Griffen qui se débattait dans l'eau lui aussi, en agitant frénétiquement les bras et les jambes.

Chance avait atteint l'extrémité du ponton ; il descendait l'échelle fixée à l'un des piliers.

— Viens, petite ! Tu peux y arriver !

S'accrochant d'une main à un barreau de l'échelle, Chance se pencha vers le lac.

— Viens, Skye ! Viens ! Donne-moi ta main !

Elle tendit le bras. Leurs doigts se frôlèrent. Elle laissa échapper un cri et replongea sous l'eau. Une fois de plus, elle lutta pour remonter, malgré les épaisseurs de vêtements trempés qui l'attiraient vers le fond. Elle creva la surface et tendit la main vers Chance.

Leurs doigts se touchèrent et, cette fois, ceux de Chance se refermèrent sur les siens. Il entreprit de la tirer vers lui.

C'est alors que Skye sentit quelque chose lui enserrer la cheville. Griffen ! Il lui avait saisi la jambe et l'entraînait sous l'eau. Prise de panique, elle se retourna. Il n'essayait pas de se sauver en s'accrochant désespérément à elle. Non, il tentait de l'attirer vers le fond avec lui.

Pour toujours. Ils seraient réunis pour toujours.

— Ne me lâche pas, Chance ! Ne me…

Sa main glissa dans celle de Chance ; il n'avait pas réussi à la retenir. Sa tête s'enfonça sous l'eau. Elle comprit qu'elle allait mourir. Cette fois, c'était la fin. Elle aperçut Griffen sous elle, qui la regardait, la bouche déformée par un sourire ignoble.

Il pensait avoir gagné la partie.

« Non ! » se dit-elle. Elle leva sa jambe libre et le frappa de toutes ses forces avec son talon, sur le menton. La tête de Griffen fut projetée en arrière et, sous le choc, il dut lâcher la cheville de Skye. Une expression de complète incrédulité se peignit sur son visage hideux, et il essaya encore une fois de la retenir, alors que les dernières bulles d'oxygène s'échappaient de sa bouche.

Skye détourna le regard et lutta pour remonter à la surface, une dernière fois, totalement vidée. Elle savait qu'elle n'aurait pas la force de lutter plus longtemps. C'était son ultime tentative pour survivre.

Sa tête jaillit à la surface du lac ; elle chercha de l'air. Chance était là, à moitié dans l'eau, un bras passé autour de l'échelle ; il était venu la chercher. Il la saisit par le bras, la hissa hors de l'eau, jusque sur l'appontement. Ils tombèrent dans les bras l'un de l'autre, épuisés et tremblants, en claquant des dents.

— J'ai cru te perdre, dit-il en l'aidant à se débarrasser de ses vêtements trempés pour l'envelopper dans les siens. Quand j'ai compris…

— Oh ! j'ai eu si peur ! J'ai bien cru que je ne te reverrais jamais.

Chance promena ses mains sur le corps de Skye, comme pour se convaincre qu'elle était bien là, près de lui, saine et sauve.

— Ça n'arrivera plus.

Il embrassa ses joues, ses paupières, sa bouche.

— Je t'aime, Skye. Je t'aime tel…

— Serre-moi fort, Chance. Serre-moi dans tes bras.

Elle s'accrocha à lui ; elle revenait à la vie.

— Ne m'abandonne pas, dit-elle.

— Jamais, mon amour. Je ne t'abandonnerai jamais.

82

Le lendemain matin, Skye se réveilla dans les bras de Chance. Les rayons de soleil qui se déversaient sur leur lit semblaient vouloir dissiper les traces de cette nuit de cauchemar. Alertée par Adam et les autorités de Chicago, la police locale était arrivée sur les lieux du drame peu de temps après que Chance eut arraché Skye à ce qui aurait pu devenir son tombeau de glace.

Ils l'avaient longuement interrogée ; ils réclamaient un récit détaillé de tout ce qui s'était passé. Skye avait dû répéter plusieurs fois son histoire, en sentant chaque fois se réveiller sa terreur. Celle qu'elle avait éprouvée à l'idée de mourir. L'horreur de ces dernières secondes, quand la main de Griffen s'était refermée autour de sa cheville pour l'entraîner au fond du lac.

Elle avait failli mourir, se répétait-elle. Sans Chance, elle serait morte.

On avait effectué des recherches pour retrouver le corps de Griffen, mais en vain. Il faudrait sans doute attendre le printemps et la fonte des glaces pour le voir réapparaître. Malgré tout, la police projetait d'envoyer dans la journée une nouvelle équipe pour une dernière tentative. D'ici là, Skye et Chance seraient partis, loin. Ensemble.

Durant tout le temps de l'interrogatoire, Chance était resté à son côté, un bras passé autour de ses épaules, dans un geste protecteur. C'était lui qui l'avait finalement soustraite aux questions des policiers, qui lui avait préparé de la soupe et l'avait mise au lit, se glissant avec elle sous les couvertures jusqu'à ce qu'elle n'ait plus froid. Il lui avait fait l'amour tendrement pour chasser les derniers vestiges de terreur, et alors seulement, elle avait fini par s'endormir.

Réveillée la première, Skye se blottit contre Chance, qui répondit par un petit grognement de bien-être. Elle n'avait plus rien à craindre, désormais, se dit-elle en contemplant amoureusement ce visage qu'elle connaissait si bien. Sa place était là, dans les bras de Chance. Ce malade de Griffen avait parlé d'âmes sœurs. Si cela existait vraiment, Skye était persuadée que son âme sœur se nommait Chance. Déjà, elle avait l'impression de l'aimer depuis toujours.

Par ailleurs, elle était décidée à prendre à bras-le-corps tout ce que l'avenir leur apporterait ; elle ne réclamait pas un amour parfait, plus maintenant. Elle voulait juste qu'ils s'aiment assez fort pour avoir envie de donner le meilleur d'eux-mêmes.

Elle déposa un petit baiser sur la bouche de Chance, puis se leva. A pas feutrés, elle s'éloigna dans le couloir, vers l'autre chambre, suivie de M. Meuh. Là, elle retrouva l'étrange collier et les pierres précieuses, comme elle les avait laissés. Elle aperçut également une lettre qu'elle n'avait pas vue la veille.

Devinant qu'elle venait de sa mère, Skye s'assit au bord du lit, la déplia et commença à lire.

C'est dans cette position que Chance la trouva quelques minutes plus tard, penchée au-dessus de la lettre, en train de pleurer. Il s'approcha et la prit dans ses bras.

— Ma mère m'a toujours aimée, murmura-t-elle. Elle ne m'a pas abandonnée ; nous avons été séparées.

Skye pleura longuement, à cause de ce qu'elle avait perdu et de ce qu'elle avait gagné ; elle pleura à cause de cette mère qui l'aimait autant qu'une mère pouvait aimer son enfant, au point de renoncer à tout pour la protéger. Même à sa propre vie.

Elle savait qu'il lui faudrait un long moment avant que la souffrance disparaisse. Avant que le regret s'estompe.

Mais ce jour-là, seul demeurerait le souvenir de l'amour de sa mère.

Tous ses vœux s'étaient réalisés, constata-t-elle. Accompagnés de terribles conséquences et d'un miracle : l'amour de Chance. A travers eux, elle avait reçu une leçon importante : la vie était trop courte, trop précieuse, pour qu'on la gaspille avec des souhaits inaccessibles. Désormais, elle comptait profiter pleinement de tout ce qu'on lui offrait.

Portant le talisman de sa mère autour du cou, Skye rassembla ses affaires, impatiente de quitter cet endroit, cette maison. Impatiente de laisser derrière elle les événements des derniers mois, pour toujours. Le moment était venu d'entamer l'avenir, le sien et celui de Chance, un avenir libéré de la souillure de la famille Monarch, du poids de leur folie et de leur obsession.

— Tu es certaine de vouloir tout quitter ? lui demanda Chance quand Skye lui fit part de ses intentions. Es-tu sûre de vouloir renoncer à ce qui t'appartient ? L'empire Monarch représente une véritable fortune. Certains diraient même que c'est ton destin.

Skye secoua la tête et referma la main autour du talisman rempli de pierres précieuses.

— Mon destin est là-dedans, répondit-elle. Ces pierres sont ma fortune. Et toi aussi.

Chance l'embrassa et, ensemble, ils sortirent sur le perron. Le soleil les inonda, chaud et éclatant.

Sans un regard en arrière, ils marchèrent vers leur avenir.

Remerciements

J'aimerais adresser mes remerciements les plus sincères aux personnes suivantes, qui m'ont aidée à faire naître L'ombre pourpre :

Mille remerciements d'abord à Roxanne Mouton de la maison Mignon Faget Ltd, pour m'avoir fait découvrir pas à pas le processus de création d'un bijou, du dessin à l'objet fini, et m'avoir expliqué patiemment le fonctionnement d'un atelier de joaillerie.

Merci également à l'incomparable Mignon Faget pour avoir autorisé ses employés à interrompre leur activité afin de me servir de guides, et merci aux employés eux-mêmes qui ont répondu à toutes mes questions et supporté la présence d'une intruse qui regardait par-dessus leur épaule pendant qu'ils travaillaient.

Merci à ma sœur State Spindler, pour m'avoir montré le « vrai » Chicago, pour son enthousiasme et son soutien.

De grands remerciements également aux gens de Calvin Klein Camper Sales pour m'avoir permis de visiter leurs caravanes ; à Linda Weissert pour ses informations de première main sur Pittsburgh, et aux Drs Leslie et Bill Michaelis pour m'avoir donné des cours accélérés de médecine vétérinaire.

Et, comme toujours, merci à mon agent, Evan Marshall, ma directrice littéraire, Melissa Senate, et à tout le personnel de chez MIRA Books, plus particulièrement Dianne Moggy et Amy Moore.

DANS LA MÊME COLLECTION

Par ordre de parution

NORA ROBERTS	*Retour au Maryland*
ROSEMARY ROGERS	*Le sabre et la soie*
ANN MAJOR	*La brûlure du mensonge*
JUNE FLAUM SINGER	*Une mystérieuse passagère*
MEGAN BROWNLEY	*La maison des brumes*
SALLY FAIRCHILD	*L'héritière sans passé*
KAREN YOUNG	*L'innocence bafouée*
PENNY JORDAN	*Silver*
NORA ROBERTS	*La saga des Stanislaski*
ELAINE COFFMAN	*Le seigneur des Highlands*
PATRICIA COUGHLIN	*Le secret d'une vie*
RACHEL LEE	*Neige de septembre*
PENNY JORDAN	*L'amour blessé*
NORA ROBERTS	*Le destin des Stanislaski*
CANDACE CAMP	*Le bal de l'orchidée*
MARY ALICE MONROE	*Le masque des apparences*
ERICA SPINDLER	*L'ombre pourpre*

5 NOUVEAUTÉS À PARAÎTRE EN DÉCEMBRE 2005

Composé et édité par les
éditions Harlequin
Achevé d'imprimer en septembre 2005

par

LIBERDÚPLEX

Dépôt légal : octobre 2005
N° d'imprimeur : 00000 — N° d'éditeur : 11606

Imprimé en Espagne